LE PONT
DES SOUPIRS

DU MÊME AUTEUR

À QUAI VOLTAIRE

Un rôle qui me convient, 1997.
Le Déclin de l'empire Whiting, 2002.
Un homme presque parfait, 2003.
Le Phare de Monhegan, 2004.
Quatre saisons à Mohawk, 2005.

Richard Russo

LE PONT DES SOUPIRS

Roman

Traduit de l'anglais (États-Unis)
par Jean-Luc Piningre

Quai Voltaire

Titre original :
Bridge of Sighs.
Alfred A. Knopf, New York.

www.editionslatableronde.fr

Pour Gary Fisketjon.

BERMAN COURT

D'abord les faits.

Je m'appelle Louis Charles Lynch. J'ai soixante ans et j'en aurai bientôt vécu quarante avec la même femme adorable. Je ne suis peut-être pas quelqu'un de passionnant, mais je suis au moins un mari dévoué. Je suis aussi très attaché à notre fils, Owen, qui est maintenant grand et marié. Owen n'a pas d'enfants et son épouse et lui n'en auront, hélas, sans doute jamais. Avant lui, nous avions espéré une fille, mais ce bonheur nous a été refusé. Sarah avait fait une fausse couche au quatrième mois de sa grossesse après un accident de voiture. Il y a longtemps de cela, mais elle pense toujours à cet enfant, et moi aussi.

Le plus étonnant dans ma vie est qu'elle s'est déroulée presque d'un bout à l'autre dans la même petite ville du nord de l'État de New York. Cela paraît assez incroyable aujourd'hui. Mes beaux-parents s'étaient établis ici quand Sarah était gamine, et elle garde peu de souvenirs antérieurs à Thomaston. Sa situation ne diffère guère de la mienne. Quand on leur dit qu'on a toujours vécu dans ce coin, certaines personnes semblent vraiment navrées pour nous. Comme si, isolés, nous nous étions volontairement privés d'expériences et de plaisirs. Si j'affirme le contraire, leurs sourires entendus impliquent que nous avons été les jouets d'une illusion, laquelle nous a permis de ne pas comprendre notre douleur. Je leur rappelle que, jusqu'à récemment, la vaste majorité des gens habitaient toute leur vie au même endroit, et que bien d'autres choses peuvent refermer les horizons : la pauvreté, la maladie, l'ignorance, la solitude, le manque de foi ou de courage, et j'en passe. Il est probable que ma femme aurait voyagé davantage si elle avait épousé un autre homme. Mais c'est en sédentaire que j'ai pu être un compagnon loyal, indéfectible, à défaut d'être exaltant, comme je l'ai déjà dit. Elle connaît tous les arguments, philosophiques ou pas, par lesquels je justifie cet immobilisme. Ils résument, selon elle, une tendance naturelle — certes rationalisée — à l'inertie. Sarah a peut-être raison. Cela étant, je ne crois pas qu'elle ait été malheureuse avec moi. Elle m'aime, elle aime Owen, ainsi, je pense, que notre vie simple et agréable. Elle me l'a confirmé il n'y a pas longtemps quand elle a eu peur, brusquement, de perdre la sienne et que, fou d'inquiétude, je lui ai demandé si elle avait des regrets.

Si nous avons aussi peu voyagé, j'aime à croire qu'en réalité c'est parce que Thomaston est une ville aussi exigeante qu'attachante. Bien que nous n'ayons jamais forcé l'allure, nous avons récemment levé le pied. En sus de la boutique héritée de mes parents, nous possédons deux épiceries de quartier, que nous gérons aussi. Sarcastique à sa manière, mon fils les a rebaptisées « l'Empire Lynch » et, si elles n'impliquent pas un travail écrasant, celui-ci n'en reste pas moins constant et prenant. Elles sont un peu comme ces petits chiens pas propres qui ont besoin d'être surveillés. Je suis également membre d'une flopée de comités, si nombreux qu'on a fini, il y a peu, par me surnommer M. le Maire — un hommage à mon attachement aux valeurs civiques. Il y a là-dedans un soupçon de dérision, je ne l'ignore pas. Sarah pense que les gens profitent de ma bonne nature, car je suis toujours prêt à écouter attentivement les uns et les autres, même après m'être rendu compte qu'ils n'ont rien à dire. Elle se plaint que je rentre souvent tard à la maison, pas toujours de la meilleure humeur, mais les budgets diminuent d'exercice en exercice, alors que les besoins de la communauté continuent d'augmenter. Chaque année, les raisons invoquées pour rogner sur nos maigres ressources confinent au mépris des citoyens. Selon Sarah, il serait grand temps que de plus jeunes endossent leur juste part de responsabilité, et les vexations qui vont avec. Sur le fond, je l'approuve de tout cœur mais, en pratique, je n'ai pas plus tôt démissionné d'un comité qu'on m'a déjà convaincu de siéger à un autre. D'ailleurs, Sarah peut bien dire ce qu'elle veut puisque, jusqu'à sa récente maladie, elle faisait elle-même partie d'innombrables conseils et commissions.

Quoi qu'il en soit, notre train-train sera bientôt bouleversé car, malgré mon entêtement à ne pas bouger, nous allons partir en voyage. Je n'ai plus qu'un mois pour me préparer à cette révolution, pour anticiper le deuil de ma routine bien-aimée — des tournées, comme je les appelle, qui m'emmènent presque tous les jours dans chaque quartier de la ville. Je répète que c'est trop peu pour un homme rompu à ses habitudes, mais j'ai accepté le tout. J'ai fait faire les photos d'identité, j'ai rempli à la poste le formulaire pour le passeport, je l'ai renvoyé avec les pièces demandées par le Département d'État[1] — sous l'œil attentif de mon épouse et de mon fils, prêts à croire que, vu mon aversion innée pour les voyages, j'arriverai quand même à saboter nos projets. Owen en particulier entretient cette aimable présomption, comme si j'allais refuser quoi que ce soit à Sarah, après ce qu'elle vient d'endurer.

« Surveille-le, maman, lui conseille-t-il, posant sur moi des regards que j'espère plus ironiques que vraiment suspicieux. Tu sais comment il est. »

L'Italie. Nous allons en Italie. À Rome, Florence, et Venise pour finir.

À peine avais-je donné mon accord que nous nous sommes noyés dans une mer de guides touristiques. Sarah est tout le temps plongée dedans.

« *Acqua alta* », m'a-t-elle dit hier soir après avoir finalement éteint la lumière.

1. Le ministère des Affaires étrangères (toutes les notes sont du traducteur).

Sa voix était toute proche dans le noir. Elle a pris ma main et l'a serrée une seconde sous les draps.

« C'est ce qu'ils appellent les hautes eaux, à Venise.

— Comment ça, hautes ? ai-je répondu.

— Les *calli* sont inondés.

— Les *calli* ?

— Si tu avais lu un peu, tu saurais que ce sont les petites rues, en Italie.

— Il faut être combien à le savoir ? lui ai-je demandé. Tu seras là, non ? Je n'y vais quand même pas seul ?

— Quand le niveau monte vraiment, Saint-Marc est sous l'eau.

— L'église entière ? Quelle est sa hauteur ? »

Profond soupir.

« Saint-Marc n'est pas une église, c'est une place. La piazza San Marco. Il faut que je t'explique ce que c'est, une piazza ? »

Je sais fort bien que les *calli* sont des ruelles, et je n'avais pas besoin qu'elle traduise *acqua alta* non plus. Mais mon ignorance militante pour tout ce qui est italien était devenue prétexte à un jeu, lequel nous amusait beaucoup.

« Il faudra sans doute emporter des bottes.

— On en a, des bottes.

— Oui, mais en caoutchouc. Pour l'*acqua alta.* Ils déclenchent les sirènes.

— Ils déclenchent les sirènes si on n'a pas de bottes en caoutchouc ? »

Elle m'a donné un léger coup de pied sous les couvertures.

« Pour t'avertir. Que le niveau de l'eau monte. Et pour que tu les mettes.

— Mais c'est qui, ces gens chez qui on va ?

— Les Vénitiens.

— Je resterai peut-être dans la voiture en attendant que les eaux refluent. »

Nouveau coup de pied.

« Pas de voitures.

— Oui, c'est vrai, pas de voitures.

— Lou ?

— J'ai compris, pas de voitures. Pas de rues, des *calli.* Et pas de voitures dans les *calli.*

— Bobby ne nous a pas répondu. »

Notre vieil ami. Le troisième mousquetaire en classe de terminale. Parti depuis si longtemps. Je savais comme elle qu'il ne s'était pas manifesté.

« Peut-être qu'il a déménagé. Qu'il ne vit plus à Venise.

— Ou qu'il préfère ne pas nous revoir.

— Pourquoi ? Pourquoi ne voudrait-il plus nous voir ? »

J'ai senti que Sarah haussait les épaules. On ne jouait plus, tout d'un coup.

« Ça avance, ton récit ?

— Bien, lui ai-je répondu. Je suis déjà né. Le mieux, c'est de respecter la chronologie, non ?

— Je croyais que tu écrivais l'histoire de Thomaston ?

— Il y a Thomaston, mais il y a moi aussi.

— Et moi ? a-t-elle dit en reprenant ma main.

— Pas encore. Je ne suis qu'un bébé, pour l'instant. Toi, tu es encore dans le Sud. Loin des yeux, loin du cœur.

— Tu pourrais mentir. Dire que j'habitais la maison à côté. Comme ça, on aurait toujours été ensemble. »

À nouveau quelque chose d'enjoué dans le ton.

« J'y penserai. Le problème, c'est que, dans la maison à côté, il y avait des gens. Alors il faudrait que je les mette à la porte.

— Je ne t'en demande pas tant.

— C'est tentant, quand même, de mentir, ai-je admis.

— Sur quoi ? »

Un bâillement, et je savais que, dans une minute ou deux, Sarah ronflerait paisiblement.

« Sur tout.

— Lou ?

— Oui.

— Promets-moi de ne pas en faire une idée fixe. »

C'est vrai, j'en ai souvent.

« Promis. »

Mais je ne suis pas la seule raison pour laquelle elle n'aime pas les obsessions. Son père, qui enseignait l'anglais au lycée, consacrait ses étés à la rédaction d'un roman qui, les derniers temps, totalisait plus d'un millier de pages — en simple interligne — et dont il ne voyait jamais le bout. Je préfère les récits plus courts. Notamment, depuis peu, les avis de décès. Cela dérange ma femme que je les lise en buvant mon café le matin, que j'ouvre directement cette page-là. Mais voilà ce que c'est d'avoir soixante ans, non ? La mort n'est pas une obsession, c'est une réalité. Le mois dernier, je suis tombé sur celle — un accident de voiture, une fois de plus — d'un homme dont le destin était lié au mien depuis l'enfance. J'ai glissé la nécro dans la lettre que Sarah a écrite à Bobby pour lui annoncer notre venue. Notre vieil ami se souviendrait certainement de Jerzy. Les nécrologies, à mon sens, parlent moins de la mort que des drôles de chemins qu'emprunte la vie, ces chemins que la fin met en relief. À soixante ans, ça prend de l'importance.

« Cinquante pages devraient suffire. Cent au grand maximum. Et j'ai déjà le titre : *L'Histoire la plus ennuyeuse jamais écrite.* »

N'entendant pas de réponse, j'ai jeté un coup d'œil à Sarah. Elle respirait lentement, régulièrement, les yeux fermés, avec quelques contractions des paupières.

Il est possible, bien sûr, que Bobby ne tienne pas à nous revoir, nous ses plus vieux amis. Sarah me fait parfois remarquer que le passé n'a pas pour tout le monde autant d'importance que pour moi ; qu'on ne le ressasse pas sans arrêt ; qu'on n'y est pas aussi attaché ; qu'on n'en tombe pas malade ; qu'on n'y fait pas allusion, sans une courte transition, dans le cours d'une conversation. Voilà certainement ce qu'elle veut dire. Si j'avais poursuivi mes études, comme ma mère l'avait tant souhaité, j'aurais passé une licence d'histoire, ce qui m'aurait permis de justifier cette propension à regarder en arrière. En revanche, Bobby — qui a fui la ville, l'État et le pays tout ensemble à l'âge de dix-huit ans — n'a pas forcément envie de remonter dans le temps. Après avoir vécu aux quatre coins de l'Europe, il a peut-être complètement oublié ce qu'il a laissé derrière. J'affirme en plaisantant que mon histoire est la plus ennuyeuse jamais écrite mais, pour quelqu'un comme lui, ce n'est sans doute pas loin de la vérité. Si je relisais ses lettres, je sais ce que j'y trouverais — des remerciements polis pour les miennes. Je l'informais en général qu'une connaissance s'était mariée, ou avait divorcé, ou avait eu des ennuis avec la police, ou était tombée malade, ou pis, était morte. De son côté, c'est merci et pas grand-chose de plus. Il répond sans poser de questions, sans me demander des nouvelles d'un tel ou une telle. Pourtant, je suis sûr que Bobby serait content de nous voir, et que, malgré le temps passé, nous ne lui sommes pas indifférents.

Pourquoi le nier ? J'ai beaucoup repensé à lui ces derniers temps.

Le nom complet de mon père était Louis Patrick Lynch. Big Lou pour les amis. Mes parents m'ont baptisé Louis Charles (Charles comme le grand-père maternel), en pensant qu'on m'appellerait Lou comme papa. Mais j'ai gardé toute ma vie le surnom qu'on m'a donné le premier jour de classe, en maternelle, à la Cayoga Elementary. Sur la feuille de présence de Mlle Vincent figuraient le premier prénom de chacun, l'initiale du second, suivis du nom de famille. En ce qui me concerne, si elle avait lu précisément Louis C. Lynch, je suppose que mon enfance en aurait été changée — bien qu'une autre personne, sans doute, aurait un jour ou l'autre commis la même erreur. Comme elle connaissait mon père, on ne pouvait reprocher à l'institutrice de penser qu'on m'appelait Lou comme lui et, si elle avait dit « Lou Lynch », tout aurait été pour le mieux. Mais, pour quelque raison, elle a choisi de lire à haute voix l'initiale au milieu. Elle m'a donc appelé Lou C. Lynch, et j'ai levé la main. Les autres enfants se sont retournés, j'ai compris à leur air perplexe que quelque chose s'était passé, et j'étais le seul à l'ignorer. Il n'y aurait sans doute pas eu de problème si Mlle Vincent, voyant ma main levée, avait aussitôt appelé l'élève suivant sur sa liste. Mais il a fallu qu'elle s'interrompe, consciente du son que sa bouche venait de produire sans que son œil l'ait prévu. Quelqu'un a profité de ce temps mort pour demander : « Il s'appelle Lucy ? »

Une fois rentré, j'ai expliqué à maman qu'on s'était moqué de moi, qu'on m'avait donné du Lucy toute la journée. Hochant la tête avec un soupir, elle a tristement admis :

« Les enfants sont cruels. Ne leur montre pas que ça te vexe et ils oublieront.

— Mais comment faire ? ai-je répondu, puisqu'ils savaient que je l'étais, blessé.

— Tu n'as qu'à rire avec eux. »

Elle a dû se rendre compte que j'en serais incapable, et mon père également : quand je lui ai rapporté la chose ce soir-là, les larmes lui sont montées aux yeux.

« Mais enfin, Lou ! » s'est exclamée maman, qui s'en est aperçue.

Je ne sais s'il souffrait à son tour de ce que j'avais subi lors de ma première journée à l'école. Peut-être se sentait-il coupable de m'avoir prénommé Louis Charles sans que ni lui ni elle n'en prévoient les conséquences. Ou alors venait-il d'entrevoir ce que ma mère, apparemment, ne comprenait pas : les autres n'oublieraient pas, ils ne se lasseraient jamais de cette bonne blague. Et j'endurerais le sobriquet de Lucy jusqu'à ce jour, sinon jusqu'à la fin de ma vie.

À moins que vous soyez féru d'histoire, amoureux des arts, ou cancérologue, Thomaston est un endroit dont vous n'avez jamais entendu parler. La ville a été ainsi baptisée en l'honneur de sir Thomas Whitcombe, qui s'est illustré jadis pendant les guerres franco-indiennes. L'autre célébrité locale est Robert Noonan, artiste peintre de son état. Lui a grandi ici, mais il est parti à l'âge de dix-huit ans passer le reste de sa vie en Europe.

Il y a donc peu de chances que vous connaissiez Thomaston. Ou alors vous travaillez dans la recherche médicale et vous vous souvenez de cette étude, maintenant célèbre, conduite il y a des années pour expliquer un taux de cancers anormalement élevé. Le premier coupable, comme nous nous en doutions, était l'ancienne tannerie. Fermée maintenant depuis presque un demi-siècle, elle a déversé pendant des années des colorants et des produits chimiques dans le Cayoga Stream, le ruisseau qui serpente dans la ville avant de se jeter, huit kilomètres plus bas, dans le

Barge Canal. Pendant toute mon enfance, le Cayoga s'était paré d'une multitude de couleurs, selon la teinture du jour. Parmi celles-ci, le rouge est le plus éprouvant, du moins pour ceux qui, ayant étudié l'histoire, ne sont pas insensibles aux charmes de la métaphore. De fait, plusieurs récits attestent que les sources de notre modeste ruisseau, situées dans les Adirondacks, furent le théâtre d'un massacre à la veille de la Révolution américaine. Pour des raisons oubliées aujourd'hui, une garnison de soldats avait quitté Albany — à l'époque une colonie hollandaise — en direction de Montréal, lorsqu'une bande d'Indiens mohawks, exaltés par les tories locaux, lui était tombée dessus. L'embuscade avait été bien préparée et, pris au dépourvu, deux cents hommes avaient péri en quelques heures. Une vraie boucherie. Selon la légende, cela avait été un tel bain de sang que le Cayoga avait déversé ses eaux rouges jusqu'à Albany, où les autorités s'en seraient émues.

Certains ont avancé que les propriétaires de la tannerie, coupables d'avoir tué toute la faune du ruisseau et empoisonné ses riverains, auraient dû être emprisonnés, et ils n'ont sans doute pas tort. On pourra aussi se rappeler que, pendant plus d'un siècle, ladite tannerie nous a nourris, et c'est grâce aux teintures qui faisaient rougir le Cayoga que le pain et la viande atterrissaient chaque jour dans nos assiettes. Quand j'étais petit, les gens avaient peur que le ruisseau ne change *pas* de couleur, car cela impliquait des licenciements et les vaches maigres suivraient. Mais, sans l'admettre ouvertement, tout le monde se méfiait de l'eau, et ceux qui en avaient les moyens construisaient leur maison le plus loin possible des berges. La publication de l'étude n'a fait que les conforter dans leur analyse. Plus on résidait près du Cayoga, plus on était susceptible d'avoir un cancer, même d'un genre assez rare, particulier à Thomaston.

Ce qui pourvoit à nos besoins pourrait-il nous détruire ? Qui n'a jamais considéré ce terrible paradoxe ?

Si quelques-unes des premières fortunes du Nouveau Monde sont originaires d'ici, notre vallée est aujourd'hui pauvre. Comme autrefois la Gaule, Thomaston est divisée en trois parties, qui ne font sûrement pas jeu égal. Les deux plus grandes sont situées de part et d'autre — est-ce si incroyable ? — de Division Street. L'East End, où j'ai passé presque toute ma jeunesse, rassemble les classes moyennes ; le West End est ouvrier et démuni. Au milieu de celui-ci, les familles noires habitent ce qu'on appelle la Colline. Selon mes recherches, elles ne descendent pas des esclaves qui travaillaient jadis à Whitcombe Hall, même s'il est vrai que, comme bien des tories, sir Thomas en possédait quelques-uns. Originaires du Sud et du Midwest, leurs ancêtres étaient arrivés ici juste avant la Première Guerre.

Limitrophe de l'East End et de Whitcombe Park, le troisième quartier occupe la partie nord-est. C'est le Borough. Moins étendu que l'East End et le West End, moins dense également, il n'en concentre pas moins le peu de richesses qui nous reste. Évidemment, c'est là que vous trouverez le Country Club et les jolis parcs de la ville, le kiosque à musique où l'on donne des concerts, l'été, ainsi que l'école primaire la plus cotée (il n'y a jamais eu de cars de ramassage pour les écoliers de Thomaston). Les rues du Borough sont larges et bordées d'arbres, nos maisons construites en retrait de la chaussée, nos jardins bien entretenus, en général par nos soins. Les personnes âgées embauchent les enfants des voisins pour tondre les pelouses l'été, ratisser à l'automne, et dégager la neige pendant les longs hivers du nord de l'État. Les trottoirs sont bien plats et bien réguliers, afin que nos enfants ne se blessent pas lorsqu'ils font du vélo ou du roller. Quand nous étions petits, nous pédalions gaiement sans nous préoccuper de notre sécurité. À la saison chaude, les garçons étaient tous en short, souvent torse nu, et parfois ne portaient même pas de chaussures. Quand nous nous envolions au-dessus du guidon, nous nous écorchions les genoux, les coudes et le front. Devenus parents, quelques décennies plus tard, nous n'avons pas oublié. C'est pourquoi, dans le Borough, nous épargnons bleus et éraflures à nos rejetons en les dotant de casques high-tech, de genouillères et de coudières aux couleurs fluo. Les enfants des quartiers moins aisés peuvent bien se moquer d'eux, cela nous est égal. Nous avons les moyens de préserver les nôtres, et nous le faisons.

Protestants et conservateurs pour la plupart, les habitants du Borough sont des descendants des tories qui, comme sir Thomas Whitcombe, s'étaient établis dans la vallée et avaient bâti le grand Hall de Thomaston. Loyaux sujets du roi George III, ils auraient, s'ils avaient pu, transformé les Adirondacks, sinon toute l'Amérique, en réserve de gibier pour l'aristocratie britannique. Mon beau-père soutenait en son temps qu'au lieu de restituer au Hall — comme on appelait ici le manoir de sir Thomas — ses ors et sa splendeur, le conseil municipal aurait mieux fait de le raser pour construire à la place un magasin discount. Mais cet homme avait des avis sur tout, le plus souvent extravagants, et de toute façon le manoir a été complètement détruit par un incendie il y a des années. Ce n'était plus qu'une coquille vide.

Si les catholiques immigrés et les électeurs démocrates des autres quartiers forment une population plus nombreuse que la nôtre, nous avons toujours eu des maires républicains. Thomaston passe pour quantité négligeable auprès des candidats de gauche du sud de l'État, qui ne gaspillent pas d'argent à placer des spots publicitaires sur nos antennes locales. Petit garçon dans l'East End, je me demandais pourquoi les voix d'une minorité comptaient plus que celles de la majorité, à quoi mon père n'avait pas d'explication à fournir, sinon que ça avait toujours été comme ça. Ma mère, en revanche, savait. Les ongles en étaient la raison. Ceux des gens du Borough étaient toujours propres, parce qu'ils ne mettaient pas les mains dans le cambouis, alors que les habitants du West End les salissaient tellement, jour après jour, qu'ils ne parvenaient jamais à les blanchir entièrement. Alors, un beau matin, ils renonçaient. Les gars de l'East End travaillaient comme nous, poursuivait ma mère, mais c'était dans notre nature de frotter avec une brosse dure et un savon rêche, de frotter jusqu'au sang, de sorte que nous avions les ongles aussi propres que les gens du Borough. C'est la nature humaine, disait-elle, on ne s'identifie pas à plus pauvre que soi. On fait affaire, dans la mesure du possible, avec les mieux nantis, dans l'espoir de l'être un jour soi-même. Comprendre cela, c'était comprendre l'Amérique, pas seulement Thomaston. Quand je lui demandais si cela ne pouvait pas changer, elle ouvrait la bouche, puis la refermait sans répondre. « Je te poserai, moi, cette question dans vingt ans, et on verra ce que tu diras. » Enthousiaste, je lui donnais mon accord, ravi à l'idée que, vingt ans plus tard, j'aurais saisi une chose qui lui échappait. Nous prévoyions une date en nous promettant de ne pas oublier, et bien sûr nous avons oublié.

Bien que nous résidions maintenant dans le Borough depuis des années, je doute que quiconque à Thomaston soit plus démocratique et plus égalitaire que mon épouse et moi. Je me suis, dans un sens, déployé dans la ville entière, puisque j'ai mon enseigne dans le West End et dans l'East End, et toute ma vie j'ai parcouru les rues de Thomaston à pied. Aujourd'hui encore, je marche au moins une heure chaque jour dans les différents quartiers — où je suis connu et, je le pense ou l'espère, respecté.

« Un de ces quatre, tu vas te croiser à l'aller ou au retour, papa », me fait souvent remarquer Owen, qui a lui aussi toujours habité cette ville.

Il y a une vérité symbolique dans ce propos. Car il est peu d'endroits à Thomaston qui ne me rappellent pas un souvenir personnel.

Ce moi même que je rencontre dans la rue est, je le confesse, quelqu'un d'une banalité totale. Je suis grand et costaud comme mon père, et je m'en suis toujours félicité. Je l'aimais plus que je ne saurais le dire, au point que, bien des années après sa mort, j'ai toujours du mal à entendre un mot de travers à son sujet. Il y a quelque chose de doux-amer dans ce qui nous rassemble. Si je crois être intelligent, j'admets que je n'en donne pas forcément l'impression. Nous recueillons, au cours d'une vie, assez de commentaires sur notre personne pour évaluer le gouffre qui sépare l'image qu'on veut donner de soi de la perception qu'en ont les autres. J'ai toujours su qu'il se passe plus de choses en moi que je n'en montre, mais cela est probablement vrai de tout le monde. Qui n'aimerait pas être mieux compris ? Réservé, je suis sensible au regard d'autrui et embarrassé par celui que je porte sur moi. Quand certains, regrettant d'avoir parlé trop vite, voudraient revenir sur ce qu'ils ont dit de peu amène ou d'irréfléchi, j'ai plutôt tendance, moi, à regretter les propos que je n'ai pas su tenir. Pis, ces regrets s'accumulent, les mots s'empilent les uns sur les autres comme les pierres d'un barrage, bloquant toute forme d'expression. Et quand le barrage cède, je laisse échapper une phrase sous le coup d'une urgence déplacée, du fait que mon observation arrive beaucoup trop tard. Par conséquent, si l'on ne me connaît pas, on conclurait facilement que je suis un peu lent, ce en quoi je ressemble à mon père.

Je ne sais plus à quel âge j'ai entendu pour la première fois quelqu'un traiter Big Lou Lynch de « bouffon ». J'étais tellement surpris que, sûr de me tromper sur le sens véritable du mot, je suis allé vérifier dans le dictionnaire. J'ai probablement entrevu ce jour-là les obscurs fondements de la méchanceté, et mesuré notre impuissance devant elle. Quoi qu'il en soit, j'ai remarqué que, parfois, les gens paraissent gênés de finalement m'aimer bien, comme s'ils ne comprenaient pas pourquoi. J'ai reçu beaucoup d'amour dans ma vie, peut-être plus que je n'en mérite, mais mon père est la seule personne à m'avoir aimé sans réserve, c'est pourquoi il m'est impossible d'en émettre à son sujet. Je suis son fils à un autre égard : nous sommes tous deux des optimistes. C'est notre nature de nous réjouir de ce que nous avons. Ce qu'on nous donne compte plus que ce qu'on nous refuse ou qu'on nous reprend après un certain temps. Avant de devoir quitter la vie, trop jeune, mon père lui rendait grâce, comme je rends grâce à la mienne.

Mes plus vieux souvenirs remontent à la maison minuscule où nous vivions avec mes grands-parents maternels, à cinq kilomètres au sud de Thomaston. Le jardin partait en pente vers le Cayoga. Quand les arbres étaient nus, l'hiver, je voyais l'eau étinceler depuis les fenêtres à l'étage, et on m'interdisait d'aller jouer sur la rive. Mon grand-père avait une voiture et, lorsque je me réveillais dans la chambre que je partageais avec mes parents, il était déjà parti au travail avec papa. Je revois vaguement maman se plaindre d'être obligée de vivre « les uns sur les autres », mais nous n'avions pas épargné assez pour prendre un appartement à nous dans le centre. En l'absence d'autres enfants autour de moi, j'étais silencieux et solitaire, et maman était bien décidée à ce que j'entre à la maternelle, en ville, pour me faire des amis. Elle avait déjà sa première année d'études comptables, et elle ne doutait pas de trouver un emploi quand je serais à l'école.

Nous ne devions pas avoir beaucoup d'économies car, lorsqu'ils m'ont inscrit, ils ont loué un appartement dans le West End, dans une impasse dénommée Berman Court. Il n'y avait que cinq immeubles dans celle-ci, deux de chaque côté de la rue et le dernier au fond, un bâtiment à deux étages, planté en haut d'une pente abrupte au-dessus du Cayoga. Je me rappelle avoir eu du mal à croire que je voyais la même eau couler depuis la maison de mes grands-parents. C'était comme un autre univers. La fenêtre de ma chambre, à l'arrière de la maison, était si haute que j'avais peur de tomber sur la berge en bas et de me noyer dans le ruisseau. La plupart des bâtisses du quartier étaient des constructions bâclées, déjà bancales le jour de leur achèvement. Les cheminées, fissurées, s'effondraient de temps en temps sur le perron tordu de la maison d'à côté. Je me souviens de l'odeur de moisi qui se dégageait du Cayoga, un relent de chimie qui se propageait par la cage d'escalier jusqu'à nos chambres surchauffées, où régnaient des effluves d'huile de cuisson et de chien qui ne sort pas assez souvent.

Mon père était laitier. Son salaire nous suffisait quand nous vivions chez mes grands-parents, mais pas ensuite, ce dont je n'avais pas conscience à l'époque. J'étais fier que tout le monde à Thomaston semble connaître et apprécier Big Lou, que partout où l'on aille, les gens donnent un coup de klaxon, le saluent depuis l'autre côté de Division

Street, s'arrêtent pour lui serrer la main devant chez le coiffeur. Ma mère, en revanche, ne jouissait pas d'une telle popularité et, si je l'aimais beaucoup, je me suis parfois demandé pourquoi mon père l'avait épousée. Elle était terriblement mince, anguleuse, ses sourcils se rejoignaient sur son front lorsqu'elle prenait un air sérieux, et c'était presque tout le temps. À en croire les vieilles photos, elle n'avait jamais été jolie. Je ne veux pas dire qu'elle manquait de charme, mais c'était le genre de fille qu'on ne remarquait pas et, maintenant qu'elle était devenue une femme, les gens semblaient ne jamais la remettre. Si quelqu'un hésitait devant elle, même quelques secondes, elle leur rappelait son nom, comme si elle comprenait trop bien le problème. Je trouvais dommage qu'elle ne soit pas enjouée et facile à vivre comme papa, car au moins on se serait souvenu d'elle.

Après notre installation à Berman Court, quand mon père partait faire sa tournée, maman restait travailler à la maison. Elle tenait les comptes de plusieurs petits commerces et, sans ces revenus supplémentaires, papa n'aurait jamais eu les moyens d'être l'homme généreux que tout le monde, du moins au début, connaissait. « Monsieur joue les seigneurs », disait-elle, chaque fois qu'il acceptait de prêter un dollar ou qu'il offrait un café. Je n'ai jamais eu l'impression que mes parents étaient pauvres, mais ils se disputaient souvent au sujet de l'argent. Mon père adorait acheter des choses dans les vide-greniers, toutes sortes d'affaires qui, selon lui, valaient beaucoup plus que les vingt-cinq ou cinquante cents qu'il les avait payées, et que ma mère considérait inutiles puisque nous ne savions pas quoi en faire. Il déboursait, par exemple, un dollar pour un pneu, à condition qu'il ne soit pas tout à fait lisse, alors que nous n'avions pas de voiture. (Il n'était pas censé se servir du camion pour ses besoins personnels, mais on le lui laissait pour les courses du samedi matin au A & P[1], une fois sa tournée terminée.) « Je connais un type qui me le prendra pour deux ou trois dollars au moins, ce pneu », affirmait-il, ce qui se vérifiait la plupart du temps. Lorsqu'il rapportait

1. Grande chaîne américaine de magasins alimentaires.

encore « tout un bric-à-brac », disait ma mère, elle y jetait un coup d'œil et s'exclamait : « Mais qu'est-ce qui t'a pris d'acheter ça ? » À quoi il répondait : « Vingt-cinq cents, ça m'a pris, c'est tout. » Il n'était pas non plus capable de résister devant un billet de loterie ou une tombola du Rotary Club, que maman qualifiait d'« impôts sur l'ignorance ». Et pour lui, s'il gagnait, même une chose dont on n'avait ni besoin ni envie, c'est qu'il avait eu raison de jouer. Cela arrivait d'ailleurs assez souvent. « Et si ç'avait été un rhume de cerveau, le premier lot ? » se moquait ma mère, devant l'aquarium plein de bonbons fourrés qu'il avait dans les bras. Il l'avait remporté en devinant combien il en contenait. « Tu aurais acheté un billet quand même ? Mais tu n'aimes pas ça, les bonbons fourrés ! » Oui, mais peut-être qu'il aimerait ça, maintenant. Il avait neuf cent soixante-treize occasions de changer d'avis. « Et puis, assurait-il, Louie les aime, ces bonbons, pas vrai, Lou ? » Ce que je reconnaissais, même si je n'en étais pas très friand. « Parfait, disait ma mère, ça nous fera cinquante dollars de caries, au moins. » Mais c'était ainsi, il gagnait tout le temps une chose ou une autre et, si l'on m'avait demandé d'expliquer pourquoi ma famille avait tant de chance, j'aurais dit que c'était grâce à lui. C'était comme un don du Ciel de l'avoir près de soi, et j'étais sûr que, moi aussi, je serais un gagnant dans la vie.

Maman s'était trompée en pensant que je me ferais des amis en ville. Dès le premier jour de classe, je me suis méfié de mes camarades, à cause du surnom qu'ils m'avaient donné. Un an après notre arrivée à Berman Court, j'étais presque aussi solitaire que je l'avais été à la campagne chez mes grands-parents. Je dis « presque », parce que j'avais tout de même trouvé un copain, ou un genre de copain, en la personne de Bobby Marconi, qui vivait avec ses parents au premier étage de notre maison. Son père travaillait la nuit à la réception de l'hôtel et il tentait de se faire embaucher à la poste, où il remplaçait déjà les facteurs en congé maladie. Hélas, cette amitié se limitait à nos allers et retours de l'école. Une fois que nous étions revenus chez nous, il était rare que nous nous revoyions avant le lendemain matin, et nous ne jouions jamais ensemble les week-ends. Évidemment, le dimanche, les Marconi allaient à la messe à Mount Carmel avec les Italiens, et nous autres Lynch à St. Francis avec les Irlandais. C'était exaspérant d'avoir mon seul copain à l'étage en dessous, et de le fréquenter si peu. Maman disait que les Marconi préféraient rester entre eux et, quand je lui demandais pourquoi, elle répondait qu'ils étaient comme ça, point final. On ne forçait pas les gens à entretenir des relations, encore moins entre voisins.

Toutes ces explications n'en étaient pas pour moi. Selon mon père, on n'avait jamais trop d'amis, alors pourquoi les Marconi considéraient-ils les gens comme des boulets, lorsque ces gens étaient aimables et intéressants comme nous ? À quoi ma mère répondait que tout le monde n'était *pas* comme nous. Nous avions l'habitude — du moins mon père, disait-elle — de tenir les gens au courant de ce que nous faisions, surtout quand la chance nous souriait. S'il gagnait vingt dollars à la kermesse de l'église, papa pensait que ça devait se savoir. Mais un autre individu préférait garder cela secret, pour éviter les jalousies, voire une demande de prêt inopportune, disait-elle aussi. Cette logique me paraissait aussi infondée que déroutante. Juste avant que nous partions pour Berman Court, mes grands-parents avaient acheté un poste de télévision, peut-être pour nous inciter à rester. Papa aimait regarder la télé autant que moi et, quelque temps plus tôt, je l'avais surpris en train d'en parler avec maman. Ils envisageaient d'en trouver une d'occasion. Lui pensait que nous en aurions les moyens, contrairement à ma mère, qui tenait les comptes et réglait les factures. J'avais appris que les Marconi voulaient aussi en acheter une, et j'ai dit à Bobby que si nous avions la nôtre avant eux, nous les inviterions à regarder nos émissions préférées. Je le lui avais proposé sans consulter mes parents, pour inciter les siens à en faire autant s'ils avaient la leur avant nous. Je m'étais dit que le petit écran rassemblait les gens, et c'était un raisonnement erroné, je m'en rends compte aujourd'hui. Au lieu de nous ouvrir leur porte, la télé n'aurait servi qu'à la tenir plus longtemps fermée.

J'avais l'impression distincte que nos mères, si elles avaient été livrées à elles-mêmes, auraient pu être amies, comme Bobby et moi, mais que pour une raison ou une autre, cela leur était interdit. Mme Marconi, grande et pâle, d'origine irlandaise, semblait ne jamais sortir de chez elle. Quand Bobby et moi rentrions de l'école, nous les trouvions en train de discuter, à l'abri des regards, sur le palier du premier étage. Mme Marconi tenait toujours sur sa hanche un des frères de Bobby, et la plupart du temps, deux petits yeux clairs nous observaient derrière la porte entrouverte. En nous apercevant, elle rentrait aussitôt chez elle, comme si je l'avais surprise en flagrant délit, que j'étais un espion prêt à la dénoncer.

Comme bien des enfants, j'étais hostile à tout ce qui est mystérieux et incertain. Alors j'assaillais ma mère de questions. Pourquoi ne pouvait-elle pas devenir l'amie de Mme Marconi ? Pourquoi nos deux *familles* ne pouvaient-elles pas être unies ? À quoi, toujours plus évasive, maman répondait que nous avions des façons différentes de concevoir les choses. Oui, tellement peu en commun. Tellement peu en commun ? N'étions-nous pas l'image inversée les uns des autres ? Mon père était irlandais, elle italienne, et c'était le contraire chez les voisins. En arrivant à Berman Court, je m'étais demandé, en les rencontrant, s'il n'y avait pas eu une sorte de confusion. Mme Marconi avait une douceur qui correspondait mieux à mon père qu'à son propre mari, et peut-être aurait-elle été moins stressée si elle avait vécu avec quelqu'un d'accommodant comme Big Lou Lynch. Je n'aurais pas souhaité ça, mais ma mère, qui ne craignait pas grand-chose avec ses idées arrêtées, aurait paru mieux assortie à M. Marconi. Les Italiens seraient allés à Mount Carmel, les Irlandais à St. Francis, et tout le monde aurait été à sa place. N'étant qu'un petit garçon, il ne m'était pas venu à l'esprit que, dans ce cas, ni Bobby ni moi n'aurions existé. Mais cette interversion aurait semblé plus viable, et j'étais étonné d'être le seul à y avoir pensé.

Petit à petit, j'ai fini par comprendre que, si Bobby et moi n'étions pas de très bons copains, c'était parce que son père en voulait au mien. Comme tout le monde l'aimait bien, le mien, ce M. Marconi me paraissait mal embouché. Je l'étudiais attentivement chaque fois que j'en avais l'occasion, dans l'espoir de saisir ce qui n'allait pas chez lui. Il n'était pas aussi grand que mon père, mais il était costaud et musclé. Il avait une drôle de façon de se pencher en serrant les poings, comme s'il se rappelait que, non, il ne devait pas se mettre en colère. Alors il les rouvrait. Il avait une tache de vin sur le front, à la naissance des cheveux, qui semblait grossir à mesure qu'il se contenait. Que pouvait-il bien avoir contre mon père ? De toutes les choses que je désirais savoir, c'était la plus pressante car la plus incompréhensible. Il y avait apparemment un lien avec l'armée. Il avait fait la guerre, contrairement à papa qui avait été exempté — non par lâcheté ou par insoumission, mais parce qu'il avait les pieds plats. Mon père s'était efforcé de le lui expliquer, et M. Marconi lui avait répondu avec un petit sourire : « C'est une drôle de loterie, quand même. » Puis il avait cité une flopée d'autres gars aux pieds plats, qui avaient réussi à se faire incorporer. « C'est peut-être dommage, d'ailleurs, avait-il conclu, un type comme vous, qui sait toujours tout faire, ça aurait pu nous être utile, allez savoir ? »

« Comme si on l'avait envoyé en Normandie, tiens ! », avait commenté maman quand papa lui avait rapporté ça. D'après Mme Marconi, la guerre était finie quand son mari était arrivé en Europe, ce qui expliquait, selon ma mère, qu'il fasse la sienne une fois rentré. « Ne t'avise pas de répéter ça, m'avait-elle ordonné en s'apercevant que j'étais encore dans la pièce et que j'avais tout entendu. La maman de Bobby n'est pas censée parler de la famille, et je suis censée ne rien savoir, moi non plus. »

Dans son uniforme de facteur, M. Marconi conservait l'allure d'un soldat et je m'attendais toujours plus ou moins à le voir porter un pistolet. Selon maman, il dirigeait sa famille comme une petite armée, en accordant une importance particulière à la discipline. Chez nous, l'autorité, c'était ma mère, et elle n'avait pas vraiment besoin de l'exercer. Je n'ai jamais été têtu ni désobéissant, et un air de reproche suffisait à me rappeler à l'ordre. Ni mon père, ni elle n'ont jamais levé la main sur moi. Il faut croire que les choses allaient autrement chez nos voisins, où M. Marconi faisait appliquer un règlement de son cru. Était-ce une raison supplémentaire de ne pas aimer mon père, un homme qui ne maniait jamais la trique ?

Je n'étais pas le seul à ne pas comprendre les animosités de ce monsieur. Papa, qui n'y arrivait pas non plus, redoublait d'efforts lorsqu'il le croisait dans l'entrée.

« Fiche-lui la paix, Lou, disait maman. Tu ne lui plais pas et puis voilà.

— Mais j'aimerais bien savoir ce que je lui ai fait. Je lui ai rien fait, à ce gars-là, moi !

— Je sais, Lou, je sais. Je te demande seulement de le laisser tranquille. »

C'était au-dessus de ses moyens. Je m'en rendais compte moi-même. Papa se débrouillait pour le coincer dans l'escalier ou devant les boîtes aux lettres, bien décidé à se faire apprécier ou à comprendre pourquoi cela resterait impossible. Et pour briser la glace, il lui parlait d'argent, de la vie qui ne cessait d'augmenter, et ça n'en finirait jamais, comment allait-on faire pour boucler le mois, sans parler du prochain ? Des sujets qu'il croyait universels, assez communs pour qu'on ait envie de répondre, même de se trouver des atomes crochus. « Ah, ce que Tessa a dépensé ce week-end, pour habiller Louie pendant l'hiver ! J'ai du mal à le croire. Pourtant, on n'a qu'un seul enfant. Avec trois, ça doit pas être commode… » Il s'interrompait pour que M. Marconi libère l'élan de sympathie attendu, ou fasse le compte de ses propres factures. Mon père supposait que le voisin, avec ses deux jobs, gagnait plus que lui à la laiterie. Cependant, avec trois enfants et un quatrième en route, cela ne faisait plus beaucoup de différence. En outre, le bruit courait que l'hôtel allait fermer. « J'ai dit à Tessa que Calloway est hors de prix, poursuivait papa, son interlocuteur restant silencieux. Qu'elle s'en sortirait mieux chez Foreman, mais elle pense que ce qui est bon marché ne dure pas, que ça coûte finalement plus cher, et elle a sans doute raison. » Ce n'était pas vraiment ainsi qu'il avait réagi la veille, en découvrant le montant des dépenses. Mais la nuit avait fait son œuvre, et je savais qu'en réalité il était fier d'avoir déboursé cet argent. « D'ailleurs, quand on a les moyens, à quoi bon lésiner, si c'est pour les enfants ? Quand on ne peut pas, c'est pas pareil, bien sûr, mais autrement, si ça ne fait qu'un dollar de plus, hein ?

— On en aura peut-être besoin le lendemain », concluait M. Marconi, qui rentrait chez lui en claquant sa porte au nez du paternel, avec plus de force que nécessaire.

« Arrête de te vanter devant lui, ordonnait ma mère. Tu sais qu'ils s'habillent chez le fripier.

— Mais qu'est-ce qu'il en fait, de son argent, alors ?

— Ça ne nous regarde pas, Lou. Il ne t'aime pas. Laisse-le tranquille.

— J'aimerais savoir pourquoi, c'est tout. Je lui ai jamais rien fait, moi. »

Et maman de se frotter les tempes du bout des doigts.

Nous avions pour seul point commun de vouloir quitter le West End dès que nous en aurions les moyens. Pour ma mère surtout, Berman Court ne devait être que temporaire. Elle aurait voulu louer tout de suite dans l'East End, mais elle avait grandi dans les années 30, à la fin de la Grande Dépression, ce qui la rendait prudente. Elle préférait ne rien posséder plutôt que perdre demain ce qu'elle avait aujourd'hui, disait-elle. Les grossesses successives de Mme Marconi la chagrinaient. Maman affirmait que chaque nouveau bébé l'enracinait plus encore dans le quartier.

Un jour en fin d'après-midi, je me rappelle avoir frappé chez eux et attendu un long moment sur le palier. J'entendais du bruit à l'intérieur, donc quelqu'un était là, quelqu'un qui, je le sentais, écoutait de l'autre côté en espérant que ce visiteur s'en aille. Il a fallu que je frappe une deuxième fois pour que Mme Marconi réponde, d'une voix craintive, juste derrière la porte : « Qui est-ce ? » Je lui ai dit que c'était moi, et elle a déclaré : « Bobby ne peut pas sortir. » Je lui rapportais simplement une affaire que ma mère avait empruntée la veille.

« Cette fille est terrorisée », a dit maman quand je suis revenu. J'ai voulu savoir à cause de quoi, et elle a prétendu l'ignorer. Je ne l'ai pas crue. J'étais terrifié à l'idée que, dans notre propre maison, une chose inconnue puisse faire peur à une grande personne. Et je me suis demandé si papa était capable de nous protéger.

St. Francis était la seule école primaire catholique de Thomaston. À la fin de la maternelle, le curé de la paroisse, le père Gluck, avait convaincu ma mère de m'y inscrire. Je suppose qu'elle cultivait — vainement — l'espoir que mon surnom ne m'y suivrait pas. Les parents de Bobby l'y avaient aussi inscrit en neuvième car il s'était mis à fréquenter une bande de petits voyous de l'école de Cayoga, d'où on l'avait renvoyé plus d'une fois, pour bagarres répétées, ce qui inquiétait beaucoup Mme Marconi. Lors d'une de leurs conversations furtives dans l'entrée, maman lui avait affirmé que les élèves de St. Francis étaient moins agités, et que ça serait aussi bien pour moi que Bobby soit là-bas. Nous pourrions rester amis, partir et revenir de l'école ensemble. L'idée avait séduit Mme Marconi, mais elle pensait que son mari refuserait de payer les frais de scolarité. Nous avons donc été surpris en apprenant qu'elle avait obtenu gain de cause. Ma mère s'est demandé si M. Marconi ne s'était pas laissé convaincre du fait que les classes de St. Francis portaient un uniforme, ce qu'il approuvait de tout cœur, la tenue influant selon lui sur le comportement.

La primaire de Cayoga était tout près de Berman Court, et St. Francis se trouvait une demi-douzaine de rues plus loin, dans la direction inverse. Elle était située sur la berge opposée du Cayoga, que nous devions traverser, à l'aller comme au retour, sur une étroite passerelle. Les deux établissements libéraient leurs classes les unes après les autres, avec un intervalle de dix minutes, en commençant par les plus petites. Si l'on était en onzième avec un frère en dixième ou en neuvième, on avait le droit de l'attendre dans un bureau. Sinon on rentrait directement chez soi. Le hic, c'est que les grands de l'école publique étaient relâchés au même moment que les petits de la catholique. Les élèves de St. Francis essuyaient souvent des quolibets parce qu'ils portaient un uniforme, que leurs professeurs étaient des sœurs, et il fallait un peu de courage pour sortir par la grande porte. Pour certains d'entre nous, il était possible de filer par l'arrière, de traverser la petite cour de récréation et de nous glisser dehors par une ouverture dans le grillage. Nous suivions ensuite un sentier escarpé entre les arbres jusqu'au Cayoga, et nous prenions la passerelle pour rejoindre l'autre rive. Là, trois pâtés de maisons nous séparaient, Bobby et moi, de Berman Court.

Le point noir du trajet était justement cette passerelle. Le ravin était si profond qu'on ne la voyait, ni depuis l'école, ni depuis la rue en face. La traversée d'une rive à l'autre ne prenait qu'une minute mais, si les gars de l'école publique arrivaient avant et qu'aucun adulte ne se trouvait là, ceux de St. Francis devaient payer un « droit de passage » — ce qu'on avait sur soi : une pièce, une bille, un bonbon. Si l'on n'avait rien de mieux qu'un crayon cassé, on nous faisait une clé au cou, un croche-patte, et on atterrissait brutalement sur le sol avant de partir en courant sous les risées. Les jours où Bobby Marconi ne m'accompagnait pas, je m'assurais toujours d'avoir quelque chose à donner.

Car voilà : Bobby ne « payait » jamais, et moi non plus quand j'étais avec lui. Nos racketteurs étaient cette bande avec qui il avait fait les quatre cents coups l'année précédente, et ils se connaissaient bien. Leur chef était un certain Jerzy Quinn, qui avait un an de plus que lui. Ils avaient été renvoyés en même temps l'année précédente, ce qui avait fait d'eux des amis prudents, et parfois des rivaux. Jerzy s'amusait à le traiter de catho, de mauviette qui ne fréquentait plus que les filles — une allusion à mon surnom que j'avais aussitôt comprise. Bobby ripostait en lui disant : « Chante, Jerz, chante. » Le père Quinn était un ivrogne qui s'époumonait le samedi dans les bars, du côté de la tannerie, avant de finir ivre mort dans le caniveau.

On a frôlé un jour de vraies hostilités, et c'était à cause de moi. Au début de l'année scolaire, nos racketteurs avaient voulu me dépouiller. L'un d'entre eux, Perry Kozlowski, me tenait par le cou pendant que les autres me faisaient les poches. Bobby leur a dit de me laisser tranquille, je n'avais rien à donner puisque j'étais avec lui. Sans remettre en question leur « contrôle » de la passerelle, il se prévalait de notre amitié pour m'exempter du droit de passage. « Et au nom de quoi ? » a rétorqué Perry, comme si les exceptions étaient gouvernées par des règles précises. Ils se sont lancés dans une discussion compliquée, sans pour autant que le collègue desserre son étreinte autour de mon cou, et Jerzy a fini par dire : « Lâchez-le. Il en vaut pas la peine. »

Quand ils ont disparu, j'ai demandé à Bobby pourquoi j'étais exempté, puisque bien sûr ça me travaillait. Il a haussé les épaules, comme si je l'implorais d'expliquer les lois de la nature. « Pour certains, c'est pas obligé, Luce, m'a-t-il dit. Mais pour d'autres… » Nous savions tous deux ce qui arrivait « aux autres », dont je faisais normalement partie. C'est une des raisons pour lesquelles j'étais content de l'avoir pour copain, et pourquoi j'étais tellement effondré quand, à la fin de l'année scolaire, M. Marconi a décroché son plein temps à la poste et que toute la famille a déménagé dans l'East End.

À la rentrée suivante, Bobby n'étant plus là, je savais que les gars de l'école publique allaient me tomber dessus. On nous libérait à l'heure la plupart du temps, ce qui me permettait d'arriver à la passerelle avant eux et, une fois de l'autre côté, de remonter la berge en vitesse jusqu'à Berman Court. Parfois, en sortant des bosquets, je les entendais, deux rues plus bas, me lancer leurs railleries entremêlées de cris de joie. S'il apparaissait nettement que je pressais le pas, ils entonnaient : « Cours, Lucy, cours ! » Je ne me faisais pas prier et ils riaient de plus belle. Nous savions tacitement que le jour viendrait où mon institutrice nous relâcherait en retard sur l'horaire, la leur avec un peu d'avance, et ce jour-là, on réglerait les comptes.

Quand c'est finalement arrivé, je n'ai eu à m'en prendre qu'à moi. J'étais resté après la classe pour aider sœur Bernadette — un honneur — à battre les brosses du tableau noir. En traversant la cour, puis en m'engageant dans le sentier, j'ai cru entendre des voix derrière les arbres en dessous. J'aurais pu évidemment rebrousser chemin, demander à sœur Bernadette de téléphoner à ma mère pour qu'elle vienne me chercher, mais j'avais beau craindre les gamins du « péage », j'avais encore plus peur de passer pour une poule mouillée. C'était une chose de faire demi-tour si j'en avais aperçu quelques-uns devant la passerelle — et donc de me soustraire à un danger réel —, mais c'était tout autre chose de fuir une ombre, qui n'était peut-être qu'un élève d'une petite classe. J'avais battu les brosses pendant un bon quart d'heure, puis j'avais discuté un moment avec la sœur, et les gars de l'école publique avaient pu s'éloigner. C'est du moins ce que je m'étais dit en partant le long du sentier, m'arrêtant un instant, l'oreille tendue devant les bosquets, pour observer la rive sombre en contrebas. Il y avait bien sûr le bruit du ruisseau, mais celui-là seulement ? Des propos s'y mêlaient-ils, ou étaient-ils couverts par le murmure de l'eau ?

Je ne sais combien de temps je suis resté immobile avant de descendre, non sans méfiance, dans l'obscurité qui se refermait sur moi avec le feuillage. Un cahier d'exercices était posé au milieu de la passerelle. Contrairement aux nôtres, ceux de l'école publique étaient réutilisés d'année en année, barrés de coups de crayon effacés à la gomme après le dernier trimestre. Les réponses étaient toujours visibles sur les pages, comme des fantômes, et les bonnes cases encore cochées. Comment ce cahier pouvait-il se trouver là sans son propriétaire ? Un murmure pressant s'est échappé des arbres. J'ai attendu, paralysé, mais à part le frémissement de l'eau et le vent dans les hautes branches, il n'y avait que le silence. En mettant le pied sur la passerelle, j'ai entendu un bruit dans mon dos et, me retournant, j'ai aperçu le garçon rieur qui, sortant de sa cachette derrière un grand chêne, m'empêchait de battre en retraite. Deux autres se sont matérialisés devant moi, puis deux autres encore.

L'un d'eux était Jerzy Quinn qui, avec un sourire mauvais, s'est exclamé :

« Tiens, tiens, Lucy-Lucy ! »

Nous avons suivi le ruisseau. Il y a fort longtemps de cela, mais je garde un souvenir vivace de cet après-midi. Ils m'ont bien fait comprendre que je resterais leur prisonnier tant qu'ils le désireraient. Dès que je traînais, que je rechignais à trop m'éloigner de chez moi, ils me poussaient en avant, durement, se relayaient pour me flanquer des taloches sur la tête, me demandaient si j'étais une fille, puisque j'en avais le nom. Tous sauf Jerzy Quinn, qui ne participait pas aux réjouissances. Chaque fois qu'on me bousculait, qu'on me faisait un croche-pied, il m'aidait à me relever, sans cesser de me parler, de m'expliquer que je jugeais très mal les élèves du public, qu'ils n'étaient pas si mauvais que ça. La façon dont on me traitait ne semblait en rien entamer ses arguments.

Non, il me disait avoir fondé un club de bonnes œuvres avec ses amis, lequel avait pour mission de venir en aide aux malheureux, aux estropiés, aux veuves, etc. Les cotisations servaient à payer les béquilles, l'épicerie, les interventions médicales, et ils avaient déjà fait quantité de bonnes actions. Est-ce que je connaissais Janice Collier, une élève de huitième qui se déplaçait en fauteuil roulant ? Eh bien, qui l'avait acheté, son fauteuil, à mon avis ? Pendant ce temps, les ricanements et les railleries allaient bon train dans mon dos. On m'a de nouveau fait trébucher. Je me suis étalé dans le ruisseau, en m'écorchant la paume des deux mains sur les cailloux, pour le plus grand plaisir de mes ravisseurs. Une fois de plus, Jerzy Quinn m'a aidé à me relever, m'assurant que je n'avais rien, et il a continué de me vanter les mérites de son club, comme s'il ne voyait pas pourquoi je refuserais d'y adhérer. Au cas où j'aurais besoin d'autres garanties, je devais savoir que mon vieil ami Bobby Marconi en était membre lui aussi.

« On est ses meilleurs potes, m'a affirmé Jerzy. Les gars de l'East End, c'est tous des pédés, alors il vient nous rejoindre dans notre coin.

— T'es pédé, Lucy ? a demandé un autre garçon.

— Il ne sait même pas ce que c'est », a assuré un troisième, et c'était vrai.

Quel épouvantable voyage le long du Cayoga ! Cette discordance entre leurs gestes et ses mots à lui, l'assemblage incongru d'une amitié feinte, de brimades et de brutalités — c'était effrayant. Leur attitude indiquait clairement qu'ils allaient m'esquinter, et leur chef m'assurait qu'on ne me ferait pas de mal. Plus étrange encore, je sentais que sa fausse gentillesse était un élément du tour cruel qu'ils me jouaient, et pourtant je croyais à moitié Jerzy, ou j'avais désespérément envie de le croire. Son obséquiosité, son entêtement à me faire admettre que je m'étais trompé à son sujet et à celui de ses amis étaient d'une certaine façon convaincants, comme si derrière son jeu se cachait un autre garçon qui aurait réellement voulu se montrer charitable. Peut-être celui-là était-il le vrai. Peut-être allait-il empêcher les autres de m'estropier. Je voulais croire aussi qu'il ne mentait pas au sujet de Bobby, que Bobby serait là au bout du chemin, et qu'ils comprendraient alors qui était son meilleur copain.

Nous sommes finalement arrivés dans un endroit infect, où les berges s'élevaient, raides, de chaque côté du ruisseau. Enjambant celui-ci en hauteur, un pont de chemin de fer branlant était couronné à un bout par une petite construction noire, de guingois, qui donnait de l'autre côté sur une ancienne carrière de pierre. C'était donc leur repaire, la permanence du « club ». Des planches de contreplaqué avaient été disposées au fond sur les madriers. Au milieu se trouvait une vieille malle-cabine, et nous avons grimpé là-haut. Jerzy et moi étions au centre, les autres garçons autour de nous. Jerzy a observé la malle, puis m'a observé moi, longtemps, comme si j'étais censé tirer quelque enseignement de la présence de cet objet. Lorsqu'il a souri, j'ai lu sur ses dents jaunes que je m'étais trompé, il n'y avait pas de bon garçon chez lui.

« Alors tu veux adhérer au club ? » a-t-il dit, posant une main sur ma nuque et la serrant brutalement entre ses doigts.

En équilibre comme je l'étais sur une traverse, le moindre coup de coude m'aurait éjecté de la planche et envoyé sur la rocaille noire et déchiquetée en dessous. De crainte qu'un oui ait les mêmes conséquences désastreuses qu'un non, j'ai dit peut-être. J'allais demander à mes parents. Voir si c'était OK.

Ah, tu veux voir, m'a-t-on répondu, c'est bien ça, le problème. Parce que leur club était une société secrète dont la règle première interdisait qu'aucun parent soit jamais informé de ses bonnes actions. Il fallait que je décide moi-même et, dans l'affirmative, jurer solennellement de ne rien dire à personne. J'ai compris que je n'avais pas le choix, que je pouvais répondre n'importe quoi, cela ne changerait rien, et je me suis mis à pleurer comme une fontaine. Oui, leur ai-je dit. Oui, je veux être membre.

« Regardez, a observé l'un d'eux, le doigt tendu. Il est tellement content qu'il chiale. »

Dans ce cas, il n'y avait plus qu'à passer à l'initiation, ont-ils expliqué. Mais savais-je ce que c'était, une initiation ? J'ai admis que non, et ils ont ouvert la malle.

L'intérieur était sombre, excepté une mince fissure où passait un peu de jour, et ça puait l'urine, là-dedans.

« Eh, mais qui voilà ? » a dit une voix quand le couvercle s'est refermé sur moi.

Quelqu'un d'autre venait-il d'arriver ? Allait-on me sauver ?

« Je viens de réfléchir à une chose, Lucy, m'a dit Jerzy, à quelques centimètres de moi, sur le ton de la confidence. On ne peut pas t'accepter comme membre. Et tu sais pourquoi ? »

J'ai voulu arrêter de pleurer mais impossible. Maintenant qu'on me refusait l'admission, j'ai compris que j'aurais dû accepter dès le début.

« Dites-lui. »

Et alors, tous en chœur et s'esclaffant :
« On prend pas les filles ! »
Puis la voix de Jerzy à nouveau :
« Devine ce qu'on va faire, ensuite. »
C'est alors qu'ils ont commencé à scier.

* * *

Quand je suis revenu à moi, j'étais dans un noir d'encre et le silence au-dehors était si profond que je me suis demandé si je n'étais pas à la maison, dans mon lit, où j'aurais simplement rêvé ma claustration. Cependant ma chambre n'était jamais aussi sombre. Les branches de l'arbre devant ma fenêtre offraient toujours un reflet fantôme du réverbère le plus proche. En essayant d'étendre mes jambes, j'ai compris que je n'avais pas du tout rêvé cette malle.

Étais-je resté longtemps confiné dans l'obscurité ? Sans doute moins que je n'en avais l'impression. Surtout, en me réveillant, j'ai ressenti pour la première fois cette sorte de quiétude rêveuse que j'allais souvent éprouver au cours de ma vie. Épuisé par mes suppliques et mes cris, par la panique qui s'était emparée de moi quand j'ai vu la sciure commencer à pleuvoir par la fissure, j'avais attendu, au comble du désespoir, que la lame apparaisse sous le couvercle et me déchire la chair. Alors une chose bizarre s'était produite. En acceptant qu'il ne servait à rien de me débattre, j'avais capitulé et je m'étais simplement endormi. Je me souviens d'avoir pensé que c'était la solution, je n'avais qu'à perdre volontairement connaissance, et peut-être ce qui arrivait cesserait-il du fait que, dans un sens, je n'étais plus là pour le voir. Je ne me rappelle pas avoir appliqué le principe, mais j'ai dû le faire car j'étais de nouveau conscient, et cette épreuve épouvantable était terminée.

Je me suis peu à peu rendu compte de deux choses : du temps avait passé, et j'étais seul. Le fin rayon de lumière s'était éteint, ce dont j'ai déduit que la nuit était tombée. Le silence régnait à l'extérieur, signe que mes ravisseurs avaient filé. Loin de céder à nouveau à l'affolement, j'éprouvais une sensation de bien-être, inexplicable, mais bien réelle malgré la fatigue. Il semblait que, par ma volonté propre, j'avais tout fait disparaître, mes bourreaux, leurs rires, la scie et le reste. Toutefois, si c'était vrai, cela soulevait une question importante. Si je les avais chassés en m'endormant, allais-je les ressusciter en me réveillant ? Tout allait-il recommencer ? Je me suis dit que non, et je suis resté immobile, songeur et satisfait que les minutes se succèdent sans d'autres accès de terreur. Certes, je me demandais quelle heure il était, et si mes parents s'étaient lancés à ma recherche. Mais c'était là des considérations lointaines. J'étais enfermé dans le noir, et il était possible, probable même, qu'on ne m'en libérerait pas, ce qui aurait dû m'effrayer, et pourtant j'étais serein. J'avais plutôt l'impression d'accéder à une nouvelle phase de ma vie, très naturellement dans cette malle où, respirant une odeur entêtante de moisi et d'urine — notamment la mienne —, j'attendais la suite des événements. Ce qui piquait ma curiosité sans réveiller mes peurs, comme si je n'en avais plus en réserve.

Je me suis peut-être même rendormi car, en ouvrant à nouveau les yeux, j'ai entendu chanter, d'abord assez loin, puis de plus en plus près, et je ne voulais pas que les chanteurs — car il semblait y avoir deux voix, celles d'un homme et d'une femme — me trouvent. Brusquement elles étaient toutes proches, et j'ai compris qu'ils étaient entrés dans la partie couverte du vieux pont de chemin de fer.

La fille a ri, puis une gifle a claqué.

« Mais arrête, quoi, tu connais même pas les paroles ! reprochait-elle à son compagnon.

— Mais si, je les connais », a répondu l'homme, qui s'est remis à chanter.

Une autre claque.

« Arrête ! Je te dis que tu les…

— Il y a une chose que je *sais*, en tout cas. Tu me tapes encore une fois, et je t'en fous une dans le cul.

— Tu ne frapperais pas une femme.

— Ah, tu crois ça, peut-être ?

— Donne. »

Un bref silence.

« Y en a plus. »

Comme une empoignade, puis la voix très déçue de la fille :

« T'as tout fini ?

— Tu m'écoutes ou quoi ? »

Un bruit de verre brisé sur les rochers en dessous.

« Tu connais même pas les paroles ! a-t-elle recommencé.

— Ah, putain, tu vas pas remettre ça.

— Moi, je les connais. »

Elle avait, à ma grande surprise, une fort jolie voix :

« "Puis je t'embrasse… les lèvres… je te caresse le bout des doigts… et ton cœur…"

— "Et je t'embrasse les seins", s'est mis à roucouler le type, "et je te caresse le bout des nichons"…

— Non, non, non ! » s'est écriée la fille, et une autre claque a retenti.

Deux, même, car il avait dû la gifler en retour, sèchement, et elle s'est mise à pleurer.

« Tu m'écoutes pas !

— Tu m'as fait mal.

— Je t'avais dit d'arrêter.

— Mais c'était pour jouer.

— Ben, moi aussi. »

La fille a reniflé.

« Tu es brutal.

— Si t'es douillette, t'as qu'à aller retrouver ton gros con de mari. »

Ils s'embrassaient maintenant. Ils devaient être juste à côté de la malle.

« J'en veux plus, de lui. C'est toi que je veux. Et j'aimerais que tu sois plus gentil.

— En enfer, on a toujours soif. »

Du coup, les sanglots.

« L'enfer, c'est chez moi. Du soir au matin. Et j'en ai marre, de cet enfer.

— En enfer, on a toujours soif.

— Arrête de répéter ça. Arrête d'être méchant. »

D'autres baisers, puis :

« Pourquoi faut-il que les gens soient aussi durs ?

— En enfer, on a…

— Arrête ! J'te jure, tu dis ça encore une fois…
— Viens là. »
Le bruit d'une fermeture Éclair, suivi par des tâtonnements.
« Je te vois plus ! a dit la fille en ricanant.
— Et alors ? Tu sais pas à quoi je ressemble ?
— Mais je veux te voir. T'as pas envie de me voir, toi ?
— Pas spécialement.
— Ce que t'es méchant ! »
Les vêtements s'entassaient sur la malle.
« Viens ici, a redit l'homme.
— T'as qu'à venir, toi, a rétorqué la fille, juste avant de pousser un cri. Eh, c'est mes cheveux, salopard ! Tu me tires pas les cheveux !
— Tu fais ce que je te dis. Allonge-toi sur la couverture.
— T'as pas d'ordres à me donner. On n'est pas mariés.
— Il manquerait plus que ça.
— Je devrais même pas te laisser me baiser, connard.
— Trop tard. »
À l'évidence, la fille a retenu son souffle et, pendant un moment, il n'y a eu que des grognements d'animaux. Le calme qui est ensuite revenu était si complet que je me suis demandé s'ils m'entendaient respirer.
« Pourquoi les choses doivent-elles toujours être aussi moches ? » a-t-elle lâché à la fin.
Comme il ne répondait pas, elle a ajouté :
« Je le déteste.
— C'est pas le mauvais cheval, pourtant.
— Ça se voit que t'es pas sa femme.
— Si t'essayais d'être moins casse-couille, tout le temps, il serait peut-être moins chiant, aussi.
— Ouais, les hommes, toujours solidaires. »
Elle s'est levée, s'est approchée de la malle, et elle a commencé à se rhabiller. J'ai perçu, en arrière-fond, le bruit d'une bouteille qu'on décapsulait.
« Je croyais qu'il y en avait plus ?
— Non, y en avait plus. Mais j'en ai une autre. »
La fille s'est effondrée sur la malle.

« Tu aurais pu trouver un motel, quand même. M'enfin, quel genre de type emmène une dame dans un endroit pareil ? »

Il ne devait pas juger nécessaire de répondre et, dans le silence qui a suivi, j'ai dû émettre un petit bruit, car le couvercle de la malle-cabine s'est brusquement ouvert et j'ai vu cette femme qui me regardait. Son visage était à peine moins sombre que la pénombre autour, mais je suis arrivé à distinguer les aréoles noires de ses seins. Elle n'avait pas tout à fait ajusté sa jupe, et elle était torse nu. Elle a mis un certain temps avant d'être sûre que j'étais là.

Elle s'est retournée vers l'homme en tendant l'index vers moi.

« Il y a un petit garçon dans la malle.

— C'est ça, et puis quoi encore ?

— Un petit garçon ! » a-t-elle répété, étonnée de se l'entendre dire.

Elle a tendu la main pour m'effleurer la joue.

« Un vrai petit garçon.

— Tu es soûle », a-t-il cru bon de lui faire remarquer.

Devant moi, elle a agrafé son soutien-gorge et boutonné son corsage par-dessus. Puis elle s'est penchée si près que j'ai senti son haleine et l'odeur de son corps.

« C'est un sale type, m'a-t-elle confié avant de refermer le couvercle, ce qui m'a surpris autant que de le voir s'ouvrir. Où est mon sac ?

— C'que j'sais, moi ? »

Je l'ai entendu remettre son pantalon et remonter la fermeture Éclair.

Puis la fille, sur un ton plaintif : « Il est tombé.

— Où ça ?

— En bas. »

Par quoi elle voulait dire qu'il avait glissé entre deux traverses.

« Tu vas me le chercher ?

— Non, mais tu veux rire ?

— Je te déteste, a-t-elle dit. Je te déteste encore plus que mon mari.

— Baiser te rend pas de meilleure humeur, hein ? »

Les voix s'éloignaient maintenant. J'ai encore entendu cette femme qui disait, au loin :

« Il y avait un petit garçon dans la malle. »

Et puis plus rien.

Je me souviens à peine du retour à la maison. Le paysage nocturne confirmait la vague assurance que je vivais désormais dans un rêve. Clair tout l'après-midi, le Cayoga était maintenant écarlate, signe qu'en amont, à la tannerie, l'équipe de nuit avait déversé un nouveau bain de teinture. Sous la lune presque pleine qui s'était levée, l'eau bouillonnante avait la couleur du sang et, malgré toutes mes précautions, j'ai perdu l'équilibre à deux reprises et me suis mouillé de la tête aux pieds. J'avais cru que nous étions partis très loin, à un kilomètre ou deux de la passerelle, mais très vite des lumières sont apparues des deux côtés de la rive et, après un dernier coude, j'ai aperçu un immeuble qui se dressait au milieu des autres comme en haut d'une falaise. C'était ma maison à coup sûr, avec ma propre fenêtre illuminée sous le toit. Bien des nuits, réveillé par le vent dans les branches des ormes qui grattaient la façade, j'avais quitté mon lit pour observer, depuis cette même fenêtre, le ravin au clair de lune. Je m'étais demandé sans crainte ce que j'aurais ressenti dehors, dans ce décor fantomatique, au lieu d'être au chaud chez moi.

J'ai immédiatement reconnu, au milieu de la passerelle, la silhouette noire et immobile de mon père. J'ai essayé de retrouver ma voix pour l'appeler, mais la lune s'est cachée derrière un nuage et il a disparu. L'avais-je seulement imaginé ? Incertain, j'ai poursuivi sans rien dire mon chemin le long du ruisseau, jusqu'à l'endroit où, indifférent, il regardait l'eau qui défilait sous le pont. Je pense qu'il m'a entendu avant de me voir.

« C'est toi, Louie ? » a-t-il demandé, comme s'il doutait de ses sens, et j'étais aussitôt dans ses bras, à m'emplir de son odeur.

En sentant son grand corps secoué par les sanglots, je me suis remis à pleurer. Combien de temps sommes-nous restés à trembler dans les bras l'un de l'autre, je ne sais, toutefois son étreinte a refermé le monde onirique dans lequel j'étais plongé et permis à celui de tous les jours de reprendre ses droits.

Il y avait plusieurs véhicules de police dans l'impasse, et les voisins étaient sur leur perron quand nous sommes apparus devant les arbres, en face de la maison. Ma mère était en train de parler à un agent, qui nous a aperçus le premier.

« Je l'ai retrouvé, Tessa, a lancé papa à voix haute, sur un ton étrangement solennel. Notre Louie est sain et sauf. Je l'ai ici avec moi. »

Lisant l'horreur sur le visage de maman quand elle m'a entrevu, j'ai imaginé, comme parfois dans un cauchemar, qu'elle ne m'aimait pas, qu'elle aurait même souhaité qu'on ne me retrouve pas. La révulsion totale que lui inspirait le spectacle d'un petit garçon teint en rouge n'a évidemment duré qu'une seconde. Je devais incarner pour elle l'angoisse qui n'avait cessé de croître depuis que je n'étais pas rentré de l'école. Recouvrant ses esprits, elle s'est avancée vers nous, les yeux ruisselant de larmes, tandis que les voisins applaudissaient en poussant des cris de joie, ravis de s'être trompés. Car, bien sûr, eux aussi avaient conclu qu'on ne me reverrait pas vivant.

Aujourd'hui encore, plus de cinquante ans plus tard, je ressens profondément le caractère miraculeux de ces événements, même banalisé par l'examen rationnel des faits. J'avais eu, dans cette malle, la première de ces absences qui m'ont poursuivi toute ma vie. Les symptômes en sont maintenant familiers : l'épuisement, la somnolence, le détachement de la réalité, le sentiment d'être « parti », et ce bien-être inexplicable, irrésistible, qui marque mes retours — sauf que, cette fois-là, tout était nouveau. Ironiquement, je m'étais réveillé avec l'impression, non pas d'être une victime, mais le bénéficiaire d'un don inestimable. J'avais anticipé dans le noir un monde terrifiant et découvert, à ma grande surprise, que j'y étais en sécurité. J'avais même réussi à faire disparaître mes tortionnaires. M'étant débarrassé d'eux, je n'avais plus qu'à reprendre le chemin de la maison et sauter dans les bras de mon père.

Les voitures de police semblaient annoncer un événement dramatique — ma réapparition — mais cela n'avait rien à voir avec moi. J'ai appris par la suite qu'une bagarre avait éclaté chez Murdick, un bar minable du quartier, et l'un des antagonistes, qui habitait Berman Court, avait été appréhendé alors qu'il essayait de filer. En entendant du bruit, en imaginant qu'on m'avait retrouvé, ma mère s'était précipitée en bas, où la déception l'attendait. Elle avait passé la plus grande partie de l'après-midi et de la soirée à quadriller vainement le West End dans une voiture de police. J'avais l'air rescapé d'une sanglante aventure, pourtant il ne m'était rien arrivé de terrible — une évidence qui s'est lentement fait jour. En longeant le ruisseau au retour, j'avais compris, une fois ma terreur dissipée, que mes bourreaux n'avaient jamais eu l'intention de m'esquinter. Cette vérité s'était imposée quand, après le départ du couple, j'étais ressorti de la malle. Mes ravisseurs ne l'avaient pas sciée, ils avaient entamé un des chevrons de bois au-dehors, sur lequel la scie était encore plantée. Le puzzle s'était reconstitué pièce après pièce, sans que je m'en rende compte, et c'est seulement en me réveillant le lendemain matin que j'ai vraiment compris ce qui s'était passé : mes hurlements de frayeur avaient suscité des torrents de rires chez mes tortionnaires. J'ai également appris plus tard qu'ils avaient eu une sacrée frousse en ouvrant la malle et en me voyant en pleine catatonie. Me croyant littéralement mort de peur par leur faute, ils avaient pris leurs jambes à leur cou. Après une ou deux nuits blanches, deux d'entre eux avaient fondu en larmes et tout avoué. C'est pourquoi, en définitive, je n'avais été victime que d'une mauvaise farce — oui, cruelle — à moins de cinq cents mètres de Berman Court.

Le seul fait réellement miraculeux tient à la présence de mon père au milieu de la passerelle, à deux heures du matin, où il attendait mon retour depuis la tombée de la nuit. Cela avait rendu ma mère furieuse, pour qui cette veille imperturbable insultait la raison. Un garçon qui avait à peu près mon âge avait disparu du West End au printemps précédent. Beaucoup l'avaient cru kidnappé par un inconnu dans une voiture noire qui, selon la rumeur, venait encore rôder dans le quartier. C'était peut-être aussi ce qui m'était arrivé, avaient envisagé à voix basse les voisins et la police. Alors pourquoi, voulait savoir maman, mon père persistait-il à monter la garde au-dessus du Cayoga ? Pensait-il que nous vivions chez les fées et que, s'il était assez patient, je finirais par me matérialiser à cet endroit précis ?

Curieusement, c'est exactement ce que, les yeux braqués sur les eaux rouges et turbulentes du ruisseau, il semblait avoir en tête — comme si la seule force de sa volonté allait me ramener à la maison, me délivrer de cette vie parallèle que j'avais commencé à rêver dans la malle. Pour moi, ce cri — « Je l'ai retrouvé, Tessa ! » — résumait très bien la situation. C'est ce que je ressentais, ma menotte à l'abri dans sa grande main : il m'avait *retrouvé*. « Notre Louie est sain et sauf », avait-il dit à ma mère. Et, puisqu'il le disait, c'était vrai.

Sauf, je l'étais sans doute mais, selon la plupart des gens, je n'étais plus si sain. Sœur Bernadette a noté que j'étais souvent distrait en classe, que je me perdais dans la contemplation de la fenêtre. « C'est comme s'il partait quelque part, expliquait la jeune religieuse. Je doute qu'il sache lui-même où il va. » C'était pareil à la maison. « Où étais-tu à l'instant ? » me demandait ma mère, que mes absences inquiétaient autant que ce qu'elle lisait dans mon regard. « Tu peux me dire à quoi tu pensais ? »

Non. J'étais nulle part et partout à la fois. Entrant dans ma chambre un après-midi, elle m'a trouvé les yeux rivés sur la fenêtre, celle qui donnait sur le Cayoga. Nous étions fin novembre et, les arbres ayant perdu leurs feuilles, on apercevait au loin la charpente biscornue qui coiffait le pont de chemin de fer — le théâtre de mon supplice. Je ne l'avais encore jamais remarqué, ce qui m'étonnait. J'étais dans une transe dont maman n'a pas réussi à me faire sortir. Découragée, elle était sur le point d'appeler le médecin quand, revenant soudain à moi, j'ai eu l'air surpris de la trouver dans ma chambre. Me prenant par les coudes, elle a posé sur moi un regard si intense que j'ai eu besoin de détourner les yeux. « Où étais-tu, chéri ? m'a-t-elle demandé — une question qu'elle ne cesserait désormais de poser. Il faut me le dire, je ne peux pas t'aider si tu me caches des choses. »

J'étais incapable de lui répondre. Je ne savais pas si j'avais besoin d'aide, ni si je gardais des secrets — et, dans ce cas, je les ignorais. Je savais seulement que, selon elle et sœur Bernadette, quelque chose clochait. D'après le médecin de famille, j'étais encore terrorisé. Pourtant, je ne me rappelle pas avoir eu peur au cours des semaines et des mois qui ont suivi l'incident. Si séquelles il y avait, c'était plutôt l'étrange sérénité que j'avais ressentie en me réveillant, et l'impression d'avoir fait disparaître mes bourreaux. Un sentiment de puissance.

Il est vrai, en revanche, que j'étais rarement très heureux, sinon en présence de mon père, peut-être parce qu'il était le seul à ne pas insinuer que quelque chose n'allait pas. Et c'est à son diagnostic que j'adhérais. J'étais « sain et sauf ».

Maman n'avait pas rapporté la chose à ses parents. Peu après notre arrivée à Berman Court, ils avaient revendu leur maison pour s'établir plus au sud, dans le but, disaient-ils, de se rapprocher de ma grand-tante, qui était malade. Ils avaient certainement d'autres raisons. En prenant un appartement en ville contre leur avis, maman s'était rangée du côté de papa, et leur déménagement était censé lui faire comprendre qu'il fallait se débrouiller sans eux. Ils n'avaient rien contre mon père, mais ils ne cachaient pas que, selon eux, elle avait épousé un homme d'un rang inférieur. À ce jour, les préjugés restent nombreux dans le nord de l'État contre le monde rural, et dans notre vallée le mot « fermier » décrit tout un éventail de choses, qui va de la grossièreté au crétinisme. Mon père avait grandi dans une ferme, sans l'eau courante, sans l'électricité et sans toilettes à l'intérieur ; en outre, des arriérés d'impôts avaient forcé ses parents à la céder, et ils avaient fini leurs jours dans un asile de vieux en pleine campagne ; cela n'en faisait pas un mari convenable pour la fille d'un col blanc. Cela étant, mes grands-parents l'avaient accueilli chez eux — avec moi, bien sûr —, où nous avions vécu « les uns sur les autres » jusqu'à notre départ pour Thomaston.

Si maman n'avait pas parlé de l'incident, c'était, du moins dans un premier temps, pour éviter leurs « je-te-l'avais-dit », formulés ou pas. Ensuite, mes absences répétées l'ont convaincue qu'il fallait à nouveau déménager — quitter le West End —, ce que nous ne pouvions faire sans leur aide. Elle n'avait pas d'autre choix que de ravaler sa fierté.

Voilà quelles étaient nos intentions quand nous avons pris le train. (À l'époque, il y en avait un tous les jours, direct, pour le sud de l'État.) Papa ne nous a pas accompagnés, sous prétexte qu'on avait besoin de lui à la laiterie. Je crois que ma mère pensait arriver plus facilement à ses fins sans lui. J'aurais préféré rester à Thomaston, mais elle a insisté pour que je la suive, car personne ne serait là pour veiller sur moi quand papa travaillerait. J'étais de plus un argument en chair et en os dont elle ne pouvait se passer. Sa mission était malgré tout délicate. Elle serait obligée de révéler ce qui m'était arrivé, tout en affirmant qu'il n'y avait pas lieu de s'inquiéter. J'étais censé me remettre un jour ou l'autre, cependant le médecin était convaincu qu'un changement d'air me ferait du bien. La question n'était pas que le West End soit dangereux, comme mes parents l'avaient avancé, mais que Berman Court me rappelait constamment — n'était-ce pas inévitable ? — ce qui avait eu lieu. Je me sentirais plus en sécurité dans un autre environnement. Un nouveau décor permettrait d'illustrer ce qu'on me serinait : je n'aurais plus jamais à subir d'épreuves de ce genre. Ce point de vue n'était pas le mien puisque, comme je l'ai déjà dit, je n'avais pas peur. En revanche, maman avait peur, et je le savais. Plus d'une fois déjà, elle avait avancé qu'elle me connaissait mieux que moi-même, et elle avait peut-être raison.

On nous attendait à la gare. J'ai compris aussitôt que ma mère avait lâché quelques informations au téléphone, car ma grand-mère m'a pris dans ses bras en pleurant. Mon grand-père hochait la tête d'un air mécontent, ce qui a irrité maman. « Tu n'as pas de reproches à me faire », a-t-elle jeté sans même lui dire bonjour.

Ils m'ont trouvé changé, et la réciproque était vraie. Ils avaient vieilli depuis la dernière fois. Mon grand-père, agent d'assurances, avait pris une retraite anticipée. Non, il n'était plus droit comme un piquet, il n'avait plus cette fière silhouette dont je me souvenais. Ma grand-mère, qui avait toujours été mince, était cette fois franchement maigre, et ses mains tremblaient. Ils nous ont appris qu'il faudrait marcher, car ils n'avaient plus de voiture. Après le petit accident de grand-père, l'hiver précédent, ils avaient décidé de s'en passer, et de résilier leur police d'assurance. Des frais superflus. Il a pris la plus lourde de nos deux valises, mais à peine avions-nous parcouru cent mètres qu'il l'a posée sur le trottoir. Courbé, les mains sur les genoux, il avait du mal à retrouver son souffle. Maman l'a récupérée, puisque c'était la sienne, et il a eu besoin de s'arrêter deux fois encore. Il marchait difficilement et, sans l'aide de ma grand-mère, pourtant si frêle, il n'y serait pas arrivé du tout. Ils paraissaient non seulement malades, mais aussi effrayés, comme si rien ni personne, y compris eux-mêmes, n'était plus digne de confiance. Quand nous vivions ensemble, c'était évidemment parce que nous avions besoin d'eux. Trop jeune pour comprendre précisément quoi, je voyais bien maintenant que nous leur avions fourni quelque chose d'important en échange. Ils avaient survécu à la Grande Dépression en se serrant les coudes, en refermant le cercle familial, convaincus de s'en sortir par des liens solidaires. En les quittant, nous leur avions ôté un poids financier, mais ce n'est pas comme ça qu'ils voyaient les choses. Notre départ avait troué l'armure, les avait laissés vulnérables dans un monde brusquement hostile.

Ils occupaient maintenant un trois-pièces sombre, semblable au nôtre à Berman Court, encombré des gros meubles que ma grand-mère avait hérités de ses parents. Elle ne s'en serait séparée pour rien au monde mais, à l'évidence, elle n'avait pas la place de les garder tous. Sa sœur —

qu'elle avait rejointe ici pour veiller sur elle — était décédée quelques mois plus tôt, et la chambre dans laquelle nous avons dormi, maman et moi, était pleine également des siens. La sœur aussi avait refusé de s'en débarrasser. Ils occupaient tellement l'espace, empilés les uns sur les autres, qu'on avait peine à se déplacer. J'ai vu le découragement s'emparer de ma mère lorsqu'elle a évalué la situation de ses parents. Nous étions venus dans l'espoir de leur emprunter de l'argent. Cet appartement minable, plein à craquer, et la voiture qu'ils n'avaient plus démontraient à quel point ils en manquaient eux-mêmes.

En quelques jours, maman allait comprendre pourquoi. Leur déménagement, plus ou moins programmé pour la punir, s'était révélé plus désastreux que le nôtre à Berman Court. Ma grand-tante étant morte sans assurance vie, ils avaient dû payer les obsèques. Ensuite, et bien qu'ils n'en aient rien dit, tous deux étaient tombés malades, assez pour être hospitalisés — elle pour une pneumonie, lui pour des crises aggravées d'un asthme déjà chronique. Les factures de l'hôpital avaient mangé plus de la moitié du capital tiré de la vente de leur maison. Se rendant compte un peu tard qu'il s'était mis à la retraite sans en avoir les moyens, mon grand-père avait tenté de récupérer sa place, ce qu'on lui avait refusé. En conséquence de quoi, ils vivaient d'une maigre allocation de la sécurité sociale, et s'efforçaient de ne pas toucher au reste de leurs économies. Après la Dépression, ils avaient connu dans l'ensemble une existence sans besoins urgents, les nôtres exceptés, et maintenant l'urgence était là à chaque fin de mois.

Quand nous sommes montés dans le train du retour, maman avait l'argent qu'elle était venue chercher. L'équivalent d'un premier acompte, espérait-elle, pour une maison modeste dans l'East End. Ses parents étant désespérés, elle n'avait pas voulu l'accepter au début. Mais j'étais sa carte maîtresse, ce qu'elle savait dès le départ. Il suffisait de l'abattre pour gagner la partie. Bien sûr, elle avait promis de rembourser et, comme elle tenait depuis peu les comptes d'un nouveau client, elle pourrait probablement leur envoyer cinquante dollars chaque mois. Ma grand-mère avait exigé en échange que nous prenions quelques meubles pour notre nouveau domicile. Maman avait accepté, elle avait promis de louer ou d'emprunter un camion pour les emporter dès que nous serions installés. Grand-mère avait sans doute compris que cette échéance était à l'appréciation de ma mère. Elle savait bien que sa fille les trouvait affreux et démodés, ces meubles.

Mon grand-père est mort le premier, quelques mois à peine après cette visite. Maman a repris le train — je suis resté à Thomaston — pour s'occuper de l'enterrement. Grand-père avait vendu des contrats toute sa vie, mais lui-même n'était pas suffisamment couvert. Ces ultimes dépenses ont laissé ma grand-mère pratiquement sans ressources et, pourtant, elle a refusé de venir vivre avec nous. Lorsqu'elle a disparu elle-même un mois plus tard, maman a vendu tous ses meubles à un antiquaire de la ville. À l'air satisfait et cupide de celui-ci, elle a compris qu'il l'avait escroquée, qu'elle s'était méprise sur la valeur de ces biens, pour elle sans intérêt. Avait-elle également sous-estimé ses parents ? Je ne sais si l'idée lui a traversé l'esprit, mais j'imagine que oui.

Un autre point lui est apparu clairement après leur décès. Nous n'avions plus de filet de sécurité. Il ne fallait plus compter sur nous-mêmes.

LE VER DANS LE FRUIT

Noonan a pris le vaporetto jusqu'aux Zattere. Assis à une terrasse, il a commandé un cappuccino et attendu qu'on le lui serve pour ouvrir l'enveloppe en papier kraft de l'université Columbia. Hugh la lui avait fourrée dans la main avant de partir. Noonan en avait reçu une autre au cours de l'été, identique, sur laquelle il avait marqué : DÉCÉDÉ, RETOUR À L'EXPÉDITEUR. Pas très drôle, comme plaisanterie, maintenant qu'il y repensait : depuis, il avait eu soixante ans. Son père était mort à cet âge, et il commençait à se demander si cela ne serait pas aussi sa date de péremption. Les ennuis n'arrivaient plus en ordre dispersé, mais se mettaient à... quoi ? Il essayait de se rappeler la phrase entière — que faisaient-ils, les ennuis ?

Il le savait, l'enveloppe contenait une brochure avec le programme de maîtrise du département des Beaux-Arts. Un coup d'œil rapide lui a révélé qu'il ne connaissait aucun des peintres, sculpteurs et plasticiens, couchés sur le papier glacé. Dans l'ensemble, ils n'étaient pas bien vieux et Noonan n'était pas retourné à New York depuis longtemps. Plus jeune, il s'était efforcé de se tenir au courant de ce qui se passait aux États-Unis et dans le reste de l'Europe, mais il se rendait compte que, depuis dix ans, ça ne l'intéressait plus beaucoup. Même ce qui avait lieu ici l'ennuyait. S'il acceptait le poste que lui proposait Columbia pour l'année prochaine, comme Hugh le pressait de le faire, où trouverait-il l'énergie de se renseigner sur ses collègues et, plus ardu encore, de s'intéresser à eux ? C'était déprimant rien que d'y penser. Foncièrement hypocrite. La fac lui gaspillerait le peu de temps — seule monnaie courante dans une vie d'artiste — qu'il lui restait.

Oh, mais attends. À la page consacrée au corps enseignant, il reconnaissait un certain Irwin Popov — le nom était difficile à oublier —, un distingué professeur et critique qui l'avait éreinté trente ans plus tôt, lors de sa dernière expo à New York. Dans un article laborieux qui n'en finissait pas, Popov avait qualifié sa technique de rudimentaire et taxé Noonan lui-même — une absurdité — d'homophobie. Qu'il était donc plaisant de voir ce petit con dédaigneux aujourd'hui maître de conférences. Terminée, sa carrière. Son ouvrage le plus récent avait été publié par une médiocre presse universitaire, quelque part dans le Midwest. Et le professeur Popov était maintenant titulaire, immunisé contre l'angoisse professionnelle, mais pas, heureusement, contre l'humiliation, comme l'attestait la note agrafée avec sa photo. Cela commençait ainsi :

Cher Bob (si je puis me permettre)...

« Sûrement pas ! » lui a répondu Noonan de l'autre côté de la terre, si violemment que les touristes japonais de la table voisine le dévisagèrent curieusement.

Les années qui passent offrent au critique d'art, même universitaire, de nombreuses occasions de regretter certaines choses. Notamment mon petit papier sur votre exposition — il y a quoi, trois décennies de cela ? J'espère sincèrement que c'est oublié, que cela ne vous empêchera pas de nous faire le grand honneur de vous joindre à mes collègues et à moi-même. Je nous souhaite des conversations enfiévrées sur nos passions communes, et j'attends avec enthousiasme votre exposition du mois prochain. C'était signé *Irwin, le repentant.* Combien de fois le directeur des Beaux-Arts avait-il dû tordre le bras flasque du professeur Popov pour le forcer à pondre cet obséquieux laïus ? Son « petit papier » ? Cette horreur s'était étalée sur un bon tiers d'une revue connue. Et quelles « passions communes » ?

Ce crétin étriqué sous-entendait-il, par-dessus le marché, que Noonan était lui aussi pédéraste ?

Rassemblant la brochure, la liste des cours et la lettre explicative, Noonan les a fourrées d'un seul geste dans l'enveloppe et il a consulté sa montre. Une demi-heure s'était écoulée depuis qu'il avait laissé Hugh à l'atelier se familiariser avec ses dernières toiles. Il était sûr qu'il les aimerait. C'était du bon travail et, pour une fois, il y en avait beaucoup. Hugh lui avait parfois reproché d'être paresseux, mais là, il lui faudrait trouver autre chose. *Le Pont des Soupirs* ne lui plairait peut-être pas. Il était de toute façon inachevé et Noonan ne voulait pas l'envoyer à New York, ni peut-être jamais nulle part. Que voulait-il dire en le peignant et pourquoi cette toile-là l'obsédait-elle au point de la retravailler constamment, voilà deux choses qu'il espérait découvrir bientôt. Il y en avait une troisième : pourquoi son père, depuis longtemps à sa place au cimetière, s'était-il mis à hanter ses pensées ? Noonan a fini son café, glissé quelques euros sous la soucoupe, puis il s'est levé en prenant appui des deux mains, posées bien à plat sur la table. Le geste lui a valu un élancement des poignets, familier et presque rassurant. Il vivait depuis longtemps en Europe à la mort de son père, et il ne savait pas si ce dernier avait été terrassé par un unique problème — énorme — ou par une masse de plus petits. *Une masse.* C'est comme ça qu'ils se déclaraient ?

Le courrier était arrivé à l'atelier. Au premier étage, Noonan l'a jeté avec l'enveloppe de Columbia sur la table près de son lit. La voix de Hugh a retenti au-dessus :

« Noonan, c'est toi ? J'ai besoin d'une explication et j'en ai besoin tout de suite. »

Ce qui voulait dire que, comme il l'avait anticipé, Hugh avait mordu à l'hameçon. Noonan avait accroché les toiles achevées, destinées à l'expo, sur le mur du fond où la lumière était la plus avantageuse. En revanche, il avait laissé le portrait sur le chevalet, recouvert d'une serge, certain que Hugh ne résisterait pas à l'envie de la retirer. Même si c'était puéril, il devait bien l'admettre, de présenter une toile pour ainsi dire « cachée ».

« Viens en haut tout de suite, avant que je perde ce qui me reste d'esprit. »

Au second étage, le vieil ami Hugh Morgan, marchand d'art renommé et grand arbitre des élégances, portait le costume professionnel new-yorkais — approprié là-bas, pas ici à Venise. À savoir un jean noir de marque, un pull à col en V noir et un blazer noir, comme s'il était venu courtiser les veuves. Il avait découvert l'endroit où Noonan conservait ses rares bonnes bouteilles, il en avait ouvert une et, comme Noonan s'y attendait, il se tenait devant le chevalet, après avoir retiré la serge. Noonan s'est aussitôt reproché — folie — de n'avoir pas soustrait ce tableau aux regards. D'un autre côté, il retirait une satisfaction perverse du procédé et il devait bien se l'avouer.

« J'avais l'intention de le laisser un peu vieillir, ce barolo », a-t-il dit en se servant un verre, avant de rejoindre Hugh à contrecœur devant la toile.

Tous deux expatriés, bien décidés à ne pas faire le Vietnam, ils s'étaient rencontrés à Londres dans les années 70 et s'étaient élevés ensemble dans le monde de l'art. Hugh, qui avait alors une petite galerie à Soho, avait organisé la première vraie expo de Noonan. Plus tard, bénéficiant de l'amnistie, il était revenu aux États-Unis où il en avait ouvert d'autres, d'abord à New York puis, au fil des années, à Paris et à Rome. Noonan était resté en Europe, à courir après les femmes, les commandes et les bons éclairages — cherchant le dosage idéal de conflits et de calme — pour décider, une décennie plus tôt, de s'établir à Venise. Son voyage à New York le mois prochain serait son premier séjour sur le continent américain depuis plus de vingt ans.

Hugh a regardé la peinture, le peintre et de nouveau la peinture.

« Tu n'aimerais pas rajeunir un peu, plutôt que te vieillir ?

— Ça te plaît pas ?

— Toujours le ver dans le fruit, hein ? »

Hugh affirmait sans cesse que, quel que soit l'objet ou la personne représentée, Noonan n'avait qu'un seul sujet : le ver. Le petit détail dérangeant qui, en se logeant dans l'inconscient de l'observateur, sapait l'effet général du tableau. La petite tache trop blanche sur la peau, qui révélait la maladie en dessous. Conséquence, selon Hugh, d'avoir grandi dans un endroit où les gens étaient contaminés dès leur plus jeune âge, avec des effets plus ou moins graves.

« Le poison agit très tôt, lui rappelait fréquemment Noonan.

— “Tes père et mère te foutent en l'air. Ils ne font peut-être pas exprès, mais c'est comme ça.”

— Je pensais davantage au péché originel qu'à Philip Larkin, mais comme tu voudras. De toute façon, ce n'est pas fini.

— Tu veux dire que ça me plaira à ce moment-là ? »

Haussant les épaules, Noonan a levé son barolo à la lumière en plissant les paupières.

« M'enfin, quand même ? insistait Hugh en agitant une main devant le tableau, comme s'il voulait le faire disparaître. Tu lui as donné un titre ? Je suggère *Portrait de l'artiste en serial-killer.* Ou *en victime du feu.* Comment peut-on peindre ce genre de truc ? »

Le Caravage pouvait — et il n'était pas le seul. *David avec la tête de Goliath.* Sans doute la toile que Noonan préférait. Depuis quand n'avait-il pas contemplé cette tête monstrueuse — celle du Caravage lui-même —, tranchée et tendue à bout de bras par un gringalet, pour que le monde entier puisse l'admirer ? Il souhaitait la revoir au moins une fois avant de mourir.

« Bon Dieu, continuait Hugh, tu as l'air prêt à bondir hors de la toile pour mordre tes clients. Ça m'inquiète, Noonan. Je suis désolé, mais je dois dire que ça m'inquiète.

— Tu as déjà remarqué que, quand on commence une phrase par “je dois dire”, la suite est en général inutile ?

— Et ça, c'est quoi ? » a fait Hugh, ignorant la remarque comme il en avait l'habitude, ce qui n'était pas moins énervant.

Il montrait un rectangle sombre, sur un mur derrière le sujet.

« Une autre peinture, lui a expliqué Noonan. Le reflet doré, c'est le cadre.

— Je vois que c'est une peinture, mais de quoi ?

— Quelle importance ?

— Putain, on dirait un gibet. »

C'était en fait le pont des Soupirs, ce qui serait apparu si Noonan l'avait révélé à la lumière. Il ne ressentait pas le besoin de poursuivre l'explication.

« Oui, pourquoi pas ? a-t-il convenu.

— Et qu'est-ce que ça fout là ?

— Désolé : il faut que ça foute quelque chose ?

— Oh, ça va, tu comprends ce que je veux dire. C'est une prévision ? Tu vas te pendre bientôt ? C'est le châtiment que tu mérites ?

— Arrête ton mélo. J'ai pas ce truc sur la figure, moi.

— La tache noire, là ? À la racine des cheveux ?

— C'est là à la naissance, ce genre de chose. »

Hugh lui a tapé sur le front, du bout de l'index.

« Tu es né nulle part, n'est-ce pas ? »

Noonan a remis la serge sur la toile.

« Et celles que tu étais censé regarder, elles ne t'inspirent rien ? »

Ils sont revenus — Hugh plutôt à contrecœur — devant la série de tableaux accrochés au mur. La semaine prochaine, ceux-ci seraient tous logés dans des caisses et expédiés à New York. Noonan rêvait-il ou Hugh les avait-il remis dans l'ordre chronologique ? Il n'avait pas l'impression de les avoir disposés ainsi, mais allez savoir, peut-être que si.

« Ça se vendra, tout ça, bien sûr », a admis Hugh, comme si la chose allait sans dire.

Le « bien sûr » impliquait une réserve ou une critique, qu'il finirait par exprimer plus tard, probablement à l'heure de dîner.

« Tu as bien fait de ne pas en donner plus de trois au casino, a-t-il ajouté.

— Malgré ce que tu m'avais conseillé, s'est senti obligé de rappeler Noonan.

— C'est vrai que tu en as tiré le maximum. Tu en avais drôlement besoin, de cet argent, faut croire.

— Et maintenant, à ton avis ?

— Je me suis souvent demandé, Robbie, ce que tu faisais exactement de ton fric. »

Hugh n'était pas le seul à se poser la question. Le comptable la répétait quatre fois par an. Maintenant chez lui une discipline quasi militaire, le père de Noonan avait exigé de femme et enfants qu'ils rendent compte du moindre sou dépensé. Cela expliquait aujourd'hui l'orgueil diffus que ressentait son fils quand l'argent disparaissait sans laisser de trace.

« Tu vis comme un misérable, poursuivait Hugh en désignant les lieux d'un geste, et tu es endetté jusqu'au cou. C'est désespérant.

— Le mot est un peu fort. L'espoir est une ressource dont je ne manque jamais totalement.

— Alors c'est *désespéré*, a corrigé Hugh. Tu ferais mieux de tout me dire. À qui tu dois autant de fric, en ce moment ? Aux filles, je suppose ? »

Il se référait aux ex-femmes de Noonan qui, pour des raisons qu'elles seules ou presque connaissaient, lui en prêtaient encore. Ses copains ne le faisaient plus.

« Il faudra que je m'informe. »

À la vérité, il ne devait pas plus d'argent qu'il n'en dépensait. Le tout restant assez flou.

« Mes seuls frais fixes, c'est mon loyer, a ajouté Noonan.

— Ah, tu ne vas pas me relancer là-dessus », a jeté Hugh, exaspéré par l'inertie militante et autodestructrice qui caractérisait Noonan, dès qu'on lui parlait de chercher un autre atelier.

Celui de la Giudecca avait été dans ses moyens pendant près de dix ans, après quoi le propriétaire du bâtiment — un Vénitien avec qui Noonan s'entendait bien — était décédé. Leur arrangement avait été enterré avec lui. Apprenant que son locataire était un peintre célèbre, le fils du proprio avait aussitôt multiplié le loyer par quatre. Un imbécile, naturellement, mais d'un autre côté il vivait à Milan, et il ne semblait pas s'inquiéter outre mesure que

Noonan le paie avec six mois de retard, puisqu'il le réglait en espèces et que ces revenus-là ne seraient jamais déclarés. Tout ça était très italien. Aidé par un agent immobilier, Hugh s'efforçait depuis un an de trouver quelque chose de moins cher à Noonan, qui refusait chaque fois.

« Quand la peinture, ça sera terminé pour moi, disait celui-ci, je veux pouvoir me jeter directement dans la lagune. »

Ce qui était possible depuis le toit du présent atelier, s'il prenait assez d'élan. Il s'est brusquement fait la réflexion que son séjour à New York lui apprendrait s'il était *has been* ou pas.

« Tu réalises quand même qu'ils bandent, à Columbia, à l'idée de te faire professeur résident ? Tu as jeté un coup d'œil à ce qu'ils t'ont envoyé ? »

Noonan a hoché la tête.

« Tu as droit à un chouette logement de fonction. Ils m'ont garanti personnellement que tu aurais des étudiants brillants.

— C'est les pires, ceux-là. Ils te sucent la moelle. Ou alors tu les envoies chier pour qu'ils te foutent la paix, et tu te sens coupable.

— Tu t'es déjà senti coupable de quelque chose ?

— Bon, d'accord, c'est un postulat, mais je n'ai aucune envie de vérifier.

— Et donc tu es fauché. »

Fort possible. Peut-être même pertinent de le remarquer. Mais…

« Il y a le fisc, aussi. S'ils s'aperçoivent que je suis en poste là-bas, ils me saisiront mon salaire à cause des arriérés.

— Ils peuvent aussi saisir le fruit de la vente, s'ils voient que tu exposes bientôt, a observé Hugh, non sans raison.

— Ils s'occupent des terroristes en ce moment, pas des artistes. Je crois que je m'en tiendrai à ce que j'ai dit, de toute façon. »

L'aller et retour en quarante-huit heures. La journée du peintre, avec l'inévitable brie en croûte, passé au micro-ondes, le vin blanc trop froid, les présentations obséquieuses qui n'en finissent pas. Jusqu'à ce que, tout cela devenant insupportable, Noonan s'éclipse par l'arrière-salle vers le pub le plus proche pour picoler sérieux. Ensuite la journée des médecins, une longue batterie de tests à Sloane-Kettering avec, au bout, le premier vol en partance pour Venise, ni vu ni connu, et la victime est seule à attendre les critiques, les résultats des ventes, des analyses sanguines, peut-être même de la biopsie. Épuisant rien que d'y penser. L'avion étant le pire quand, attaché à son siège, le malade tente de s'anesthésier à l'alcool, puisque ça ne coûte rien. Merci au moins, Hugh, pour la première classe. À un moment ou un autre, la panique gagne les ailes, et on atterrit, si c'est le cas, à moitié mort de trouille. Et si le parcours se révélait épouvantable au point que le combattant n'ait plus le courage d'embarquer pour le retour ?

Sentant l'angoisse monter, Noonan s'est retourné, prêt à annoncer qu'il avait changé d'avis. Au diable, cette expo. Mais Hugh n'était plus là. Revenu au fond de la pièce, il retirait de nouveau la serge du chevalet.

« Ce que j'aimerais comprendre, c'est l'intérêt de peindre un truc que personne n'achètera. Faut être cinglé. Tu vas oublier cette toile. Je ne plaisante pas. En fait, je t'interdis de l'achever. On va même brûler ça tout de suite, d'accord ? »

Comme tous les négociants d'art, Hugh croyait faire partie intégrante du processus créatif. C'est lui qui assurait la vente, et donc ce serait pure idiotie de se lancer dans de nouveaux projets sans le consulter avant toute chose. Il ne souhaitait pas réellement, bien sûr, que Noonan renonce à ce tableau. Bien qu'inachevé, c'était le meilleur de la série, et Hugh devait le savoir. Il l'estimait invendable, mais il cherchait déjà le moyen de contourner l'obstacle. Tout simplement, il lui fallait le récit derrière l'œuvre. Les gens qui achètent des toiles à ce prix-là veulent tout savoir du contexte. Connaître le non-dit pour s'en flatter devant leurs amis. Alors Hugh expliquerait : c'est une des dernières œuvres de Robert Noonan, il l'avait ébauchée en prenant conscience du mal qui allait l'emporter.

Jackpot !

Le discours. L'âme du commerce. La mort de l'art.

« OK, je n'y touche plus », a dit gaiement Noonan en remettant la serge.

Hugh n'en croyait rien, évidemment, mais il ne l'a pas laissé paraître et, en signe d'accord, il a trinqué avec Noonan.

« Je comprends pourquoi tu voulais te le garder, ce vin. Il est excellent.

— Je me demande s'il n'est pas bouchonné, en fait », a répondu Noonan en levant son verre à la lumière.

Après tant d'années passées à manipuler des produits chimiques, l'odorat et le goût s'étaient émoussés chez lui. Mais pour une raison bizarre, depuis peu, l'un et l'autre avaient retrouvé une telle acuité que c'en était gênant. La liste des aliments qui lui inspiraient le dégoût ne cessait de s'allonger. Malheureusement, le phénomène ne s'étendait pas aux autres sens. L'intensité de ses orgasmes, pour ne rien dire de leur fréquence, avait récemment diminué, et il ne gagnait vraiment pas au change.

« Tu rigoles ? Dommage que tu n'en aies pas une autre. »

Cette fois, Hugh a posé les yeux directement sur son hôte, ce qu'il avait soigneusement évité de faire depuis son arrivée.

« Alors, tu as perdu combien de kilos ?

— Je ne sais pas. Quelques-uns. Un ou deux crans de ceinture. »

Trois, pour être précis.

« C'est pas si mal, a poursuivi Noonan. Je devenais gros. »

Hugh a pris un air grave.

« Et ces sueurs abondantes, la nuit ?

— Ça serait plutôt des crises de terreur. »

Réveillé brusquement à trois heures du matin, fou d'angoisse et de colère, sans savoir pourquoi et sans pouvoir se rendormir. Au point que, ces derniers mois, Noonan vivait et peignait la nuit, jusqu'à l'épuisement, puis il s'en allait marcher dans les rues bien avant l'aube et rentrait pour dormir le jour.

« J'ai une idée, a lancé Hugh, comme s'il venait de découvrir un remède infaillible. Allons dîner au Harry's Bar.

— Tu as la même idée à chaque fois que tu viens », a répondu Noonan, soulagé qu'on délaisse un instant le sujet de sa santé.

Même s'ils étaient vieux amis, il n'aimait pas tenir ce genre de conversations avec Hugh, commère par nature autant que par métier. Mais il avait perdu assez de poids pour que cela se remarque, et Hugh avait l'œil exercé d'un médecin. Donc il avait fallu parler.

« On a le Dolce juste à côté sur la Giudecca, a proposé Noonan. Même patron, même menu, et c'est moins cher.

— Je préfère le Harry's Bar.

— Tu préfères qu'on te *voie* au Harry's Bar.

— J'y peux quelque chose ?

— Mais oui. Ça se soigne, comme le reste. »

Hugh a posé une main sur sa hanche.

« Sans blague ! Et comment ?

— Bon, d'accord. C'est incurable… »

Comme les préférences sexuelles. Comme sans doute le cancer, si c'est ce que signifiaient cette perte de poids et ces terreurs nocturnes.

« On peut sans doute choisir de *ne pas* peindre de potences, a lâché Hugh, les yeux sur le chevalet. Ça, je te l'accorde. »

À l'évidence, il avait envie de le découvrir à nouveau. Noonan n'en demandait pas plus : cela confirmait l'intuition qui le suivait depuis des semaines. C'était un plaisir suffisant pour envoyer valser ses angoisses — ce que finalement le plaisir faisait toujours.

Ça se présentait comment, les ennuis ?

Arrivant en avance au Harry's, le restaurant de Venise qu'il aimait le moins, Noonan a trouvé Hugh au comptoir, entouré de jeunes hommes à qui il faisait la causette dans un italien exubérant. Il le parlait bien plus couramment que lui.

« Je me suis fait chier comme un rat à obtenir deux couverts, l'a informé Hugh, aussi affecté et faux-cul qu'on peut l'être, tandis que le maître de rang les entraînait vers la salle, où leur table était manifestement la plus en vue. Dis-moi, ça t'arrive de t'habiller ?

— Mais oui, l'a assuré Noonan, qui portait un pantalon de velours côtelé élimé, une chemise en jean propre, un gros chandail et des chaussures de voile. Je suis parfaitement habillé, ce soir.

— Je vais prendre le risotto noir aux calamars, pour commencer, et je te conseille d'en faire autant, lui a annoncé Hugh quand ils furent installés. Mais il n'y a absolument personne, ici. C'est tragique. »

Par « ici », Noonan devait comprendre qu'il s'agissait de Venise, pas du restaurant qui était plein. Traduire : il n'y avait « personne » de célèbre.

« Il n'y avait personne dans l'avion non plus. Les gens ont encore la trouille de quitter le sol américain. »

Noonan s'est esclaffé :

« Ils ont moins peur du crétin qui les gouverne.

— Un crétin légalement élu. La deuxième fois, du moins.

— Si on parlait d'autre chose que de politique ? »

En sus de l'italien, Hugh maniait fort bien un discours de gauche qui exaspérait Noonan. Car il était sûr que ce faux derche votait en fait républicain.

« J'ai assez d'aigreurs d'estomac comme ça », a-t-il expliqué.

Une acidité qui, depuis peu, lui remontait dans le fond de la bouche. Un autre de ces « ennuis » à élucider à New York.

« Je suis tout le contraire de toi. Comme Audrey Hepburn dans ce film avec Cary Grant, a dit Hugh, le provocateur de service. Plus les choses tournent mal, plus j'ai faim.

— C'est vrai, ça, tu ressembles à Audrey Hepburn… »

Le garçon arrivant, Hugh a commandé son risotto de calamars, et Noonan une *pasta fagioli*[1], qui lui a valu un

1. Plat à base de haricots secs et de pâtes.

nouveau commentaire — non seulement il s'habillait comme un paysan, mais en plus il mangeait comme eux. Pour éviter de se faire encore mal voir, Hugh a décidé qu'ils prendraient ensuite tous deux le *branzino*, en insistant pour qu'on lui serve la plus grosse portion.

« Ça se verra dans l'assiette que c'est un loup, et pas une sardine ? » a-t-il demandé au garçon, qui le lui a garanti. Une fois celui-ci reparti, Hugh a confié, *sotto voce*, à son compagnon :

« Tu parles… Il n'y a plus de poissons en Méditerranée. Ce qu'ils servent de ce côté-ci de l'Atlantique mérite qu'on mange les arêtes avec le reste. Enfin, si on m'apporte vraiment le plus gros, je ferai un effort, je suppose. »

Noonan s'est taillé un bon morceau de pain.

« Qu'est-ce qu'elle peint, lady Brett, en ce moment ? »

Anne Brettany était l'autre protégée de Hugh à Venise. Il avait passé la matinée dans son atelier de Santa Croce.

« Oh, Anne sera toujours Anne, non ? a-t-il soupiré, comme si c'était navrant. Elle a l'impression de vivre dans ton ombre.

— Elle ne devrait pas, elle est bonne.

— Elle prétend que, si je lui rends visite d'abord, c'est parce que je garde le meilleur pour la fin. Alors je lui propose de commencer par elle, et elle dit que ça reviendrait à voir mes clients dans l'ordre inverse.

— Tu aurais pu l'inviter à dîner.

— Je l'ai fait, et elle a accepté. Mais elle a appris que tu serais là aussi, et elle a préféré déjeuner. À son quatrième prosecco, la pauvre chérie était d'humeur sentimentale et m'a confessé ses regrets, une fois de plus, que vous ne soyez pas ensemble. »

Noonan n'a pu s'empêcher de sourire. Il imaginait Anne, inquiète et nerveuse par nature, essayant de le calmer pendant une de ses crises, la nuit, alors qu'il était prêt à tout casser.

« Elle est à court d'amants. Tu sais dans quel état ça la met.

— Je veux bien la sauter quand elle a envie, si c'est ça, le problème. »

Les entrées arrivant alors, Hugh a brassé l'air au-dessus de son risotto, en épatant les narines. L'odeur était suffisamment forte pour Noonan, assis en face : de la chair morte, pourrie, qui lui soulevait l'estomac.

« Dis-moi, lui a demandé Hugh. Ça t'amuse vraiment de faire chier le monde ?

— Oui, a dit Noonan en regardant ses pâtes aux haricots, qui semblaient prémâchées à la cuisine. C'est une des rares choses qui continuent de me faire plaisir.

— Vous allez être agréablement surpris, l'un et l'autre. Vous allez retirer plein de fric de vos nouvelles séries. Les gens se remettent à acheter. Pas n'importe qui, mais vous sûrement. Il faudra qu'Anne y mette un peu du sien, mais le travail ne l'effraie pas, *elle*.

— C'est reparti, a commenté Noonan, en repoussant l'assiette qu'il avait à peine touchée.

— Ça t'écorcherait vraiment de passer une semaine à New York avant le vernissage ? De donner quelques interviews… Ne me regarde pas comme ça. Je veux dire, celles qui comptent réellement, te rendre à une ou deux réceptions, te faire voir au Four Seasons, ce genre de chose ? Voire décrocher une brève dans "Talk of the Town[1]" ?

— Ce n'est pas toi qui me répètes tout le temps que je me tiens mal en public ?

— En l'occurrence, un écart de conduite serait peut-être bienvenu. Ça fait si longtemps. Tu as toujours des fidèles en ville, mais plein de gens ont oublié que tu es vraiment un sale con. Tu pourrais insulter quelqu'un que j'aurais choisi. Tu n'as même pas besoin de te renouveler. Ton numéro habituel de parfait goujat leur rappellerait tes modestes origines, ce bled épouvantable où tu as grandi. Ton Tanneryville.

— Thomaston.

— Faire parler de toi, quoi, en somme.

— Putain, tu m'épuises. Tu n'es pas là depuis quarante-huit heures, et il faudra que je dorme une semaine pour m'en remettre.

1. Section « potins » du *New Yorker.*

— Le problème avec toi, a rétorqué Hugh, les lèvres et les dents pleines d'encre de sèche, c'est que tu te crois indigne de vendre. Tu fonctionnes comme le Tintoret alors que tu devrais t'inspirer de Titien. Ça, c'était un mec qui avait le sens du contact. Il avait des émissaires dans toutes les cours d'Europe, et ce n'est pas l'art vénitien qu'ils fourguaient, mais *lui.* »

Noonan s'est penché pour ne pas avoir à élever la voix.

« Tu veux que je te dise, pour Titien ? C'était Titien. Et les toiles qu'ils "fourguaient", comme tu dis, c'était *du* Titien.

— Bien. Monsieur n'est pas carriériste ? Alors prends Columbia. Tu enseignes, tu peins, et tu oublies le reste.

— Pourquoi ? Quelle bonne raison aurais-je de quitter Venise ? J'abats plus de travail maintenant qu'à l'âge de quarante ans. Tu l'as constaté par toi-même.

— C'est vrai, et d'après ce que j'ai vu, je suis persuadé que tu ferais bien de prendre des vacances. Ne lève pas les yeux au ciel. Quand tu es rentré tout à l'heure, tu n'as même pas remarqué que j'avais changé la disposition des toiles, je parie. »

J'avais donc raison, s'est dit Noonan.

« Mais si. Tu les as replacées par ordre chronologique.

— Ah, ce n'est pas le principe que j'ai appliqué, mais cela ne m'étonne pas. Je les ai disposées de la plus sombre à la plus sinistre.

— Pour faire valoir quoi ?

— Et la plus sinistre, c'est ton Dorian Gray sur le chevalet. La moitié du visage est dans l'ombre, et je ne parle pas du machin sur le mur, derrière, qu'on ne devrait même pas voir, compte tenu de l'éclairage.

— C'est le pont des Soupirs, a dit Noonan, avant d'en lâcher un de son cru.

— Oh, voilà qui me rassure terriblement. Ce n'est pas la mort qui t'inquiète, ni l'éventualité d'un diagnostic pourri. Non, on s'identifie aux criminels qui quittent le tribunal pour filer au cachot, dont seule la mort les libérera. Super, c'est vraiment trop bandant.

— C'est un bon tableau.

— Bon ou mauvais, qui ça intéresse ?

— Moi.

— Ce n'est pas la qualité du travail qui me dérange. C'est que ce tableau est un mensonge. La rage, le dégoût de soi qui sourdent de ces pupilles éteintes, ce n'est pas toi, Robbie. Ça fait longtemps que je te connais, et tu es loin d'être un saint. Pour être franc, tu n'as jamais été autre chose qu'un emmerdeur, mais ce visage n'est pas le tien. À tort ou à raison, tu as toujours été honnête, tu as toujours peint ce que tu voyais. Mais si c'est ça que tu vois aujourd'hui, alors il y a vraiment un problème. »

Par-dessus ses lèvres noires, pour le moins repoussantes, Hugh ne le quittait plus des yeux.

« J'en viendrais presque à espérer que tu en aies un, de cancer. Ils sont curables, pour la plupart.

— Voilà. Le quart d'heure mélo.

— Tu es mal barré, Noonan. Je m'en suis rendu compte à peine je t'ai regardé. Tes amis le savent aussi. »

Hugh s'est interrompu pour que la remarque fasse effet, puis :

« Tu vis comme un reclus, et ne me dis pas le contraire.

— Qui t'a raconté ça ? s'est esclaffé Noonan. Anne Brettany ? Non, mais je t'en prie...

— Puisque ça t'intéresse, Anne n'a rien dit de la sorte. Même quand je lui ai posé directement la question. Tu n'ignores pas que je les pose assez bien, les questions.

— Alors qui ? »

Hugh semblait se demander s'il devait révéler ses sources.

« La seule fois qu'on t'a vu depuis des mois, tu sanglotais dans une église sans pouvoir t'arrêter. En plein milieu de l'après-midi. »

À la Madonna dell'Orto, pour être précis. Noonan n'avait pas oublié cet après-midi-là. Et maintenant il savait qui. C'était ce con de Todd Lichtner.

« Autre chose, a dit Hugh, soudain intarissable. C'est quand la dernière fois que tu as cogné quelqu'un ?

— Il y a longtemps, a répondu Noonan, ravi de faire valoir sa bonne santé mentale. Trop longtemps pour que je m'en souvienne.

— Précisément, a déclaré Hugh, triomphant. Je veux dire, qui tu as été, toute ta vie ? Je vais te l'apprendre : un trublion. Un provocateur. Une brute épaisse. Même un tyran à l'occasion. Un con total. Mais voilà : ça a toujours tourné à ton avantage. Chaque fois que tu t'es retrouvé coincé, que ce soit par les lois du mariage ou celles de l'inspiration, tu as trouvé quelqu'un qui te faisait chier, tu lui as cassé le nez aussi sec, tu as bouclé tes valises et tu es parti ailleurs. Après quoi, tu nous pondais une toile superbe, et tu passais à autre chose. Aujourd'hui ? Tu vas chialer dans les églises. C'est comme si tu n'avais plus envie de te battre.

— Je suis plus près de te casser le tien, de nez, que tu as l'air de t'en douter », a rétorqué Noonan, dont le poing le démangeait déjà.

Il s'attendait à ce que Hugh blêmisse mais, ô surprise, celui-ci s'est penché et lui a tendu le menton.

« Vas-y », l'a-t-il défié et, si Noonan ne se trompait pas, Hugh avait les larmes aux yeux.

Le silence venait de se faire dans la salle, où les clients les observaient, dans l'expectative.

« Entame les hostilités, poursuivait Hugh. Et ne me dis pas que tu ne sais plus comment faire, je ne te croirais pas, moi non plus. »

Il souriait. Ses dents bordées d'encre noire lui donnaient un air grotesque.

« Va te regarder dans la glace, lui a suggéré Noonan, et le sourire s'est figé.

— Quoi ? »

Noonan a hoché la tête.

« Rien, je préfère te laisser la surprise. »

Hugh a mis dix bonnes minutes avant de revenir des toilettes, avec des dents à nouveau étincelantes. Pendant ce temps, Noonan avait terminé sa *pasta fagioli*, qui s'était brusquement révélée délicieuse. Son ami avait-il raison ? La seule idée de frapper quelqu'un en public lui avait-elle rendu l'appétit ?

Les clients ne s'occupaient plus d'eux.

« À pleuvoir, a lâché Noonan quand Hugh s'est rassis.

— Je te demande pardon ? »

En son absence, Noonan s'était rappelé la phrase entière. Les ennuis ne viennent plus en ordre dispersé mais se mettent à pleuvoir. Non seulement il avait faim, mais il était soudain de bien meilleure humeur.

Quand les poissons sont arrivés, le serveur a placé le plus gros devant Noonan qui, jubilant, a attaqué son loup avant qu'ils puissent échanger leurs assiettes. Le regardant d'un œil furieux, Hugh a fini par dire :

« Alors, tu vas m'expliquer ou pas ?

— Expliquer quoi ? »

Pourquoi il avait pleuré à la Madonna dell'Orto ? Noonan attendait cette question, et il avait préparé une réponse. Il y avait deux Tintoret fabuleux dans cette église, de quoi tirer des larmes à tout peintre digne de ce nom.

Mais Hugh a demandé :

« De quoi as-tu vraiment peur ? »

Pas de réponse toute prête pour celle-là. Noonan, à sa grande surprise, s'est entendu dire sincèrement :

« Là, maintenant ? J'ai peur du moindre truc. »

Mais, assez curieusement, pas de l'essentiel. Robbie n'avait pas peur — il en était certain — de mourir. S'il avait un cancer, il avait un cancer. Si on pouvait le soigner, comme avait avancé Hugh, il se ferait soigner. Le cancer, c'est le cancer, et puis voilà. Rien ne vous force à lui donner un sens, surtout s'il vient de Thomaston, État de New York. Le ruisseau qui serpentait en ville prenait chaque jour une couleur différente, à cause de bains de teinture avérés cancérigènes. Un cancer, se disait-il, ne manquerait pas d'une certaine ironie, et la boucle serait bouclée — il avait fui sa ville natale tant d'années auparavant, sans jamais regarder en arrière, pour qu'au bout du compte un gène mutant le rattrape et l'abatte.

Si c'était ça, il serait obligé de peindre moins alors qu'il voulait peindre plus. De toute façon, ça serait vrai dans dix ans, ça serait vrai dans vingt ans. On ne voulait jamais en finir mais, s'il le fallait, il ne se sentirait pas nécessairement floué. Il n'avait jamais pensé vivre longtemps, il ne pensait pas spécialement le mériter. Aucune loi ne stipulait que les bons peintres durent plus que les mauvais, ni par exemple que les avocats. Il n'avait pas à se plaindre de grand-chose.

Bon, oublions le cancer. Plus encore que ses terreurs nocturnes, ce qui l'effrayait, c'est ce chagrin irrépressible qui s'emparait de lui. Cette douleur mystérieuse qu'il ne savait attribuer à rien. Il avait mal, tout simplement. À cause de quoi… Aucune idée. Une synapse avait-elle claqué dans son cerveau, libérant des émotions qui voguaient n'importe où, n'importe comment, loin de leur contexte initial ? Dans ce cas, pourquoi la tristesse et pas la joie ? Pourquoi n'aurait-il pas plutôt des élans joyeux, aussi irrésistibles qu'inexplicables ? Et pourquoi pas la libido, la jalousie ou la honte ? D'un instant à l'autre, le chagrin se réveillait, montait comme une nausée. Ce jour-là, à la Madonna dell'Orto, il avait aperçu Lichtner, qui avançait vers lui sur la Fondamenta della Sensa. Mais Noonan était déjà perdu, complètement terrassé. Sans entendre qu'on l'appelait, il avait foncé dans un *calle* et s'était précipité dans l'église où il était resté agenouillé près d'une demi-heure devant le *Jugement dernier* du Tintoret, en attendant que ces vagues de chagrin, risibles, ridicules, veuillent bien refluer. Par expérience, il savait qu'elles le feraient, mais aussi qu'elles le laisseraient épuisé, mystifié et, oui, effrayé.

Pendant qu'il était agenouillé là, la porte de l'église s'était ouverte plusieurs fois, déversant dans l'obscurité les flots d'une douce lumière. Pourtant il n'aurait pas pensé que Lichtner le suivrait. Combien de temps ce petit con l'avait-il observé ? Et depuis cet après-midi — il y avait quoi ? Cinq mois ? Plus que ça ? Combien de fois avait-il relaté l'incident ? À combien de personnes, dans combien de dîners, avec quels détails savoureux ? Il en avait sans doute fait un jeu. « Vous ne devinerez jamais qui pleurait comme une vache, la semaine dernière, à la Madonna dell'Orto. Je vous donne un indice. C'est un peintre qui réside ici. » Évidemment, tout le monde se serait pris au jeu et, les pâtes finies, on serait arrivé aux propositions les plus invraisemblables. Alors un des convives, incrédule, aurait lancé : « Ne me dites pas que c'est Noonan. » Et Lichtner, triomphant : « Très bien, je ne vous dirai rien, mais c'était lui quand même.

— Devant le *Jugement dernier*, c'est vrai ? se serait exclamée une autre. Oh, comme c'est sympathique. Quel spectacle charmant. Et on prétend qu'il n'y a plus de justice !

— Je vous répète depuis des mois qu'il perd la boule », aurait renchéri la maîtresse de maison. Et si Harvey Bellows était là, il se serait rappelé qu'un matin à quatre heures et demie, alors qu'il allait à la Ferrovia, Noonan lui était presque rentré dedans, sans le saluer ni s'excuser. À peine un grognement, et il avait disparu à grands pas dans la nuit, comme poursuivi par le diable. D'où venait-il, où allait-il à une heure pareille ? Visiblement, ni à l'aéroport ni à la gare ; il n'avait pas de bagages. Sans doute partait-il rejoindre une femme mariée. La plupart des invitées l'étant également, l'une d'elles au moins aurait pu confirmer personnellement le savoir-faire de Noonan.

« En larmes devant le *Jugement dernier*, aurait répété la première. Vraiment très sympathique. »

Son mari étant assis à côté d'elle, elle n'aurait pas dit pourquoi.

L'anecdote avait sans doute traversé l'Atlantique, à l'heure qu'il était. À Venise, les expatriés — écrivains, peintres, universitaires itinérants — entretenaient des relations très étroites. Ils se seraient empressés, imaginait Noonan, de diffuser la chose. Cela expliquait aussi, alors qu'il s'était efforcé de l'en dissuader, pourquoi Hugh avait insisté pour lui rendre visite avant l'expo. Il avait prétendu qu'Anne l'inquiétait et, Anne ayant toujours grand besoin qu'on s'occupe d'elle, Noonan n'avait douté de rien. Il semblait maintenant que Hugh s'inquiétait avant tout pour lui. C'était peut-être *ça*, le pire. En fait, Hugh se serait sûrement passé de cet aller et retour. Il avait tenu à s'assurer, tout simplement, que Noonan était en état de préparer l'exposition et de s'y rendre. Alerté par plusieurs sources, il avait souhaité vérifier lui-même.

Robbie avait décliné quand Hugh, sans enthousiasme, lui avait proposé un dernier verre à son hôtel, et il était retourné à la Giudecca désœuvré. Il avait trop bu pour travailler, et c'est pourtant ce qu'il voulait faire, faute d'une autre idée pour meubler la nuit. Il a ôté la serge et étudié le portrait de son père. S'était-il d'ailleurs déjà avoué que c'était son père ? Il avait commencé à le peindre un mois plus tôt, comme un autoportrait, puis il s'était aperçu que c'était les yeux du vieux, et non les siens, qui le regardaient. Ç'aurait été une raison suffisante pour arrêter tout de suite, se disait-il avec le recul — ce qu'il n'avait pas fait. Les jours suivants, il s'était surpris à accentuer leurs traits communs, et à adoucir ceux qu'il avait hérités de sa mère. Il s'était émerveillé que le résultat soit sans cesse plus proche de lui-même, comme si en effaçant son géniteur, il touchait à sa propre essence. C'était un peu comme aider un policier à établir un portrait-robot (« Je crois quand même que le nez est plus large »). À la différence que Noonan se basait sur de lointains souvenirs. Il avait ajouté la tache de vin à la fin, sur un coup de tête — détail ultime et accablant. La chose lui paraissait complètement absurde. Pourquoi un homme, accusant les traits d'un individu particulier, finissait-il par ressembler à un autre ? Noonan devenait-il fou, ou venait-il de découvrir un territoire inconnu, passionnant, où aucun peintre ne s'était aventuré ? Le résultat relèverait-il encore d'une forme d'art, ou du plus odieux exhibitionnisme ?

C'était sûrement pour cette raison, comprenait-il maintenant, qu'il avait tenu à ce que Hugh la voie, cette toile. Sa réaction — « ce tableau est un mensonge » — était celle, en un sens, qu'il avait espérée. Je ne suis *pas* mon père. Mais le vieil ami Hugh n'avait-il pas reconnu un autoportrait ? L'idée ne l'avait pas effleuré que l'homme dépeint ici pouvait être un autre que Noonan.

Il était obligé de l'admettre, Hugh avait eu raison sur un point. Le côté gauche du visage restant dans l'ombre, il était impossible que le motif au-dessus de l'épaule — le tableau dans le tableau — soit éclairé. La lumière était pourtant une idée fixe chez Noonan. Comment une chose aussi élémentaire lui avait-elle échappé ?

« Je ne sais pas, a reconnu Evangeline, comment as-tu fait pour ne pas le voir ? »

Perdu dans sa contemplation, il ne l'avait pas entendue entrer. Il ne s'était pas rendu compte non plus qu'il parlait à haute voix.

« Salut », a-t-il dit, en essayant de masquer sa surprise.

Elle ne s'était pas changée en sortant de la galerie. Vu l'heure, elle venait sans doute de fermer. Les affaires stagnaient depuis un an et elle restait ouverte assez tard. Quant à lui, Noonan se demandait s'il était content ou pas de la voir.

« Je ne t'ai pas entendue arriver.

— Ni t'appeler dans l'escalier ?

— Il faut croire que non. »

Le rejoignant, elle a posé ses mains sur ses épaules et lui a embrassé le haut du crâne. Depuis quand, pensait-il, les femmes me prennent-elles au dépourvu ?

« Comment va le grand homme ?

— Tu veux parler de Hugh, je suppose ?

— Sans vouloir te vexer, oui. Et vous vous êtes soignés, apparemment. »

La bouteille de barolo, vide, était sur la table près du chevalet.

« Il ne croit pas que j'aie un cancer.

— Ne prends pas cet air déçu. Ça vaut ce que ça vaut : mais moi non plus. Tu maigris parce que tu oublies de manger.

— Il prétend que je suis déprimé. Avec des tendances suicidaires, même. Enfin, il n'a pas dit ça comme ça. »

Mais presque, devant son sabayon au Harry's Bar.

Evangeline s'abstenant de commenter le diagnostic, Noonan a poursuivi :

« Alors que toi, tu penses…

— … que tu es simplement un petit peu perturbé. »

Il n'a pu s'empêcher de s'esclaffer :

« Merci. Comparé au reste de ma journée, c'est quasiment un vote de confiance.

— On a tous des coups de blues, a-t-elle lâché d'une voix lasse, sachant trop bien de quoi elle parlait.

— Donc c'est juste un mauvais moment ? Et j'attends que ça passe ? »

Elle a haussé les épaules.

« Je ne sais pas, Noonan. Vraiment je ne sais pas.

— C'est ce qui te différencie de Hugh Morgan. Depuis quarante ans ou presque que je le fréquente, il n'a jamais dit "je ne sais pas". »

Evangeline s'est approchée en déboutonnant son corsage de soie.

« Juste *une* des choses qui nous différencient, a-t-elle dit, laissant le vêtement tomber par terre avant de s'asseoir doucement sur ses genoux.

— Il prétend que c'est l'image même du dégoût de soi », lui a appris Noonan, en indiquant le chevalet derrière lui.

Se débarrassant de ses chaussures, elle a posé un orteil par terre pour faire pivoter le fauteuil et étudier le tableau à son tour.

« On ne peut pas t'accuser d'un excès de narcissisme. »

Elle l'avait déjà vu et supposait, comme Hugh, que c'était un autoportrait. En revanche, si elle le trouvait repoussant, elle n'en avait rien dit. Noonan pensait subitement à autre chose. Vivant ses derniers jours tout seul, son père était devenu cinglé. Les voisins rapportaient qu'il jurait, enfermé dans ses quatre murs, contre personne en particulier ou peut-être contre tout le monde. Lorsqu'il sortait, échevelé, débraillé et la braguette ouverte, il donnait l'impression qu'un gigantesque effort de volonté le retenait de frapper les passants. Quand ils essayaient d'engager la conversation, il les foudroyait du regard comme s'il craignait que, dès la première syllabe, le flot emporte la digue et qu'ils soient alors submergés par un torrent d'insultes. Et Noonan de s'interroger. Il n'avait pas été là pour le voir mais, à la fin de sa vie, son père avait-il eu d'inexplicables accès de chagrin, et des terreurs nocturnes ? Si oui, d'où cela venait-il ? Du Cayoga ? De *l'eau* ? Dans ce cas, pouvait-on réellement reprocher quoi que ce soit à quiconque ?

Se détournant du tableau, Evangeline l'a dévisagé en plissant les paupières.

« Ou on le rhabille, ou c'est *moi* qui me rhabille. »

Il a embrassé son sein nu.

« J'étais censé passer à la galerie, c'est ça ?

— Oui.

— Je suis nul.

— Oui.

— Mais tu m'aimes quand même.

— Je n'irais pas jusque-là.

— Jusqu'où alors ?

— L'étage en dessous. »

En descendant l'escalier vers sa chambre, il lui a annoncé :

« J'ai un compte à régler avec ton mari. Il m'a surpris un jour en pleine crise de larmes, et il est allé le raconter partout.

— Ouais, ben, s'il avait un peu de jugeote, c'est lui qui devrait régler ses comptes avec toi. »

LES LIVREURS

La maison que mes parents avaient achetée dans Third Street était toute simple avec un toit de bardeaux. Les habitants de notre nouveau quartier étaient des travailleurs, pour l'ensemble irlandais, avec une proportion non négligeable d'Italiens, de Polonais et de Slaves. Six voies traversaient perpendiculairement la rue, balisée à un bout par l'épicerie de Tommy Flynn, à l'autre par celle d'Ikey Lubin. Elles occupaient toutes les deux un angle de carrefour. Conçues pour une famille entière, les maisons de l'East End étaient humbles, construites en rang serré en retrait du trottoir, et dotées chacune d'une petite pelouse. Il y avait en général au premier étage deux chambrettes et une salle de bains, et en bas la cuisine, la salle à manger et le salon. Bien sûr, après l'avènement de la télévision, tout le monde ou presque s'est arrangé un coin-repas dans la cuisine, de sorte que la salle à manger servait surtout à regarder le petit écran. Quant au salon, il restait inutilisé, sauf en cas de visites.

Pour chacune de ces habitations familiales, on comptait deux ou trois autres maisons, à un étage elles aussi, qui regroupaient un appartement entier au rez-de-chaussée, et un deuxième en haut. Leur surface était comparable à celle de notre modeste demeure, mais après Berman Court, c'était pour nous un privilège de ne pas avoir à partager nos murs. Mon père se plaisait à faire remarquer aux nouveaux voisins qu'il était incapable de vivre avec quelqu'un au-dessus ou au-dessous, alors que ça avait été le cas jusqu'alors. Ma mère lui reprochait ces propos, pas assez toutefois pour qu'il en tienne compte, tant le changement lui plaisait.

De nous trois, je pense qu'il était le plus heureux d'avoir déménagé. Maman était contente elle aussi d'avoir quitté le West End, mais elle restait soucieuse. Elle craignait d'avoir emprunté une trop forte somme à mes grands-parents, et redoutait que notre petit nid au coin de Third Street et de Rawley se révèle finalement trop cher. Les mensualités à payer, le fait d'être son propre maître, de ne plus avoir de propriétaire, tout cela l'effrayait, du moins au début, j'en suis sûr. Qu'un robinet ou la chasse des toilettes commence à fuir, voilà qui l'inquiétait outre mesure, cela pouvait être la partie visible de l'iceberg, la première d'une série de dépenses sans fin qui ne pouvaient être anticipées, encore moins inscrites au budget. Je la trouvais souvent à la cave, perplexe devant une flaque d'eau après une pluie violente, ou au grenier en train d'inspecter le toit, cherchant confirmation que nous avions eu tort de mettre tous nos œufs dans le même panier.

Mon père ne partageait pas ces appréhensions. Il n'en revenait pas que la chance nous sourie à ce point. L'expérience lui avait appris qu'on pouvait perdre sa maison, comme ses parents avaient perdu leur ferme, et l'idée de posséder un toit ne l'avait pas effleuré avant de devenir une réalité. La première année que nous avons habité Third Street, il consacrait son temps libre, avant et après la distribution du lait, à poncer et repeindre les boiseries, à consolider les murs branlants du garage (même si nous n'avions pas encore de voiture), à planter des arbustes autour du perron, à ajouter de petites choses bon marché — de mauvais goût, selon ma mère — ici et là. Si elle l'avait laissé faire, notre minuscule pelouse aurait été couverte de nains de jardin.

Notre avenir, mais aussi notre pays le mettaient de bonne humeur. Ici, me rappelait-il fièrement, tout le monde peut devenir quelque chose. Nous incarnions l'Amérique. Je n'étais pas sûr de ce que nous étions « devenus » en quittant Berman Court pour l'East End, mais j'aimais notre nouveau quartier et je voyais bien que, si nous n'étions pas riches, nous étions déjà mieux. Papa ne doutait pas que nous vivions une histoire dont la fin ne pouvait être qu'heureuse et cela, surtout, m'encourageait.

Curieusement, tant le contexte de l'histoire que sa morale ont aussitôt évolué. Maintenant que nous étions installés dans l'East End, notre soudaine bonne fortune semblait moins le produit de la chance que de l'application et de la persévérance, dont l'école m'enseignait qu'elles menaient au succès dans une société libre comme la nôtre. Pour mon père, le travail et la force morale étaient les deux faces d'une même pièce. Les seules familles qui restaient coincées dans le West End, avançait-il maintenant, avaient à leur tête ces hommes dépravés qui ne savaient pas éviter les bars louches en rentrant du boulot ; qui confiaient leur argent aux bookmakers, toujours présents autour de la tannerie ; qui passaient leurs week-ends au champ de courses, pendant que femme et enfants criaient famine à la maison. En Amérique, assurait-il, si l'on savait éviter les ennuis, il vous arrivait forcément de bonnes choses.

Comme on pouvait s'y attendre, le point de vue de ma mère sur notre ascension sociale, ainsi que sur l'Amérique, était plus circonstancié et beaucoup moins gratifiant. Jamais elle n'a rabroué papa lorsqu'il exprimait sa joie, toutefois des années plus tard, elle devait lui rappeler que ce n'était pas la force morale qui nous avait aidés à quitter Berman Court. C'était un prêt de ses parents. Quant au travail, il n'avait pas joué un rôle très déterminant. Certes, mon père ne reculait pas devant la besogne, elle ne disait pas le contraire. Mais ce n'était pas une raison pour clamer bêtement que de bonnes choses arrivaient aux gens bien, car ils avaient aussi des ennuis tout le temps. De fait, mes déboires avaient davantage contribué à notre emménagement dans l'East End que l'application et la persévérance.

Les rares fois où elle le reprenait, papa baissait la tête d'un air affligé en affirmant qu'elle ne l'avait pas compris.

« Mais pense aux Russes, voilà ce que je voulais dire. On leur laisse pas la moindre chance, là-bas. Ils prennent ce qu'on leur donne et c'est tout. » Maman levait les yeux au ciel. « Qu'est-ce que tu sais de la Russie, Lou ? Tu es y allé sans que je le sache ? » Du coup, il était encore plus penaud. « C'est ce qu'on dit », répondait-il sans trop de conviction. Après quoi, d'une manière prévisible, ma mère abattait sa carte maîtresse : elle s'en moquait bien, de ce « qu'on disait » ! C'est ce qu'il disait, lui, qui la fatiguait.

Non qu'il faille en déduire qu'elle était pessimiste. Elle voulait bien reconnaître que notre famille, comme notre pays, faisait des progrès. C'était dû principalement — à propos de gros ennuis — à la guerre, qui à ses yeux avait fait de tous, d'abord des Américains, et secondairement des catholiques, des protestants, des Italiens ou des Irlandais. Les barrières ethniques qui délimitaient les quartiers de Thomaston quand mes parents étaient petits commençaient pour une bonne part à tomber. Prenons l'école primaire St. Francis. Les Irlandais y étaient toujours prédominants, mais elle acceptait aussi des élèves aux noms de famille polonais et italiens, dont certains — moi, par exemple — étaient le produit de ce qu'on appelait un mariage mixte. Thomaston était bien ce melting-pot qu'on nous apprenait à honorer en classe, et les quartiers de l'East End, notamment, étaient davantage structurés selon le type d'emploi et le statut social que selon l'origine des habitants. Si le West End regroupait surtout les immigrants les plus récents, c'est parce qu'ils occupaient les places les plus minables à la tannerie et chez les maroquiniers. Fait d'importance, il leur était possible de quitter le West End, comme avant eux les Wilson, les Lubin, les Gunther et beaucoup d'habitants actuels des quartiers est.

Comme je l'ai dit, maman admettait cela. Elle était moins optimiste à d'autres égards. Elle m'a fait comprendre que, tout en bas de l'échelle, il n'y avait pas tant de mobilité. Si l'on était noir, évidemment, on ne sortait pas des deux pâtés de maisons de la Colline, et si l'on résidait dans le Borough, on avait de fortes chances d'y rester. En Amérique, disait-elle, les vrais veinards étaient vaccinés contre l'échec, et le destin inévitable des malheureux était de moisir sur place. Quand je lui demandais si nous ferions un jour partie des premiers, elle me répondait que c'était déjà fait. C'est au milieu, expliquait-elle, que se trouvait la véritable Amérique, celle qui comptait, celle qui méritait qu'on parte en guerre pour la défendre. Il n'y avait qu'un seul problème dans cet entre-deux : on pouvait se hisser au-dessus, comme nous, mais on pouvait aussi descendre plus bas.

J'ignore pourquoi cela me gênait tant que mes parents aient des avis divergents sur la finalité des choses, mais c'était le cas. Quand je m'en ouvrais à ma mère, elle répondait : « Vraiment, Louie ? Lequel de nous deux devrait changer d'avis ? Ton père ou moi ? » J'aurais pensé que ça allait sans dire. Papa avait une interprétation plus rassurante des faits objectifs de notre existence, il en faisait un récit plus élégant, et plus valorisant aussi. Si l'on croyait en l'Amérique, alors nous devions poursuivre notre ascension, et je voulais que nous soyons d'accord là-dessus : cela se produirait. Me voyant aussi véhément, maman a dû conclure que je me souciais de mon avenir personnel. Elle a bien voulu m'accorder que, une fois mes études terminées, je pourrais m'élever plus haut encore, si c'est ce que je désirais, pour devenir médecin ou avocat (ma propension à disséquer tous ses propos étant peut-être à l'origine de cette dernière suggestion). Mais, à l'en croire, mon père et elle n'iraient pas plus loin. En l'espace d'une génération, dire au revoir au West End était à peu près tout ce qu'il fallait espérer.

Je me rappelle à quel point cela me perturbait. Je voulais voir réussir ma famille, pas moi. Le travail et l'honnêteté devaient être couronnés d'innombrables bienfaits, et maman mettait des limites partout. Cela impliquait qu'elle ne croyait pas en l'Amérique ou, pis, en nous.

J'étais troublé surtout par l'éventualité de redescendre dans l'échelle sociale. Je voulais qu'elle m'assure que rien de tel ne nous arriverait, tant que nous continuerions à respecter les règles. « Oh Louie, disait-elle, me prenant dans ses bras sans que j'en aie envie. Mais que vais-je *faire* de toi ? »

La maison en face était une de celles qui avaient un appartement en haut et un autre en bas. Ce dernier était occupé par deux vieilles filles, les sœurs Spinnarkle, qui travaillaient toutes deux dans un magasin de meubles. Elles partaient ensemble le matin, elles revenaient ensemble en fin d'après-midi et, le samedi soir, elles allaient au cinéma. Pour autant que nous sachions, jamais elles ne recevaient d'homme. Elles aimaient beaucoup les enfants, et elles étaient ravies de me garder, les rares fois où mes parents avaient besoin de sortir sans moi. Quand elles me raccompagnaient à ma porte, elles disaient regretter que je ne sois pas leur fils. Je crains d'avoir trouvé quantité de moyens, aussi peu amènes les uns que les autres, de leur signifier que je ne partageais pas ces regrets.

Rien chez les Spinnarkle ne présentait le moindre intérêt pour un petit garçon. Elles n'avaient ni jeu, ni jouets, ni livres, ni la moindre idée de ce qui me séduisait. Elles avaient en revanche un poste de télévision, mais qu'elles éteignaient au moindre coup de sonnette, ce que je trouvais franchement impoli. Chez nous, celle que nous avions achetée après notre arrivée dans l'East End était toujours allumée, du moins quand papa était là. C'était l'une des nombreuses choses intéressantes qu'il se flattait de pouvoir proposer à ses visiteurs. Les matches de base-ball avaient sa préférence et, s'il n'y en avait pas, il trouvait en général un autre événement sportif. Il m'a fait comprendre que le catch était toujours truqué, ce qui n'a en rien diminué le plaisir que je prenais à le regarder. Les émissions qui avaient la faveur de ma mère — le Philco Television Playhouse[1], par exemple — ne le passionnaient pas, mais il ne s'opposait pas à ce qu'elle les suive, et il ronflait paisiblement dans son fauteuil.

1. Adaptations télévisées d'œuvres littéraires connues et de scénarios originaux (1948-55).

Il trouvait lui aussi bizarre que les sœurs Spinnarkle éteignent leur poste dès qu'elles entendaient frapper à leur porte. « Mais il faut pas, leur disait-il. Ça me dérange pas. » À quoi les sœurs, l'une finissant toujours les phrases de l'autre, répondaient « qu'elles ne regardaient pas vraiment » (Edith), « qu'elles faisaient simplement passer le temps » (Janet). Lorsqu'on me laissait seul avec elles, je les assurais que ça ne me dérangeait pas non plus, surtout s'il y avait au programme *Les Rangers du Texas*. Mais elles avaient des idées arrêtées sur la manière de recevoir. « Parlons », proposaient-elles, lissant leur jupe et posant sur moi des yeux pleins d'espoir. Le hasard faisant bien les choses, elles louaient l'appartement du dessus à nos vieux amis Marconi.

Oh, ce n'en était pas tout à fait un, de hasard. Quand j'ai découvert qu'une des maisons que mes parents envisageaient d'acheter se trouvait à côté de chez les Marconi, j'ai milité pour celle-là, d'autant que mon père avait une préférence pour le quartier de Third Street. Je savais qu'elle lui plaisait. Maman, elle, était partagée. Elle était l'amie de Mme Marconi, mais elle pensait que nous retrouver si près d'eux réduirait la portée symbolique du déménagement. Sans doute aurait-elle préféré de tout nouveaux voisins. Mais elle avait de la peine pour Mme Marconi qui, de nouveau enceinte, n'était pas plus libre qu'elle ne l'avait été à Berman Court. J'ai un jour surpris maman en train de déclarer à mon père : « J'avais oublié à quel point je déteste ce type. » Selon elle, M. Marconi était sorti sur son perron le week-end où ils avaient visité la maison en face et avait fait la grimace. La tache de vin qu'il avait sur le front s'était rembrunie.

« Je refuse d'acheter cette maison si tu ne promets pas de le laisser tranquille, avait-elle dit à la fin de la journée. Tu m'entends ? Occupe-toi de tes affaires. Tu ne fais pas la course avec lui. Il ne t'aimait pas avant, il ne t'aimera pas davantage aujourd'hui. Il va falloir que tu t'y fasses. » Papa avait ouvert la bouche pour protester, puis il avait mieux regardé maman et il s'était tu. « Je ne plaisante pas, avait-elle asséné, en me prenant à témoin. Qu'est-ce qu'il vient de me promettre, ton père ?

— De ne pas embêter M. Marconi », avais-je répondu, furieux et peu soucieux de le lui cacher.

Je détestais qu'elle nous soutire des promesses, à l'un comme à l'autre. Elle nous a regardés tous deux avec un air de défi, comme si elle doutait de pouvoir nous faire confiance.

« Mais qu'est-ce que je lui ai fait, à Marconi, voilà ce que j'aimerais savoir », a dit papa quand elle a refermé la porte.

Marconi ou pas Marconi, nous avons finalement choisi la maison de Third Street. Souhaitant quitter Thomaston dans les plus brefs délais, le propriétaire avait considérablement réduit son prix, et ceci explique cela. Mais j'avancerai une autre explication. J'avais surpris une conversation entre maman et le Dr Boyer. Il la persuadait que Third Street était la meilleure solution, puisque j'y avais un ami.

Mon père n'aurait jamais renié une promesse qu'il avait faite à maman. Elle savait toutefois, je pense, qu'il ne pourrait honorer celle qu'elle lui avait extorquée avant l'achat de cette maison. Ç'aurait été comme lui demander d'arrêter de respirer, ou de ne plus m'aimer autant. Il voulait bien essayer, puisqu'elle insistait, mais c'était contraire à sa nature. Alors elle espérait sans doute qu'il se corrigerait avec le temps. Elle le considérait un peu comme un petit chien qui aime rogner le cuir des chaussures. On ne pouvait peut-être pas lui faire perdre une habitude aussi agréable, mais il était au moins possible de le culpabiliser, de l'empêcher de recommencer à peine avait-on le dos tourné, et ce serait déjà quelque chose.

Maman lui avait asséné que M. Marconi n'était pas son rival. Je ne crois pas qu'il y aurait pensé tout seul mais, en y réfléchissant, je me suis vite aperçu que c'était le cas. Nos deux familles ne suivaient-elles pas des routes parallèles, depuis le West End jusqu'à un quartier plus chic ? Malgré nos différences, les Lynch et les Marconi n'étaient-ils pas décidés à profiter de ce que l'Amérique avait à offrir — une occasion de prouver notre valeur, d'avancer, de fonder notre avenir ? Bien sûr, à Thomaston comme partout, les

Irlandais évaluaient leurs progrès en se comparant aux Italiens. Et cela n'était pas tout. Maintenant que M. Marconi était facteur à plein temps, papa et lui étaient des livreurs, chacun chargé d'un territoire et responsable de ce qu'il y faisait. Ils devaient s'assurer que leurs clients, ou leurs usagers, recevaient bien ce à quoi ils avaient droit. Ces deux hommes-là se donnaient à un monde auquel ils finissaient par appartenir. Voilà pourquoi, je pense, mon père s'intéressait plus encore à M. Marconi qu'avant, du moins plus qu'à nos autres voisins de l'East End. Ils étaient tous deux dans l'action, dans le mouvement. Lequel des deux allait décrocher la timbale ?

M. Marconi avait quelques avantages — certes bien acquis, papa n'aurait pas dit le contraire. Il devait même admettre qu'à certains points de vue M. Marconi avait réussi son coup. D'abord, la poste payait mieux que la laiterie, et les fonctionnaires avaient la sécurité sociale. Ensuite, les facteurs n'avaient pas besoin de commencer aussi tôt que les laitiers. Mis à part les longues journées de juin et juillet, il faisait encore nuit quand mon père se réveillait et, l'hiver, il avait déjà fait la moitié de sa tournée au lever du soleil. Il m'a cependant confié plusieurs fois que, si on lui avait donné le choix, il n'aurait pas échangé sa place contre celle de notre voisin. Il fallait prendre en considération leurs itinéraires respectifs. M. Marconi distribuait le courrier dans le Gut[1], le pire quartier du West End, alors que papa travaillait dans le Borough[2], celui-là très convoité, preuve de la haute estime qu'avaient pour lui ses employeurs. Il se demandait où M. Marconi se situait dans sa propre hiérarchie, puisqu'on l'envoyait dans le Gut.

Promesse ou pas, il avait surnommé le père de Bobby « M. Macaroni », et il me donnait toujours un coup de coude pour que je rie de son calembour. Je ne crois pas qu'il se rendait compte que cela m'amusait moyennement. Cela n'était pas méchant en soi mais, depuis la maternelle, j'avais un surnom qui ne me plaisait guère, et c'était pour moi un sujet sensible. Évidemment, ce n'était pas la même

1. « Le Boyau. »
2. « La Ville. »

chose. Papa ne l'envoyait pas à la figure du voisin, cela ne cachait pas de réelle animosité, et donc nous pouvions bien avoir une petite plaisanterie à nous. Je craignais surtout que le mot lui échappe un jour en présence de Bobby. Cela devait être une résistance à l'interdiction formelle qu'on lui avait faite de parler à M. Marconi, celle-ci s'étant d'ailleurs doublée d'une autre. En lui intimant de « lui ficher la paix », maman souhaitait aussi qu'on *n'en parle plus* — que son nom ne survienne plus dans les conversations. Cette privation de plus, s'ajoutant à une promesse solennelle, devait lui paraître très injuste, et il découvrait avec plaisir qu'on lui lâchait un peu la bride s'il évoquait plutôt un certain Macaroni. Le sobriquet suscitait des réactions navrées, mais moins catégoriques. Si j'apprenais à mes parents que M. Marconi avait acheté une télévision — comme me l'avait confié Bobby —, mon père prenait la liberté de m'interroger en tournant le tout en dérision. M. Macaroni avait vraiment acheté un poste ? Il l'avait achetée neuve ou d'occasion, sa télé ? Et Mme Macaroni, elle aimait la nouvelle télé Macaroni ?

C'était une plaisanterie sans vraiment en être une. Quand nous vivions encore tous à Berman Court, papa avait une idée précise de nos situations respectives, mais que s'était-il passé depuis ? Les Marconi avaient-ils fait des acquisitions ? Leurs finances s'étaient-elles réellement améliorées ? L'arrivée de deux nouveaux petits Macaroni ne compliquait-elle pas les choses ? Ils étaient toujours locataires, ce qui n'était pas anodin, mais peut-être économisaient-ils le montant d'un premier versement pour une maison ? En étaient-ils proches ou devraient-ils encore attendre des années ? Papa avait un esprit curieux, dont à présent on lui interdisait cruellement de se servir.

C'est pourquoi il comptait sur moi pour obtenir des informations. Les Macaroni buvaient-ils du vrai Coca ou les marques secondaires que Tommy Flynn et Ikey Lubin stockaient dans leurs armoires et vendaient moins cher ? Je n'étais jamais entré chez les Marconi, donc je n'en savais pas plus que lui, ce que je lui ai dit. « Pose-lui la question un de ces jours », m'a-t-il suggéré, en parlant de Bobby.

« Certainement pas, contrait ma mère. Ça n'est pas nos affaires. »

Elle devait s'attendre à ce que la curiosité l'emporte sur la parole donnée, et l'a donc surveillé pendant les quelques mois qui ont suivi notre déménagement. Surtout s'il se débrouillait pour être sur le perron au moment où M. Marconi, sa tournée terminée, rentrait chez lui. Si elle le voyait obliquer en douce et tenter gentiment d'engager la conversation, elle ouvrait aussitôt la fenêtre en prétendant qu'elle avait besoin de quelque chose. Il n'avait d'autre choix que de rebrousser chemin, avec une tête de chien battu, pris sur le fait, ou juste avant. « De quoi as-tu besoin ? grommelait-il, de retour dans la cuisine.

— J'ai besoin que tu fasses un effort de mémoire. Que m'as-tu promis avant d'emménager ici ? »

Il se contentait de hausser ses grosses épaules.

« Dire bonjour à quelqu'un, c'est pas lui chercher des crosses, Tessa. Nous sommes voisins, eux et nous. On peut pas éviter de parler aux gens. »

Tout se serait sans doute bien passé si, peu après, M. Marconi n'avait pas acheté un break Pontiac d'occasion, assez grand pour loger sa tribu, et qu'ils utilisaient rarement, sinon pour les courses du samedi après-midi au supermarché.

« À quoi ça lui sert, voilà ce que je comprends pas. Ils partent jamais en promenade. Ils vont jamais au lac, ni rien. »

Toutes choses que nous ferions, disait-il souvent, dès que nous aurions les moyens d'avoir la nôtre, de voiture.

« Elle reste tout le temps garée dehors.

— Tu n'as pas besoin de comprendre, lui rappelait ma mère. Aurais-tu oublié ?

— Je dis pas que ça me regarde, répondait-il, sachant où elle voulait en venir. Ça rime à rien, c'est tout. »

Un samedi après-midi que maman avait à faire en ville, papa a décidé qu'il en avait assez des mystères Marconi. Une heure plus tôt, il avait vu toute la famille s'entasser dans la Pontiac et prendre la direction du A & P. Donc, quand les sœurs Spinnarkle sont venues s'asseoir sur leur perron, il m'a appris qu'il allait voir « ces dames » un instant — une couverture, je le savais bien, au cas où maman rentrerait inopinément.

Cela faisait environ une demi-heure qu'il était descendu quand la Pontiac s'est rangée devant le trottoir. Feignant de ne pas la remarquer, papa s'est redressé en déclarant aux sœurs qu'il ferait mieux de monter avant que son épouse vienne le traiter de fainéant. En sortant de sa voiture, M. Marconi l'a aperçu qui s'arrêtait en chemin pour lui dire bonjour. Souriant d'un air entendu, il a envoyé sa femme à l'intérieur avec les enfants, pendant que Bobby et lui déchargeaient leurs courses.

« Comment vous vous en sortez, avec ce break ? lui a demandé mon père.

— Très bien », a répondu M. Marconi, d'un ton qui laissait clairement entendre que ces deux syllabes résumaient l'étendue de sa pensée à ce sujet, et même tous les autres, tant qu'il y était.

Bobby m'a vu sur mon propre perron et m'a fait signe. Son père lui a tendu un sac de provisions.

« Avec le prix de l'essence, et tout... » a risqué papa.

Faute de réponse, il a poursuivi en se frottant le menton d'un air songeur :

« J'ai pensé à en acheter une, aussi. Mais je me suis dit : pour quoi faire, finalement ? On me laisse prendre le camion gratuitement, alors j'y ai renoncé. »

Les bras chargés, M. Marconi et Bobby se dirigeaient vers leur porte.

« La laiterie vous le prête pour vos besoins personnels ? »

Papa a haussé les épaules.

« On est pas censés le faire, a-t-il admis. Mais je connais bien le patron, et ça le dérange pas, tant que je reste dans le coin. Je vous donne un coup de main avec les sacs ? »

Il y en avait encore deux, sous le hayon levé.

« On y arrivera.

— Ça me dérange pas. Je fais rien, là. »

Tournant la tête, M. Marconi a répété :

« On y arrivera. »

Puis il a disparu à l'intérieur avec Bobby et la porte s'est refermée derrière eux. Seul sur le trottoir, papa observait les deux sacs avec un air de regret. Lui aurait-on permis de les décharger, il aurait pu voir s'ils contenaient des produits de marque ou de second choix, de bons morceaux de viande ou pas. S'ils avaient accepté son aide, les Marconi auraient été obligés de le laisser entrer chez eux, ne serait-ce qu'un instant, et il aurait pu faire un inventaire succinct de leurs biens. Il envisageait sérieusement de les soulever, sans qu'on le lui demande, quand maman l'a surpris en arrivant au coin de la rue.

« Je rendais visite aux dames, c'est tout, lui a-t-il dit, quand nous fûmes rentrés à notre tour. Demande à Louie. »

M'étudiant rapidement, elle a compris que j'allais comme toujours me ranger du côté de mon père. Elle le regardait d'un air furieux.

« J'ai pas le droit de leur parler à elles non plus ?

— Continue comme ça, Lou, l'a-t-elle prévenu. Continue comme ça et tu vas voir...

— Je suis navré pour lui, a-t-il dit plus tard au repas du soir. Toutes ces bouches à nourrir, et il va bientôt y en avoir une autre. »

Il grignotait à peine le bœuf en sauce de ma mère, un de ses plats favoris. Je voyais à son expression qu'il se demandait ce que les Marconi avaient eux pour dîner. La viande au bout de sa fourchette n'avait pas de goût.

Une chance que papa ne nous ait pas inclus, Bobby et moi, dans le jeu des comparaisons, car Bobby gagnait sur tous les tableaux. Je le dépassais d'une tête mais, avec son corps d'athlète, il était le premier choisi lorsqu'on constituait des équipes. Les rares fois où je me laissais convaincre de jouer à quelque chose, j'étais toujours parmi les derniers. Mon père aimait le sport à la télévision, mais il avait grandi dans une ferme et, avec un ballon, il était maladroit comme un garçon de ferme. Il ratait toutes les passes, shootait au lieu de dribbler, et j'ai hérité de lui ce gène particulier. J'avais espéré un moment pouvoir rejoindre un des clubs de football Pop Warner, ce qu'il aurait aimé lui aussi à mon âge, et, compte tenu de ma taille, j'aurais sans doute pu tenir une de ces positions secondaires où le ballon n'arrive jamais. Mais ma mère trouvant le football trop dangereux, c'était exclu, et pour tout dire je ne m'en portais pas plus mal.

Fils unique, j'étais un lecteur assidu et je réussissais mieux en classe que Bobby, ce qui n'importait guère chez les garçons de notre âge. J'allais cependant à St. Francis, une école moins exigeante que celle de l'East End où il était maintenant inscrit et où, s'il ne faisait rien pour se distinguer, ses professeurs le classaient parmi les élèves les plus vifs. Lorsqu'il voulait s'appliquer, faisaient-ils remarquer, les résultats étaient au rendez-vous. Comme je l'ai dit, papa ne m'aurait jamais opposé à Bobby, ni de ce point de vue ni d'un autre. Son affection et la fierté que lui procuraient mes résultats n'avaient d'égales que mes propres sentiments envers lui. En revanche, j'étais sûr que M. Marconi ne reculait pas devant ce genre de comparaisons, et qu'il n'avait pas beaucoup d'estime pour moi. Bien sûr, il n'en a jamais rien dit mais, maintenant que nous étions à nouveau voisins, il ne semblait pas mécontent que Bobby et moi fréquentions des établissements différents.

À ma grande déception, nous ne nous voyions pas plus qu'auparavant. En essayant de comprendre pourquoi, je me suis retrouvé confronté aux mêmes résistances et aux mêmes explications bancales que par le passé. Les Marconi n'étaient pas comme nous. (À savoir ?) Ils préféraient rester entre eux. (Pour quelle raison ?) Bobby avait moins de liberté que moi. (Au nom de quoi ?) Je m'étais contenté, à Berman Court, de l'accompagner à l'aller et au retour sur le chemin de l'école. Maintenant je n'avais plus que quelques heures les samedis. Encore, j'aurais pu m'en réjouir, si je n'avais eu la vague impression qu'on me cachait quelque chose. Bobby était toujours retenu, ne sortait que pour aller en classe ou distribuer ses journaux, et j'ai fini par me mettre dans la tête que, s'il était puni, c'était plus ou moins ma faute. Quand je lui demandais ce qu'il avait fait, il affirmait ne pas pouvoir en parler. Alors, quelle autre raison que moi ?

« Lou, regarde-moi, m'a dit maman quand je m'en suis ouvert à elle. Tu n'y es absolument pour rien, mon chéri.

— Mais qu'est-ce que j'ai fait ? » ai-je dit d'un ton plaintif, sans me rendre compte à l'époque à quel point je ressemblais à mon père. (« Qu'est-ce que je lui ai jamais fait, voilà ce que j'aimerais bien savoir. »)

Elle m'a serré dans ses bras.

« Lou, mon chéri. Tu ne veux pas m'écouter. *Tu-n'y-es-absolument-pour-rien.* »

Et elle a ajouté, ce qui ne présageait rien de bon :

« Il se passe dans cette maison des choses dont tu ignores tout, mais qui n'ont rien à voir avec toi — *ni* avec ton père. »

Quelles choses ? lui ai-je demandé, mais elle ne voulait pas en dire plus, sinon que cela ne nous regardait pas.

« Et je ne veux pas que tu poses de questions à Bobby, c'est bien compris ? »

Ça n'était pas réglo. Quel que fût le problème en face, maman était au courant. Si nos familles étaient brouillées, *elle* ne l'était pas avec Mme Marconi. Pour autant que j'aie su, leur amitié était intacte. Même si, d'accord, elle ne s'affichait pas au grand jour. La voisine restait constamment chez elle pour s'occuper des petits frères de Bobby mais, une fois que les maris étaient partis, les deux mères se rencontraient en cachette, je le savais. Quand je revenais de l'école, maman était parfois au téléphone, et elle raccrochait en me voyant. Le temps de retirer mon uniforme, je la retrouvais devant la fenêtre du salon, à regarder dehors d'un air absent et, quand M. Marconi revenait de sa tournée, sa sacoche vide en bandoulière, elle prenait une mine sombre, tout comme moi, je suppose. Si elle avait droit à une amitié secrète, alors pourquoi pas moi ?

Un jour vers la fin de l'année scolaire, je me suis aperçu en rentrant que maman n'était pas là. Nous avions une fenêtre qui, en haut de l'escalier, donnait sur l'appartement des Marconi. Une vague de chaleur imprévisible s'étant abattue sur nous ce jour-là, maman avait ouvert toutes celles de la maison, et Mme Marconi avait certainement fait de même. Nos maisons étaient assez proches l'une de l'autre pour que j'entende une sorte de gémissement, puis la voix de ma mère qui disait : « Allons, allons, tout ça va s'arranger. » J'ai vu alors son bras tendu et sa main se poser sur celle de la voisine. Quelques minutes plus tard, quand maman est arrivée, bouleversée et en colère, je lui ai demandé d'où elle revenait. De chez Timmy Flynn, m'a-t-elle dit. Ce n'était pas très malin, comme mensonge, puisqu'elle n'avait rien acheté.

Dans mon lit ce soir-là, j'ai entendu quelques bribes d'un dialogue entre mes parents, par la petite grille de la ventilation.

« C'est pas parce qu'elle le dit que c'est vrai, insistait mon père. Elle est pas bien, cette femme, tu le sais.

— J'admets qu'elle n'est pas toujours très futée. Mais ce n'est pas une raison pour la traiter comme un chien. Il n'a qu'à l'attacher à un pieu, tant qu'il y est. »

Un matin du même mois, maman a téléphoné en face et, à sa grande surprise, M. Marconi, qui aurait dû être en train de distribuer le courrier, a décroché. Les enfants pleuraient dans son dos.

« Que voulez-vous ? » lui a-t-il dit lorsqu'elle s'est présentée.

Ma mère lui a demandé des nouvelles de Mme Marconi. Enceinte de neuf mois, celle-ci était tombée malade à cause de la chaleur et de l'humidité.

« P. C. est allée rendre visite à sa sœur.

— J'ignorais qu'elle en avait une.

— Vous n'êtes pas censée tout savoir, a-t-il répondu sèchement.

— Pourriez-vous lui dire de m'appeler quand elle reviendra ?

— J'aimerais autant que vous la laissiez tranquille, voyez. »

« Je ne crois pas qu'elle ait de sœur », a lâché maman ce soir-là, au dîner.

Elle parlait à mon père et elle était encore tellement remontée qu'elle ne s'est pas souciée que je l'entende.

« Sûrement pas dans la région, a-t-elle poursuivi.

— Qu'en sais-tu ?

— Parce que, si elle l'avait, cette sœur, ça ferait longtemps qu'elle se serait réfugiée chez elle. »

Papa a ouvert la bouche pour dire quelque chose, puis m'a regardé et a préféré se taire.

« De plus, a continué maman, elle n'est pas en état d'aller où que ce soit. »

Papa a réfléchi une seconde.

« Alors moi, je dois m'occuper de mes affaires, et toi, tu fais ce que tu veux ? » a-t-il commenté.

Exactement la question que je me posais. Si maman avait la réponse, elle ne nous l'a pas donnée.

Quelques jours plus tard, le break des Marconi se rangeait devant chez eux. Sur le siège de droite, à l'avant, Mme Marconi avait l'air hébétée. Son mari a fait le tour pour lui ouvrir la portière, et elle est restée assise, à regarder les fenêtres de leur appartement..

« Mais aide-la donc, espèce de salopard ! s'est exclamée ma mère depuis la nôtre, sans s'inquiéter de ma présence. Aide-la, ou je te jure que... »

Enfin sortie de la voiture, Mme Marconi se dandinait vers son perron. Elle a posé une main sur la rampe, l'autre sous son énorme ventre. Le surlendemain, elle accouchait d'un nouveau petit frère pour Bobby. Dès que son mari, sa sacoche à l'épaule, est parti à la poste, maman a demandé à papa de la conduire au nouvel hôpital avec le camion de la laiterie et elle a rendu visite à son amie. Ce soir-là, devant un autre bœuf en sauce, elle nous a appris que Mme Marconi semblait aller mieux, que ce qui la chagrinait avait disparu. Elle affirmait se porter à merveille, il n'y avait pas de raison de s'inquiéter. Et elle était impatiente de rentrer chez elle, car elle n'aimait pas rester éloignée de ses enfants. Mon père, qui écoutait, paraissait mieux apprécier son ragoût que la dernière fois.

« Tu vois ? a-t-il dit. Tu t'es mise dans tous tes états pour rien. »

J'étais content, et je l'étais toujours lorsqu'il vérifiait qu'elle s'était trompée. Depuis le soir où ils avaient convenu que Mme Marconi n'était « pas bien », j'avais beaucoup pensé à elle, pour cette raison sans doute que, à cause de mes « absences », on en avait dit autant de moi.

« Je lui ai aussi demandé des nouvelles de sa sœur », a expliqué ma mère, en repoussant une assiette qu'elle n'avait pas touchée.

Le regard qu'ils ont alors échangé témoignait que, comme maman l'avait deviné, Mme Marconi n'en avait pas.

Cet été-là, j'ai eu ma première vraie bicyclette, de celles qu'on appelait à l'époque des « anglaises », avec un dérailleur à trois vitesses. C'était bizarre comme cadeau, d'abord parce qu'elle coûtait assez cher, ensuite parce que je ne l'avais pas demandée. J'avais simplement dit que Bobby allait en acheter une, qu'il mettait de côté ce qu'il gagnait à distribuer le journal. Je soupçonne papa d'avoir voulu le devancer. Ma mère avait une autre idée en tête. Selon elle, j'avais besoin « d'ouvrir mes horizons ». Elle s'était toujours réjouie que j'aime les livres, que je sois capable de passer des heures à lire mais, lorsqu'elle voyait les garçons du quartier partir au terrain de base-ball avec leur batte à l'épaule, elle regrettait que je sorte aussi peu. Je prenais du poids, et elle me trouvait trop jeune pour être casanier.

Je crois surtout qu'en m'achetant ce vélo ils espéraient me détacher de Bobby, de ma dépendance à son égard. Son père, qui connaissait quelqu'un à la Direction des parcs et jardins, l'avait inscrit au dernier moment à des activités gratuites qu'offrait celle-ci le matin. Il était trop tard quand j'en ai appris l'existence. L'après-midi, Bobby aidait sa mère à nourrir et soigner ses petits frères, et en début de soirée, il partait livrer le journal. Maman ne voulait pas que je me morfonde à la maison en attendant qu'il revienne et, si j'avais un vélo pour explorer l'East End, j'arriverais peut-être à me faire de nouveaux amis. Cela devait être son raisonnement.

Je me suis d'abord méfié de ce vélo et de ce que j'étais censé en faire. Je savais m'en servir, mais je trouvais bizarre qu'on me donne une chose dont je n'avais pas spécialement envie ni besoin, alors que c'était tout le contraire pour Bobby. Je lui ai aussitôt proposé de le lui prêter pour ses livraisons. Il m'a remercié en m'expliquant que son père s'y opposerait. Et, quelques jours plus tard, M. Marconi lui a rapporté un vieil « américain », avec des pneus lisses, une selle en plastique trouée, et une chaîne rouillée.

Pendant quelques semaines, je me suis contenté de tourner autour du pâté de maisons, systématiquement, ce qui navrait presque autant maman que de me voir traîner dans le jardin. Rouler sur les trottoirs étant en principe interdit, j'ai fini par m'aventurer sur la chaussée et faire de plus grands tours, au début dans les rues les plus proches, puis au-delà des limites du quartier. Vers le milieu de l'été, j'avais découvert Whitcombe Park, à la périphérie de la ville. Au milieu se dressait Whitcombe Hall, à l'époque une coquille vide, propriété du comté. La majeure partie du domaine était cernée par une barrière en fer forgé qu'entretenait un minuscule bonhomme noir du nom de Gabriel Mock. Il logeait dans une petite bicoque derrière l'ancienne résidence de sir Thomas. Gabriel considérait cette clôture comme sa propriété, car c'était son travail de la repeindre d'un bout à l'autre. Elle mesurait plus d'un kilomètre et demi, affirmait-il fièrement. Il était officiellement le gardien du parc, mais en réalité ses fonctions s'arrêtaient là, le comté n'ayant pas plus les moyens d'entretenir les jardins que le bâtiment central. Il n'y avait de budget que pour la barrière, que Gabriel empêchait de rouiller en la revêtant chaque année d'une épaisse couche de laque noire. Cela suffisait à l'occuper le printemps, l'été et l'automne et, après un nouvel hiver glacial, il était temps de recommencer. Sa seule autre responsabilité était de protéger le parc des vandales.

Le jour où nous nous sommes rencontrés, je ne l'ai tout d'abord pas vu. Il était en train de peindre à quelques mètres de l'endroit où j'avais calé mon vélo — contre la clôture, évidemment. À l'en croire, j'étais déconfit — le mot que je lui ai inspiré alors que, le menton posé entre les deux barres noires, je regardais la pelouse qui descendait en pente vers le manoir.

« Tu m'as l'air en pleine déconfiture, toi, a-t-il dit, quand je l'ai enfin remarqué.

— Comment on rentre ? ai-je demandé.

— On rent' pas. Ç'pas possible, a-t-il soupiré, comme s'il était sincèrement désolé d'avoir à m'annoncer cette triste vérité. À part moi, y a personne qu'a le droit d'être de ce côté, et je suis pas censé m'en aller. Trouves ça normal, toi — il a fait un geste en direction de Whitcombe Hall derrière lui —, d'laisser ce machin tomber en r'ines ? »

Je ne devais pas trouver ça normal, non, car il a décidé sur-le-champ de me confier un secret.

« Elle fait pas tout le tour du parc, la barrière. S'arrête un peu plus loin, là-bas, devant les arbres. »

Comme je suivais, intéressé, la direction qu'indiquait son doigt, il a peut-être regretté ces propos, car il a poursuivi :

« Et qui t'es, toi ? »

Je lui ai dit que je m'appelais Lou.

« Ça m'avance pas beaucoup. Y en a plein, des Lou. J'en connais une demi-douzaine à moi tout seul. »

Je lui ai donné mon nom de famille.

« Lynch, a-t-il répété, songeur. C'est le laitier, ton papa ? »

J'ai acquiescé.

« Ta maman, elle s'appelle Teresa ? »

Je n'ai pu m'empêcher de penser que ce minuscule bonhomme noir, qui semblait assez mince pour se glisser entre les barres de sa clôture, en savait drôlement long sur nous.

« Jolie fille, ta maman. Enfin, dans le temps, du moins. Elle a sûrement pas trop changé. »

Il m'a de nouveau regardé.

« Donc t'es Lou Lynch Junior », a-t-il dit.

Hochant la tête, je lui ai expliqué que mon deuxième prénom était Charles, comme le nom du père de ma mère, alors que papa s'appelait Louis Patrick mais, en référence à qui, je ne savais pas.

« S'en est fallu de peu, a dit le petit homme. Moi, c'est Gabriel Mock Junior. Pareil que mon père, sauf qu'il est mort. »

C'était en effet très différent, ai-je admis.

« Mais je serai Junior jusqu'à la fin de ma vie. Gabriel Mock Junior, même s'il est plus là, le vieux, et que ça me plaise ou pas. Je serai jamais Senior. Trouves ça juste, toi ? »

Non, je ne trouvais pas et, cédant à l'impulsion, je lui ai confié que tout le monde m'appelait Lucy, ce qui lui a paru injuste à son tour. J'ai eu l'idée de lui demander s'il avait un fils, et comment il l'avait appelé.

« Gabriel Mock Troisième, a-t-il dit, s'arrêtant de peindre pour considérer la chose. Tout le monde l'appelle Troisième. Chacun porte sa croix, ici-bas, 'c'pas ? M'enfin, si l'pire, c'est comment on s'appelle, c'est pas bien grave en fin de compte. »

Il a repris son pinceau, et j'ai enfourché mon vélo. Il m'a mis en garde avant que je reparte :

« Va pas tomber dans les grottes, toi.

— Les grottes ? Quelles grottes ?

— Comment j'saurais laquelle que tu vas tomber dedans ? Y en a plein partout, sous le parc, à c'qu'y paraît. C'est là qu'on cachait le whisky et la poudre, avant, quand c'était l'Angleterre ici. C'est avec ça qu'ils gagnaient leurs sous, ceux-là, m'a-t-il expliqué, avec un signe de tête en direction de Whitcombe Hall. À vendre des armes et de la gnôle aux Peaux-Rouges, ouais. Ils leur montaient la tête pour qu'y z'aillent scalper les gars d'Albany plutôt qu'les nôtres. Tous des fripouilles, les riches, mais tu sais déjà ça, toi ? »

C'était bien la première fois qu'on m'exposait cette théorie, et c'était pour moi un blasphème. Surtout dans la bouche d'un minuscule bonhomme noir. Après tout, les Lynch n'espéraient-ils pas devenir riches un jour ?

« Si tu tombes dans une grotte, personne t'entendra crier, hein ? Compte pas sur moi pour venir t'sauver. Je descendrai en terre quand je serai mort depuis trois jours, mais pas avant, et je fais pas d'exception. »

J'ai promis de prendre garde, et je ne mentais pas. J'étais inquiet à l'idée que le sol s'ouvre sous mes pieds.

« Passe dire bonjour, la prochaine fois que t'es dans le coin. Je te donnerai du boulot. C'est pas les pinceaux qui manquent. Plus vite j'ai fini, plus vite je peux faire le zouave. T'aimes faire le zouave et hurler à la lune, toi ? »

En guise d'illustration, il a bu au goulot d'une invisible bouteille, puis il a rejeté la tête en arrière et s'est mis à glousser. Il continuait à brailler gaiement pendant que je filais. J'étais sûr que je reviendrais voir Gabriel Mock Junior mais, pour l'instant, j'étais bien plus intéressé par la possibilité de tomber sur une grotte. Ce qui ne voulait pas dire *dedans*. C'était assez perturbant d'apprendre que le sous-sol était plein de trous et, si c'était bien vrai, j'aurais aimé savoir où ils étaient.

Ce qui me plaisait le plus dans ces balades à vélo est que, plus je m'éloignais de chez moi, plus mes *pensées* devenaient intéressantes et insolites. J'étais soudain capable de considérer d'autres choses et d'autres perspectives, ce qui ne me serait jamais arrivé à la maison ni autour de celle-ci. Je n'étais bien sûr qu'un petit garçon, avec les idées d'un petit garçon, certainement semblables à celles de milliers d'autres. Mais elles étaient pour moi nouvelles, aussi curieuses et imprévisibles que les transformations de mon corps et les chaussures que j'étais obligé de changer tous les trois ou quatre mois. Maman avait pris l'habitude de m'acheter des pantalons trop longs de plusieurs tailles, et de confectionner de gros ourlets qui perdaient de leur épaisseur à mesure que je grandissais. Quand je m'en allais sur mon vélo, j'étais généralement dans l'expectative, non seulement de découvrir quelque chose de neuf — comme une grotte sous Whitcombe Park, ou un inconnu comme Gabriel Mock —, mais encore d'avoir des *idées* nouvelles et inattendues. Je laissais mon cerveau dérouler ses pensées, comme ma mère les ourlets de mon pantalon. Et quand je revenais de mes excursions, j'avais l'impression agréable de ne pas être celui qui était parti quelques heures plus tôt. Je m'attendais presque à ce que mes parents et mes voisins s'en rendent compte.

Et encore cela. S'il était excitant d'aller vers l'inconnu, le retour l'était également, d'une manière différente quoique tout aussi curieuse. Je ne rentrais presque jamais directement à la maison, préférant composer un itinéraire savant qui englobe toutes les rues de notre coin de l'East End. Je faisais l'inventaire des constructions, des remises et des grillages, je m'assurais que rien n'avait disparu en mon absence, que le sol n'avait pas englouti une partie ou une autre. Bref, que tout était à sa place à l'heure où, en quelque sorte, je revenais prendre possession de mes biens. J'ai pensé que je devenais moi aussi un ami des circuits, comme mon père, comme M. Marconi, comme Bobby avec ses journaux. Je m'initiais au plaisir intense et rassurant de reconnaître chaque fois les endroits familiers, sûrs et apaisants de ma vie.

Si j'ai parcouru Thomaston de long en large cet été-là, j'ai tout de même évité le West End. Je ne me suis aventuré qu'une fois à Berman Court que j'avais, à mon grand étonnement, localisé sans difficulté. La ruelle me paraissait aussi lointaine et originale que Whitcombe Park le matin où j'avais rencontré le minuscule Gabriel. La bâtisse au bout de l'impasse, avec ses hautes fenêtres donnant sur le ruisseau, me donnait l'impression d'un livre de contes que j'aurais perdu et oublié avant de le retrouver par hasard. Rien n'avait changé manifestement, pourtant tout me paraissait étrange, comme si notre passage en ces lieux n'avait été qu'un rêve dont je m'étais réveillé dans notre vraie maison de l'East End. J'ai posé mon vélo contre la passerelle, j'ai suivi le Cayoga jusqu'au chétif pont de chemin de fer à l'extrémité couverte, plus rouillé et plus délabré que jamais. Les planches de contreplaqué autrefois disposées sur les traverses s'étaient envolées, de même, ai-je pensé, que la malle. Je l'ai soudain remarquée sur les rochers en dessous, où elle s'était brisée en tombant. Il ne restait de ce qui s'était passé que les morsures de la scie dans les épais chevrons, maintenant à hauteur de mes yeux. Passant un doigt sur celles-ci, j'ai découvert à ma grande surprise que mes terreurs s'étaient muées, au fil des mois, en quelque chose de presque agréable.

Je ne me rappelle plus combien de temps je suis resté sur le pont branlant. Je n'en suis parti qu'en percevant des vibrations sur les rails et le grondement lointain d'un train — ou peut-être l'un et l'autre étaient-ils seulement le fruit de mon imagination.

* * *

À cette époque, la plupart des gens réglaient le laitier en plaçant l'argent dans le casier à bouteilles, sur le perron de leur cuisine à l'arrière de la maison. S'ils avaient besoin de deux litres, ils mettaient un ou deux billets dans une enveloppe ou dans une feuille de papier pliée en quatre. Papa leur laissait la monnaie dans le casier avec le lait. Le samedi, il faisait le décompte pour ceux qui préféraient ne pas payer tous les jours, et il résolvait les conflits que ne manquait pas d'occasionner ce système d'un autre âge. Il était rare qu'une semaine se termine sans qu'un client se rappelle que son billet de cinq dollars était en fait un billet de dix, ou que, demandant deux litres, il n'en avait reçu qu'un.

Comme je l'ai dit, le quartier du Borough que desservait mon père était le plus convoité, entre autres parce qu'on avait moins de mal à y encaisser l'argent que dans le West ou l'East End. Papa soutenait cependant que les riches étaient les plus enclins à resquiller. Me rappelant la remarque de Gabriel Mock, qui les avait traités de fripouilles, je lui ai demandé si c'était vrai. Il m'a répondu que non, tout en admettant que, plus les gens avaient les moyens, plus il fallait les surveiller et avoir une bonne mémoire. Les habitants misérables du West End étaient toujours en retard de paiement, et donc, soit on ne les servait plus, soit on leur faisait crédit jusqu'à ce qu'ils honorent leur dette. En revanche, contrairement aux clients huppés, ils remettaient rarement en question la facture qu'on leur présentait.

Il n'y avait pas de livraison chez les particuliers le samedi, seulement dans les commerces, peu nombreux dans le Borough. Finissant sa tournée plus tôt, papa passait à la maison où Bobby et moi l'attendions pour une séance de « surf-camion ». Les casiers à lait vides étaient empilés et fixés contre les parois pour les empêcher de glisser dans les tournants ou de rebondir. Ce savant échafaudage libérait la plus grande partie de l'espace, et nous prenions place, Bobby et moi, à l'arrière. Les pieds campés sur les rainures du plancher, nous faisions semblant de surfer, les bras tendus pour l'équilibre, pendant que le camion brinquebalait dans les rues larges du Borough. Je me mettais toujours plus près de l'avant, ce qui était un avantage, car on voyait les virages arriver. Bobby, le plus sportif de nous deux, surfait plus ou moins à l'aveuglette dans mon dos. Il disait que c'était beaucoup plus drôle de réagir au dernier moment, mais je l'aidais quand même en criant « À gauche ! » ou « À droite toute ! » à l'approche d'un tournant. Le jeu consistait à rester debout sans s'accrocher à la rambarde qui courait le long de la paroi, et mon père, qui nous entendait chahuter, rigolait derrière son volant.

Évidemment, il n'était pas censé nous promener, Bobby et moi, mais — disait-il — la maison n'était pas trop à cheval sur le règlement et les autres faisaient ça tout le temps. Il n'y avait pas de siège passager — puisqu'il n'en fallait pas —, et si papa freinait brutalement, il n'y avait pour nous arrêter que le tableau de bord métallique. Il essayait de nous attraper en nous voyant voler vers lui, et il s'en sortait assez bien, sauf qu'on ne savait jamais ce que sa grosse main allait saisir — un bras, des cheveux —, de sorte que le sauvetage était parfois plus douloureux que le choc sur le métal.

« Pas de surf aujourd'hui, coupait-il en nous trouvant le samedi devant la porte. Le père de Bobby a dit qu'il voulait plus. »

M. Marconi l'avait précisé assez tôt. Bobby était un jour rentré avec une bosse sur le front, son père avait voulu comprendre pourquoi, et Bobby lui avait expliqué : c'est marrant de surfer dans le camion, et pas vraiment dangereux, puisque mon père ne roulait jamais vite. Et d'ailleurs l'aurait-il voulu, c'était impossible car, même le pied au plancher, ce fichu machin n'avançait pas.

Le samedi suivant, quand nous étions revenus, M. Marconi était sorti de chez lui pour prendre mon père à part.

« Qu'est-ce que c'est que cette histoire de surf ? » avait-il demandé, agressif, en se penchant vers lui. La tache de vin luisait sur son front.

Les choses s'étaient dernièrement arrangées entre eux, au point que papa, le remarquant, pensait qu'il avait peut-être enterré la hache de guerre.

Il lui avait répondu que nous adorions le surf du samedi matin, que nous y pensions toute la semaine, qu'il fallait nous entendre crier et rigoler à l'arrière, et voir notre mine déçue quand c'était terminé. Il était désolé pour le petit bobo que s'était fait Bobby la dernière fois.

« Mais il attend le dernier moment pour s'accrocher », avait précisé mon père, ce qui était vrai.

Bobby, intrépide, refusait d'empoigner la rambarde ou une des caisses, et c'est pour cette raison qu'il avait valsé et s'était fait mal.

« N'ayez crainte, avait ajouté papa. Je les ai à l'œil.

— Vous avez intérêt, avait répondu M. Marconi. S'il arrive quelque chose à mon gars dans votre camion, c'est vous qui êtes responsable. »

Donc le samedi suivant, la règle était *Pas de Surf*, et nous étions désespérés. Et rien ne servait de monter si nous ne pouvions pas surfer.

« Juste un peu, avons-nous plaidé. Juste cinq minutes ? Juste une rue ou deux, et après on arrête ? S'te plaît…

— S'il vous plaît, m'sieur… »

Nous l'avons eu à l'usure. Peu à peu, la règle est passée de *Pas de Surf* à *Pas de Surf jusqu'à ce qu'on Fasse Demi-Tour pour Revenir* puisque, en rognant sur la durée, on limitait les risques de blessures — et enfin *Faites Attention, Vous Deux*, parce que *Le Père de Bobby Va M'Écorcher Vif S'Il Arrive Quelque Chose, et Si Ce N'Est Pas Son Père, Ce Sera ta Mère* — que ces activités, pour dire vrai, n'enthousiasmaient pas spécialement.

Pourquoi avaient-ils aussi peur que nous revenions avec des bosses ? Puisque, de toute façon, c'était toujours le cas. Comment aurions-nous su, sans cela, qu'il fallait arrêter ? Évidemment, nous n'avions jamais rien de sérieux à déplorer — un doigt tordu ou un genou éraflé — et, la plupart du temps, nous jouions jusqu'à ce que je me mette à pleurer. Bobby ne pleurait pas lorsqu'il se faisait mal, pour que mon père ne s'en aperçoive pas et que la fête continue. Je lui enviais son sang-froid, je m'efforçais de l'imiter, et je craignais de ne jamais parvenir à me maîtriser comme lui. Cela avait été un mystère qu'il ne paie jamais à la passerelle quand nous habitions Berman Court, et cette faculté-là en était maintenant un autre, bien plus grand. Tous les samedis, je me disais que je ne pleurerais pas mais, quand je me cognais une fois de plus contre la paroi, et que papa, entendant le choc, se retournait vers nous, mes bonnes résolutions s'envolaient. Ce n'était pas tant que j'avais mal, c'était son expression qui me le montrait. Donc pas la peine de prétendre le contraire, n'est-ce pas ? Les larmes s'amassaient sous mes paupières, et il n'y avait pas moyen de les retenir.

Avant peu, nous avons tout oublié des mises en garde solennelles de M. Marconi. Il devait savoir que c'était reparti. L'un de nous ressortait toujours du camion en boitant ou en se frottant un coude, mais nous étions aussi tellement contents, entre les rires et les cris, que nous persuadions mon père de recommencer le samedi suivant. Ce n'était pas bien difficile, puisque ça l'amusait autant que nous. Jamais il ne parlait de sa propre enfance, pour la bonne raison que, selon maman, il n'en avait pas eu — on lui infligeait des corvées austères, interminables, du lever au coucher du soleil. C'est pourquoi, expliquait-elle, il ne tenait pas à ce que j'aille distribuer les journaux comme Bobby, ou qu'on me donne trop de choses à faire à la maison. J'étais censé garder ma chambre en ordre, m'occuper régulièrement de mes devoirs et, pour le reste, être le genre de garçon que papa n'avait pas eu le bonheur d'être.

Il devait s'imaginer à notre place quand nous sautions à l'arrière du camion, et il souriait jusqu'aux oreilles, tant son plaisir était grand.

L'affaire était moins simple pour moi. Certes, j'attendais ce moment toute la semaine. Comme je l'ai déjà dit, c'était le seul où je retrouvais Bobby. Mais à mesure que l'été avançait, j'ai pris conscience que j'espérais, malgré moi, voir mon ami se blesser un matin, et j'en étais très perturbé. Il n'y était évidemment pour rien, c'était l'expression de ma faiblesse et de ma jalousie. Si j'étais si jaloux, c'est parce que, je crois, Bobby s'amusait à braver le danger, une jubilation dont ma couardise me privait. De semaine en semaine, je m'ordonnais d'être plus courageux, je me disais que je ne m'accrocherais plus à la rambarde, je ne chercherais plus la sécurité, je me laisserais ballotter, plein d'insouciance et de joyeux abandon. Mais c'était chaque samedi comme le précédent et, le moment venu, mes mains se refermaient sur la tringle métallique. Alors, peu à peu, le courage me faisant défaut, j'en suis venu à souhaiter tout autre chose. Jamais, bien sûr, je n'ai voulu que Bobby se fasse réellement mal. Cela aurait été la fin de tout. J'avais simplement envie que, juste une fois, il souffre suffisamment pour pleurer, ce qui comblerait un peu le fossé qui, à mes yeux, nous séparait.

Et donc le surf-camion a pris fin de la seule façon possible. Je n'ai pas vu Bobby se casser le poignet lorsqu'il a été projeté contre la paroi. Mais j'ai entendu l'os craquer. Ma lâcheté m'avait épargné le même sort. J'avais vu le virage arriver et, à la dernière seconde, je m'étais retenu à un casier à lait. Pris au dépourvu, Bobby avait valsé.

Il a dû se rendre compte qu'il s'était cassé quelque chose, car il a soudainement pâli. Quand nos regards se sont croisés, il s'est assis, le dos contre la paroi et la main sur les genoux, pour la protéger des vibrations. Papa n'a sans doute pas perçu ce bruit affreux, mais certainement le silence qui a suivi, c'est pourquoi il nous a demandé s'il y avait un problème. Bobby ne disant rien, j'ai répondu que ça allait, mais mon père n'était pas dupe. Si nous ne poussions pas des cris en riant dans son dos, c'est qu'il était arrivé quelque chose, quelque chose de plus grave que les autres samedis. Lorsqu'il s'est garé, au lieu de passer directement à l'arrière, il est descendu pour ouvrir en grand les deux portes du fond et faire entrer la lumière. En voyant l'angle que formait le poignet de Bobby, il a blêmi comme moi. Je m'attendais à ce qu'il se mette en colère, mais non. Il a refermé les portières, il est remonté à l'avant et, quand il a quitté le Borough pour revenir à la maison, ce n'est pas Bobby, mais moi, qui me suis mis à pleurer.

Assis sur son perron, M. Marconi lisait un magazine quand nous nous sommes rangés le long du trottoir. Il a semblé se douter de quelque chose avant que papa n'ouvre à nouveau les portes. Sur la route du retour, Bobby avait vomi, et sa chemise était trempée.

Quand son père s'est approché, le mien a voulu lui expliquer que « C'était un acci… », et M. Marconi a levé l'index, comme pour lui dire « Attendez une seconde ». Mais il a gardé son doigt levé, et le geste avait dès lors une tout autre signification. Papa a compris qu'on l'intimait de se taire et, un instant du moins, c'est ce qu'il a fait. M. Marconi s'est penché, il a pris Bobby dans ses bras et l'a transporté jusqu'à sa voiture. « Je… », a de nouveau commencé papa, et M. Marconi a levé l'index. Il a attendu que mon père se gare correctement en marche arrière, pendant que lui-même s'asseyait dans le break à côté de Bobby. Quand papa les a rejoints, Bobby, avachi contre la portière, s'était évanoui de douleur.

Je me souvenais de ce qu'il m'avait dit un instant plus tôt alors que, tous deux assis à l'arrière, nous n'entendions plus que le cliquetis des casiers : « Tu ne m'as pas prévenu avant le virage. » Il semblait moins en colère que surpris, mais cela n'en restait pas moins une accusation. Je n'avais pas su quoi répondre, mais je devais le reconnaître. C'était vrai.

Curieux comme nos souvenirs d'enfance sont parfois incorrects, comme ils restituent mal l'ordre des événements, leurs causes et leurs effets. Peu après que Bobby s'est cassé le poignet, les Marconi ont de nouveau déménagé. J'ai longtemps pensé que l'accident dans le camion les avait décidés à quitter l'East End. Mais maman affirme que, depuis des mois, nous savions qu'ils allaient partir. Tout l'été, j'avais redouté de perdre mon seul vrai copain, et j'étais bien conscient que nos samedis matin étaient comptés. Voilà pourquoi on m'avait offert un vélo — pour atténuer le choc de la séparation et me donner, du moins théoriquement, un moyen d'aller rendre visite aux Marconi dans leur nouveau quartier.

Ils déménageaient à la suite d'une promotion inattendue du père de Bobby. À la poste, gravir les échelons prenait normalement des années mais, suite à une affaire louche survenue au printemps, on avait procédé à un nettoyage par le vide. Le nouveau receveur, arrivant du sud de l'État, avait remplacé la plus grande partie du personnel, dont plusieurs employés de longue date. M. Marconi avait été promu parce qu'il se tenait à l'écart de tout le monde, et donc on l'avait cru intègre. On murmurait cependant en ville qu'il aurait dénoncé certains de ses collègues.

Selon ma mère, si M. Marconi avait été aussi furieux, ce n'est pas parce qu'on aurait ignoré ses avertissements, mais parce qu'il soupçonnait papa d'être jaloux de son avancement et d'avoir provoqué l'accident. C'était grotesque, évidemment, mais il est vrai qu'avec cette promotion, notre voisin décidant non seulement de partir, mais d'acheter une maison dans le Borough — le quartier desservi par mon père ! —, le délicat équilibre entre les deux hommes était mis à mal. Maman se rappelle que, au lieu de féliciter M. Marconi, papa lui avait dit que nous n'irions sans doute jamais vivre là-bas, même si nous en avions les moyens. Nous aimions bien l'East End, nous y trouvions tout ce dont nous avions besoin. Ce que M. Marconi avait interprété comme du dépit et n'en avait pas fait mystère.

Une chose était sûre. Au lendemain de l'événement, il était toujours furibond. Le matin, nous avions vu Bobby revenir de l'hôpital avec le poignet droit plâtré quasiment jusqu'au coude. Maman avait conseillé à papa de ne pas se manifester tout de suite, mais ç'aurait été de l'indifférence, selon lui. Je crois surtout qu'il avait en travers de la gorge ce que M. Marconi, avec son index levé, l'avait empêché de dire — oui, il nous avait répété mille fois de faire attention, oui, il avait roulé lentement, non, il n'aurait jamais cru qu'une chose pareille arriverait, d'ailleurs j'aurais aussi bien pu me casser le poignet à la place de Bobby, et il espérait qu'on ne lui en voudrait pas — bref, tout ce qu'il ne fallait *pas* dire.

Dès que le voisin a ouvert sa porte et nous a trouvés sur le palier, on ne pouvait plus douter que ça se passerait mal. Allongé sur le canapé, son lourd plâtre sur la poitrine, Bobby était pâle et affaibli. Il n'a pas fait un geste en nous voyant. J'ai aperçu sa mère à la cuisine. Elle a passé un instant la tête dans le salon. Elle était blême, terrorisée. J'étais sûr que son mari allait nous lancer une phrase du genre : « Qu'est-ce que vous venez foutre ? » Il s'est contenté d'étudier mon père des pieds à la tête, puis moi, puis de nouveau papa.

« Bien, c'est vous, a-t-il dit. Attendez-moi là. »

Et il a refermé la porte.

Nous n'avons pas eu à attendre longtemps. Il est revenu avec plusieurs feuilles de papier vert, qu'il a tendues à papa. Celui-ci les a dépliées et j'ai déchiffré l'en-tête : HÔPITAL RÉGIONAL DE THOMASTON. J'ai vu la colonne des chiffres qui descendaient jusqu'au coin droit de la page. Les voyant lui aussi, mon père a dégluti bruyamment.

« Bon Dieu, je vais régler ça, si c'est ce que vous voulez », a-t-il dit, en jetant un coup d'œil vers Bobby.

Je pense qu'il exprimait avant tout sa surprise. M. Marconi étant fonctionnaire, il avait la sécurité sociale.

« Eh bien, ça paraîtrait normal, a-t-il dit.

— Je dis pas que je peux tout payer d'un coup, a admis papa, considérant d'un air triste la longue colonne de chiffres.

— Comment ça ? Vous êtes toujours en train de raconter que vous allez acheter ci, acheter ça, faire des courses ici et faire des courses là. Donc c'est de l'argent de poche, pour vous.

— S'ils pouvaient s'arranger avec moi…

— Avec vous ? Et pourquoi ils accepteraient ?

— Je dis pas qu'ils auront pas l'argent. D'ici quelques mois...

— *Combien* de mois, à votre avis ? »

Mon père a haussé les épaules, comme s'il était impossible de le savoir, le financement de cette somme étant trop complexe pour seulement l'étaler sur quelques mois. Évidemment, il avait besoin de consulter ma mère, car *elle* pourrait estimer précisément le temps que ça prendrait. Mais cela, il n'allait pas le dire.

« S'ils veulent bien m'arranger le coup... »

Lui arrachant la facture des mains, M. Marconi a hoché la tête d'un air dégoûté.

« Allez, a-t-il lâché, rentrez chez vous. »

Sans conviction, papa a tendu le bras pour la récupérer.

« Mais enfin, j'ai pas dit que...

— C'est déjà payé, l'a coupé M. Marconi. C'est terminé.

— Vous allez pas...

— Je vous dis de rentrer chez vous. »

C'est ce que je souhaitais, désespérément, mais pas mon père. Il restait immobile, il paraissait deux fois plus petit. Comme saisi d'un immense regret, il évitait le regard de M. Marconi et gardait le sien rivé sur Bobby à l'intérieur. Il détestait qu'on l'exclue de quoi que ce soit et il voulait entrer, pas rester coincé sur le palier. Mais il ne savait pas comment faire pour être invité, pour qu'au moins le voisin s'efface. Il m'est soudain venu à l'idée qu'il voulait parler à Bobby. Il savait s'y prendre avec les enfants et, en quelques minutes, il aurait réussi à le faire rire. Il lui aurait rappelé à quel point on s'amusait, dans le camion. Il lui aurait dit que ce plâtre serait vite retiré, et Bobby aurait reconnu qu'il avait moins mal, maintenant que la fracture était réduite et l'os maintenu. Quelques instants auraient suffi, devait-il penser, pour que nous soyons tous amis de nouveau. Peut-être aurions-nous été les premiers à signer sur le plâtre. Papa était un homme gentil qui croyait aux solutions amicales, qui pardonnait facilement et n'arrivait pas à comprendre que les autres s'amusent à refuser ce que lui-même accordait volontiers.

Pour cette raison sans doute, il ne remarquait pas que je tirais sur sa manche. Nous n'avions pas ce que nous étions venus chercher, et il fallait s'en aller. J'étais gêné de voir si clairement ce qui semblait lui échapper. On ne pouvait pas rester là indéfiniment, M. Marconi ne le ferait pas entrer, ne s'attendrirait ni ne fléchirait. Quand la porte s'est refermée, que nous nous sommes retrouvés tous deux sur le paillasson, papa n'a toujours pas bougé. Lorsqu'il a ouvert la bouche, j'ai pensé d'abord qu'il ne se rendait pas compte. Et parce qu'il ne quittait pas cette porte des yeux, je n'ai pas entendu tout de suite qu'il me parlait.

« Ne fais jamais ça, Louie. »

J'ai répondu « Oh non. »

« Je veux dire que... il ne faut pas traiter les gens comme ça. »

Je ne supportais plus d'être là. J'ai dit que je comprenais.

« Ne traite jamais les gens comme s'ils pouvaient bien crever. »

Craignant qu'on s'enracine pour de bon, j'ai préféré ne pas répondre. Je ne voulais vraiment pas rester une seconde de plus.

Sur le perron en bas, nous avons croisé les sœurs Spinnarkle qui revenaient de l'église.

« Ah, bonjour, monsieur Lynch. Bonjour, Louie, ont-elles dit d'une même voix.

— N'est-ce pas... a commencé l'une d'elles.

— ... une journée merveilleuse ? » a terminé l'autre.

Elles étaient radieuses et n'ont rien remarqué du tout.

« Oh si », a dit papa, qui aimait être d'accord avec les gens, à propos notamment du temps qu'il fait, des bonnes intentions dont ils sont généralement animés, et de la certitude que les choses finissent toujours par s'arranger.

Il n'a plus dit un mot du reste de la journée. Le dîner terminé, il nous a annoncé qu'il sortait un moment, ce qu'il ne faisait jamais le dimanche soir, car il y avait le *Ed Sullivan Show.* Nous le regardions religieusement, même si les invités nous plaisaient rarement à tous les trois. Maman et moi avons suivi l'émission, et elle s'est levée à la fin pour éteindre le poste.

« Alors, qu'est-ce qui s'est passé en face ? »

Je lui ai raconté que M. Marconi avait été affreux, que papa avait proposé de payer l'hôpital, mais que le voisin lui avait arraché la facture des mains. Rien de tout cela n'a semblé la surprendre. Elle est restée un instant silencieuse, puis :

« Ton père... »

Se ravisant, elle n'a pas poursuivi.

« Quand c'est qu'il va rentrer ? » ai-je demandé.

Cela faisait un moment qu'il était parti et je n'avais aucune idée de l'endroit où il se trouvait.

« Oh, je suis sûre que, quand tu te réveilleras demain matin, il sera là. Ne t'inquiète pas. Il a besoin d'un peu de temps pour remettre les choses en ordre. Quand le monde sera de nouveau comme il voudrait qu'il... »

Elle n'a pas fini sa phrase.

En d'autres circonstances, j'aurais perçu sa remarque comme une critique, et cela m'aurait déplu. Mais maman ne paraissait ni en colère ni contrariée, simplement attristée par la tournure des événements. J'ai cru comprendre aussi ce qu'elle voulait dire par « remettre les choses en ordre » — redonner au monde une forme qui permette à papa d'y vivre. Tout allait de travers dans le mien ce jour-là et, si je savais pourquoi, je ne voyais pas comment y remédier. Enfin, non, je savais, mais je ne voulais pas. Depuis le matin, j'avais en tête cette image de Bobby, pâle, malade, et je me rappelais que j'avais souhaité quelque chose comme cet accident, tant je lui enviais cette faculté de ne pas pleurer. Il n'avait toujours pas versé une larme, et je ne m'en sentais que plus mal. Je me suis finalement entendu dire :

« Je ne l'ai pas prévenu avant le tournant. »

Maman m'a regardé d'un air grave.

« Je ne comprends pas.

— C'est ma faute. »

Je lui ai expliqué que Bobby, surfant toujours derrière moi, avait besoin que je lui indique les prochains virages, pour qu'il puisse se préparer, et que je l'avais toujours fait, sauf cette fois.

Je lui ai dit que j'ignorais pourquoi je ne l'avais pas averti, que jamais je n'avais souhaité qu'il se blesse sérieusement, mais que tout était ma faute, il l'avait dit lui-même, et donc nous ne serions plus jamais amis.

« Bien sûr que si, a-t-elle répondu, réveillant un instant mes espoirs. Il te pardonnera. »

Je savais que, forcément, elle se trompait.

« Non.

— Mais si, il te pardonnera. Tu lui as bien pardonné, toi, non ?

— Pardonné quoi ? »

Elle ne me quittait pas des yeux, j'avais les miens rivés sur mes chaussures.

« Tu sais quoi.

— Non, ai-je dit, à peine capable d'articuler un mot.

— Tu ne *veux* pas, mais tu sais.

— Non ! ai-je crié.

— D'accord, a-t-elle dit en se détournant. D'accord, Lou. »

Papa est rentré tard ce soir-là. Je l'ai entendu trébucher sur le perron, ouvrir maladroitement la porte, monter péniblement l'escalier et enfin gagner la chambre à côté. Maman ne dormait pas encore et, sans distinguer leurs paroles, j'ai compris qu'ils parlaient à voix basse dans le noir. Sans doute lui conseillait-elle de se coucher, l'assurant que demain tout irait bien, qu'il avait besoin de dormir, s'il voulait se lever dans quelques heures pour aller au travail. Ou alors, c'est de moi qu'ils parlaient.

Si j'ai attendu le retour de mon père, c'est parce que je ruminais sans cesse ce que maman m'avait dit et que je ne voulais pas reconnaître. Là, dans l'obscurité, j'ai pris ma décision. Le lendemain matin, je lui dirais qu'elle s'était trompée, qu'il n'y avait rien que je refusais de savoir. J'insisterais jusqu'à ce qu'elle soit obligée de convenir que Bobby n'était pas au pont de chemin de fer, n'avait pas ri avec les autres pendant que je les suppliais de ne pas me couper en deux. Non, je ne lui avais pas pardonné. Parce qu'il n'y avait rien à pardonner.

L'après-midi où le grand camion jaune est venu prendre les affaires des Marconi, je suis resté sur le perron, morose, à regarder les déménageurs travailler. On m'avait recommandé de ne pas les déranger. J'espérais que Bobby me rejoigne et me tienne compagnie, puisque c'était notre dernière journée ensemble. Maman m'a expliqué qu'on lui avait sans doute demandé de veiller sur ses petits frères, pendant que ses parents s'occupaient du déménagement. Au milieu de l'après-midi, je lui ai fait signe en le reconnaissant derrière une fenêtre ouverte, mais il ne m'a pas répondu. Son père est passé un instant plus tard derrière la même fenêtre, et il a tiré le rideau.

Maman avait eu raison sur un point. Bobby m'a pardonné de ne pas l'avoir prévenu avant ce maudit virage, ou du moins nous n'en avons plus parlé. Le mois précédant leur départ, il est encore venu quelquefois à la maison, mais il n'était pas plus tôt arrivé que sa mère téléphonait pour qu'on le lui renvoie. Bien sûr, nous ne sommes plus jamais montés dans le camion de la laiterie.

Après cette séance malheureuse sur le palier des Marconi, papa avait retrouvé sa bonne humeur, mais ils ne s'adressaient plus la parole. J'ai été surpris — et soulagé — de constater qu'il n'avait plus tenté à nouveau de s'insinuer dans les bonnes grâces du voisin. Maman avait dû le convaincre que c'était peine perdue. Pendant quelques journées si chaudes et si humides que tout le monde avait ouvert ses fenêtres, j'avais entendu M. Marconi, d'une voix soudain très proche, affirmer que Bobby quittait Third Street à temps. Sans le contexte de la discussion, je n'ai pu m'empêcher de penser qu'il faisait référence à nous. Peu avant leur déménagement, j'avais demandé à Bobby s'il connaissait leur nouveau numéro de téléphone. Il m'avait dit que non, qu'il m'appellerait dès qu'il l'aurait. Quelque chose dans sa voix m'en avait fait douter. Je n'avais aucune idée de l'endroit où se trouverait leur maison du Borough.

Je devais quand même avoir l'air sérieusement déprimé, assis tout seul sur le perron, car, revenant pour le déjeuner, papa m'a proposé de rentrer et d'aider ma mère, ce que nous ne faisions jamais. Les repas étaient son affaire, la cuisine minuscule, elle n'aimait pas nous avoir dans les jambes tant que le repas n'était pas servi. Cette fois, pourtant, elle a semblé deviner les intentions de papa, car elle s'est interrompue pour nous préparer un pichet de citronnade. Remarquant au passage qu'il faisait une chaleur étouffante, elle a plaint les pauvres déménageurs.

Elle a posé deux grands verres ruisselants sur la table.

« De toute façon, d'ici quinze jours, vous ne vous seriez plus beaucoup vus », a-t-elle dit.

De fait, Labor Day[1] tombait le lundi suivant et, une fois que les classes auraient repris — j'étais toujours à St. Francis, Bobby à Bridger —, nous aurions manqué de temps.

« Et le Borough, a poursuivi maman, ça n'est pas le bout du monde. »

C'est cependant l'impression que j'en avais. Depuis que nous avions quitté le West End, nous n'avions rendu visite à personne là-bas, et j'étais la seule raison qu'avait Bobby de revenir ici dans l'East End. Je commençais à comprendre que cela ne suffirait pas.

* * *

Ma mère ne s'était pas trompée, la vie continuait. Il ne me restait qu'une semaine en août pour avoir le cafard et m'apitoyer sur mon sort, et ensuite la rentrée scolaire est arrivée. À mon souvenir, du moins.

Maman pense que ç'a été le pire automne de ma jeune existence. Après le départ des Marconi, je suis resté farouchement inconsolable. J'ai eu quelques absences à nouveau en septembre et octobre. Plus longues que celles de l'été, elles m'ont laissé épuisé et abattu. Le joyeux optimisme et la sensation de puissance qui avaient accompagné la toute

1. Fête du travail aux États-Unis, célébrée le premier lundi de septembre.

première dans la malle n'étaient plus là. J'en ressortais prostré, l'esprit engourdi pendant des jours. Ma mère dit cependant que, me sentant mieux et déterminé à renouer avec Bobby, j'ai enfourché ma bicyclette vers le Borough, à la recherche de sa maison. Elle se rappelle aussi avoir reçu un coup de téléphone affolé de Mme Marconi, dont le mari commençait à s'énerver. Chaque fois qu'il regardait par la fenêtre, il me trouvait en bas dans la rue, assis sur mon vélo, scrutant leur maison d'un air désolé.

Ce dernier point ne peut pas être vrai. D'une part, si je m'étais laissé aller à ce genre de chose, il est peu probable que je l'aurais oublié. En outre, je n'ai su qu'au printemps suivant où résidaient exactement les Marconi, puisque, comme je l'avais craint, Bobby ne m'a jamais appelé pour me donner son nouveau numéro et sa nouvelle adresse. Il est vrai que j'ai parcouru le Borough la dernière semaine d'août et la première de septembre, dans l'espoir de tomber « par hasard » sur lui, en train de jouer dehors, peut-être avec d'autres copains, et il est possible que, m'apercevant un après-midi depuis sa fenêtre, son père se soit étonné de ma présence. En revanche, je ne les ai jamais assiégés, cette idée est grotesque.

Peut-être maman fait-elle allusion à un samedi en particulier. Je me rappelle vaguement être allé rendre visite à Gabriel Mock, et le plus direct, pour rejoindre Whitcombe Park, était de couper par le Borough. Quoi qu'il en soit, après avoir tourné au coin d'une rue, j'ai eu la surprise de voir le camion de mon père se garer près de moi. À cette heure-là, en début d'après-midi, il finissait généralement les comptes avec ses clients ; j'ai tout de suite pensé, affolé, à un problème — soit il était en colère contre moi pour une raison inconnue, soit il était arrivé quelque chose à maman et il venait me chercher. Je devais avoir l'air effrayé car, lorsqu'il est descendu, il semblait se dire qu'il arrivait au bon moment.

« Louie ? m'a-t-il appelé — d'une voix mal assurée, comme si j'avais un sosie dans le Borough, et qu'il voulait être certain que c'était bien moi. Qu'est-ce que tu fais là, aussi loin ? »

J'ai haussé les épaules. Et pourquoi ne serais-je pas là ?

« Tu veux rentrer avec moi ? »

Il a ouvert les portes arrière, nous y avons hissé ma bicyclette, que j'ai calée contre les casiers à lait bien rangés.

Je l'ai déjà dit, il n'y avait pas de fauteuil passager dans ce genre de camion. Quand je montais avec papa, je retournais une ou deux caisses pour m'asseoir dessus, à droite du grand levier de vitesse qui sortait d'un trou dans le plancher. J'ai voulu faire de même ce jour-là, mais mon père a tapoté sur son siège. Je me suis assis sur le bord et, quand il m'a posé un bras sur l'épaule, j'ai eu l'impression de me sentir bien pour la première fois depuis des semaines.

« Tu sais qui habite dans toutes ces maisons ? »

J'ai admis que non. Il a enclenché une vitesse et m'a lentement fait visiter les rues où, quelque temps auparavant, Bobby et moi surfions le samedi matin sans presque les voir. Il m'a montré les bâtisses de chaque côté en m'indiquant quel médecin ou quel avocat résidait là, laquelle était celle du propriétaire du Bijou Theater, et laquelle était celle des Beverly, les patrons de la tannerie. C'était *son* circuit, le meilleur de la ville, et je sentais qu'il était fier de savoir tout ça. Selon lui, beaucoup de gens avaient ici tant d'argent que, s'ils le décidaient, ils n'auraient plus besoin de travailler. J'ai eu du mal à le croire. Quelques-uns lui ont fait signe en chemin, ce que, de toute évidence, il appréciait. D'autres, qu'il saluait aussi, ne lui répondaient pas, ne semblaient même pas nous apercevoir, alors que nous avancions sans hâte, ce qui lui permettait de garder un bras sur mon épaule sans changer de vitesse.

« Les gens sont les mêmes partout, m'a-t-il dit, comme pour justifier le comportement des derniers. Mais ils sont ce qu'ils sont, et on y peut rien, tu vois ? »

Pensait-il à M. Marconi ?

J'ai hoché la tête.

« Chez nous aussi, il y en a qui aiment pas trouver des gens du West End en sortant de chez eux. »

Je savais de qui il voulait parler. Les sœurs Spinnarkle, en particulier, critiquaient vertement les visiteurs des autres quartiers.

« Eh bien, c'est pareil ici. Quand ils voient quelqu'un qui n'habite pas dans le Borough, ils pensent : "Qu'est-ce qu'il fout là, celui-là ?" Même si on n'embête personne. Tu comprends ?

— Je ne dois pas venir faire du vélo ici ? lui ai-je demandé, en supposant que c'est ce qu'il tentait de m'expliquer.

— C'est pas exactement ça, a-t-il admis à contrecœur. On est en Amérique et, en Amérique, tu as le droit d'aller où tu veux. Si quelqu'un te dit que t'es pas chez toi quelque part, tu lui rappelles que c'est un pays libre. »

J'ai de nouveau hoché la tête, bien que déconcerté.

« Sauf que, des fois, il vaut mieux pas les enquiquiner. S'ils pensent que t'es pas à ta place, eh bien qu'ils aillent se faire voir et puis voilà. D'façon, c'est pas mal où on est, nous aussi, non ? On est bien à Third Street ? »

J'ai répondu que ça m'allait très bien, Third Street.

« C'est pareil avec les amis, a-t-il poursuivi. Il vaut mieux prendre pour amis des gens qui veulent bien de nous.

— Bobby veut qu'on soit amis, ai-je lâché, voyant où il voulait en venir. C'est son père qui l'empêche. »

Nous étions arrivés aux limites du Borough et il a tourné à gauche, vers chez nous dans l'East End. J'ai brusquement imaginé que, au cours de cette promenade tranquille, nous étions sûrement passés devant leur maison. C'était après tout le circuit de mon père, il devait savoir où elle était. Il déposait sans aucun doute plusieurs litres, deux fois par semaine, dans leur casier de métal, prenait l'argent plié et leur laissait la monnaie. Lui avaient-ils parlé, ou inversement ? Mme Marconi se cachait-elle lorsqu'il frappait à leur porte ? Avait-il essayé de se faire inviter à l'intérieur, histoire de jeter un coup d'œil ? Ma déception m'avait tant absorbé que je ne m'étais pas soucié de ce que leur départ lui avait inspiré. Il ne pouvait plus se considérer comme le rival de « M. Macaroni ». S'ils avaient fait la course, il avait perdu. Et il avait accepté le score ; voilà ce qu'il essayait de me dire.

« Quand tu as une absence, m'a-t-il demandé, en me prenant au dépourvu, c'est à Bobby que tu penses ? »

Je lui ai répondu que non, que je pouvais penser à n'importe quoi ou à rien du tout. Au début, tout devenait tellement flou, lointain, que j'avais l'impression de m'endormir. Ce n'était pas désagréable, en fait. Je n'avais pas peur. Je me trouvais à l'extérieur de moi-même, en observateur, assez léger pour m'envoler très loin. Cet aspect-là était d'ailleurs grisant, comme si on me libérait de quelque chose.

Je n'oublierai jamais son expression quand je lui ai dit ça.

« Tu ne ferais pas ça, Louie, hein ? T'envoler très loin ? »

J'ai affirmé que non.

« Jamais », ai-je promis, ce qui a paru nous rassurer tous deux.

Car, si cette sensation était plaisante, j'aimais aussi celle qui accompagnait mes retours. Et c'était un peu comme la fin d'une absence, dans le camion de mon père cet après-midi-là, tandis que nous revenions chez nous dans l'East End. Notre maison avait l'air toute petite après cette excursion dans le Borough mais, pour quelque raison, quand nous nous sommes garés, elle semblait être celle qu'il nous fallait, celle qui convenait à des gens comme nous. J'aimais *vraiment* notre rue, avec la boutique d'Ikey Lubin à un bout, et celle de Tommy Flynn à l'autre. J'aimais bien habiter en face des sœurs Spinnarkle, même si elles éteignaient la télé quand je leur rendais visite.

« Je regrette seulement qu'il n'ait pas tenu parole, ai-je dit à papa. Il avait promis de m'appeler pour me donner son nouveau numéro de téléphone.

— Ils ont sans doute toujours le même », m'a-t-il répondu, ce qui m'a surpris.

J'avais pensé qu'on changeait toujours de numéro en déménageant, et que les nouveaux occupants de l'appartement au-dessus des deux sœurs hériteraient de celui des Marconi.

J'ai dû attendre, assez tard dans la soirée, que maman ait fini la vaisselle et qu'elle rejoigne papa sur le perron. Un petit vent frais venait de se lever. Quand ils m'ont paru à leur aise, je suis remonté — soi-disant pour aller aux toilettes — et j'ai vite composé le numéro que je connaissais toujours par cœur. Bobby lui-même a répondu à la troisième sonnerie. Seulement, je ne m'étais pas préparé. Il a dû répéter « allô » cinq ou six fois, pendant que, figé, muet, j'essayais de trouver quelque chose à dire. Comment lui demander si son poignet était vraiment guéri, si on lui avait enlevé son plâtre ? Comment lui expliquer que j'étais navré de ne pas avoir annoncé le virage, que je souhaitais qu'ils reviennent habiter Third Street, que tout redevienne comme avant ? Que leur nouvelle situation leur convenait sans doute, mais pas à moi.

M. Marconi a fini par lui prendre le combiné des mains.

« Mais qui c'est, bon Dieu ? » a-t-il aboyé.

Alors j'ai doucement reposé le mien sur la fourche.

UN COUP AU CŒUR

« Eh ! » criait presque Evangeline.

Du bout du doigt, elle poussait Noonan comme on toucherait un dangereux animal sans être vraiment sûr qu'il soit mort. Elle se dressait devant le lit, entièrement rhabillée et, de toute évidence, prête à s'enfuir.

« Parle-moi, Noonan.

— De quoi ? » a-t-il répondu, hébété, en s'appuyant sur un coude.

Au son de sa voix, raisonnable, contenu, elle s'est détendue. Plus besoin de prendre la fuite.

Evangeline était la seule personne à avoir assisté à une de ses terreurs nocturnes. Il y avait plus d'un mois de cela, et elle en conservait un souvenir vivace. Une demi-heure après s'être endormi, Noonan s'était réveillé dans une fureur sans pareille. Lorsqu'elle avait essayé de le calmer — une erreur —, il s'était déchaîné et, sans la reconnaître, il lui avait flanqué son poing dans la figure. Elle avait eu du mal à expliquer cet œil au beurre noir à son mari. D'un commun accord, Noonan et elle avaient ensuite décidé de ne pas courir le risque de recommencer. Ils avaient continué à faire l'amour ensemble, sans plus de régularité qu'avant, mais une fois que c'était fini, l'un ou l'autre rentrait à son domicile, et pas question de se laisser gagner par le sommeil. Cette fois, avant de s'assoupir, Evangeline lui avait demandé s'il avait envie de dormir. Pensant qu'il saurait résister, il avait répondu que non, et s'était assoupi quand même.

« Tu pourrais peut-être me dire ce qui te désole à ce point ?

— J'ai parlé en dormant ? »

Elle s'est rassise sur le lit, elle lui a doucement pris la main et l'a posée contre sa joue.

« Tu n'arrêtais pas de dire que tu étais navré. Ça ne te ressemblait pas du tout.

— Ce n'était pas ma voix ?

— Oh si, c'était ta voix. Mais pas le genre de chose qu'on entend dans ta bouche, si tu vois ce que je veux dire. Un peu comme si Hugh Morgan admettait qu'*il ne sait pas.* Cela étant, j'accepte tes excuses, même si elles ne m'étaient pas adressées. »

Il a posé les pieds par terre.

« Tu t'en vas ?

— Il est bientôt minuit.

— Si tu veux bien attendre que je remette mon pantalon, je te raccompagne.

— Il ne vaudrait mieux pas qu'on nous voie ensemble », a-t-elle dit.

Apparemment, il ne tenait qu'à lui d'insister, ce qu'il a fait.

Et finalement, ils étaient seuls dans le vaporetto et dans les rues. Même San Marco était déserte, excepté les derniers musiciens qui remballaient leurs instruments devant le Florian, et les serveurs qui empilaient les chaises.

« Il revient quand, Todd ? » a demandé Noonan alors qu'ils arrivaient au Campo San Stefano. La galerie se trouvait à proximité. Todd et Eve habitaient à l'étage.

« Demain », a-t-elle répondu.

Romancier sans succès, Todd Lichtner s'était recyclé dans les récits de voyage. Une demi-douzaine de magazines l'envoyaient souvent en reportage.

« Au fait, tu dois revoir Hugh ?

— Possible. J'ai l'impression qu'il n'a pas fini de me casser les pieds.

— Tu lui rappelles qu'il a promis de passer à la galerie ?

— S'il a promis, il n'y a pas besoin de le lui rappeler.

— J'aimerais vraiment qu'il voie un ou deux trucs.

— Le Ponti ? »

Eve a hoché la tête.

« Et la dernière toile de Jean Nugent. »

Noonan a haussé les épaules.

« Le Ponti est bon. Il lui plaira peut-être. »

Non, sans doute pas, en fait. Quant au Nugent, il ne voyait pas pourquoi ni Hugh ni qui que ce soit l'aimerait.

Elle devait lire dans ses pensées, voire les partager car, au moment où elle s'est détournée, il a vu à la lumière du réverbère qu'elle avait les larmes aux yeux.

« Je ne sais combien de temps je vais encore pouvoir rester ouverte, a-t-elle dit, d'une voix lourde et résignée. Il y a des jours, je ne sais même plus pourquoi j'en ai envie. Je fais presque tout par habitude, à commencer par sortir du lit le matin. »

Et s'allonger dans un autre avec lui, par exemple — mais inutile de le préciser.

« On devient routinier. »

Ce qui n'est pas toujours un mal. Pour un peintre, la pratique, la discipline, la lente progression du travail — la routine, si on veut — ont une utilité. Avec pour récompense une forme de liberté — sur la toile du moins — à condition d'avoir de la chance et du talent. Pas ce qu'on aurait pu croire, mais c'était ça. Le danger étant que le sens de vos efforts finisse par se perdre, qu'il n'y ait plus que l'habitude pour se justifier elle-même. Et si elle ne justifiait rien ? Eh bien, dans ce cas, on était peut-être fini. On répétait des gestes machinalement, comme une faible prière que rien n'exaucerait, ni aujourd'hui ni demain. Pourquoi, devenu noctambule, prenait-il chaque soir le même chemin ? Les cinq *sestieri* : San Marco, Castello, Cannaregio, San Polo, Dorsoduro, toujours dans cet ordre, jamais dans le sens contraire, à mesurer le temps par l'espace et réciproquement. Était-il en fin de compte si différent de son père qui, par son attachement à la discipline, n'avait rien démontré que la volonté d'être le chef ?

« J'aime vraiment Venise, a continué Evangeline, mais c'est absurde de vivre ici.

— Où irais-tu autrement ?

— C'est bien la question.

— Et ton mari ?

— Je serais heureuse de le savoir. Ça me permettrait de proposer le contraire.

— Trouve plus petit, comme changement, lui a suggéré Noonan. Attaque-toi à des trucs moins importants. Pour voir l'effet que ça fait.

— À vrai dire, j'y ai déjà pensé. Le petit truc que j'ai envie de changer, c'est toi.

— Si tu dis ça pour me blesser...

— Non, a-t-elle répondu, et les larmes coulaient maintenant. Pas du tout. Je veux dire... tu as pris ton pied, ce soir ? Ça te fait quelque chose de me voir ? »

C'était une question honnête. S'il avait finalement réussi à jouir, épuisé et content, ça lui avait paru lointain — sur une route parallèle, sans risque de collision. Et le bitume absorbait une bonne part des cahots. Était-ce seulement l'âge ? La loi du rendement décroissant appliquée à la chair et aux affects ?

« Je suis content que tu sois venue, a-t-il dit, ce qui était vrai, aussi vrai qu'il l'était à présent de rendre Eve à sa vie et à son mari.

— Tu veux que je te dise un truc bizarre ?

— Pourquoi pas ? »

Elle a essuyé ses yeux avec la manche de son corsage, qui s'est teinté d'ombre à paupières.

« Voilà ce que j'ai envie de te demander, Noonan. Je ne veux *pas* te voir pendant un long moment. Et d'une. Et de deux : si tu vois Hugh demain, j'aimerais que vous passiez ensemble à la galerie.

— Je crois que tu viens de résumer quarante ans de mes relations avec les femmes, a-t-il dit en souriant. Pas que cette ambivalence soit nouvelle pour moi. Mais pour toi, oui.

— Tu veux monter ?

— Maintenant ? Ah non ! »

Elle a filé aussitôt, claquant la porte derrière elle, et le bruit s'est réverbéré le long du canal. Noonan a appelé, essayé d'ouvrir, mais Eve avait verrouillé. Une chance, finalement, car il aurait pu céder à l'impulsion et la suivre. Il est resté un moment devant la maison, a reculé de quelques pas vers le bord du quai et il a levé les yeux en attendant qu'une lumière apparaisse à l'intérieur. Une fenêtre s'est éclairée, déposant ses reflets sur l'eau et sur le parapet noirs. Noonan y a reconnu un tableau. Un souvenir, également ? Apparaissant à la fenêtre un instant plus tard, Eve a tendu les bras pour fermer ses volets. Il ne pensait pas qu'elle l'apercevrait dans l'ombre, pourtant la voix, à peine audible, lui est parvenue :

« Rentre chez toi, Noonan. »

Les volets refermés, le canal est redevenu obscur, le tableau a disparu.

Il était en train de descendre les trois marches de l'étroit *calle* voisin qui le ramenait au Campo San Stefano, quand quelque chose l'a frappé, fort, en pleine poitrine. Suivi, avant qu'il puisse s'expliquer ce que c'était, par un bruit incompréhensible de pièces de monnaie précipitées sur les pavés. La figure blême de Todd Lichtner est passée une seconde dans son champ de vision. Le temps de cligner des yeux et elle n'était plus là. Noonan a reculé en se frottant la poitrine, la douleur à cet endroit étant la seule réalité tangible. Puis il a reconnu le type devant lui, affairé à récupérer ses pièces en marmonnant :

« T'es bien un fils de pute, Noonan. »

Lichtner ne semblait pas se rendre compte que, pendant qu'il ramassait sa ferraille, agenouillé par terre, un vrai fils de pute lui aurait balancé son pied dans la figure. Ce que Noonan aurait sans doute fait si la présence de ces pièces n'était pas aussi déconcertante. C'était comme si le coup de poing les avait délogées d'une poche dans sa poitrine, comme des bonbons d'un sac trop plein. C'était absurde et il lui fallait une explication. En voulant poser une question, il a découvert que le souffle lui manquait, que Lichtner l'avait frappé plus fort qu'il ne l'en aurait cru capable. Tout cela était très déroutant, et Noonan s'est assis sur une marche pour le regarder tâtonner dans le noir à la recherche d'un argent qui devait être le sien. Une pièce a échoué entre ses pieds, et Noonan l'a saisie pour l'examiner. La lumière manquait, mais il aurait juré que c'était un quarter américain.

Se redressant enfin, Lichtner s'est approché pour l'observer d'un air mauvais et, sauf erreur, une pointe d'embarras. Evangeline s'était trompée à un égard au moins : son mari *avait* un peu de jugeote. Noonan lui a tendu le quarter, que Lichtner a jeté aussitôt dans le canal.

« Salopard », lui a-t-il lancé, tremblant encore, mais plus embarrassé que furieux.

Noonan reprenait son souffle, en même temps qu'une idée émergeait. Pour amplifier le coup, Lichtner devait tenir dans sa main un rouleau de pièces, dont le papier s'était déchiré sous le choc. Voilà qui remettait un peu d'ordre dans les choses.

« Tu es rentré plus tôt, a-t-il dit d'une petite voix enrouée.

— Hier, a répondu Todd. Putain, j'ai passé la nuit à l'hôtel, si tu veux savoir.

— Tu arrivais d'où ?

— Las Vegas. »

Noonan a souri. L'origine du rouleau de pièces, donc. Lichtner avait joué aux machines à sous, celles qui fonctionnent avec des quarters. C'était bien lui, ça.

« Je *savais* qu'elle avait quelqu'un. Je le *savais.* »

Les poings serrés, il se dressait toujours devant Noonan.

« Tu me tapes encore dessus, je te fous dans le canal. »

Lichtner a reculé d'un pas.

« Eh, c'est moi qui ai des raisons de me plaindre, a-t-il répondu, indigné.

— N'empêche, lui a dit Noonan. Je te préviens gentiment. »

Noonan ne voulait plus qu'on le frappe ! Mais c'était parfaitement injuste, pensait Lichtner. Seulement, il était capable de mettre sa menace à exécution.

Todd a haussé les épaules et demandé :

« T'as rien ?

— Je suppose », a répondu Noonan qui, faute d'en être certain, préférait rester assis pour l'instant.

Sa respiration redevenait régulière, mais il avait encore l'impression d'un poing qui s'ouvrait et se refermait dans sa poitrine.

« J'ai mal, si ça peut te faire plaisir.

— Bien, a dit l'autre en lui tendant la main. Je suis content. »

Noonan lui a permis de l'aider à se relever.

« Et maintenant ? »

Lichtner a de nouveau haussé les épaules, réellement mal à l'aise, cette fois.

« Je ne sais pas. Ça ne se passe pas comme je l'avais imaginé. Je n'ai pas réfléchi à ce que j'allais faire après t'avoir fichu mon poing dans la figure.

— Tu m'as frappé au torse.

— Parce que tu étais sur une marche. J'ai mal calculé mon moment. L'impatience, sans doute. »

Se rapprochant de l'eau, Noonan s'est raclé la gorge pour cracher dans le canal.

« On pourrait peut-être aller en parler quelque part, a proposé Lichtner, les bras le long du corps. Il doit rester des bars ouverts au Campo Santa Margherita.

— C'est plein d'étudiants, là-bas. Des gamins.

— Et alors ? On se comporte comme des gosses, on peut bien boire un coup avec eux. »

Lichtner semblait déçu par ce manque d'enthousiasme.

« Je ferais mieux de ne pas rentrer tout de suite, a-t-il poursuivi. Vaut mieux que je me calme un peu. »

Il donnait pourtant l'impression d'être parfaitement calme. On aurait dit un homme qui craignait de se faire battre par sa femme. Et un homme fort conscient de ses limites : capable d'un coup de poing tous les dix ans, et d'en attendre dix autres pour le suivant.

« Je croyais que tu étais descendu à l'hôtel.

— Deux nuits seulement. Je n'aurais pas eu la réponse à ma question ce soir, je l'aurais posée directement. »

Comme Noonan l'avait prévu, leur bar était plein d'étudiants, dont plusieurs — reconnaissables à leurs tenues extravagantes — célébraient leurs bons résultats aux examens. Les deux hommes ont pris la table la plus éloignée possible, mais ça ne suffisait pas. « *Dottore, dottore...* », chantaient ces jeunes gens. Déguisé en pénis, l'un d'eux s'abreuvait au goulot d'une cruche. Noonan a commandé une bière, Lichtner un Campari. Quand leurs verres sont arrivés, Todd avait retrouvé un peu de son indignation.

« Je *savais* que c'était toi. J'en étais sûr.

— Pourquoi ? »

Au nom de quel raisonnement ? Evangeline avait eu plusieurs amants avant lui. Pourquoi écarter ceux-là ?

« Tu es le seul homme que je connaisse qui soit capable de frapper une femme. C'est abject. Impardonnable, a ajouté Lichtner pour prévenir d'éventuelles excuses.

— C'était un accident. Vérifie avec elle si tu ne me crois pas. »

Todd n'en doutait pas, mais il était trop contrarié pour l'admettre.

« Et la baiser, c'était un accident aussi ?

— La façon dont c'est arrivé, oui, maintenant que j'y pense. Mais c'est sûrement fini, si ça peut arranger les choses.

— Non, ça n'arrange rien, a répliqué Lichtner, énervé, ça n'arrange rien et, pour moi, ça n'est pas fini. Car c'est moi qui vous imagine tous les deux au pieu. Comment veux-tu que je reste à Venise, maintenant que je sais ? »

Noonan a hésité à lui dire que c'était idiot, que, si ce n'avait pas été un peintre à Venise, ç'aurait été quelqu'un d'autre à Paris, à Londres, ou à Davenport dans l'Iowa. Le problème, à condition que ça soit le seul, était que sa femme n'était pas heureuse, ce qui de toute façon était universel ou presque. Elle avait besoin d'autre chose, comme tout le monde. D'autre chose que Todd, pour commencer. Et d'autre chose que Noonan.

« Tu devrais peut-être divorcer. »

Lichtner a fini son Campari d'un trait

« Ça te plairait, hein ? a-t-il dit, sarcastique.

— Pour être franc, lui a affirmé Noonan, avec autant de sincérité que possible, ça m'est complètement égal. Tu restes, tu pars. Tu divorces ou pas. Ce qui te fera le moins souffrir sera le mieux.

— Je n'ai jamais dit que je souffrais, a rétorqué Lichtner, de plus en plus irrité.

— Désolé, j'aurais cru.

— Juste maintenant, là, peut-être, a concédé Todd, pitoyable. Mais on a surmonté d'autres épreuves que toi, Eve et moi. Bien pires.

— Tu vas m'épargner les détails, j'espère.

— Je n'ai pas non plus été cent pour cent fidèle, a jeté Lichtner, tout fier.

— Ça ferait quel pourcentage, pour toi ? »

Lichtner n'a pas répondu.

« Mais je n'ai jamais sauté la femme d'un ami. C'est un principe.

— On est amis, toi et moi ?

— On l'est pas ? »

C'était étonnant de voir un homme passer ainsi d'un sentiment à l'autre, le précédent en guerre avec l'actuel comme avec le suivant. Les uns étaient aussi valables que les autres, mais jamais satisfaits, durables ni encore, pour cette raison, dignes de foi. Noonan était moins sûr d'observer une personne en particulier qu'un état commun aux individus de leur âge.

« Ça ne m'avait pas traversé l'esprit, je suppose. »

Et quelle importance, d'ailleurs.

« L'autre jour dans l'église, tu m'as brisé le cœur, Noonan. Je me suis vraiment senti proche de toi.

— Ah bon ? Tu étais assis à quelle rangée ? »

Lichtner, lamentable, a encore haussé les épaules.

« Tu ne préfères pas qu'on soit amis ? Personne ne t'y oblige. »

Le serveur est revenu, et Noonan lui a fait signe que non. S'il prenait un deuxième verre, Todd serait tenté de croire qu'ils étaient copains, et il était bien décidé à lui épargner ça. Lichter a sorti des billets de son portefeuille.

« Désolé de t'avoir frappé, a-t-il dit.

— Moi aussi. »

Encore cette impression d'un poing fiché dans sa poitrine.

« Tu es désolé d'avoir baisé ma femme ou que je t'aie tapé dessus ? »

Désolé et c'est tout, pensait Noonan, incapable de trancher, comme auparavant avec Evangeline. Était-il déshonorant de l'être si on ne savait pas pourquoi ? Il avait passé assez de temps au catéchisme à se poser la question. On vous demandait de décomposer vos péchés comme les phrases des exercices de grammaire et, si l'on ne parvenait pas à expliquer ce qu'on avait fait de mal et pourquoi, le pardon vous était refusé.

Les étudiants chantaient encore à tue-tête quand ils se sont levés.

« Au cul, docteur, au cul, docteur ! » criaient ces jeunes gens.

Une fille déguisée en dryade a descendu son pichet de bière avant de le faire claquer, triomphale, sur la table. Le pénis qui vidait le sien tout à l'heure était affaissé sur sa chaise. La débandade.

Dehors, sur le *campo*, Lichtner avait l'air prêt à chialer.

« Je ne peux pas rentrer chez moi.

— Bien sûr que si », lui a dit Noonan.

Il venait de boire un verre avec un homme qui, persuadé d'y être obligé, lui avait tendu une embuscade, et ça commençait à bien faire.

« Abstiens-toi de taper sur Evangeline car, là, c'est *toi* qui le regretteras, je te le garantis, lui a conseillé Noonan.

— Le problème, c'est que je ne suis pas censé être à Venise. Mon avion atterrit demain matin. Tu me prêterais pas ton canapé ? C'est le moins que tu puisses faire, si on y réfléchit bien. »

Noonan a réfléchi, pour arriver à la conclusion opposée. Mais enfin bon.

« Où est ta valise ?

— Je l'ai laissée à la consigne de la gare.

— Va la chercher, si tu veux. Je ne fermerai pas la porte.

— C'est ça. Comme si on pouvait te faire confiance. »

CHEZ IKEY

Je suis en train de travailler dans mon bureau à l'étage quand j'entends de l'eau couler en bas. Sans doute mon fils. Je regarde par la fenêtre, et c'est bien lui. Il est à genoux, au milieu d'une armée de bidons de lait (en plastique : ce qui aurait épouvanté mon père). Il a la même tonsure qu'avait ce dernier et que moi, bien sûr, au même âge. Owen remplit ses bidons au robinet du jardin. Il dégage le premier quand il déborde, revisse le capuchon et met le suivant à la place. Ses gestes sont rapides, précis, mais il ne prend pas le temps de fermer le robinet, de sorte que son pantalon est trempé aux genoux. Je compte sept bidons de quatre litres, soit assez d'eau pour boire, faire du café, cuire des spaghettis, des pommes de terre et ce qu'on voudra, pendant une semaine.

Il habite avec son épouse Brindy une coquette petite maison, modeste, juste à l'extérieur de l'agglomération, près de Whitcombe Park. Ils viennent de découvrir que leur puits est contaminé : si on peut se doucher avec cette eau, elle n'est pas potable. Sarah et moi avions insisté pour qu'ils la fassent analyser avant d'acheter, il y a deux ans, mais Brindy était tombée amoureuse de cette maison, et ils ont renoncé à plusieurs diagnostics en apprenant qu'un autre couple s'apprêtait à faire une offre. L'agent immobilier avait affirmé qu'un vendeur, lorsqu'il avait le choix, optait généralement pour l'acheteur le moins tatillon, celui dont l'offre était la plus « limpide ». Résultat, limpidité égale eau souillée. D'autant que les expertises obligatoires avaient déjà révélé la présence de plomb dans toutes les peintures, de l'amiante au grenier, et des doses relativement élevées de radon. Mais Brindy, issue d'une famille nombreuse du West End, mourait d'envie de vivre à la campagne, et n'imaginait pas trouver une autre bicoque qui lui plairait autant. Nous leur avons donné de quoi régler le premier versement, et ils ont signé en bas de la feuille. La seconde offre ne s'est jamais matérialisée, ce qui a éveillé les soupçons de Sarah. Après tout, la population du comté diminue régulièrement depuis les années 60. Un panneau À VENDRE est planté sur la terrasse d'une maison sur trois ou quatre à Thomaston, et il y reste en général deux ans. Davantage hors de l'agglomération. Y avait-il vraiment eu un concurrent ?

J'aurais préféré qu'ils restent en ville. Nous avions des locataires dans la maison de Third Street mais, le bail arrivant bientôt à terme, j'aurais pu les installer là. Elle avait été joliment rénovée, elle était assez grande pour eux, même s'ils avaient un jour un enfant, ce dont il était question à l'époque. Je l'admets : l'idée me plaisait que mon fils et sa femme fondent une famille dans les murs où j'ai grandi — mon goût de la symétrie, je suppose. Mais comme Sarah me l'a fait remarquer, cette symétrie est la mienne, pas la leur. Nous avons élevé Owen dans notre domicile du Borough, il n'a jamais passé une minute dans la maison de Third Street, qui ne peut donc pas signifier pour lui ce qu'elle signifie pour moi. En outre, le quartier n'est plus ce qu'il était, hélas. Je m'étais dit qu'ils verraient le côté pratique des choses, mais je crois que Brindy n'avait pas très envie d'habiter si près du magasin.

« C'est leur vie, m'avait rappelé Sarah en prenant la mesure de ma déception. Laisse-les faire comme ils veulent. »

Quand Brindy a fait cette fausse couche l'hiver dernier, nous nous sommes reproché de ne pas avoir assez insisté sur ces expertises. Nous aurions pu en faire une condition pour leur donner l'argent, mais, sur le moment, ça aurait paru blessant, voire manipulateur. De plus, tous ceux à qui nous en avons parlé sont d'accord : si l'arsenic décelé dans le puits est en cause, ce n'est certainement pas le seul coupable. Trouvez-moi un seul puits dans le pays où il n'y ait *pas* d'arsenic — voilà ce que dit le gars de la mairie qui supervise les diagnostics. C'est un vieil ami de mon père. Trouvez-moi une maison de plus de vingt ans *sans* peinture au plomb, ou un grenier *sans* amiante. Sans parler du Cayoga, grand empoisonneur devant l'Éternel. En comparaison, le radon et l'arsenic sont le cadet de nos soucis.

Owen et Brindy ont sans doute acheté cette maison un peu vite, mais je ne leur jette pas la pierre. Sincèrement. Je me souviens très bien de la fierté qu'éprouvait mon père à l'égard de la sienne, au coin de Third Street et de Rawley. Il se levait le premier le dimanche matin, s'habillait, traversait la rue, puis s'asseyait sur le trottoir pour la regarder, comme s'il ne pouvait pas vraiment la considérer sans un minimum de distance. En repensant à ce que j'ai écrit sur sa rivalité avec M. Marconi, je crains d'avoir noirci le tableau. Comme tant d'hommes de sa génération, il incarnait l'optimisme de l'après-guerre et, voyant les choses repartir dans le bon sens, il n'imaginait pas que le processus s'interrompe ou s'inverse. Nous avions quitté Berman Court pour l'East End : n'était-ce pas la preuve que tout allait mieux ? Son optimisme n'était-il pas justifié ? Non qu'il ait été malheureux, auparavant dans le West End. Tant que nous étions ensemble, lui, ma mère et moi, je doute qu'il ait été malheureux où que ce soit. Mais notre dernier déménagement avait tout changé.

Aussi modeste fût-elle, notre coquette petite maison lui avait inculqué l'idée que « monter en grade » était à la fois réalisable et désirable. Et donc, sans savoir exactement comment ni pourquoi, il était confronté à un paradoxe qu'il n'a jamais été capable de résoudre. Pour une bonne part, il était content de ce que la chance nous apportait, de ce qu'il appelait notre bonne étoile. Lorsqu'il me disait — d'année en année — que rien ne m'empêchait d'avoir un jour une maison dans le Borough, je crois sincèrement qu'il pensait à ce que j'étais, moi, susceptible de convoiter, pas à ce qu'il aurait désiré lui-même ni qu'il souhaitait pour moi. Le paradoxe était là. Il avait découvert que l'ascension sociale supposait une obligation inattendue : me convaincre que tout Américain a le droit de prétendre à de grandes choses, si c'est cela que j'avais en tête. Dans ce sens, il a fait son devoir.

Ce que je veux dire, c'est que mon père avait *déjà* ce qu'il voulait et, lorsqu'il confiait à M. Marconi que nous n'irions jamais dans le Borough, ce n'était pas du dépit. Cet après-midi-là lorsque, en rentrant dans notre quartier, il m'a dit que l'East End était celui qui nous convenait, je suis certain qu'il le pensait sans réserve. Nous ne voulons pas toujours ce après quoi nous courons. Certes, il croyait au progrès autant qu'il avait peur du déclin, et il ne doutait pas de son droit de désirer plus. Seulement, il n'imaginait pas ce que cela impliquait. Ça ne lui plaisait guère d'être à la traîne de Marconi, mais il ne lui enviait pas ses trompettes et sa renommée. Les belles demeures du Borough ne faisaient pas de la nôtre une minable bicoque, à ses yeux du moins. Je le répète : mon père a eu ce qu'il voulait.

En bas, Owen a fini de remplir ses bidons en plastique. Tandis qu'il les range derrière la banquette, dans la cabine de son pick-up, j'ai l'impression d'être vaguement déçu, et j'espère que non, parce que ça serait affreux. Je regrette probablement de ne pas mieux connaître mon fils. Pourtant, ce n'est pas un garçon compliqué, et je sais la plupart du temps ce qu'il va dire ou faire, parfois même avant lui. Je sais, par exemple, qu'avant de partir avec ses réserves d'eau, il va rentrer boire du lait. Il va prendre le pack dans le réfrigérateur et boire à même le carton, ce qui énerve sa mère. Il va me regarder d'un air coupable quand je le prendrai sur le fait. Je le connais. C'est vrai. Mais si on me demandait ce qu'Owen désire dans la vie, ce dont il rêve, ce dont il a peur, je ne saurais pas quoi répondre. Sans aucun doute, il aime Sarah, il m'aime, et c'est un mari dévoué. Personne n'aurait pu être plus prévenant, plus gentil que lui, quand elle a fait cette fausse couche l'année dernière. S'ils ont quand même des enfants un jour, il sera un père bon et patient. Mais il lui a toujours manqué une sorte de passion, et c'est ce qui nous déconcerte, sa mère et moi. Il y a quelques années encore, le moteur des véhicules de location était « bridé », c'est-à-dire qu'un limiteur de vitesse empêchait le conducteur de presser sur le champignon et de faire n'importe quoi. Mon fils semble doté d'un dispositif du même ordre. Les grandes joies, les grosses colères, les vives angoisses lui sont inconnues.

Quand il était enfant, les instituteurs ne savaient pas quoi faire de lui. Il attendait patiemment la fin de la classe ; qu'on cesse de le forcer à lire des livres qui ne lui inspiraient rien ; que le jour arrive enfin où il n'aurait plus à répondre à leurs drôles de questions, à remplir ses cahiers de mots pour lui vides de sens. Il avait beau contrarier leurs efforts, je ne me rappelle pas un seul professeur qui ne le préférait pas à ses meilleurs élèves. Avec son caractère doux et résigné, jamais Owen ne les a défiés, jamais il ne s'est rebellé contre leur autorité. S'il mettait en doute le bien-fondé de leurs exercices ou la pertinence de leurs leçons, il le gardait pour lui. Petit, déjà, il était plus enclin à s'accuser le premier. J'ai un jour demandé à Sarah si un prof aussi doué que son père serait arrivé à quelque chose avec lui, s'il aurait su se frayer un chemin jusqu'au fond de sa personne et le tirer vers la lumière. Owen est le secret incarné. Elle m'a souri, m'a embrassé et m'a dit : « Non, c'est bien le fils de son père. » Ma femme maintient depuis toujours que j'ai en moi un endroit exclusif, fortifié, imprenable, où à part moi personne n'a jamais mis les pieds. Elle pense, en outre, que je vais m'y réfugier quand j'ai une absence. Mon fils a-t-il aussi un endroit de ce genre ? Tout le monde n'en a-t-il pas un ?

S'il a parfois énervé ses professeurs, ce n'est pas parce qu'il est paresseux, loin de là. J'en suis heureux et fier à la fois. Il était à peine assez grand pour manipuler une tondeuse qu'il rasait déjà notre pelouse et celle des voisins et, lorsqu'elles étaient recouvertes d'épaisses couches de neige dure, il était là avec sa pelle, même devant des congères plus hautes que lui. Il pliait soigneusement les billets qu'on lui donnait avant de les déposer à la Caisse d'épargne de Thomaston. Chaque mois, il comparait ses comptes avec les relevés bancaires, ravi de voir les chiffres grossir et concorder, bien qu'il n'ait jamais économisé dans un but particulier. Naturellement, dès qu'il en a eu l'âge, il a travaillé au magasin, démontrant autant d'attention que de diligence. Ai-je tort de regretter qu'il n'aime pas la boutique comme moi ? Qu'il ne la voie pas du même œil ? Suis-je sûr de ne pas me tromper ? Non, je ne le suis pas, et je m'inquiète. Quand nous ne serons plus là, sa mère et moi, Brindy et lui revendront-ils leur héritage ? Cela n'est pas impossible.

J'ai appris il y a quelques années — bien après les faits — qu'il avait eu un coup de cœur pour un vieil étang de pêche, situé en altitude dans les Adirondacks. Le prix demandé était vraiment ridicule, mais les dix ou quinze cabanes de pêcheurs dispersées autour du bâtiment central étaient tellement délabrées qu'il aurait fallu une fortune pour les remettre en état. C'était un endroit isolé, agréable au printemps et en automne mais qui, au retour des neiges, devenait une prison pendant cinq mois, à des kilomètres du premier magasin, du premier médecin, à des heures de route d'un hôpital ou d'une école. Impossible d'y élever un enfant. Brindy a dû convaincre Owen d'y renoncer, mais je me suis réjoui qu'il se soit enflammé pour un projet. Il a été déçu de ne pouvoir le réaliser — pourtant, il n'a pas jugé utile de m'en parler. Cela me semblait assez injuste, pour quelqu'un qui n'avait jamais su ce qu'il voulait, de se le voir refuser lorsqu'il mettait le doigt dessus. Je me suis dit qu'il désirerait sûrement autre chose, et qu'il aurait plus de chance la prochaine fois. S'il lui faut vendre son héritage pour l'obtenir, eh bien soit. C'est trop lui demander d'aimer les mêmes choses que moi. Je sais. Je sais.

En vérité, ça ne me dérangerait pas qu'ils vendent le magasin du bas de Division Street, dans le West End. Il n'a pour moi aucune valeur sentimentale. Nous l'avions acheté après la mort de mon père et, s'il rapporte plus que celui de l'East End, nous avons souvent été braqués. De plus, il y a longtemps que j'émets des réserves sur les gains que nous en retirons. Nous vendons évidemment les articles habituels d'une épicerie de quartier — du pain, du lait, tout ce dont on peut venir à manquer qui ne justifie pas un aller et retour au supermarché. Mais ce sont les machines automatiques de la loterie qui attirent les gens. Depuis quelques années, la boutique de Division Street est l'un des cinq établissements les plus rentables de tout l'État de New York pour la Loterie nationale. « Pour les désespérés qui n'ont pas assez de taxes à payer », selon l'expression de ma mère. Elle a toujours considéré les jeux, et plus encore le monopole d'État sur ceux-ci, comme un impôt sur l'ignorance. Notre magasin de Division Street serait un baromètre de cette dernière. Papa n'aurait peut-être pas vu ça comme ça, mais ces vols l'auraient perturbé, et plus encore les longues files de miséreux qui se forment tard le soir, après la fermeture des bars, pour tenter leur chance une fois de plus. Il n'aurait pas été fier de recourir à un deuxième employé pour empocher les deux derniers dollars de ces gens. Je ne suis pas spécialement fier non plus.

Évidemment, si c'est Brindy qui décide, ils ne vendront pas cette boutique-là. Pourquoi se débarrasser de ce qui rapporte, avancera-t-elle, et l'argument sera difficile à contrer. C'est celle de nos affaires qui marche le mieux, et Brindy aime bien ce qui marche, surtout en ce moment. Elle a changé depuis cette fausse couche. Il fallait s'y attendre, m'a dit ma femme quand je lui en ai fait la remarque. Il y a bien des années, la même chose était arrivée à Sarah, qui compatit naturellement. « Tu ne te rappelles pas le temps que j'ai mis à m'en remettre ? Sois indulgent avec elle. » Et elle a raison. Bien sûr. Mais je crains que ce triste événement ait creusé une sorte de fossé entre Brindy et Owen. C'est comme s'il l'exaspérait, qu'il la gênait à être toujours dans ses pattes. Elle a l'air d'attendre qu'il débarrasse le plancher pour pouvoir faire ce qu'elle veut. L'impatience, me semble-t-il, conduit souvent à des actes qu'on finit par regretter. Naturellement, je garde ça pour moi. Cette maison qu'ils ont achetée à la campagne, qu'*elle* voulait, voilà maintenant qu'elle la trouve trop isolée. Elle voudrait « s'en défaire », revenir à la civilisation, renouer des liens. « La civilisation ? avait relevé ma mère en entendant ça, il y a quelques mois. À Thomaston ? » Maman n'a jamais fait mystère qu'elle ne déborde pas d'affection pour sa belle-petite-fille. « Elle a peut-être quitté le West End, mais… » avait-elle poursuivi, sans terminer sa phrase, suggérant par là que, foncièrement, Brindy en avait gardé la mentalité.

« P'pa ! fait Owen quand je le surprends, le carton de lait au bec. Je ne pensais pas que tu étais à la maison. Désolé, dit-il avant de replacer le lait dans le réfrigérateur dont il referme la porte.

— Pourquoi tu ne prends pas de l'eau au magasin, plutôt ? lui demandé-je en regardant son pantalon trempé.

— Parce que ça coûte plus cher.

— Et ton temps et ton énergie ? lui dis-je, histoire d'argumenter, quoique, en réalité, sa rigueur force l'admiration. Ça ne te coûte rien ?

— Sans doute, si. Je pourrais peut-être voir ça comme ça. »

Tu n'as pas besoin d'être de mon avis, ai-je envie de lui dire. *De rendre les armes à chaque fois.*

« Maman dit que tu écris l'histoire de ta vie, là-haut ?

— C'est moins ambitieux que ça », lui dis-je, quoique j'aie rempli bien plus de pages que je ne m'y attendais.

J'avais sous-estimé la toute-puissance du passé, l'ivresse de la mémoire, le plaisir de m'expliquer à, eh bien, moi-même.

« Je suis déjà dedans ?

— Non, pas encore. Ta mère non plus, d'ailleurs.

— Waouh », dit-il, réellement impressionné.

Pourquoi au juste, je ne sais pas — parce que j'ai vécu avant de rencontrer sa mère, parce que je trouve des choses intéressantes à raconter avant sa naissance ?

« Tu as des nouvelles de ton copain ? poursuit-il, m'étonnant, comme souvent, par cette facilité qu'il a de changer de sujet, comme s'il craignait d'être pris au piège s'il reste trop longtemps sur le même. Celui qui habite là-bas ?

— Pas pour l'instant.

— Et tu ne l'as pas revu depuis…

— Le lycée. La terminale.

— Waouh, recommence-t-il. C'est vrai qu'il a failli tuer son père ? »

Pourquoi ce second « waouh » ? Waouh, je n'ai pas revu Bobby depuis si longtemps ? Waouh, un quasi-parricide ?

« Qui t'a dit que…

— Maman, bien sûr. »

En couchant par écrit mes souvenirs de Bobby, je me suis félicité qu'Owen n'ait jamais manqué d'amis. Facile à vivre, extraverti, il s'en est toujours fait et les a gardés sans effort. Bon nombre d'entre eux, partant à l'université, ont poursuivi leur vie ailleurs mais, lorsqu'ils reviennent pour les vacances, qu'ils rendent visite à leurs parents, ils lui font signe. Ils sont plusieurs à s'en être bien sortis. Ils louent, voire possèdent des résidences secondaires autour du Sacandaga Reservoir, et autour de Lake George, où ils invitent fréquemment Owen et Brindy à passer de longs week-ends l'été. Pour autant que je sache, ce sont des relations affectueuses, simples, sereines, enrichissantes. S'ils ont chaleureusement accueilli Brindy, je comprends à ce que dit Owen qu'elle n'est pas à l'aise avec eux. Ils n'ont pas fréquenté le même lycée et elle est peut-être intimidée par leur niveau de vie. Elle préfère ses copains du West End. Ils sont nature, paraît-il. Ils ne se donnent pas de grands airs.

« Qui est à la boutique ? me vient-il à l'esprit.

— Brindy, répond Owen, qui m'étonne.

— Je croyais qu'elle préférait celle de Division ? »

Il hausse les épaules.

« C'est elle qui te l'a dit ? »

J'essaie de me souvenir. Peut-être pas. Peut-être n'est-ce qu'une impression.

« Il est venu, M. Mock, hier soir ? »

Owen fait signe que non.

« Il n'avait pas l'air trop bien, la dernière fois que je l'ai vu.

— Je sais », lui dis-je, en décidant d'aller vérifier.

Owen parti, je remonte dans mon bureau et, en feuilletant les dernières pages, je revis cette traversée du Borough dans le camion de mon père. Comme ces rues me semblaient alors magiques, lointaines. Je les ai parcourues toute ma vie d'adulte, je les connais par cœur, mais j'ai toujours cette magie-là en mémoire. J'entends encore papa décliner les noms de ses clients et les larmes me montent aux yeux. Ces gens n'habitent plus ici et, à quelques exceptions près, ils sont morts depuis bien longtemps.

Une chose, seulement, sonne faux. Quand je dis qu'il a eu tout ce qu'il voulait, ce n'est pas vrai. Il en désirait une dernière. Mais il ne le savait pas encore.

Nous n'étions pas dans l'East End depuis longtemps lorsqu'un A & P tout neuf a ouvert sur la bretelle de l'autoroute. Presque du jour au lendemain, les casiers métalliques qui ornaient l'arrière de chaque maison du Borough et du West End ont disparu. Une rumeur circulait, comme quoi la laiterie allait changer de mains, et les nouveaux propriétaires arrêter les livraisons. Papa soutenait que ça ne durerait pas, que les gens n'achèteraient pas indéfiniment leur lait au A & P. Pourquoi prendre la voiture jusqu'au supermarché où il était vendu en briques de carton plastifié, alors qu'on le leur apportait chez eux en bouteilles ? C'était son argument. Les gens du Borough, particulièrement, trouvaient les livraisons bien commodes, disait-il. La laiterie arrêterait peut-être de servir le West End, où les gens étaient prêts à économiser trois sous dans une grande surface, même à vider leur réservoir pour profiter des meilleurs prix, comme si l'essence était gratuite. Pour mon père, les habitants de l'East End et du Borough étaient plus intelligents que ça. Naturellement, maman voyait les choses autrement. Faire des économies de bout de chandelle était selon elle inhérent à la nature humaine ; elle exhortait papa à se préparer à un avenir dans lequel il n'y aurait plus de camions laitiers, et encore moins de bouteilles de lait.

Comme d'habitude, elle avait raison. Le patron, qui aimait bien mon père, a juré ses grands dieux qu'il ne vendrait jamais, pour se dédire brusquement et ficher le camp vite fait. Le nouveau propriétaire a aussitôt interrompu les livraisons dans le West End, en annonçant qu'il ferait de même dans l'East End. Papa répétait à tout le monde que le Borough ne risquait rien, que la recette était trop importante, mais les casiers à lait continuaient de disparaître et, finalement, il lui a bien fallu admettre que son parcours se réduisait. Il rentrait dès le milieu de la matinée, il enlevait son uniforme blanc, et il partait boire un café au Cayoga Diner avec les ouvriers saisonniers, intermittents de la tannerie pour bon nombre d'entre eux. C'était des hommes endurants qui, se retrouvant sans emploi au début du printemps, attendaient patiemment qu'on les rappelle chaque automne, toujours de plus en plus tard.

Au bar, les conversations tournaient maintenant autour de l'avenir de Thomaston, et d'ailleurs y en aurait-il un ? Beaucoup pensaient que non, et mon père se faisait un devoir de remonter le moral aux fatalistes. On avait tanné le cuir ici depuis l'adoption de la Constitution américaine, leur rappelait-il, et donc il comptait bien que ça dure encore un peu. Ces choses-là fonctionnaient par cycles, comme la lune, qui grossit, rétrécit et recommence. D'ici un an, tout le monde travaillerait à plein temps, et il y aurait peut-être même des heures supplémentaires. Les famines n'étaient-elles pas toujours suivies par des périodes d'abondance ? Sa bonne humeur, sa gentillesse en faisaient un compagnon apprécié au comptoir. Il offrait parfois un café ou il prêtait un peu d'argent à quelqu'un qui le lui rendrait sans faute à la fin de la semaine. On ne contestait pas son optimisme, à l'exception, ce qui ne manquait pas de piquant, de son frère Declan, plus jeune que lui d'un an. Oncle Dec le prenait régulièrement au mot. Il y avait quoi, après la famine ? La mort. Et après la mort ? La décomposition. Selon Dec — qui ne se privait pas de l'exprimer à haute voix —, Lou Lynch allongerait bientôt la file des chômeurs. « J'espère que tu as des économies, Biggy », lui disait-il, avec une claque dans le dos. Jamais il ne l'appelait par son vrai nom, lui préférant Big Brother, ou plus souvent Biggy, que mon père détestait et il le savait bien. « Tu sais ce qui leur est arrivé, aux dinosaures ? » Morts. Décomposés.

Mon père avait beau aimer la compagnie, s'il apercevait Dec au Cayoga Diner, chez le coiffeur, ou au tabac, il n'y mettait pas les pieds. Il ne tenait pas mon oncle en haute estime, celui-ci s'attirant régulièrement des ennuis, des citations dans le journal, et des séjours en prison, ce que papa déplorait pour notre image. À seize ans, Dec avait quitté la ferme familiale, vouée à un sombre destin, pour s'engager dans l'armée (dont il fut renvoyé pour une affaire de contrebande). Mon père était resté à la ferme jusqu'à l'âge de dix-huit ans, lorsqu'il avait quitté le lycée. Selon ma mère, papa lui en voulait toujours de l'avoir laissé tout seul. Lorsqu'il voyait oncle Dec au comptoir quelque part, il faisait demi-tour et venait plutôt se détendre sur le perron de la maison. Si quelqu'un près de chez nous refaisait la peinture ou bricolait dehors, il s'arrêtait en passant pour échanger quelques mots, au bas de l'échelle, ou il filait chez Tommy Flynn au bout de la rue dans le même but. Au milieu de l'après-midi, il avait fini sa deuxième tournée, et je le retrouvais devant notre porte, où nous restions une heure ou deux, rêveurs, moi plongé dans un livre, lui dans les pages du *Thomaston Guardian*, qu'on distribuait à cette heure-là. Nous entendions maman qui, à l'intérieur, préparait le dîner, et c'était pour moi le moment le plus paisible de la journée. Tout semblait pour le mieux dans le meilleur des mondes.

Mais tout n'allait pas bien, et je le savais. À mesure que les casiers à lait continuaient de disparaître dans les contre-allées, papa devenait moins sociable, se renfermait sur lui. Il répétait toujours que son emploi n'était pas menacé, cependant il craignait que le nouveau patron, un gars d'Albany, ne l'apprécie pas beaucoup. Si les consignes n'avaient pas changé, on s'entendait maintenant à les faire respecter. Au retour, il n'avait plus le droit de garer le camion devant la maison et, s'il l'utilisait à des fins personnelles, il risquait la porte. De même s'il transportait quelqu'un. Ces règles ne pouvant s'appliquer qu'à lui, il se demandait si le patron n'avait pas une idée derrière la tête. Était-il au courant, pour l'accident avec Bobby ? M. Marconi lui-même aurait-il rapporté la chose, en espérant faire licencier papa ? Toutes questions qu'il lui était interdit de poser, bien sûr, sans admettre d'abord qu'il avait pris ses aises.

Ces nuages au-dessus de notre avenir ne simplifiaient pas, loin de là, le calendrier familial. À Thomaston, le secondaire commençait en cinquième et, entre autres choses, mes parents se disputaient pour savoir si, après ma sixième, je resterais à St. Francis ou s'ils m'enverraient dans le public. Contrairement à la plupart de leurs « discussions » — comme ils les appelaient —, celle-ci me perturbait du fait que leur opposition était systématique. Maman avait toujours voulu que j'aille chez les curés, non par attachement à l'enseignement catholique, mais pour m'éviter les brutalités communes aux autres établissements. Il n'y avait qu'à se rappeler l'épisode de la malle (bien que Jerzy Quinn, maintenant en maison de redressement, fût hors d'état de nuire). Cela étant, St. Francis ne m'avait pas permis de lui échapper. Je n'étais pas bagarreur comme Bobby, et maman ne tenait pas à ce que je le devienne. Elle pensait que, dans une autre école, je subirais des violences ou alors je finirais par en infliger. Papa ne s'inquiétait pas tant pour ça. Il avait fréquenté le public, un bus de ramassage le prenait à la ferme, et rien de terrible ne lui était arrivé, sinon qu'on se moquait tout le temps de lui, ce dont maman ne se privait pas non plus. En arrivant dans l'East End, je m'étais attendu à ce qu'on m'envoie à l'école du quartier, mais maman s'y était fermement opposée. J'avais de bons résultats où j'étais, on faisait attention à moi — quoi que cela implique — et je serais tranquille jusqu'au moment où je rejoindrais le collège municipal pour ma troisième.

Elle se demandait soudain si le moment n'était pas venu pour moi de quitter St. Francis. Tous les élèves du public seraient bientôt dans le même bateau et, quelles que soient leurs écoles d'origine, ils se fondraient dans un nouvel environnement. Cardinal Fulton devait, à son grand regret, être écarté. Nous n'aurions pas les moyens de me payer un établissement privé et la fac ensuite, cette dernière étant la plus importante. Maman n'a jamais transigé là-dessus. Il n'y avait rien à discuter, je ferais des études supérieures, point à la ligne. Papa répliquait qu'il ne savait pas où nous trouverions l'argent pour les financer et, chaque fois, maman braquait sur lui un regard furieux.

Alors il déclarait que, bien sûr, j'irais à la fac... puisqu'il dévaliserait une banque ! Elle quittait la pièce et il marmonnait qu'il n'y aurait pas d'autre moyen. Il était donc étrange de le voir annoncer maintenant qu'il voulait me laisser deux ans encore à St. Francis.

J'ai fini par comprendre que le sujet n'était pas réellement mes études. C'était plutôt la suite d'une autre « discussion », incessante, relative aux chances qu'il avait de conserver son emploi. Ma mère, partisane de l'école religieuse, pensait qu'il le perdrait, et donc nous n'aurions pas de quoi payer les frais de scolarité, aussi modérés fussent-ils. Mon père, plutôt favorable au public, affirmait mordicus qu'on ne le licencierait pas, et qu'elle n'avait pas de raison de me retirer de St. Francis, puisque en réalité elle préférait que j'y reste.

De l'autre côté de la rue, à la diagonale du carrefour, se trouvait l'épicerie d'Ikey Lubin, où il était notoire qu'on pouvait prendre ses billets de loterie clandestine et faire ses paris doublés. Coutumier des deux, oncle Dec y passait régulièrement, sans jamais rien acheter. Lorsqu'il se garait devant la boutique, mon père rentrait avec son journal jusqu'à ce que Dec s'en aille, de peur que celui-ci l'aperçoive sur le perron et s'avise de lui demander ce qui était arrivé aux dinosaures. À l'égard de son beau-frère-le-bon-à-rien, maman affectait une sorte de tolérance lasse, sans doute parce qu'il l'appelait « mignonne », ce qu'elle n'était pas, et l'invitait à venir le voir si jamais elle se fatiguait de son couillon de mari. À quoi elle répondait qu'elle ne serait jamais fatiguée *à ce point*, et Dec qu'il ne fallait jurer de rien.

J'avais envie de bien aimer oncle Dec, mais il n'avait pas ma confiance, surtout parce qu'il me rappelait le type du pont de chemin de fer. Certes, il faisait nuit quand je m'étais réveillé dans la malle, et je l'avais à peine entrevu. De plus, leurs voix étaient différentes, mais Dec utilisait les mêmes expressions. Quand mon oncle disait d'un tel qu'il n'était pas le mauvais cheval, ou qu'on avait toujours soif en enfer, je ne pouvais me sortir de la tête qu'il s'agissait d'un seul et même homme. Et il promettait régulièrement de m'acheter quelque chose ou de m'emmener quelque part, ce qu'il ne faisait jamais. Papa m'avait mis en garde, un jour que mes espoirs avaient été déçus :

« Il est comme ça, ton oncle. Des promesses, toujours des promesses.

— Il aime bien mettre les gens à l'aise, avait répliqué ma mère, d'un ton moins catégorique que d'habitude. Et si les résultats ne suivent pas, c'est parce que c'est un Lynch, voilà. »

À mesure que défilaient ces mois inquiétants, je ne pouvais m'empêcher de remarquer que papa s'intéressait de plus en plus à cette boutique. Chaque fois que je levais les yeux de mon livre, j'avais l'impression qu'il la contemplait par-dessus les pages ouvertes du *Thomaston Guardian*. Se frottant le menton d'un air songeur, il semblait estimer, au poids des sacs qu'emportaient les clients, combien d'argent ils avaient laissé à l'intérieur. Ce que je trouvais très bizarre car, depuis longtemps, cette épicerie était chez nous un sujet de plaisanterie. Lorsqu'il ne pleuvait pas, Ikey plaçait ses casiers à fruits et légumes devant la vitrine, sous l'auvent, et nous faisions des paris, papa et moi, sur le nombre de chiens du quartier qui s'arrêteraient pour lever la patte dessus. Nous étions en bons termes avec Ikey, mais nous n'allions chez lui que de façon sporadique, pour des achats que maman avait oublié de noter sur sa liste. Il était moins bien approvisionné que Tommy Flynn, son principal concurrent à l'autre bout de Third Street, où nous faisions l'essentiel de nos courses. Tommy semblait d'ailleurs bien parti pour le mettre sur la paille. Bien sûr, selon maman, le A & P allait en faire autant pour Flynn. Le nouvel A & P était ce qu'on appelait moderne. On n'avait pas besoin d'attendre que le boucher vous hache une livre de steak dans une barquette en carton, puis qu'il l'emballe dans du papier rose et qu'il vous attache le tout avec un bout de ficelle comme chez Tommy. Au nouvel A & P, contrairement au premier dans le centre-ville, la viande était déjà sous cellophane, et les gens avaient l'air de préférer ça.

Quand août est arrivé, papa invoquait n'importe quel prétexte pour passer une fois par jour chez Ikey. Je l'accompagnais parfois, mais il y allait seul le plus souvent. J'avais l'impression que ma présence le gênait. Devant la caisse, un groupe de retraités qui s'étaient affublés du titre d'Elite Coffee Club tenait souvent compagnie à Ikey — un petit homme au teint mat, presque nain. Ils racontaient des blagues et s'interrompaient brusquement quand une femme ou un enfant entrait. Papa disait que je n'avais pas besoin d'écouter ce genre d'histoires, que j'étais mieux à lire en face sur le perron. Apparemment, ces blagues n'étaient pas si différentes de celles qui circulaient chez le coiffeur ou au Cayoga Diner.

Maman avait aussi noté l'intérêt grandissant qu'éprouvait papa pour cette épicerie. Un jour, alors qu'il venait de plier son journal et de traverser la rue, elle est apparue en tablier à la porte. Elle regardait la boutique d'un air mauvais en s'essuyant les mains avec un torchon.

« Je te jure, marmonnait-elle, s'il s'est mis à jouer, alors là, c'est la goutte d'eau. »

Elle disait cela fréquemment, à propos d'une chose ou d'une autre, et ces gouttes paraissaient si nombreuses que, au lieu de se perdre dans l'océan, comme dit le proverbe, elles auraient plutôt formé une nouvelle mer.

De temps à autre, quand je ne savais pas quoi faire, j'enfourchais mon vélo et j'allais à Whitcombe Park, où j'aidais Gabriel Mock Junior à repeindre sa clôture. J'avais beau lui avoir expliqué maintes fois que je n'avais pas le même second prénom que mon père, Gabriel persistait à m'appeler Junior.

« Pas d'importance, disait-il. T'es tout comme lui. Parles comme lui. Réagis comme lui. T'es son portrait craché. »

Après notre première discussion, j'avais pensé qu'il n'avait rencontré que ma mère lorsqu'ils étaient plus jeunes.

« Mais non, tout le monde connaît Lou Lynch », avait-il affirmé.

Alors j'étais fier de ressembler tant à un homme que tout le monde connaissait, et je regrettais de ne pas être Lou Lynch Junior plutôt que Louis Charles Lynch, connu seulement, celui-là, pour porter un nom de fille. En réalité, Gabriel Mock m'appelait Junior parce que c'était aussi son nom, et ce fardeau-là, à ses yeux, méritait d'être réparti sur de nombreuses épaules. Quand je lui avais demandé s'il en préférait un autre, il avait répondu qu'il s'en fichait.

« Ce qui te plaira, avait-il dit. Même des grosses méchancetés. Tu peux essayer ce que tu veux, ça me vexera pas. Tout sauf négro. Tu me donnes du négro, je te coupe le croupion. Et j'ai un couteau qui coupe, figure-toi. »

Je n'avais pas la moindre envie de lui donner du négro, et j'étais certain qu'il s'en doutait.

« C'est quoi, un croupion ? lui ai-je dit, cherchant quel lien il pouvait bien y avoir avec "négro".

— Un bout en trop, m'a-t-il expliqué, ce qui ne m'aidait vraiment pas. Elle fait jamais du poulet, ta maman ? »

Oh, si, ai-je admis, elle avait plein de recettes.

« Alors, c'est qu'elle jette le croupion. Y trouvent pas ça assez bon, les Blancs. Appelle-moi Croupion, si tu veux, ça me vexera pas. »

À peine arrivais-je qu'il me tendait un pinceau.

« Fous-moi une bonne couche bien épaisse, disait-il toujours. Faut pas mégoter. Et t'inquiète, ça dégouline pas. »

Parfois nous peignions de conserve, chacun d'un côté de la clôture. D'autres fois, il dirigeait les opérations, allongé sur la pelouse.

« Je fais le patron, aujourd'hui. Et t'imagine pas que je roupille, parce que je t'ai à l'œil, moi. »

Cela semblait lui plaire et l'amuser que je me présente à l'improviste, prêt à jouer du pinceau. Il affirmait que, grâce à moi, il avait plus de temps pour faire le zouave.

« Tu sais ce que je veux dire, par là ? »

Toujours il me posait la question, et toujours je prétendais ne pas comprendre.

« Éclipse-toi en douce un soir, me suggérait-il. Viens après le coucher du soleil, tu me verras faire le zouave. »

Il voulait également savoir ce que j'avais l'intention de faire quand je serais grand, et je lui répondais que je réfléchissais. Apparemment, on m'enverrait à l'université et, dans ce cas, je ne livrerais pas le lait comme mon père. Je ne vivrais sans doute plus à Thomaston parce que, disait maman, autant jeter par les fenêtres l'argent de mes études. Il fallait selon elle que je parcoure le monde, que je fasse les choses qu'on ne faisait pas ici, que je voie ce qu'on n'y voyait pas. J'avais commis l'erreur de mentionner que je reviendrais peut-être habiter une maison du Borough, comme papa y avait pensé, et elle m'avait dévisagé sévèrement. « Tu veux me briser le cœur, c'est ça ? C'est pour ça que tu me parles *comme ça* ? »

« Elles sont toutes pareilles, m'a dit Gabriel, en hochant la tête. C'est une idée fixe, chez elles. Va ici. Va là-bas. Mais nous ? On bouge pas. On reste tranquilles là où on est. Y a qu'à décapsuler, lamper un bon coup, hurler à la lune. N'importe où que t'es toi, elle est toujours au même endroit, la lune. Maintenant, si on pouvait aller y faire un tour, ça, ça vaudrait la peine. Regarder la terre en bas pendant qu'on est en haut. J'irais bien, moi. »

Je n'étais pas sûr que cela soit très sage, ni très faisable, et je le lui ai dit. J'ai d'abord remarqué que, depuis la lune, on lèverait les yeux vers la terre, pas l'inverse. Ensuite, on n'aurait pas le temps de regarder longtemps, car il n'y avait pas d'oxygène, et donc on mourrait asphyxié sans admirer le panorama. Gabriel a reconnu que, sur ce point, j'avais sans doute raison. Il avait entendu dire qu'il n'y avait pas d'air là-bas, mais lever les yeux vers la terre, ça, c'était une ânerie. J'ai voulu lui faire comprendre que c'était une question de gravité. Sur la lune, « en bas », c'était le sol, où on posait les pieds, et « en haut » serait le ciel, exactement comme ici. Mais pour lui, ça fonctionnait comme une échelle. Si on montait tout en haut et qu'on jetait un coup d'œil vers l'endroit d'où on était parti, ça serait forcément en bas. Puisque la lune était en *haut* de l'échelle.

J'étais certain qu'un truc clochait dans ce raisonnement et, pendant une heure environ, j'ai tenté de le convaincre qu'il se trompait. Mais Gabriel savait distinguer le haut du bas, et il ne voulait rien savoir. Je ferais mieux de rester chez moi sans jouer les globe-trotters pour faire plaisir à ma maman. Si on n'était pas capable de faire la différence entre « en haut » et « en bas », ça n'était pas la peine de voyager. Il n'avait toujours pas lâché le morceau quand, me redressant, je lui ai rendu son pinceau et lui ai expliqué que j'allais chercher ces grottes dont il m'avait parlé.

« Dis-moi, m'a-t-il lancé pendant que je reprenais mon vélo. Suppose que tu en trouves une et que tu tombes dedans. Tu tombes en bas ou tu tombes en haut ? »

Ça m'agaçait qu'il se moque de moi alors que j'avais raison, mais j'ai concédé, de très mauvaise grâce, que je tomberais probablement en bas.

« Alors je regarderai en bas, m'a-t-il répondu. Parce que, si tu tombais en haut, je regarderais dans les arbres. Donc, c'est bon, je peux garder les yeux baissés. »

Je lui ai rappelé que, lors de notre rencontre, il m'avait prévenu qu'il n'irait pas me chercher si je tombais dans une grotte.

« C'était avant qu'on soit copains », a-t-il dit, ce qui m'a étonné et réjoui.

Je m'en voulais déjà de m'être fâché devant son entêtement. Cela ne m'avait pas effleuré qu'on *puisse* être copains. Du même âge que mes parents, Gabriel était le personnage le plus étrange que j'avais croisé jusque-là, ce qui me paraissait exclure tout lien d'amitié. Cela devait se lire sur mon visage, car il a ajouté :

« À moins que ça te gêne d'avoir un copain de couleur. »

J'étais encore plus gêné car, en revanche, cette idée-là m'*avait* traversé l'esprit.

Ma mère avait souhaité que je repousse les limites de mon petit univers, mais elle s'est étonnée que je sois allé aussi loin et que j'aie fait cette rencontre. Un soir, alors que j'avais passé l'après-midi à repeindre la clôture avec Gabriel, elle m'a dit que, à mon âge, il avait eu le béguin pour elle. Il ne savait pas que ça lui était interdit. Senior le lui avait fait comprendre à coups de ceinturon.

Cette histoire était affreuse et, pour cette raison, je n'étais pas sûr d'y croire. Il était plausible que Gabriel soit tombé amoureux d'une fille blanche mais, Thomaston n'en manquant pas, pourquoi avait-il choisi ma mère ? Et cet homme qui avait baptisé son fils comme lui, pourquoi lui avait-il flanqué une raclée ? Pour ce seul motif ?

Quand je lui ai fait part de mon étonnement, maman m'a servi un regard de circonstance, destiné à me faire comprendre combien j'étais ignorant des choses de ce monde. Bien sûr, Gabriel Mock Senior avait d'abord procédé à une mise en garde, mais le garçon n'avait rien voulu savoir. Le père lui avait alors donné une correction, et ce n'était pas de gaieté de cœur, disait maman. Il l'avait fait pour que quelqu'un ne s'en charge pas à sa place, et bien plus violemment car, à l'époque — et sans doute aujourd'hui encore —, les bons Blancs de Thomaston n'auraient pas hésité à faire un tour sur la Colline pour donner une leçon à *tous* les gosses de l'âge de Gabriel, en s'assurant ainsi de ne pas oublier celui qu'ils cherchaient. Senior avait puni son fils, après quoi il s'était présenté devant la maison de ma mère, le chapeau sur la tête et un Junior en pleurs à ses côtés, pour que mon grand-père n'ignore rien de la situation. Senior, qui évitait de le regarder en face, s'est aperçu que Junior, lui, regardait ma mère, qui se tenait devant la porte. Il a filé une bonne taloche au gamin : « Qu'est-ce tu cherches, là ? Y a rien pour toi dans cette maison, t'entends ? » Et il a répété vingt fois au grand-père qu'il ne devait pas s'inquiéter. On avait fait ce qu'il fallait. Le petit avait compris. Plus d'histoires. C'était oublié, maintenant.

À l'évidence, maman avait conservé un souvenir vivace de la scène. Se rappelant ce moment pénible, elle revoyait Junior avec ses paupières gonflées, et elle aurait changé de sujet si je n'avais répété ma première question.

« Pourquoi moi ? a-t-elle dit, avant de hocher la tête. Qui sait ? »

Elle souhaitait visiblement en finir avec ça, mais elle a brusquement ajouté :

« En fait, c'est un peu différent, ce qui s'est passé. Il m'aimait bien parce que j'étais gentille. Et tu sais le plus curieux ? Ce n'est pas avec lui que j'étais gentille. C'était avec sa sœur. »

J'ignorais que Gabriel avait une sœur, ce que j'ai dit.

« Elle est morte d'une leucémie quand nous étions au lycée. Mon Dieu, je n'ai plus repensé à elle depuis des années. Kaylene Mock. Elle était dans ma classe. Gabriel avait un an de plus. Quand nous étions en onzième, toutes les filles voulaient aller chez les Brownies[1], et j'avais demandé à Kaylene si elle viendrait aussi. Elle a souri et m'a dit qu'elle y était déjà. Plus tard, elle m'a avoué que, en réalité, ses parents n'avaient pas de quoi lui payer l'uniforme. Ce n'était pas obligatoire d'en avoir un, mais Kaylene ne voulait pas y aller si quelque chose la distinguait des autres. J'avais économisé un peu d'argent de poche, et j'ai supplié mes parents d'en acheter un à Kaylene en même temps que le mien. Nous avions la même taille, ça ne serait pas compliqué. Ils ont d'abord refusé, parce qu'un uniforme coûtait plus cher que ce que j'avais mis de côté, puis ils ont vu que ça me chagrinait et ils ont accepté de payer la différence, si les parents de Kaylene étaient d'accord. Je savais depuis le début qu'ils s'y opposeraient, mais je crois qu'ils ont apprécié le geste et qu'ils s'en sont souvenus. Gabriel s'est pris une méchante volée, parce qu'il m'avait embrassée moi, et pas n'importe quelle fille blanche.

— Il t'a embrassée ? ai-je répété, ébahi.

— Ça n'était vraiment pas malin de sa part. Il a foncé droit sur moi au milieu d'Hudson Street, pas loin des Four Corners, et il m'a embrassée devant tout le monde.

— Pourquoi ?

— Parce qu'il avait environ ton âge. Parce que les gamins tombent amoureux. Parce que nous nous moquions de lui, avec Kaylene, à cause de sa petite taille, et qu'il voulait me montrer qu'il n'était pas si petit. Il y a plein de raisons, Louie. Ne me regarde pas comme ça, avec tes sourcils froncés. Réfléchis un peu. »

1. Équivalent des Jeannettes.

Je ne faisais que ça, réfléchir. Et j'avais plutôt envie d'arrêter.

« Quand j'y repense. Frapper un enfant de onze ans à coups de ceinturon », a-t-elle conclu, avant de repousser ce souvenir terrible.

Ses yeux se sont reposés sur moi, et c'est elle qui a froncé les sourcils.

« Et puis ne sois pas étonné que ton père n'ait pas été le seul à vouloir m'embrasser, OK ?

— Mais… » ai-je commencé en comprenant que, quoi que je dise, cela aggraverait les choses.

Alors je n'ai rien dit.

En revenant un jour de Whitcombe Park, j'ai surpris mes parents au milieu de ce qu'eux-mêmes auraient eu du mal à appeler une « discussion ». C'était tellement prenant qu'ils n'ont pas semblé remarquer ou se soucier de ce que je venais d'entrer.

« Ouais, eh ben, tu vas leur rendre sans signer », insistait maman.

Une épaisse liasse de documents était posée entre eux sur la table.

« Je refuse de mettre en jeu cette maison, je refuse de compromettre les études de Lou », a-t-elle poursuivi.

Papa avait la même expression que le matin où nous avions rendu Bobby à son père avec un poignet cassé.

« Que veux-tu que je fasse, alors, Tessa ? Qu'est-ce que je suis *censé* faire, sinon ? »

Ce qui a freiné ma mère, sans l'arrêter pour autant.

« Ça fait un an que je te dis que ça allait arriver. *Plus* d'un an.

— Ça n'est pas la question, a-t-il répliqué avec son air de chien battu. Ce que je te demande, c'est ce que je suis censé faire. C'est pour *nous* que je fais ça. »

Ce qui l'a freinée encore, sauf qu'elle n'allait bien sûr pas céder.

« Mais enfin, tu ne vois pas, Lou ? Tu répètes sans arrêt que c'est pour nous, et peut-être même que tu le crois, mais c'est faux. C'est pour flatter ton orgueil. Pour faire le beau au Cayoga, comme tu faisais le beau devant M. Marconi, et devant tout le monde. Qu'est-ce que tu imagines ? Que tu es le premier homme à perdre son emploi ? Tu en trouveras un autre. Ce n'est pas parce que tu es au chômage que tu dois placer tout ce que nous avons dans une épicerie pourrie où les gens vont faire leurs paris.

— Mais j'arrêterai ça, Tessa, tu le sais bien. »

Poussant un soupir exaspéré, maman s'est penchée pour faire claquer sa tête sur la table, si fort que le poivrier et la salière ont bondi. Elle est restée ainsi quelques secondes avant de se redresser et de reprendre :

« Oui, Lou, je sais que tu ne seras pas bookmaker. Je n'en doute pas. Le problème, c'est que les paris sont la seule chose qui rapporte, dans cette boutique. Comment crois-tu qu'il a réussi à survivre, depuis tout ce temps ?

— Mais il a été très malade, et...

— Non. Ce n'est pas parce que les gens disent une chose que c'est vrai, Lou. Tu ne t'en rends pas compte ? Il te raconte qu'il est malade pour te pousser à acheter. Mais il ne te dira pas la vérité, qu'il essaie de s'en débarrasser, de son affaire, et que personne n'en veut. Tommy Flynn essaie lui aussi, depuis deux ans, et il a deux fois plus de clients. Il fut un temps où il y en avait trente, des épiceries comme ça à Thomaston, sinon plus. Aujourd'hui, il en reste six. Pourquoi ? Parce qu'on a ouvert des supermarchés. Tu es aveugle, ou quoi ? L'épicerie, c'est comme le lait en bouteille, ça va disparaître. »

Moi-même, j'aurais eu la présence d'esprit de répondre autre chose. Mais, après un silence épouvantable, voici ce qu'il a dit :

« C'est meilleur en bouteille, le lait. »

À ma grande surprise, c'est ma mère qui s'est mise à pleurer.

« Oh, Lou, Lou, gémissait-elle entre deux sanglots. Mais tu ne veux pas comprendre que ça n'a aucune importance, ce que tu penses ? Les gens ont décidé. Ils veulent des supermarchés. Ils veulent du lait en carton. Ils s'en foutent que ça soit meilleur en bouteille. S'ils n'en veulent plus, ils n'en veulent plus, et puis c'est tout. En général, ils préfèrent ce qui n'est pas bon, de toute façon. C'est la majorité qui décide, pas toi. »

Alors seulement, lorsqu'elle a posé la tête sur ses bras pour continuer de sangloter, papa a tenu compte de ma présence.

« J'ai acheté le magasin d'Ikey », m'a-t-il dit, comme si c'était nécessaire.

J'ai dû prendre un air effrayé, car il a ajouté :

« Je ne veux pas que tu t'inquiètes. Tu n'as pas de souci à te faire. »

Avec le recul, je pense que l'acquisition de ce magasin a été pour notre foyer une secousse plus violente que notre transition de Berman Court à l'East End. Ici encore, ma mère et moi gardons des souvenirs différents. C'était selon elle une chose de plus à laquelle elle devait se soumettre, une situation de plus qu'elle n'avait pas choisie et sur laquelle elle n'avait aucune prise. De mon côté, je retiens que la décision de mon père a été le point de départ d'une lutte qui a duré de nombreux mois, maman étant loin de se soumettre. Dès le début, elle a refusé catégoriquement de mettre les pieds là-dedans. Jamais. Ce qui était fait était fait, toutefois il était clair que c'était une folie de mon père, elle n'y était pour rien. Qu'on ne lui demande surtout pas de renoncer à ses travaux comptables. J'avais la permission, si je voulais, d'aider à la boutique en rentrant de l'école, puis le samedi ou le dimanche, mais pas les deux. Oui, elle tiendrait les comptes, à condition qu'on lui apporte les rouleaux de caisse, les factures des fournisseurs et tous les documents. Pour le reste, il se débrouillerait. Qu'il ait pu prendre cette décision sans la consulter, c'était… elle n'avait pas de mot.

Pendant bien des semaines, elle a paru osciller entre la dépression et une rage sombre et diffuse. Déprimée, elle se représentait l'avenir inexorable qui nous attendait, contre lequel on ne pouvait rien puisqu'il aurait fallu que papa et elle aient la même conception du monde, ressentent les mêmes peurs, ce qui n'avait jamais été le cas. Le reste du temps, cette résignation muette se transformait en fureur noire, qui se traduisait par des salves de questions : « Mais qu'est-ce qui t'a pris de faire ça ? Qu'est-ce qui ne tourne pas rond dans ta tête ? C'est si difficile de regarder les choses, Lou, de les voir comme elles sont ? Pourquoi faut-il toujours que tu… ? Pourquoi es-tu toujours aussi… ? »

Les mots venaient ensuite à lui manquer, et sa colère se dissipait lentement. Patient, haussant tristement les épaules, papa ne répondait pas, comme si tout cela était aussi mystérieux pour lui que pour elle. Elle a fini par comprendre que, si nécessaire, il était prêt à se taire indéfiniment. Si je me trouvais là, elle me dévisageait à mon tour et, si elle croyait que j'allais le défendre, donner voix à ce qu'il ne savait pas exprimer, elle se trompait gravement. Alors ses yeux se remplissaient de larmes, elle regardait entre les lames du store la nuit qui tombait sur la rue, la boutique de l'autre côté du carrefour, et il lui fallait oublier notre présence pour maîtriser ses émotions.

J'étais toujours content que sa fureur se transforme en chagrin, car ces questions tronquées — « Pourquoi faut-il toujours que tu… ? Pourquoi es-tu toujours aussi… ? » — me désespéraient. Malgré tous mes efforts, je ne pouvais m'empêcher de penser qu'elles m'étaient adressées autant qu'à mon père. N'avions-nous pas le même nom ? Ne partagions-nous pas le même optimisme ? N'étais-je pas, comme l'avait souligné Gabriel Junior, son portrait craché ? Si quelque chose clochait chez lui, ne pouvait-on également me le reprocher ? Pis, je n'arrivais pas à me débarrasser de la crainte qu'un beau jour elle les trouverait, ses mots. Ce serait alors la fin de nous. C'était comme si elle savait — et savait parfaitement — que ce qu'elle était sur le point de dire avait le pouvoir de nous anéantir. S'arrêter en chemin comme elle le faisait était déjà terrifiant.

Sur mon père également, l'achat de cette épicerie a eu de profondes répercussions. Sa vie en était complètement changée. Pour la première fois depuis qu'il travaillait, il n'avait plus de tournée à faire. Habitué à aller à la rencontre des autres avec une mission simple, clairement définie, et son bon caractère pour la réaliser, il lui fallait maintenant rester immobile au même endroit, espérer qu'ils viendraient à lui et, le cas échéant, leur donner ce dont ils avaient besoin. Posté dans sa boutique, il ressemblait à un homme jeté en prison sans aucune explication, puis interrogé brutalement sur un sujet auquel il ne connaissait rien. Coincé derrière l'énorme caisse enregistreuse d'Ikey, il se dandinait d'un pied sur l'autre en se demandant ce qui allait bien pouvoir se passer. Lorsqu'un client entrait pour demander quelque chose, il abandonnait son comptoir comme un animal impatient, faisait parfois deux ou trois tours devant ses rayons avant de localiser l'article voulu, puis il s'en retournait, maussade, derrière la caisse. Il enregistrait la vente et restait dans l'expectative jusqu'à sa prochaine libération. Finis, comprenait-il, les jours heureux où il prenait le temps de descendre en ville avaler un café et un doughnut au Cayoga Diner, ou blaguasser chez le coiffeur. Impossible, également, de quitter son poste cinq minutes pour faire le tour du pâté de maisons et prodiguer ses conseils aux couvreurs, aux peintres ou aux plombiers de passage chez les sœurs Spinnarkle à côté, ou chez les Gunther. Maintenant, c'est lui qui devait attendre qu'ils le rejoignent à l'heure du déjeuner — à condition qu'ils ne préfèrent pas les sodas de Tommy Flynn à l'autre bout de la rue. Comme prévu, les clients d'Ikey avaient déserté en apprenant qu'ils ne pouvaient plus acheter leurs billets de loterie ou enregistrer leurs paris doublés. Oncle Dec n'est apparu qu'une fois. Il a étudié les lieux, croisé le regard de papa, hoché la tête, et il est reparti sans rien dire.

L'argent avait toujours été un sujet de dispute chez nous, car mon père et ma mère avaient beau travailler dur, il en manquait à la fin de chaque mois. Papa n'était pas dépensier, mais cela n'était pas son tempérament de garder une poire pour la soif et, pour lui, le soleil brillait la plupart du temps. Maman avait hérité de ses parents le point de vue opposé. Les journées ensoleillées étaient une denrée rare. Demain, il pleuvrait ; des gouttes ou des hallebardes, c'était la seule question. On n'avait pas forcément besoin de construire une arche, mais elle préférait n'acheter que le strict nécessaire. Elle voulait bien mettre le prix, à condition que l'article en question soit fait pour durer, voulez-vous m'assurer que je ne vais pas racheter le même la semaine prochaine ? En revanche, mon père avait un faible pour tout ce qui brille, et de préférence bon marché. Il partait en ville avec une poche pleine de monnaie, laissait un quarter ici, un nickel là, et consacrait son dernier cent à un bonbon acidulé. De minuscules emplettes qui le remplissaient de plaisir. Pour ce qui était de l'argent, assurait ma mère, il était comme un pneu avec un tout petit trou : on ne le voyait pas, on ne s'en rendait pas compte, mais tous les trois ou quatre matins, il était de nouveau à plat. Avant l'épicerie, toutes leurs disputes, même les plus passionnées, s'étaient terminées paisiblement. Une fois calmés, ils s'asseyaient à la table de la cuisine avec un bloc de papier et un crayon bien taillé, et maman lui montrait les conséquences de ce qu'il avait fait ou voulait faire. Ma mère est gauchère et c'est de ce côté-là que papa prenait place pour regarder les chiffres s'inscrire dans les colonnes. Au bout d'un moment, en général au milieu d'une addition, il lui prenait le crayon, le posait sur la table et plaçait sa main sur la sienne, sans la retirer pendant une bonne minute. Tous deux observaient un silence complice jusqu'à ce qu'il sourie finalement, d'un air de dire : « Quelle importance, qui a raison ? », et il lui rendait son crayon, qu'elle retrouvait en soupirant, comme si elle reconnaissait que, bien sûr, cela n'avait pas d'importance. Combien de fois ai-je assisté à ce rituel quand j'étais petit ? Je ressens encore aujourd'hui toute la douceur de ces gestes, celle avec laquelle mon père saisissait ce crayon, puis le tendait à maman.

Depuis Ikey, c'était différent. Assurément, mes parents s'aimaient toujours, mais cela suffirait-il ? Supposons que, à cause de cette boutique, maman se détache plus ou moins de mon père, et que ce « détachement » provoque la scission ? Le mot divorce, quasi inexistant dans mes jeunes années, était brusquement sur les lèvres de tout le monde, aussi commun que le cancer. On pouvait donc, semblait-il, démanteler un foyer. Si les Mulroney, en bas de la rue, quittaient Thomaston, disait-on à voix basse, ce n'était pas parce que monsieur avait trouvé un job dans une autre ville au sud, mais plutôt une autre femme à Amsterdam. Aux premiers jours de l'épicerie, j'ai compris qu'un nouveau conflit était déclaré, que les enjeux étaient plus élevés, que l'histoire de ma famille s'écrivait sans la garantie de bonne fin que j'avais toujours crue acquise. La peur et la colère de ma mère pouvaient se révéler aussi fortes que son affection pour papa et pour moi. Ce qui arrivait aux autres était susceptible de nous arriver à nous.

Plutôt que me plonger dans tout ça, j'allais aussi souvent que possible me réfugier au magasin, où je savais que ma mère ne mettrait pas les pieds. J'ai appris à signer les bons de livraison, à mettre de l'ordre dans la réserve, à renouveler les produits laitiers dans le compartiment réfrigéré avant qu'ils ne s'abîment, à garnir les rayonnages et même à utiliser la caisse. Il y avait si peu de clients au début que papa aurait pu s'occuper lui-même de tout, mais il aimait bien que je sois là. Il a semblé comprendre que j'aimais cette boutique autant que lui — son odeur chaude et sèche, ses étagères de guingois, et le fait que c'était la nôtre, même si nous conservions l'enseigne d'Ikey Lubin, pour économiser le prix d'une nouvelle. Curieusement, alors que tout cela exigeait pas mal d'attention, j'ai eu très peu d'absences pendant cette période, et pas une seule à l'épicerie.

Quand je n'étais pas au magasin, je continuais d'explorer Thomaston à bicyclette. J'allais parfois à Whitcombe Park rendre visite à Gabriel et chercher ces grottes qui, répétait-il, infestaient le sous-sol des jardins. Cet été-là, je suis aussi devenu un pilier de la bibliothèque municipale. Fervent lecteur depuis toujours, j'empruntais maintenant six livres tous les samedis matin — le maximum autorisé. Je lisais le soir jusqu'à ce que ma mère me fasse éteindre la lumière, je me réveillais tôt et je lisais encore avant la douche et le petit-déjeuner, puis j'allais au collège. Papa, qui lisait peu, considérait cet appétit littéraire avec étonnement et orgueil. « Vous ne croiriez pas le nombre de livres qu'il a dévorés la semaine dernière, disait-il à qui voulait l'entendre. Et des pavés, en plus. » Si j'étais là, il m'interrogeait devant les clients : « Raconte-leur ce que tu lis. » J'énumérais fièrement quelques auteurs — Jules Verne, H. G. Wells, H. Rider Haggard et Edgar Rice Burroughs. Parfois, les voisins qui restaient un moment à la boutique me regardaient d'un œil soupçonneux et me posaient des questions pièges. Mais j'avais vraiment lu ce dont je parlais, et pas eux, ce qui me donnait un avantage certain. Alors, hochant la tête, ils reconnaissaient que je disais vrai, et je savourais mes exploits avant qu'ils en reviennent au base-ball ou aux courses de stock-car.

Fidèle à sa parole, maman n'est jamais entrée dans le magasin. Cependant, elle consacrait une partie de ses dimanches à tenir les comptes. Elle faisait la moue, elle se frottait les tempes au vu de ce que papa lui soumettait. Elle ne s'était pas trompée sur la vraie nature des revenus d'Ikey. C'était un bookmaker, et la disparition de nombre de ses clients exaspérait mon père qui, gardant contenance, haussait les épaules et maintenait : « Les affaires vont reprendre. » À quoi maman rétorquait, sans lever les yeux de son registre : « Ah oui, Lou ? Qu'est-ce qui te fait penser ça ? » Elle savait bien qu'il n'avait pas d'argument à fournir. Il l'espérait, tout simplement, tout comme il espérait qu'elle déposerait bientôt les armes, qu'elle saisirait son crayon pour lui montrer ses insuffisances et comment il fallait s'y prendre. Il avait commis une erreur en achetant cette boutique sans la consulter, conscient qu'elle lui aurait opposé son veto. Maintenant elle lui expliquait les conséquences de son acte. Il voulait n'en faire qu'à sa guise ? Très bien. Dans ce cas, qu'il continue et, le jour où tout marcherait, qu'il le lui dise. C'était comme si elle prenait plaisir à le voir souffrir.

Je ne comprenais pas à l'époque que la tactique de maman était elle aussi vouée à l'échec. Elle ne pouvait pas le prendre de trop haut, pas vraiment, pour la bonne raison que, s'il coulait, nous coulions avec lui. Ses souffrances — car il souffrait réellement, jusqu'à ce qu'elle lui vienne en aide — étaient aussi les nôtres. Nous étions tous déprimés, il fallait sortir de cette situation. Que voulait-elle, un signe du Ciel ? De papa ? Je me le demandais, et je lui en tenais rancune. Autant l'implorait-il silencieusement de redresser la situation, autant maman semblait attendre de lire le mot magique sur ses lèvres, comme celui qui, dans l'émission de Groucho Marx, faisait arriver le canard avec le billet de cent dollars dans le bec. Papa allait finir par le trouver, ce mot magique quoique, à mon grand désarroi, je n'aie jamais su ce que c'était, car il n'y a jamais eu ni cloches ni sifflet pour accompagner la descente du volatile.

Pourtant, quelqu'un l'a trouvé, deux bons mois plus tard, par un dimanche après-midi. Les recettes et les factures étalées devant elle sur la table de la cuisine, maman s'occupait des registres à l'intérieur. Papa et moi étions dehors sur le perron. Je lisais pendant que, sur la plus haute marche, il regardait le magasin fermé, puisque c'était dimanche. Quand maman nous a finalement rejoints, elle s'est assise à côté de lui en ouvrant le plus grand des registres. Il a détourné les yeux.

« Il faut croire que les gens préfèrent Tommy Flynn, a-t-il dit avec un geste du bras qui embrassait la rue.

— Oh, Lou, pourquoi faut-il toujours que… » a-t-elle commencé d'une voix moins dure que d'habitude, sans pour autant terminer sa phrase.

Elle s'est reprise un instant plus tard :

« Écoute, ça ne va pas fort, mais ce n'est pas exactement ce que tu crois. Tommy Flynn est une petite fouine. Les gens t'apprécient beaucoup plus.

— Pourquoi ils vont chez lui, alors, et pas chez moi ? »

Maman s'est frotté les tempes.

« Lou, a-t-elle dit, essaie de comprendre. Le problème n'est pas Tommy Flynn. Le problème, c'est le nouvel A & P. Si on ne fait rien pour l'en empêcher, il va vous enterrer tous les deux dans le même trou, et on ne saura plus qui était qui. Tu me suis ? »

Non, il ne suivait pas, je n'avais qu'à le regarder pour m'en apercevoir. Mais je ne savais pas non plus où elle voulait en venir.

« Comment rivaliser avec les *supermoinscher* ? a-t-il répondu, utilisant le mot générique par lequel il les désignait. Ils achètent de telles quantités. Les distributeurs ne nous font pas les mêmes remises.

— Je sais cela. Tu ne vas pas battre les A & P sur leur terrain, Lou. Tu ne seras jamais aussi gros qu'eux. Tu n'auras pas de longues allées, tu ne pourras pas offrir le même éventail de choix. C'est sur ton terrain à toi que tu peux les rattraper. »

Je me suis redressé sur ma chaise sans presque m'en rendre compte. Je n'avais aucune idée de ce qu'était « notre terrain », je voyais bien que papa non plus, mais il était tout ouïe et moi aussi.

« Tu es un petit commerce, Lou. Il faut voir comment tourner ça à ton avantage. »

Papa a jeté un coup d'œil vers moi. Tout cela lui paraissait raisonné, et il se demandait si c'était aussi mon avis.

« Et comment on fait ? »

Refermant mon livre, j'ai quitté ma chaise et, les rejoignant sur les marches, j'ai écouté ma mère une heure durant. À mesure qu'elle parlait, la colère qu'elle m'inspirait s'est lentement dissipée. J'ai eu l'impression que, depuis plusieurs semaines, probablement depuis le jour où papa lui avait annoncé son acquisition, elle avait cherché un moyen de tirer parti de cet acte insensé. Prise d'angoisse au début, elle avait déclaré haut et fort que c'était une folie, qu'elle ne voulait pas y être associée, mais elle savait bien sûr que c'était impossible et donc, sans peut-être en convenir elle-même, elle avait conçu un plan de redressement que, finalement, elle nous soumettait.

Elle parlait à papa, mais il était clair qu'elle s'adressait aussi à moi, son assistant et principal allié. De temps à autre, elle me regardait fixement d'un air de dire qu'elle comptait sur moi, notamment à propos d'une chose qu'elle craignait de le voir oublier ou qui ne serait pas son fort. Cela me semblait un témoignage de confiance, certes, mais c'était autant de petites trahisons envers lui et, honteux, je baissais les yeux vers la marche sur laquelle j'étais assis, refusant au fond de moi de reconnaître les défauts de mon père. J'étais gêné de comprendre qu'un simple petit garçon était capable d'entendre mieux que lui ce qu'elle nous expliquait, même s'il adhérait au propos, hochant la tête avec enthousiasme, me réservant parfois un clin d'œil ou un sourire comme pour me dire : voilà ce qu'on attendait, mon gars, c'est bon, ta mère a tout arrangé, maintenant plus rien ne nous résiste.

L'épicerie présentait ce mince avantage, disait-elle, que les gens pouvaient y entrer et en ressortir rapidement, et le temps, affirmait-elle, était le corollaire de l'argent. Lorsqu'ils se rendaient au A & P de l'autoroute, ils devaient y consacrer une demi-heure, alors qu'un saut chez nous ne leur prenait que cinq minutes. Ils y renonceraient si nous étions trop chers, donc le truc consistait à les persuader que le temps gagné valait bien de dépenser quelques cents de plus. En raisonnant, on s'aperçoit que cela ne tient pas, a-t-elle admis, mais ce n'est pas toujours le raisonnement qui compte. Rappelons-nous d'abord que tous nos articles n'ont pas la même importance. Les gens débarquent à la boutique lorsqu'il leur manque brusquement une chose — du lait, du pain ou du papier toilette — et donc il faut vendre ces choses-là à peu près au même prix que le supermarché, même si du coup notre marge est inexistante. En revanche, nous nous rattraperions sur les articles dont ils n'avaient *pas* besoin, qu'ils ne seraient pas spécialement venus chercher, mais qu'ils achèteraient sous le coup de l'impulsion puisque, après tout, flûte, ils étaient là. Il fallait organiser le magasin de telle sorte que les produits de première nécessité se trouvent au fond, pour que les gens soient obligés de passer, dans un sens puis dans l'autre, devant ce qui ne leur était pas indispensable. Et on mettrait nos articles les plus chers — piles et bonbons — aussi près que possible de la caisse.

Ne pas oublier non plus que les femmes ne se comportent pas comme les hommes, a-t-elle poursuivi. Elles ont de l'argent à dépenser, mais pas de temps à perdre. Aucune ne voudrait entrer en apercevant devant la caisse une bande de vieux traîne-savates en train de raconter leurs boniments. Ce disant, elle a regardé papa avec insistance, car elle savait combien il appréciait la présence de l'Elite Coffee Club, même si, à proprement parler, ces gars-là ne lui achetaient jamais rien. Seulement, c'était pour lui comme si la clientèle était là. Ma mère ne lui aurait pas glissé l'idée, il ne lui serait pas venu à l'esprit que, en réalité, ils la faisaient fuir, la clientèle.

« Ils ne font de mal à personne, a-t-il protesté, en bon défenseur de sa petite communauté. Lorsqu'une femme entre, ils se taisent une seconde.

— Je sais bien, Lou. Ils s'arrêtent au beau milieu d'une de leurs histoires graveleuses, mais ils sont tout chiffonnés et ils attendent qu'elle parte pour recommencer. »

C'était bien ce qui se passait, les rares fois où une dame mettait les pieds dans la boutique.

« Qu'est-ce que je fais ? Je leur dis de s'en aller ? »

Maman semblait penser que c'était le plus simple et le plus efficace, mais elle a trouvé une autre solution :

« Non, tu leur dis de s'installer ailleurs. De l'autre côté du présentoir central. Mets une cafetière à cet endroit-là et fais-leur payer le café, au moins.

— Leur faire payer le café ?

— Présente-leur la chose différemment. Dis-leur que la deuxième tasse est pour toi. Le principal, c'est de les éloigner de la porte. »

De l'autre côté de la rue, un chien pelé est arrivé devant le magasin, s'est arrêté pour lever la patte et pisser dans le casier à fruits, qui, un autre jour de la semaine, aurait été plein de melons. Une fois terminé, il a jeté un coup d'œil vers nous avec ce que, si je n'avais pas eu un grain de bon sens, j'aurais juré être un sourire malicieux. Puis il est reparti vers le haut de la colline. Je l'ai suivi du regard pendant que maman terminait son exposé — nous serions obligés de rester ouverts tard le soir, jusqu'à dix ou onze heures, et après la messe le dimanche.

« Je n'ai pas peur de travailler, Tessa, tu le sais bien. Et Lou met la main à la pâte, lui aussi.

— Oui, mais l'école d'abord, a-t-elle rappelé, sans me laisser le temps de proposer de plus amples services. Après le dîner, il fait ses devoirs. Et le week-end, il t'aide soit le samedi, soit le dimanche, pas les deux. Un enfant doit vivre comme un enfant.

— Je ne suis plus un enfant, ai-je dit.

— Ah bon ? Mais qui croit ça ? » a-t-elle demandé, en me souriant pour la première fois depuis une éternité.

Nous avoir expliqué comment les choses tourneraient semblait l'avoir déridée un peu.

« Eh bien, moi, ai-je répondu en lui souriant aussi, heureux que nous soyons de nouveau une famille unie, et que je n'aie plus à la détester.

— J'allais oublier, a-t-elle dit alors à papa. J'ai un cadeau pour toi. »

Se levant, elle est partie à l'intérieur, revenant une seconde plus tard avec un pistolet noir, dont elle a pointé le long canon vers mon père. Il est devenu tout pâle.

« Tu mériterais que je te tire dessus, pour avoir acheté cette boutique, a-t-elle dit, soudain grave. Tu le sais, hein ? »

Elle a lancé l'arme en l'air, l'a rattrapée par le canon et l'a tendue à papa. Il observait cette chose comme s'il craignait qu'elle lui explose dans la main à peine il la toucherait.

« Je ne pense pas qu'on veuille me dévaliser, Tessa », a-t-il lâché avec une petite voix.

Fasciné par le trou minuscule d'où les balles étaient censées jaillir, je n'arrivais pas à en détacher mes yeux.

« Non, non, ce n'est pas pour ça », a-t-elle assuré.

Ils se sont regardés un moment, et elle a poursuivi :

« C'est un pistolet à air comprimé. Ça ne tire que du petit plomb. »

À cet instant, comme par un fait exprès, le chien de tout à l'heure redescendait la colline, accompagné cette fois par deux congénères aussi miteux que lui. Trottant de concert au milieu de la rue, ils n'ont prêté aucune attention à maman qui, déjà debout, a traversé le carrefour dans leur direction. Le premier s'est avancé jusqu'au casier à légumes. Lorsqu'il a levé la patte, un bruit sec a retenti et, bondissant comme un animal de cirque, il est resté un instant suspendu en l'air, tordu et crispé. Retrouvant le trottoir sans comprendre, il s'est mis à tourner en rond et à pousser des glapissements effrayés, comme si ce qui venait de le mordre était encore là, prêt à recommencer. Les deux autres chiens paraissaient étonnés, sans que l'un ou l'autre n'établissent de lien avec l'objet que ma mère tenait en main, et qu'elle braquait de nouveau sur eux. Curieux, l'un d'eux regardait le premier qui continuait de courir après sa queue, puis, se lassant du spectacle, il a lui aussi levé la patte. Aussitôt a suivi un autre bruit sec, et nous avions maintenant deux chiens qui dansaient en pleurant devant l'épicerie.

Du coup, le troisième observait maman d'un air méfiant. On avait l'impression de voir les idées se catapulter dans sa laborieuse petite tête. D'un côté, il avait envie de pisser, et surtout de le faire sur notre casier à fruits, comme l'imposait une longue tradition. De l'autre, il y avait cette peur très récente, issue des mésaventures de ses compagnons. Étudiant alternativement ceux-ci, sujets soudain de quelque folie furieuse, puis ma mère, il a commencé à arquer la patte. Se ravisant, il a longuement considéré cette drôle de femme avant de repartir le long du trottoir, en se retournant fréquemment pour vérifier si elle était encore là. Les deux autres l'ont suivi, écœurés par cet inexplicable revirement de situation.

Maman nous a rejoints sur le perron d'où nous l'avions vue procéder et, dans mon cas du moins, avec un œil neuf.

« Ne laisse personne pisser sur tes melons, Lou. Ce sera le dernier conseil de la journée. »

Là-dessus, elle est rentrée.

Ce soir-là, après le dîner, nous avons regardé Ed Sullivan tous ensemble, comme la famille que nous étions. À la fin, papa semblait ne plus tenir en place. Le transistor sous le bras, il est descendu sur le porche écouter une émission de country-music qu'il aimait bien. Nous l'avons entendu allumer la radio et les marches du perron ont craqué sous son poids. M'approchant de la fenêtre, j'ai écarté les lamelles du store et je l'ai aperçu qui passait sous le réverbère au coin de la rue. Il a sorti ses clés de sa poche et s'est glissé dans la boutique. Je m'attendais à ce que les lumières s'allument mais, à ma grande surprise, elles sont restées éteintes.

J'étais sûr que, sans même regarder, maman savait exactement ce qu'il faisait.

« Qu'est-ce qu'il fabrique ? me suis-je demandé à haute voix.

— Il observe, a-t-elle répondu, sans détacher ses yeux du petit écran. Je dirais même qu'il est en train de la découvrir, son épicerie. »

Je n'aimais pas penser que mon père était incapable de voir ce qu'il avait devant lui, et j'ai senti mes rancœurs se réveiller. Mais j'avais envie de savoir ce que maman avait en tête.

« Ça va aller, maintenant ? Au magasin ?

— Non, a-t-elle lâché. Mais au moins on ne coulera pas.

— Moi, je crois que ça va marcher, ai-je répliqué, obstiné.

— J'espère que tu as raison, a-t-elle dit sincèrement. Il ne sait pas quoi faire d'autre, de toute façon, donc il faut bien qu'il continue.

— Tu pourrais l'aider », ai-je remarqué.

Elle m'a dévisagé, sans aménité.

« C'est ce que je fais. Tu devrais t'en rendre compte. »

Je savais fort bien où elle m'entraînait.

« Je voulais dire, au magasin.

— Je ne peux rien pour lui, Lou. C'est à nous que je pense.

— Ça change quoi ?

— Ne me demande pas de t'expliquer ce que tu as déjà compris », m'a-t-elle dit, ses yeux dans les miens.

Que j'ai détournés.

Dans mon lit ce soir-là, j'ai entendu mon père rentrer et, peu après, les voix de mes parents ont résonné dans le circuit d'aération. Je ne percevais que des bribes, mais assez pour comprendre que cette conversation mettait un terme au conflit qui les opposait depuis un moment. Un accord qui, cependant, s'accompagnait de certaines conditions. Au-dessus de la boutique se trouvait un appartement qu'Ikey avait toujours loué à des gens qui, selon ma mère, étaient mieux à leur place dans le West End. De ceux qui n'hésitent pas à s'exhiber torse nu par les chaudes nuits d'été, qui se penchent au balcon en criant à tue-tête aux visiteurs en train de garer en bas leurs vieilles Buick rouillées, le poing collé sur le klaxon. L'appartement était libre, et il serait impossible de le louer tant que nous n'aurions pas de quoi le remettre en état.

« Je ne quitterai pas cette maison, Lou. On l'a achetée avec l'argent de mes parents. Ils avaient mieux à faire que nous le donner, mais ils ont bien voulu quand même. Je ne vivrai pas au-dessus du magasin. Ni demain, ni jamais. Ne me dis pas qu'on peut l'arranger comme il faut. Ne me dis pas que ça serait plus pratique. Qu'on serait très bien là-dedans. Je ne veux même pas t'entendre. »

Bien sûr, il a promis.

DIVISION STREET

Mon père ayant perdu son emploi et acheté l'épicerie d'Ikey Lubin, la question de savoir à quelle école j'irais cet automne était réglée. En apprenant nos intentions, le père Gluck nous a rendu visite pour tenter de dissuader mes parents de me retirer de St. Francis. L'établissement traversant des difficultés, il n'avait pas les moyens de perdre de bons élèves catholiques comme moi. Nous avions, a-t-il dit, des obligations — relatives à notre foi chrétienne, au diocèse, aux sœurs qui assuraient les cours avec dévouement. Le prêtre adressait ces remarques à mon père en supposant que c'était lui qu'il fallait convaincre.

« *Je* n'ai d'obligation qu'envers ma famille, a répondu maman, dissipant tout malentendu par le choix du pronom. St. Francis devra se débrouiller sans nous.

— Vous ne voulez pas dire que… » a commencé le père Gluck.

Maman lui a coupé la parole :

« Si. »

Changeant de tactique, le prêtre s'est adressé à moi :

« Tu as bien travaillé, à St. Francis. »

Malgré son sourire bienveillant, je n'avais jamais aimé ni l'individu, ni le regard perçant qu'il posait sur vous, comme si vous aviez mal agi ou étiez sur le point de le faire.

« Tu étais bien, chez nous ? Tu aimes bien les sœurs ? Sœur Bernadette s'occupe bien de toi ? »

J'ai admis que c'était vrai. C'est un prêtre qui le disait, alors avais-je le choix ? Oui, j'aimais bien sœur Bernadette, mais j'avais glissé plusieurs fois que je me réjouissais de changer d'école, car j'en avais assez qu'elle me surveille du coin de l'œil. J'aurais pu répéter tout cela au père Gluck mais, poltron comme je l'étais, j'ai tenu ma langue.

« Est-ce que tu te sens mieux ? »

J'ai dévisagé ma mère. Avais-je été malade ? J'ai vu ses paupières se plisser dangereusement. Papa semblait aussi perplexe que moi.

« Ils t'ont joué un sale tour, ces gosses du public, hein ? a poursuivi le curé avec un sourire plus compréhensif encore, comme s'il n'avait pensé qu'à ça depuis deux ans.

— Vous n'allez quand même pas l'intimider ! » a lancé maman, dont les mains commençaient à trembler.

Il m'a observé encore un moment avant de se tourner vers elle, pour suggérer sans doute qu'il n'avait pas l'habitude de recevoir des ordres, et encore moins d'une femme. Auquel cas, l'injonction suivante a dû le surprendre deux fois plus.

« N'essayez pas non plus avec moi.

— Tessa, a-t-il dit, braquant sur elle son sourire bienveillant. Je ne suis pas votre ennemi. »

Incapable de soutenir son regard, ma mère a détourné la tête et je me suis trouvé mal. Gluck avait coincé papa dimanche après la messe — maman, enrhumée, étant restée à la maison — pour lui dire qu'il voulait discuter avec nous trois de mon départ de St. Francis. Elle avait supplié papa de téléphoner au presbytère pour lui demander de ne pas venir.

« Lui demander de ne pas venir ? avait objecté papa. Mais comment je vais faire ça ?

— Bon, d'accord, avait-elle concédé, mais ne t'avise pas de te ranger de son côté. »

Mon père n'ayant pas dit un mot depuis qu'il était là, maman semblait comprendre, la pauvre, qu'il ne lui restait plus qu'à se défendre toute seule. Ayant reçu une éducation catholique, il lui était difficile de croire, nonobstant son tempérament indocile, qu'elle allait livrer bataille à un prêtre et l'emporter. Je la voyais perdue, prête à formuler ses excuses, quand le prêtre a commis une erreur aussi opportune qu'inattendue.

« Nous ne voulons, vous et moi, que le bien de Luce et… »

Maman s'est raidie. Il venait de m'appeler par mon surnom. Était-ce mon imagination, ou est-il devenu tout blanc en se rendant compte de ce qu'il venait de faire ?

« Nous avons un fonds spécial pour les situations difficiles, a-t-il poursuivi, tentant vaillamment de se ressaisir. Je suis sûr que nous parviendrons à un compromis. »

Maman s'était déjà levée. Elle a traversé la pièce, récupéré la tasse du prêtre, à moitié pleine, et elle s'est plantée devant lui, l'œil mauvais, tremblant de tous ses membres, de peur, de rage, ou des deux, je n'aurais su le dire. Papa restait bouche bée, et je suppose que moi aussi.

Elle a repris la parole, d'une voix étonnamment posée :

« Le compromis est le suivant : on continue à assister à la messe du dimanche et à donner une enveloppe à la quête, alors qu'on n'en a pas les moyens. On peut aussi s'abstenir, si vous préférez. »

Gluck a regardé mon père qui lui-même regardait le plafond, de sorte que les deux hommes semblaient conjointement implorer le ciel.

« En échange de quoi, a-t-elle poursuivi, votre femme de ménage viendra de temps en temps acheter un litre de lait dans notre magasin. »

Elle a gagné la porte et l'a ouverte pour montrer la boutique en face.

« L'épicerie est dans la même rue que Tommy Flynn, elle aura du mal à la rater, a précisé maman.

— Tessa, a dit le père Gluck, quittant son siège à contrecœur. Je suis déçu…

— Vous n'êtes pas le seul, l'a-t-elle coupé. Nous aussi. Mon mari a été déçu de perdre son emploi. Quand nous habitions Berman Court, Lou voulait être enfant de chœur, et vous n'en avez choisi aucun dans le West End. Lou aussi a été déçu. Maintenant, en ce qui me concerne, ne me lancez pas sur le sujet. »

Une fois le père parti, elle a mis vingt minutes à arrêter de trembler. Tel un animal en cage, elle faisait les cent pas entre la cuisine et le salon, s'arrêtait, ouvrait la bouche, puis la refermait sans rien dire, et recommençait. Papa était assis, comme s'il avait peur que ses jambes ne le soutiennent plus.

« Ne me regarde pas comme ça, lui a-t-elle dit finalement, avant de jeter un coup d'œil vers moi. Et toi non plus.

— Je dis pas que tu as eu tort, a-t-il admis. C'est pas ça. Mais, euh… il nous proposait…

— Un prêt. C'est un prêt qu'il nous proposait, Lou. Il aurait fallu le rembourser. Et avec des intérêts, tel que je le connais.

— Je dis pas que…

— Il a de la chance que je ne sois pas allée chercher le pistolet. »

Papa a ouvert des yeux ronds, qu'il a posés sur moi pour que je confirme : avait-il bien entendu ? Qui était cette femme, qui ressemblait à son épouse et qui se comportait comme une folle ? Quelques jours plus tôt, lorsqu'elle avait produit cette arme et tiré calmement sur les chiens, il n'aurait pas pu être plus étonné. Et voilà que la même — certainement un imposteur — regrettait maintenant de n'avoir pas saisi une occasion d'abattre un curé.

Je devais avoir l'air aussi perplexe que papa, car elle a examiné le plafond en marmonnant des « Mon Dieu »…

« Rigole, m'a-t-elle suggéré. C'est ce qu'on fait devant quelque chose de drôle : on rit. »

Je n'ai pas compris tout de suite à quoi elle faisait allusion. Certes, il était plaisant d'imaginer le père Gluck bondissant dans les airs à cause d'une volée de plombs dans ses grosses fesses, et j'aurais presque eu envie de rire. Mais j'étais surtout effrayé.

Au collège, les gamins du West End et de l'East End se voyaient pour la première fois réunis avec ceux du Borough.

L'établissement se trouvait dans Division Street, perpendiculaire à Hudson Street, la principale artère commerciale. Il y avait une certaine ironie à ce que la première, dans cette cité asymétrique, représente la frontière entre l'est et l'ouest. Cela ne m'est apparu qu'à l'âge adulte mais, déjà enfant, je savais que Division Street était un symbole et que la traverser avait un sens. Les magasins attiraient une clientèle du West End ou de l'East End, mais jamais des deux. (Les résidents du Borough préféraient ne pas faire leurs courses à Thomaston, mais plutôt « à la grande ville », en l'occurrence Albany ou Schenectady.) Et nous avions tout en double. Deux bijouteries : une bon marché pour les quartiers ouest, une légèrement plus chic pour nous. Les dames de l'East End s'habillaient généralement à la Cheryl Lynn's House of Fashion, celles du West End chez Elsa's Dress Shop. Pour les hommes de tous âges, il y avait Calloway, sur la vitrine duquel était collé le petit insigne de la gamme Botany 500, qui avait eu la préférence de mon grand-père. Papa, qui n'aimait guère dépenser pour se vêtir, allait souvent en douce chez Foreman, le concurrent moins cher du West End, et prétendait ensuite qu'il avait acheté sa chemise ou son pantalon chez Calloway. Maman ne se laissait jamais prendre. Il avait beau retirer les étiquettes et jeter les emballages, elle savait toujours d'où ça venait. Ça me paraissait aussi incroyable que de deviner sous quel gobelet va finir la carte du bonneteau.

Une ségrégation du même ordre existait entre les bars. Les tavernes de l'East End faisaient partie de ces endroits où les hommes se retrouvaient après les matches de base-ball, où une femme pouvait se rendre sans danger avec son mari, où les enfants étaient bienvenus avec leurs parents avant le coucher du soleil. On servait des hamburgers au comptoir, des bières pression ordinaires et, le week-end, un buffet de charcuteries et de salade de pommes de terre était installé pour les clients sur des tables pliantes. Comme c'était gratuit, cela attirait parfois quelques visiteurs du West End, gloutons et dépenaillés, que l'on recevait froidement et à qui le barman, d'un air détaché, demandait comment ça allait « là-bas ».

Les bistrots du West End, plus frustes, étaient pour la plupart situés dans le Gut, comme la salle de billard, et les deux monts-de-piété qui portaient l'enseigne fallacieuse de magasins de musique. L'illusion était entretenue par les guitares électriques écaillées en vitrine, et la présence, parfois, d'un accordéon ou d'un trombone. Les femmes du West End allaient souvent seules dans ces bistrots-là. J'ai un jour entendu mon oncle Dec — l'un des rares habitants de Thomaston à se sentir chez lui d'un côté de Division comme de l'autre — raconter au Cayoga Diner que, le samedi précédent, une certaine Gina (curieuse chose que la mémoire, son nom m'est resté cinquante ans après) s'était pointée dans un de ces bouges et, retirant son corsage, avait passé toute la soirée les seins nus posés sur le comptoir. Évidemment, j'avais repensé à l'énorme poitrine tombante de la femme qui m'avait découvert en ouvrant la malle, ce fameux soir, des années plus tôt.

« On sait jamais à quoi s'attendre, de l'autre côté, avait conclu Dec avec un ricanement satisfait, alors que les autres le pressaient de reconnaître qu'il exagérait.

— En soutien-gorge, tu veux dire, avait insisté un client, une dernière fois.

— Non, je sais faire la différence entre deux nénés dans un soustingue et deux nénés à l'air, et c'était deux nénés à l'air. »

Maussade, la petite assemblée n'avait eu alors que des regrets d'avoir raté un spectacle aussi épatant.

Ce n'était pas le mur de Berlin, bien sûr. Les familles du West End qui prospéraient comme nous traversaient Division vers une vie meilleure, de même que d'autres, soudain dans la gêne, faisaient parfois le chemin inverse. La plupart d'entre nous avions des cousins, des oncles et des tantes de chaque côté, toutefois leur rendre visite était comme partir en expédition dans une autre ville, voire un autre pays avec d'autres coutumes. Naturellement, cette sectorisation faisait naître la crainte et la méfiance autant que le désir et l'envie. Prenez, par exemple, les grands magasins. Les gens de l'East End allaient comme nous chez Woolworth, avec ses grandes allées, ses éclairages fluorescents, et son snackbar qui, à midi, proposait quelques plats rapides. C'était la cantine des boutiques du centre dont les employés, quel que soit le temps, portaient des chemisettes bien repassées, et laissaient sous le bord de l'assiette un quarter ou trente-cinq cents pour la serveuse. Des jouets de prix étaient toujours exposés dans une des vitrines et, le nez rouge contre le verre, les gamins du West End bavaient devant jusqu'à ce que leurs parents les poussent plus bas chez J.J. Newberry.

Ce dernier, *le* grand magasin du West End, m'attirait autant qu'il m'effrayait. Ici, les jouets étaient tous en plastique, avec des emballages déchirés, rafistolés avec du scotch. Les allées étroites étaient encombrées, les corbeilles pleines d'articles vulgaires, fabriqués on ne savait où, et l'éclairage provenait essentiellement de la rue. La plupart des choses qui me plaisaient chez Newberry — les magazines à sensation comme *Weird Tales*, ou les casquettes en cuir comme celle de Brando dans *L'Équipée sauvage* — étaient vendues là et pas ailleurs. Dans le magasin flottait l'odeur du pop-corn qui craquait presque tout le temps dans une antique machine près de la porte d'entrée. En éclatant, les grains de maïs se teintaient d'un jaune plus jaune que le blanc de l'œil d'un chien enragé. Leur goût aussi était jaune ! Inutile de préciser que ce pop-corn-là était délicieux pour la bonne raison que, selon la légende, on ne nettoyait jamais l'appareil, et on ne changeait jamais l'huile. Quand je passais devant avec maman, elle tordait le nez en s'exclamant : « Ah là là, cette odeur ! » Elle ne se doutait pas que j'attendais avec impatience le jour où je serais assez grand pour y entrer tout seul et examiner pendant des heures les merveilleux trésors cachés à l'intérieur. Je devais savoir, déjà, que ce jour-là arriverait avec le collège.

C'est donc en cinquième que, à quelques exceptions près, nous avons commencé à respirer le même air et partager le même espace que les gamins des autres quartiers. Du lundi au vendredi, de huit heures du matin à trois heures de l'après-midi, les couloirs du collège en haut de Division étaient pleins de gosses de partout. C'était l'amorce d'autres relations sociales qui, elles, occupaient les week-ends. Le samedi après-midi, nous allions tous ensemble, munis d'un bagage et d'usages sociaux dont nous étions à peine conscients, au Bijou Theater. Ceux de l'East End, dont moi, prenions notre pop-corn chez Newberry, ce qui, bizarrement, ne semblait pas déranger la direction du cinéma. En sus d'être cher, pelucheux et blanc comme la neige, le pop-corn du Bijou n'avait aucun goût. En revanche, nous mettions un point d'honneur à acheter nos Bounty, Nutsy et sodas (sans glace, précisions-nous) au comptoir du cinéma, alors que les gars du West End arrivaient les poches pleines de confiseries desséchées, achetées ou volées chez Newberry — mais sans rien, le plus souvent, pour étancher leur soif. Il suffisait d'examiner les papiers que nous laissions sous les sièges pour comprendre une vérité simple de ces matinées. Le West End se regroupait dans la partie gauche de la salle, l'East End et le Borough dans l'autre. Le plancher poisseux en révélait une autre, de vérité, puisque entre les emballages vides des mômes du West End se trouvaient aussi un carton de Bounty, ou un Nuts écrasé. Dès que les lumières s'éteignaient, des ombres se déplaçaient furtivement sous l'écran, de gauche à droite, et de droite à gauche. Et lorsqu'elles se rallumaient, d'autres groupes incertains s'étaient formés, qui se défaisaient à la fin du spectacle. Une fois le soleil retrouvé, en fin d'après-midi, tout le monde reprenait sa place, comme des gouttes d'huile se rassemblent à la surface de l'eau.

Si les mômes du West End traversaient Division chaque samedi après-midi pour aller au cinéma, ceux de l'East End la traversaient tous les vendredis pour les soirées dansantes organisées par le collège dans le vieux YMCA, aux abords du Gut. Elles commençaient à sept heures, au moment où, les jours de paie, les bistrots étaient déjà pleins. On entendait les rires et les chahuts quand leurs portes s'ouvraient. À neuf heures, le bal terminé, de sombres silhouettes apparaissaient sur les trottoirs — parfois celle d'oncle Dec — pour lorgner les plus mûres des demoiselles. Du moins celles qui rentraient dans le West End puisque les parents des autres quartiers attendaient leurs filles dans le parking du Y pour éviter qu'elles défilent devant les bars.

Ces soirées du vendredi confinaient au drame. Tout le monde était là. Pas les jeunes Noirs de la Colline, évidemment, mais ceux d'entre nous qui avaient une popularité ou un rang à faire valoir, quelle que soit son importance (nous ne le savions pas forcément, mais nous l'apprenions). Les portes restant fermées jusqu'à sept heures précises, nous étions obligés de nous agiter dehors dans le froid. Ces soirées se répétaient d'un bout à l'autre de l'année scolaire, pourtant le souvenir que j'en garde est toujours en hiver. Au deuxième étage, la chaleur était suffocante, le vieux gymnase bondé : des centaines de gamins de onze, douze et treize ans y dansaient le jitterbug. Rien de ce que je connaissais de la vie à Thomaston ne bouleversait aussi radicalement l'ordre social, et c'est cette subversion qui rendait ces moments exaltants, terrifiants. Tant que nous nous amassions dehors — ceux du Borough avec ceux du Borough, ceux de l'est et de l'ouest formant leurs propres cercles —, les règles étaient les mêmes qu'aux tables du réfectoire. Mais il y avait de l'électricité dans l'air, la sensation que, passé les portes, dès que nous nous presserions le long des marches, dans l'odeur des vestiaires et celle de la piscine en bas, n'importe quoi pouvait arriver, toutes les conventions s'envoler. Le nouveau monde à l'intérieur ressemblait certes à l'ancien, mais avec de curieuses dissonances qui le rendaient hasardeux et excitant. Il y avait des secrets à percer, et c'est là qu'ils nous attendaient.

Une terrible appréhension s'emparait de nous dans l'escalier sombre dès que nous étions bloqués — parce qu'un gamin trébuchait ou qu'un adulte, sur le palier, parvenait à ralentir la progression d'une foule comparable à une puissante voie d'eau dans la coque d'un navire. Alors le désir, l'impatience et nos espoirs exacerbés étaient momentanément gelés, une éternité retardait notre irruption dans le gymnase, dans le Mystère lui-même, où l'on passait déjà les premiers disques — que nous entendions résonner. Coincé un jour de cette façon, j'ai observé la fille à côté de moi, et j'ai vu des larmes dans ses yeux quand nos regards se sont croisés. Elle redoutait peut-être simplement d'être piétinée. Ses amis n'étaient plus autour d'elle et, bien que nous ne puissions pas avancer, les autres derrière continuaient de pousser, de sorte que tout le monde, les pieds cloués au sol, penchait dangereusement en avant. Pour ne pas tomber, nous devions poser les mains sur le dos de ceux qui nous précédaient. En l'espace de quelques secondes, nous étions une colonne de dominos prête à s'effondrer.

J'avais reconnu cette fille parce qu'elle habitait mon quartier, et je crois maintenant qu'elle pleurait en anticipant la suite des événements. Elle imaginait ses amis, déjà dans le gymnase, dansant sans elle, prenant une avance qu'elle ne rattraperait jamais. Lorsqu'elle les rejoindrait, le garçon auquel elle avait pensé toute la semaine, celui qui avait trop la cote pour être à sa portée — pourquoi ne pas l'admettre — serait déjà pris. Nous avions le sentiment violent que ce qui se jouait ici, dans cet escalier encombré, n'était rien de moins que le reste de nos vies, que chacun de nos gestes dans cette salle revêtait une importance inimaginable, que nous y étions examinés, jugés, élus ou damnés. « Ne va pas si vite, nous disait-on à la maison ou en classe, tu as toute la vie devant toi. » Mais être bloqué entre deux marches revenait à comprendre que nous n'avions pas le temps, que celui-ci filait beaucoup trop vite.

J'espérais surtout que le collège me donnerait l'occasion de revoir Bobby Marconi. Comme les salles de classe étaient attribuées selon l'ordre alphabétique des noms, il y avait de bonnes chances que Lynch et Marconi soient ensemble. Après son départ pour le Borough, j'avais fini par accepter l'éventualité, fort probable, de ne plus l'avoir comme copain. M. Marconi le lui avait peut-être fait promettre, et ma mère m'avait dit de ne pas trop y compter. Mais j'osais espérer que nous déjeunerions à la même heure, que je serais le bienvenu à sa table du réfectoire, parmi ses nouveaux amis. Étant non seulement timide, mais arrivant en outre de l'école catholique, je craignais de me retrouver seul dans un environnement hostile.

Même sans fonder de folles espérances, j'allais de toute façon être déçu. Le jour de la rentrée, notre professeur principal, M. Melvin, a appelé Robert Marconi et, faute d'une réponse, a jeté quelques mots dans son registre. Bobby était-il malade ? Se présenterait-il le lendemain ? Deux filles du West End que je connaissais ont échangé un regard, et je n'ai su déchiffrer ce qu'il voulait dire. Peut-être y avait-il un rapport avec Mme Marconi ? Je ne doutais pas que ma mère avait gardé le contact avec elle car j'entendais parfois résonner son nom, la nuit, dans la ventilation, à des heures où j'étais censé dormir. En rassemblant quelques éléments, j'avais réussi à comprendre qu'elle était retombée enceinte, que Bobby avait un nouveau petit frère. Avant la naissance de celui-ci, Mme Marconi était apparemment repartie quelque part à l'improviste, mais je n'étais pas certain d'avoir bien entendu. Je ne percevais que des bribes de ces conversations, car le chauffage se remettait brusquement en marche, et alors il fallait deviner le mot ou la phrase manquante, voire tout un bout de l'histoire. Maman évoquait peut-être simplement ce prétendu séjour chez la sœur qui n'existait pas. Je me souviens en revanche d'avoir entendu distinctement « au Canada, cette fois », mais alors mes parents pouvaient aussi bien parler de quelqu'un d'autre. À plus d'une occasion, j'avais essayé de cuisiner maman. Était-elle allée voir son amie dans sa nouvelle maison du Borough ? Non. Lui parlait-elle souvent au téléphone ? Non. Avait-elle des nouvelles de Bobby ? Non. Cela m'exaspérait qu'elle maintienne des relations avec Mme Marconi, alors que Bobby restait pour moi inaccessible. Le collège, espérais-je, allait changer tout ça.

Chaque jour de la première semaine, M. Melvin a marqué Bobby absent sur sa feuille. Jusqu'au vendredi, où Perry Kozlowski — toujours au fond, avec l'air de s'ennuyer à mourir, les pieds sur le bureau devant lui — a poussé un grognement audible :

« Il est parti. »

Face à cette attitude, notre prof avait sans doute déjà conclu qu'il serait inutile de vouloir récupérer ce garçon, et vain de lui faire confiance. La veille ou l'avant-veille, quand mon nom était arrivé dans l'ordre alphabétique, Perry avait lancé :

« Il aime bien qu'on l'appelle Lucy », ce qui, bien entendu, avait fait rire tout le monde.

« Dans ce cas-là, qu'il me le dise lui-même, avait répliqué M. Melvin. Ou peut-être aimeriez-vous qu'il vous en trouve un, de surnom. »

À quoi Perry avait répondu, en haussant les épaules :

« Il a qu'à essayer. »

Le professeur le dévisageait avec un dégoût non feint.

« Parti ? Qu'en savez-vous ? »

Il sous-entendait probablement que les Marconi résidaient dans le Borough, et Perry dans le West End.

« Tout le monde le sait », a dit Kozlowski, sans plus de détails.

Je me suis retourné sur mon siège. Parti où ? Avait-il encore déménagé ? J'ai senti brusquement le sang me monter aux tempes. J'ai essayé de me convaincre que M. Melvin avait raison. Où Perry Kozlowski aurait-il pêché quelque information au sujet de Bobby ? Mais je voyais à son air suffisant qu'il *était* au courant de quelque chose.

À mi-chemin entre lui et moi, était assis un garçon noir et mince — Gabriel Mock — dont le nom avait été appelé après le mien. Nos regards s'étaient brièvement croisés. Était-il au courant lui aussi ? La première heure terminée, nous étions sortis au même moment dans le couloir, et la question avait fusé hors de ma bouche sans même un bonjour. Savait-il où était Bobby Marconi ? À sa façon de m'examiner, j'avais eu l'impression de transgresser quelque règle — m'interdisant de lui parler — et j'avais rougi.

« Ton nom, c'est bien Troisième ? » lui avais-je demandé.

J'étais sur le point de lui dire comment moi, un petit Blanc, je le savais, puisque j'avais passé de bons moments auprès de son père à Whitcombe Park.

Fixant quelque point au-delà dans le couloir, Gabriel Mock troisième du nom a déclaré :

« J'ai pas de père. »

* * *

Mes parents prétendaient ne rien savoir. Après les avoir interrogés l'un et l'autre tout le week-end, j'ai conclu qu'ils disaient la vérité. Le lundi suivant, Bobby manquant toujours à l'appel, j'ai pris mon courage à deux mains et je suis allé demander à Perry Kozlowski ce qu'il entendait par « parti ».

« T'es pas au courant ? a-t-il répondu, méprisant. Tu vis où, dans les cavernes ? »

Il m'a appris qu'on avait envoyé Bobby à la Payne Academy, dans le sud de l'État de New York, un établissement militaire surnommé l'école du malheur[1]. Pire, disait-on, qu'une maison de redressement.

« Pourquoi ? ai-je demandé, aussitôt inquiet pour mon vieil ami.

— Quoi, tu sais pas qu'il s'est battu avec Jerzy ? »

Ne pas compter d'amis parmi les élèves du public revenant à vivre dans les cavernes, donc je ne savais pas, bien sûr. Je devais me rendre compte, les jours suivants, que personne n'ignorait rien du combat qui avait opposé Bobby et Jerzy Quinn, un événement si dramatique, si héroïque que son statut de légende était déjà acquis. Les détails changeaient avec le narrateur, mais la trame restait proche de ce que Kozlowski m'a rapporté ce jour-là. Aussi incroyable que cela paraisse, cela s'était passé devant le commissariat de police, sous les yeux de deux flics en uniforme. Qu'est-ce qui avait déclenché les hostilités ? Eh bien, cela faisait tout le charme de l'histoire car, apparemment, il n'y avait *pas* de raison. Les témoins s'accordaient à dire qu'il n'y avait eu ni préambule, ni insultes, ni provocation, ni bousculade, ni escalade — rien de ce qui, à Thomaston, se terminait généralement en bagarre. Vu la façon dont les deux garçons s'étaient abordés dans la rue, on aurait même pensé qu'ils allaient se serrer la main. Mais non, comme si quelqu'un avait donné le signal, leurs poings avaient fendu l'air, simultanément, l'un et l'autre tombant à côté. En quelques minutes, une foule nombreuse et enthousiaste s'était rassemblée — les gamins du West End encourageant Jerzy,

1. Payne se prononce comme *pain* : douleur.

ceux de l'East End et du Borough prenant le parti de Bobby. Alertés par le chahut, plusieurs flics étaient sortis du commissariat, ce qui normalement aurait suscité une trêve, mais pas cette fois-là.

Pendant combien de temps s'étaient-ils castagnés sur le trottoir ? Deux minutes ? Dix ? Une demi-heure ? Cela dépendait de qui vous parlait. Et c'était prévisible. Pour la plupart, même s'ils se présentaient comme des témoins oculaires, ceux qui racontaient l'événement n'y avaient pas assisté. Les jours qui avaient suivi, d'autres coups de poing avaient été échangés lorsqu'un gars de l'East End, relatant la scène avec trop d'enthousiasme, avait été coupé par un autre du West End : « T'étais même pas là ! » Aucun ne voulait admettre avoir raté un épisode aussi important de la vie de Thomaston. Il y avait en revanche un point qui confinait au consensus universel, à savoir la quantité de sang versé : *une mare.* Les bagarres entre collégiens étaient assez fréquentes après les soirées du vendredi au Y et les matinées le lendemain au Bijou, mais il était rare que cela aille jusqu'au sang. Une lèvre fendue ou un œil gonflé tenant lieu de justification, on arrêtait les frais. Là, tous les chroniqueurs étaient d'accord : à la fin du combat épique qui avait opposé Bobby et Jerzy Quinn, leurs visages, leurs mains, leurs chemises étaient couverts de sang. Au point qu'il avait fallu laver le trottoir avec une lance à incendie.

Jeune et inexpérimenté, j'ignorais que, plus les gens sont d'accord sur une chose — surtout si elle est épouvantable —, plus il faut en douter. Toutes les bouches parlaient de cette lance à incendie, alors j'y ai cru. Je ne me rendais pas compte qu'un nouvel auditeur, comme moi, était une denrée rare. Ni que les histoires, comme les virus, se propagent aussi longtemps qu'elles trouvent un organisme à infecter — pas plus. Aussi glorieuse fût-elle, cette bagarre était du passé à la rentrée scolaire. Lorsqu'on a appris qu'un nouveau n'était pas au courant, je devins la coqueluche du jour. Deux oreilles vierges à qui l'on pouvait *raconter.*

Outre la quantité de sang versé, tous les narrateurs, tant du West que de l'East End, s'accordaient sur un point : *Bobby Marconi avait gagné.* Je n'en revenais pas. Que mon vieil ami fût un combattant farouche et volontaire n'était pas une surprise. Ses parents l'avaient inscrit à St. Francis parce qu'il était bagarreur. Je n'avais pas oublié non plus son endurance. Mais si Bobby était *capable* de se battre, son adversaire était un *lutteur*. Depuis l'école primaire, la réputation de Jerzy à cet égard n'avait cessé de croître. Il avait passé une année en maison de redressement et, selon la rumeur, il avait tué un garçon là-bas à coups de couteau. J'avais beau être crédule, j'en doutais. Mais cette rumeur donnait à réfléchir.

Et puis il y avait son allure. À treize ans, Jerzy était maigre comme un clou. On pouvait lui compter les côtes sous son T-shirt. Il avait deux ans de plus que nous, il redoublait, et il n'était pas très grand. Il avait une tête de crève-la-faim — dans un troupeau, c'était le genre d'animal qu'on aurait écarté pour le laisser aux prédateurs. Sauf que c'était Jerzy Quinn. Même Perry Kozlowski, bien plus costaud et toujours prêt à en découdre, ne s'y serait pas frotté, et nous savions pourquoi. Il suffisait de le voir pour comprendre qu'il n'avait rien à perdre, et voilà ce qui le rendait dangereux. Il avait appris au contact des adultes — notamment ses enseignants — que tout avenir lui était fermé, un jugement auquel il semblait adhérer sans réserve. Son sourire de requin ne disait pas autre chose, et on aimait mieux qu'il sourie à quelqu'un d'autre. Que Bobby se soit battu avec lui de son plein gré défiait l'imagination. Qu'il l'ait emporté dépassait l'entendement.

Mais Bobby avait gagné. Au dire de tous, ils avaient cogné comme des sauvages — à coups de poing, de pied, de dents —, comme des chiens dressés dans ce seul but, jusqu'à ce que la fatigue et la douleur les empêchent de poursuivre. Mais ils persévéraient, peut-être plus lentement, avec cependant la même résolution de meurtrir, d'abîmer. Cloué par terre à la fin, Jerzy, l'œil vitreux, n'était plus vraiment là. Bobby lui maintenait les bras au sol avec ses genoux, et continuait de taper. À ce stade de l'histoire, précisait-on, Jerzy ne se débattait plus. « Arrête pas », semblait-il dire avec son mauvais sourire. Épuisé de frapper avec le poing droit, Bobby se servait du gauche (je me doutais d'une chose que les témoins directs ne pouvaient pas savoir : il s'était probablement de nouveau fracturé le poignet). Toujours est-il qu'un des flics s'est enfin approché, l'a soulevé et lui a dit :

« Ça suffit, maintenant. Tu veux le tuer, ou quoi ? »

Apparemment, il ne restait plus à Bobby que la force de répondre oui.

Curieux comme notre perception du destin change au cours d'une vie. Jeunes, nous croyons ce que croient les jeunes, que tout dans l'existence est affaire de choix. Nous avons une centaine de portes devant nous, nous choisissons d'en ouvrir une, puis il en arrive encore cent, et il faut recommencer. Nous choisissons ce que nous ferons, mais aussi qui nous serons. Sans doute le bruit de chacune de ces portes qui, au fur et à mesure, se referment derrière nous devrait-il nous troubler, mais non. Même si elles se ressemblent et nous amènent au même endroit. Il s'en trouvera à l'occasion quelques-unes de verrouillées, mais qu'importe, puisque tant d'autres ne le sont pas. Le choix lui-même n'est peut-être qu'une illusion, mais nous n'en tenons pas compte. Nous sommes trop curieux de savoir ce que cache la prochaine, celle qui nous conduira, espère-t-on, au cœur du mystère. Nonobstant les preuves manifestes du contraire, toujours plus abondantes, nous restons sûrs que, tout au bout, une fois les choix faits, nous aurons trouvé notre vraie destination, et que celle-ci révélera son sens. La jeunesse voit ainsi la vie, *à l'endroit*, les yeux sur la lorgnette qui balaie avidement l'infini du ciel et ses myriades de possibilités. En opposant le libre arbitre et la responsabilité individuelle, la religion confirme le besoin des plus jeunes de se croire au milieu de la scène, de dire oui à ceci, non à cela, sous l'œil accusateur de la moralité.

Mais il est un moment où tout cela change. Fruit de la déception et de la répétition, le doute remplace la curiosité. De guerre lasse, nous commençons à situer le vrai, à comprendre que les portes sont plus nombreuses derrière qu'il n'en reste devant, et nous sommes pour la première fois tentés de retourner la lorgnette et de regarder le monde par le mauvais bout — mais qui peut dire lequel est le bon ? Comme les choses prennent alors une autre allure ! De plus larges contours émergent, les décisions individuelles perdent leur consistance. Regarder la vie *à l'envers*, comme tout le monde s'y essaie après un certain âge, revient à la dépouiller de son mystère et à l'habiller de fatalité — ennemie jurée du théâtre. Voilà du moins ce qui m'apparaît parfois, à moi Louis Charles Lynch. L'homme que je suis devenu, l'existence que j'ai menée — n'est-ce pas une série de dominos qui se suivent comme ils doivent, et non comme je le voudrais ?

Pourtant tout le mystère ne s'est pas envolé, ni toute signification. Quelle que soit la hauteur de notre point de vue, certains événements conservent leur intensité dramatique et leur sens. L'héroïque bagarre qui opposa Bobby à Jerzy Quinn en est un à mes yeux. Quand je m'imagine Bobby en train de frapper son adversaire avec ses dernières forces, décidé à le tuer, j'en reste impressionné. Qui aurait cru que ce même garçon serait un jour le plus célèbre représentant de Thomaston, plus célèbre encore que sir Thomas ? Je ne peux m'empêcher de penser que Bobby a réussi à faire ce que nous imaginions tous quand nous étions jeunes, avant que le temps et la répétition érodent et banalisent le mystère de l'existence. Je me dis que Bobby est le seul à s'être inventé une vie et le personnage qui va avec.

NÉCROLOGIES

« Pas génial, ce canapé », a admis Noonan en montant au deuxième étage de son atelier à la Giudecca.

Lichtner regardait la chose d'un air sombre, comme s'il venait d'arriver tout seul à la même conclusion.

« Je vais te chercher un oreiller et une couverture », a dit Noonan.

En les rapportant, il a surpris Todd en chaussettes devant le chevalet, une fois de plus mis à nu.

« Ça te ressemble vraiment.

— Merci, c'est aussi mon avis. »

Le coup n'avait pas porté et Todd, déçu, s'est affalé sur le canapé.

« Je préfère te prévenir, j'ai des crises de terreur, la nuit. »

Lichtner a blêmi.

« Des quoi ?

— C'est comme ça qu'Evangeline s'est retrouvée avec un œil au beurre noir. Elle a essayé de me calmer et il ne vaut mieux pas. »

Todd avait l'air horrifié.

« Qu'est-ce qu'il faut faire ?

— Prendre ses jambes à son cou. »

Noonan allait redescendre l'escalier.

« Dis-moi une chose. Tu l'aimes ?

— Non, a lâché Noonan bien trop vite, mais la question l'avait surpris. Et toi ? »

Lichtner se contentait de le regarder. Il lui a dit :

« Tu n'es pas obligé de répondre ce soir. Tu as toute la nuit pour réfléchir, tu me diras demain.

— Je ne suis obligé de rien du tout.

— Alors dors. »

Tandis qu'il se déshabillait en bas, il a jeté un coup d'œil à la grosse enveloppe de l'université de Columbia. Peut-être allait-il à nouveau compulser tout ça, histoire de faire venir le sommeil, mais il l'a fait tomber entre le lit et la table de chevet. En la récupérant, il s'est aperçu qu'une autre enveloppe — encore scellée — se trouvait par terre au même endroit. Lisant l'adresse de retour, il a regretté de ne pas l'avoir laissée où elle était. *37 Elm Street, Thomaston, New York, USA.* Il l'avait reçue deux semaines auparavant, peut-être un mois, et il n'avait pas ressenti le besoin de l'ouvrir, du moins pas tout de suite, puisque Lucy écrivait invariablement la même chose. C'était toujours à propos d'une tumeur fatale et d'un avis de décès. Lucy rédigeait quelques mots de sa main et joignait la nécro du journal local. Quelques mots qui se résumaient à : « Tu te souviens ? »... *de Scooter Walsh ? Qui habitait Third Street ? Sa fille est atteinte de mucoviscidose, et ils n'ont pas d'assurance médicale, donc si tu peux faire quelque chose... Je sais que tu es comme moi en ce qui concerne les enfants, alors...* Chaque fois cette intimité implicite, comme s'ils étaient restés les meilleurs amis du monde après tant d'années, et qu'ils partageaient les mêmes valeurs. Noonan se rappelait la réponse qu'il avait envoyée pour cette lettre. *Lou, qu'est-ce qui te fait croire que j'aime les enfants ?* Il y avait quand même joint un chèque, mais il refusait le plus souvent. Un jour, bien longtemps auparavant, Lou avait écrit en tant que président de la commission de financement pour la restauration de Whitcombe Hall : *Bobby, je sais que tu n'es plus revenu ici depuis la terminale, mais nous croyons pouvoir compter sur ton aide, Sarah et moi. C'est notre histoire. Qui la préservera si nous ne faisons rien ?* Réaction de Noonan : *Personne, j'espère. En tout cas pas moi. Mon bon souvenir à Sarah.* Apparemment, Lou n'en avait pas pris ombrage, contrairement à l'effet souhaité. Car les appels au secours continuaient d'arriver, au rythme d'un par an minimum, pour quelqu'un d'autre que Noonan avait oublié, même si les vieilles photos de lycée que Lucy joignait parfois réveillaient de lointaines images.

En agitant l'enveloppe semi-transparente devant la lumière, il a vu un petit carré se détacher de la feuille pliée à l'intérieur : une photo précisément. Il semblait y avoir aussi une colonne de papier imprimé — l'inévitable avis de décès. Noonan a remarqué une chose qui lui avait échappé de prime abord. La petite écriture élégante sur le recto était celle de Sarah, et il a senti un frisson coupable lui parcourir l'échine. Quelque chose était-il arrivé à Lucy ? Il a ressenti comme une angoisse à l'idée que son ami d'enfance — même pointilleux et casse-pieds comme il l'était devenu — ait quitté ce monde, que la photo dans l'enveloppe soit la sienne. C'était heureusement improbable, il suffisait de réfléchir un instant. Sarah l'aurait contacté tout de suite. Non, elle avait sans doute inscrit l'adresse, mais le message à l'intérieur était signé Lucy.

Dedans, il n'y avait pas une, mais deux photos, tirées des almanachs scolaires. Noonan ne s'y attendait pas, mais il a aussitôt reconnu Jerzy Quinn. Selon la nécro, Jerzy, soixante-deux ans, était soûl lorsqu'il avait franchi la ligne jaune et heurté de plein fouet le véhicule arrivant en face. L'espace d'un instant, tandis qu'il lisait cet affreux compte rendu, Noonan n'était plus un adulte à Venise, mais un gamin de Thomaston, agenouillé sur les épaules de Quinn, en train de le frapper au visage, son poignet cassé ballottant au bout de l'autre bras. Jamais encore il ne s'était déchaîné à ce point-là, et le sentiment de libération qui en avait résulté l'avait par la suite sidéré. C'était comme s'il était momentanément devenu quelqu'un d'autre. Il avait fallu qu'il réintègre son corps et le cours normal de ses idées pour comprendre qu'il s'était à nouveau cassé le poignet. Un poignet qui, à l'autre bout du monde, semblait libérer une douleur contenue pendant un bon demi-siècle. En le massant, Noonan a lu le mot de Lucy : « Tu te souviens de la passerelle ? Je ne payais jamais quand j'étais avec toi, hein ? » Remarquablement court, de sa part. En général, Lucy l'interrogeait sur une douzaine d'autres points.

Noonan a étudié ces photos d'un peu plus près. La légende de la première indiquait que Jerzy était élève de neuvième à l'école primaire de Cayoga. Un môme qui braquait déjà sur le monde un regard soupçonneux. Ils avaient été copains à l'époque, sans que personne ne le sache. Par la force des choses, Noonan avait dû garder ses amitiés secrètes. Son père — l'homme au regard fixe sur la toile au second étage — avait été un homme rigide et colérique ; rigidité acquise à l'armée, colère de n'avoir pu se battre. C'est du moins ce qu'en pensait aujourd'hui Noonan. Débarqué en Europe après la fin de la Deuxième Guerre mondiale, Marconi père avait été stationné un an en Allemagne derrière un bureau. Une fois son service terminé, il n'avait eu d'autre choix que de retourner auprès de Pat Noonan, une fille de l'East End qu'il avait engrossée, faute de savoir encore se contrôler. Elle était restée chez ses parents pendant ce temps et, à son retour, elle avait à peine reconnu le garçon doux et tranquille qui l'avait séduite. Inflexible et sans joie, il appliquait maintenant la discipline à toute chose. Cela impliquait des horaires stricts, des dépenses limitées, et un point de vue récent selon lequel la sexualité entre époux était affaire de procréation, pas de plaisir. Il était sévère envers lui-même, envers elle, envers le petit garçon né en son absence. Il avait regardé de très près les fréquentations de Bobby. Pas de Juifs, pas de Nègres, pas de Polonais, pas de Slaves, pas d'Irlandais. Ce n'était pas un hasard, selon lui, s'ils étaient tout en bas de l'échelle sociale, ceux-là. À la vérité, il n'aimait pas non plus les Italiens et les catholiques, bien qu'à sa grande honte il appartînt aux deux.

Les Quinn, qui habitaient une ruine à la façade écaillée en bas de Division Street, ne pouvaient pas être plus irlandais. Ils semblaient n'avoir qu'une préoccupation : mettre au monde des sauvages, l'un après l'autre, qu'ils n'avaient pas les moyens d'élever. Le père de Jerzy était un ivrogne sympathique et larmoyant qui se faisait régulièrement jeter des bars, non parce qu'il était bagarreur comme tant de résidents du Gut (un nom que Noonan aurait oublié sans les lettres de Lucy), mais parce qu'il chantait. On lui suggérait un air en début de soirée, et il ne se faisait pas prier. Puis on lui offrait un autre verre, et il se sentait obligé de continuer. On le rembarrait, mais ferme-la, quoi, merde, mais il était lancé et convaincu que la majorité était avec lui. Pour être bien sûr de se faire entendre, il montait sur le comptoir et ne se rappelait jamais que c'était le prélude à une expulsion *manu militari*. Le plus souvent, il ne rentrait chez lui qu'après la fermeture des bars, avec la lèvre enflée et le menton éraflé — conséquence d'un atterrissage forcé sur le trottoir. Il n'avait plus le cœur à chanter : il avait le cœur brisé. Il réveillait sa femme, prenait un vieil épluche-patates dans le tiroir de la cuisine, et il le lui tendait en l'implorant d'abréger ses souffrances. « Achève-moi, Peg, vous vous en tirerez mieux sans moi, les gosses et toi. » Cela ne faisait aucun doute, mais madame devait avoir le sens du ridicile, car elle le désarmait chaque fois et l'entraînait au lit, dans l'intention manifeste de repeupler le West End, sinon la ville entière, avec des générations successives de Quinn.

Le deuxième cliché datait du lycée. Il ressemblait à un des tout premiers polaroïds, pensait Noonan, un de ceux qu'on insérait dans l'almanach quand l'intéressé avait raté la séance de photos officielle. Une transformation s'était produite. Jerzy n'avait plus seulement un regard soupçonneux, on y lisait en outre la trahison et la mort. Noonan s'est rappelé dans quelles circonstances horribles le père était décédé. À contrecœur, l'épouse avait fini par conclure à son tour que la famille se porterait mieux sans son mari. Quelque temps plus tôt, Quinn Senior s'était installé dans une piaule au-dessus de la salle de billard, mais il avait tendance à l'oublier lorsqu'il était trop soûl, et il revenait chez madame. Il neigeait ce soir-là et, la porte d'entrée étant verrouillée, il s'était placé sous la fenêtre de sa femme pour lui faire la sérénade. Ça avait déjà marché plusieurs fois, mais pas celle-ci. Il avait en revanche réveillé un voisin, qui lui dit avoir appelé la police. Quinn avait fait le tour de la maison pour se cacher à l'arrière, derrière les congères. Il avait attendu que les flics soient repartis, puis il s'était fait une sale entaille au poing en cassant un carreau. La porte de la cuisine lui résistant encore, il avait dû s'asseoir sur le perron et considérer ses choix. Il n'en avait plus, mais il ne le savait pas. De retour de North Bath, après une visite chez les grands-parents, sa femme et ses enfants l'avaient trouvé deux jours plus tard au même endroit, gelé, raide et couvert de neige. Les petits n'avaient pas reconnu leur père dans cet état, et la mère, réfléchissant à toute vitesse, leur avait dit que c'était un vagabond. Un mensonge auquel ils avaient tous cru, sauf Jerzy. Il devait avoir onze ans, peut-être douze. Sous la photo, son nom était suivi par deux-points qui s'ouvraient sur un espace blanc, destiné aux activités parascolaires : les enfants de la paroisse, les mercredis scientifiques, ou autre. Il n'y avait rien pour Jerzy. Plutôt cruel, s'est dit Noonan, d'avoir laissé ces deux-points.

Ils s'étaient battus pour bien plus qu'ils n'étaient, l'un et l'autre, capables de se rendre compte. Derrière le mépris des conséquences et l'intrépidité de Jerzy, étaient tapis le « vagabond » gelé sur le perron de la cuisine, et l'expérience d'un monde dans lequel une telle chose avait lieu. Pas étonnant qu'il se fût durci, qu'il considérât son environnement avec une rage sombre doublée de cynisme. Ni qu'il ait voulu en faire profiter les autres autour de lui.

Cela valait-il aussi pour Noonan ? Cet été-là avait marqué le début de sa propre éducation. Il avait appris ce qui faisait le malheur de sa mère — une autre femme dans le West End à qui Marconi rendait visite chaque jour, avant de rentrer dans le Borough, une fois son courrier distribué. Noonan devait s'apercevoir plus tard que la première était au courant depuis Berman Court. Marconi ne s'en était pas réellement caché, et il n'avait pas été troublé lorsque, jetant un coup d'œil depuis l'autre appartement de Division, il avait vu Bobby, assis sur son vélo, en train de scruter la fenêtre depuis le trottoir d'en face. Le soir au dîner, décochant un regard noir au fiston, il lui avait demandé ce qu'il fichait là-bas, où il n'avait rien à faire. À cet instant précis, Noonan découvrait plusieurs réalités intéressantes. D'abord que le bien et le mal étaient hors sujet ; ce qui comptait, c'était le pouvoir. L'autorité de son père ne s'appuyait que là-dessus. Sinon, pourquoi Noonan s'était-il senti coupable sous son regard ? C'est le père qui n'avait rien à faire en bas de Division Street, mais cela n'entrait pas en ligne de compte. Il découvrait également, à sa grande surprise, qu'il était possible de ne pas aimer son propre père, même de le détester d'une haine si pure qu'elle semblait combler l'absence d'amour, voire donner un sens à la vie. La haine vous fournissait assez de patience et de détermination pour attendre un renversement, guetter le jour où on serait assez vieux et assez costaud pour s'emparer du pouvoir, le conserver et préserver sa propre autorité.

La femme du West End habitait juste à côté des Quinn. Jerzy avait eu vent de l'affaire le premier. Il n'en aurait sûrement rien dit à Noonan si celui-ci n'avait pas entraîné une lointaine cousine — laquelle sortait avec Jerzy — dans une partie de strip-poker. Ce que Jerzy avait appris. En apparence, ils s'étaient battus pour cela, car Jerzy ne supportait pas que Noonan ait vu les seins de son amie, un spectacle qu'elle lui avait refusé. Cependant, l'objet intrinsèque du combat était leurs pères respectifs — le mort que l'un regrettait, celui que l'autre voulait tuer, sans que leurs vœux à chacun puissent être exaucés.

Quand les flics avaient ramené Noonan chez lui, et parlé de cette bagarre à M. Marconi, celui-ci avait exigé de savoir qui avait commencé. Noonan avait dit la vérité. Les coups avaient volé simultanément de chaque côté. Ce qu'un des policiers avait confirmé.

« Le petit Quinn a deux ans de plus que mon fils, avait remarqué Marconi.

— Sans doute, avaient-ils reconnu, mais les gamins y sont allés tellement fort qu'il a fallu emmener Jerzy à l'hôpital.

— Pourquoi n'y avez-vous pas aussi amené mon fils ? »

Il venait de noter ce qui avait échappé aux agents : la main de Bobby pendait mollement au bout de son poignet.

« C'est lui qui a gagné, avaient-ils dit. Il n'a pas besoin d'être soigné. »

Sans ménagement, le père avait soulevé le poignet de Bobby à leur attention.

« Casser des os, ça suffit pas ? »

Après, Noonan ne se souvenait plus. Il s'était tout de même réveillé à l'hôpital, avec une bosse au front et le poignet dans le plâtre. Il n'avait revu ses parents que le lendemain, quand ils étaient venus le chercher. Dans la voiture, Marconi lui avait annoncé que, à l'automne, il partirait à l'école militaire, où il se familiariserait avec la discipline. Le père avait entendu dire des choses au sujet de la cousine éloignée.

« Qu'est-ce que tu as fait avec elle ? »

Comprenant que cette histoire le rendait plus furieux encore que la bagarre avec Jerzy, Noonan ne souhaitait rien que se taire. Sa mère était assise à l'arrière avec ses petits frères, et il n'allait sûrement pas raconter cette affaire de strip-poker.

« Rien.

— Rien », avait répété Marconi, hochant la tête devant son volant.

Sa tache de vin virait vinaigre. Il avait attendu un instant, puis :

« Sais-tu pourquoi Dieu a créé les femmes ? Réponds-moi. »

Ne voyant pas où son père voulait en venir, Noonan avait admis que non.

« Alors je vais te le dire. Dieu a créé les femmes pour nous pourrir la vie. Regarde-moi si tu ne me crois pas. »

Noonan avait continué, comme son père, à fixer la route devant lui.

« Tu as quelque chose à dire, P. C. ? avait continué Marconi, qui ajustait son rétroviseur pour encadrer le visage de son épouse. Tu veux peut-être me reprendre, si je me trompe ? Tu as un point de vue à exprimer ? »

Noonan s'était tourné vers sa mère qui, les larmes aux yeux, faisait signe que non.

Dégoûté, son père hochait la tête.

« Regarde-la. Et regarde-la bien. Tu veux finir ta vie avec ça sur les bras ? C'est ton idée de l'avenir ? »

Examinant son plâtre, Noonan avait regretté qu'il ne soit pas plus gros, plus lourd, pour l'abattre comme une masse sur la tête du vieux. Et qu'importe s'ils bousillaient la voiture. S'ils mouraient tous, même ses petits frères, ça ne l'aurait pas dérangé.

« Je m'en doutais », avait lâché Marconi.

Noonan avait envie de tout sauf de partir à l'école militaire, mais il y était allé d'assez bon gré. Il s'était transformé en quelqu'un d'autre lors de cette bagarre avec Quinn, et ça l'avait effrayé. Comment pouvait-on, s'interrogeait-il, quitter son propre corps et le réintégrer par la suite ? Une chose lui faisait plus peur encore : que cette faculté soit un don, et qu'il ait besoin d'y recourir à nouveau. Une fois sinon plusieurs. Un coup d'œil à son père lui avait rappelé que cette peignée-là n'était venue à bout ni de son mépris ni de sa colère. C'était donc peut-être aussi bien de quitter la maison.

Il y avait une deuxième raison. Loin d'eux, il ne serait pas obligé — maintenant qu'il connaissait l'existence de cette femme dans le West End — de regarder sa mère. Il avait refusé de se retourner vers elle dans la voiture mais, plus tard, une fois rentré, il l'avait observée. Longtemps. Et, même s'il ne voulait pas l'admettre, il avait compris ce que voulait dire le vieux.

En entendant Lichtner s'agiter à l'étage au-dessus, Noonan a espéré qu'il ne trouverait pas une excuse pour descendre. Le parfum d'Evangeline flottait encore dans la pièce, avec l'odeur rance de leurs ébats. Il s'est brusquement demandé s'il ne faisait pas une bêtise en le laissant seul dans l'atelier avec ses toiles. Et si, demain matin, Todd était parti, les tableaux éventrés, l'expo à New York envolée en fumée ? Noonan éprouverait-il *quelque chose* ? Ce soir, voir Lichtner bondir d'une émotion à l'autre — l'exaspération, l'indignation, l'apitoiement, l'affection, la confusion... — l'avait épuisé, mais il avait aussi été jaloux. Ressentir si peu de plaisir avec Eve ne le gênait pas tant qu'une presque absence de sentiment.

Il s'est levé pour aller, pieds nus, tendre l'oreille au bas de l'escalier. Qu'entendait-il ? Le bruit de ses toiles qui partaient en lambeaux ? Des pleurs étouffés ? Non, le silence était revenu là-haut, Todd s'était endormi ou, plus probablement, restait allongé dans le noir à méditer les mystères du mariage. Pourquoi n'avait-il pas réussi à combler Evangeline, ce qu'il avait sûrement espéré, jadis... S'il était honnête, il lui faudrait aussi se demander pourquoi elle ne suffisait pas à son propre bonheur. Comment avaient-ils pu se décevoir à ce point ? Leurs problèmes avaient-ils commencé lorsque, abandonnant les romans, qui n'étaient pas son fort, il s'était lancé dans plusieurs récits de voyage, avec un certain succès ? Avait-elle pris cela pour de la lâcheté, pour une défaite anticipée ? Et lui ? Pourquoi l'avait-elle déçu, à son tour ? Parce qu'elle n'était plus belle comme au jour de leur mariage ? Lichtner était-il si superficiel ? N'avait-elle plus besoin de lui ? Se réservait-elle pour cette galerie mal en point ? Si elle n'avait plus à courir après l'argent, peut-être se séparerait-elle de lui. Était-ce l'objectif qu'elle s'était fixé ? Leurs sentiments avaient-ils été contaminés, était-ce la pollution de Venise, tous ces étés passés à inhaler des miasmes le long des canaux ? La faute à l'eau, une fois de plus ? Noonan s'est brusquement demandé à quoi ils avaient ressemblé, gamins. Ce qui les empoisonnait remontait-il à l'enfance ? À en juger par ses lettres, Lucy était toujours le même, en pire. Et il semblait inévitable que Jerzy, de son côté, ait franchi cette ultime ligne jaune. S'il y avait quelque chose d'étonnant, c'est que ça lui ait pris si longtemps.

Après leur impossible bagarre, leurs chemins ne s'étaient croisés à proprement parler qu'une fois. Alors en terminale, Noonan avait un job de barman le dimanche soir chez Murdick, un rade du West End. Il venait de servir la dernière tournée quand Jerzy était entré d'un pas nonchalant. Il se coiffait toujours les cheveux en arrière, avec une tonne de brillantine, comme au collège. Il avait quitté le secondaire à l'âge légal, et gagnait depuis sa vie sur les chantiers, sans carte d'aucun syndicat, donc le plus souvent au rabais. Noonan l'apercevait de temps en temps, en bleu de travail sale, sur les trottoirs de Division Street, et ils échangeaient un bonjour prudent. Jerzy avait choisi un vieux morceau de Frankie Valli au juke-box, puis s'était assis sur un tabouret d'un mouvement si étudié que Noonan s'était demandé si cela ne deviendrait pas son seul trait de caractère. Il avait attendu une seconde avant de le rejoindre de l'autre côté du comptoir. Il ne fallait pas provoquer un vieil adversaire. Ce n'était pas une raison pour courir non plus.

« Comment ça va, Jerz ? » lui avait-il dit d'une voix neutre, ni amicale ni hostile, pour lui indiquer que les choses prendraient la direction qu'il voudrait — puisqu'ils n'étaient plus des gamins.

Jerzy n'avait pas répondu tout de suite, ce court silence impliquant en effet qu'il ne restait rien de ce qu'ils avaient été quelques années plus tôt.

« Je suis toujours là, avait dit Jerzy, tandis que Noonan lui servait la pression demandée, avec un petit verre de rye bon marché. La vie est belle dans le Borough ?

— Aucune idée. »

Quelques semaines plus tôt, Noonan avait quitté le domicile paternel et résidait maintenant dans le centre, au-dessus du Rexall, le drugstore d'Hudson Street. Dec Lynch, qui connaissait tout le monde, avait arrangé le coup avec le proprio. Noonan pouvait séjourner là à condition de ne pas fumer, de ne pas faire la fête, de ne pas héberger les clodos. Il n'y avait ni cuisine ni salle de bains, donc il devait prendre ses douches au Y, et il dormait par terre dans un sac de couchage.

« Ton vieux a rien dit ?

— Mon vieux n'a rien à dire. C'est ma vie, pas la sienne. »

Hochant la tête, Jerzy avait tiré une bouffée de sa cigarette.

« Je t'ai vu jouer une ou deux fois. Je regretterais presque d'avoir lâché le lycée. Vous auriez pu me prendre dans l'équipe. »

Ouais, peut-être, avait dit Noonan, qui avait du mal à se représenter la chose.

« Faudrait que tu renonces à ça, avait-il commenté en indiquant la cigarette.

— Ouais, ben merde, avait fait Jerzy. Alors tu vas te présenter au bac ?

— Probablement. »

Y avait-il une pointe d'amertume dans la question ? Jerzy avait descendu son rye d'un trait.

« Et ensuite ? »

Noonan avait préféré rester dans le flou. La fac, peut-être, s'il décrochait une bourse. Sinon l'armée, mais cela voudrait dire le Vietnam.

« J'ai voulu m'engager, mais ils m'ont déclaré inapte, à la visite médicale. »

Noonan savait, lui, qu'il serait apte, ce que Jerzy semblait penser aussi. Ce dernier avait affiché son mauvais sourire.

« Tu sors avec Nan Beverly, maintenant. »

Ce n'était pas une question, mais une affirmation, pour empêcher Noonan de le nier.

« Comment elle est ? avait demandé Jerzy.

— Sympa. »

Noonan n'avait pas l'intention d'en dire plus. Jerzy avait poussé son verre vide sur le comptoir, pour qu'on le lui remplisse à nouveau. Noonan avait pensé refuser. L'heure de la fermeture avait sonné. Il lui avait quand même servi une autre pression et une autre dose de tord-boyaux. Jusque-là, Jerzy n'avait pas fait mine de toucher à son portefeuille.

« Je me suis marié, tu dois le savoir. »

Noonan avait admis que non.

« C'est une pute », avait lâché platement Jerzy, avant de mentionner le nom de jeune fille de son épouse, lequel lui rappelait vaguement quelque chose, mais impossible de mettre un visage dessus.

« Sûr qu'elle baise avec un autre type, mais j'en ai rien à foutre. »

Noonan ne voyait pas quoi répondre.

« Mais on a une petite fille… »

Ça, en revanche, Jerz y tenait peut-être.

« … Ils parlent encore de nous, tu sais, avait-il dit avec un sourire plus gai. Cette bagarre. Tu ne m'aurais pas touché le premier, ça ne se serait pas passé comme ça.

— Je ne me rappelle pas vraiment. »

C'était la vérité.

« Non, pas comme ça, avait répété Jerzy et, l'espace d'un instant, Noonan s'était demandé s'il n'envisageait pas de reprendre les hostilités. Ç'aurait pu être très différent. Mais tu sais quoi ? Ça n'aurait rien changé du tout. Tu serais exactement où tu es, et moi pareil. Pour tout ce qui compte vraiment, d'façon, y a qu'à fermer sa gueule.

— Tu as peut-être raison.

— Un *peu* que j'ai raison, ouais. »

Et d'avaler son deuxième rye en guise de ponctuation.

« Bon, avait dit Noonan, il faut que je ferme quand tu as fini ta bière. »

Jerzy hochait la tête, c'était un monde de contraintes imbéciles, celle-là n'en était qu'une de plus.

« Merci d'avoir fait un peu de rab. C'était mon anniversaire, aujourd'hui.

— Je ne savais pas. Bon anniversaire.

— Finalement, on n'aurait jamais dû se battre, toi et moi… » avait dit Jerzy avant de vider sa deuxième bière.

Toujours pas un geste vers son portefeuille. Noonan avait compris qu'il n'y toucherait pas. Après tout, c'était son anniversaire.

« … en fait, je n'en ai jamais eu envie.

— Moi non plus, avait renchéri Noonan.

— Putain, avait dit Jerzy en quittant son tabouret. Je le savais. Dis-moi un truc, quand même. Tu revois Karen, des fois ? »

La cousine qu'il avait déshabillée au strip-poker. Noonan avait révélé que non, qu'il l'avait saluée à l'occasion dans la rue, mais sans plus.

« Tu m'étonnes ! Elle doit peser cent cinquante kilos, aujourd'hui. Si on décide de recommencer, on ferait mieux de trouver un autre sujet. »

Noonan avait affirmé qu'il n'en voyait pas l'utilité. Jerzy avait convenu que lui non plus. Là-dessus, ils s'étaient serré la main. Celle de Jerzy avait une certaine vigueur sur ce poignet brisé. Noonan avait refermé la porte derrière lui, ne l'avait plus jamais croisé. Depuis combien de temps Jerzy était-il mort au fond de lui lorsqu'il s'était mis du mauvais côté de la route, méditait Noonan ? Repensant à cette nuit chez Murdick, il se dit que Jerzy, convaincu de son impuissance envers « ce qui compte vraiment », était alors déjà résigné. À vingt ans, la futilité de leurs coups de poing lui était apparue dans toute sa splendeur. L'enjeu allait peser deux cents kilos dans un an ou deux, alors pourquoi ? Ce qui conduisait au deuxième acte, si long, et dans lequel rien ne changeait. Pour Jerzy comme pour tant d'autres, cette partie-là de la pièce semblait inutile, plus encore si l'on connaissait le début et la fin. Celle-ci n'apportait souvent rien de plus. Cela étant, Noonan devait reconnaître que son propre deuxième acte commençait à se faire long. À condition, d'ailleurs, qu'il soit encore dedans, qu'il n'ait pas glissé dans le troisième sans s'en apercevoir. La relation mollassonne qu'il entretenait avec Evangeline avait justement tout de ces deuxièmes actes qui n'en finissent pas. Peut-être s'était-il passé quelque chose dans la vie de Jerzy ? a-t-il pensé dans son demi-sommeil. Cette petite fille pour qui il avait eu un mot gentil représentait-elle un avenir que Jerz n'imaginait pas chez Murdick, le soir de son anniversaire ? Difficile d'être fataliste devant un enfant. Alors peut-être. Noonan voulait bien l'espérer, voulait bien espérer que Jerzy n'avait pas sciemment franchi la ligne jaune pour terminer la pièce.

Rangeant l'avis de décès et les photos, il s'est de nouveau étonné que Sarah ait rédigé son adresse sur l'enveloppe, alors que l'intérieur était signé Lucy. Un minuscule mystère niché dans un autre, plus grand, qu'il considérait encore à l'occasion — à propos de deuxièmes actes qui n'en finissent pas. Comment avait vécu Sarah, mariée trente ans à un homme aussi prudent, aussi conformiste que Lucy ? Sarah qui, à dix-huit ans, ne recherchait comme Noonan que l'aventure. Sa mère s'était distinguée par une grande liberté d'esprit, se rappelait-il, et Sarah, qui avait admiré cette ferveur indomptée, avait peut-être pensé qu'elle en avait une part aussi. Elle avait finalement choisi le confort et la stabilité. Allez savoir, peut-être était-elle heureuse ? Il y a des gens qui, malgré les chausse-trapes du destin, y arrivent quand même, alors que tant de privilégiés sont en réalité misérables. Intelligente, Sarah avait sûrement très tôt fait la part des choses. Jeune, elle avait accepté les cartes distribuées, sans qu'elle ait pu, évidemment, les mélanger avant, et la donne était le fait d'un tricheur patenté. Elle s'arrangeait de son mieux avec ce qu'elle avait. Elle voulait voir le verre à moitié plein quand il était aux trois quarts vide.

Aurait-elle épousé Noonan au lieu de Lucy, il lui aurait fallu jouer un autre jeu, avec un malheur plus grand à la clé. Assurément, elle aurait été malheureuse dans une ville plus intéressante que Thomaston, et elle se serait entourée de ceux que le chagrin attire. Elle se serait sans doute bien entendue avec les ex-femmes de Noonan qui, telles des survivantes, se réunissaient chaque année sans exception, en se demandant encore comment il les avait séduites. Elles ou n'importe qui d'ailleurs. « Tu es incapable d'aimer », lui avait un jour dit la deuxième. Cela juste après avoir fait l'amour, et d'ailleurs plutôt bien, se rappelait-il, ce qui l'avait surpris d'autant plus. Sarah serait-elle arrivée à la même conclusion ? C'était possible, même probable. Une chose était sûre. Cela serait venu d'elle, il y aurait accordé une plus grande importance. Elle était peut-être la femme dont il aurait eu besoin. Noonan y a réfléchi deux secondes avant de repousser l'idée. Ce qu'il avait de meilleur en lui ne ressortait que sur les toiles. Pour imaginer une autre vie, il aurait fallu qu'il s'imagine une autre personnalité.

Cela n'avait aucun rapport, de toute façon. L'art, venait-il à penser, illustrait le principe selon lequel une chose en amène une autre. Tandis que l'amour, du moins ce qu'il en savait, illustrait ce qui ne changeait pas — donc impossible pour lui. Ce que les gens croient être de l'amour est une recette à deux variantes. La version basses calories vous donne la déception et les reproches, et si l'on ajoute trop d'épices, ça finit par un meurtre. Comme toutes celles qui avaient eu la mauvaise idée de se mettre sur son orbite,

Sarah aurait appris lorsqu'il l'aurait trahie — Noonan étant, quoi qu'il en soit, le fils de son père — à trouver l'affection et le réconfort ailleurs, comme Evangeline qui faisait le point sur son mariage.

En épousant Lucy, Sarah avait évité ça. Elle n'avait pas à s'inquiéter que son environnement change. Avec Lucy, les choses n'en amenaient pas d'autres. Il restait ce qu'il était — constant, avec des gestes lents, un esprit lent, la repartie lente (tout le contraire de Noonan). Et, oui, une gentillesse à toute épreuve. Des qualités ennuyeuses, mais ce n'était pas rien, surtout pour quelqu'un comme Sarah, en proie à des tourments profonds. Mais qu'en était-il du drame de Lucy ? Quand Noonan avait quitté Thomaston, Lucy, comme Jerzy, paraissait lui aussi avoir fait la part des choses. Sarah semblait lui apporter plus qu'il n'aurait espéré et, dans son deuxième acte, c'était un personnage plus difficile à planter que Jerzy. Quel était l'enjeu, pour lui ? Y avait-il un suspense ?

En bâillant, Noonan a reposé l'enveloppe sur sa table de chevet avant d'éteindre la lumière. Qu'il a rallumée un instant plus tard, certain d'avoir percé un petit mystère. Sarah avait mis son nom sur l'enveloppe parce que celle-ci, à un moment ou un autre, contenait la lettre qu'elle avait écrite. C'était une enveloppe bleu clair, très féminine, pas le genre de trucs en papier kraft dans lesquels Lucy envoyait photos et coupures de journaux. L'avait-il ouverte au-dessus d'une bouilloire pour lire son contenu, avant de le remplacer par quelque chose de son cru ? À propos de deuxièmes actes difficiles à cerner...

Éteignant la lumière une seconde fois, Noonan s'est endormi avec le sourire.

L'AMOUR

Que se passe-t-il lorsque, contre toute attente, le gagnant quitte le terrain ? Si on ne l'avait pas inscrit à l'école militaire, Bobby Marconi aurait assurément fait la loi au collège de Thomaston. Mais son éloignement, aussi soudain qu'inexplicable, a créé un vide, que Jerzy Quinn s'est chargé de combler. C'était lui, le perdant, mais cela ne semblait pas compter. Bobby étant absent, son triomphe s'est amoindri, émietté, et on l'a finalement effacé des annales. Cela s'est fait graduellement, bien sûr, comme un lent cheminement mais, au début de la cinquième, un an après leur affrontement, Jerzy Quinn marchait en vainqueur. Bobby était totalement discrédité.

Les gamins se souvenaient de la bagarre, évidemment, et ils en parlaient. Non seulement ceux du West End niaient qu'il avait eu le dessus, mais sa disparition était pour eux une preuve de sa lâcheté. Personne ne le disait ouvertement, du moins tant qu'il risquait de refaire surface, mais des bruits circulaient qu'on n'osait réfuter. Qu'importe si la décision de l'écarter était due à son père. Il n'était plus là, c'est tout ce qu'on avait besoin de savoir. Ouais, d'accord, il avait gagné, mais Jerzy n'avait pas déclaré forfait, n'avait pas cédé ni reconnu sa défaite. Bien qu'allongé sur le trottoir, la gueule en sang et l'œil vitreux, il avait encore son rictus moqueur aux lèvres, et cela impliquait, déclarait-on, que rien n'était réglé. Bobby avait remporté le premier round, et alors ? Le vendredi suivant en sortant du gymnase, ou le samedi après-midi après le cinéma, Jerzy l'aurait retrouvé et alors... eh bien, on pouvait le prendre de court une fois, peut-être, mais pas deux. Des témoins venaient soudain de se rappeler que rien n'était fini quand le flic avait soulevé Bobby. Sans doute la raison pour laquelle son père l'avait envoyé au loin. Peut-être même Bobby le lui avait-il demandé. De plus, il n'était pas revenu chez lui pendant l'été et, à Noël, il était resté terré chez ses parents. Pourquoi ? Parce qu'il savait bien ce qui se passerait s'il se montrait dans la rue.

L'histoire était savamment reconstruite. Jerzy s'est imposé au collège avec plus d'autorité que s'il avait eu le dessus. Pendant toute la cinquième, nous avons gardé l'espoir, dans l'East End, que Bobby rappliquerait pour sauver son honneur et le nôtre, et finalement, découragés, nous avons évalué la situation et commencé à douter. Bobby s'était défendu comme un héros, mais son triomphe avait été un coup de pot. Il n'y avait pas d'autre explication.

Jerzy, à sa façon, était beau. La plupart des garçons, d'un côté de Division Street comme de l'autre, l'imitaient. Sa démarche, par exemple. Il s'élevait à chaque pas ou presque sur la pointe des pieds, un sautillement que nous nous efforcions de reproduire. Si nos parents nous avaient laissés faire, nous aurions tout copié sur lui. Nous aurions couvert nos cheveux de brillantine, avec la raie au milieu et deux longues mèches qui, plaquées sur le crâne, se rejoignaient sur la nuque. Nous étions nombreux à partir le matin avec une coiffure, pour arriver en classe avec une autre. Comme le gang du West End, nous aurions enfilé des jeans noirs serrés, et un T-shirt blanc sous un vieux blouson de cuir. Ces T-shirts qu'on appelait chez nous des « tricots de peau », à cacher sous d'embarrassantes chemises à carreaux que, malavisés, nos oncles et tantes nous avaient offertes pour Noël. Il fallait les rentrer dans des pantalons trop grands, en laine rêche comme ceux de nos pères, et qui claquaient au vent. On ne fera pas de vous des voyous, nous disaient nos parents. C'était presque une chance que Bobby ne soit plus là, puisqu'il était tellement « East End ».

La petite amie de Jerzy était Karen Cirillo — du West End, évidemment. De même que le gang était trop « équipée sauvage » pour participer aux soirées dansantes, Jerzy et Karen ne pouvaient avoir de relation conformiste. Tout le monde savait qu'elle était sa chasse gardée, puisqu'elle portait sa bague, comme le faisaient les filles à l'époque, avec une couche de ruban adhésif dans l'anneau pour l'adapter à son doigt. Mais il était rare que Jerzy lui fasse une démonstration d'affection en public, ce qui ne faisait que renforcer son charisme. Jamais on ne les voyait s'embrasser ou même se tenir par la main. Pour nous autres, cela ne voulait dire qu'une chose : ils allaient « jusqu'au bout ». Certains, « en couple », prenaient plaisir à se peloter devant tout le monde au Bijou Theater, à se tenir par la main entre deux cours (strictement interdit), à danser tous les slows au Y, elle les bras autour de son cou, lui les bras autour de sa taille, comme un baiser au ralenti. Mais c'était tout.

Karen venait au Y avec ses amies du West End, les paupières tellement barbouillées de mascara qu'elles en avaient les yeux au beurre noir, et un casque de laque sur leurs cheveux bruns. Si Jerzy, comme je l'ai dit, était d'une maigreur extrême, Karen avait à douze ans le corps voluptueux d'une femme, et des seins bien formés sous le pull angora bleu clair qu'elle portait chaque vendredi soir. Elle avait une voix rauque, plus grave que celle de la plupart des gars, et c'était la plus jolie fille de la ville. Sa seule rivale sérieuse était Nan Beverly, une blonde du Borough, dont le père était propriétaire de la tannerie. Les garçons se battaient pour Nan, dans la cour du collège, devant le Y ou derrière le cinéma, souvent pour défendre son honneur, après quelque offense réelle ou supposée. Elle avait toujours un petit ami régulier. Lorsqu'on apprenait qu'elle venait de « casser » avec l'un, elle l'avait déjà remplacé par un autre. Cela étant, elle avait tout d'une oie blanche, et nous les qualifiions, elle et ses amies, de dindes.

On ne se battait pas pour Karen. Elle se fichait pas mal de son honneur mais, surtout, personne n'aurait osé rien dire. C'était la copine de Jerzy. Au Y, elle ne dansait le jitterbug qu'avec ses copines. Au moment tant attendu des slows, celles-ci s'écartaient d'elle, la laissant seule en piste, tandis qu'une centaine de garçons, pleins de désirs mais lâches, la regardaient en se mettant dans la peau de Jerzy. Lequel, nous en étions certains, glisserait ses doigts jaunis par le tabac sous le pull angora, plus tard dans la soirée.

Son gang n'apparaissait au Y qu'à une heure tardive. Le Cayoga serpentait derrière le bâtiment, et nous les apercevions sur les rives en train de fumer des cigarettes entre les arbres. Ils buvaient même du whisky, selon la rumeur. La majeure partie de l'année scolaire, il faisait nuit à sept heures et nous ne les distinguions pas vraiment. Mais nous entendions leurs rires sinistres au loin, et le bout rougeoyant de leurs cigarettes les trahissait. Durant la dernière demi-heure, quand l'employé refermait la caisse en haut de l'escalier, ils entraient, nonchalants, l'air de rien, comme s'ils venaient de se rappeler qu'il y avait un bal en haut. On repérait l'un d'eux, qui traversait la foule du gymnase comme un spectre et lorsque, épaté, on se tournait vers le voisin pour lui annoncer la nouvelle, on se trouvait face à un autre de ces fantômes grimaçants. *Ils sont là.* On avait l'impression de voir un courant électrique se propager dans la salle. Je me demande aujourd'hui ce qu'on pouvait bien croire. Comme si ce vendredi-là allait être différent des autres.

Même la musique s'en resssentait, du moins prenait-elle des accents plus sombres, plus dangereux. Les gars du West End s'étaient rendus célèbres pour une danse de groupe qu'ils connaissaient bien, le *stomp*, sur laquelle il fallait un tempo particulier. Certains disques, nous le savions, étaient des disques de *stomp*, et il suffisait de quelques mesures pour que les gosses du Borough et de l'East End quittent la piste. Alors la troupe — exclusivement masculine — avait la place de s'installer. En général, en début de soirée, le pousse-disques de service passait un morceau de ce genre aux amateurs de l'East End, pour que nous puissions nous entraîner et nous faire accepter ultérieurement, même à contrecœur, dans la chorégraphie des « pros ». Mais les pas étaient complexes, la danse sujette à d'incessantes innovations, et tout était dicté par un meneur en bout de file. Impossible de suivre si on l'entendait trop tard, et la chaîne se brisait si on anticipait.

Le *stomp* ressemblait surtout à un exercice militaire — sous la férule de l'aboyeur, les danseurs répondaient aux ordres avec une précision agressive, exécutant chaque mouvement avec un visage de marbre, cinquante ou cent garçons tournant la tête au deuxième temps de la mesure. Trompez-vous de côté, et vous aviez devant vous une armée en marche, puis les rires et les railleries du cercle des spectateurs. Contrairement à la plupart des danses, le *stomp* ne servait pas à séduire, mais à exprimer une rage sévèrement contrôlée. On attendait les dernières notes pour apposer la griffe particulière de ce corps de ballet, à savoir que, au lieu de pivoter d'un quart ou d'un demi-tour, tous les participants faisaient claquer un talon sur le sol, et un véritable coup de tonnerre ébranlait le gymnase. Impossible de se tromper sur leurs intentions : c'était une déclaration de guerre.

Le morceau de clôture était toujours un slow, et on baissait la lumière pour signaler, comme si ça nous avait échappé, qu'il ne fallait plus perdre de temps ni rater une occasion. Karen se voyait remercier de sa fidélité quand Jerzy lui effleurait le coude et, sans mot dire, l'entraînait sur la piste. Nan Beverly s'y trouvait déjà avec le dernier gars sur lequel elle avait jeté son dévolu. Dans mes souvenirs, sinon en réalité, le premier couplet du finale était lié à ces deux couples, éminemment publics — celui du Borough, radieux, le rire aux lèvres, qui se touchait à peine, Nan rejetant ses cheveux en arrière, son nouveau copain ravi comme on peut l'être lorsqu'on sait que la chance et les jours sont comptés ; et leurs doubles silencieux, presque immobiles, un gamin émacié, enragé, serrant contre lui une élève de cinquième qui était déjà une femme.

Ils étaient superbes, ces deux couples, et nous attendions cet instant toute la semaine — celui où, sous nos yeux, ils se reformaient pour le dernier slow. Ils étaient d'abord deux, puis quatre, seize, trente-deux... des gamins de l'East End lorgnant alternativement les filles vigoureuses du West End et celles, délicates, du Borough, chaque groupe impliquant un courage que nous n'avions pas. C'est pourquoi nous finissions par en inviter une de notre rue, dont nous étions à peu près sûrs qu'elle ne refuserait pas. Lequel d'entre nous aurait pu dire ce qu'elle avait dans le cœur ? Combien de fois celui-ci s'était brisé pendant les deux heures, voire les deux minutes, qui venaient de s'écouler ?

Dehors, l'ordre était vite rétabli. Dans le parking, les parents du Borough et de l'East End faisaient des appels de phares ou klaxonnaient en voyant sortir leurs filles. Qui est ce garçon avec qui tu étais ? Personne. Il faut bien que ça soit quelqu'un. Non, personne. Tandis que les voitures se dispersaient, on rapportait soudain une bagarre dans la cage d'escalier et c'était la débandade — vingt, cinquante, peut-être cent garçons de cinquième et de quatrième se déversaient comme une mer le long d'Hudson Street et de l'autre côté de Division. Vers la sécurité. Est-ce qu'on nous poursuivait ? Personne n'aurait pu l'affirmer. Personne n'avait envie de regarder derrière pour s'en assurer. Courir, et continuer. Quitter Division Street. Qu'ils n'oseraient pas traverser. Même la bande à Jerzy n'avait pas cette audace, sauf que ça leur arrivait parfois et nous courions encore. Ces spectres du West End étaient-ils réellement à nos trousses ou l'imaginions-nous ? Il est tout bonnement impossible de le savoir.

Bobby aurait pu nous le dire. Mais il n'était plus là.

Mon père a mis six bons mois à louer l'appartement au-dessus de la boutique. Les précédents locataires étaient partis — disparus en pleine nuit, selon l'expression de maman — avant qu'il prenne le temps de leur parler de leur bail. Il lui avait dit de ne pas s'inquiéter, il en trouverait d'autres. Il a commis l'erreur de la laisser visiter. Elle refusait d'entrer dans le magasin mais, apparemment, cela ne valait pas pour l'appartement. Et papa était d'accord, c'était une bonne idée qu'elle y fasse un tour avant de déterminer ensemble le prix du loyer. L'expression qu'elle avait en redescendant était éloquente : la Grande Guerre contre l'épicerie venait d'entrer dans une nouvelle phase.

« Mais tu es *monté*, Lou ? » lui a-t-elle demandé ce soir-là au dîner.

Eh bien, oui, a-t-il dit, mais il n'avait pas vraiment, euh, inspecté les lieux. C'est la boutique qui comptait, pas l'étage au-dessus. Certes, il pensait qu'il faudrait nettoyer comme il faut. Après tout, ils savaient bien qui habitait là depuis un certain temps. Ces locataires étaient des rescapés du West End, on pouvait s'attendre à ce qu'ils aient fait des saletés. Mais il restait de la peinture à la cave, il s'en servirait pour rafraîchir.

« Des saletés ? Rafraîchir ? Enfin, ça a brûlé, là-dedans ! »

Ce que mon père apprenait, je le voyais bien.

« Brûlé ? Où ça ?

— Dans le salon.

— J'ai rien remarqué. »

Ma mère se massait les tempes comme chaque fois qu'il mettait en doute ce qu'elle essayait de lui expliquer.

« Dis-moi, Lou, tu n'as pas trouvé ça bizarre qu'ils laissent ce grand tableau au mur ? Alors qu'ils ont emporté la moitié du mobilier ? Ça veut dire quoi, à ton avis ?

— Ben, qu'ils en voulaient pas.

— Non, Lou. Ça veut dire que tu aurais dû regarder le mur derrière le tableau. C'est de là que le feu est parti. »

Elle lui a laissé le temps d'enregistrer.

« Autre chose. Tu as relevé le siège des toilettes ?

— Non.

— Quelle chance.

— Pourquoi ?

— Deux mots. Noir et plein. »

Papa et moi avons cessé de manger.

« Je vais aller tirer la chasse, a-t-il dit.

— J'ai essayé. Tu seras peut-être plus doué que moi. »

« Vous devriez vous estimer heureuse, a affirmé le lendemain l'entrepreneur, après avoir examiné les fils derrière la grande tache brune sur le mur. Ils auraient pu mettre le feu à toute la maison.

— Heureuse ? a-t-elle relevé. Tout dépend du point de vue. »

Il a froncé les sourcils, mais je savais exactement ce qu'elle sous-entendait. Si les précédents occupants avaient détruit le bâtiment, mon père n'aurait pas pu l'acheter.

« Qu'est-ce qui a provoqué le feu ? a-t-elle demandé.

— À première vue, je dirais que les locataires se sont branchés sur l'installation du magasin, pour ne pas payer le courant. Ils ont peut-être même fait ça tout seuls. Y a des gens, hein ?... »

Tandis qu'ils poursuivaient l'inspection de l'appartement, l'entrepreneur prenait des notes sur un minuscule carnet à spirale. À la fin, il a fait quelques calculs qu'il a montrés à maman. Le total a paru l'impressionner assez pour qu'elle s'assoie sur ces mêmes toilettes qui l'avaient écœurée la veille. Leur état ne s'était pas amélioré pendant la nuit.

« Évidemment, c'est si on suit le règlement à la lettre, a expliqué l'homme. Si on pratique le tarif syndical. »

Sur quoi, il s'est interrompu, comme s'il n'était pas sûr de poursuivre, ce qu'il fit tout de même :

« On peut se demander dans quel état c'est en bas.

— Dieu du ciel, a répondu ma mère.

— Bon, a conclu l'homme. Tessa, je vous aime bien, vous avez toujours admirablement tenu nos comptes. Pour l'instant, vous ne me devez rien. Si c'est nous que vous choisissez, je vous ferai toutes les réductions possibles et vous pourrez payer en plusieurs fois. J'aurais aimé avoir de meilleures nouvelles à vous annoncer. »

Maman a continué de regarder par terre, comme si elle avait chaussé des lunettes à rayons X et qu'elle voyait le magasin en dessous, où papa bavardait avec l'Elite Coffee Club. Finalement, la puanteur qui se dégageait des toilettes l'a ramenée aux réalités immédiates, et nous sommes revenus dans le salon.

« Il n'y a pas eu d'inspection au moment de la vente ? »

Elle a hoché la tête :

« Connaissant Lou comme je le connais, il a probablement fait sans. »

Nous étions à nouveau devant la grande tache qui noircissait le mur.

« Moi, je commencerais par ça, a dit l'homme. Le câblage électrique. »

Dans la soirée, maman a trouvé les diagnostics dans la liasse de documents qui accompagnaient l'acte de vente et, bien sûr, tous les problèmes énumérés cet après-midi-là y étaient consignés. Comme l'avait deviné son ami l'entrepreneur, l'installation électrique du magasin « n'était pas aux normes » et « pouvait se révéler dangereuse ».

« Ça doit être pour ça qu'il nous l'a vendu si peu cher, a dit papa lorsqu'elle a eu fini de lire le dernier paragraphe.

— Qu'il *te* l'a vendu si peu cher, Lou », lui a rappelé ma mère.

Je n'ai pu m'empêcher de remarquer que leurs deux signatures figuraient au bas de l'acte. Papa avait une écriture bâton qui ressemblait, je dus l'admettre, à celle d'un enfant qui s'efforce de ne pas déborder entre les lignes. Celle de maman était petite, gracieuse, professionnelle. *Teresa Louise Lynch*, avait-elle marqué, ce qui m'a surpris. Jusqu'à ce jour, je ne savais pas quel était son deuxième prénom, ni même qu'elle en avait un.

Les réparations nécessaires ont duré presque six mois — où mes parents ont trouvé l'argent, je n'en ai aucune idée. Finalement, ils ont pris de nouveaux locataires, lesquels étaient en train d'emménager alors que, par un après-midi gris de novembre, je rentrais de l'école. Leurs affaires étaient arrivées le matin même, non pas dans un camion, mais répartis sur une flottille de pick-up et de breaks rouillés. Garés devant le magasin, ils empêchaient les clients d'entrer et de ressortir en vitesse comme ils en avaient l'habitude. Rien ne semblait organisé, il n'y avait pas de cartons et maman a pensé que tout avait été empilé n'importe comment à l'arrière des véhicules. Ils avaient commencé à décharger, et plusieurs camionnettes étaient encore encombrées de meubles et de matelas, à peine maintenus par des cordes à linge, alors qu'il pleuvait depuis le début de la journée.

« *Les Raisins de la colère* », a murmuré maman, qui observait la scène derrière les lamelles du store.

Notre locataire, Nancy Salvatore, était une de ses anciennes amies de lycée ; et les types bedonnants au volant des camions, les frères de Nancy. Ils s'arrêtaient toutes les demi-heures pour boire une bière sous l'avancée du toit, puis ils comprimaient leurs canettes vides et les jetaient — enfin, ils essayaient — sur le plateau d'un des pick-up en dessous. Peut-être avaient-ils bien visé au début mais, au milieu de l'après-midi, la chaussée en était jonchée. Selon ma mère, ils avaient apporté une caisse de bière et, l'ayant terminée avant midi, ils étaient partis en chercher d'autres au A & P — alors que papa en vendait.

En d'autres circonstances, maman aurait été folle de rage, mais elle était ici confrontée à un dilemme. Elle n'avait pas l'habitude de plaindre les gens — sauf Nancy qui travaillait dans un salon de beauté en ville et n'avait pas une vie facile. Divorcée deux fois, elle avait fait une croix sur le mariage, sinon sur les hommes en général. Elle élevait sa fille, aidée par une série d'« oncles », le plus récent étant un pique-assiette répondant au nom de Buddy Nurt. À qui elle espérait échapper, m'a appris maman, en venant s'installer ici.

Papa ne souhaitait pas louer à Nancy, qui n'avait encore jamais quitté le Gut. Il ne voyait pas l'intérêt de remettre l'appartement en état, si c'était pour le confier à quelqu'un qui, en deux temps, trois mouvements, en ferait de nouveau un taudis. Maman avait fini par le convaincre, et je voyais bien qu'elle le regrettait déjà.

Comme toujours après les cours, je suis allé donner un coup de main à la boutique, où mon père commençait à en avoir assez des frangins qui, à ce rythme, seraient encore là le lendemain à décharger leurs matelas trempés. Me laissant derrière la caisse, il est sorti pour dégager les canettes qui encombraient la rue. Il en avait ramassé la moitié environ, quand un des frères, se penchant à la fenêtre de l'étage, lui a crié :

« Eh, touchez pas ! »

Il fallait comprendre que, buvant chacun une marque différente, ils faisaient un concours et que papa venait de tout gâcher. Comment allaient-ils faire, maintenant, pour savoir qui paierait la prochaine caisse ? Sans se démonter, papa leur a expliqué qu'on n'était pas dans le Gut, que les gens de l'East End ne jetaient pas leurs canettes dans la rue, à quoi le bonhomme a répondu que, si c'était vrai, il était bien content de loger ailleurs. Ils ont arrêté de râler et, une demi-heure plus tard, l'un d'eux est descendu pour s'excuser, en promettant désormais de faire provision de bière à l'épicerie.

« Vous en avez encore pour longtemps ? » leur a demandé mon père.

Haussant les épaules, le type a répondu que c'était difficile à dire, ça dépendait de plein de choses... À son départ, papa a prédit, lui, que le déménagement serait terminé quand il n'y aurait plus ni bière ni argent pour en acheter d'autres.

Ce en quoi il se trompait. À l'évidence, les frères avaient compris car, reprenant le travail avec une énergie nouvelle, ils ont monté les derniers meubles et le dernier matelas mouillé. Redescendant l'escalier extérieur une demi-heure plus tard, ils ont bondi dans leurs voitures et sont partis dans un crissement de pneus, jetant encore quelques canettes devant le magasin. Fin soûls, ils chantaient à pleins poumons et klaxonnaient en rythme.

Mon père ayant écouté les conseils de maman, l'épicerie restait maintenant ouverte jusqu'à dix heures les soirs de semaine, minuit les vendredis et samedis. Cela impliquait que nous ne prenions plus nos repas ensemble. Quand nous avions fini de dîner, maman et moi, elle préparait souvent une assiette que j'apportais à papa, et il mangeait debout derrière la caisse. Par la suite, m'estimant capable de m'occuper de la boutique, il me la laissait pendant qu'il partait dîner à la maison. Il n'y avait en général pas grand-monde en début de soirée — les gens revenaient plus tard — et, pendant la demi-heure de répit qu'il s'accordait, il arrivait que personne n'entre.

Le jour où les frères de Nancy Salvatore l'ont aidée à déménager, j'étais seul dans le magasin. Le travail ne manquait pas — il fallait constamment ranger, remplir les étagères —, mais lorsque j'étais seul, je ne devais pas quitter la caisse, c'est pourquoi j'apportais un livre pour passer le temps. La lecture m'a toujours mis dans un état quasi hypnotique et, ce soir-là, quand la clochette a retenti, j'ai relevé la tête à contrecœur, grisé par mon récit. J'ai reconnu le pull bleu angora des soirées du vendredi, et le courant d'air m'a apporté une bouffée de parfum. Karen Cirillo. Une pensée qui se doublait forcément d'une autre : la copine de Jerzy.

Avec la mine de celle qui a du temps à perdre et rien de mieux à faire, elle a évalué la boutique — et moi au passage — d'un regard vif et précis, suivi d'un long soupir. S'approchant ensuite de la caisse, elle a prélevé un *TV Guide* dans le tourniquet. Elle en a feuilleté quelques pages et elle a paru déçue qu'il y ait surtout des mots.

« Hé », a-t-elle dit — au magazine, pouvait-on croire.

Le magazine ne réagissant pas, j'ai dit « Salut », d'une voix brisée, ce qu'elle n'a pas semblé remarquer. Elle m'a de nouveau étudié. J'étais en même temps fier et effrayé. Karen Cirillo ne regardait pas deux fois un garçon. Soit parce que, étant la copine de Jerzy, ça lui était interdit, soit parce qu'elle n'en avait pas envie, et pour la même raison.

« On se connaît ? »

La réponse était oui et non. Sans être dans la même classe, nous nous voyions tous les jours, mais elle n'avait jamais fait attention à moi.

« Je suis en cinquième, aussi. On n'a pas de cours ensemble.

— Tu dois être intelligent, toi. C'est bien, ça ? »

J'étais perplexe. Quelle était la question ? C'était bien d'être intelligent ? Il a fallu qu'elle lève un doigt pour que je comprenne. Il s'agissait de mon livre : *Elle* d'Henry Rider Haggard. Je le lui ai tendu, et elle a tourné quelques pages avec la même indifférence appliquée que pour *TV Guide* une minute plus tôt.

« Ouais, vraiment », lui ai-je assuré, sans modérer mon enthousiasme.

Qu'aurait-elle pensé en apprenant que j'avais donné son corps et son visage au rôle-titre ?

« Ça raconte l'histoire de…

— Chut, m'a-t-elle coupé en me rendant le livre. Je le lirai peut-être un jour… »

J'avais envie de le lui conseiller, de lui donner mes raisons, mais pour cela, il aurait fallu que je lui en parle, ce qu'elle me refusait justement.

Elle a vu que j'hésitais.

« Quoi ? Tu penses que je ne lis jamais rien ? Je lis pas mal de trucs, moi. »

Elle se souciait de ce que je pensais ? Rien n'aurait pu m'étonner davantage.

« Quoi, par exemple ? »

Elle a haussé les épaules.

« Ben, des livres », a-t-elle dit, relevant le défi.

J'ai réprimé un rire, puisqu'elle ne plaisantait pas.

« De bons… livres ? ai-je voulu savoir, aussitôt furieux contre moi-même de poser une question aussi stupide.

— Comme ça, a-t-elle répondu, sans plus chercher à se présenter comme la lectrice qu'elle n'était pas, suggérant sans doute l'existence de choses plus captivantes que la littérature, et que j'ignorais forcément. T'as un paquet de Parliament ? » m'a-t-elle demandé, avec un hochement de tête vers le présentoir à cigarettes derrière moi.

J'ai de nouveau hésité. Elle n'avait pas plus l'âge d'acheter des cigarettes que moi d'en vendre, et mon père était strict avec les mineurs.

« T'inquiète pas. »

Le ton impliquait qu'elle ne cafarderait pas, qu'on ne se ferait pas prendre, qu'elle se fichait que j'accepte ou pas, que les endroits ne manquaient pas où on lui donnerait des cigarettes, que personne ne se souciait qu'elle fume, que je serais idiot de refuser. Je lui ai tendu un paquet de Parliament, dont elle a détaché le ruban et dégagé le papier alu.

« T'en veux une ? »

J'ai fait signe que non, et elle les a rangées dans son sac.

« Tu fumes pas ?

— Pas très souvent, ai-je répondu, m'efforçant de ne pas paraître aussi idiot que, nous le savions tous deux, je l'étais.

— Tu as raison, a-t-elle dit, à ma grande surprise. Les clopes, ça coûte cher, et c'est mauvais pour les poumons. »

Elle a posé une main sous son sein gauche, où elle situait apparemment les siens. Pourquoi je ne devais pas faire une chose qu'elle-même faisait, mystère.

« Donc, a-t-elle poursuivi en plissant les paupières, comme si j'étais devenu flou. Tu t'appelles comment ?

— Lou. »

Comme elle continuait de loucher, j'ai précisé :

« Lou Lynch.

— Nââân, a-t-elle fait. C'est Lucy, hein ?

— Oui, ai-je admis, sentant le sang affluer dans mes joues.

— Mais pourquoi ? Ça vient d'où ?

— Louis Charles Lynch. Le premier jour de la maternelle, la maîtresse a lu Lou C. Lynch.

— C'est vache, a-t-elle dit après mûre réflexion. T'étais le copain de Bobby, avant, non ? »

J'ai acquiescé, fier de moi. Un peu anxieux aussi, eu égard aux conséquences de ce que j'avançais, puisqu'elle pouvait le répéter à Jerzy. Dans ce cas, j'espérais qu'elle ferait concorder les temps — comme quoi *j'avais été* le copain de Bobby, mais je ne l'étais plus.

« Tu le connais ? » lui ai-je demandé.

Haussement d'épaules :

« On est cousins au deuxième degré, ou un truc de ce genre. Je crois pas qu'on le reverra. Dommage. Il était pas mal. »

Elle m'étudiait avec attention. Elle faisait allusion, me semblait-il, à la menace qu'avait proférée Jerzy de tuer Bobby s'il s'avisait de revenir. Un sujet que j'estimais sage d'aborder avec prudence. Bien sûr, j'aurais préféré reconnaître que c'était dommage, et que Bobby, de fait, n'était « pas mal ».

« Il habitait là, avant », ai-je dit en lui montrant la maison des sœurs Spinnarkle.

Au lieu de se retourner, Karen gardait les yeux braqués sur moi, et les joues me brûlaient. Mes genoux allaient fléchir quand j'ai compris que ce n'est pas moi qu'elle regardait, plutôt quelque endroit indistinct au fond du magasin. Je ne savais pas quoi faire sinon continuer à parler :

« Il paraît que sa mère est malade.

— Malade de vivre dans ce trou à rats, tu veux dire, a-t-elle lâché, méprisante. Elle a essayé de foutre le camp, mais ils l'ont rattrapée. »

J'étais estomaqué qu'on profère ce genre de chose avec une telle désinvolture. Je n'avais encore rencontré personne pour qui Thomaston n'était pas un endroit agréable à vivre. Certes, maman se plaignait souvent que nos horizons étaient un peu bouchés, au plan « culturel » notamment. N'empêche, c'était choquant de voir Thomaston qualifié de « trou à rats ». Pis encore, la façon dont Karen examinait le magasin suggérait que, si l'on avait besoin d'une démonstration, il suffisait d'y entrer. Comment, me demandais-je, pouvait-on se fourvoyer à ce point ? Je n'avais qu'une explication à l'esprit. Elle avait grandi dans le West End, et donc elle étendait au reste son expérience limitée des quartiers défavorisés. Ce que, maladroitement, j'ai tenté d'exprimer :

« Ils habitent dans le Borough, maintenant, les Marconi.

— Un trou à rats », a répété Karen, plus brusque et contrariée encore, comme si c'était une certitude inébranlable.

Étonné, je me suis rendu compte que je pensais le contraire avec autant de conviction. Et je me sentais plus que jamais dévoué à ma ville, à l'East End, aux sœurs Spinnarkle, aux Gunther, aux Bishop et, surtout, à ma famille. Je n'ai pas eu le temps d'argumenter, car la clochette a retenti au-dessus de la porte. J'ai levé les yeux en m'attendant à voir mon père. Je l'espérais même. Non, c'était

Jerzy Quinn. Le monde a vacillé plus dangereusement encore que tout à l'heure, lorsque Karen Cirillo feuilletait mon H. Rider Haggard. Je ne peux expliquer cette sensation que par une autre, plus profonde : ces deux-là n'avaient rien à faire au coin de Third et de Rawley Street. Je ne savais pourquoi ils étaient ici interdits de séjour, mais ils l'étaient. Il y avait infraction. On empiétait, on transgressait les règles. Une loi imprescriptible empêchait Jerzy et son gang de débarquer au YMCA avant la dernière demi-heure, une autre excluait les mômes du West End des classes réservées aux enfants juifs, aux enfants du Borough et à quelques élèves « doués » de l'East End ; c'était aussi naturel qu'éviter la bande à Jerzy dans les couloirs et dans l'enceinte du collège. Soudain tout cela était remis en question par leur apparition dans notre boutique. Un tel bouleversement des réalités que j'en restais muet. Quand Jerzy s'est avancé vers moi avec sa démarche sautillante, je n'en revenais pas qu'il franchisse cette barrière. C'était comme s'il n'y en avait pas. Et pourtant si, elle existait, aussi invisible fût-elle. Nous le savions bien tous les trois.

Jerzy ne faisant jamais de démonstration d'affection, je n'ai pas été surpris qu'il ne prenne pas la main de Karen. Quant à elle, sans même avoir tourné la tête, elle semblait bien savoir qui venait d'arriver.

« Hé », a-t-elle dit, sans cesser de me regarder, bien que ça lui fût certainement destiné, pas à moi.

J'ai pensé subitement qu'ils étaient deux contre un. Un instant plus tôt, contre toute attente, j'avais été sur le point de me faire une amie. Voilà que j'étais à nouveau seul.

« Qui c'est, ça ? » a dit Jerzy en me dévisageant.

S'il reconnaissait le garçon qu'il avait enfermé dans une malle et fait semblant de couper en deux, il ne l'a pas montré. Qu'aurais-je fait, autrement ? Je le savais, malheureusement. Durant les deux secondes qu'il avait mises à rejoindre son amie au comptoir, j'avais déjà formulé un petit speech, comme quoi, non, je ne lui en voulais pas, il y avait longtemps de ça, ça n'avait pas été si grave, non-non, je ne faisais plus de cauchemars ni rien, même si en sortant d'une de mes absences, je me voyais encore enfermé dans cette malle, avec cette odeur entêtante d'urine. Je me sentais presque coupable à l'idée qu'il ait pu s'inquiéter pour moi depuis. Pas rancunier, je cherchais à le mettre à l'aise.

« Ça ? C'est Lou », lui a dit Karen, ce qui était pour moi une nouvelle épatante : je pouvais être qui je voulais. « Un copain de Bobby. »

Je devais être blême.

« Bobby qui ? a dit Jerzy, qui étudiait la boutique comme s'il allait l'acheter.

— Bobby qui ! s'est-elle esclaffée. Celui qui t'a cassé la gueule. Mon cousin Bobby. Ce Bobby-là. »

Mon cœur battait, mes genoux étaient prêts à céder, et Jerzy a fait quelque chose de totalement inattendu. En ricanant, il a jeté un coup d'œil en biais vers Karen, d'un air de dire : « Les filles… Qu'est-c'tu veux faire… » Comme si nous étions — lui Jerzy Quinn, et moi Lucy Lynch — compagnons d'infortune. Comme si j'avais une petite amie du genre de Karen, au fond dans la réserve. Comme si j'étais au courant de ces choses-là.

Ils m'étudiaient en se demandant peut-être lequel des deux j'allais défendre. S'il y avait eu une malle derrière le comptoir, je me serais glissé tout seul à l'intérieur et j'aurais refermé le couvercle.

« Il est sympa, Lou, il m'a donné un paquet de clopes », a dit Karen en souriant.

Elle me mettait au défi d'affirmer le contraire. Bien sûr, dans le magasin de mon père, les cigarettes étaient gratuites, comme le reste… J'ai compris que c'était le prix à payer pour être Lou et non Lucy, et donc, pour cette fois-là, celui des cigarettes en question.

« On se barre », a dit Jerzy, passant l'index sous la ceinture de Karen et la tirant doucement vers lui.

Le tissu s'est détendu, et j'ai vu qu'il avait glissé le doigt entre la peau et le slip. Un geste qui me stupéfiait d'autant plus que Karen ne semblait pas s'y opposer. Un seul mot m'est venu à l'esprit. Sexe. Voilà ce que ça signifiait. Et pendant tout ce temps, Karen m'observait.

« À la prochaine, voisin », a-t-elle dit, sans que je l'entende vraiment.

En tournant les talons, Jerzy avait relâché le pantalon et l'élastique avait claqué. Avant de le suivre, Karen m'a dit :

« Merci pour les clopes, Lou. T'es un ange. »

Notre vitrine était en verre transparent, et l'on voyait notre maison depuis la caisse. À l'instant précis où Jerzy posait la main sur la poignée de la porte, mon père ouvrait la nôtre de l'autre côté du carrefour. Les deux actions paraissaient unies par une même cause. J'ai eu l'impression angoissante que, pour une raison ou pour une autre, papa avait été jusque-là empêché de sortir. Était-ce mon imagination ou se dépêchait-il de traverser la rue ?

« Qui était-ce ? a-t-il dit en arrivant.

— Qui ça ? ai-je répondu d'une voix trouble.

— Les deux qui viennent de partir, là. »

Il a jeté un coup d'œil au présentoir à cigarettes.

Je me suis demandé s'il avait compté les paquets avant d'aller dîner et s'il recommençait maintenant. Mais cela n'a duré qu'une seconde et c'est bien moi qu'il contemplait.

« Ils sont au collège, eux aussi », lui ai-je appris, croisant son regard avant de baisser la tête.

Se serait-il souvenu de Jerzy Quinn, si j'avais mentionné son nom ? Connaissait-il ceux des gamins qui m'avaient enfermé dans cette malle, des années auparavant ? Qu'aurait-il fait, dans ce cas ?

Il a ouvert la bouche mais, soudain, des pas précipités ont retenti dans l'escalier qui menait à l'appartement.

« Les revoilà », ai-je dit en pensant aux frères de Nancy, tout en sachant que ce n'était pas eux.

Il n'y avait pas de pick-up garé devant la boutique et, si le bruit était bien net, ce n'était pas celui des gros hommes, chaussés d'épaisses bottes, qui s'étaient bousculés tout un après-midi. J'ai brusquement compris pourquoi Karen m'avait appelé « voisin ».

Ce soir-là, maman m'a étudié avec inquiétude quand je lui ai annoncé mon intention de me coucher tôt : avais-je attrapé quelque chose ? Cela présageait-il une nouvelle absence ? Non, j'avais envie d'être seul dans le noir, et je suis resté des heures, allongé dans mon lit, à tout reconsidérer. Karen Cirillo serait ma voisine. J'allais sans doute croiser Jerzy tous les jours. Si nous devenions amis, elle et moi, en serait-il un lui aussi ? L'idée était presque trop grisante pour être retenue. Bien sûr, j'étais navré d'avoir trahi papa en cédant ce paquet de cigarettes. Étais-je en train de nous précipiter vers la faillite ? Surtout, j'ai repensé au geste nonchalant de Jerzy, à ce doigt glissé sous la ceinture du pantalon, et j'ai tenté de m'imaginer en train de faire une chose aussi osée avec autant d'assurance.

Je ne sais à quelle heure j'ai fini par m'endormir, mais je me suis dit que l'absence de Bobby n'était plus si grave. Si les Marconi n'avaient pas déménagé, il aurait fallu que je partage Karen et Jerzy avec lui. Ces deux-là incarnaient à présent le mystère que je croyais au cœur de tout — le mystère de l'amour que se portaient mes parents, les raisons pour lesquelles certains payaient à la passerelle et d'autres pas, celles qui avaient poussé la mère de Bobby à s'enfuir —, toutes choses aussi inexplicables que ma propre identité, d'ailleurs si instable. À condition d'abattre correctement mes cartes, je pouvais être Lou Lynch, comme mon père, pas un garçon affublé d'un nom de fille. N'était-ce pas ce qu'impliquait Karen en me présentant par mon vrai prénom ? Mon destin n'était donc peut-être pas gravé dans la pierre. La porte de l'avenir était soudain ouverte, et la lumière qu'elle m'apportait, là dans ma chambre obscure, était éblouissante.

Je pouvais choisir qui j'étais.

Les choses ont semblé s'enchaîner un temps comme je l'avais espéré. Tous les soirs, quand papa me confiait le magasin, Karen rappliquait et nous discutions quelques instants, en général du collège. Selon elle, nos profs étaient tous des crétins, et je la laissais croire que je le pensais aussi. Elle était convaincue qu'ils en voulaient aux mauvais élèves d'être idiots. L'argument était inédit, et il m'a fallu un moment pour comprendre.

« Nous, par exemple, m'a-t-elle dit. Tu es intelligent, je suis débile. Toi, ils t'aiment bien, et moi, ils me détestent. »

J'ai essayé de lui dire que je n'étais pas si malin, mais elle n'écoutait pas.

« Bon, t'es peut-être pas juif ni rien, mais tu n'es pas aussi débile que moi. Et tu es dix fois plus intelligent que Jerz. »

Elle ne paraissait pas faire grand cas de son copain. J'ai émis l'hypothèse que, si les profs avaient une haute estime des élèves de mon genre, c'était certainement injuste, mais cela venait peut-être du fait que nous faisions nos devoirs. Elle a balayé l'idée d'un revers de la main. Elle s'était « cassé le cul » à les faire, ses devoirs, mais c'était pas la peine parce qu'elle avait toujours tout faux. Et c'était pire d'avoir tout faux que de ne rien faire du tout, puisque ça supposait du temps et des efforts. Alors que ne rien faire — pour le même résultat — n'en demandait pas. D'façon, les profs avaient tout programmé à l'avance : qui aurait les bonnes notes, qui se prendrait des bananes.

« Pose la question à Jerz », m'a-t-elle dit, sans expliquer pourquoi je devrais tenir compte de l'opinion d'un garçon dix fois plus bête que moi, d'après elle.

C'est ce qu'il y avait de plus curieux dans les raisonnements de Karen, qui l'étaient tous. Pour elle, ce n'est pas parce qu'on était stupide qu'on disait des bêtises. Elle ne voyait pas de raison de douter du jugement de Jerzy, quel que soit le sujet, et même s'il avait deux ans de retard au collège.

« Il s'y connaît, Jerz, répétait-elle. Sur des tas de trucs. »

C'était son argument décisif.

Je m'attendais à ce qu'il revienne de temps en temps, mais il n'est jamais réapparu dans la boutique. D'après ce qu'elle racontait, il était cloué chez lui depuis quelque temps, les soirs de la semaine du moins. L'explication étant :

« Il a promis à sa vieille. »

Karen utilisait ce langage du West End — « sa vieille » voulait dire « sa mère ». Apparemment, le « vieux » de Jerzy était mort, et celui-ci vivait avec sa mère et ses frères. Quant au père de Karen, dont elle portait le nom, il était lui aussi absent et elle semblait considérer ça normal. M'enfin, y avait pas de problème chez Jerzy. Sa vieille voulait le faire marcher droit, c'est tout, parce que, s'il faisait encore une connerie, il repartait en maison de redressement, et ensuite c'était la prison. Donc, les jours de semaine, Jerzy ne sortait plus que pour aller en cours.

« T'es mon seul ami, Lou, concluait-elle tristement. T'as un paquet de Parliament ? »

Je continuais à lui donner des cigarettes, et elle avait la bonne idée de ne pas en allumer dans le magasin. Mon père n'aurait pas aimé ça, même si elle les avait obtenues honnêtement. Personne n'avait le droit de fumer dans la boutique, à part oncle Dec, qui faisait partout à sa guise. De toute façon, il nous rendait rarement visite. Un jour que je disais nonchalamment à Karen que j'allais peut-être « recommencer », elle me l'a formellement déconseillé :

« Ça donne le cancer, les clopes. Surtout aux filles. J'aurai pas trente balais qu'ils seront obligés de me couper les nichons, j'suis sûre. »

Et de placer une main sous chacun de ses seins, pour que je voie bien de quoi il s'agissait. Je me serais déjà évanoui en l'entendant parler de « nichons », et là, je me demande comment je ne suis pas tombé à la renverse.

Si j'étais son seul ami comme elle le prétendait, personne ne s'en serait douté à l'école. Nous nous croisions à l'occasion dans les couloirs, devant les bâtiments, et j'ai vite compris que nos causeries de fin d'après-midi resteraient un secret. Je lui souriais, parfois avec un geste de la main et j'étais bien sûr qu'elle me voyait. Mais son expression ne changeait pas. Karen avait un don particulier, que je n'ai retrouvé que chez deux ou trois individus — la faculté étrange de vous regarder droit dans les yeux puis, apparemment sans lever les siens, de contempler un point quelconque au-dessus de votre épaule. La transition était tellement imperceptible que vous finissiez par penser qu'elle ne vous connaissait plus — ou alors vous veniez de disparaître.

Lorsqu'il l'accompagnait au lycée, Jerzy ne me reconnaissait pas non plus. Cette indifférence m'a appris une leçon : sans doute pouvais-je choisir qui je voulais être, mais cela n'impliquait pas qu'on se souviendrait de moi.

* * *

Par esprit d'équité sans doute, la bibliothèque municipale de Thomaston se trouvait dans Division Street, tout au bout, avant le cimetière. Depuis les fenêtres du rez-de-chaussée, on voyait l'obélisque qui se dressait derrière, au-dessus de la tombe de sir Thomas, sur la butte près du mât à drapeaux. Je me levais tôt le samedi matin pour ouvrir l'épicerie avec papa qui, vers onze heures, me disait de filer. Il était temps que je « m'amuse un peu ». Nous gardions ce que je gagnais pour mes études à l'université, mais on me donnait un peu d'argent de poche le samedi, pour le cinéma et le reste de la semaine. Le film commençant à une heure, j'en passais souvent deux à la bibliothèque où je rapportais mes livres avant d'en prendre une nouvelle fournée. Pendant l'année scolaire, je ne pouvais pas en lire autant qu'en été, et donc je les choisissais plus soigneusement. J'en apportais une douzaine à une petite table au milieu des rayonnages, et j'étudiais attentivement les troisièmes et quatrièmes de couverture sous le plastique transparent.

Un de ces samedis matin, j'ai cru entendre chanter au-dehors et, en regardant par la fenêtre, j'ai eu la surprise de voir Gabriel Mock zigzaguer le long de l'allée au milieu du cimetière. Il hurlait à pleins poumons en se dirigeant vers le parking à l'arrière de la bibliothèque. Je n'entendais pas bien ce qu'il chantait, car il allait trop vite, mais le refrain était « *no more, no more, no more, no more* » — et là, il donnait de la voix. Il avait à la main une bouteille enveloppée d'un sac en papier brun. Arrivé à l'entrée du parking, il l'a portée à ses lèvres, l'a vidée en renversant la tête, puis il l'a regardée d'un air abattu. Quelque chose de drôle lui a traversé l'esprit et il a repris avec plus de plaisir encore son

« *no more, no more, no more, no more*[1] », comme s'il n'y avait jamais eu coïncidence plus amusante — les paroles s'appliquaient aussi à sa bouteille. Quand il s'est remis en marche, il n'a pas remarqué la barrière de métal qui cernait le parking, haute d'une trentaine de centimètres, et il a trébuché.

Il s'est affalé et s'est redressé aussitôt en cherchant autour de lui qui avait pu lui faire un croc-en-jambe. Apparemment intacte, la bouteille était à ses pieds. La ramassant, il l'a dégagée du sac, l'a levée à la lumière pour s'assurer qu'elle était vide. Et comme si ça ne suffisait pas, il l'a renversée et l'a secouée comme un flacon de ketchup. « *No more, no more, no more, no more* », a-t-il recommencé d'une voix chevrotante, moins enthousiaste, le calembour ayant fait long feu. En entendant ce chahut, Mme Dirkus a quitté son comptoir et s'est rapprochée de moi pour jeter un coup d'œil par la fenêtre. Elle a hoché la tête en apercevant le petit homme soûl qui chantait dans le parking, puis elle s'en est retournée dans son bureau en grommelant.

Gabriel se trouvait entre deux voitures, dont la Cadillac neuve de Jack Beverly. Je savais que c'était la sienne, car je l'avais vu en sortir quelques instants plus tôt avec Nan, leurs livres à la main. Ils étaient maintenant devant le bureau de Mme Dirkus, qui inscrivait les dates de remise sur ses petits bristols, une tâche dont elle s'acquittait avec le plus grand sérieux, en prenant soin que le tampon atterrisse bien au milieu des cases. D'autres employés faisaient dans l'à-peu-près, pas elle. Elle détestait le travail bâclé, et je l'admirais pour ça. L'impatience se lisait sur le visage de M. Beverly, qui ne partageait pas mon sentiment. Jetant un coup d'œil le long des rayonnages, Nan m'a aperçu devant la fenêtre et m'a souri. Je me suis retourné car je n'étais pas sûr que c'était à moi. Le temps de vérifier et, leurs livres au bras, son père et elle se dirigeaient vers la porte.

1. « *Hit the road, Jack/But don't you come back/No more, no more, no more, no more...* » Un des tubes de Ray Charles : « Prends la route, Jack, mais ne reviens jamais, jamais, jamais, jamais... » — *no more* tout seul veut dire « [il n'y en a] plus ».

Je méditais tout cela quand j'ai entendu un bruit de verre dehors. Mon ami le peintre dansait la gigue devant la Cadillac. La lunette arrière de la voiture était fendue en biais et le sol autour était jonché de tessons verts. « *No more, no more, no more, no more* », chantait-il encore, à nouveau en pleine forme. Gabriel a dû se rendre compte que les Berverly approchaient, car il a filé dans le parking, à une vitesse et avec une agilité que, compte tenu de son état, je n'aurais pas soupçonnées. Il avait à peine disparu derrière un angle du bâtiment que les Beverly se présentaient à l'autre. Se figeant, M. Beverly a posé la main sur le bras de sa fille, dans l'intention, je suppose, de l'empêcher de faire ce qu'elle a fait quand même : courir vers leur voiture pour regarder de plus près, en piétinant le verre brisé au passage. Immobile, son père gardait les yeux rivés vers l'endroit où Gabriel avait battu en retraite.

Le plus surprenant était à venir. Nan s'est mise à pleurer. Même à vingt mètres de distance, je voyais bien qu'elle était effondrée. Son père l'a prise dans ses bras pour lui expliquer sans doute que c'était la vie, eh oui, parfois les gens font des choses odieuses comme ça. Et il s'est aperçu que je les observais. Il a pris le temps de calmer Nan, de l'installer dans la voiture, et il s'est avancé vers moi. La vitre étant épaisse, sa voix était étouffée, mais je n'avais pas besoin de l'entendre pour savoir ce qu'il voulait. Avais-je vu le coupable ? J'ai fait signe que non.

De retour à l'épicerie après le cinéma — où Nan, revenue de ses émotions, était présente avec son petit ami —, j'ai regretté d'avoir menti à M. Beverly. J'ai expliqué à mon père ce qu'avait fait Gabriel, sans parler de mon dialogue muet avec M. Beverly. Il a réagi comme je m'y attendais : « On n'abîme pas les affaires des autres. » Gabriel avait peut-être ses raisons, ça, il disait pas, m'enfin, ça changeait rien. Comme j'aimais bien comparer les avis de mes parents, j'ai ensuite raconté l'épisode à ma mère, avec plus de détails — Gabriel était vraiment soûl, il braillait ses « *no more, no more, no more* », il avait flanqué sa bouteille sur le pare-brise de la Cadillac. Maman ne répondait rien, alors je lui ai confessé ce que je n'avais pas voulu avouer à papa : je n'avais pas cafardé.

« Tu sais, m'a-t-elle dit, il y a des moments où je suis fière de toi. »

J'y ai réfléchi avant de m'endormir. La remarque aurait pu me flatter. Seulement, maman ne disait jamais tout, et j'ai pensé qu'il y avait d'autres moments où elle était probablement moins fière.

Le lendemain, le dimanche, j'ai trouvé Gabriel assis contre la clôture de Whitcombe Park, ses jambes allongées devant lui. Il avait un sourcil fendu, je n'ai pas eu besoin de lui demander pourquoi. Il avait dû entendre mes pneus crisser sur le gravier mais, comme il ne remuait pas, j'ai craint un moment qu'il soit mort. J'ai calé mon vélo sur la clôture et il a finalement ouvert un œil — pas le bon, car la plaie s'est rouverte en suant de minuscules gouttes de sang.

« Junior. Comment ça va par un si beau matin ?

— C'est l'après-midi, lui ai-je dit en m'asseyant près de lui.

— Déjà ? Impossible. C'est le matin. Ça se voit au soleil. »

J'évitais d'argumenter avec lui mais, cette fois-là, c'était difficile.

« C'est l'après-midi. Vous pouvez regarder ma montre. »

Je la lui ai montrée, il n'a pas voulu voir.

« Elle doit avancer, a-t-il dit en refermant les yeux. Rentre chez toi et dis à ta mère que tu as oublié de la remonter. Dis-lui que tu sais plus l'heure qu'il est.

— C'est pas logique. Si j'avais oublié de la remonter, elle retarderait. Ou elle se serait arrêtée.

— Junior, sois gentil, tu veux ? J'ai pas la force de me disputer avec les petits Blancs têtus, aujourd'hui. Le reste du temps, je peux, mais pas maintenant. »

Contrarié, je n'ai pas bougé, jusqu'à ce qu'il rouvre le même œil, et un peu de sang a de nouveau suppuré.

« T'es toujours là ? »

Euh, oui, je croyais bien.

« Je crois bien moi aussi. Alors dis-moi tout ce que tu as fait hier soir. T'as fait le zouave ? »

Depuis environ un mois, Gabriel et moi avions inventé cette histoire, comme quoi j'aimais faire le zouave autant que lui. Le dimanche, on se racontait comment on s'y était pris la veille, et nous devions être étonnés de ne pas nous être rencontrés en hurlant à la lune. Selon lui, on faisait pas le zouave aux mêmes endroits. C'était drôle, en général, de broder sur ce scénario mais, après ce que j'avais vu hier, je n'étais pas d'humeur. Je lui ai dit que j'étais resté à la maison.

« T'es qu'un zouave 'namateur, voilà. Tu sais même pas c'qu'y avait, hier soir, j'parie.

— Qu'est-ce qu'il y avait ?

— Tu vois ? Bien c'que j'disais. Un 'namateur.

— Il y avait quoi, hier soir ?

— La pleine lune, Junior. Un vrai zouave saurait ça. C'est là qu'on hurle le mieux, quand elle est pleine. Mais vous autres 'namateurs, vous y connaissez rien. »

Je craignais qu'il m'embarque dans une discussion au terme de laquelle il conclurait que j'étais incapable de distinguer le haut du bas.

« Mais pourquoi ça te plaît autant, de hurler à la lune ? l'ai-je finalement interrogé, puisque ça me travaillait depuis un moment.

— Ça me plaît pas, a-t-il dit, à mon grand étonnement. Ça tiendrait qu'à moi, je le ferais pas. Seulement, j'suis obligé. Tu saurais ça si t'étais pas un 'namateur. »

Cette conversation se traînait encore plus que les autres. Gabriel aimait bien bavarder, mais il ne semblait jamais pressé d'arriver où que ce soit. Un pas en avant, deux en arrière, cette sorte de danse avait sa préférence. Le troisième mouvement étant le plus souvent une remarque désobligeante.

« Je me demande bien pourquoi je perds mon temps à instruire les p'tits Blancs et les 'namateurs comme toi. Puisque t'es les deux à la fois. C'est sans espoir. »

Ils n'avaient rien en commun et ils ne parlaient pas la même langue, pourtant Gabriel me rappelait ma mère. Tous deux m'avaient qualifié d'élève lent et têtu.

« Mais qu'est-ce qui vous oblige à hurler ?

— La chatte, m'a-t-il dit. Qu'est-c'tu crois ? »

Mal à l'aise, j'ai haussé les épaules. J'avais déjà entendu ce mot au figuré, j'avais une idée assez précise de ce qu'il voulait dire et, manifestement, ce n'était pas un sujet pour moi.

« Ça rend fou, la chatte, expliquait Gabriel. Mais t'es trop petit pour comprendre ça. »

J'ai à nouveau haussé les épaules, puisqu'il avait sans doute raison. Et peut-être allais-je en savoir plus.

« Je parie que ça t'intéresse bien, quand même. »

Même réaction de ma part.

« Arrêt' donc d'hausser les épaules comme ça. T'es assez grand pour savoir. Ça t'intéresse ou ça t'intéresse pas. Même un 'namateur de p'tit Blanc doit savoir ça. »

Dans ce cas, oui, je suppose que ça m'intéressait.

« Suppose, suppose, on suppose pas, a-t-il dit. Pff… T'es bien un p'tit Blanc, tiens. »

D'accord, lui ai-je dit. Ben oui, ça m'intéresse, la chatte.

« Dis donc, sois poli, hein ? Que ta maman t'entende parler comme ça, et tu vas avoir des problèmes, mon gars. Viens pas ensuite m'appeler au secours, parce que je lui raconterai pas d'histoires, à ta maman. Je lui dirai ce que tu as dit, que t'aimes ça, la chatte. Ah, tu vas être dans de beaux draps. »

Son humeur s'améliorait à vue d'œil. Il avait ouvert les deux paupières et il parlait maintenant d'une voix normale.

« T'as de la chance, tu sais, parce que tu auras sans doute jamais de copine noire. Et là, écoute bien ce que je te dis. Au début, t'es tout ce qui compte. C'qu'elles te disent : “T'es si gentil, mon chéri, j'pense qu'à toi.” Et un jour que tu fais pas gaffe, paf, elles tombent sur l'bon Dieu. Une fois qu'elles l'ont, leur Jésus, nos dames, c'est comme si elles se le cousaient avec du fil et une aiguille. Elles mettent la fermeture Éclair. Comme si ça allait arranger quoi que ce soit pour l'un ou l'autre. »

J'aurais préféré changer de sujet, non parce que l'opinion de Gabriel sur les femmes m'était indifférente, mais quelque chose me préoccupait davantage. Connaissant sa propension à faire le zouave, je comprenais sans mal que sa compagne se soit fatiguée de lui. Non, j'aurais aimé savoir ce qu'il avait fait à Troisième pour que celui-ci affirme ne pas avoir de père. J'avais tenté d'imaginer ce que le mien aurait pu me faire pour que je le renie, mais rien, absolument rien ne m'était venu à l'esprit.

« D'abord, elles trouvent leur Jésus, les frangines, et ensuite, c'est le diable. Tu le connais, toi, le diable ? »

Pas difficile à deviner :

« C'est vous ?

— Dans le mille, Junior. Un jour, t'es le chéri en sucre, le lendemain, t'es Satan. Ça va si vite que t'as le vertige. "Remets plus les pieds ici", voilà ce qu'elles te disent. Avant, elle aimait bien hurler avec toi, pareil, mais le lendemain c'est : "Je veux plus de zouave ici. Parce qu'il te regarde, le petit, au cas où tu aurais oublié que t'as un petit, maintenant, et p'tète même deux, bientôt, si t'as pas de chance." Et aussi sec, elle va le remonter contre toi. Veut plus que tu sois son père, au gosse. Préfère un autre gars qu'a rien fait pour l'avoir, lui. Le pasteur, sûrement. Trop poli pour hurler, celui-là. Pas le genre zouave. Si t'as deux sous de bon sens, mon gars, tu vas pas voir les Noires, tu restes avec les Blanches. Plus elles sont vieilles, plus elles aiment ça, les Blanches. Même les moches. Surtout les moches. Rien de mieux qu'une vieille Blanche moche. En plus, elles disent merci, après. »

Ça semblait être la fin de la leçon. Fermant les yeux, Gabriel s'est tu assez longtemps pour que je le croie endormi. Sans les rouvrir, il s'est remis à parler quand je suis remonté sur mon vélo :

« Alors t'as mouchardé, ou pas ?

— Comment ça ?

— Pas d'histoires, fiston. T'étais à la bib'iothèque, hier, tu regardais par la fenêtre. Je suis sûr qu'il t'a posé des questions, le papa.

— J'ai dit que je n'avais rien vu. »

Les yeux fermés, il a hoché la tête.

« C'est vrai que tu ressembles à ton papa, Junior. Son portrait craché. Mais dans ta tête, tu tiens de ta maman, en fait. »

Il a dû sentir que je braquais sur lui un regard furieux, car il a ajouté :

« Pas ce que tu avais envie d'entendre, hein ?

— Ce n'est pas très gentil, ce que vous avez fait, lui ai-je répondu. Casser une vitre de la voiture de M. Beverly. Il ne vous avait rien fait, lui.

— Et qu'est-c't'en sais, c'qu'y m'a fait ou pas ? »

Il avait raison sur ce point, mais je n'allais pas baisser les bras.

« Bon, alors, il vous a fait quoi ? »

Il n'a pas répondu tout de suite.

« Rien, a-t-il finalement admis. Il m'a jamais rien fait, çui-là. Et j'ai honte de moi, si tu veux savoir, je suis le roi des cons. Elle a raison, ma femme, quand elle dit qu'elle veut plus me voir. Elle a raison de monter le gamin contre moi, aussi. Tout ça, c'est ma faute, mes conneries. Voilà, t'es content, Lou Lynch Junior ? Tout est à nouveau comme il faut, maintenant ? Si on te demande, tu sauras c'qu'est en haut et c'qu'est en bas ? »

Non, je n'étais pas content, et je crois qu'il le savait. Pour la première fois, je sortais vainqueur d'une discussion avec lui, et c'était pire qu'avoir tort. Il ne s'était pas trompé : c'était sans doute un compliment de sa part, mais je n'avais pas envie d'entendre que je ressemblais à ma mère. Je n'avais pas aimé non plus qu'il m'appelle Lou Lynch Junior, c'était offensant dans sa bouche. L'un ou l'autre, cependant, aurait pu me faire plaisir, mais ce n'était pas le cas et, m'éloignant de Whitcombe Park sur mon vélo, je ne ressentais qu'une chose : de la culpabilité. Ce qui était tout aussi absurde. Ce n'est pas moi qui, fin soûl, avais jeté une bouteille sur la lunette arrière d'une voiture. Je n'étais pas allongé par terre avec la gueule de bois et l'arcade sourcilière fendue pour me rappeler mes âneries. Il pouvait bien ironiser tant qu'il voulait, tout ça était sa faute, et d'ailleurs il ne l'avait pas nié.

Mais j'avais beau être sûr de mes arguments, j'étais de plus en plus malheureux et convaincu d'être un élève lent et têtu. Peut-être ne savais-je pas distinguer le haut du bas, après tout.

À cette époque-là comme aujourd'hui, il n'y avait à Thomaston qu'une seule société de taxis. Selon l'encart dans les pages jaunes, il s'agissait d'une « flotte » de véhicules propres et spacieux, confiés à des chauffeurs courtois et ponctuels. La preuve, comme disait ma mère, qu'on peut raconter n'importe quoi sans que personne y trouve à redire. Hudson Cab possédait en réalité quelques breaks rouillés, dont les banquettes en skaï étaient déchirées et les hayons arrière coincés par d'innombrables collisions. Le pot d'échappement ferraillait sur la chaussée, et on les entendait avant de les voir. Quant aux conducteurs, ils avaient l'air d'avoir fait la java non-stop pendant quatre mois. Et oublions la courtoisie, ces individus étaient incapables d'articuler deux mots.

Et c'était bien l'un d'eux, dans une de ces guimbardes, qui s'est un jour garé devant l'épicerie, un mois environ après que Karen et sa mère se sont installées à l'étage. Le taxi ne bougeait plus, le chauffeur immobile semblait regarder droit devant lui et nous nous sommes demandé, mon père et moi, s'il ne venait pas de mourir. Depuis l'endroit où nous étions, nous n'aurions pu dire s'il y avait un passager. Papa était prêt à rentrer dîner, mais il ne voulait pas partir sans savoir de quoi il retournait, et il est resté derrière la caisse. Il y a eu finalement comme un sursaut à l'arrière, celui d'un homme, peut-être en train de quitter un rêve assez épouvantable pour que la banquette malodorante d'un Hudson Cab lui paraisse rassurante. Cherchant sans doute de quoi payer, le type s'est lancé dans une série de contorsions. En vain, apparemment, car la tête du chauffeur, pivotant sur son cou épais, s'est tournée vers lui, afin de garder un souvenir de cet individu vivant... Lequel a tendu une main véhémente vers la boutique, avant de descendre et d'apparaître : mal fagoté, avec une silhouette en forme de poire. Il fouillait encore dans ses poches en entrant dans le magasin. Je ne pouvais détacher mes yeux de sa chevelure. De cet épi sur la tête, un vrai palmier. Celui de mon père, pourtant, était déjà assez intéressant.

« Salut, l'asperge, a-t-il dit à papa, passe-moi cinq piastres que je me débarrasse de ce glandu. Je te les rends, juré.

— Voulez-vous bien surveiller votre langage ? lui a suggéré mon père, qui a fait un geste vers moi.

— Oh merde... ouais, pardon, a dit l'homme, qui attendait sans bouger, comme si un semblant d'excuse devait lui valoir un prêt.

— Ça suffit pas, ce que vous avez dans la poche, là ? » lui a demandé papa, puisqu'un billet en dépassait.

L'homme a paru rassuré de le retrouver.

« Ah, il était là, ce connard de mes... »

Se rappelant ma présence, il s'est interrompu.

Demi-tour, et il est reparti vers le taxi, à qui il a tendu l'argent par la fenêtre de droite. Lequel a redémarré aussitôt, insensible aux imprécations de son client qui, de toute évidence, pensait qu'on lui rendrait la monnaie.

Je n'avais encore jamais vu un homme avec un air aussi misérable. Mais je n'avais jamais vu non plus la tête qu'on a quand on essaie d'arrêter un taxi qui n'a pas l'intention de le faire. Surtout lorsqu'on est exposé aux regards, des regards rieurs par-dessus le marché. Quand il s'est retourné — pas tout de suite —, l'homme a levé les yeux pour contempler longuement l'appartement de Nancy Salvatore. Il semblait imaginer une alternative, et regretter visiblement qu'il n'y en eût pas. Alors il est revenu dans le magasin.

« Putain, comment on monte là-haut ? a-t-il dit, avant de rectifier le tir en voyant l'expression de mon père. Euh, comment on monte ? »

Papa lui a dit que l'escalier se trouvait dehors, sur le côté.

« Ah, d'accord », a répondu l'homme.

Il a ensuite regardé les casiers à fruits.

« Vous vendez des fleurs ? » a-t-il demandé, fleurs et fruits étant presque la même chose.

Mon père lui a dit que non.

Comme habitué aux déceptions, l'homme a hoché la tête, puis il a de nouveau étudié l'étage, d'un air songeur.

« De la bière ? »

Papa lui a indiqué l'armoire réfrigérante au fond.

L'homme restait toujours immobile, à la porte.

« Faites crédit ?

— Aux voisins, a expliqué papa. Quand je les connais. »

Réjoui, le type est finalement entré.

« Buddy Nurt », a-t-il dit en tendant la main à mon père et en se dandinant d'un pied sur l'autre. Comme si, une fois les présentations faites, il aurait droit tout de suite à une ardoise. « Je vais habiter... » Un signe de tête vers le plafond. « ... difficile de faire plus près, comme voisin.

— Chez Nancy ? » a relevé papa, contrarié.

Buddy Nurt a encore hoché la tête, cette fois en homme habitué aux réactions négatives.

« Il faut d'abord que j'aie son accord », a dit mon père, confronté à un dilemme.

D'un côté, il répugnait à donner sa confiance à quelqu'un dont il connaissait la mauvaise réputation. De l'autre, il n'aimait pas partir du mauvais pied avec un nouveau client. Il a jeté un coup d'œil à notre maison, comme si maman allait lui envoyer la solution par télépathie.

Buddy contemplait l'armoire à bière avec convoitise.

« Elle sera d'accord, a-t-il dit, faussement nonchalant. Elle et moi, on... »

Il m'a regardé sans finir sa phrase, certain que le message — cryptique — avait été bien reçu.

Je ne lui aurais pas avancé le prix d'un chewing-gum, à ce Buddy Nurt. Il avait de petits yeux rapprochés, qui couraient d'un objet au suivant sans jamais se poser. J'étais fatigué rien que de le regarder. Quand papa, haussant les épaules, a accepté à contrecœur, Nurt a filé droit vers l'armoire. Il était en train de retirer un troisième pack quand papa lui a dit depuis la caisse qu'il n'en prendrait qu'un, tant que les choses ne seraient pas réglées avec Nancy. Déçu, Buddy a rangé les trois packs et en a choisi un autre, d'une marque plus chère.

« Pas donné, a-t-il dit à mon père, quand celui-ci a enregistré la vente.

— Les premières que vous aviez choisies étaient meilleur marché. »

Nurt a haussé les épaules.

« C'que ça peut foutre, hein ? » a-t-il dit en me souriant, comme si je partageais sa philosophie.

Puis il s'est souvenu de son devoir de politesse.

« C'que ça peut faire, hein ? a-t-il rectifié, enchanté de le remplir aussi aisément.

— Il faut signer », a dit papa au moment où Nurt atteignait la porte.

Buddy a paraphé la feuille qu'on lui tendait, prudemment, comme si le pire était maintenant certain.

« Vous avez un... ? » a-t-il demandé en faisant le geste d'ouvrir une bouteille.

Papa lui a prêté celui qui se trouvait sous le comptoir. Nurt a aussitôt décapsulé une bouteille. Puis il a essayé d'empocher l'ustensile et s'est rendu compte qu'une ficelle le retenait.

« Oups ! » a-t-il lâché en reposant l'ouvre-bouteille.

Il a vidé la moitié de sa bière, ce qui a paru lui donner assez de courage pour affronter l'escalier. Nous l'avons entendu gravir lentement les marches, puis frapper à la porte :

« Eh, chérie ! »

Papa pouvait à présent partir dîner sans inquiétude, mais il n'avait pas atteint la porte que quelqu'un descendait l'escalier à toute vitesse. Une seconde plus tard, Nancy Salvatore arrivait en tempête et faisait claquer le pack de six bières — enfin, de cinq — sur le comptoir.

« Buddy Nurt ne met rien sur mon ardoise, monsieur Lynch, a-t-elle lancé en regardant mon père, puis moi, comme si j'étais celui qui allait faire appliquer la règle. Ni maintenant, ni jamais. C'est à cause de lui que j'ai quitté mes amis et que je suis venue habiter ici. Ce type me pourrit la vie. »

Papa avait l'air effrayé, comme toujours devant une femme en colère.

« D'accord. Mais il a dit que...

— Ne l'écoutez pas, l'a-t-elle coupé en continuant de nous fixer alternativement pour être sûre qu'on comprenne bien. C'est un menteur. Si vous croyez un seul mot de ce qu'il dit, vous ne viendrez pas vous plaindre après. »

Cela semblait résumer de longues années d'expérience.

« Même si je change d'avis un jour et que je vous donne mon accord, a-t-elle poursuivi, c'est non. C'est non aujourd'hui, demain et l'année prochaine. Si vous lui faites crédit, vous êtes seul responsable, monsieur Lynch. »

Désorienté mais conciliant, papa acquiesçait.

« Combien je vous dois pour une seule des six bières ? »

Il lui a indiqué le prix, elle a pioché les pièces dans son sac et les lui a données.

« Je vous conseille même de ne jamais le laisser entrer. Ça n'est pas seulement un menteur, c'est aussi un voleur. »

J'ai pensé à rapporter l'épisode de l'ouvre-bouteille, mais je me suis ravisé.

« Faites tout ce qui est humainement possible pour n'avoir aucun contact avec lui, a-t-elle conclu.

— Bien », a dit papa.

Nancy m'a regardé, et j'ai dit la même chose.

Elle paraissait se calmer.

« Je ferais mieux d'aller voir un psychiatre, a-t-elle reconnu en se frottant le front. Je ne sais pas ce qui me prend quand il est là. Et pour être là, il est là, avec sa tête de teckel grincheux. Ce soir, je lui donnerai à manger, demain je lui prêterai de l'argent, et demain soir... »

M'observant à nouveau, elle a décidé de ne pas poursuivre.

« Si j'avais toute ma tête, je le tuerais. Comme ça, dans dix ans, je serais sortie de prison et je serais libre. Alors que vivre avec lui, c'est la taule tous les jours, et sans remise de peine. »

Soudain quelqu'un d'autre descendait l'escalier. Nancy continuait de se masser le front, qui était maintenant rouge.

« Voilà l'autre phare de ma vie. »

Karen était annoncée. Elle a claqué la porte si violemment que la vitre a tremblé. Furieuse, elle a pointé l'index sur sa mère en criant :

« Tu te fous du monde ! »

Pour la première fois, je voyais quelqu'un de mon âge engueuler un adulte, qui plus est en public. Karen était tellement furax qu'elle ne nous voyait même pas. À un mètre l'une de l'autre, mère et fille se faisaient face, et l'épicerie n'était qu'un décor de théâtre. Karen avait les poings serrés, sa mère les épaules avachies. Sa propre colère s'étant dissipée, Nancy n'avait plus assez d'énergie pour mener une deuxième bataille.

« Tu avais promis, maman ! Plus jamais, tu avais dit ! Viens pas me raconter le contraire !

— Ne crie pas comme ça, Karen. Tu me donnes mal à la tête. Il vient juste d'arriver. Je ne sais pas encore ce que je vais faire.

— Décide-toi.

— Karen…

— Décide-toi tout de suite, m'man. Je ne vais pas me demander, chaque fois que je prends un bain, si cet enculé me mate par le trou de la serrure avec ses yeux de rat.

— Buddy ne fait jamais ça, a répondu Nancy, plus pour nous que pour sa fille.

— Ne mens pas, connasse ! C'est toi-même qui l'as pris sur le fait. Et le jour où je me suis réveillée et où il était devant mon lit ? !

— Il est somnambule, Karen.

— C'est ça. Son machin à la main, et le premier endroit où il va, c'est ma chambre.

— Karen…

— C'est lui ou moi, maman. »

C'était un ultimatum. Nancy s'est raidie.

« Mais où vas-tu aller, Karen ? »

Ce que cette dernière a reçu de plein fouet dans la figure, puisque cela impliquait que la décision était prise.

« Qui te supportera, à part moi ? »

Les paupières ourlées de larmes, Karen refusait de pleurer.

« À part toi et Buddy, tu veux dire ? »

Sa mère s'est mise à sangloter.

« J'ai besoin de quelque chose dans cette vie de merde, Karen. Je suis désolée, mais c'est comme ça. Même s'il faut que ça soit Buddy Nurt. Tu comprendras un jour. Sans doute assez vite même, au train où vont les choses.

— Va te faire foutre, maman. »

C'était à peine un murmure, et Karen était dehors. Nancy est restée figée un long moment, pendant que papa et moi étudiions nos chaussures.

« Je suppose que je vais régler les cinq autres, finalement », a-t-elle dit.

Papa lui a donné le reste du pack, et elle m'a dévisagé avec tristesse.

« Ne grandis pas, toi », a-t-elle marmonné.

Et elle est sortie.

Mon père ne pensait qu'à aller dîner depuis un moment, mais il semblait à présent hésiter à me laisser seul, même quelques minutes.

« J'avais prévenu ta mère qu'un jour ou l'autre on aurait une scène de ce genre », m'a-t-il dit en rangeant la note de Nancy sous le tiroir-caisse.

Il n'y avait rien d'amer dans le ton. Ce n'était pas comme maman avec ses « je-te-l'avais-dit ».

Une fois papa reparti, un des frères de Nancy a garé son pick-up devant la boutique. Jerzy Quinn était avec lui. Ils sont montés et sont redescendus un instant plus tard avec Karen. Buddy Nurt les suivait à distance respectueuse — mais pas de Nancy à l'horizon. La porte étant fermée, je n'entendais pas précisément ce qu'ils disaient. Buddy semblait expliquer à Karen qu'elle ne devait pas partir à cause de lui. Elle traînait une vieille valise en carton, qu'elle a essayé de caler derrière la banquette, dans la cabine du pick-up. Évidemment, la serrure a cédé, et le contenu s'est répandu dans le caniveau. Alors Karen a fondu en sanglots. Buddy s'est avancé pour l'aider, et elle a hurlé : « Fous-moi la paix ! » Je n'aurais pu dire si Jerzy et le frère pensaient que ça les concernait aussi, ou peut-être hésitaient-ils à toucher ses culottes et soutiens-gorge, toujours est-il que, sans bouger, ils l'ont regardée remettre ses affaires dans sa valise. Qui, bien sûr, ne fermait plus, et Karen a été obligée de la garder entrouverte sur ses genoux. J'ai espéré que, pensant à moi, elle jetterait un coup d'œil vers la boutique, mais elle avait les yeux rivés devant elle tandis que son oncle et son copain prenaient place de chaque côté sur la banquette. Buddy a fait au revoir de la main au véhicule qui s'éloignait, et personne ne lui a répondu.

J'étais presque désolé pour lui, tout seul sur le trottoir. Je devinais, comme il le savait certainement, que les gens avaient envie de filer rien qu'en le voyant. Quand il s'est retourné vers l'épicerie, son allure m'a fait peur. Ce n'était plus l'individu qui tentait d'emprunter le prix de son taxi. Il avait l'air mauvais, sournois, et il me fixait. C'était irrationnel, mais j'étais convaincu qu'il m'en voulait de ce qui venait d'arriver.

Lorsqu'il a disparu, je suis sorti me poster à l'endroit où il se tenait un moment plus tôt. J'avais l'idée que ce n'était pas moi qu'il regardait. La nuit n'était pas tombée, et les vitrines reflétaient encore assez de lumière. Cette expression froide et méprisante que Nurt avait eue l'accueillait-elle chaque matin dans le miroir ? C'était presque plus effrayant que de le croire remonté contre moi. Je n'ai pu m'empêcher de remarquer que j'imitais malgré moi son affreuse bobine.

Avant de retourner dans le magasin, j'ai aperçu les trois chiens sur lesquels maman avait tiré. Ils arrivaient en bondissant dans la rue. J'ai trouvé sous le comptoir le pistolet à air comprimé et je suis ressorti avec. Ils se sont arrêtés net en me voyant. Quand j'ai levé mon arme, ils ont rebroussé chemin en quatrième vitesse vers le West End. Je savais qu'ils traînaient souvent dans le quartier mais, pour quelque raison, ce soir, c'était des étrangers. Et comme ils n'avaient rien à faire là, j'ai tiré un bon paquet de plombs au-dessus de leurs têtes.

Le lendemain soir à la cuisine, maman mettait ses comptes à jour, ce qu'elle faisait dans le calme, lorsqu'il n'y avait rien de bien à la télé et que papa était à la boutique. Elle ne quittait pas son registre des yeux, et ses doigts volaient au-dessus des touches de la machine à calculer, toujours posée au milieu de la table. Maman était si concentrée à ces moments-là qu'elle n'écoutait pas vraiment ce que je pouvais lui dire, et j'en profitais pour lui soumettre des choses un peu gênantes — une mauvaise note à un exercice de maths ou de sciences, par exemple. Cette stratégie, cependant, était rarement efficace. Mais, perplexe, je l'ai rejointe à la table. Je réfléchissais à Nancy Salvatore qui, malgré ses bonnes résolutions, finirait par prêter de l'argent à son Buddy Nurt, disait-elle, et retomberait dans des travers auxquels elle avait cru échapper en aménageant ici. Je pensais que, si on était assez intelligent pour prévoir ce que l'avenir nous réservait, on devait aussi être en mesure d'y échapper. Nancy semblait incapable de se dominer — une nécessité dont les sœurs de St. Francis nous avaient rebattu les oreilles. Puisqu'elle savait que Buddy « lui pourrissait la vie », elle n'avait qu'à prendre, tout bonnement, les mesures utiles. N'avait-elle pas déclaré dans cette même cuisine, au lendemain de son installation, qu'elle avait enfin compris sa leçon, que c'en était fini avec lui et que, s'il mettait jamais les pieds ici, elle ne le laisserait pas passer la porte ? À quoi bon ce genre de déclaration, ai-je demandé à maman, si, en définitive, on cédait ensuite sans livrer bataille ? Je l'avais bien examiné, le Buddy, et j'avais conclu que n'importe quelle femme un peu sensée résisterait sans problème à ses charmes. Lesquels, d'ailleurs, restaient à définir. Maman m'a laissé continuer comme ça un moment, puis elle s'est arrêtée dans son travail et m'a dévisagé sévèrement.

« Il va falloir que tu sois plus lucide avec les gens si tu veux vivre dans ce monde, Louie, m'a-t-elle répondu avec tant de conviction que j'en ai été blessé. Tu ne penses quand même pas qu'ils font toujours exactement ce qu'ils disent ?

— Mais pourquoi ? Pourquoi elle accepte qu'il revienne ?

— Tu connais la réponse, Lou.

— Non », lui ai-je dit, mécontent.

En vérité, ce n'est pas seulement Nancy qui me rendait perplexe, mais le comportement des adultes en général. Devant moi, Gabriel Mock avait sincèrement regretté ses frasques d'ivrogne dans le parking de la bibliothèque. Pourtant, je l'avais vu ivre deux fois depuis, la première devant la salle des billards, la seconde dans la rue après une soirée au Y. Les désaccords constants de mes parents étaient eux aussi contrariants. Si moi j'étais capable de prédire ce qu'ils affirmeraient l'un et l'autre sur n'importe quel sujet, pourquoi n'y arrivaient-ils pas eux-mêmes ? Pourquoi éprouvaient-ils le besoin de se répéter, de camper sur leurs positions jour après jour ? Serais-je comme eux en grandissant, à ressasser les mêmes choses sans m'en rendre compte ou, pis, sans m'en soucier ?

Maman a levé un sourcil, son habitude quand elle me soupçonnait de faire exprès de ne pas comprendre.

« Regarde, quand les Marconi ont déménagé, Bobby avait promis de t'appeler ? Mais il ne l'a pas fait. Ce n'était pas très gentil, et tu lui en as voulu. »

J'ai haussé les épaules, peu empressé d'admettre que c'était vrai.

« Mais s'il frappait à la porte demain pour te proposer à nouveau son amitié, tu lui pardonnerais, n'est-ce pas ? »

J'ai encore haussé les épaules.

« Pourquoi ? » m'a-t-elle demandé.

Je n'ai pas répondu, et elle a poursuivi :

« Parce qu'il n'y a rien de pire qu'être tout seul. Tu n'en doutes pas, au fond de toi, si ? »

À contrecœur, j'ai fait signe que non.

« Mais Bobby Nurt ? »

Elle ne m'écoutait pas.

« Qu'est-ce qui est pire, avoir de faux amis ou pas d'amis du tout ? »

J'ai dit que je n'en savais rien.

« Bien sûr que si, tu sais. Ne sois pas comme ces gens qui font semblant d'ignorer ce qu'ils savent. »

La suite logique aurait été *comme ton père*, lequel, pendant douze mois, avait su qu'il perdrait son travail à la laiterie, sans vouloir le reconnaître. J'allais protester, mais la main droite de maman a recommencé à frapper les touches de la machine, pendant que la gauche s'arrêtait par à-coups sur les chiffres des colonnes.

« C'est pour ça que toi et papa… »

Je n'ai pas pu finir ma phrase.

« Ton père et moi sommes ensemble parce que nous nous aimons. Et parce que nous t'aimons, toi. »

C'était bien sûr la réponse espérée, et je me suis senti mieux en l'obtenant. Sans doute mieux que ma mère qui, me voyant quitter la table et partir vers l'escalier, a lâché :

« N'essaie pas d'expliquer l'amour. »

J'ai promis que non.

« Ne perds pas de temps à regretter que le monde ne soit pas différent. Ce n'est pas toi qui le changeras. Et ne demande pas aux autres d'être ce qu'ils ne peuvent pas. C'est valable pour toi, également.

— Pourquoi ne serais-je pas différent ? » lui ai-je demandé, car c'était justement le point qui occupait mes pensées.

Elle a levé les yeux vers moi et nos regards se sont croisés. J'avais l'impression très nette qu'elle allait me dire quelque chose, mais elle en est restée à ses chiffres qui, eux, trouvaient toujours leur cohérence.

Contrairement à l'amour.

ARGENT COMPTANT

Maman aime manger tôt ces temps-ci. Déjeuner à dix heures et demie, dîner à dix-sept heures. Je comprends. Très bien. Elle arrive rarement à dormir au-delà de cinq heures et demie, le matin, le moment où mon fils ouvre Chez Ikey, donc on fait tout plus tôt, y compris les repas. Mais le vendredi midi, nous mangeons ensemble, et elle veut bien attendre onze heures et demie, pour « se caler sur mes horaires ». De toute façon, Dot's Sandwich Shoppe, où nous allons, dans le centre, ne sert personne avant. Un nouveau restaurant, le Top Drawer Café, s'est installé non loin de Whitcombe Park, sur Old Country Road, et j'ai proposé à maman d'y aller, mais elle préfère Dot's, sans doute parce que les plats sont simples et la nourriture traditionnelle. Nous sommes en général les premiers clients. On nous assoit devant la fenêtre, d'où on a vue sur Hudson Street et le vieux Bijou Theater, dont la restauration est pratiquement terminée. On n'y projettera plus de films comme avant, mais il y aura des concerts et toutes sortes d'événements. L'inauguration est prévue pendant notre voyage en Italie, et je regrette de ne pouvoir y assister.

Comme j'arrive Chez Ikey avec quelques minutes d'avance, je passe vite fait dire bonjour à Brindy, que j'aperçois derrière le comptoir.

« Salut, Lou », dit-elle, de ce ton détaché qui lui est familier.

Je suis annoncé par la même petite cloche qui précédait l'apparition de Karen lorsque, gamin, je tenais la caisse. Je ne sais plus combien de caisses enregistreuses se sont succédé depuis cette époque. La dernière en date est un de ces modèles légers, informatisés, mais la valeureuse clochette officie toujours.

« Les valises sont prêtes ?

— Ça, il faudra demander à Sarah », dis-je en inspectant rapidement les lieux.

Je réprime — du moins j'essaie — un sourire de pure satisfaction. Cette bonne vieille épicerie. Je vois presque mon père sortir de la réserve avec un grand carton de papier-toilette pour que je le range sur l'étagère. Ce que je ne donnerais pas pour qu'il…

« Je prendrais bien ta place, me dit Brindy.

— Et vice versa. Où est Owen ? »

Je m'attends à ce qu'elle réponde : « au fond », car la porte est ouverte, et elle ne devrait pas l'être s'il n'y a personne.

« À la boutique du West End, m'apprend-elle. Qui n'aurait pas envie d'aller en Italie ?

— Sarah prétend que je serai content quand j'y serai.

— Elle doit avoir raison. C'est elle qui te connaît le mieux.

— C'est elle qui le dit. »

Je perçois ce que la remarque a de vaguement blessant — j'ignorerais qui je suis —, mais je ne peux m'empêcher de sourire encore. C'est flatteur d'être aimé par quelqu'un qui vous connaît mieux que vous. C'est ce que répondait mon père quand on lui disait la même chose de ma mère. Une femme a regardé jusqu'au fond de votre âme et elle vous aime toujours — que demander de plus ? Je me suis immergé dans le passé pendant un mois, et c'est un bonheur de savoir que Sarah ne regrette rien de l'existence qu'elle a menée à mon côté, dont une bonne partie dans ce magasin.

« Tout va bien là-bas ? »

Il y a eu récemment des problèmes de caisse dans le West End, et Owen a envisagé de renvoyer le gérant.

« Faut voir ça avec lui », me dit-elle, d'un ton qui me donne à réfléchir.

Sarah craint depuis un moment qu'il y ait de l'eau dans le gaz entre Owen et Brindy. Je n'ai pas envie de le croire. J'aime mieux penser, comme j'en ai l'habitude, que Brindy est distante envers moi, ou envers nous, mais que cela ne concerne pas Owen.

« Dis-lui de me téléphoner s'il a besoin de quoi que ce soit », lui dis-je, et elle m'affirme qu'elle le fera.

Mon travail consiste aujourd'hui, à chaque fois que nécessaire, à me rendre à un point ou un autre de ce qu'Owen appelle l'Empire Lynch. Un « empire » qui se compose des trois dernières petites épiceries de Thomaston — aujourd'hui rebaptisées « commerces de proximité » —, de notre vidéo-club et, l'été, du Thomaston Cone. Je bouche les trous lorsqu'un employé tombe malade ou doit garder un de ses enfants à la maison. Je regrette de ne pas être mis plus souvent à contribution. Le vidéo-club a son gérant et ses salariés, et la boutique de glaces, minuscule, n'ouvre qu'à la saison chaude. Je me sens donc — quel est ce mot à la mode ? — voilà : marginalisé. Je comprends le point de vue d'Owen. Un jour, il supervisera les trois magasins, que je l'aie préparé ou non pour ça. Je dois le laisser faire les choses à sa façon et commettre ses propres erreurs. J'ai décidé de ne pas m'immiscer, ni dans sa vie dans celle de Brindy, plus sensible encore que lui à toute forme d'ingérence. C'est pourquoi je ne traverse pas la boutique pour fermer la porte de la réserve, bien que j'en brûle d'envie.

En haut, maman ouvre la sienne à peine j'ai frappé. Elle a déjà son manteau sur elle, boutonné, ce qui veut dire qu'elle m'attendait. Dieu sait depuis combien de temps. Je pourrais le lui demander, mais elle ne le dirait pas. Elle répondrait qu'elle m'a vu me garer, ou qu'elle m'a entendu monter l'escalier. Les deux peuvent être vrais, cela n'empêche pas qu'elle était prête depuis une heure, impatiente, je le crains, d'expédier ce déjeuner. Cela serait différent, plus agréable, si ma femme était là. D'année en année, Sarah s'est révélée un tampon idéal entre maman et moi, capable de nous rappeler combien nous sommes proches, malgré nos nombreux désaccords.

Mais, le vendredi, Sarah donne des cours au collège. Cela fait plus de vingt ans qu'elle enseigne — avec talent — dans nos établissements de premier et deuxième cycles. Elle cumule autant de contrats de courte durée que le budget municipal, toujours plus restreint, le permet. Après sa guérison, elle a diminué sa charge de cours et elle redécouvre sa vieille passion. Les élèves repartis, elle reste dans la salle à travailler énergiquement devant son chevalet. Évidemment, en ce qui la concerne, elle récuse le terme de passion, hier comme aujourd'hui. Les vrais peintres, selon elle, sont et demeurent des peintres. C'est ce qui les distingue. Rien ne les fait dévier. Ni les problèmes matériels, ni la vie en général. C'était le cas de Michel-Ange, de Titien, du Caravage, et des autres maîtres dont nous admirerons les œuvres en Italie ; c'est le cas de Bobby aussi, ajoute-t-elle platement. Quoi qu'il en soit, ses cours du vendredi nous laissent livrés à nous-mêmes, maman et moi, et j'ai quelquefois l'impression que nos relations n'ont pas changé depuis mon enfance. C'est peut-être toujours comme ça entre les mères et leurs fils. Papa serait encore là, eh bien… je ne sais pas.

Elle m'embrasse rapidement, me rejoint sur le palier et referme la porte derrière elle. J'ai le temps d'apercevoir la vieille tache sur le mur, au-dessus du canapé, où un feu s'était déclaré il y a si longtemps. Ce mur a été repeint une demi-douzaine de fois au fil des ans, on l'a même tapissé, mais il faut toujours que ces salissures reviennent, en commençant par les contours, puis l'intérieur se noircit peu à peu. Maman les compare au péché originel, à savoir l'acquisition de l'épicerie d'Ikey Lubin, que nous appelons encore à ce jour Chez Ikey. Cela n'est qu'une plaisanterie, dit-elle, mais je la trouve amère. Je ne nierai pas que la décision de mon père a changé notre existence et, bien sûr, maman lui en a voulu de nous faire courir un tel risque. Il est vrai également que la malchance s'est acharnée contre nous quand papa est tombé malade, que nous avons perdu la maison, et que ma mère a été obligée de s'installer au-dessus du magasin. Mais il n'est pas juste d'insinuer qu'Ikey a été le premier domino de la série. Toute action humaine en entraîne d'autres, et tout rejeter sur la boutique est à mon sens une erreur. On peut aussi mettre en question le cancer de mon père, le ruisseau pollué qui en était la cause, ou les montagnes de factures qu'envoyait l'hôpital. Pourquoi, dans ce cas, ne pas accuser la laiterie, qui a interrompu les livraisons à domicile, ou les gamins du public qui m'ont enfermé dans une malle ? Sans eux, nous n'aurions peut-être pas quitté Berman Court. À quoi nos vies auraient-elles ressemblé, si nous n'avions jamais traversé Division Street ? Le péché est une chose fort répandue dans ce monde, et ceux qu'on qualifie d'originels n'en ont que le nom.

« Pourquoi ne pas utiliser le fauteuil ? » dis-je à maman, en la voyant si raide aujourd'hui, mais elle part directement dans l'escalier aux marches étroites, où elle se cramponne à la rampe avec ses doigts noueux.

Il y a deux ans, alors que son arthrite empirait, j'ai fait installer un fauteuil électrique pour monter et descendre, malgré ses cris d'orfraie. À l'évidence, cet escalier n'est plus seulement une épreuve, mais une épreuve hasardeuse. Maman a le pied droit qui se cambre vers l'intérieur, ce qui la prive de son équilibre. J'avais très peur qu'elle tombe mais, si j'avais dû prévoir une chose, ç'aurait dû être son entêtement.

Ce « foutu machin », comme elle dit, serait dangereux. Il se détachera du mur un jour qu'elle sera assise dessus, ou bien le moteur lâchera à mi-course et la fera dégringoler jusqu'au bas des marches. J'ai bien sûr tenté de faire valoir qu'elle retrouverait sa liberté, qu'elle pourrait aller et venir à sa guise, sans besoin de personne pour l'assister.

« Et où irais-je ? » avait-elle répondu.

Le renversement de situation m'avait fait sourire. Quand, avec papa, elle m'avait acheté mon premier vélo, elle voulait que je sorte et que j'explore les environs. « Pour aller où ? » l'avais-je interrogée. « Dehors. Plus loin. N'importe où. »

Ce fauteuil étant quand même un investissement, j'aurais aimé pouvoir lui dire la même chose, ce que je n'ai évidemment pas fait, et donc le foutu machin est stationné au rez-de-chaussée où il ne sert à rien.

« Voilà », déclare maman en arrivant en bas, ce qui résume différents points : *Je te l'avais dit* ; *je m'en sors très bien sans ton truc* ; *tu as gaspillé ton argent.*

Et, si je ne me trompe : *Je suis contente dans ma prison, j'aime cette tache noire sur le mur. Parce qu'il y a des choses dans la vie qu'on ne peut ni repeindre, ni tapisser, ni réparer.* Ce que, soutient-elle, je n'ai jamais compris.

Je l'aide à prendre place dans la voiture, où elle s'évertue à regarder ses genoux, pour éviter, comme à chaque fois, de voir la maison en face où nous avons vécu la plus grande partie de mon enfance. Je l'ai rachetée, il y a cinq ans, quand les derniers propriétaires l'ont remise en vente, dans l'idée de montrer à maman qu'elle n'était pas tout à fait perdue. Elle n'a rien voulu savoir.

« Qu'est-ce que je ferais toute seule dans cette grande baraque ?

— Vivre ? lui ai-je suggéré. Comme avant ? »

Mais non.

« Ça serait trop de travail. Je suis mieux là où je suis. »

Et puis l'argument décisif :

« C'est trop tard, de toute façon. »

Pour l'instant, je fais une autre tentative :

« Tu ne veux pas essayer le nouveau restaurant ? Le Top Drawer ? Il paraît qu'on y mange bien. »

Comme si je ne connaissais pas la réponse.

Nous sommes arrivés. Un autocollant sur le pare-chocs de la voiture garée devant ne laisse pas maman indifférente.

« *Soutenez nos troupes* », lit-elle, d'une voix où pointe le dégoût.

Voilà un sujet que j'aimerais autant éviter, car ses avis sur les affaires domestiques et internationales ont une fâcheuse tendance à se nourrir de remarques d'ordre personnel. Elle exècre notre président, pour elle un crétin malhonnête dont les mensonges et l'ineptie ont déjà coûté à l'Amérique plus de deux cents vies humaines. Elle méprise plus encore ceux qui ont voté pour lui — dont son fils, soupçonne-t-elle, bien que je ne lui aie jamais révélé la couleur de mon bulletin. Combien de fois, enfant, nous a-t-elle fait profiter de ses sarcasmes, papa et moi ? « Mais qu'est-ce qui te fait croire ça, Lou ? » Eh bien, disait papa, il a juré que c'était vrai, ce type. « Alors tu le crois parce qu'il l'a dit ? C'est la seule raison ? » Ben, il a pas de raison de mentir, çui-là, que je sache, répondait mon père avec une petite voix. « Ouais. Mais il en a une centaine dont tu ne sais rien et dont tu ne sauras jamais rien, parce que tu prends tout pour argent comptant. Ce qui s'appelle de la crédulité, Lou. »

Une autre de ses affirmations : la bêtise de notre président se voit à son physique et à ses expressions. Il suffit de le regarder, explique maman. Je veux bien admettre qu'il ressemble à Alfred Neuman[1]. Mais je m'oppose à cette théorie selon laquelle les qualités d'un individu se déduisent de son aspect extérieur. Certains hommes grands, aux gestes lents, comme mon père et moi, sont souvent considérés lents d'esprit aussi. À l'école, mes professeurs mettaient un certain temps à se rendre compte que je n'étais pas bête. Je suis le premier à reconnaître que je ne suis pas rapide, mais j'ai des dons d'observation et je ne manque pas de méthode ni, je pense, d'impartialité. J'ai toujours trouvé ironique qu'on juge obtus les gens qui veulent bien prendre du recul pour réfléchir à quelque chose. Quand j'étais petit, maman se plaisait à faire claquer ses doigts quand elle me posait une question : « Allez, Lou, tu es futé, tu connais la réponse, ne fais pas comme si. »

En d'autres termes, ne fais pas comme ton père, comme si tu ne savais rien et, du coup, je m'entêtais à ne rien vouloir comprendre. Si j'étais réellement plus intelligent que lui, moi qui ai reçu quelque instruction et joui de

1. Personnage récurrent du magazine *Mad* (créé en 1952), et caricature d'imbécile heureux.

certains privilèges, cela ferait-il de moi un meilleur homme ?

Voici donc ce que je réponds :

« Ne parlons plus du président.

— Fort bien. Avoue que tu as voté pour lui, et j'aurai le grand plaisir de ne plus jamais prononcer son nom. »

Il serait tentant de dire à maman ce qu'elle a envie d'entendre, de prétendre être celui qu'elle imagine, mais je ne peux pas et elle le sait. Elle harcelait jadis papa avant les élections, l'intimait de voter pour untel, et cherchait à savoir ensuite s'il avait suivi ses conseils. Il m'arrive de penser que, de toute sa vie d'homme marié, mon père n'a eu d'autre secret que celui de l'isoloir, ou du moins est-ce le seul qu'il ait réussi à ne pas dévoiler. Il aimait cacher de petites choses de temps à autre, comme lorsqu'il achetait une chemise à deux sous chez Calloway. Mais maman ne se laissait jamais prendre, et il l'admirait pour ça. Il avait la bonne idée de ne pas lui mentir et, les jours de scrutin, il refusait tout simplement de lui révéler quoi que ce soit — un exemple que j'ai toujours suivi. De fait, je suis le seul à savoir ce qu'il décidait dans l'isoloir. Il me l'a confié peu avant de mourir, ç'a été un de ses derniers gestes d'amour. « Ne le répète pas à ta mère, m'avait-il demandé, ce qui allait de soi. Et ne le dis à personne », avait-il ajouté, les yeux embués de larmes.

À ce stade, la douleur ne le lâchait plus, les analgésiques ne le soulageant, au mieux, que par intermittence.

« Bien, dit maman, pendant que je fais semblant d'étudier le menu, sans rien avouer du tout. Puisque tu crois avoir des secrets, garde-les.

— Ne t'inquiète pas pour ça. »

Pour ne pas changer, elle commande un toast au fromage et une soupe à la tomate. Dot's n'est pas cher, et tout y est assez fade, ce qu'elle apprécie également. Comme bien des femmes de son âge, elle souffre d'acidité gastrique, et les plats épicés l'empêchent de dormir. Je prends mon hamburger-frites habituel. Nous mangeons un instant en silence, puis l'horloge sonne midi et les salariés des quelques rares commerces qui bordent encore Hudson et

Division commencent à affluer. La plupart aiment bien déjeuner au comptoir pour bavarder entre eux et avec Dot, et ils sont nombreux à s'arrêter en passant pour nous saluer.

« J'espère que c'est lui qui paie », disent-ils à maman, et elle répond qu'elle aussi.

On plaisante régulièrement en ville au sujet du portefeuille que j'ai toujours perdu, puisque je suis un grippe-sou.

« Est-ce qu'il vous a emmenée au Top Drawer ? demande-t-on à maman, à quoi elle dit que non, pas encore, sans épiloguer.

— Insistez, conseillent-ils. Qui a les moyens de manger là-bas, à part lui ?

— Tu t'en sortiras la semaine prochaine ? lui dis-je, une fois nos assiettes terminées.

— Bien sûr. Owen et Brindy sont en bas presque tous les jours. L'un ou l'autre, je veux dire. »

Mais pas les deux. Maman craint, comme Sarah, qu'il y ait de l'eau dans le gaz.

« Tu as bien noté le numéro du portable ? »

Sarah est allée en louer un dans un magasin de Schenectady, où l'employé — quinze ans à tout casser, affirme-t-elle — lui a juré qu'il fonctionnerait à l'étranger. À chaque question, le gamin assurait : « Absolument. »

Elle l'a poussé dans ses derniers retranchements : « Vous dites bien partout en Europe ?

— Absolument.

— C'est en Italie qu'on va.

— C'est vrai ? Trop bien.

— Vous êtes sûr que ça marchera là-bas ?

— Absolument. »

Ce qu'on verra.

« Ça ira très bien, me dit maman. Et toi ? »

J'ai commis l'erreur, la semaine dernière, de lui faire part de mes inquiétudes. Je crains d'avoir une absence là-bas, ce que je n'ai pas avoué à Sarah, qui le devine probablement.

Je lui promets que ça ira aussi, que je redoute davantage le long trajet en avion. Maman s'adoucit, pose sa main sur la mienne, un geste qui refait de moi un petit garçon. C'est peut-être parce que j'en suis un que je me suis confié à elle. Dès que je suis en danger, réel ou imaginaire, ses opinions n'entrent plus en ligne de compte. J'en viendrais à penser que, si nos rapports sont devenus aussi conflictuels, c'est parce que je n'ai pas eu d'absence depuis longtemps. Curieux que cette vieille indisposition soit toujours une carte maîtresse dans nos relations — la seule, d'ailleurs. Il serait totalement indigne et déplacé de la jouer.

Cette crainte que j'ai émise n'est cependant pas un mensonge. À l'approche d'une absence, je me sens un peu décalé, comme si, à la périphérie de ma vision, ou de ma conscience, se trouvait quelque chose d'indistinct, une sorte de flou qui n'est pas sans ressembler, si j'ai bien compris, à l'aura des migraineux. Cela vaut surtout pour celles que j'ai eues à l'âge adulte, quoique l'effet ait sans doute été le même auparavant, sauf que je ne savais pas à quoi m'attendre. À cette époque, lorsqu'elle me voyait subitement distant, hors d'atteinte, en proie à un conflit ou à une certaine confusion, maman était capable de prédire une de mes crises. Ni elle ni moi n'étions jamais totalement sûrs. J'étais parfois absorbé par la perspective d'une interro de maths, par une chose que j'aurais entendue sans le vouloir et peut-être mal comprise, quand la ventilation m'apportait des bribes d'une conversation que mes parents tenaient le soir dans leur chambre. De ces inquiétudes passagères, en d'autres termes, qui disparaissent d'elles-mêmes et qui n'annoncent rien. C'est humain et c'est tout.

C'est peut-être ce qui se passe ces jours-ci. En écrivant mon histoire, je me transporte en des temps où mes absences étaient plus fréquentes, ce qui expliquerait l'aura que j'aperçois lorsque, en posant ma plume, je retourne à ma vie actuelle. À ces moments-là, je me demande forcément si ça ne va pas me tomber dessus — si le léger trouble que je ressens ne résulte pas d'un conflit entre le passé et le présent, inévitable quand les gens de mon âge se penchent sur leur existence, et essaient d'en révéler la trame, ce dont nous ne pouvons nous empêcher. C'est humain, comme je le disais, ce n'est pas le cas particulier d'un certain Lucy Lynch. En lui confiant mes craintes au sujet de notre voyage, je suppose que je voulais savoir si maman avait reconnu les symptômes habituels, si elle avait toujours cette faculté.

« Je ne veux pas gâcher le plaisir de Sarah, dis-je. Tu n'as pas oublié comment je suis après. Elle serait obligée de se débrouiller toute seule. J'espère qu'on aura des nouvelles de Bobby avant de partir. Comme ça, s'il arrive quelque chose… »

Exactement ce qu'il ne fallait pas dire. Cela me remet dans la position de l'enfant qui veut être rassuré. En parlant de Bobby devant ma mère, je redonne voix au gamin anxieux que j'étais il y a plusieurs décennies. Une fois de plus, je suis en train de *me lamenter* que Bobby ne m'ait pas donné son nouveau numéro de téléphone, de *me lamenter* qu'il soit parti à l'école militaire, d'*espérer* qu'il appellera pendant les vacances de Noël. Et ma pauvre mère, exaspérée, me redit pour la énième fois que je ne dois plus dépendre de lui, que mes regrets et mes espoirs sont vains, que je ne suis même pas sûr qu'il reviendra à Noël, ni que son père le laissera me téléphoner. Et si je n'arrête pas de retourner ces choses dans ma tête, j'aurai de nouveau une absence.

Le regard triste que maman braque sur moi quand, pensant à ma femme, je *regrette* de ne pas avoir de réponse de Bobby Marconi — qui n'existe d'ailleurs plus, du moins sous ce nom-là —, est celui auquel je devais m'attendre. Celui qui me rappelle, hier comme aujourd'hui, que je me berce d'illusions. C'est le regard tendre qu'elle avait, par moments, quand elle décidait de ne plus essayer de changer mon père, de l'accepter tel qu'il était, d'accepter qu'elle l'aimait. Elle laisse sa main sur la mienne, et *c'est* un réconfort, je l'admets malgré ma honte. En est-ce un pour elle aussi ? De savoir oublier, même temporairement, ce qui nous crispe, elle et moi, depuis longtemps ?

« Oh, Lou, dit-elle, serrant ma main si fort que l'arthrite doit lui faire mal à chaque doigt. Pourquoi faut-il toujours que tu… »

Je ne saurais pas lui dire, pas plus que je ne saurais expliquer pourquoi j'ai mentionné cette lettre que Bobby n'écrira pas. Car, cela, je le sais très bien.

Je m'étais garé au parking du Bijou, dans l'intention d'aller chercher la voiture après le déjeuner pour éviter à maman de marcher. Mais elle préfère repartir à pied, aussi traversons-nous la rue pour remonter lentement, silencieusement, l'allée entre l'ex-cinéma et le Newberry, depuis longtemps fermé. Cette allée est un de ces endroits de Thomaston qui renferment le maximum de souvenirs. Il y a près de quarante ans que la machine à pop-corn est partie, pourtant j'en sens encore l'odeur qui se mélange au parfum à deux sous de Karen Cirillo. Il y a aussi l'escalier de secours rouillé que les employés bloquaient avec des chaînes pour empêcher les gars du West End, ceux qui avaient payé leur place, de passer par le balcon à l'étage, puis d'ouvrir la porte et de faire entrer leurs copains. C'est depuis la deuxième marche de cet escalier que j'ai assisté à un des événements les plus révoltants de ma jeunesse, qu'il me faudra relater la semaine prochaine si je poursuis mon récit. Tant d'années après, la honte m'étreint encore quand je me rappelle cet après-midi-là, et je serais tenté d'effacer cet épisode, voire de ne plus rien écrire.

Perdus chacun dans nos pensées, nous arrivons au milieu de l'allée, ma mère accrochée à mon bras. Je la sens se raidir à la vue d'un vieil homme qui avance à pas lents vers nous. Sa silhouette ressemble à une poire, mais il est en contre-jour, c'est pourquoi je ne le reconnais pas tout de suite. Il porte des vêtements usagés, dont un blouson de sport aux couleurs du collège — pans bleus fanés, et manches vaguement dorées —, qui doit bien avoir trente ans. Il a sans doute le même âge que maman, et une bonne tignasse de cheveux poivre et sel. Ah, et voilà, cet épi sur la tête. Un palmier.

L'allée est étroite, et Bobby Nurt s'est planté au milieu. Nous aurions la place de passer chacun d'un côté, mais il faudrait que ma mère lâche mon bras, et je vois bien qu'elle n'en a pas l'intention. Nous n'avons pas d'autre choix que de dévisager Buddy, qui en fait autant à notre encontre, et s'amuse apparemment de cette situation.

« Je vous connais, dit-il, en nous regardant tour à tour. Vous avez quelque chose à me donner ? »

Je suis prêt à pêcher mon portefeuille, mais maman dit non, autant à moi qu'à lui.

Il a vu ma main se figer, il attend de voir si elle va repartir.

« Donnez-moi quelque chose et je dis rien. »

La menace ne porte pas à conséquence, maman le sait bien. C'est ainsi que Buddy aborde les gens depuis qu'il est devenu zinzin. Il ne demande qu'un dollar ou deux, que je lui laisse le plus souvent, après quoi c'est d'accord, il se taira. Je n'ai aucune idée de ce qu'il croit savoir, je ne suis même pas sûr qu'il nous ait remis, l'un ou l'autre. Mais il est persuadé que les gens paieront pour qu'il garde leurs secrets, quels qu'ils soient.

« Personne ne vous donnera rien, lui apprend ma mère. Voulez-vous bien vous pousser un instant ? Vous ne sentez pas très bon. »

Il hésite un moment, mais il s'exécute.

« Vous croyez que je vous reconnais pas, dit-il quand nous reprenons notre marche. Mais si. Vous croyez que je dirai rien. Mais je vais le faire.

— Ne t'arrête pas, me dit maman, qui lit dans mes pensées, car j'allais donner un dollar à Buddy.

— Lynch ! lance-t-il dans notre dos. Je l'ai pas oublié, votre sale nom. »

Alors il rit de son vieux rire méchant, comme s'il *nous* avait surpris jadis à voler dans *son* magasin, comme s'il se rappelait tout ce que nous aurions fait de mal.

Maman et moi ne disons rien avant d'arriver Chez Ikey. Nous entrons, elle s'installe dans le fauteuil électrique puis, munie de ce qui semble être un dernier reste de volonté, elle presse le bouton qui propulse « mon foutu machin » à l'étage. Je monte en même temps qu'elle, au cas où ses peurs irrationnelles se vérifieraient.

Je n'ai pas vu Karen le lendemain à l'école. Comme nous n'avions pas cours ensemble, je n'ai compris qu'à la fin de la semaine qu'elle était partie pour de bon, et pas seulement de l'appartement au-dessus. Quand sa mère est venue acheter des cigarettes, le samedi, j'ai risqué quelques questions.

J'avais remarqué qu'elle ne rendait plus visite à maman et elle descendait rarement au magasin quand mon père était là. Je me doutais qu'ils avaient eu des mots. Toujours au courant de ces choses, oncle Dec avait récemment confirmé ce que disait Nancy. Au fil des années, Buddy Nurt avait maintes fois été arrêté pour toutes sortes de vols — à l'étalage, avec violence —, et même pour tentative de chantage. Laquelle n'avait pas été confirmée. Au regard de quoi, papa ne tenait vraiment plus à l'avoir à l'étage, et encore moins à la boutique. Nancy avait dû le répéter à son concubin car, les rares fois où elle venait, il attendait dehors en plaquant son épi sur sa tête.

Depuis une semaine qu'il était là, il n'avait pas levé le petit doigt pour trouver un job. Il était en principe cuisinier-traiteur. Deux des trois restaurants de Thomaston qui auraient pu l'employer se trouvaient près de l'autoroute, trop loin à son goût, puisque ni lui ni Nancy n'avaient de voiture. Le salon de coiffure où elle travaillait maintenant, au bas de Division Street, n'était finalement pas plus loin que l'autoroute, toutefois *elle* s'y rendait chaque jour à pied sans problème. Il y avait le Cayoga Diner dans le centre, bien sûr, mais il y avait fait plusieurs passages, pour être à chaque fois renvoyé.

« Elle va au collège de Mohawk, maintenant, m'a appris Nancy qui, me voyant déçu, a pris un ton narquois. T'inquiète pas, elle reviendra. Karen ne s'entend pas mieux avec ma sœur qu'avec moi, et son oncle n'est pas un cadeau non plus. Si le petit Quinn repart en maison de correction, ce qui ne serait pas plus mal, tu pourrais être le prochain sur sa liste. »

Cette possibilité émise, elle m'a soigneusement étudié.

« T'es un des moins crétins, comme elle dit ? » m'a-t-elle demandé.

Je n'ai pas nié et elle a haussé les épaules.

« Ça doit venir tout seul quand on a une mère intelligente, a-t-elle conclu.

— Mon père aussi est intelligent.

— Si tu le dis. Tu as des bonnes notes partout ?

— Plutôt bonnes.

— Des B ?

— Des A aussi. »

Puisque c'était vrai.

« Dommage pour toi. Ma fille préfère les imbéciles. »

Impatient, Buddy frappait dehors à la vitre.

« À propos de ce qui vient tout seul », a-t-elle dit, lisant dans mes pensées.

Cet automne-là, papa est devenu un héros.

Comme maman le lui avait conseillé, il restait ouvert tard les vendredis et samedis soir, et il vendait plus de bières ces jours-là entre vingt-deux heures et minuit que les autres jours de la semaine réunis. Il y avait parfois des problèmes, quand il refusait de vendre de l'alcool à des mineurs, qui devenaient agressifs. Ils repartaient en faisant crisser leurs roues, et les voisins se plaignaient que l'épicerie n'avait jamais été aussi bruyante à l'époque d'Ikey. Certains lui en voulaient encore d'avoir jeté le registre des paris qu'Ikey avait commodément tenu dans l'arrière-boutique. Soigné à l'hôpital pour une tumeur au poumon, ce dernier avait, disait-on, l'intention de racheter son affaire dès qu'il serait guéri. Commentaire de maman : « Si seulement. »

Peu avant minuit, le soir en question, papa écoutait à la radio le résultat des sulkys à Saratoga en regardant les cotes dans le journal. Il ne jouait jamais mais, comme tout le monde à Thomaston, il suivait les courses pour pouvoir en parler avec des clients qui, pour la plupart, pariaient quotidiennement. Je savais qu'il tenait un petit carnet à spirale, où il notait soigneusement quels chevaux avaient gagné et combien, mais aussi les perdants. Il évaluait ainsi ce qu'il économisait en s'abstenant de jouer. Dec, qui avait lui aussi découvert l'existence de ce carnet, le chambrait sans arrêt, le traitait de froussard trop radin pour miser deux dollars. C'est pourquoi, répliquait papa, il les avait toujours en poche, ces deux dollars, alors que son frère passait son temps à les emprunter.

Quoi qu'il en soit, les cotes étant imprimées en petits caractères, papa avait chaussé ses lunettes. Il a d'abord remarqué une lueur orangée au coin de ses verres, et pensé que c'était un reflet des tubes au néon de la boutique. Puis il a levé les yeux, et aperçu, de l'autre côté du carrefour, une flamme qui léchait le bas d'une fenêtre entrouverte, chez les Spinnarkle au rez-de-chaussée. L'étage était inoccupé depuis le départ des Marconi.

Il a ensuite appelé ma mère. Je me souviens d'avoir été réveillé par le téléphone, qui sonnait au salon sur la table basse. Le dos tourné à la fenêtre, maman était en train de lire. Elle a pivoté sur son fauteuil pour décrocher et elle a vu.

« Lou ! Il y a le feu en face ! »

C'est pour ça qu'il téléphonait, a-t-il répondu.

« Tu as averti les pompiers ?

— Fais-le, OK ? J'arrive tout de suite. »

Évidemment, à cette époque, le 911 n'existait pas. On trouvait le numéro des pompiers dans les premières pages de l'annuaire, mais ça supposait de le chercher, puis de composer les sept chiffres. De plus — comme ça paraît bizarre, aujourd'hui —, le téléphone était une des choses que papa laissait à maman. À la maison, c'est toujours elle qui répondait. S'il voulait parler à quelqu'un, il préférait aller le voir, ou alors c'était : « Tessa, appelle le plombier, veux-tu ? » Il y avait un appareil aussi à la boutique, mais il recourait à toute sorte de prétextes pour ne pas s'en servir. Un jour, maman l'a fait sonner si longtemps qu'il a fini par décrocher. Il était très occupé, lui a-t-il expliqué.

« Ne me raconte pas d'histoires. Je suis dans le salon et je te vois. Tu n'as strictement personne.

— Alors, qu'est-ce que tu veux ?

— Savoir pourquoi ce fichu téléphone te fait peur.

— Y m'fait pas peur, j'ai… »

Elle a raccroché.

Je pense, moi, que c'est l'annuaire qui le gênait. Je n'ai pas connu mes grands-parents paternels, mais mon grand-père savait à peine lire et je suis pratiquement sûr que ma grand-mère était illettrée. Ce qui explique pourquoi papa est arrivé à l'école avec un retard qu'il n'a jamais vraiment réussi à rattraper. Il était fier de me voir dévorer des livres, gêné que maman lui reproche d'ânonner devant son journal. L'annuaire de Thomaston n'était pas bien épais, mais ses longues colonnes de noms quasi identiques l'enquiquinaient, celui qu'il cherchait étant caché dedans. Dans l'urgence, il pouvait oublier que le numéro des pompiers se trouvait tout au début et, même s'il s'en souvenait, il y en avait une douzaine d'autres pour différentes urgences. Le mieux était alors de s'en remettre à maman.

En raccrochant la deuxième fois, elle a vu que j'étais descendu, que je me frottais les yeux en regardant bêtement le feu par la fenêtre. À ce stade des choses, on l'*entendait* déjà.

« Habille-toi, Lou, m'a-t-elle dit. Dépêche-toi, au cas où ça se propage.

— Où est papa ?

— Va t'habiller ! » a-t-elle répété, en me poussant dans l'escalier.

Je me suis exécuté, mais pas assez vite, car un instant plus tard elle arrivait en courant dans ma chambre et me tirait par le coude.

Lorsque nous sommes sortis de la maison, les voisins, sur leurs perrons, nous ont montré l'incendie qui venait d'atteindre le premier étage. Des sirènes approchaient. De l'autre côté du carrefour, les lumières étaient toujours allumées chez Ikey, mais il semblait n'y avoir personne à l'intérieur. Au-dessus, Nancy Salvatore, sa robe de chambre bien serrée autour de sa taille, et Bobby Nurt, en caleçon et T-shirt, étaient sortis sur leur palier pour suivre la scène.

« Où est papa ? » ai-je à nouveau demandé.

Le camion des pompiers qui arrivait au coin de la rue a couvert ma voix et maman m'a simplement tiré près d'elle. Les flammes dansaient derrière les fenêtres de l'ancien appartement des Marconi.

« Vite, vite, il faut préserver le toit ! » a ordonné un pompier.

Un autre a raccordé son tuyau encore enroulé à la bouche d'incendie, qui se trouvait par chance sur notre pelouse. Je passais la tondeuse autour chaque semaine, en pestant contre ce machin qui ne servait à rien.

« Il y a quelqu'un à l'intérieur ? » a dit un pompier à ma mère.

Elle m'a serré si fort que j'ai tout de suite compris — la question avait suffi.

« Deux femmes habitent au rez-de-chaussée, a-t-elle expliqué. Je pense que mon mari est… »

Plusieurs fenêtres ont éclaté. Nous avons reculé tandis que les exclamations fusaient dans la rue.

« Où sont leurs chambres ? »

Au fond, a indiqué maman, et les deux hommes en cuir se sont élancés vers l'arrière du bâtiment.

« Arrosez bien celle-là ! » a crié un troisième à celui qui manipulait le tuyau.

Se retournant, l'intéressé a braqué sa lance vers le toit de notre maison — à moins d'un mètre des flammes qui émergeaient de l'autre. La force du jet a détaché la moustiquaire d'une fenêtre, qui est tombée sur le trottoir avec un claquement sec.

« Là ! » s'est exclamé quelqu'un et j'ai vu que la porte des Spinnarkle était soudain ouverte.

Une épaisse fumée noire s'en dégageait, au milieu de laquelle un enfant émergeait un instant plus tard. Ce n'était qu'une illusion car, bien sûr, aucun enfant ne vivait là. Il m'a fallu un moment pour comprendre que cette silhouette, courbée et suffocante, était celle d'une des sœurs. (Je ne les différenciais jamais.) Elle était couverte de suie et — ce qui m'a stupéfié — entièrement nue. Mon cerveau m'a tout de suite donné la raison. Le feu avait brûlé ses vêtements.

« Ici, Edith ! a-t-elle (c'était donc Janet) hurlé vers l'intérieur. Par ici, monsieur Lynch, vite, vite ! »

Les pompiers l'ont rejointe sur le perron. L'un d'eux a jeté une couverture sur ses épaules, puis ils l'ont forcée à s'éloigner de la maison en flammes au moment où, m'a-t-il semblé, elle s'apprêtait à y retourner. S'arrêtant devant la porte, un autre a tendu le bras pour aider Edith — elle aussi avait la peau nue et noircie — à sortir à son tour.

La suite devait m'étonner plus encore. Le pompier avait à peine récupéré Edith qu'elle se retournait vers le couloir en tendant la main. Je m'attendais à ce que, comme les deux sœurs, papa apparaisse tout nu. Si l'incendie avait brûlé leurs vêtements, alors les siens devaient l'être également. Quand j'y repense aujourd'hui, des années après, je crois que cette idée m'inquiétait davantage que de le voir blessé. J'étais donc surpris qu'il se présente habillé. Sa chemisette était couverte de suie, mais elle n'avait pas pris feu.

« Lou ! » a crié maman, en se détachant des pompiers qui maintenaient les voisins à distance.

Aveuglé par la fumée, papa tentait de localiser maman au son de sa voix. Je l'ai entendu répondre :

« Tessa ! »

Maintenant qu'il revenait sain et sauf, les larmes ont coulé le long de mes joues et j'ai eu l'impression de rester une éternité tout seul, oublié de tous sur mon coin de trottoir. J'ai vu mes parents s'étreindre devant chez nous, puis ils se sont perdus dans la petite foule qui s'agglutinait autour d'eux.

À cet instant, les dernières fenêtres ont éclaté, et le verre est tombé en pluie. Le bâtiment étant mangé par les flammes, on nous a tous repoussés plus loin dans la rue. Faute d'avoir sauvé cette maison-là, les pompiers essayaient de préserver les autres. En me frayant un chemin entre les badauds, j'ai entendu s'exclamer Edith Spinnarkle, qui tenait sa sœur dans ses bras :

« La maison, Janet ! Regarde, on n'a plus de maison ! »

J'ai fini par retrouver mes parents un peu plus bas. Maman serrait papa contre elle comme un enfant trop grand. Une couverture sur les épaules, il tremblait de tous ses membres. Les larmes avaient creusé des sillons sur ses joues noires. Ni l'un ni l'autre n'ont fait attention à moi quand j'ai monté les quelques marches pour m'asseoir près d'eux. Papa avait une drôle de tête, et j'ai soudain compris pourquoi. Ses sourcils avaient brûlé.

« Louie », a-t-il dit, me remarquant enfin et me tirant vers lui.

Il avait l'air content de pouvoir regarder autre chose que le brasier.

« Notre maison va brûler, Tessa ? lui a-t-il demandé.

— Non, Lou, l'a-t-elle assuré, la tête levée vers lui, évitant elle aussi le spectacle des flammes.

— Qu'allons-nous faire ?

— Elle ne va pas brûler, Lou. Grâce à toi. Si tu n'avais pas vu ce qui arrivait…

— Et l'épicerie ? »

J'ai étudié celle-ci une seconde. Pourquoi l'épicerie ? ai-je pensé. Elle était à l'écart, de l'autre côté du carrefour.

« L'épicerie n'a rien. La maison n'a rien. Tu as sauvé Janet et Edith. Tu leur as sauvé la *vie*, Lou. »

Papa les a observées, blotties l'une contre l'autre sur le perron le plus proche, comme pour vérifier qu'elles étaient bien là et que la conclusion de ma mère était la bonne.

« Pourquoi est-ce qu'il pleure, Louie ?

— Je ne sais pas », a dit maman qui, m'apercevant enfin, s'est mise à rire.

Je l'ai imitée — du moins ai-je émis un bruit où le soulagement le disputait à l'étonnement et à la terreur.

En vingt minutes, la maison des Spinnarkle avait entièrement brûlé devant les voisins rassemblés.

Le lendemain, j'étais tellement épuisé en me réveillant que je me suis demandé si je n'avais pas eu une absence en dormant, tant elles ressemblaient, parfois, à des rêves impossibles. Quand j'ai ouvert le double rideau de ma chambre, j'ai eu la surprise de voir la maison des Gunther, qui jusque-là ne faisait pas partie du paysage. Il ne restait de celle des Spinnarkle que les fondations calcinées et le tuyau de cheminée tordu. Maman était sous la douche, aussi me suis-je habillé en vitesse pour aller inspecter les ruines. Il avait plu pendant la nuit, et des eaux chargées de suie s'écoulaient dans la grille d'égout. Papa avait déjà ouvert le magasin, et la présence d'une voiture de police, garée devant, ne m'a pas alerté, compte tenu des événements. Une chose, cependant, manquait à mon souvenir. J'ai essayé de retrouver quoi, mais rien à faire.

Notre propre bâtisse était plus abîmée que j'aurais cru. La chaleur dégagée avait boursouflé la peinture sur la façade la plus proche de l'incendie. Il y avait de méchantes traces de brûlé sur le toit, la corniche et le mur arrière. L'éventualité que le feu s'étende chez nous m'avait paru assez improbable, mais je voyais que nous n'étions pas passés loin. Je me suis rappelé le cri d'Edith : « La maison, Janet ! Regarde, on n'a plus de maison ! » Qu'allaient-elles devenir ? J'ai espéré qu'elles n'emménageraient pas chez nous, car alors, fini la télévision.

Quelques bribes de conversation me sont revenues à l'esprit. Elles avaient filtré par le conduit de la ventilation, alors que l'agitation était retombée et qu'on m'avait envoyé au lit. « C'est comme ça que je les ai trouvées », disait mon père, et maman de répondre : « Ça ne me surprend pas tant. » Je m'étais endormi, trop fatigué par toutes ces émotions pour me poser la question de savoir ce qui ne devait pas l'étonner.

Elle était assise à la table de la cuisine en robe de chambre, les yeux perdus dans son café noir, quand je suis descendu. Me voyant debout et habillé, elle m'a demandé de me doucher avant de partir à la messe. Nous n'étions pas allés souvent à l'église depuis qu'elle avait renvoyé le père Gluck, mais j'ai compris pourquoi il y aurait exception ce matin-là. Dieu avait veillé sur nous, nous allions rendre grâce.

« Je suis obligé de venir ?

— Non. »

M'asseyant de l'autre côté de la table, je me suis souvenu de la voiture de police garée devant le magasin. Comme si elle lisait dans mes pensées, maman m'a dit :

« On a pris la caisse.

— Quand ?

— Pendant que tout le monde regardait le feu. Ton père n'a pas vraiment eu le temps de fermer…

— Qu'est-ce qu'ils ont pris ?

— Ce qu'il y avait dedans, c'est tout. C'est le samedi qu'on fait la meilleure recette, donc… »

Elle a hoché la tête, plus découragée que je ne l'avais encore jamais vue.

« Qui a bien pu… »

La réponse à cette question m'est venue sous la douche. Quand nous étions sortis hier soir, maman et moi, j'avais jeté un coup d'œil vers le magasin. Je m'attendais à voir papa le quitter en courant. Au lieu de quoi, j'avais aperçu Nancy en robe de chambre et Buddy en caleçon et marcel, devant leur porte à l'étage. Plus tard, quand papa avait parlé de l'épicerie, j'avais regardé à nouveau, et Buddy Nurt était devant, sur le trottoir, les mains dans les poches de son pantalon. Il était donc rentré s'habiller entre-temps. J'avais conclu sur le moment, ou peut-être n'y avais-je pas fait attention, qu'il était descendu pour être aux premières loges. Mais c'était idiot. On voyait mieux la scène depuis le palier en haut.

Bobby Nurt nous avait volés.

Le feu avait pris dans la nuit de samedi à dimanche, et la photo de papa n'est apparue en une du *Thomaston Guardian* que le lundi. Il montre ses mains bandées à l'objectif et, comme je l'ai mentionné, il n'a plus de sourcils. Ses cheveux sont pratiquement intacts — apparemment la brillantine ne brûle pas — et comme d'habitude bien coiffés en arrière, ce que, compte tenu de ses pansements, maman a dû faire pour lui. Petit, j'ai toujours trouvé que mon père était beau, qu'il était un de ces hommes dont ni l'allure ni l'attitude ne laissent indifférent. Mais je suppose que tous les petits garçons ont les mêmes yeux pour leur papa. Ma mémoire a conservé d'autres souvenirs, plus vivants, et cette vieille photo parfois me surprend. C'est bien lui, Big Lou Lynch, avec son grand sourire gentil et ce gros corps maladroit, mais elle ne lui fait pas honneur.

J'ai toujours l'article, bien sûr. Le papier, jauni, se déchirerait facilement s'il n'était à l'abri, sous verre, accroché au mur de mon bureau. Nous en avions des dizaines d'exemplaires, car tous les voisins de Third Street nous avaient apporté le journal. On avait empilé les exemplaires dans un coin du salon, et je les ai tous lus, l'un après l'autre, fier mais aussi déçu que l'article et la photo soient à chaque fois les mêmes. Ç'aurait été tellement mieux d'en trouver d'autres au fur et à mesure, comme les cartes des joueurs de base-ball dont nous faisions collection. Évidemment, le lendemain, c'était terminé, ce qui m'a paru très injuste.

À l'époque déjà, il m'avait semblé curieux que le journaliste mentionne à peine les sœurs Spinnarkle. Elles avaient tout de même perdu leur maison, dans l'affaire. Naturellement, leur nom était cité, mais elles n'avaient pas eu droit à une photo, même dans les pages intérieures. Arrivée d'Albany le lundi, l'équipe de télévision ne s'était pas franchement intéressée à elles. C'est mon père qu'on était venu voir : un héros malgré lui, que maman avait dû convaincre d'accepter les interviews. S'il avait hésité, c'était moins par modestie que par gêne. En discutant avec les reporters, il craignait de divulguer ce qui s'était passé dans cette maison.

Pour commencer, les sœurs l'avaient sauvé autant qu'il les avait sauvées lui-même. Après s'être débrouillé pour les réveiller dans leur chambre enfumée, il avait eu du mal à se repérer. Évidemment, elles auraient trouvé leur chemin les yeux fermés, ce qui était d'ailleurs la chose à faire. L'une d'elles avait eu la présence d'esprit de se plaquer au sol et d'avancer en rampant. Mais papa avait rencontré un obstacle et elle avait dû retourner le chercher, ce dont il avait honte.

« Mais s'ils apprenaient ça, les journalistes ? demandait-il à maman.

— Tu leur as sauvé la vie, Lou. Peu importe qui a entraîné qui. Tu ne serais pas allé les chercher, elles auraient brûlé vives.

— Mais c'est elles qui…

— Non, Lou, c'est *toi.* C'est pour ça qu'ils veulent te parler. On veut faire de toi un héros. »

Il n'y avait pas que *ça* qui le gênait. Les années ont passé avant que je sois assez grand pour rassembler les pièces du puzzle — les sœurs qui, contre toute attente, étaient sorties nues de leur maison ; le « ça ne me surprend pas tant » de ma mère ; et le fait qu'au lieu d'emménager ailleurs à Thomaston, les Spinnarkle étaient parties dans une autre ville. De bien des façons, papa était un pur, et j'ai souvent essayé de faire la part de ce qu'il avait compris tout seul et de ce que maman avait dû lui expliquer. Confiant par nature, il avait certainement eu du mal à convenir qu'on puisse non seulement *raconter,* mais *vivre* un tel mensonge.

« Les apparences, lui répétait sans cesse maman. Tu prends tout pour argent comptant. »

Peut-être était-ce son innocence que j'aimais le plus, c'est pourquoi, toute ma vie, je n'ai jamais supporté qu'on dise un mot contre lui, pourquoi j'ai mis la photo du héros au mur, pourquoi, lorsque je la montre, j'ajoute qu'elle ne lui fait pas honneur.

Nancy avait eu raison. Un mois après avoir emporté sa valise cassée dans le pick-up de son oncle, Karen revenait.

J'étais seul chez Ikey, le nez plongé dans un livre et, comme la porte était ouverte pour aérer, je ne l'ai pas entendue entrer.

« Alors, Lou, je t'ai manqué ?

— Bien sûr », ai-je répondu, posant mon livre, ouvert sur le comptoir, pour étudier Mlle Cirillo.

Malgré cet air de lassitude qui ne la quittait pas, elle était plus belle que jamais. À couper le souffle. Elle a saisi mon livre, estimé le nombre de pages, puis elle l'a reposé, sa curiosité satisfaite. Ma page était perdue, mais ça m'était égal.

« Quoi ? a-t-elle dit. J'ai une crotte qui pend au nez ? »

J'ai sursauté.

« Non. »

C'était trop incongru pour être imaginable.

« Qu'est-c't'as à me regarder comme ça ? »

Je ne voyais pas à quoi elle faisait allusion.

« Mais pas du tout.

— Non, tiens. »

Ce type de conversation, où le désaccord s'installe durablement, avait sa préférence. Si je continuais à nier que je la regardais d'un air bizarre, elle répéterait ses « non, tiens » avec entêtement.

« Bon, d'accord. Tu as une crotte qui pend au nez.

— Très drôle. Attends que je répète ça à Jerz. »

J'ai dû blêmir, car elle a ajouté :

« Te pisse pas dessus, Lou. Je plaisante.

— Ah. Bien.

— Y a plein de trucs que je lui dis pas, à Jerz, a-t-elle affirmé, provocante.

— Quoi, par exemple ?

— Ben, des secrets.

— Quel genre de secrets ? »

Mon cœur battait à l'idée qu'elle m'en confie un.

« Si je lui dis pas à lui, pourquoi je le dirais à toi ? »

Je n'avais pas de réponse prête.

« Tu veux dire quoi ? Que je peux te faire confiance ? »

J'ai haussé les épaules.

« Sans doute. »

Elle a paru y réfléchir un moment.

« OK, toi d'abord.

— Quoi, moi d'abord ?

— Dis-moi un secret, après ça sera mon tour.

— Je n'ai pas de secrets.

— Tout le monde en a. Je parie que tu en as des tonnes.

— Et pourquoi ?

— T'as une tête à ça, m'a-t-elle appris. OK, je commence. Demande-moi n'importe quoi et je te dirai la vérité.

— Comment ça se fait que tu reviennes ?

— Tu m'as manqué, m'a-t-elle lancé droit dans les yeux, me défiant de mettre sa parole en doute.

— Je croyais qu'il fallait dire la vérité.

— Tu sais quoi, Lou ? T'as pas assez d'amour-propre. Je sais, parce que c'est pareil pour moi.

— Toi ? » lui ai-je dit, sans pouvoir masquer ma surprise.

Haussement d'épaules.

« D'accord, j'ai certaines choses pour moi... (Elle a placé ses mains sous ses seins pour mieux les mettre en valeur.) Mais à part ça ? »

Par chance, cette question ne semblait pas appeler de réponse.

« Euh... » ai-je dit en levant les yeux vers le plafond, au-dessus duquel Buddy Nurt pouvait se trouver ou pas.

Je ne le voyais plus beaucoup, ces derniers temps. Hudson Cab l'avait embauché pour transporter les ivrognes à l'heure où fermaient les bistros du Gut. C'était un aspect florissant de leur activité. Puis il dormait la journée. Il n'avait pas remis les pieds au magasin depuis l'incendie. Il s'arrêtait parfois devant la vitrine en jetant un coup d'œil à l'intérieur avec un air de regret et, un instant plus tard, Nancy descendait acheter ce qui l'avait tenté, en général un paquet de cigarettes ou un pack de six abordable. Il lui arrivait d'apparaître sur leur palier bancal, torse nu, et il laissait la porte claquer derrière lui. Il se grattait le ventre d'un air songeur, comme d'autres se seraient gratté la tête, puis il rentrait, et la porte claquait à nouveau. Maman disait que, un jour ou l'autre, il ouvrirait sa braguette pour pisser par-dessus la balustrade, mais cela n'était pas encore arrivé. Quant à moi, j'hésitais à dire à Karen que je soupçonnais Buddy de nous avoir volés.

« Je crois que...

— Qu'il fasse un geste de trop, et Jerz le tue. Ou toi, peut-être. Tu ferais ça pour moi, non ? »

Je me suis senti rougir.

« Je n'irais peut-être pas jusque-là, lui ai-je dit, sous-entendant, je l'espérais, que je m'arrêterais avant le meurtre, par pure miséricorde.

— Ça veut dire que t'es pas mon ami ?

— Si, si, je suis ton ami, mais...

— Tiens, si tu me donnais des clopes ? Un paquet de Parliament, et je te pardonne. D'façon, Jerz se débrouillera mieux que toi pour nous en débarrasser. »

J'ai prélevé un paquet dans le casier et Karen a ouvert son sac. J'ai pensé que, pour une fois, elle allait me payer, mais non, elle rangeait simplement ses cigarettes.

« Et une Camel pour Jerz, a-t-elle ajouté sans lever la tête.

— Je ne devrais pas, vraiment. Mon père...

— Bon, d'accord, a-t-elle dit, l'œil noir. Je croyais qu'on était copains, c'est tout. »

Je lui ai tendu le paquet de Camel, et elle m'a refait son coup préféré. Pendant le mois de son absence, j'avais oublié ce don qu'elle avait de me regarder droit dans les yeux, puis, juste au même moment, de se décaler pour considérer une chose par-dessus mon épaule. Ce qui semblait impliquer que, selon son bon vouloir, j'étais encore là ou pas.

Elle s'est figée en sortant, comme si une idée lui traversait brusquement l'esprit.

« Y avait pas une maison, là-devant ? m'a-t-elle demandé, en indiquant le trou entre la nôtre et celle des Gunther.

— Elle a brûlé.

— Sans déconner ?

— Mon père a sauvé les deux dames qui l'habitaient.

— Putain. Dommage que j'aie pas été là », a-t-elle dit, comme guérie de son ennui.

* * *

Plus tard dans la soirée, je me suis rendu compte que cette passionnante conversation, sur le ton de la séduction, n'avait eu pour objet que les cigarettes. Karen ne pouvait tout de même pas entrer et me les demander aussi sec. Il fallait d'abord établir que nous étions amis, que nous partagions une sorte d'intimité. Je ne comprenais que bien trop tard où menait ce jeu du chat et de la souris, et cela n'était donc pas si avantageux d'être « intelligent ». Je l'étais, puisque maman me le répétait. Certainement plus que Karen. Mais à quoi bon si je me laissais embobiner aussi facilement ?

Ou alors il y avait deux types d'intelligence. Karen représentait le second, et celui-là était le plus avantageux. Ma mère me recommandait d'être plus lucide avec les gens si je voulais survivre dans ce monde, pourtant quelque chose en moi rejetait cette idée, non qu'elle fût erronée, mais parce que je n'en voulais pas. Je préférais penser que Karen était, ou pouvait être, mon amie, qu'elle aurait besoin de moi un jour pour la délivrer de Buddy Nurt — comme s'il n'y avait rien d'incongru à ce qu'elle m'attribue ce rôle. J'étais après tout le fils d'un homme qui avait assez de courage pour entrer dans un bâtiment en feu, alors peut-être étais-je moi-même plus courageux que je ne le croyais ? Avant de m'endormir ce soir-là, j'ai passé presque une heure à réunir les difficiles conditions d'un sauvetage. Jerzy Quinn, Nancy et mes propres parents devraient être partis quelque part. J'entendrais Karen crier au secours depuis le magasin, où j'étais seul. J'aurais sans doute peur de ce qui se passait à l'étage, de ce qui arriverait si j'intervenais, mais je ravalais ma peur et je m'élançais dans le noir. Peut-être que le pistolet à air comprimé qui flanquait la trouille aux clebs ferait le même effet à ce bâtard de Buddy. Je me représentais la scène. Puis elle disparaissait, et je me retrouvais seul dans le noir avec le conseil de maman — il faudrait que je sois plus futé dans la vie pour m'en sortir.

Un conseil qui, curieusement, éveillait en moi des suspicions, non contre Karen Cirillo, mais contre ma mère. Ma mère qui, contrairement à moi, l'aurait vue venir avec ses gros sabots. Qui aurait chaque fois démasqué l'aimable voisine. Ma mère qui réunissait les deux sortes d'intelligence — celle de Karen et la mienne. Pourquoi, me demandais-je, ne voulais-je pas lui ressembler ? Pourquoi savais-je que, quand Karen reviendrait prendre ses cigarettes, je les lui donnerais, pour croire encore que nous étions amis ?

Allongé dans l'obscurité, j'essayais de m'imaginer dans l'escalier, prêt à l'arracher aux griffes de Nurt-le-Pervers, et la voix de maman retentissait de marche en marche. *Ne sois pas comme ces gens qui font semblant d'ignorer ce qu'ils savent... Ne perds pas de temps à regretter que le monde ne soit pas différent. Ce n'est pas toi qui le changeras. Et ne demande pas aux autres d'être ce qu'ils ne peuvent pas.*

Au printemps de cette année-là, le journal d'Albany publiait une série d'articles sur la pollution de l'Hudson, où les saumons venaient jadis frayer. Il était maintenant contaminé par toutes sortes de déchets industriels. Le journal épinglait de gros pollueurs comme General Electric, mais il en citait d'autres, plus petits et particulièrement ravageurs, le long des affluents du grand fleuve. Notre minuscule Cayoga Stream, où les poissons avaient disparu en aval de la tannerie, n'était pas oublié, et on allait jusqu'à demander une étude, pour déterminer si les teintures chimiques avaient atteint nos nappes phréatiques — et s'il y avait un lien avec le taux alarmant des cancers dans le comté. Dans un éditorial ridiculisant ses confrères d'Albany, le *Thomaston Guardian* les traitait de communistes, de conspirateurs. Ils s'attaquaient à notre seule industrie encore viable, une conclusion qui a eu la faveur de la majorité des habitants.

Peu après cette série d'articles, un panneau À VENDRE est apparu sur la pelouse de Jack Beverly, propriétaire de la plus imposante résidence du Borough. La nouvelle a déferlé sur la ville comme un raz-de-marée, car le bruit courait depuis longtemps que la tannerie allait vraiment fermer. De fait, elle employait un nombre d'employés plus réduit chaque année. Elle les rappelait plus tard à l'automne, les renvoyait plus tôt au printemps. Si les Beverly vendaient leur maison, c'est que la rumeur était vraie. Fidèle à lui-même, mon père n'en croyait rien. Il doutait de voir fermer la tannerie dans un avenir proche et, pour étayer son optimisme, resservait les mêmes arguments qu'il avait utilisés à propos de la laiterie et des livraisons. On tannait le cuir à Thomaston depuis plus longtemps qu'on était capable de le dire. L'activité avait peut-être ralenti un moment, mais ça allait repartir. Pourquoi ? Parce que c'était des cycles. Ça s'en va et ça revient. Obligé. Il gardait pour la fin ce qu'il croyait être un argument massue. « Si elle ferme, demandait-il, marquant un temps pour créer son effet, qu'est-ce qu'ils vont faire, les gens, ici ? » Selon lui, plus un événement relevait du désastre, moins il était susceptible de se produire.

Souvent, après avoir fermé, papa répétait ces propos à maman. Il aurait dû se douter qu'elle serait plus difficile à convaincre.

« Si elle ferme, la tannerie, comment ils vont faire pour vivre, Lou et ses copains ? » lui a-t-il dit, tandis que nous regardions à la télévision la fin du match des Yankees.

La plupart du temps, elle le laissait parler, mais elle était de mauvaise humeur après une journée passée dans les comptes de l'épicerie.

« Laisse Lou hors de tout ça, a-t-elle répondu en quittant son siège. Pour commencer, il n'en a pas, d'amis. Quand il n'est pas à l'école ou en train de faire ses devoirs, il t'aide au magasin. »

C'était vrai. Au début, maman avait veillé à ce que je ne dépasse pas les horaires fixés, mais j'aimais tant mon père et cette épicerie qu'elle s'était radoucie. Elle n'avait cependant pas changé d'avis. Elle attendait simplement que je lui rapporte de mauvaises notes du collège — à peine un peu moins bonnes — pour mettre le holà. Ce qui n'avait pas eu lieu.

« Ensuite, fermée ou pas, Lou n'ira jamais travailler dans cette tannerie. Pas plus qu'il ne tiendra la caisse d'Ikey Lubin jusqu'à la fin de sa vie. Lou fera des études.

— C'est pas ce que je dis, a protesté papa, surpris de la voir subitement debout, l'index pointé vers lui, entre son fauteuil et l'écran de la télé.

— C'est bien toi : tu ne l'as pas dit, mais je viens de l'entendre. Tu oublies ce que tu dis d'une minute à l'autre. Tu aurais dû faire de la politique.

— Je dis pas que Louie va travailler là, s'est-il expliqué. Je parle des *gens*. Qu'est-ce qu'ils vont faire quand il y aura plus de travail ?

— Mourir, a-t-elle répliqué. De faim. Ou ils partiront en chercher ailleurs.

— Ils ont des maisons ici, Tessa. S'ils perdent tous leur emploi en même temps, comment ils vont les vendre ?

— Ils ne les vendront pas. Les banques les feront saisir. »

Papa hochait la tête avec obstination.

« Ils laisseront pas faire ça…

— Qui ça, “ils”, Lou ? Par curiosité ?

— Les Beverly et les autres. Eux aussi ont des maisons. T'as une idée de ce que ça coûte, ces baraques dans le Borough ?

— Moins que leurs résidences secondaires en Floride. Arrête de rêver, Lou. *Ils* s'en sortiront très bien, ceux dont tu parles. *Ils* ne sont pas idiots, eux. »

Contrairement à toi, ce qu'elle a préféré taire.

Puis elle est montée, laissant papa opiner du chef devant la télévision, comme si les problèmes des Yankees et ceux de Thomaston étaient inextricablement mêlés.

« J'dis pas qu'elle fermera pas, la tannerie, m'a-t-il accordé. Mais je dis que c'est pas forcément comme elle pense, ta mère. Elle peut pas tout savoir non plus. »

La nouvelle se répandait depuis le milieu de la semaine, et nous sommes allés nous rendre compte par nous-mêmes le dimanche. Sans m'annoncer ses intentions, papa m'a proposé une promenade pendant que maman travaillait sur les registres. J'avais une idée de notre destination. Nous nous sommes garés de l'autre côté de la rue, en face de la maison des Beverly. Il a coupé le contact, et le moteur a continué au ralenti une bonne dizaine de secondes avant de se taire. Nous avions acheté une voiture d'occasion quand la laiterie avait interdit l'usage de ses camions. Toutefois, depuis que nous avions l'épicerie, elle ne servait plus beaucoup. Papa était toujours au magasin, maman conduisait rarement, et la Ford restait devant le trottoir des semaines d'affilée. Ma mère répétait qu'il faudrait la revendre pour économiser le coût de l'assurance, mais papa voulait conserver un moyen de transport. Il se vantait aussi, ce qui l'amusait beaucoup, de posséder un véhicule qui aimait tellement rouler que le moteur refusait de s'éteindre. Ce jour-là, en revanche, papa ne semblait pas d'humeur à plaisanter.

Nous sommes restés un long moment à regarder cette maison — rose, immense, sans étage, avec une grande clôture à l'arrière, derrière laquelle on apercevait les reflets bleutés d'une piscine. Le panneau À VENDRE dont tout le monde parlait était bien là. Je ne pense pas que mon père y avait cru, pas avant de le voir de ses propres yeux. Et même alors, il n'était pas sûr de ce que cela signifiait. Il se frottait le menton en cherchant manifestement une autre explication. J'avais moi aussi du mal à le croire, quoique pour des raisons inhérentes à mon petit univers. Les Beverly ne devaient pas disparaître car, dans ce cas, la symétrie parfaite de la vie au collège serait compromise. Il fallait que Nan Beverly reste à Thomaston, puisqu'elle était la contrepartie de Karen Cirillo. L'une était le blanc, l'autre le noir — pouvaient-elles exister séparément ? Cela me semblait impossible. Rien que l'éventualité me mettait mal à l'aise et, pendant que papa essayait de raisonner, j'ai élaboré en vitesse un scénario. Les parents Beverly allaient déménager, mais ils confieraient Nan et leur maison à un oncle et une tante que j'ai inventés pour l'occasion. Papa et moi nous efforcions tous deux de redresser les torts.

C'est lui qui a finalement brisé le silence.

« Qu'est-ce qu'il faut de plus pour être heureux, Louie ? m'a-t-il demandé, comme si je détenais la réponse. Tu serais pas content si tu vivais là ? »

J'ai dit que si, et je le pensais.

« Comme tout le monde, a-t-il conclu, ravi d'être le père d'un enfant aussi sensé. Comment ne serait-on pas heureux ? »

Quand nous étions seuls, lui et moi, j'entendais parfois ce que ma mère répondrait, *elle* : *Tu crois que les gens sont faits pour être heureux, Lou ? Qu'est-ce qui te fait dire ça ?*

Il n'avait sans doute pas ce don, ou alors il aurait gardé pour lui la moitié de ses discours.

« Quand tu seras grand un jour, si tu as une maison comme celle-là, profite. Et laisse personne te traiter de raté. »

J'ai promis.

« T'as même pas besoin de ça pour réussir, a-t-il poursuivi. Ton oncle et moi, on a grandi dans une maison où il n'y avait ni l'eau courante, ni l'électricité. On a pas besoin de tout avoir pour être heureux. »

De l'autre côté de la rue, la porte d'entrée s'est ouverte. M. Beverly est apparu, suivi par une femme mince, bien habillée, son épouse certainement. Puis Nan, radieuse, pimpante, d'une blondeur éclatante sous le soleil matinal. À l'évidence, ils partaient à l'église, et tous trois ont paru nous remarquer en même temps. J'ai eu envie de disparaître sous la banquette. On n'avait rien à faire là. Les rues du Borough sont très larges et notre voiture était la seule en vue. Les autres étaient bien à l'abri dans leurs doubles garages, ou rangées, étincelantes, dans les allées. Papa a dû penser lui aussi que nous n'étions pas à notre place, et j'ai eu de la peine pour lui car ce quartier avait en quelque sorte été le sien, du moins à certaines heures de la journée, lorsqu'il livrait encore le lait.

Si les Beverly se sont interrogés sur notre présence, ils n'en ont rien laissé paraître. Nous n'étions pas dans l'East End, où l'on dévisageait les inconnus, en se demandant à haute voix qui ils étaient et ce qu'ils pouvaient bien venir voir. Le père, la mère et leur jolie fille sont simplement montés dans leur Cadillac impeccable, dont la lunette arrière, ai-je remarqué, avait été remplacée. M. Beverly a ajusté son rétroviseur, peut-être pour nous observer une seconde — ou plus probablement pour faciliter sa marche arrière. Quand leur voiture a disparu au coin de la rue, papa avait l'air affligé, comme s'ils quittaient la ville sous nos yeux.

Le moteur de la Ford rechignait maintenant à redémarrer. Il a fini par se décider. Je m'étais dit que nous rentrerions tout droit à la maison, mais mon père a voulu faire le tour du Borough, comme le jour où il m'avait appris où habitaient les gens importants. Sans doute cherchait-il à se rassurer, à vérifier qu'après le départ éventuel des Beverly, il resterait tout de même quelques familles influentes. Sans doute aussi se creusait-il la tête pour savoir comment nous arriverions là un jour. En ouvrant une seconde épicerie, une fois que nous saurions mieux nous débrouiller avec l'actuelle ? Ou bien avions-nous seulement dit au revoir à Berman Court, et c'était tout ?

Après avoir sillonné le quartier, nous avons roulé vers l'extérieur de la ville, et ralenti en passant devant Whitcombe Hall, où il n'y avait pas trace de Gabriel Mock. Papa a-t-il pensé à la même chose que moi devant le manoir décrépi ? Maman nous disait que, en Amérique, l'ascenseur social pouvait aussi bien retomber, et ce que l'on gagnait être perdu. Témoin la ruine magnifique qui se dressait derrière cette clôture. S'il était vrai, comme papa le maintenait, que « ça s'en va et ça revient », l'inverse n'était-il pas aussi valable ?

« Le type qui vivait là doit être un des premiers qu'ont fait fortune dans le coin, a dit papa. Je sais pas comment il s'y est pris, mais sûrement que les gens l'aimaient bien. »

Voici comment mon père mesurait les choses, finalement. Si l'on était riche, cela impliquait qu'on vous appréciait, qu'on faisait affaire avec vous plutôt qu'avec un autre. Et peut-être Dieu lui-même vous aimait-il aussi.

Avant de rentrer, nous nous sommes arrêtés au Cayoga Diner. Nous nous mettions en général au comptoir où papa bavardait avec Stan ou quiconque traînait là, aussi ai-je été étonné qu'il m'emmène à une table dans le fond. On voyait par la fenêtre le ruisseau en contrebas. Il avait aujourd'hui la couleur de l'eau, puisque c'était dimanche et que la tannerie était fermée. En revanche, la rive portait comme d'habitude toutes les nuances de l'arc-en-ciel, telles les truites du même nom.

« On n'aurait peut-être pas dû acheter l'épicerie, m'a-t-il dit d'un air sombre. On gagne même pas de quoi vivre, et on peut pas travailler plus. »

Essayant de lui remonter le moral, j'ai répondu :

« On va s'en sortir mieux. On vient à peine de s'y mettre. »

Mon opinion en la matière ne valait sans doute pas grand-chose, mais il s'est déridé. Tendant le bras par-dessus la table, il m'a ébouriffé les cheveux.

« Tu sais, t'es pas obligé de travailler au magasin plus que tu en as vraiment envie.

— Mais j'aime bien », l'ai-je assuré, ce qui était vrai, malgré le poids qui encombrait ma conscience.

Je continuais depuis un an à fournir gratuitement des cigarettes à Karen Cirillo. Plus tôt dans la semaine, deux de ses amies du West End que j'avais vues aux soirées du Y étaient venues à la boutique, dans l'intention évidente de chiper. Elles s'étaient séparées à peine entrées, et elles avaient filé chacune à un bout du magasin. L'une a attiré mon attention en me posant une question, pendant que l'autre glissait quelque chose, je n'ai pu voir quoi, dans son sac. Cela n'a duré qu'une seconde mais, lorsque j'ai croisé son regard, j'en ai eu la certitude. Elles étaient reparties sans rien acheter. Je m'étais dit par la suite que Karen, connaissant les heures où je travaillais seul, leur avait refilé le tuyau.

Quinze jours plus tôt, j'avais entendu, tard le soir, quelques mots d'une conversation : « Alors explique-moi, Lou. Dis-moi pourquoi ce qui sort du camion finit par disparaître. On l'a sur l'inventaire et on ne le retrouve plus. Si tu l'avais vendu, ça se verrait sur les rouleaux de caisse. » Pas étonnant que l'affaire périclitait. Nous avions déjà un aigrefin à l'étage, mais en plus, les rares fois où papa n'était pas là, il confiait l'épicerie à Judas.

Plutôt que me soupçonner, il se serait accusé lui-même de voler en dormant, ce qui décuplait ma honte. La confiance qu'il m'accordait était si absolue que je n'étais pas sûr qu'il me croirait si j'avouais. Et, serais-je arrivé à me confesser, il aurait attiré mon attention sur un autre aspect des choses pour me disculper. Comment pouvais-je lui dire que Karen était un fantasme auquel je n'avais pas la force de résister ?

« Ça doit être la plus mignonne, alors, non ? »

J'étais tellement surpris qu'il ait suivi le fil de mes pensées que j'ai balbutié « oui » d'une voix cassée. Nous ne parlions jamais des filles et, le sujet nous terrifiant autant l'un que l'autre, j'imaginais que cela ne nous avancerait à rien. Voilà que nous reconnaissions Karen comme la meilleure d'entre elles, ce qui impliquait que papa était sensible à son charme maléfique.

« Vous êtes dans la même classe ? »

J'allais lui rappeler ce qu'il savait parfaitement. Nous étions tous deux en quatrième. Mais j'ai soudain compris qu'il ne s'agissait pas d'elle. Non, il me parlait de Nan Beverly, que nous avions vue monter dans la Cadillac familiale.

« C'est une fille bien ? »

Mon soulagement devait être visible. Nan étant quelqu'un dont nous *pouvions* parler, je lui ai dit que, de toutes les filles du collège, c'était elle qui avait le plus de succès. Les garçons se battaient pour elle, le vendredi soir devant le Y. Et papa de hocher tristement la tête, comme si des souvenirs lui revenaient en mémoire. Ce genre de chose arrivait-il aussi, quand il avait mon âge ? Ses amis se bagarraient-ils pour les plus jolies ? Pour la maman de Nan, peut-être ? Avait-il été un de ces garçons ? J'avais du mal à me le représenter amoureux. Je savais que maman et lui avaient eu des rapports sexuels, puisque l'amour ne se concevait pas sans, mais j'étais bien content que, avec le temps, leurs relations aient pris une tournure moins passionnelle, plus proche de l'amitié, car alors j'y avais ma place. Voir mon père comme un être sexué me mettait mal à l'aise.

« Vous dansez ensemble, des fois, au Y ?

— De temps en temps », ai-je répondu en haussant les épaules et, contre toute attente, il m'a cru.

Un nouveau mensonge à empiler sur les autres.

On nous a servi nos hamburgers et nos milk-shakes, ainsi qu'une grande assiette de frites arrosées de jus de viande. Mon père n'aimant pas parler en mangeant, cette conversation gênante est restée un moment suspendue. J'en profitais aussi pour ne pas mentir la bouche pleine. Après avoir trempé sa dernière frite grasse dans la sauce, il a déclaré :

« Elle a pas besoin d'être la plus mignonne. Tu sais... celle que tu aimes ? »

J'ai eu comme des remous dans l'estomac. Je savais que c'était vrai, mais je ne voulais pas qu'il dise que maman n'était pas la plus mignonne.

« Celle que tu cherches, a-t-il continué, c'est surtout la plus chouette. »

J'étais censé répondre quelque chose, alors j'ai dit oui.

« Mais il faut qu'elle t'aime bien aussi. »

Impossible de ne pas remarquer qu'il transpirait abondamment en fouillant dans ses sentiments. Je me demandais d'ailleurs pourquoi il s'y croyait obligé ?

« Ça suffit pas que tu l'aimes bien, ça doit être réciproque. »

Nous étions si absorbés que je n'ai pas vu oncle Dec entrer, ni avancer vers notre table. Il était soudain devant nous, et pousse-toi un peu sur la banquette, Bub. Il avait son habituelle barbe de trois jours et il a fait en s'asseyant ce petit bruit sec qui n'appartenait qu'à lui, comme s'il voulait se débarrasser d'un grain de tabac collé au bout de sa langue. Chaque fois, je regardais dans la direction qu'aurait dû prendre la chose, mais il n'y avait jamais rien.

« Eh ben, a-t-il dit en me regardant. Vous auriez pu me laisser une frite.

— Tu peux t'en commander. Ça coûte pas si cher, lui a dit papa.

— Mais j'en veux pas. Si je mange comme toi, je vais finir par te ressembler, a répondu Dec, sans me quitter des yeux. D'ailleurs, tu lui ressembles de plus en plus, *toi,* m'a-t-il dit. Vous avez le même crâne pointu. »

Et de me donner un coup sur la tête, du bout du poing, pour que je sache bien de quel endroit il parlait.

« On y va, Louie, tu es prêt ? m'a demandé papa.

— Qu'est-ce qui vous presse ? Relax. Prenez un café. Je vous l'offre, si ça vous fait plaisir. »

Mon père s'était déjà levé, mais oncle Dec me retenait prisonnier sur la banquette, et il s'est rassis.

« Mange une glace, m'a proposé Dec. C'est pour moi.

— Il vient de boire un milk-shake, a dit papa.

— Et alors ? »

La serveuse a apporté deux cafés et une glace à la vanille.

« Tu sais que Manucci a fermé ? » a dit oncle Dec, qui me regardait toujours.

La question était adressée à mon père, qui a blêmi. Manucci était un vieux marché du West End, trois fois grand comme Chez Ikey. Mon oncle venait d'y tenir la boucherie pendant un an. Le reste du temps, il était couvreur ou barman.

« Et pourquoi ?

— C'est le fils, qu'est-c'tu crois, ce connard ! Voilà qu'il joue les flambeurs, maint'nant. Il a tout le temps de claquer le fric de son dabe, mais il a le feu aux fesses. Avant d'aller aux courses, il passe au magasin et il se sert directement dans le tiroir-caisse. Pendant que le vieux est en train de crever. La dernière fois que je l'ai vu, celui-là, il pesait quarante-cinq kilos. Il peine à lever le bras droit, et ça l'épuise tellement qu'il tombe de sommeil, après.

— Le West End, a dit papa en opinant du chef.

— East End, West End... c'que ça peut faire ? C'est le gamin qu'est fêlé. »

Voilà qu'il m'observait encore, comme s'il me voyait finir comme le fils Manucci.

« Bon, enfin, tu comprends ce que ça veut dire non ? » a-t-il ajouté.

Le prochain, ça sera toi, voilà ce que ça impliquait. *Tu sais ce qui est arrivé aux dinosaures, non ? Morts. Décomposés.*

« Ça veut dire que tu n'as plus de travail, a dit papa, une réplique que je trouvais bien envoyée.

— Mais ensuite ? a répondu Dec avec un sourire. Bon, réfléchis, je vais compter pendant ce temps… »

Et de commencer, avec la main gauche :

« Un, deux, trois…

— Je vais pas…

— Tessa a pigé tout de suite, elle, a coupé Dec, en continuant de déplier les doigts. Elle a vu le truc dès que je lui ai annoncé la nouvelle. »

La main droite, maintenant :

« Six, sept, huit, neuf, dix…

— Quand as-tu vu Tessa ? »

Et il repartait avec la gauche, onze, douze, treize.

« À l'instant. Elle m'a dit que tu serais probablement ici, devant une assiette de frites. »

La droite, dix-sept, dix-huit, dix-neuf.

Ça veut dire qu'il veut que tu l'emploies : le message télépathique que j'ai essayé d'adresser à papa, pendant que mon oncle poursuivait son jeu cruel sur ses doigts. J'étais sûr que, une fois arrivé à vingt, il allait reprendre à zéro, mais il a simplement hoché la tête.

« Bon, on y sera encore dans une heure. Ce que ça veut dire, a-t-il expliqué en baissant la voix, c'est que tes copains richards du Borough savent plus où aller prendre leur carré d'agneau le dimanche soir.

— Et le A & P ?

— Ils découpent leurs côtelettes à la scie à ruban, au A & P, a lâché Dec, méprisant.

— On a rien de ce qu'il faut, a dit papa. Un présentoir, pour la viande. Une trancheuse. Une balance. Ça coûte de l'argent, tout ça.

— Neuf, c'est certainement cher, a convenu Dec d'un air entendu.

— Mais où trouver ça d'occasion ? »

Mon oncle a dévisagé papa un instant, puis s'est tourné vers moi.

« OK, a-t-il dit, t'as le même crâne pointu que ton dabe, mais je vais faire comme si j'étais pas là et on va dire que t'as deviné, toi. »

Je détestais prendre parti contre mon père, mais j'avais en effet deviné, et je ne pouvais pas dire le contraire.

« Chez Manucci ?

— Et quel âge as-tu ? m'a demandé Dec, en observant maintenant son frère, qui était visiblement fier de moi.

— Treize ans.

— Treize ans, a répété oncle Dec. Bon, faut que j'y aille. Tessa vous racontera la suite. Très sincèrement, tu décides ce que tu veux. Je sais faire un carré d'agneau, mais je sais aussi découper les côtelettes à la scie. Ça fait un an que le A & P essaie de m'embaucher, alors c'est toi qui vois.

— J'y penserai, a dit papa, qui le regardait se lever d'un air méfiant.

— Parfait. Prends ton temps. Enfin, faudrait pas trop traîner. Je te recommande d'être un peu plus rapide, pour une fois.

— Jamais, a dit papa une fois Dec reparti. Je l'engage et j'aurai à peine tourné le dos qu'il prendra des paris dans l'arrière-salle. »

Je me disais que, pour une fois, papa et maman tomberaient d'accord sur une chose : l'oncle Dec n'était pas fiable. Ça lui irait si bien de nous faire dépenser de l'argent qu'on n'avait pas, puis de changer d'avis au dernier moment et de nous laisser en plan. Mais je voyais que papa réfléchissait. Dec avait beau le chambrer sans arrêt, mon père reconnaissait souvent que son frère était astucieux, ne manquait pas de retomber sur ses pattes. Il se débrouillait plutôt bien pour un homme sans ambition.

Nous avons découvert à la caisse qu'oncle Dec n'avait réglé ni les cafés, ni la glace à la vanille.

« Voilà précisément pourquoi on veut rien avoir à faire avec lui ! » s'est exclamé papa, qui brandissait l'addition.

* * *

Quand nous sommes rentrés, la table de la cuisine était encombrée par les affaires de maman — la machine à calculer avec son long ruban de papier, le cahier à spirale et ses colonnes de chiffres, la pile des registres usés de True Plumbing and Supply, Angelo's Pizza, Bech's Flowers… Maman, elle, n'était pas là. Un instant affolé, j'ai pensé aux fugues à répétition de Mme Marconi. Ma mère n'en serait jamais arrivée là, mais j'avais la très nette impression qu'elle n'était pas seulement sortie une seconde. L'appelant, papa est monté à l'étage au cas où elle ferait la sieste, et je savais qu'elle n'y serait pas, ni là ni chez un voisin. Si elle n'avait pas éteint sa machine, c'est qu'elle avait interrompu un travail important par une chose qui l'était plus encore.

Songeur, papa se grattait la tête en redescendant l'escalier. Un geste qui m'a déplu car oncle Dec venait de nous traiter de crânes pointus. Papa se grattait précisément l'endroit où ladite pointe se serait trouvée.

« Elle est chez Ikey », lui ai-je dit.

Aussi improbable que cela fût, j'en étais sûr et je voyais que cette éventualité l'alarmait autant que moi. Maman avait juré de ne jamais mettre les pieds chez Ikey et, jusque-là, elle avait tenu parole. Si elle avait besoin de consulter papa dans la journée, elle lui téléphonait ou elle traversait la rue et, dans ce cas, elle le priait de sortir pour parler. Si elle se trouvait là-bas, c'est qu'elle devait avoir une bonne raison, et ça avait l'air de l'inquiéter.

Nous l'avons trouvée au milieu du magasin, munie d'un mètre de couturière.

« C'est ce mur-là qu'on va faire tomber, a-t-elle dit quand nous sommes entrés, le doigt pointé. Tu perdras une place de parking. Peut-être deux. »

Elle prévoyait l'emplacement du comptoir pour la boucherie. Ce que papa a très bien compris.

« On ne fera rien avec Dec, a-t-il dit. Il n'est pas digne de confiance. »

Pour enfoncer le clou, il a relaté l'épisode de la glace et des cafés que mon oncle nous avait promis et n'avait pas payés.

« Mais justement, Lou ! *La preuve* qu'on peut compter sur lui. Pour toujours refaire exactement la même chose. À sa façon, il est tout aussi fiable que toi. Tu es toujours toi, et ton frère est toujours ton frère. Le jour où vous surprendrez quelqu'un, les poules auront des dents. »

J'ai pensé à dire que papa nous avait fait une sacrée surprise en achetant l'épicerie, mais j'ai préféré me taire.

« Je ne veux pas le voir ici, Tessa.

— Eh bien, réjouis-toi. Dans six mois, il ne sera plus là. Tu as déjà vu Dec Lynch faire de vieux os quelque part ? Ça nous donne six mois pour apprendre ce qu'il sait. »

J'ai aussitôt remarqué l'emploi du pronom. Je pense qu'il a échappé à mon père, trop chagriné par les intentions de maman.

« S'il bosse ici, les gens penseront que c'est chez lui, pas chez moi.

— Pour l'instant, ton problème, c'est plutôt Buddy Nurt. Car lui, il se croit vraiment chez lui, ici », a-t-elle répliqué, ce qui l'a dérouté encore plus.

Elle nous a invités à la suivre dans le fond. La réserve était sombre, mal éclairée par une lucarne haut placée. Papa a tendu le bras vers l'interrupteur ; maman a préféré allumer sa torche électrique. J'ai commencé à dire quelque chose ; elle a posé un doigt sur sa bouche.

« J'ai trouvé la fuite », a-t-elle dit, braquant sa lampe vers une porte dont j'avais toujours cru qu'elle menait à la cave. Deux caisses étaient posées devant, qui en bloquaient l'accès. « Devine où ça va ? »

J'ai compris immédiatement. La réponse était : en haut, pas en bas. Papa voyait aussi où maman voulait en venir.

« Mais il y a un cadenas, Tessa, lui a-t-il dit, tendant un bras par-dessus les caisses pour tirer dessus.

— Chut ! »

Elle lui a fait signe de s'écarter, et elle m'a donné sa torche. Puis elle s'est rapprochée de la porte, et elle a posé l'oreille contre le bois pour écouter. Nous avons entendu des voix étouffées — celles de Karen et de sa mère — et des bruits de pas à l'étage. Satisfaite, maman a ensuite *ouvert* la porte, à notre grand étonnement. Pas du bon côté, bien sûr, car le cadenas tenait, mais de l'autre, celui des gonds. Incroyable : un homme avait la place de passer. Je me suis rendu compte que les caisses n'étaient pas exactement en face et ne gênaient pas réellement de ce côté.

Maman a repris sa lampe et l'a braquée sur les chevilles qui avaient maintenu ensemble les deux membres de chaque gond. Elles étaient par terre, sur la première marche. Le faisceau a éclairé la poignée de fortune qu'on avait fixée à la porte, enfin les traces de chaussures sur le sol et les éclats de bois en bas de l'escalier intérieur. Bouche bée, papa et moi avons vu maman refermer la porte, et les deux parties de chaque gond se sont emboîtées. En les examinant de près, on remarquait qu'elles ne s'assemblaient pas parfaitement, mais qui aurait regardé là ?

« Il a dû enlever complètement la porte à un moment ou un autre pour la raboter, a dit ma mère en revenant dans le magasin. Le seul truc qu'on n'a pas réussi à comprendre, c'est comment il a fait pour enlever les chevilles. Ce n'était possible que de l'intérieur. Peut-être qu'il s'est glissé dans la réserve pendant une livraison, à un moment où tu étais dehors. »

Cette fois, papa a percuté.

« "On" ? a-t-il dit.

— C'est ton frère qui a découvert le pot aux roses, pas moi. »

Je n'aurais su dire ce qui le déprimait le plus — que Buddy Nurt nous ait pillés systématiquement, ou que Dec ait mis au jour le stratagème. Il s'est posé lourdement sur son tabouret derrière le comptoir, et il s'est tu pendant un long moment. Maman semblait savourer ce silence.

« Qu'est-ce qu'on fait ? a-t-il finalement demandé.

— Ça, lui a-t-elle répondu, je m'en occupe. »

Cette nuit-là, Nurt a fait sa dernière incursion à l'épicerie. J'ai ouvert les yeux une première fois à l'aube au bruit de ce qui ne pouvait être qu'un taxi Hudson, dont le moteur tournait au ralenti. Je me suis réveillé de nouveau à six heures quand papa, malgré son aversion pour le téléphone, a appelé maman. Lorsqu'il avait ouvert sa boutique, la porte de l'escalier intérieur était coincée, comme prévu. En la poussant, Buddy avait dû avoir la surprise de sa vie. La veille, papa avait cloué au sol une cale sur laquelle la porte s'était élevée de trois centimètres, avant de retomber, coincée. Impossible, dès lors, de la refermer. Affolé, Buddy l'avait certainement tirée de toutes ses forces, car elle était complètement tordue.

Maman avait téléphoné au commissariat et expliqué comment nous avions procédé. Quand les policiers étaient arrivés, papa avait eu un air gêné, comme s'il avait été piégé lui-même, et non Buddy. Je savais ce qu'il ressentait. Je méprisais Nurt, mais il y avait quelque chose d'humiliant à être pris en flagrant délit, quasiment, en se rendant compte que, malgré tout le soin, toute l'intelligence consacrés à une escroquerie — car ce que Buddy avait imaginé *était* intelligent —, il y avait quelqu'un de plus malin que vous. Et maintenant plus personne ne doutait de qui vous étiez. C'était sans doute assez insupportable, ai-je pensé, pour qu'il jette sa valise sur la banquette arrière d'un Hudson Cab et qu'il file sans demander son reste — laissant Nancy et Karen, mal réveillées, ouvrir leur porte quand maman avait frappé, secondée par deux costauds en uniforme.

Trop lâches pour assister à la scène, papa et moi étions restés en bas. Quand les premiers clients sont arrivés pour leur café, je n'ai pas eu le courage de l'écouter expliquer pourquoi une voiture de police était stationnée devant l'entrée. J'ai battu en retraite dans la réserve où j'ai rangé du pain et du lait frais qu'on venait de livrer.

Malgré tous mes efforts, je ne pouvais détacher mon esprit de Buddy. Son existence se résumait à celle d'un faux-jeton et d'un malfaiteur, et rien ne devait être pire qu'être démasqué. Pourquoi ne changeait-il pas ? À ma grande surprise, je ne m'étais pas plus tôt posé la question que j'avais la réponse. Buddy Nurt n'était pas un voleur parce qu'il volait ; il volait parce que c'était un voleur. Chaque fois qu'il se faisait prendre, il ajoutait une erreur à la liste de celles, croissante, qu'il ne commettrait plus, mais ce n'est pas ça qui allait l'arrêter. La solution consistait à faire mieux la prochaine fois, se disait-il. Quand, sortant d'un taxi Hudson, il s'était étudié dans la vitre du magasin, c'est le vrai Buddy Nurt que j'avais aperçu, quelqu'un qui faisait ce qu'il faisait parce qu'il était ce quelqu'un. Le dégoût de soi se lisait dans son expression, mais autre chose aussi qui m'avait échappé : la futilité de combattre sa nature profonde. L'homme qui se dévisageait allait poursuivre ce qui l'avait mené à ce point-là de sa vie. Il devait savoir quelles en seraient les conséquences — un autre taxi Hudson, arrivant en pleine nuit pour l'emporter vers de nouveaux ennuis et le déshonneur encore. Voilà ce que signifiait son affreuse grimace. Une soumission à l'inévitable.

Avec un frisson dans le dos, je me suis souvenu d'être sorti et d'avoir examiné ma propre image. Ébahi, j'avais trouvé ce masque de dégoût sur mon visage. Et si nous n'étions rien d'autre que nous-mêmes ? m'étais-je demandé. Était-ce une illusion de croire le contraire ? Était-ce cela qu'impliquait ma mère en m'intimant d'être plus lucide si je voulais survivre dans ce monde ? Voulait-elle me faire comprendre que nous n'avions d'autre choix que de nous traîner ainsi, de répéter nos plus lourdes erreurs sans en retenir d'enseignement ou, pis, sans en tirer profit ?

Je n'en savais toujours rien lorsqu'elle est redescendue avec les deux policiers. Ils sont restés à discuter devant la boutique jusqu'à ce que l'un d'eux, jetant un coup d'œil vers l'étage, hausse les épaules en disant : « Bon, d'accord, si c'est ce que vous décidez. » Puis ils sont remontés dans leur voiture et se sont éloignés. Maman est entrée dans le magasin, où elle a braqué un regard noir sur les membres de l'Elite Coffee Club qui, embarrassés, ont fini par décamper. C'était ensuite mon tour : elle m'a observé si attentivement que j'ai cru devoir m'en aller, moi aussi. Je n'avais pas encore l'habitude de la voir chez Ikey, et sa présence, apparemment, désarçonnait mon père.

« Eh bien, a-t-elle dit enfin, au moins il est parti.

— Et l'argent ? a demandé papa, qui pensait, je suppose, au coût des bières et cigarettes volées.

— Disons qu'il s'est envolé, lui aussi.

— Ils l'arrêteront peut-être, ai-je avancé, Buddy ne me paraissant pas assez malin pour échapper à la police.

— À quoi bon ? a répondu maman. Comment veux-tu qu'il nous rembourse ? Autant saigner un navet.

— Et elle ? » a dit papa, avec un geste vers le plafond.

Maman a haussé les épaules à son tour.

« Elle prétend n'avoir rien remarqué. »

Dehors, les chiens qu'elle avait canardés remontaient la rue. Ils ont tous trois changé de côté en arrivant devant l'épicerie. Ils épiaient celle-ci du coin de l'œil — un spectacle qui semblait réjouir maman et, pour être franc, moi aussi. De mes réflexions sur Buddy, j'avais conclu que tout était à peu près vain, et voilà qui suggérait l'inverse. Ces chiens-là modifiaient leur comportement en fonction de leur expérience. Certes, ils étaient sans doute plus intelligents que lui, mais quand même.

« Bon, a dit ma mère en se tournant vers papa. Tu voulais un associé dans cette affaire. Tu en as trouvé un, on dirait. »

Il semblait au bord des larmes.

« Pourquoi faut-il qu'il soit mon associé ? Pourquoi est-ce que je ne le paierais pas, tout simplement, comme chez Manucci ? »

Elle s'est vigoureusement frotté les tempes.

« Je ne te parle pas de ton frère, Lou, je te parle de moi. »

Après le déjeuner, ils m'ont laissé la boutique pour aller chez Manucci se rendre compte de ce dont ils auraient besoin pour faire d'oncle Dec le boucher maison. Ils avaient rendez-vous le lendemain avec une entreprise pour évaluer le coût d'un agrandissement.

C'est en début d'après-midi qu'on avait le moins de clients. Ce jour-là, les voisins sont arrivés les uns à la suite des autres, soi-disant pour acheter un litre de lait, en réalité intrigués par la voiture de police qui était restée garée devant chez nous une bonne partie de la matinée. Vers deux heures, un pick-up cabossé s'est rangé devant le trottoir, puis un autre, et encore un autre, et les frangins ont déboulé comme un seul homme dans l'escalier. Dix minutes plus tard, une canette de bière vide ricochait sur une plateforme arrière, une deuxième atterrissait dans le caniveau, une troisième restait à l'endroit voulu, puis une quatrième tombait à côté. Revigorés, les frères pouvaient emporter les affaires qu'ils avaient montées moins d'un an auparavant. Nancy est descendue pour superviser les opérations. Me voyant seul au magasin, elle est entrée pour acheter un paquet de cigarettes. Les yeux rouges, gonflés, elle n'a pas mis longtemps pour oublier sa honte et laisser éclater sa colère.

« S'il y en a qui croient qu'ça m'brise le cœur de partir, ils s'trompent, a-t-elle claironné, comme si j'étais un de ceux-là. À croire qu'on pue pas quand on chie, ici. »

J'ai bien voulu comprendre que son « ici » désignait l'East End dans son ensemble, et non le voisinage immédiat. Selon moi, nos excréments puaient moins que ceux de Buddy Nurt, mais j'ai tenu ma langue.

« Je pourrais t'en dire de belles sur ta chère mère, tiens, si j'avais envie, a-t-elle poursuivi. Mais non. Tu la trouves excitée, ma fille ? T'aurais dû voir ta mère, à l'époque. Ton père a pas compris c'qui lui arrivait. Il était pas le seul, d'ailleurs, seulement celui qui s'y attendait le moins. Si tu me crois pas, demande à ton oncle. »

Elle a fermé une sorte de fermeture Éclair devant sa bouche, comme si elle en avait trop dit et que je n'obtiendrais rien de plus. Elle a fait un pas vers la porte, pour crier à ses frères, qui installaient n'importe comment un sommier et un matelas sur un des pick-up :

« Non mais, vous êtes pas bien ? »

Étonné, j'ai vu le plus gras des frangins se retourner, puis ouvrir, lui, une braguette imaginaire, en sortir un engin qui l'était aussi et le secouer.

Nancy n'a pas semblé établir de lien entre les deux fermetures Éclair. Faisant volte-face, elle a repris :

« Par-dessus le marché, elle a le culot de me dire que je savais parfaitement qu'il vous fauchait de la bière et j'sais pas quoi encore, Buddy, dans votre boutique à la con.

Comme si j'avais pas dit dès le départ que c'était un voleur. Que toute la ville savait pas que c'est un faisan. Comme s'il manquait pas du fric dans mon portefeuille un matin sur deux. »

En l'écoutant, je percevais l'origine des curieux raisonnements de Karen. Si je comprenais bien, Buddy était — ou aurait dû être — notre fardeau commun. Certes, il nous avait volés mais, en l'empêchant de continuer, nous nous étions dégagés de nos responsabilités, en conséquence de quoi Nancy était obligée d'assumer les nôtres en plus des siennes.

« Buddy Nurt, a-t-elle lâché, méprisante. Si tu sais ce que j'ai fait pour mériter ce nabot, j'aimerais bien que tu me le dises. Ç'a pas dû être décidé de mon vivant, je te l'assure. »

Dehors, les frères avaient fini d'attacher matelas et sommiers avec une vieille corde à linge.

« T'as raison qu'ça va tenir, tiens, a grommelé Nancy avant de me regarder. T'as pas de frères, toi ? »

Elle ne l'ignorait pas, mais elle paraissait attendre une réponse, et je lui ai dit que j'étais fils unique.

« Veinard », a-t-elle jeté avant de partir.

Je n'ai aucune idée de ce que faisait Karen pendant ce temps. M'attendant à la voir surgir, j'observais la rue derrière la vitrine, mais elle n'est pas venue. Puisque j'étais tout seul, j'avais pensé qu'elle passerait dire au revoir, peut-être pour m'extorquer un dernier paquet de cigarettes. Sans doute, se sentant mal à l'aise à cause de Buddy, avait-elle préféré m'éviter. Vers le milieu de l'après-midi, les frères, entassés dans leur armada, ont fichu le camp. Le dernier pick-up a pris le tournant trop vite, la corde à linge a rompu, et le sommier à ressorts s'est détaché devant notre maison. La Ford était garée devant la porte et, en faisant la culbute, le sommier a arraché net le rétroviseur latéral, qui a fini sa course à côté du pare-chocs avant. Quand papa est rentré, je lui ai rapporté la chose et nous avons attendu que les frangins reviennent chercher leur bien pour leur demander de nous payer un nouveau rétroviseur. Nous avons attendu en vain.

« Parfait », a dit mon père quand il a commencé à pleuvoir.

Nous avons laissé le matelas prendre la pluie. À la tombée de la nuit, il était tellement trempé que nous avons eu du mal à le traîner jusqu'aux poubelles, où nous avons décidé de le laisser jusqu'au ramassage des ordures. À notre grande surprise, il n'était plus là le lendemain matin.

« West End », fut le seul commentaire de ma mère là-dessus.

Plus tard la même journée, nous sommes allés, elle et moi, inspecter l'appartement à l'étage, sans trop savoir ce que nous trouverions. Des traces d'un nouvel incendie ? Des toilettes immondes comme la dernière fois ? Maman avait à peine prononcé deux mots depuis le petit-déjeuner. La nuit portant conseil, son enthousiasme avait peut-être diminué au sujet de l'épicerie-boucherie. Mais l'appartement était en meilleur état qu'elle le craignait. Buddy n'était sûrement pas une fée du logis, mais Nancy avait bien entretenu les lieux, et il n'y avait apparemment pas d'incident à déplorer. Pourtant maman restait d'une humeur noire. Peut-être avait-elle tout bonnement de la peine pour sa vieille copine, obligée de réintégrer le Gut. Une fois qu'on avait goûté à mieux, disait-elle toujours, il était dur de revenir en arrière, même si on s'était contenté de peu auparavant, car on n'oubliait jamais qu'il y avait un « mieux ».

À moins qu'elle ait songé à son propre avenir, soudain voilé. Elle venait d'abattre le mur psychologique et financier qu'elle avait érigé entre elle et l'épicerie, et elle se rendait compte à quel point nous étions vulnérables. Elle était bien décidée à conserver les comptes de ses clients, pour que nous ayons toujours ça en réserve. Mais elle s'était engagée à faire réussir notre entreprise, bien qu'elle m'eût affirmé depuis longtemps que c'était *impossible*, que nous pourrions tout au plus espérer une lente déchéance, de quoi vivre dans la marge jusqu'à que le A & P ou son successeur veuille bien abréger nos souffrances.

Elle avait dû penser qu'en endossant le rôle d'associée à part entière, elle parviendrait un certain temps à repousser ce funeste destin, au moins jusqu'à ce que j'aie terminé mes études. En étant sur place, en vérifiant tout par elle-même, elle arriverait à contrôler les choses. Elle surveillerait l'inventaire, elle s'assurerait que nous commandions les quantités nécessaires et qu'un représentant trop malin ne prendrait pas de libertés avec papa, pour lui refiler les rossignols au fond du camion. Elle disait souvent que sa peur des femmes les dissuadait de revenir chez Ikey, qu'il les recevait avec un air embarrassé. En le remplaçant régulièrement, elle apporterait une solution à ce problème, et il aurait enfin un peu de temps libre. Cependant, le plus important était que, pour réussir, le magasin devait avoir selon elle un « plus », offrir aux clients ce qu'ils ne trouvaient pas au A & P, ni dans les autres épiceries de quartier. Un bon carré d'agneau, par exemple.

Je ne me doutais pas, à l'époque, que pour agrandir l'épicerie, papa et maman ont eu besoin, non seulement d'un prêt des Thomaston Savings, mais aussi d'une seconde hypothèque sur la maison. Si je l'avais su, j'aurais bien sûr applaudi des deux mains, car j'aimais Chez Ikey, j'y croyais autant que mon père, et j'étais heureux que maman s'associe au projet. Je voulais que nous soyons une famille dévouée à la même cause. J'étais même prêt, s'il le fallait, à englober oncle Dec sous ce nom, d'autant que mes parents pensaient qu'il ne resterait pas longtemps.

Malgré les craintes de maman, malgré l'échec patent de la voisine Nancy, je n'imaginais pas que nous puissions faillir. Buddy Nurt n'était plus là pour nous mettre des bâtons dans les roues. Il m'avait paru naturel de quitter Berman Court et, dans le même élan, nous finirions un jour dans le Borough, avec un peu de chance. Bien sûr, il y aurait des revers. Mais nous l'emporterions.

Malgré sa prudence, maman devait elle aussi avoir eu cette conviction désespérée, cette foi aveugle, suffisamment du moins pour signer un emprunt et accepter une deuxième hypothèque. Je ne pense pas qu'elle ait réellement craint que nous retournions dans le West End, comme son ancienne amie. Le destin qu'elle redoutait avait pour nom cet appartement à l'étage et, tandis que nous explorions ses petites pièces sombres et vides, elle a dû avoir une prémonition. Elle contemplait le jour où, la chance nous abandonnant, la maisonnette qu'elle avait achetée si cher avec l'argent de ses parents serait perdue, et il se trouverait finalement qu'elle avait eu tort. Ils n'avaient pas voulu qu'elle épouse mon père, ni quelque autre citoyen de Thomaston. Ils auraient préféré qu'elle poursuive des études, qu'elle rencontre sur un lointain campus un compagnon d'une classe sociale plus élevée, qui l'emmène vivre quelque part où ruisseaux et rivières avaient la couleur de l'eau, pas du sang. Mais elle avait pris le parti de mon père, ce qui leur avait brisé le cœur. Aujourd'hui, des années plus tard, elle confortait sa décision, associée avec lui dans une entreprise qu'elle avait auparavant qualifiée d'imbécile, et cette fois elle risquait tout.

Et que faisais-je, pendant que ma mère considérait l'avenir ? Je ruminais le passé. Le sien. Ou plutôt la version qu'en donnait Nancy Salvatore. Était-ce vrai, ce qu'elle avait dit ? Maman avait-elle été une « excitée » ? J'essayais de concilier cette image avec l'autre, celle d'une femme que je connaissais comme ma mère, dans ma propre version de l'histoire familiale. Jamais je n'avais pensé que mes parents s'étaient fait la cour. Au commencement était la demande en mariage, voilà ce que j'avais toujours imaginé. Un inconnu s'était présenté à la porte, c'était papa, il voulait la main de maman et, bien sûr, elle avait dit oui, comme n'importe quelle autre fille de Thomaston si elle avait eu la chance d'être élue par un homme que tout le monde connaissait et appréciait. C'est *elle* qui n'avait pas compris ce qui lui arrivait.

Voilà ce que je ruminais quand j'ai entendu des pas dans l'escalier du fond. Lorsque mon oncle est apparu, j'ai su qui était le nouveau locataire. Peut-être était-ce la surprise, d'autant que j'aurais dû anticiper la chose, mais j'ai soudain pris conscience d'une aura — le flou en bordure du champ de vision, le fourmillement aux extrémités — que j'ignorais de mon mieux depuis la veille. Ce n'était pas une sensation inconnue ; l'impression que Dec était l'homme que j'avais entendu en me réveillant dans ma malle, des années plus tôt, avait fait son chemin. En revanche, la brusque certitude que ma mère était celle qui l'avait ouverte, cette malle, et qui m'avait regardé avec curiosité, ça, c'était nouveau.

Aujourd'hui encore, je m'étonne de notre propension à faire nôtres — à certains moments — les raisonnements les plus fallacieux, comme si l'erreur et la vérité n'étaient pas opposées mais, sous les apparences, deux espiègles jumelles. Je revoyais encore la dame qui avait soulevé le couvercle, qui s'était exclamée, stupéfaite, soûle et innocente : « Un petit garçon ! » Je n'ai pas besoin de le souligner, mais je le fais quand même : cette femme n'était *pas* ma mère. Je la distinguais à peine, mais elle était forte, grasse, blonde, elle avait la peau claire, et leurs voix ne se ressemblaient pas. Pourquoi donc, à l'arrivée de mon oncle, une minuscule porte, s'ouvrant dans mon esprit, a-t-elle laissé entrer une idée aussi saugrenue ? Pourquoi, malgré toutes les preuves du contraire, avais-je autant de mal à la chasser ?

« Qu'est-ce qu'il y a, Bub ? » a demandé Dec.

Curieusement, il n'était plus en bas des marches, mais à côté de maman, et tous deux m'observaient d'un drôle d'air. Je devais les observer aussi, ou peut-être ne regardais-je rien du tout. En comprenant que je venais d'avoir une absence, j'ai essayé de dire quelque chose et, comme souvent quand je me « réveillais », complètement désorienté, la parole m'échappait. Parfois, si je tentais de parler trop tôt, je baragouinais n'importe quoi, incapable de combiner des sons normaux. Quand ce n'était pas trop grave, ni trop long, je retrouvais mes mots, mais sans pouvoir les organiser dans une phrase cohérente, ce qui était presque aussi effrayant. En général, je parvenais à évaluer la sévérité de mes « attaques » en étudiant ceux qui y avaient assisté. J'étais assez sûr que celle-ci n'avait pas duré longtemps, car oncle Dec avait à peine bougé, et la posture de ma mère suggérait qu'elle venait seulement de s'en rendre compte. S'agenouillant devant moi, elle m'a pris la main :

« Lou, tu es là ? »

Préférant me passer du langage, surtout devant Dec, j'ai fait signe que oui. Il ne m'avait jamais vu dans cet état-là et m'étudiait d'un air méfiant, comme on regarderait un cadavre qui, sur une scène d'accident, se redresserait subitement pour examiner les lieux.

« Tu as froid ? a dit maman, en frottant mes mains dans les siennes. Tu veux aller voir papa, en bas ? »

Je ne demandais rien d'autre après une absence, aussi ne s'est-elle pas émue que je hoche de nouveau la tête. Comme d'habitude, j'étais épuisé, j'avais soif comme après des journées d'errance sur une route de terre. Je craignais de ne pas arriver jusqu'au bas de l'escalier, mais je ne voulais pas qu'on me porte ni me faire aider, surtout pas par Dec.

« C'est quand même vraiment bizarre, ça, Bub, a-t-il dit pendant que nous descendions les marches. Tu crois pas ?

— Ça va aller, l'a assuré maman. Ça lui avait passé depuis un moment. »

À l'air, dehors, je me suis senti mieux, bien que stupide et hésitant. Papa a compris dès que nous sommes entrés dans la boutique.

« Tu as eu une absence, Louie ? »

C'était plus une affirmation qu'une question. Fermant les yeux, j'ai laissé sa voix me libérer de tout. Il ne restait plus que le picotement dans les doigts et les orteils ; et la soif. Il m'a assis sur le tabouret près de la caisse.

« Tu veux un soda ?

— Moi, lui ai-je dit, le mot "oui" n'ayant pas encore retrouvé sa place.

— Il ne faudrait pas… » a commencé oncle Dec.

J'aurais pu finir à sa place : l'emmener voir un médecin ?

« Non, il a juste besoin d'être tranquille une minute. Pas vrai, Louie ? »

Je me suis efforcé de dire « oui » mais, malgré toute ma détermination, ce fut de nouveau : « moi ».

« "Moi", c'est ça », a répété Dec en levant les yeux au ciel.

Préférant ne rien dire, j'ai fixé la chemise blanche de mon père tandis qu'il allait à l'armoire réfrigérante me prendre un soda au raisin. J'en ai avalé la moitié d'une traite, puis j'ai refermé les yeux et je n'ai pensé qu'à la grosse main de papa, gentiment posée sur mon épaule. Quand je les ai rouverts, j'ai su que c'était fini. Mon oncle était bien mon oncle, pas l'homme devant la malle, et maman était maman. Et j'étais de nouveau moi : Louis Charles Lynch.

UN MOT DE TROP

« C'est lamentable, vraiment, qu'il soit à la rue comme ça », pense Sarah quand je lui rapporte notre rencontre avec Buddy Nurt.

J'aurais préféré ne pas le faire, cependant elle a remarqué que je ne suis pas dans mon assiette, et je préfère qu'elle en reporte la faute sur lui plutôt que sur maman. Mais elle va en parler à celle-ci, maintenant, et cela m'ennuie. Sarah passe tous les samedis chez ma mère, pour voir ce dont elle aura besoin dans la semaine. Cette fois, en sus de Chez Ikey, il faudra faire des provisions au drugstore et à Kmart. Comme nous serons dans l'avion vendredi prochain, la liste des courses est plus longue que d'habitude. De plus, maman ne voudra pas déranger Owen en notre absence.

« J'éviterais le sujet, à ta place. Je pense que ça l'a contrariée, cette histoire. »

Mensonge ou demi-mensonge. Encore un. Je ne le pense pas, je le *sais*. Une fois arrivée chez elle, maman s'est affalée dans son fauteuil sans enlever son manteau, et elle a contemplé cette sombre bavure sur le mur, qui semblait revêtir un sens nouveau. Elle m'a laissé préparer le thé, ce qu'elle refuse toujours. Comme elle ne supporte jamais personne dans sa cuisine, j'ai mis un temps fou à trouver ce qu'il fallait. Quand je suis revenu dans le salon, elle s'était ressaisie et elle avait ôté son manteau.

« J'allais jeter ça, mais peut-être que ça t'intéresse », m'a-t-elle dit en me tendant une photo.

J'ai posé sa tasse et j'ai pris la photo, qui m'a aussitôt plongé dans la perplexité. Elle représente ma mère, assise nonchalamment sur le comptoir de l'épicerie, devant papa et Dec. Tous trois sourient au photographe, et il y a une différence frappante entre leurs sourires. Celui d'oncle Dec est narquois, entendu, ce qui lui ressemble bien. Celui de mon père — trop large, trop franc, trop direct — révèle un homme qui a eu tout ce dont il rêvait, et qui serait bien en peine d'expliquer pourquoi la chance lui a tant souri. Un sourire que les mauvaises langues ont souvent qualifié de « niais » et dont, paraît-il, j'ai hérité. Celui de ma mère est le plus intrigant. Le fait qu'ils soient tous les trois dans le magasin indique que la photo date du moment où, renonçant à sa promesse, elle s'est associée à papa. C'est à mon souvenir une époque heureuse, mais je ne sais ce qui a pu lui inspirer cette attitude enjouée. Qui l'a convaincue de s'asseoir sur le comptoir et de croiser les genoux, comme les filles des calendriers ? On a l'impression qu'elle est soulagée d'un fardeau, mais aussi qu'on vient de lui dire qu'elle est belle et qu'elle le croit. Ce qui, en d'autres termes, ne lui ressemble pas. Ma mère a pratiquement toujours refusé d'être photographiée et, les rares fois où elle a bien voulu, elle s'est efforcée d'être invisible et y arrivait presque.

Et moi, où étais-je ? Derrière le viseur ? Ce serait logique, cependant je ne me rappelle pas cet instant. Pourtant j'ai conservé de ces temps une mémoire encyclopédique, comme le suggère ma petite histoire.

« Je crois que je n'ai jamais vu cette photo. Bien sûr que je la veux.

— Je l'ai sortie d'un vieil album que je feuilletais.

— J'espère que tu ne jetteras jamais une chose de ce genre sans me demander avant.

— Mais je *t'ai* demandé. Non ? »

Ces curieux cadeaux qu'elle me fait me troublent. Ça a commencé lorsque, il y a deux ans, elle m'a soumis un objet qui avait appartenu à papa, au cas où « ça m'intéresserait ». Je comprenais en partie. Mon père était un garde-tout. Trente années de suite, il a rapporté à la maison ce qu'il glanait dans les marchés aux puces, les vide-greniers, même les décharges. « Génial. Encore des saloperies », disait-elle lorsqu'il lui montrait ce que les gens auraient mis au rebut s'il n'était pas passé par là. Elle avait fini par admettre qu'il repérait le genre de trucs que quelqu'un d'autre serait prêt à lui racheter au bout de quelques années : une carte de base-ball assez rare, un vieux badge de campagne électorale. À la fin de sa vie, alors qu'il était très malade et que nous craignions de tout perdre, nous avons vendu un grand nombre de ses trésors, c'est pourquoi il ne reste plus que des babioles sans intérêt, celles qui valent toujours cinquante cents vingt ans plus tard. Après sa mort, j'ai rangé tout ce bric-à-brac, incapable de m'en séparer, surtout si je me rappelais encore le jour où il avait rapporté ceci ou cela, en expliquant pourquoi cela prendrait de la valeur. Je farfouille là-dedans de temps en temps. C'est à la cave, où Owen le trouvera.

Difficile de savoir ce que mon fils fera des grenouilles. Papa n'aimait ni les blagues ni la pornographie. Un soir que je venais le remplacer chez Ikey pour qu'il aille dîner, il m'a demandé si je connaissais la différence entre une grenouille mâle et une grenouille femelle. Puis il a posé deux figurines en céramique sur le comptoir. À cet âge, je redoutais tout ce qui avait un rapport avec le sexe, mais je ne voulais pas paraître ignare dans un domaine aussi essentiel. Je me vois encore étudier ces deux grenouilles avec un sombre pressentiment.

« C'est pas difficile », a-t-il dit quand j'ai avoué n'avoir aucune idée.

Les retournant, il a révélé leur ventre blanc. L'une était dotée d'un pénis, l'autre de seins et d'un minuscule vagin qui ressemblait à un grain d'orge. J'ai appris par la suite que c'était un cadeau de Dec, lequel avait bien sûr charrié son frère qui, comme moi, n'avait pas su répondre. Owen fichera tout ça en l'air, sûrement, mais j'aime autant que ça soit lui.

Je veux bien que maman ait envie de se débarrasser des bibelots douteux de cette espèce. Très bien. Mais je me suis rendu compte, l'année dernière, qu'elle n'avait plus grand-chose chez elle pour se souvenir de papa. Essaie-t-elle de l'effacer ? Bien des fois depuis un an et demi, elle m'a donné un objet ou un autre sous prétexte qu'elle n'avait plus la place de le garder, alors que, comme pour cette photo, ce n'est vraiment pas le problème. Comme si la tache sombre au-dessus du canapé lui rappelait suffisamment leur vie ensemble, une pensée qui, je dois l'admettre, me rend amer.

Probablement la raison pour laquelle, lorsqu'elle m'a présenté cette photo, j'ai failli me mettre en colère. Je me suis bien sûr maîtrisé. Il y avait eu Buddy Nurt, tout à l'heure, et nous partions dans une semaine pour l'Italie. Ce n'était pas le moment. Maman est âgée, fragile, et elle a ses raisons, je ne peux pas les connaître toutes, ce qui est peut-être aussi son cas. Il s'agit sans doute moins de mon père que de son propre sentiment face à la mort. Ses « cadeaux » peuvent être une façon désespérée de reconnaître que, la fin venant, on n'emporte rien avec soi. Pourtant je me suis entendu dire :

« Maman, tu n'as jamais l'impression que, finalement, on s'engueule toujours au sujet de papa ? »

Elle n'a pas répondu tout de suite. Peut-être se dit-elle la même chose, et depuis longtemps.

« Pourquoi tiens-tu à ce que j'en garde le même souvenir que toi ? ai-je poursuivi. Pourquoi veux-tu que je ne l'aime pas ? »

Elle s'est mise à trembler de rage.

« *Jamais* je n'ai souhaité que tu ne l'aimes pas, m'a-t-elle déclaré. Mais j'aurais voulu que tu m'aimes, *moi.* »

Ai-je parlé alors ? Je ne sais plus. Sans doute pas.

« Tu ne t'es jamais rendu compte que, pendant toutes ces années, pas une seule fois tu n'as pris *mon* parti ? Que j'aurais eu besoin d'un ami, peut-être ? »

Combien de temps sommes-nous restés silencieux à regarder la tache sur le mur, l'un et l'autre conscients que nous étions allés trop loin.

« Rentre, Lou, a-t-elle dit finalement. Sarah va s'inquiéter. »

Sa fureur s'est dissipée aussi vite qu'elle s'est manifestée. Maman paraissait vidée, comme si elle avait eu une de mes absences et, bien sûr, j'aurais voulu retirer tout ce que j'avais dit.

« Ça va aller ?

— Ma vie est ce que j'en ai fait. Tu n'y es pour rien. Malheureusement.

— Navré de t'avoir déçue, lui ai-je dit à la porte, pour lui donner l'occasion d'affirmer le contraire.

— J'avais espéré, cependant, que tu verrais les choses autrement après le décès de ton père. Mais tu t'es muré dans tes convictions. Je ne t'ai jamais demandé de ne pas l'aimer. »

Est-ce que je la crois ? Je suppose que oui. Oui, elle a raison.

Avec le temps, me suis-je entêté, enfoncé dans mes certitudes ? Je suppose que c'est vrai aussi.

J'ai fini la vaisselle avec Sarah, puis je suis monté dans mon bureau. En lisant les dernières pages de mon histoire, j'essaie de voir ce qui, dans le passé, a pu motiver les événements du jour. Dois-je continuer à écrire ? Mon intention se limite-t-elle à graver dans la pierre des conclusions auxquelles je tiens ? Ai-je besoin de revivre ma jeunesse ou de me départir de certaines illusions, contre lesquelles maman m'a toujours mis en garde ? Comment savoir ? Qu'est-ce que ça change, en définitive ? Qui s'intéresse à une existence particulière, hors celui qui la mène ? Mais n'ai-je pas voix au chapitre en ce qui concerne ma vie, autant que maman vis-à-vis de la sienne ? Ou doit-il y avoir une version générale qui réunisse toutes les autres, quelles que soient leurs prétentions ? Est-ce possible ?

Ses accusations me dérangent, d'abord parce qu'elles ne datent pas d'hier, ensuite parce qu'elles ont un fond de vérité. Il me paraît difficile de nier que j'ai raté nombre d'occasions d'être l'ami de ma mère — pourtant j'aimerais. Évidemment que j'ai pris le parti de papa. En m'accusant ainsi, elle m'accuse aussi d'être malhonnête, de préférer voir les choses comme j'ai envie qu'elles soient plutôt que comme elles sont. Ce que papa ne m'a jamais reproché. Étais-je de son côté parce qu'il avait une très haute estime de moi ?

À cet instant précis quand, dans le calme du soir, je récapitule ma journée, je me rapproche finalement de maman, de sa façon de penser. Les événements récents jouent tous en sa faveur. Au dîner, j'ai rapporté à Sarah que nous avons croisé Buddy Nurt et que maman en a été affectée. Mais j'ai fait l'impasse sur notre discussion, et sur ses reproches. Je n'ai rien dit car je sais que maman ne le fera pas non plus, même à Sarah, pour qui elle a une affection peu commune. Ce sont des secrets que je garderai sagement sous clé jusqu'à ce que je décide de les révéler, et j'ai déjà décidé de ne pas le faire.

C'est dans la nature de certaines choses de rester secrètes, pour la simple raison que les divulguer ne serait d'aucune utilité. Par exemple, je n'ai dit à personne, pas même à Sarah, ce que mon père m'a confié quand il était malade. Ce secret-là me pèse de plus en plus au fil des ans. Il ne fallait pas forcément cacher ça à Sarah, qu'il aimait beaucoup et en qui il avait toute confiance. Mais c'était : « Ne le répète à personne », et j'ai obéi. Je n'ai donc dit à personne que, lorsqu'il entrait dans l'isoloir, il prenait le temps qu'il jugeait nécessaire pour remplir un bulletin, mais il ne cochait pas le sien. Il le remettait, vierge, dans l'enveloppe. Il ne voulait ou ne pouvait pas suivre les recommandations de ma mère, et il n'avait pas assez foi en son propre jugement pour le traduire en actes. Il sentait bien tout le poids des décisions démocratiques, qu'il trouvait trop lourdes de conséquences pour qu'on les délègue à des hommes comme lui. Américain et fier de l'être, il savait que voter était son droit — et que ne pas le faire l'était aussi. Deux droits qu'il exerçait chaque jour d'élection.

Ai-je gardé ce secret depuis tout ce temps parce que j'ai honte de lui ? Ma mère aurait certainement honte si elle savait. Ou parce que cela briserait le cœur de Sarah ? J'ai eu moi-même le cœur brisé d'apprendre que, selon papa, maman et moi étions assez compétents pour voter, mais pas lui. Quoi qu'il en soit, son secret est maintenant le mien, et c'est comme ça. Je ne suis pas Buddy Nurt. Je ne gagne pas ma vie en humiliant les gens. Cela dit, quel intérêt y a-t-il à raconter mon histoire ? À quoi bon chercher des grandes lignes, et leur sens, dans un passé qui les libère à contrecœur, si c'est pour supprimer les unes et exagérer les autres ?

Vivre sa vie est-il si différent de la raconter ? Ne refusons-nous pas, cent fois par jour, de témoigner ? Lorsqu'il n'est pas une décision consciente, le déni n'opère-t-il déjà pas au niveau de l'instinct ? Maman et moi avons tous deux vu aujourd'hui une chose, dans cette allée aux souvenirs, et c'est assurément la cause de cette amère dispute au sujet de mon père. Toutefois ni elle ni moi ne l'avons mentionné, ni pendant ni après. Maman est peut-être âgée, mais elle a toujours de bons yeux, et je suis certain qu'elle a remarqué le vieux blouson de sport mité que portait Buddy ; elle a vu que le nom du propriétaire, autrefois brodé sous le col, avait été retiré, fil après fil ; qu'il n'y avait plus, à la place, qu'un fantôme décoloré, semblable à la traînée qui persiste à réapparaître sur son mur après une énième couche de peinture ; et que l'heureux et premier possesseur de ce blouson avait été un homme qui se présentait aux autres sous l'étiquette de BIG LOU. Ne sommes-nous pas, elle et moi, complices de certains secrets ?

Il va me falloir redoubler d'efforts pour ne pas ruminer le fait que Buddy se balade dans Thomaston avec une relique de mon père. Après tout, ce genre de chose arrive constamment dans les petites villes. Quand j'étais gosse, on n'avait aucun mal à deviner la provenance de certains vêtements. Un blazer bleu marine, par exemple, était acheté une première fois par un couple du Borough pour leur collégien ou lycéen de fils ; trop petit l'été suivant, il partait à l'église pour la bourse aux vêtements, avant de réapparaître sur le dos d'un gamin de l'East End, dont les parents l'apporteraient l'année suivante chez Goodwill[1]. Alors une autre mère l'achèterait pour son fils dans le West End. Je n'oublierai pas non plus ce bal de fin d'année, en terminale, où une amie de Nan Beverly, comme elle du Borough, a couru droit sur Sarah pour lui dire qu'elle était superbe dans sa robe, que celle-ci lui allait beaucoup mieux qu'à elle-même lorsqu'elle l'avait portée, l'année précédente, au bal des classes de première.

Est-ce si étonnant que notre existence d'adulte soit hantée à ce point ? Nous repassons sans cesse dans l'allée entre le cinéma et le bazar, comme maman et moi tout à l'heure. C'est une course dans l'espace, mais aussi dans le temps et, comme dit Owen, nous finissons par nous croiser nous-mêmes à l'aller ou au retour. Sarah était belle dans cette robe. La fille du Borough, qui ne l'était pas, la lui aurait sans doute déchirée par dépit.

Quand je reverrai Buddy Nurt, je lui proposerai de racheter le blouson de papa. Je ne veux plus le voir avec.

Environ un mois plus tard, un samedi après-midi, je faisais la queue pour mon pop-corn devant le Newberry quand j'ai senti sous mon coude une forme douce comme un oreiller. Une voix familière me disait :

« Alors Lou, je te manque ? »

L'oreiller n'était autre qu'un des seins de Karen Cirillo. Avec elle se trouvaient les deux filles qui avaient chapardé à l'épicerie — de pâles et maigres apparitions à côté d'elle, plus voluptueuse que jamais. J'étais ébahi qu'elle me reconnaisse en public, et devant le Newberry par-dessus le marché.

J'ai bafouillé que oui, elle m'avait manqué, ce qui était vrai, même si j'étais content qu'elle ne vienne plus m'extor-

1. Organisation caritative.

quer des cigarettes. Ça allait mieux chez Ikey, maintenant que Buddy ne nous pillait plus. Les travaux avançaient, nous allions fermer quelques jours, la semaine suivante, pour faire tomber un mur et installer le matériel récupéré chez Manucci. Mon oncle supervisait l'ensemble, s'assurait que tout marchait droit, au motif qu'on avait toujours fait n'importe quoi chez son ancien employeur. Ensuite, disait maman, on fêterait dignement la réouverture.

À ma grande surprise, oncle Dec s'était révélé fiable. Il arrivait à l'heure — pas difficile puisqu'il habitait à l'étage — et dans de bonnes dispositions. Je ne me serais pas attendu à ce qu'il se retrousse les manches, mais c'était le cas. Mon père était toujours « Biggy », moi « Bub » mais, cela excepté, il avait mis ses moqueries en veilleuse. Papa avait tracé une ligne imaginaire au milieu du magasin, ce qui leur réservait à chacun un territoire et des devoirs distincts. Il était toujours méfiant mais, manifestement, impressionné comme moi de voir Dec prendre les choses au sérieux, consulter ma mère sur certains points, même s'il n'avait pas droit lui-même à tant de politesses. Ils semblaient reconnaître tous deux qu'elle était le cerveau de l'affaire, ainsi qu'un intermédiaire bienvenu.

Dec continuait de m'étudier avec circonspection. J'avais eu deux nouvelles absences depuis la précédente, et il paraissait en conclure que je le faisais exprès, pour attirer l'attention. À tout le moins, je ne faisais pas beaucoup d'efforts pour savoir ce qui les provoquait. J'aurais peut-être eu droit à plus de compassion si j'avais pissé au lit.

« Arrête de boire l'eau du ruisseau, Bub, me conseillait-il chaque fois.

— Ça va aller, lui répondait mon père. Ne t'inquiète pas pour notre Louie. »

À quoi maman ajoutait que le Cayoga empoisonnait toute la ville, pas seulement moi. Alors la conversation déviait sur le cancer, sur ceux chez qui on venait d'en diagnostiquer un. Le journal d'Albany publiait chaque semaine un article là-dessus, et celui de Thomaston, indigné, l'accusait invariablement d'incitation à l'émeute.

Karen m'a pris des mains mon livre de Jules Verne, elle a parcouru quelques pages, s'est arrêtée sur l'image du calmar géant, puis elle me l'a rendu, sa curiosité amplement satisfaite, comme les fois précédentes.

« Tu vas voir le film ? »

Oui, elle aussi ?

« Sans doute. Tu veux t'asseoir à côté de moi, Lou ? Je suis toute seule. »

Surpris, j'ai jeté un coup d'œil aux copines. Elles n'y allaient pas ? Ni l'une ni l'autre ne semblait s'opposer à cette curieuse définition de la « solitude ». J'aurais trouvé ça un rien insultant. Et où était Jerzy ? Sa mère le clouait-elle chez eux le week-end aussi ? Avaient-ils cassé, avec Karen ? Je lui ai proposé un cornet de pop-corn et elle a dit : « Mais oui », comme si elle s'étonnait que je sois aussi long à la détente.

« À elles aussi ? » a-t-elle demandé, avec un geste vers ses amies.

En ouvrant mon portefeuille pour prélever un dollar de plus, j'ai senti l'oreiller à nouveau sous mon coude, et j'ai compris que Karen se penchait pour voir.

« Ce qu'il est riche, Lou. Il doit bien travailler cent heures par semaine. »

Pop-corn en main, nous sommes partis vers le cinéma à côté où une longue file s'était formée.

« Tu m'invites, Lou ? Comme si on sortait ensemble, ou une connerie dans le genre ? »

Un rapide calcul m'a appris, soulagé, que j'aurais juste assez, quoique sans le soda sur lequel j'avais compté. Pas un grand sacrifice. Sortir avec Karen, ou une « connerie dans ce genre », était tout de même renversant.

« À elles aussi ? »

J'ai dit que non, j'avais juste ce qu'il fallait, en feignant plus de regret que nécessaire, puisque sortir avec toutes les trois était moins intéressant qu'avec Karen « seule ». Mais j'ai dû le leur prouver pour qu'elles daignent piocher dans leurs sacs.

Je n'avais aucune envie de les voir faire, aussi, en regardant ailleurs, ai-je aperçu Perry Kozlowski, le meilleur ami de Jerzy Quinn, qui remontait la rue en traînant des pieds. Je n'avais pas pensé jusque-là que mon arrivée au cinéma avec Karen arriverait jusqu'aux oreilles de Jerzy, mais maintenant… Je me suis retourné vers les trois filles, non sans avoir remarqué quelque chose de bizarre. Perry parlait à quelqu'un qui n'était pas là, ce dont il a paru se rendre compte en même temps que moi. S'arrêtant net, il a fait quelques pas en arrière pour étudier une vitrine qui retenait son attention. J'aurais volontiers pris ça « pour argent comptant » — comme maman se plaisait à le dire —, sauf que le magasin en question vendait des sacs à main.

J'ai suivi Karen et ses copines à l'intérieur jusqu'à la rangée du fond, où elle s'asseyait toujours avec Jerzy. Celle-ci leur était réservée, c'était notoire, et, une fois les lumières éteintes, il n'était pas question de se retourner pour les regarder se peloter. Comme je l'ai mentionné, Jerzy n'était pas démonstratif en public, à l'exception des samedis après-midi dans cette salle obscure. On se perdait en conjectures sur ce qu'ils faisaient réellement ensemble, jusqu'où ils allaient, mais on osait à peine jeter un coup d'œil. Nan Beverly et son copain du moment prenaient toujours place à l'avant et, quand leurs têtes se rapprochaient pour le premier baiser, ils intéressaient autant de monde que les protagonistes à l'écran.

Installé au fond, j'ai remarqué que j'attirais l'attention d'un bout à l'autre de la salle. On nous observait. Que faisait Lucy Lynch avec Karen Cirillo ? Susciter la jalousie des gamins de l'East End m'aurait procuré un certain plaisir si je n'avais perçu leurs expressions angoissées. Se levant carrément, l'un d'entre eux est venu jusqu'à nous, s'est penché vers moi au bout de la rangée, en chuchotant assez fort pour que Karen et ses amies l'entendent aussi :

« À quoi tu joues, mec ?

— À rien, lui ai-je dit, avant d'ajouter mollement : On est amis, c'est tout. Elle habitait au-dessus de notre magasin, pendant un temps. »

J'étais bien content d'avoir acheté du pop-corn pour nous quatre, ce que j'aurais pu faire valoir en cas de méprise. J'ai quand même trouvé bon de demander où était Jerzy, aussi nonchalamment que possible, comme si j'espérais sa venue. Auquel cas je ne verrais pas d'inconvénient à me décaler de quelques sièges, pour me placer entre les deux autres filles.

« Va savoir ? a répondu Karen, comme s'il pouvait traîner n'importe où, ce n'était pas son problème. Pourquoi ? Tu as peur qu'il débarque et qu'il nous voie tous les deux ensemble ? »

Les deux filles se sont penchées avec un petit sourire, et je me suis encore étonné qu'elles ne s'effarouchent pas de compter pour si peu.

« Un grand gaillard comme toi, a continué Karen, tu lui feras son affaire à Jerz, facile. »

Délicat de répondre à ça. Il me suffisait d'approuver, même du bout des lèvres, pour que, lundi matin, tout le monde sache au collège que je me croyais capable de filer une rouste à Jerzy, et dans ce cas il *faudrait* se battre.

« Alors, tu vis où, maintenant ? lui ai-je dit, comme si la question de savoir lequel était le plus fort ne m'intéressait pas.

— Un taudis, m'a-t-elle répondu gaiement. Tu saurais même pas où c'est.

— Peut-être que si, lui ai-je dit, même si elle avait sans doute raison.

— Berman Court, tu connais ? »

Je me suis redressé sur mon siège.

« J'y habitais. Au numéro sept. »

Elle s'est tournée vers moi, cherchant quelle raison me pousserait à mentir. Et c'est bien moi qu'elle regardait, pas un point dans l'espace au-dessus de mon épaule.

« C'est là qu'on a atterri. Au sept, justement. »

J'ai eu un frisson, comme devant une coïncidence qui n'en serait pas vraiment une. J'avais peur de poser la question suivante, qui coulait de source.

« On était au deuxième étage.

— Tu déconnes. C'était laquelle, ta chambre ? »

Je la lui ai décrite, avec sa petite fenêtre haut perchée au-dessus du Cayoga.

« C'est celle qu'ils m'ont donnée, aussi. Faut toujours que les enfants aient la plus moche. »

J'ai tressailli à la pensée que nous avions été nus dans la même pièce, et que nous étions maintenant ensemble dans une salle obscure. Cette intimité improbable avait quelque chose d'effrayant, et j'ai de nouveau ressenti le besoin de changer de sujet.

« Qui ça, “ils” ?

— Buddy et ma vieille. Qui veux-tu que ça soit ?

— Il est revenu ? ai-je dit, stupéfait.

— Pourquoi, il était parti ?

— J'aurais cru. La police a…

— Le jour où il partira, c'est qu'il sera mort. »

Les lumières se sont lentement éteintes et j'ai eu la surprise de constater que le fauteuil à ma droite était soudain occupé.

« Tu te souviens de Lou ? a dit Karen en se penchant vers son petit ami, puisque c'était lui. Chez Ikey ? »

Perry Kozlowski avait dû s'arrêter au bar prendre un soda, car il se glissait maintenant dans la prochaine rangée. Il s'est assis juste devant. Il a tendu sa canette à Jerzy, à côté de moi, puis il s'est agenouillé sur son siège pour me faire face :

« Qu'est-c'tu fais avec Karen ? m'a-t-il dit. C'est pas ta copine.

— Lou m'a payé ma place, a-t-elle dit d'une voix lasse. Et le pop-corn, aussi. On peut pas en dire autant de tout le monde. »

C'était le début des bandes-annonces. Jerzy à qui, d'évidence, la remarque était adressée, semblait les trouver fantastiques. Il a bu une gorgée de soda, puis il a tendu le bras devant moi pour passer sa canette à Karen. Elle en a prélevé une gorgée avant de la lui rendre, sans en proposer à ses amies. Je n'ai surtout pas tenté d'en profiter, pourtant j'avais la gorge aussi sèche que mon pop-corn.

« Alors, parce que tu lui paies sa place, tu t'imagines qu't'es avec elle ? » a dit Perry.

Non, lui ai-je dit, je ne voyais pas ça comme ça.

« Tu crois qu'elle va se laisser peloter parce que tu lui files du pop-corn, c'est ça ? »

Je l'ai assuré que ce n'était pas le cas non plus. J'espérais qu'elle volerait à mon secours, cependant les bandes-annonces semblaient l'intéresser au plus haut point, elle aussi. Et Perry de me dévisager pendant une éternité. Elle a fini par lâcher :

« Il est pas comme ça, Lou,

— Sans blague ? a-t-il commenté, avec un mauvais sourire. T'es quel genre de mec, alors ?

— Je ne sais pas », lui ai-je dit — ce que j'avais trouvé de moins dangereux, vu les circonstances.

Un employé est arrivé dans l'allée, qui a braqué sa lampe sur lui en le priant de s'asseoir normalement. Perry a obtempéré jusqu'à son départ, puis il a repris la même position.

« Viens, on va se promener, Lucy.

— À plus tard, a dit Karen, sans réellement me regarder quand j'ai abandonné mon siège. Merci pour le pop-corn. »

Sans quitter l'écran des yeux, Jerzy s'est levé pour me laisser passer, puis il s'est installé à côté d'elle. Perry m'a fait signe de le suivre, ce que j'ai fait, pensant qu'il m'emmenait dans la ruelle, mais non, nous partions de l'autre côté, vers l'entrée du cinéma. Arrivé là, il a soulevé le cordon rouge, où était accroché l'écriteau ACCÈS INTERDIT, et il m'a précédé jusqu'au balcon, branlant et condamné. Nous avons continué jusqu'au premier rang, d'où l'on voyait le placeur déambuler en bas avec sa lampe de poche. Jerzy et Karen étaient juste en dessous de nous. Les copines avaient filé ailleurs. Jerzy tenait Karen par la main mais, curieusement, ils en restaient là, simplement avachis sur leurs fauteuils. En remarquant que je les observais, Perry m'a donné un coup de coude.

« Si tu penses encore à Gros-Lolos, laisse tomber », a-t-il dit d'une voix basse, confidentielle, presque amicale.

Ça m'avait tout l'air d'un avertissement, mais il a ajouté :

« Elle a rien dans la tête. »

En bas, avec ses copains du West End, Perry avait été menaçant. Maintenant, c'était comme si on était potes. Il a fini par émettre un petit rire, eu égard au film, ai-je pensé, pourtant il n'y avait rien de drôle à l'écran.

« Putain, j'ai cru que tu allais pisser dans ton fauteuil, t'à l'heure.

— Qu'est-ce qui t'énervait à ce point ? »

Ce n'était qu'une des deux questions que je me posais, l'autre étant : *pourquoi s'est-il calmé ?*

« Qui, moi ? C'était pour la frime. C'que j'en ai à foutre, que tu pelotes Karen.

— Alors pourquoi...

— T'es allé trop loin.

— Où ça, trop loin ?

— Fais pas semblant, tu sais très bien.

— Je ne...

— Tu savais pas ? Ouais, j'avais l'impression. Et maintenant, t'as pigé ? »

Je n'étais pas sûr. Étais-je allé trop loin en payant le pop-corn de Karen ? Ou sa place ? En m'asseyant à côté d'elle plutôt qu'entre ses amies ? Ou était-ce la rangée elle-même qui m'était interdite ?

« C'est comme Division Street, expliquait Perry. Faut savoir où tu mets les pieds. Et ça dépend de *qui* t'es, d'ailleurs. Bon, enfin, c'est fini. N'en parlons plus. Et c'que j'te disais aussi, c'est rien qu'une allumeuse, Cirillo. Demande à Jerzy, si tu me crois pas. »

C'est ça, oui.

« Pourquoi il ne...

— ... la largue pas ? Parce qu'elle le tient par les couilles, bien sûr. »

Puis, avec un coup d'œil en biais :

« Tu sais ce que ça veut dire ? »

J'avais déjà entendu cette expression, peut-être chez Ikey ou au Canoga Diner. Ce qu'un homme disait d'un autre quand le second ferait mieux de rentrer chez lui, ou bien sa femme lui tomberait dessus. Oncle Dec disait ça à mon père aussi, quand, de sale humeur, il lui cherchait noise. J'ai hoché la tête. Ouais, sûr, je savais ce que ça voulait dire.

« Ben, j'vais t'dire un truc qu'tu sais pas, j'parie, a-t-il continué, à peine audible, alors que le grand film avait commencé et que la salle était silencieuse. Les filles qui le font, c'est pas celles que tu crois. Je pourrais te dire lesquelles c'est, si ça t'intéresse. »

Où voulait-il en venir ? Allait-il les énumérer ? Me les indiquer de dos dans le noir ?

« C'est les ninettes, a-t-il dit. Tu vois ce que je veux dire, par ninettes ? »

Cette fois, je n'en avais aucune idée, mais j'ai répondu que oui, bien sûr.

Bruit obscène, la langue entre les lèvres.

« Tu parles, je viens de l'inventer. »

J'ai prétendu savoir à peu près.

« OK, dis-moi ce que c'est. »

J'ai tenté le coup.

« Quelqu'un entre les deux ? »

Il m'a regardé, visiblement surpris.

« Ouais, a-t-il admis. Ni trop moches, ni trop jolies. Les boudins, elles essaient même pas, personne n'en veut, d'façon. Une chouette poupée comme Nan, ou une nana qu'a les nichons de Karen, elle a besoin de rien faire, parce que tous les mecs bavent devant. C'est les ninettes qui sont d'accord, sinon elles ont qu'à rester moches dans leur coin. »

Je ne trouvais rien à redire, aussi a-t-il poursuivi :

« Autre chose que t'imagines p'tête pas. Les ninettes de l'East End, c'est les plus faciles, parce qu'elles le sont deux fois, ninettes. Ni moches, ni jolies, ni West End, ni Borough. Elles savent pas où se situer, donc elles marchent, obligé. »

Il était visiblement fier de tenir un raisonnement aussi abouti — et content d'avoir quelqu'un pour l'écouter. Je n'aurais su dire si c'était pure théorie ou s'il parlait d'expérience. Son visage était ravagé par l'acné ; Perry n'avait rien pour lui.

« Tu habites dans l'East End, hein ? »

J'ai fait signe que oui.

« Putain, tu pourrais baiser tant que tu veux. À propos d'aller trop loin, c'est pas incroyable, ça ? »

Il s'est rapproché de moi pour que je suive la direction de son doigt.

Je ne comprenais pas, d'abord, ce que j'étais censé découvrir. Puis une scène de jour succédant à un plan de nuit, j'ai vu qu'il m'indiquait un garçon noir. Cela n'avait rien d'inhabituel. Il y en avait toujours à la matinée du samedi, qui occupaient deux rangées à l'avant, tout à fait à gauche, parmi les sièges les plus mal placés. Ils avaient derrière eux deux autres rangées vides, une sorte de zone tampon, les petits Blancs ne tenant pas à s'asseoir trop près. Des rangées qui ressemblaient depuis le balcon à une allée, comme si on avait retiré les sièges pour faciliter l'accès vers la sortie.

Le gars que me montrait Perry n'était pas avec les autres Noirs, mais carrément de l'autre côté de la salle, là où les enfants du Borough avaient coutume de se rassembler. La fille qu'il accompagnait avait tout l'air d'être blanche. Ils étaient seuls dans cette rangée, ce qui n'était pas étonnant. On avait créé une autre zone tampon, plus étroite que la précédente, eu égard à ce garçon-là.

Perry hochait la tête à contrecœur, avec une sorte d'admiration lasse — du moins à ce qu'il me semblait.

« Connard de Troisième. Il a toujours été taré, celui-là. »

Troisième. Bien sûr, ai-je pensé. Gabriel Mock, troisième du nom. Celui qui, la première fois qu'on s'était parlés, m'avait affirmé ne pas avoir de père. Ce que j'avais trouvé proche du blasphème. Un souvenir qui m'a fait froid dans le dos car, non seulement il en avait un, mais de plus il commettait les mêmes erreurs que lui. Je me suis rappelé les mots que son grand-père avait employés en traînant son fils devant la maison du mien. « On a fait ce qu'il fallait, répétait-il pour s'excuser. C'est oublié. » Bien sûr, j'ignorais si le petit-fils savait que son père avait embrassé une fille blanche, ce pour quoi on l'avait puni. Comprenait-il mal, comme moi, quelles limites il avait dépassées, et à quel moment précisément ? S'était-il assis avec cette amie sur un coup de tête, comme moi avec Karen, et s'était-il rendu compte que c'était un acte dangereux, insensé, au moment seulement où les autres avaient braqué leur regard sur eux ? Et elle, qui était-elle ? Simplement gentille et délurée, comme ma mère autrefois, ou était-ce sa petite amie ?

« Je veux dire, il doit le savoir, quand même ? Ce genre de truc, ça se montre pas, mec. T'enterres ça avec une pelle, et ensuite t'enterres la pelle. Mais devant tout le monde, comme ça ? C'est de la provocation. Ils demandent pas mieux que s'occuper de leurs oignons, les gens, m'enfin faudrait les laisser tranquilles. »

J'aurais bien aimé en entendre davantage, mais le sujet, soudain, ne l'intéressait plus.

« Alors t'habites où dans l'East End ?

— Third Street.

— Près de Chez Ikey ?

— C'est à nous, Chez Ikey.

— Sans déc ? Eh, on va peut-être finir voisins, a dit Perry, qui semblait s'en réjouir outre mesure. Ils ont pris mon vieux, chez G.E. »

Pas besoin d'expliquer la suite. Un job chez General Electric à Schenectady et c'était la fin des soucis. Fini, la tannerie. Fini, les bas salaires. Fini, le Gut, et le West End par la même occasion.

« L'année prochaine à la même époque, je porterai peut-être des chemises à carreaux », a-t-il dit tristement, avec un geste vers la mienne.

Il portait l'uniforme du West End : pantalon noir serré, T-shirt blanc à mailles fines, bottes noires usées.

« On me mettra sans doute dans une bonne classe, aussi. »

J'ai pensé qu'il n'y avait pas de danger, mais j'ai préféré me taire. J'avais fini par comprendre que la conviction de Karen — le collège décidait de notre sort selon les ressources du foyer — était très répandue dans le West End. C'était comique de voir Perry supposer que, lorsqu'il aurait franchi Division Street, ses professeurs le jugeraient digne de leur attention. Il semblait croire que cela coulait de source, que c'était aussi inévitable qu'adopter les chemises à carreaux. Il y aurait encore eu beaucoup à dire, bien sûr, mais nous avons prêté attention au film, et nous sommes restés silencieux jusqu'à ce que, un quart d'heure avant la fin, Perry m'annonce qu'il allait s'occuper du « merdeux ». Il m'a quitté et j'en ai profité pour jeter un coup d'œil à Jerzy et Karen en bas. Ils se tenaient toujours par la main, et elle s'est collée un instant contre lui pour lui chuchoter quelque chose. Au premier rang, Nan avait posé la tête sur l'épaule de son copain-du-moment, et j'ai incliné la mienne pour voir l'effet que ça faisait de regarder l'écran sous cet angle.

C'était terriblement rassurant que Nan soit toujours là aux matinées du samedi après-midi. Le panneau À VENDRE n'avait pas quitté sa pelouse. Papa et moi prenions la voiture chaque dimanche pour le Borough, histoire de vérifier. Il ne disait jamais que nous y allions, mais c'était entendu. Nous ne nous garions pas de l'autre côté, il ne parlait pas du panneau mais, en débouchant dans leur rue, je voyais bien qu'il le cherchait du coin de l'œil. Il était à la fois inquiet et soulagé de le retrouver. Ce n'était toujours pas bon signe, mais au moins on n'avait pas collé un VENDU par-dessus, et c'était ça de gagné.

« Qui a les moyens d'acheter une maison comme ça, dans le coin ? » aimait-il à demander à ses buveurs de café, chez Ikey.

Personne, espérait-il qu'on lui réponde.

La même semaine, Mme Beverly, cette femme mince que nous avions vue monter dans la Cadillac, était venue au magasin, où oncle Dec lui avait préparé une belle côte de bœuf.

« J'aimerais autant qu'elle sache la faire cuire, avait-il dit après son départ. Si elle la laisse trop longtemps au four, ça sera notre faute, et après au revoir, Miss Beverly and Co. »

Je lui avais demandé pourquoi, et il m'avait regardé sans rien dire. Le message était le même que celui de Perry au cinéma : les choses sont comme elles sont, la question n'est pas de les expliquer, mais de les accepter.

Perry se faufilait au dernier rang, près de Karen et Jerzy. Il a murmuré quelques mots à ce dernier, qui a haussé les épaules. Puis ils se sont à moitié levés, et Perry indiquait la direction de Troisième et de sa copine. J'ai été distrait par un coup de feu à l'écran, à la fin du film, et, quand j'ai de nouveau regardé en bas, quelques instants plus tard, Perry était parti à l'autre bout de la salle. Il remuait les lèvres et, de toute évidence, se parlait à lui-même, raide, les poings fermés, en donnant l'impression de vouloir se convaincre.

Quand les lumières se sont rallumées sur le générique, il a filé vers le jeune couple d'un pas décidé. Les rangées étaient sur le point de se déverser dans les allées, mais tout le monde a fait marche arrière en le voyant arriver. Il a crié un truc que je n'ai pas entendu, et Troisième, surpris, s'est retourné en faisant signe qu'il n'était pas d'accord. Son amie, debout entre eux, et manifestement inquiète, a dit quelque chose comme « Dégage ! », mais Perry s'est rué sur Troisième en la bousculant au passage.

Des exclamations ont aussitôt retenti — « Bagarre… bagarre… » — et le placeur a fendu la foule. Perry et le jeune Noir échangeaient des coups, devant la jeune fille, qui en a pris un et s'est affalée sur son siège, une main sur le nez. Arrivant enfin, le placeur a séparé les protagonistes et les a poussés dehors par une porte latérale, comme si ce qui arrivait dans l'allée n'était plus son problème. Les autres Noirs étaient montés sur leurs fauteuils pour mieux voir. Ils se concertaient et devaient comprendre qu'un des leurs était en cause. Je me suis demandé comment Jerzy réagissait de son côté et, quand j'ai jeté un coup d'œil vers lui et Karen, ils avaient disparu.

Pour ne pas me faire pincer en descendant du balcon, j'ai attendu que la salle se vide. Le placeur s'était posté devant le cordon rouge au bas de l'escalier, les jambes cambrées et l'air menaçant, en attendant que le dernier gamin — apparemment — soit parti. Se croyant sorti d'affaire, il est revenu dans la salle — sans doute pour commencer à nettoyer les saletés d'une bonne centaine de collégiens négligents — et je me suis glissé en douce dans le hall, où la porte marquée BUREAUX était entrouverte. Une fille était assise à l'intérieur, la tête entre les genoux. Ses cheveux bruns et bouclés lui masquaient le visage, mais c'était forcément l'amie de Troisième. Elle avait un mouchoir plein de sang dans les mains.

« Ça ne répond toujours pas, a dit un homme derrière la porte. Est-ce qu'on peut appeler quelqu'un d'autre ? »

Le bruit d'un téléphone qu'on raccrochait.

« Ce n'est pas grave », a dit la jeune fille, d'une petite voix effrayée, en se redressant.

J'ai vu que du sang avait séché sur son nez, que ses yeux étaient gonflés à force de pleurer. Ce qui ne m'a pas empêché de la reconnaître — Sarah Berg, qui était en quatrième, et qui a dû me reconnaître aussi.

« Ça va mieux », a-t-elle dit avant de baisser à nouveau la tête, et je suis sorti dans la rue.

Si les bagarres du samedi après-midi, derrière le théâtre, étaient assez fréquentes, elles avaient tout d'un rituel paresseux. Elles semblaient souvent être l'aboutissement logique des affreux mélos qu'on nous projetait. Tous ces ados rassemblés dans une salle pour assister à un déchaînement de passions en ressortaient avec de l'énergie à revendre. En fait de bagarre, ça se résumait à des échanges de sarcasmes et de noms d'oiseaux, ponctués de bousculades, et ça s'arrêtait là, sans qu'il y ait lieu de craindre que ça tourne mal. Après tout, le commissariat de police était en face, et l'église de Mount Carmel bordait l'autre extrémité du parking avec son couvent. La présence de supporters bruyants ne suffisait pas à déclencher de véritables hostilités, et voilà le genre de molle corrida que je supposais trouver en m'approchant de la petite foule agglutinée dehors.

À mi-chemin de l'allée, j'ai ressenti quelque chose d'inhabituel. Peut-être était-ce ce demi-silence. En cercle autour des deux adversaires, trois ou quatre rangées de spectateurs m'empêchaient de voir précisément ce qui se passait. Je me suis posté sur le deuxième échelon de l'escalier de secours. Troisième venait de se relever avec la lèvre fendue, dont le rouge contrastait étrangement sur sa peau noire. Son attitude donnait l'impression qu'il ne se relevait pas pour la première fois. Perry l'avait sans doute poussé brutalement, et le dernier coup avait atterri en pleine figure. Troisième a passé la langue sur sa lèvre éclatée et le goût du sang l'a fait cracher — pas vers Perry, bien sûr, mais ce dernier a interprété ça plus librement.

« Eh, tu crois que tu peux me cracher dessus comme ça ? C'est ça que tu crois ? »

Les bras ballants, l'autre le regardait d'un air misérable. C'était un gamin efflanqué, bien plus grand que son père, mais pas taillé pour affronter Perry, qui l'a de nouveau poussé. Troisième s'est efforcé de garder l'équilibre, mais il est tombé sur le trottoir, où il est resté un instant à examiner ses mains éraflées par le gravier. Poings serrés, Kozlowski se dressait devant lui.

« Arrête tes conneries, Perry, a dit Jerzy Quinn, au premier rang en compagnie de Karen, qui affichait comme d'habitude son ennui. Laisse tomber. Qu'est-c't'en as à foutre ? »

Si Perry l'a entendu, il n'en a rien laissé paraître, et Jerzy ne semblait pas chaud pour intervenir de force. Tout le monde savait que, au moindre faux pas, il repartait en maison de redressement — la raison pour laquelle sa bande se chargeait de tant de choses à sa place.

« Explique-moi ce qui t'arrive, là, dis-moi pourquoi ! a jeté Perry à Troisième. Je sais que tu le sais. »

Gabriel a tenté de se redresser, mais l'autre lui a planté un pied sur l'épaule, puis l'a envoyé rouler.

« Je te laisse pas partir tant que tu me dis pas ce que je veux entendre. »

Une demi-douzaine d'ados noirs s'étaient groupés légèrement à l'écart de la scène. Tout ça ne leur plaisait guère, mais ils gardaient leurs distances. Peut-être avaient-ils voulu dissuader Troisième de s'exposer bêtement avec une Blanche, mais il s'était entêté, et maintenant il était tout seul. Depuis l'escalier métallique, je voyais les larmes dans leurs yeux, mais la détermination était là aussi.

« Tu fais exactement ce que je te dis de pas faire, a dit Perry quand Gabriel a reculé comme un crabe, puis s'est relevé, les bras toujours le long des flancs. Tu vas me dire pourquoi je te tombe dessus ? »

Troisième a fait signe que non, en s'attendant visiblement à prendre une autre volée. Sauf que, cette fois, Perry l'a frappé directement au visage, ce qui a surpris tout le monde. Déjà, les bagarres en plein jour à la sortie du cinéma n'allaient jamais aussi loin, mais surtout, ce garçon encaissait le coup sans broncher, ne faisait rien pour l'éviter, comme s'il en avait récolté toute sa vie et que c'était dans l'ordre des choses. Il a redressé la tête et s'est effondré sur le trottoir. Jaillissant de son nez, une quantité de sang effrayante maculait sa chemise blanche. Des cris d'horreur ont retenti, et une fille, peut-être Nan, a lâché un « Arrêtez-*les* ! » — à personne en particulier, comme si, pour elle, les deux garçons étaient également responsables. Même ceux qui, enthousiastes, s'étaient joints au cercle des spectateurs avaient reculé ; ça, ils n'en voulaient pas. Ce n'était même pas une bagarre. Juste un gamin qui en dérouillait un autre. Gabriel aurait eu les mains liées derrière le dos, c'était pareil. Je n'avais pas assisté au combat légendaire qui avait opposé Jerzy à Bobby, mais cela ne pouvait sûrement pas ressembler à ce que je voyais. Leur lutte avait été auréolée de gloire, ici il n'y avait que du sang.

Assis sur le trottoir, Troisième a remué la tête, sans doute pour s'éclaircir les idées. Il a répandu du sang de chaque côté de lui, en suscitant de nouveaux frémissements dans la foule. Les autres Noirs commençaient à s'agiter nerveusement. Ils pensaient sûrement qu'il fallait intervenir, mais ils redoutaient les conséquences. Les filles leur murmuraient de faire *quelque chose*, mais personne ne savait quoi. Ils n'étaient pas seuls dans ce cas. Perry lui-même ne savait plus. Les poings serrés, il se dressait toujours devant Gabriel et, lorsqu'il a repris la parole, le ton avait changé.

« Explique-moi ce qui se passe, là », a-t-il répété.

C'était proche d'une supplique, comme s'il avait désespérément besoin de comprendre comment les choses en étaient arrivées là.

Je me suis souvenu de ce qu'il m'avait dit sur le balcon, comme quoi les gens aimaient mieux qu'on les laisse tranquilles. Quand Troisième, flageolant, a essayé de se relever encore, Perry a regardé Jerzy, qui lui a dit : « Laisse tomber », d'une voix à peine audible. Je voyais bien que Perry, les épaules avachies, n'aurait pas demandé mieux. Debout, titubant, Gabriel avait l'œil vitreux.

« T'es allé trop loin, lui a dit Perry, lui mâchant le travail, le guidant vers la bonne réponse qui lui épargnerait la fin du châtiment. Dis-moi ce que c'est et je te touche plus. »

Gabriel a cligné des yeux, s'est détourné pour cracher encore un peu de sang, puis il a posé un regard fixe sur Perry. Celui-ci a attendu un instant, au cas où il se tromperait et où Troisième se mettrait à parler, puis il l'a frappé à nouveau. Gabriel est tombé sur le coccyx, son crâne a claqué sur le trottoir, faisant un bruit épouvantable, et ensuite plus rien. Il n'aurait pas été barbouillé de sang, on aurait pu croire qu'il dormait.

Finalement, les gamins de la Colline ont trouvé le courage d'approcher. Les petits Blancs se sont écartés pour les laisser passer.

« Troisième, disait l'un d'eux, réveille-toi. »

Mais Gabriel Mock, troisième du nom, ne bougeait pas et l'une des jeunes Noires s'est écriée :

« Il est mort. Vous l'avez tué, tous autant que vous êtes ! »

Pendant un long moment, tout le monde a paru le croire, y compris Perry, qui semblait accablé, prêt à se laisser tomber par terre. Mais Troisième a bougé un pied, et une bulle de sang s'est formée sur ses lèvres.

« Un gros con de nègre, celui-là », a lâché un des présents.

Si quelqu'un d'autre avait une meilleure conclusion à donner, il s'est abstenu de la fournir, et je me suis senti mal en comprenant que c'est celle-là qu'on rapporterait lundi matin, dans les couloirs du collège. Le fait que Perry ait administré une raclée de tous les dieux à un gamin qui ne lui offrait pas de résistance ne serait pas mentionné. On répondrait qu'un négro avait été assez bête pour rester prostré sur le trottoir, qu'on lui avait donné toutes les occasions d'échapper aux coups, et qu'il s'était fichu tout seul dans la merde. Le Blanc le plus con de l'école n'aurait jamais été aussi con.

Sortant du commissariat, deux policiers sont arrivés au pas de course pour ordonner à la petite foule de se disperser. J'ai eu le temps de voir Jerzy, accroupi au milieu des autres Noirs, qui disait quelque chose à Gabriel, toujours immobile. Perry avait disparu. Je n'ai fait attention à Karen, debout près de l'escalier de secours, qu'au moment où elle m'a parlé.

« Rigole, Lou, m'a-t-elle dit de sa voix lasse. Ç'aurait pu être toi, non ? »

Je me suis réveillé le lendemain matin avec l'impression qu'oncle Dec était passé à la maison, que sa voix avait résonné avec celle de mes parents dans le conduit de la ventilation, pendant que je dormais. Je n'aurais pu dire si cela datait de la veille, après m'être couché, ou du matin même. Ça n'était peut-être qu'un rêve. Dec aimait faire la fermeture des bars, le samedi soir, ça n'était pas son genre d'être debout un dimanche avant midi, encore moins de nous rendre visite quand il lui suffisait d'attendre qu'on arrive chez Ikey.

Maman m'avait laissé un mot en bas pour me dire qu'elle rentrerait plus tard dans la matinée. Papa était déjà au magasin en train de préparer l'ouverture. Je me suis rempli un bol de céréales, en me demandant, endormi, si quelque chose était arrivé. Je contemplais un reste de lait au fond de mon bol quand j'ai entendu revenir ma mère. Elle faisait un tel chambard que, de toute évidence, elle était en colère. Elle a maintenu son regard sur moi en arrivant à la cuisine, comme si j'étais la cause de sa mauvaise humeur.

« C'est à cette heure-là que tu te lèves ? » a-t-elle dit en jetant un coup d'œil à l'horloge au-dessus du frigo.

J'ai hoché la tête, je ne m'étais pas rendu compte qu'il était si tard.

« Tu as dormi douze heures, a-t-elle poursuivi en m'étudiant de plus près. Tu as eu une absence ?

— Non. »

Elle a tapoté sur mon bol de céréales.

« Tu as fini, ou tu veux le regarder encore ?

— J'ai fini. Qu'est-ce qui te met en colère ?

— Cette ville de crétins. »

Mieux valait la ville que moi, même si je me sentais impliqué, puisque j'y habitais.

« J'aurais dû écouter ton grand-père. La bêtise, l'ignorance et la violence. Le tiercé gagnant de Thomaston, il appelait ça. »

Là-dessus, elle a lâché mon bol dans l'évier, où il s'est brisé.

« Voilà, a-t-elle dit, satisfaite. Parfait. »

Elle a ramassé les plus gros éclats pour les mettre à la poubelle. Puis :

« Ce film que tu as vu, hier... Il y a eu une bagarre ensuite. Tu le savais ? »

Du coup, j'étais réveillé. Un peu méfiant, j'ai reconnu que oui.

« Tu y étais ? Tu l'as vue ? »

Confus, j'ai hoché la tête.

« Le gamin est dans le coma. Il risque de mourir. »

La salive me restait coincée dans la gorge. Je revoyais Troisième allongé sur le dos, son pied qui bougeait légèrement, la bulle de sang qui tremblait à sa bouche.

« Bon Dieu, Lou. Et personne n'est intervenu ? Qu'est-ce que vous avez fait, tous ? Vous êtes restés devant à regarder ? »

Rouge de honte, je me suis tourné vers la fenêtre, vers la maison des sœurs Spinnarkle, qui n'était plus là.

« Vous étiez combien ? »

J'ai haussé les épaules, aussi impuissant que la veille.

« Tous. Il y avait tout le monde.

— Tout le monde, a-t-elle répété. Donc ça va, puisqu'il y avait tout le monde ?

— Non, ai-je répondu, étouffé par cette seule syllabe, écrasé par le poids de ma lâcheté.

— Je connais le *père* de ce garçon, Lou, a-t-elle dit, et une voix en moi, malvenue, a commenté : “Puisqu'il t'a embrassée.”

— Désolé », ai-je fondu en larmes.

Évidemment, elle s'est attendrie en le remarquant, elle s'est assise devant moi et elle a pris ma main.

« Tu n'es pas plus responsable que les autres, ça n'est pas ce que je veux dire. »

Mais cette gentillesse, dans un sens, était pire que sa fureur.

« Papa est rentré dans leur maison, lui ai-je dit. Pourtant il y avait le *feu*.

— Lou, écoute-moi, m'a-t-elle prié, les sourcils froncés et elle aussi les larmes aux yeux. Ton père est un homme. Tu es un jeune garçon. Ce n'est pas la même chose, ce que font un homme et un petit garçon. Ne te fais pas de souci. Quand tu seras grand, tu seras courageux aussi.

— Pourquoi ? »

Je ne voyais pas pourquoi je le serais plus tard si je ne l'étais pas maintenant.

« Ce n'est pas parce qu'il est entré dans cette maison, malgré le feu, que ton père a du courage. C'est plutôt parce que… »

Elle s'est interrompue, incapable de trouver ses mots, semblait-il. J'étais sûr qu'elle ne reviendrait plus là-dessus, lorsque :

« C'est dur de croire, Lou, jour après jour. C'est dur de croire chaque jour à cette épicerie, c'est dur d'avoir foi dans sa ville ou dans son pays. Pense à ton père, à la façon dont il aime les choses… Il est persuadé que c'est mieux ici que dans tous les coins du monde où il n'a jamais mis les pieds. Comme s'il ne se posait jamais de questions ? »

J'ai hoché la tête, pensant que, s'il était une chose dont il ne doutait pas, c'était moi. « Il va très bien, Louie », disait-il toujours, et c'est grâce à ça que je le croyais. C'est pourquoi j'avais besoin de lui en revenant de mes absences, j'avais besoin de sa grande main sur mon épaule et de sa voix : « Faut pas vous inquiéter pour notre Louie. » Parce que, avant qu'il le dise, je savais au fond de moi que ça n'allait pas et que ça n'irait jamais, du moins sans son aide.

« J'ai donné des cigarettes à Karen sans lui faire payer. »

Il fallait, pour quelque raison, que maman apprenne la vérité, que j'étais un lâche, pas seulement hier mais chaque jour que Dieu fait.

Au lieu d'ajouter à sa tristesse, j'ai suscité ce sourire triste qu'elle avait parfois, et que je détestais puisqu'il sous-entendait qu'elle savait déjà.

« Mon chéri, mais bien sûr. »

Je me suis senti un peu mieux.

« Papa est au courant ? »

— Non. C'est ce que j'essayais de te dire. Ton père aime voir les choses d'une certaine manière. Ce qu'elles sont vraiment n'entre pas en ligne de compte. »

Elle a lâché ma main et je lui ai demandé :

« Il va mourir ? »

Elle a eu un mouvement de surprise, puis elle a compris le sens de ma question.

« Le petit Gabriel ? Je ne sais pas.

— Et Kozlowski, qu'est-ce qu'il va lui arriver ?

— Je n'en sais rien non plus, a-t-elle dit en se levant.

— Il ne voulait pas faire ça, ai-je lâché, revoyant Perry aux prises avec son sinistre devoir. Il voulait s'arrêter. Mais tout le monde le regardait, et il ne savait plus quoi faire. »

Je ne m'attendais pas à ce qu'elle comprenne, puisqu'elle n'y était pas, mais apparemment si.

« Bon sang, si tu crois que ça va me consoler, arrête, d'accord ? »

Plus tard, chez Ikey, j'ai appris la suite des événements. Selon oncle Dec, Gabriel Mock Junior, « plein comme une huître », était allé le soir chez Murdick, un bistro du West End. Il traquait le père de Perry, qui, assis au fond du bar, déplorait que son fils risque la prison pour la seule raison qu'il était le seul garçon en ville capable de défendre l'honneur d'une fille blanche. Cette injustice lui paraissait plus criante à chaque nouveau gin-tonic. Fatigué des lamentations de Kozlowski, le barman est sorti en apprenant que Gabriel était dehors. Il a trouvé Gabriel accroché à la balustrade comme à une bouée de secours.

« Va te coucher, Junior, a-t-il dit au petit homme. Je suis désolé pour ton fils, mais je ne peux pas te laisser rentrer. Tu sais très bien pourquoi, alors ne me force pas à t'expliquer.

— Un peu que je sais pourquoi. Pareil que mon fils il a pas l'droit d'aller au cinéma.

— Ce n'est pas vrai. C'est pas pour ça qu'il a eu des ennuis, ton gars. Il y avait une douzaine d'autres gamins de son groupe, au cinéma, et il ne leur est rien arrivé. Allez, retourne à la Colline, maintenant.

— Je bouge pas de là.

— Il vaudrait vraiment mieux, Junior. Je ne plaisante pas.

— Fais-le sortir, que je lui taille le croupion. Ensuite, je partirai.

— Qui ?

— Comment ça, qui ? Johnny Kozlowski, tiens.

— Il y a pas touché, à ton petit, Johnny. »

Gabriel a acquiescé. Mais il était censé faire quoi — tailler le croupion d'un gamin de treize ans ?

« Ce que tu es censé faire, c'est retourner chez toi, c'est déjà assez grave, ce qui s'est passé, faudrait pas en rajouter.

— Il est à l'hôpital, le petit. Il parle plus. Peut même pas ouvrir les yeux. Il reste immobile sur son lit comme si y avait plus personne dans sa tête. Il peut y avoir qu'une chose de pire, c'est qu'il meure. Et quelqu'un doit payer pour ça, alors envoie-le-moi, le mec.

— Rentre chez toi, Junior. Je t'aime bien et je veux pas appeler les flics après ce qui a eu lieu cet après-midi. Mais on ne peut pas tolérer ce genre de conduite ici, alors rentre, s'il te plaît.

— Fais-le sortir ! » insistait Gabriel.

Une heure plus tard, la situation avait viré au comique. Chaque fois qu'un client entrait ou partait, Gabriel Mock apparaissait derrière la porte et demandait qu'on lui envoie Kozlowski. À ce que disait oncle Dec, on s'amusait de le voir là et, quand dix minutes passaient sans que la porte soit ouverte, quelqu'un allait s'assurer qu'il y était toujours. « Faites-le sortir ! » répétait Gabriel, ce qu'on trouvait de plus en plus drôle, de sorte que, à l'arrivée ou au départ du prochain client, tous les gars au comptoir pivotaient sur leur tabouret et criaient en chœur, hilares : « Faites-le sortir ! » À quoi Gabriel, sans se soucier d'être le dindon de la farce, répondait : « J'attends. »

Dec était en train de boire dans un autre bistro lorsqu'il a eu vent des réjouissances chez Murdick. D'où la suite.

« Salut, m'sieur Mock, lui a-t-il dit en descendant de voiture — peu d'hommes à Thomaston avaient d'aussi bonnes relations avec les Noirs que mon oncle. Je suis navré, pour cette sale journée. »

Sans doute parce qu'on s'adressait à lui poliment, Gabriel a baissé la tête et lui a dit dans un murmure :

« Fais-le sortir ! »

Selon Dec, il était au bord des larmes.

« Qui ça ?

— Johnny K.

— Mais il est pas là, m'sieur Mock, lui a affirmé mon oncle qui, faute d'être entré, ne pouvait pas le savoir. Je suis garé là, si je te ramenais chez toi ?

— Il est assis au comptoir, dans le fond. On le voit d'ici. »

La porte s'est ouverte sur un ivrogne qui est sorti en titubant et, de fait, Johnny Kozlowski était à l'endroit annoncé. Le refrain n'a pas tardé :

« *Faites-le sortir !*

— C'est pas Johnny K., a affirmé Dec, faussement sincère. C'est Jerry, son frangin. Tu as tellement bu que tu les confonds. »

Mais Gabriel Mock ne marchait pas.

« Jerry habite à Atlanta. Il est parti l'année dernière.

— Ah bon ? C'est vrai ? »

C'était embarrassant, frustrant même, d'avoir inventé un mensonge approprié à la situation, et de le voir réfuté aussi aisément par un Noir minuscule et soûl. Dec avait cru jouer fin, les deux frères se ressemblant beaucoup mais, si

Jerry avait déménagé à Atlanta, c'était foutu. Gabriel ne semblait pas lui reprocher la manœuvre.

« Où est-ce qu'on vit, je te demande, pour qu'un p'tit nègre tout seul se fasse tabasser à mort sans que les gens disent rien ?

— Les gens sont méchants, a convenu Dec. Ça les amuse, ces saloperies. »

Gabriel hochait la tête, dégoûté.

« Ça les amuse de voir un nègre se retrouver dans le coma parce qu'il entre dans un cinéma ? »

Mon oncle a acquiescé.

« Et dans cinq minutes à peu près, quand les flics vont se pointer et te tirer dessus, ça va les faire marrer aussi.

— Qu'y-z-y viennent. Je leur taillerai le croupion, moi. »

Gabriel lui a montré l'arme qu'il comptait utiliser, et Dec a prétendu n'avoir encore jamais vu de cran d'arrêt. Gabriel a appuyé sur le bouton et la lame a jailli.

« Eh, refais-moi ça ! »

Fiérot, Gabriel s'est exécuté. Il a replié la lame d'un geste adroit, après quoi Dec lui a retiré l'objet des mains.

« Rends-le-moi ! » s'est écrié Gabriel, ébahi qu'on l'ait mis en confiance pour lui jouer ce sale tour.

« Je te propose un truc. Laisse-moi le garder un moment. Je te le rends demain matin. »

Gabriel n'en croyait pas ses yeux.

« Comment je vais lui tailler le croupion avec mon couteau dans ta poche ? »

Deux voitures de police se sont alors garées devant le bar, libérant des flics en colère. Un instant plus tard, le petit homme noir était cloué au sol, la tête contre le béton, les mains derrière le dos.

« Faites gaffe, a dit l'un des uniformes. Il a un couteau.

— Pas vrai », a répliqué Dec.

Mais les flics avaient été prévenus et ne voulaient rien savoir. Ils ont descendu le pantalon de Gabriel — qui, à ce que disait mon oncle, ne portait pas de slip — sur ses chevilles pour fouiller tranquillement ses poches. Les clients de Murdick avaient commencé à s'agglutiner sur le trottoir.

« Je croyais que ces gars-là avaient une grosse queue », s'est étonné l'un d'eux, quand on a relevé Gabriel devant la petite foule.

Il avait perdu une dent dans l'échauffourée et le sang dégoulinait sur son menton et sur sa chemise.

Dec a suggéré à l'étonné de baisser son froc pour le bénéfice d'une comparaison, mais l'intéressé a décliné. Il ne restait qu'une personne à l'intérieur, Johnny Kozlowski, qui en a profité pour se servir un gin-tonic à l'œil, avant de reprendre place sur son tabouret en se répétant que, décidément, il n'y avait pas de justice dans ce bas monde.

Le dimanche après-midi, je suis parti à vélo à Whitcombe Park, en espérant trouver Gabriel qui, bien sûr, n'était pas là. Certes, on l'avait arrêté, mais je pensais qu'on l'aurait peut-être relâché. Je savais où il rangeait son épaisse laque noire dans la remise, je suis allé la chercher et je me suis mis à peindre la clôture à l'endroit où il avait arrêté, d'un côté puis de l'autre, en imaginant sa surprise à son retour. En réfléchissant, il comprendrait qui l'avait remplacé un instant, et il serait content.

Au milieu de la semaine, il n'était toujours pas revenu et, quand je suis rentré vendredi avec des taches de peinture noire sur moi, maman a voulu savoir ce que je fabriquais. D'habitude, je filais tout droit chez Ikey après les cours et, en quelques jours, c'est à peine si j'y étais passé. J'ai répondu que je repeignais la clôture de Gabriel pendant qu'il était en prison. Maman a soupiré et regretté que je ne le lui aie pas dit plus tôt. Il était licencié depuis lundi, ce n'était plus « sa » clôture.

« Pourquoi ? ai-je demandé.

— Parce que, quand on est noir, m'a-t-elle dit, on ne menace pas les Blancs avec un couteau.

— Mais oncle Dec lui avait pris. Et quand ils ont fouillé Junior…

— Des gens l'ont vu, Lou. Il a menacé quelqu'un.

— Mais ce n'est pas juste, ai-je protesté, en me sentant à la fois gamin, idiot et impuissant.

— Bien sûr que ça ne l'est pas. Mais tu crois que c'est juste, peut-être, de passer sa vie à repeindre une clôture qui était jadis celle d'un esclavagiste ? As-tu pensé aussi que, si on embauchait M. Mock, les gens ne viendraient plus au magasin ? C'est juste, ça ? »

À l'évidence, cela voulait dire que papa et elle en avaient discuté, et je n'ai eu aucun mal à reconstituer leur conversation. Maman était plus sensible que lui au préjudice causé à Gabriel et à son fils, et elle aurait souhaité, si possible, lui venir en aide. Mais elle se taxait aussi de réalisme et c'est elle, pas mon père, qui aurait vu les difficultés d'employer un Noir. Certains de nos voisins ne s'en seraient pas souciés. D'autres auraient fait bonne figure, mais auraient filé nonobstant chez Tommy Flynn, ou pris leur voiture, direction le A & P, dès qu'ils auraient manqué de pain ou de lait. Nous nous étions agrandis, mais il suffisait toujours de pas grand-chose pour effacer nos pauvres marges et nous mettre en danger. Peut-être justement d'un minuscule homme noir.

Naturellement, papa l'aurait contrée sur tous les plans. Devant sa colère, sa rage, il aurait reconnu que Troisième et Gabriel avaient été victimes d'une injustice, mais qu'il ne nous revenait pas de leur porter secours. Les gens comme nous étaient responsables avant tout de leur famille, pas de celle des autres. Oui, les petits Noirs avaient parfaitement le droit d'aller au cinéma le samedi après-midi, de s'asseoir où ils voulaient et avec qui ils voulaient. Mais sa conviction profonde était que les gens devaient s'efforcer de s'entendre, de ne pas chercher les ennuis, quand il était aussi simple de les éviter. C'était au cœur de ce qu'il souhaitait me faire comprendre lorsque, des années plus tôt, il m'avait emmené faire le tour du Borough dans le camion de la laiterie. Oui, j'avais tout à fait le droit d'être là. J'étais un Américain en Amérique. Mais ce n'était pas pour lui une question de lois ou de privilèges. Tout simplement, il valait mieux savoir où était sa place. Il tenait à ce que je sache que l'East End était très bien et que nous étions une famille comme il faut. Certes, on pouvait désirer autre chose, de mieux peut-être, mais ce n'était pas une raison pour dénigrer ce qu'on avait la chance de posséder. Il ne remettait pas en cause les aspirations — légitimes — de Gabriel Mock, troisième du nom. Toutefois celles-ci le laissaient perplexe. Elles étaient pas bien, les petites Noires ? Qu'est-ce qui clochait, chez ce garçon ? Qu'est-ce qui lui avait pris de mettre ses œufs dans ce panier-là ? Quel intérêt de vouloir quelque chose qui allait lui faire du mal ?

Il ne partageait pas non plus le pessimisme de ma mère au sujet des voisins. Je l'entendais presque dire : « Mais ils s'en fichent », en haussant ses grosses épaules pour bien marquer son désaccord. Avant qu'on lui confie le Borough, lorsqu'il livrait encore le lait sur la Colline — et même s'il était moins à l'aise qu'oncle Dec avec les Noirs qui habitaient là —, il en connaissait bon nombre et il les aimait bien. Certains lui adressaient toujours la parole en le croisant dans Division Street, et je ne voyais pas en quoi les propos qu'ils échangeaient étaient si différents de ceux qu'il tenait avec les Blancs au Cayoga Diner ou chez le coiffeur. Suite au rituel « Comment ça va ? », un Noir vous répondait, par exemple, qu'il avait gagné aux courses la semaine précédente, ou qu'il venait de renoncer aux numéros de loterie qu'il jouait depuis des années. Évidemment, la combinaison était tombée gagnante la veille, et papa répondait quel dommage, à un jour près… Ou bien il demandait à l'homme ce qu'il avait fait de ses gains. « Ben, j'les ai dépensés, qu'est-c'vous croyez ? » J'avais remarqué que papa ne leur serrait pas la main, mais cette retenue semblait la sienne autant que la leur. Il croyait à la politesse, et eux aussi. Si les gens se montraient un peu plus décents les uns avec les autres, se plaisait-il à répéter, il y aurait moins de misère dans le monde.

« On est pas obligés de *s'aimer*, affirmait-il.

— Ah non, Lou ? l'interrompait ma mère. Ce n'est pas ce qu'il conseillait de faire, Jésus-Christ ?

— Il suffit d'être poli, poursuivait-il à mon intention. Ça coûte rien d'être poli. »

Il croyait que les gens avaient tous un bon fond, il en citait une demi-douzaine pour appuyer ses dires, choisis dans le voisinage — le vieux M. Gunther, par exemple, qui souffrait tant de son cancer mais ne se plaignait jamais — ou parmi les célébrités, comme Mickey Mantle ou John Wayne. Alors maman se frottait les tempes avec un de ses « À quoi bon ? ».

En réalité, il ne pouvait même plus être question d'embaucher Gabriel Mock. Après avoir été inculpé pour menaces de coups et blessures, il avait bouclé une petite valise et appelé un taxi Hudson. Le chauffeur, un certain Buddy Nurt, s'était assuré que son client avait de quoi le payer, puis l'avait conduit à la gare de Fulton, et voilà qu'un de mes rares amis s'envolait. Je voyais de temps à autre Karen Cirillo, au collège ou au cinéma, mais elle ne se souvenait plus de moi. Quand je croyais qu'elle allait enfin me reconnaître, je disparaissais sous son coup d'œil magique. Un soir, avant l'ouverture des portes, alors que nous étions pratiquement collés l'un contre l'autre dans l'escalier du gymnase, j'ai essayé d'engager la conversation. Je lui ai demandé comment ça allait à Berman Court, en lui rappelant que j'avais vécu dans l'appartement qu'elle occupait maintenant avec sa mère et, comme je le supposais, Buddy. « T'es bizarre, Lou, tu sais ? » m'a-t-elle répondu en me regardant curieusement. Après cette observation très personnelle, elle s'est brusquement souvenue qu'elle craignait de ne pas avoir de quoi acheter son billet, et pouvais-je l'aider ? J'aurais pu, mais j'ai prétendu que non — un mensonge qui m'a fait un drôle d'effet. J'étais content de ne rien lui donner — ça ne l'a pas empêchée de rentrer avec ses amies — et en même temps déprimé. Ma faiblesse, mon incapacité à refuser quelque chose à Karen était, je le savais, la seule chose qui me liait à elle. Et la force nouvelle qui venait de me pousser à dire non m'enlevait tout espoir de prolonger quelque intimité, comme auparavant chez Ikey. Karen était, ce jour-là comme hier, la copine de Jerzy Quinn.

C'est à cette époque, vers le milieu de la quatrième, que Jerzy a réellement pris des allures de fantôme. On ne le voyait plus des semaines à la suite. Certes, il était connu pour ses absences en classe. Il séchait les cours, filait par la salle de gym après l'appel du matin, une attitude qui, paradoxalement, entraînait parfois son exclusion. Il dirigeait toujours son armée de spectres falots, lesquels, pourtant, se rassemblaient souvent sans lui devant la salle des billards ou sur les rives du ruisseau. Il ne s'était mêlé qu'indirectement aux déboires de Troisième — toujours dans le coma des semaines après les faits —, mais il avait dû endosser une part de responsabilités, sans doute parce que les flics l'avaient trouvé sur le parking agenouillé près de lui. Il y avait à cela une certaine ironie, qui ne m'avait pas échappé. Selon l'avis général, Jerzy était sorti vainqueur de la dérouillée que lui avait collée Bobby, et voilà maintenant qu'il trinquait à cause d'un gamin qu'il n'avait même pas touché. C'était comme si, d'un jour à l'autre, tout le monde avait compris que lui et sa bande n'étaient qu'une excentricité du collège, un épisode qui s'achèverait au lycée où les rois se nommaient footballeurs, avec des nuques autrement épaisses.

Peu après cet après-midi épouvantable, les Kozlowski ont emménagé dans l'East End, comme Perry l'avait annoncé. Au vu des faits, j'avais pensé que, naturellement, on ne leur permettrait pas de franchir Division Street mais, un matin, Perry est arrivé au collège, vêtu d'une chemisette à carreaux. Aussitôt, un des gars de Jerzy s'est payé sa tête. L'attrapant par la gorge, Perry l'a soulevé de terre en le menaçant de l'envoyer à l'hôpital dans le lit à côté de Troisième. Je plaisantais, a dit l'autre, et Perry l'a laissé filer. Les jours suivants, nous nous attendions à ce que ses anciens copains le coincent quelque part pour lui demander des comptes, mais il ne s'est rien passé de tel, preuve que le règne de Jerzy, et la terreur associée, touchaient à leur fin. À peine l'avions-nous envisagé que c'était déjà une réalité. Nous croyions nous souvenir de corrections et d'humiliations hebdomadaires, mais sérieusement, combien y en avait-il eu ? En réfléchissant un peu : pas tant que ça. Et combien étaient-ils, dans ce gang ? Bien trop pour les compter, aurions-nous dit un mois plus tôt. Maintenant que nous le faisions, ça n'allait pas loin, finalement. Tous ceux qui avaient prêté serment à Jerz portaient un couteau sur eux, disait-on. Pourtant, en avions-nous vu un seul ?

Au mois de mai, à quelques semaines des grandes vacances, une rumeur a commencé à circuler, qui expliquait les mystérieuses absences de Jerzy. Il était souffrant, il devait subir une opération. Lorsqu'il s'est présenté le dernier jour de classe, il était si maigre, il paraissait si affaibli que le doute n'était plus permis. Ce qui a engendré de nouvelles peurs. Il ne nous était jamais venu à l'esprit, à nous autres de l'East End, que la maladie aurait l'audace de s'attaquer à Jerzy Quinn. Ou alors il faudrait s'attendre à une épidémie.

Sans le collège pour alimenter les rumeurs, mais avec le lycée en tête et son lot de nouvelles terreurs, Jerzy a disparu cet été-là de notre conscience collective. Je l'avais oublié depuis un bon mois lorsque, fin juillet, Perry est passé un jour chez Ikey acheter un soda.

« T'es au courant pour Jerzy, non ? » m'a-t-il dit.

J'ai répondu que non et il a haussé les épaules.

« Le chirurgien lui a enlevé la gauche. Je suppose qu'il jouera un peu moins les durs, maintenant. »

En faisant de mon oncle le boucher attitré des ménagères du Borough, nous avons attiré des clients au-delà de notre coin de l'East End, avec quelques conséquences imprévues. Une fois le magasin agrandi, l'activité a redoublé, et nous avions à peine assez de temps. Papa n'aimait pas s'absenter s'il y avait du travail, et il y en avait toujours. Il ne pouvait pas être là continuellement, sept jours par semaine. Il ouvrait le matin, tirait le rideau le soir, et maman insistait pour qu'il sorte un peu au milieu de la journée. Il se préparait parfois un sandwich qu'il mangeait en lisant le journal, de l'autre côté de la rue, sur les marches de la maison. Ou alors il partait au Cayoga Diner ou au Thomaston Grill où, devant un hamburger, il discutait avec d'anciens employés de la tannerie. Elle n'avait pas encore vraiment fermé, mais les équipes se réduisaient de plus en plus.

Après avoir vaincu sa répugnance, maman consacrait maintenant au magasin presque autant d'heures que lui. En sus de gérer les stocks, elle s'était mise, sur les conseils de Dec, à composer des salades — pommes de terre, macaroni, et « trois haricots », pour commencer — qu'elle plaçait dans le présentoir à viande. Elle était ravie quand les dames du Borough choisissaient les siennes plutôt que celles, cuites et acides, du A & P. Elle avait conservé sa compta et ses clients et, quand mon père rentrait vers minuit, elle avait souvent l'œil rivé sur un registre, pendant que ses doigts volaient sur les touches de sa machine. Elle tenait un crayon entre ses dents qu'elle mordait jusqu'à entamer la mine. Papa lui disait que ça suffisait pour la journée, et elle répondait oui, je te rejoins dans une minute. Mais une heure s'écoulait avant que j'entende ses pantoufles chuchoter sur les marches de l'escalier. La plupart du temps, elle laissait la machine au milieu de la table, et on faisait de la place autour pour manger, généralement à deux, les vrais repas en famille étant oubliés de longue date.

Oncle Dec continuait d'être pour nous un atout, au-delà de ce que j'aurais pu imaginer. Léger, enjôleur, il savait s'y prendre avec les femmes, même si elles entraient d'un pas décidé, déterminées à rester le moins de temps possible. Le moteur avait beau tourner dans la rue, Dec ne se dépêchait pas pour autant.

« Janice, disait-il, je vois bien que vous êtes tout excitée, mais vous ne voulez quand même pas que je me tranche le pouce ? Non, non, il n'en est pas question. »

À quoi Janice répondait :

« Comment ça, tout excitée ?

— Oh, ce qu'on dit, hein ? Je peux entrer dans le détail, si vous voulez. »

Eh bien, non, déclarait Janice qui, manifestement, s'amusait.

« Allons, doucement, Bev, conseillait-il à la cliente suivante, aussi impatiente que l'autre. Je le connais, votre gros bêta de mari, franchement je ne sais pas pourquoi vous êtes aussi pressée de rentrer.

— Parce que vous êtes le boucher le plus lent que Dieu ait fait ! » l'informait Bev.

Et Dec de répliquer qu'en enfer, on avait toujours soif.

« Merci, beauté, leur disait-il en leur tendant leur carré d'agneau enveloppé, et peu importe que l'intéressée soit jolie, ou convaincue de ne pas l'être. J'habite au-dessus, vous savez. Vous voulez passer me voir un soir ? »

Exposé malgré lui à ce badinage, papa craignait qu'il soit déplacé ici dans l'East End, ce qui n'était pas l'avis de maman :

« Mais non, il les flatte, toutes ces filles un peu m'as-tu-vu, pas très malignes pour la plupart. Je le sais parce qu'il fait pareil avec *moi*, et que ça marche. Je lui dirais bien de t'apprendre, mais je ne suis pas sûre du résultat.

— Si elles répètent à leur mari que…

— Elles ne répéteront rien du tout », le coupait-elle avec cette sorte de conviction qu'il trouvait déconcertante.

Après la sortie des classes, je me suis mis à travailler beaucoup, moi aussi. Mon père, ma mère et oncle Dec avaient des rôles bien définis, et on m'employait selon les besoins et l'heure de la journée. Les fins de matinée et les débuts d'après-midi, Dec, très affairé, me demandait de nettoyer la trancheuse, d'arranger le présentoir, de lui chercher du papier boucherie ou de remplacer la bobine de ficelle. Je savais faire des choses élémentaires, comme hacher une livre de steak ou servir une demi-douzaine de côtelettes de porc, pendant qu'il s'occupait des commandes à rallonge et des enquiquineurs. Tôt le matin, je tenais la caisse pendant que papa recevait les fournisseurs et, à son retour, je défaisais les cartons dans la réserve. Je remplissais les étagères et les rayons, je mettais les articles les plus vieux devant, ceux qui venaient d'arriver derrière, ce qui n'empêchait pas les dames du Borough d'enfoncer le bras jusqu'à l'aisselle pour saisir le litre de lait tout au fond. En début de soirée, j'allais livrer des bricoles dans le quartier, à vélo, et le soir j'aidais maman avec les salades. À la fin de l'été, j'étais devenu plus doué qu'elle avec ça, car elle devait partager son attention entre le fourneau et ses livres de comptes. Un soir que je rentrais, j'ai aperçu tout de suite la grande casserole qui rayonnait, rouge vif, en dansant sur la cuisinière. Après l'avoir mise à chauffer, maman l'avait complètement oubliée, et l'eau s'était évaporée depuis longtemps. C'était dangereux, j'ai voulu lui reprocher son inattention et...

« Arrête ! m'a-t-elle interrompu. Ton aide nous est infiniment précieuse, mais ce n'est pas une raison pour te croire...

— Pour me croire quoi ? lui ai-je demandé, amusé de la voir buter au milieu d'une phrase.

— Je ne sais pas », a-t-elle lâché, les yeux soudain humides.

Je n'étais pas salarié, mais les pourboires de mes livraisons me servaient de menue monnaie. Par ailleurs, maman avait ouvert un compte à mon nom à la Thomaston Savings and Loan, sur lequel elle déposait, tous les vendredis après-midi, l'argent que j'aurais gagné si j'avais été déclaré. C'est elle qui préparait tous les chèques, ceux des distributeurs, mais aussi la paie de papa, d'oncle Dec, et la sienne quand elle en avait les moyens.

« Je ne sais pas ce que les impôts vont faire de ça, disait-elle chaque semaine, après les avoir signés. S'ils nous convoquent un jour au tribunal et qu'ils te font monter dans le box, tu ne travailles *pas* pour nous, ajoutait-elle pour moi.

— Et s'ils me font jurer ?

— Tu leur dis tous les noms d'oiseaux que tu veux, mais pas la vérité. »

La salle de la paroisse congrégationaliste de Thomaston se trouvait dans la partie supérieure de Division Street. L'église elle-même avait été rasée dix ans plus tôt, mais son clocher, censé présenter un intérêt historique, était toujours là. Curieusement, c'est à cause de la cloche que l'église avait été démolie. La poutre qui la retenait ayant pourri, elle s'était détachée un dimanche à la fin de la messe, percutant le sol avec un fracas si épouvantable que plusieurs paroissiens s'étaient convertis sur-le-champ au catholicisme. Après inspection des lieux, les services municipaux avaient conclu que le bâtiment entier était en mauvais état, et les congrégationalistes avaient acheté un emplacement à l'autre bout de la ville, pour y entamer la construction d'une nouvelle église. Le vieux clocher, maintenant cadenassé pour empêcher les lycéens d'aller picoler en haut avec leurs copines, se dressait donc tout seul au milieu du terrain vide, aussi ridicule qu'on l'avait prédit. Les congrégationalistes avaient voulu bâtir une salle à côté de leur nouvelle église mais, à court d'argent, ils continuaient à utiliser l'ancienne pour leurs fêtes et cérémonies, et la louaient à la mairie à certaines occasions. Telle l'exposition annuelle des arts graphiques.

L'événement occupait à chaque fois les deux niveaux. Au rez-de-chaussée étaient réunies les œuvres de peintres adultes du comté de Thomaston, et au sous-sol celles des élèves des classes de onzième à la terminale, contraints par leurs professeurs à les soumettre au jury. Cette année-là — ma dernière année de collège —, j'avais présenté un dessin au crayon de Chez Ikey, sur lequel je m'étais escrimé presque une semaine. J'étais parti dans l'idée de faire quelque chose de bien mais, plus je travaillais, ajoutant une zone d'ombre ici, quelques hachures là, moins c'était bon. Et je ne comprenais pas pourquoi. Papa disait que ça ressemblait bien à l'épicerie, ce qui me remontait. Maman était d'accord avec lui, mais elle semblait en douter, sans être capable de traduire son sentiment par des mots. J'avais espéré assister à la remise des prix, mais on avait eu besoin de moi au magasin, et je n'ai pu vérifier que le lendemain si mon dessin avait remporté quelque chose.

Sur la porte, un panneau indiquait que l'exposition durerait seulement jusqu'à la fin du mois, aussi m'attendais-je à ce qu'une petite foule de curieux déambule à l'intérieur en admirant notre travail. Eh bien non, il n'y avait personne. Il ne restait des festivités de la veille que quelques assiettes en carton, des miettes de gâteau, et des gobelets en plastique sur les chaises pliantes en métal. Dépourvu de fenêtres et bas de plafond, le sous-sol était éclairé par de puissantes ampoules fluorescentes. Sur les murs et les parois amovibles de liège étaient présentées les œuvres des trois lauréats de chaque classe ainsi que les « mentions honorables » des douze niveaux réunis. Du premier coup d'œil, j'ai vu que mon Chez Ikey n'avait pas été sélectionné parmi les quatrièmes, et je serais sans doute reparti si je n'avais remarqué les casiers au fond, avec l'inscription AUTRES. Ils étaient classés par niveau scolaire, et j'ai trouvé mon dessin au milieu d'une pile. Sous cette lumière crue, il avait subitement l'air d'un affreux barbouillage, ce qui m'a mis très mal à l'aise.

Techniquement parlant, il n'était pas si mal, comparé à ceux d'autres élèves de ma classe, qui avaient reproduit des photos de footballeurs ou de voitures de stock-car. Seulement, il y avait quelque chose de « normal » dans les leurs, que je leur enviais. Quel genre de gamin fallait-il être pour représenter l'épicerie familiale ? Je me suis souvenu de la remarque de Karen Cirillo — « T'es bizarre, Lou, tu sais ? » — et cette espèce de sentence m'est tombée sur les épaules. Pour ne rien arranger, telle que je l'avais dépeinte, notre affaire semblait maintenant terne et vétuste. Comme si, sans le vouloir, j'expliquais pourquoi les gens ne venaient pas faire leurs courses chez nous. J'étais soudain content qu'on ne m'ait pas récompensé, je ne demandais qu'à faire disparaître cette pièce à conviction. Et même si ces casiers n'allaient pas attirer l'attention, j'étais prêt à plier ma feuille pour la mettre dans ma poche lorsqu'une voix derrière moi a lâché :

« Il est bien. »

Je ne l'avais pas entendue entrer, mais j'ai immédiatement reconnu Sarah Berg, qui s'était assise au cinéma avec Gabriel Mock, troisième du nom. Les semaines suivant le massacre, je l'avais vue dans les couloirs du collège, toujours seule et craintive, comme elle était là devant moi. Le coude qu'elle s'était pris dans le nez lui avait valu deux yeux au beurre noir, et elle portait encore des traces jaunâtres, presque invisibles, sur une pommette.

« Tu devrais faire plus confiance à ton trait, cependant », a-t-elle poursuivi en me retirant le dessin des mains pour l'étudier attentivement.

Sans doute parce que je ne voyais pas ce qu'elle signifiait par « mon trait », sa remarque m'a irrité, et je regrettais de n'avoir pas replié ma feuille plus vite.

« Tu assombris tout. Comme si tu avais peur du blanc. »

Son index se promenait sur la surface sans toucher le papier, s'arrêtant çà et là pour que je comprenne ce qu'elle voulait dire. Et c'était vrai. J'avais mis de l'ombre partout jusqu'aux bords, d'où l'impression de barbouillage que j'avais eue plus tôt. C'était étrange, car ces variations d'intensité, soigneusement appliquées, la mine en biais, étaient ce dont j'avais été le plus fier pendant l'exécution. J'avais cru que c'était l'intérêt principal de ce que je faisais, et je m'apercevais maintenant que c'en était la faiblesse. Je me reprochais ma négligence, j'avais trahi notre cause, et je me suis rendu compte qu'une heure de travail supplémentaire — ou deux, ou quatre — n'aurait fait qu'aggraver les choses. C'était ô combien déconcertant. J'avais appris à l'école que mes efforts portaient généralement leurs fruits.

« On a le droit de laisser du blanc, m'expliquait Sarah Berg. Ça indique d'où vient la lumière. Si le trait est bon, on peut en laisser plein, d'ailleurs.

— C'est le magasin de mon père, lui ai-je dit sans raison.

— Oui, Chez Ikey, j'ai reconnu. »

Évidemment, j'avais reproduit l'enseigne au-dessus de la porte…

« Je veux dire que je l'*aurais* reconnu, même sans l'enseigne, m'a-t-elle dit en s'empourprant. C'était idiot. Je *suis* idiote.

— Non, me suis-je empressé de la contredire, m'étonnant moi-même. C'est mon dessin qui est bête.

— Le jury a mis deux étoiles », m'a-t-elle fait remarquer, un doigt au-dessus de celles-ci.

Posées au crayon dans le coin droit en haut, elles m'avaient échappé.

« Et c'est bien ? »

Elle a hoché la tête.

« Le maximum, c'est trois. La plupart n'en ont qu'une. »

Nous avons examiné les autres dessins dans le casier, et elle avait raison. Quatre ou cinq seulement, dont le mien, avaient ces deux étoiles. Aucun n'en avait trois.

« On ne doit pas être très doués, dans ma classe, ai-je dit, contrarié par le jugement peu flatteur des juges.

— Deux des lauréats ont trois étoiles, m'a dit Sarah en indiquant une des cloisons mobiles. Il y a une troisième place et une mention honorable qui n'en ont que deux, et donc le tien était aussi bon que les leurs… »

Ce qui m'aurait réjoui si elle n'avait ajouté, par acquit de conscience :

« Enfin, presque. »

Il m'est soudain venu à l'esprit qu'elle avait l'air d'en savoir long.

« Est-ce que… ? »

Elle a haussé les épaules.

« C'est le seul domaine dans lequel j'arrive à quelque chose », m'a-t-elle confié, au cas où je la soupçonnerais de se faire mousser.

Après un court silence gêné :

« Tu veux voir le mien ?

— Ah, ben oui », lui ai-je répondu et, contre toute attente, elle m'a pris par la main pour me conduire à l'autre bout de la salle, comme si je n'allais pas trouver le chemin tout seul.

Une main qui était fine, chaude, et s'emboîtait naturellement dans la mienne. Je me suis souvenu de Jerzy glissant un index dans la ceinture du pantalon de Karen. La portée de ce geste m'avait soufflé. La main de Sarah n'était pas dépourvue de sensualité, mais cela me plaisait mieux d'une certaine façon, et j'ai cédé à ce mélange grisant de plaisir, de surprise et d'affection. Était-ce à cela que Nancy pensait en disant que papa n'avait pas compris ce qui lui arrivait ? Maman avait-elle agi aussi simplement ? Avait-elle saisi sa main pour l'entraîner vers une chose qu'elle tenait à lui montrer ? La chaleur fragile de sa paume avait-elle ouvert dans son cœur une porte dont il ignorait l'existence ?

Sarah avait soumis un dessin au crayon et à l'encre qui représentait un garçon de six ou sept ans, et il n'était pas difficile d'expliquer la présence des trois étoiles dans le coin droit. Certes, il semblait y avoir un petit problème de proportion dans les traits. Le garçon avait un œil légèrement plus grand que l'autre, et les deux étaient un peu décalés de chaque côté du nez. Mais ils étaient vivants, ces yeux. Elle n'avait pas simplement cherché à les dépeindre, ils étaient comme vrais, ils regardaient. On se demandait quoi, et on saisissait vite que ça se trouvait à l'extérieur de la feuille. Et que ça l'inquiétait, ce garçon. On voyait aussi d'où venait la lumière. Le nom de Sarah était inscrit en bas à droite, en lettres ridiculement petites, comme si elle avait mis toute son assurance dans le dessin lui-même et qu'il ne lui en restait plus pour elle.

« Mon petit frère, m'a-t-elle dit. Il est mort d'une leucémie. Je le dessine tout le temps. On a des tas de photos, alors je m'en sers. Quand j'essaie de mémoire, ça ne lui ressemble jamais.

— Je suis fils unique, lui ai-je dit, incapable de répondre à ce qu'elle m'apprenait.

— Moi aussi. Enfin, maintenant. On vit tous les deux, avec mon père.

— Mais tes…

— Séparés. Après la mort de Rudy, maman n'a pas voulu rester. Je passe mes étés chez elle. Papa est prof au lycée. »

J'ai établi le lien.

« M. Berg. »

Déjà au collège, on entendait parler de ce professeur de lettres. Tout le monde redoutait de tomber dans sa classe.

« Paraît qu'il est dur. »

J'ai observé un instant Sarah, pour qu'elle confirme ou infirme mes dires, puisqu'elle devait savoir. Mais elle ne répondait pas et j'ai remarqué que son dessin n'avait remporté que le deuxième prix dans sa catégorie. C'est à Nan Beverly qu'on avait attribué le premier, pour son aquarelle d'un bébé épagneul. Quelque chose a attiré mon attention. S'il y avait bien trois astérisques dans la marge, deux étaient identiques, à l'encre noire, et le troisième, en bleu celui-là, n'avait pas la même forme, comme s'il avait été ajouté après. Sarah avait-elle vu cela ? J'ai préféré ne pas le mentionner, mais j'ai repensé à Karen quand elle soutenait mordicus que tout était joué dès le départ, que seuls les enfants du Borough avaient droit aux bonnes places. En étudiant Sarah, je me suis aperçu qu'elle était jolie, ce qui m'avait échappé au premier abord. Également qu'elle avait les mêmes yeux que le petit garçon de son dessin, l'un d'eux légèrement plus grand et plus bas que l'autre. En arrivant au bout de la salle, elle avait lâché ma main, mais je ressentais toujours sa chaleur dans la mienne, et j'aurais bien aimé qu'elle m'emmène à nouveau quelque part.

« Ils auraient dû te mettre première. Le tien est beaucoup mieux. »

Nous étions seuls dans la pièce, pourtant j'ai prononcé ces derniers mots à voix basse. Ce genre de déclaration dégénérait souvent en bagarre dans la cour du collège.

« Celui de Nan est bien aussi », a affirmé Sarah, qui en profitait pour placer son nom, comme si cela faisait d'elles des amies, ce qui me la rendait encore plus sympathique. J'avais toujours en main mon propre dessin, et ça m'a donné une idée.

« Peut-être que *toi*, tu pourrais dessiner Chez Ikey, un de ces jours ? » lui ai-je proposé, en me trouvant aussitôt idiot — pourquoi aurait-elle envie de le faire ? « Tu me montrerais ce qu'il faut laisser en blanc. »

De plus en plus bête.

Mais elle a souri, comme si elle n'avait attendu que ça. Nos regards se sont de nouveau croisés, et j'étais presque sûr qu'elle allait fixer un point dans le lointain, comme Karen m'y avait habitué. Mais non, ses yeux restaient plantés dans les miens.

Cela impliquait, ai-je conclu, que j'étais toujours là.

Pas plus tard que le lendemain, elle s'est présentée avec son carnet à croquis. En sortant de la réserve où j'étais en train de travailler, je l'ai trouvée accroupie comme une squaw sur le coin de pelouse en face.

« Tu devineras jamais ce qu'elle fait, cette fille, m'a dit papa, émerveillé, en la regardant.

— Elle dessine le magasin ?

— Elle dessine le magasin, m'a-t-il dit, comme s'il ne m'avait pas entendu. Ah, il faut la voir avec son crayon. »

Je n'étais resté au fond qu'une vingtaine de minutes, assez longtemps, apparemment, pour que Sarah fasse une demi-douzaine de croquis, éparpillés dans l'herbe autour d'elle. Certains se limitaient à quelques traits, d'autres avaient l'air presque achevés, et je ne voyais pas pourquoi elle les avait laissés en plan pour en commencer de nouveaux. Les plus sommaires étaient déjà meilleurs que le dessin sur lequel je m'étais escrimé pendant une semaine. Celui qu'elle exécutait maintenant était fabuleux. Elle avait tracé les contours du magasin, elle l'avait divisé en quartiers, et elle procédait ensuite depuis le centre de la feuille, tout en considérant parfois une autre section, comme si une idée lui traversait subitement l'esprit. Alors elle plissait les paupières vers l'épicerie, baissait la tête sur son carnet, ajoutait un détail dans le pourtour avant de revenir au centre.

« Il est gentil, ton père, m'a-t-elle dit sans lever les yeux vers moi. Gentil jusqu'au bout des ongles, même. Chez les autres, ça s'arrête quelque part en chemin. »

J'ai cherché le courage de lui dire qu'elle semblait l'être « jusqu'au bout des ongles » elle aussi, mais je ne l'ai pas trouvé. J'étais content de la voir, content qu'elle n'ait pas oublié sa promesse, content qu'elle soit venue dès le lendemain, content de la voir aussi à l'aise que la veille. En sortant de l'exposition, nous étions allés boire un Coca au comptoir de Woolworth, où il n'y avait que nous à cette heure de l'après-midi. Habitué aux manières de Karen, je m'étais attendu à payer, mais Sarah avait dit non, chacun réglait sa part. Avant même qu'on nous serve, elle avait commencé à me raconter l'histoire de sa famille. Ils étaient juifs, non pratiquants, mais « humanistes », ce qui était plus une conviction qu'une religion. S'ils n'allaient pas à la synagogue, ils avaient foi en ce que son père appelait la noblesse fondamentale de l'homme. Ils mangeaient du porc comme nous, ils fêtaient Noël, par œcuménisme, même si pour eux

Jésus-Christ n'avait rien à voir avec Dieu. Il suffisait qu'il fût *bon*, ce Dieu. Ceux pour qui cela n'était pas assez, qui voulaient en faire une idole, étaient les mêmes qui nous avaient donné les Croisades, l'Inquisition, et l'Holocauste. Tout cela dans un flot de paroles qui m'avait conduit à me confier à mon tour. Je lui avais appris que nous étions catholiques, ce qu'elle avait sans doute deviné. Elle ne s'est pas spécialement étonnée que j'aie fréquenté St. Francis avant le collège, et que, pour nous, Jésus *soit* Dieu, bien que nous soyons sûrement du même avis sur ces horreurs qu'étaient les Croisades, l'Inquisition — j'ai cherché par la suite dans le dictionnaire — et l'Holocauste. Si je comprenais l'humanisme de M. Berg, je pouvais dire que nous penchions dans ce sens. Le père Gluck avait reproché à ma mère d'ouvrir l'épicerie le dimanche, et ma mère, pour sa peine, lui avait conseillé de s'occuper de ses affaires. Après quoi nous n'étions plus allés à la messe pendant un mois et nous mangions maintenant de la viande le vendredi, ce qui, à mon avis, nous mettait sur un pied d'égalité avec la famille de Sarah.

Ils avaient quitté Long Island pour Thomaston alors qu'elle était encore en dixième, pour des raisons qu'elle ne s'expliquait pas entièrement. Son père enseignait déjà dans un lycée là-bas et, d'après ce qu'elle m'a dit — ou n'a pas dit —, j'ai eu l'impression que des ennuis l'avaient poussé à chercher une place ailleurs. Il détestait Thomaston, qui éprouvait durement sa foi dans « la noblesse fondamentale de l'homme », mais aussi parce qu'on n'y faisait pas de bons bagels, sans parler de saumon fumé pour mettre dessus.

Et ceci. C'est M. Berg qui avait insisté pour qu'elle accepte, ce jour maudit, l'invitation de Troisième à aller au cinéma avec lui. D'une façon générale, il ne la laissait pas sortir avec des garçons, mais il avait vu là une occasion de dire son mot. De son point de vue, les Noirs de Thomaston vivaient confinés dans un ghetto à cause de citoyens qui, par leur sectarisme et leur ignorance, valaient bien ceux de Birmingham et de Selma[1]. Et pourquoi pas ? N'étions-nous pas les descendants, même symboliques, de sir Thomas Whit-

1. Villes d'Alabama, théâtres de plusieurs marches pour les droits civiques des Noirs américains.

combe qui, comme Jefferson, avait possédé des esclaves ? Sans doute ces deux-là croyaient-ils que tous les hommes étaient créés libres et égaux mais, par hommes, il fallait entendre propriétaires terriens. Selon M. Berg, les patriotes étaient tous hypocrites par définition.

« Papa a des avis sur tout », avait lâché Sarah, avant de finir son Coca en aspirant bruyamment dans sa paille.

J'avais dû le reconnaître. En espérant l'impressionner, j'avais émis le désir d'être un jour dans sa classe, ce contre quoi elle m'avait mis en garde.

« Tu aimes bien Thomaston, toi, il te prendrait pour un imbécile et il ne t'aimerait pas beaucoup. Il faut être en colère pour trouver grâce à ses yeux.

— Tu es en colère, toi ?

— Moi, je ne compte pas », avait-elle admis en haussant les épaules.

J'avais d'abord pensé qu'elle s'excluait du lot, du fait qu'elle était sa fille et que, naturellement, il l'aimait. Mais quelque chose dans le ton paraissait impliquer qu'elle était réellement la cinquième roue du carrosse.

Quand son petit frère était encore vivant, et leur mère avec eux, les Berg avaient loué une maison dans Seventh Avenue, près du Borough. Maintenant que Sarah était toute seule avec son père, ils en avaient choisi une autre, plus petite et moins chère, non loin de Division Street. Bien que située, officiellement, dans l'East End, elle était proche de certains bistros sordides et du YMCA. Jusqu'à récemment, Sarah avait eu pour meilleure amie une voisine, Sally Doyle, qui l'accompagnait toujours aux soirées du vendredi soir et au cinéma le lendemain. Mais, depuis le jour où Gabriel Mock était venu chercher Sarah, la maman de Sally ne voulait plus de ces relations, ce qui semblait ravir M. Berg, lequel trouvait tout cela très éloquent. Sa fille aurait de nombreux autres amis, différents et donc meilleurs, pensait-il, lorsqu'elle partirait à l'université. (Je n'en ai rien dit, mais cela me faisait penser à mes grands-parents, qui avaient nourri de semblables espoirs pour maman.) Il avait été décidé que Sarah s'inscrirait à Columbia, où son père avait étudié avant de passer son certificat d'aptitude dans un autre établissement, où il avait rencontré la mère de Sarah. Un transfert qu'il justifiait par des problèmes financiers, mais que Mme Berg expliquait autrement : il avait pris les devants avant de subir l'humiliation d'un renvoi.

J'avais dit à Sarah que ma mère avait la ferme intention de m'envoyer moi aussi à la fac, sans que nous ayons décidé laquelle, mais que papa redoutait que cela soit au-dessus de nos moyens. J'avais ajouté qu'il lui était interdit d'exprimer ses craintes à haute voix, et elle avait souri. Pour qu'elle ne se sente pas trop triste, je lui avais dit que j'avais perdu mon meilleur ami. J'avais décrit Bobby, le plaisir que nous avions à « surfer » dans le camion de mon père, le samedi matin — mais aussi son courage, car il s'était brisé le poignet et il n'avait même pas pleuré. Mon portrait de Bobby devait être réussi car, quand j'ai eu fini, Sarah regrettait de ne l'avoir jamais rencontré. J'avais admis qu'il me manquait parfois mais, bien sûr, c'était beaucoup moins grave que de ne plus avoir son petit frère, ou de voir sa mère s'en aller. Donc j'avais de la chance. J'avais dit cela par compassion mais j'ai compris que j'avais fait une bourde, car Sarah avait les larmes aux yeux. Je l'avais raccompagnée en essayant de redonner à la conversation le ton léger et agréable qu'elle avait eue au début, mais c'était comme si le petit frère et la maman étaient toujours avec nous. En revenant chez Ikey, je me serais giflé d'avoir été aussi crétin. Jamais Sarah ne voudrait dessiner l'épicerie maintenant, ni partager la note chez Woolworth.

Mais elle était bien là, à crayonner avec son stylomine — un cadeau de sa maman, allais-je apprendre plus tard, qui était elle-même une artiste. Sarah avait retrouvé sa bonne humeur, et le magasin prenait forme sur la feuille. Elle était sur le point de terminer quand maman est sortie de la maison avec deux grands saladiers pleins. Je suis allé à sa rencontre pour lui en prendre un, puis je suis rentré l'aider à les disposer dans le présentoir à côté de la viande hachée. Sarah était en train de détacher le dessin de son carnet quand nous l'avons rejointe.

« Je te présente mon amie Sarah », ai-je dit, ravi de pouvoir l'affirmer sans craindre d'objection.

Je n'aurais jamais osé avec quelqu'un comme Karen, qui aurait aussitôt répondu : « On est copains, Lou ? Depuis quand ? »

« Elle a remporté le deuxième prix au concours.

— Je *comprends* », a dit maman, impressionnée par la qualité du dessin, comme l'aurait été n'importe qui.

Chez Ikey ressemblait soudain à une affaire dont elle pouvait s'enorgueillir, pas de celles qui vous laissent dans le besoin à la première erreur de gestion.

« Gardez-le, si vous voulez, a proposé Sarah.

— Mais cela représente beaucoup d'efforts, ce que vous venez de faire.

— Non, c'est votre magasin. »

Maman devait sentir que Sarah était fière d'elle, mais aussi qu'elle tenait à nous le donner.

« Et si on l'encadrait pour l'accrocher au-dessus de la caisse ? Comme ça tout le monde pourrait le voir, et vous aussi quand vous viendrez. »

Il commençait à y avoir du monde et j'ai dû attendre la fin de l'après-midi, bien après le départ de Sarah, pour apprécier son travail. Elle avait inclus plusieurs personnes. Une silhouette féminine, à l'évidence ma mère, était penchée au-dessus du présentoir à viande où elle plaçait un saladier. Oncle Dec, reconnaissable à ses cheveux noirs et brillants, tenait le battant ouvert, pour lui faciliter la tâche. L'homme derrière le comptoir, avec ses grandes épaules rondes, était bien sûr papa. Sarah avait mis de l'activité, une idée que je lui avais peut-être donnée sans m'en apercevoir. La veille, chez Woolworth, je lui avais confié que nous vivions dans la crainte d'une faillite — alors elle nous avait ajouté trois clients. Un qui, au premier plan, allait entrer et qui, ouvrant la porte, nous invitait à regarder à l'intérieur. Deux autres personnages, un garçon et une fille, plus petite d'une tête que celui-ci, réglaient un achat à la caisse. En les étudiant de près, j'ai fini par comprendre que c'était Sarah et moi. De quelques traits de crayon, elle avait esquissé la chemise à carreaux que je portais ce jour-là, et les cheveux bruns et bouclés étaient forcément les siens. En me penchant plus près encore, j'ai vu que nous nous tenions la main.

Elle nous avait représentés ensemble. J'ai appris ainsi que nous l'étions.

Il est toujours là, ce dessin. Comme promis, maman l'a fait encadrer et papa a insisté pour que le mien le soit aussi, afin qu'on puisse les comparer. Il trouvait le mien tout aussi méritoire, ce en quoi il était souvent le seul. Les deux cadres sont restés accrochés au-dessus de la caisse pendant des années. Nous nous sommes maintes fois étonnés, Sarah et moi, de sa capacité à reproduire notre monde tel qu'il l'était, en une heure ou deux de travail à peine. Bien sûr, on y a moins vu un dessin qu'une prophétie. Les quatre années qui ont suivi, le succès semblait nous attendre au bout de la route, une illusion renforcée par les difficultés insurmontables de tant d'autres épiceries de quartier, dont celle de Tommy Flynn. Alors que, de notre côté, nous avions trouvé une niche. Je soutiens toujours que Chez Ikey a tenu ses promesses, même dans les pires moments. Nous avons seulement manqué de chance, et encore cela n'a pas duré.

Cette image joyeuse et pleine d'espoir est également synonyme d'une transition, du moins pour moi. Plus que toute autre chose, cette période signifiait la fin des terreurs associées à la vie au collège, et à ma place dans le monde. Je n'étais pas le seul à ressentir ce changement. J'avais vu Sarah pour la première fois dans le bureau du directeur du cinéma, où elle avait le visage déformé par la peur, et je crois qu'elle a commencé à maîtriser ses angoisses le jour où elle s'est représentée comme un membre de la famille, ce qui s'est rapidement confirmé. Mon père l'a adoptée presque aussitôt. Je le revois au bord des larmes quand je lui ai répété les paroles de Sarah — « gentil jusqu'au bout des ongles ». Oncle Dec la charriait sans vergogne, comme n'importe quelle autre femme, il lui rappelait sans cesse qu'il était moins vieux qu'il en avait l'air, et que, eh bien, un de ces jours, allez savoir ce qui pouvait se passer ?

Maman l'appréciait aussi, même si elle restait sur ses gardes. Nous étions jeunes, m'a-t-elle rappelé jusqu'à la fin du lycée. C'était formidable d'être aussi bons amis, mais il y avait dans ce monde des horizons plus vastes, qu'il serait dommage de ne pas explorer. Quand nous étions ensemble, Sarah et moi, je la surprenais parfois en train de nous étudier — ou peut-être moi seulement ? — d'un air perplexe et soucieux. Je n'en comprenais pas la raison, et c'est sans doute ce qui me gênait. M. Berg ne s'est jamais opposé à notre amitié, mais ce que m'avait dit Sarah s'est vérifié. Il ne m'aimait pas beaucoup. Quand j'en parlais à maman, elle me disait que je n'y étais pour rien, c'était un bon père juif, personne n'était assez bien pour sa fille. Il ne fallait pas que je m'en fasse. D'une façon ou d'une autre, mon surnom est arrivé aux oreilles de M. Berg qui prenait un malin plaisir à toujours m'appeler Lucy. C'était ironique, sur le ton de la plaisanterie, mais quand même.

À la fin de la quatrième, Sarah et moi étions comme elle nous avait peints : inséparables. Autre chose aussi, dont le sens m'avait échappé et que maman a remarquée : depuis notre rencontre, je n'avais pas eu une seule absence. « Ça lui a passé en grandissant » était la version optimiste de mon père. « Il a pas de problème, not' p'tit Louie, répétait-il. Je l'ai toujours dit. » Je voulais tant que cela soit vrai, plus que jamais, aussi ai-je caché à Sarah les crises qui avaient marqué mon enfance et le début de mon adolescence. Je lui ai caché aussi mon supplice dans la malle, un épisode dont les effets s'estompaient enfin. Puisque j'allais bien, quelle importance ?

Sur le moment, je n'avais prêté aucune attention au troisième client du dessin de Sarah, celui qui est sur le point d'entrer. C'est le plus indistinct. J'y avais toujours vu un homme, mais on ne pouvait pas être sûr. Des années plus tard, quand on nous a appris que papa avait le cancer, j'ai pensé que cette sombre silhouette symbolisait la maladie, à notre porte sans qu'on n'en prenne vraiment conscience. Je ne sais plus quel âge j'avais, ni si nous étions déjà mariés, quand j'ai demandé à Sarah si elle avait eu quelqu'un de particulier à l'esprit. Son personnage avait une drôle de posture, comme s'il avait besoin de se retenir à la porte pour ne pas perdre l'équilibre. Je m'attendais à ce qu'elle réponde non, que c'était un client imaginaire qu'elle avait planté là. À mon grand étonnement, elle m'a révélé qu'elle avait placé au premier plan une personne qu'elle n'avait jamais vue, mais que je lui avais décrite avec tant de vigueur qu'elle espérait un jour faire sa connaissance.

Bobby Marconi.

IKEY BIS

À l'arrivée d'Owen, j'ai les yeux fixés sur le dessin de sa mère au-dessus de la caisse. Le papier a jauni et commence à se craqueler sous le verre qui le protège. Perdu dans ma rêverie, je n'ai pas entendu la clochette au-dessus de la porte, et c'est tant mieux car, en me retournant, je me serais attendu à voir le Bobby de mon enfance, ou Karen ou oncle Dec. Ou encore mon père.

« P'pa, dit Owen (et je sursaute). Tu as une absence ? »

Je lui dis que non en tâchant de ne pas paraître irrité. Si cela avait été possible, j'aurais caché à mon fils l'existence de ces choses, mais j'aimerais qu'au moins ses réactions soient plus appropriées. Si j'avais une de mes crises, il ne servirait à rien de me poser la question. Autant s'en aller et revenir une demi-heure plus tard. Mais c'est injuste de m'énerver. De toute sa vie, Owen n'a assisté qu'à deux ou trois de ces épisodes, avec des intervalles si longs entre eux qu'on peut lui pardonner d'avoir oublié ce qu'il faut faire. Ou plus exactement qu'il n'y a rien à faire. Seules deux personnes — mon père et mon épouse — ont eu une influence sur la durée et la gravité de mes absences. Le pauvre Owen, qui le sait, ou s'en souviendrait en réfléchissant, se sent obligé d'intervenir.

« Tu as les yeux bien rouges », dit-il en me regardant.

Il m'examine attentivement, j'en profite pour en faire autant avec lui. Mon fils me ressemble, chaque année de plus en plus, et j'ignore ce qu'il en pense. Quand j'étais petit, qu'on me comparait de même à mon père, j'en tirais un plaisir mêlé de fierté. Et j'ai toujours apprécié que, plus tard, on me donne du « salut, Big Lou » dans la rue, en croyant voir papa. Il paraît qu'on a récemment confondu Owen avec moi, et je n'ai pas l'impression qu'il l'ait pris pour un compliment.

Quoi qu'il en soit, il est gêné de m'avoir surpris en train de rêvasser.

« Maman va aller très bien, m'assure-t-il. Je viens de passer à la maison, elle a l'air en superforme.

— Je sais, lui dis-je.

— Ils ont réussi, poursuit-il, comme si j'avais affirmé le contraire. Il n'y a pas de raison que…

— Je sais. »

J'accompagne Sarah demain chez le cancérologue, qui le confirmera et, si le résultat des analyses est bon, on nous autorisera à quitter le pays. Il ne fait guère de doute que l'idée de partir en Italie a accéléré sa guérison et contribue pour une large part au bien-être qu'elle ressent à nouveau. Elle retrouve chaque jour des forces et de l'énergie, et quand je lui conseille de ne pas trop en faire, on me traite de rabat-joie.

Je ferais mieux de dire à Owen qu'il se méprend sur mes états d'âme. Toutefois mes inquiétudes pour la santé de sa mère justifient très bien mes yeux gonflés — je ne sais d'ailleurs pas pourquoi ils le sont. Owen a le cœur sur la main mais, comme les jeunes, il est impatient et souvent en proie à des sentiments opposés. Même s'il n'est plus si jeune, ce que me rappelle toujours ma femme. Enfin, j'en reste là.

Je doute de pouvoir expliquer que le dessin de Sarah exacerbe l'intuition — elle me taraude en ce moment — qu'il existe quelque part une version parallèle de ma vie, que je suis prisonnier de l'une alors que je m'identifie totalement à l'autre. Et l'autre, bien qu'intangible, me paraît plus vraie que la première, pourtant bien réelle. Tout est à sa place dans la seconde — Chez Ikey, mon père et ma mère, ma femme et moi, et Bobby figé dehors, prêt à entrer. Deux choses sont arrivées depuis ce dessin, qui n'auraient pas dû. Bobby a quitté Thomaston pour de lointains horizons, d'où il n'est jamais revenu. Et papa est mort du cancer.

« Que veux-tu dire ? m'a interrogé Sarah, perplexe, quand je lui ai demandé il n'y a pas longtemps si elle avait également l'impression d'une autre réalité, dans laquelle les choses sont ce qu'elles devraient être, où l'on n'a pas joué contre la providence.

— Tout le monde perd son père un jour ou l'autre, Lou. Et Bobby ferait quoi, selon toi, s'il n'était pas parti ? Tu ne crois pas vraiment qu'il serait ici avec nous, dans cette boutique ? »

Ce qui m'a fait sourire. Quand Sarah me parle sur ce ton, elle me rappelle maman lorsqu'elle bataillait pour sortir mon père de ses chimères — il se réfugiait parfois dans un monde où on livrait encore le lait en bouteilles, où l'on ne vendait pas la viande sous cellophane, mais enveloppée dans du papier boucherie, avec de la ficelle autour. Bien sûr que Sarah a raison. Bien sûr que c'est égoïste de se croire seul à souffrir, comme s'il avait fallu m'épargner, à moi et à moi seulement, une chose aussi universelle que le décès d'un parent. Ma femme a perdu les deux siens, et son petit frère avant. Je ne voulais pas dire non plus que Bobby aurait dû rester à Thomaston, puisque la fortune et la gloire l'attendaient ailleurs. J'étais gêné, je devais avoir l'air penaud comme papa lorsque maman le contrait. Le phare de la raison dissipant l'idiotie. Je me rappelle à quel point ça me contrariait. J'aurais voulu qu'elle le laisse arranger ses idées, ses sentiments, à sa manière. Comment brise-t-on des sentiments, d'ailleurs ? Sûrement pas par des raisonnements.

N'empêche, *qui* ne pense jamais qu'on a fourvoyé la providence, *qui* n'a jamais la sensation d'être séparé de sa vraie vie, d'une histoire plus heureuse qui suit un autre cours, sur une voie parallèle dont l'accès est barré ? Ce que j'essayais vainement d'expliquer à Sarah n'est pas que, selon moi, mon père n'aurait pas dû mourir, mais qu'il n'est *pas* mort, qu'il pète la forme, même, dans un second Chez Ikey, le *véritable* Chez Ikey, plus réel que le nôtre pour la simple raison qu'il y est encore. Bien sûr, il n'est plus tout jeune, dans ce monde onirique, et nous nous soucions tous de sa santé. Ça n'est pas un monde parfait, non. Les choses n'y sont pas idéales. Papa aura peut-être une tumeur maligne demain. Pour l'instant, il a ses bons et ses mauvais jours. Il a raté son coup, comme certaines personnes, dont ma mère, d'ailleurs. Parfois, il nous ralentit plus qu'il nous aide au magasin, puisqu'il s'entête à tout faire comme avant, à griffonner des chiffres sur des bouts de papier qu'il coince sous le tiroir-caisse. Il refuse de gérer les stocks sur l'ordinateur, et on ne s'en sort pas. Évidemment, il n'a jamais accepté la présence de la machine pour le Lotto, qui nous a sauvés de la faillite et nous a permis d'acquérir les deux autres épiceries. Quand il a acheté la première, il avait promis à maman de ne jamais faire le bookmaker, et aujourd'hui que les paris et le Lotto, parfaitement légaux, sont devenus une affaire d'État, il croit avoir manqué à sa promesse.

Cette version-là paraît-elle saugrenue, purement imaginaire ? Moi, je la trouve plus *réaliste* que la vérité, ce que l'apparition de Bobby ne fait que souligner. Lorsqu'il entre avec sa nouvelle amie, annoncé par un coup de clochette, où est l'invraisemblance ? Bien sûr qu'il a vieilli, lui aussi. Il a un peu de brioche, le viveur a pris le pas sur le sportif d'antan. Il a les tempes grises, mais toujours la même tignasse, et il sait encore y faire avec les filles. Pas une ne lui échappe. Il en amène une différente chaque semaine au magasin, et toutes comprennent qu'elles passent un bout d'essai puisque nous formions autrefois deux couples — Sarah et moi, Bobby et Nan. Mais cela ne marchera jamais, car nous sommes en fait trois et il n'y a rien à faire. Bien sûr, il a le sang chaud comme avant, il est toujours prêt à en découdre et des gars qui ont l'âge de mon fils évitent de se frotter à lui. Ils ne savent rien de cette légendaire castagne avec Jerzy Quinn, mais il leur suffit de le regarder pour comprendre que c'est un concurrent dangereux.

Je n'habite pas cet autre monde, je ne compte pas dessus. Je ne suis pas fou. Mais il est des moments où je sens son existence — de plus en plus ces derniers temps, je l'admets, et il y a une bonne raison à cela. Je vis dans le passé depuis plusieurs semaines, je travaille tard pour écrire l'histoire de ma vie et, si je continue, Bobby va bientôt y retrouver sa place. J'espérais avoir fini avant notre départ pour l'Italie, mais je crains que cela ne soit pas possible.

Ce que je veux dire avec ma vision d'un « Ikey *bis* », c'est qu'elle tient debout. Elle n'a rien d'absurde. Les faits sont inventés, mais l'histoire a les *accents* du vrai — Bobby à Thomaston, passant à l'épicerie le vendredi soir, qui nous lance un chaleureux « Salut, les Lynch ! » et présente sa nouvelle amie à mon père qui, le sourire en coin, la met en garde. C'est au contraire la réalité qui semble douteuse — Bobby qui a foutu le camp, a emprunté le nom de sa mère, mène une existence tumultueuse de Londres à Paris, de Barcelone à Rome, et atterrit finalement à Venise. Il accumule mariages et aventures, et la célébrité le dispute au déshonneur. Le plus étrange pour moi est qu'il ne soit jamais revenu, même une fois, rendre visite à ceux d'entre nous qui l'aimaient. Est-ce tellement vraisemblable ?

Je ne sais pas vraiment à quoi je pensais en essayant d'expliquer ça à Sarah. Je ne m'attendais sûrement pas à ce qu'elle croie en mon Ikey *bis*. Sans doute espérais-je seulement qu'elle en percevrait la beauté, la véracité. Bien sûr, c'est saugrenu, mais une fois d'accord là-dessus, n'aurait-elle pas autant de raisons que moi de succomber au charme de cette vision ? Et, d'un certain point de vue, Bobby ne s'est-il pas approprié une vie que ma femme aurait dû vivre ? C'est elle qui est partie étudier, tous frais payés, à la Cooper Union de New York ; elle à qui tant d'autres universités ont offert une bourse ; elle qui avait mille talents, qui était promise à un avenir extraordinaire. Le jour où Bobby s'est enfui, il n'avait pas noirci une feuille à dessin, pas touché un pinceau. Quoi de plus naturel pour Sarah que de réfléchir une seconde au parcours de notre vieil ami et d'en conclure qu'on a en quelque sorte interverti leurs destinées, comme les noms de deux bébés à la maternité ? Non, a-t-elle rétorqué aussitôt. Lorsqu'une chose s'est produite, on ne revient plus sur ses chances d'arriver. Le réalisme, la vraisemblance, ne sont pas les parents pauvres du réel. Ce sur quoi, d'évidence, mes parents se sont toujours disputés. Pas étonnant que papa ait constamment été vaincu.

« C'en est où, cette histoire que tu écris ? » m'a demandé Sarah au début de la semaine, alors que nous étions couchés et que nous parlions de notre journée.

L'inquiétude perçait dans sa voix.

« Il est encore vivant, Lou-Lou ? » a-t-elle dit.

Le surnom gentil dont elle affublait mon père.

« Non, il est mort. »

Comme à cette heure-là, nos conversations sont presque toujours tendres et enjouées, j'ai pris un ton approprié.

« Bobby s'en va pour ne jamais revenir, ai-je déclaré. C'est maintenant un peintre très connu, qui habite à Venise. Nous lui rendons visite. Mais je ne suis pas arrivé jusque-là. »

Sarah a paru soulagée que je m'en tienne aux faits, mais quelque chose la gênait, sans doute que, malgré ma promesse, ce récit m'obsède. C'est vrai, j'ai déjà consacré plus de temps que j'aurais cru nécessaire pour retracer une existence aussi peu mouvementée que la mienne. J'ai largement dépassé le cap des cent pages que j'avais estimées suffisantes au départ. Je reste dans mon bureau dont je referme bien la porte pour n'entendre ni le téléphone ni la télé. Sarah reparle souvent de ce qu'elle a appelé ma période cartographique, et ce furent en effet de sombres journées. Je l'ai rassurée, ce n'est plus la même chose, mais je ne peux lui en vouloir de s'inquiéter. Je me dévoue à ma tâche avec un zèle qui lui rappelle probablement son père. Pauvre homme aux prises avec une histoire sans fin qui le dévorait au lieu de l'épanouir. Évidemment, je n'ai pas l'ambition de M. Berg. Il pensait que son livre ferait date, que la gloire et la richesse suivraient naturellement, alors que je ne remplis mes pages que pour m'éclaircir les idées en m'amusant. Seuls les grands desseins valent la peine de rêver, pensait-il. Sûrement pas une épicerie. De plus, loin de me plonger dans le trouble, ce que j'écris a valeur de thérapie, c'est une diversion bienvenue.

« Ça me fait passer le temps avant de partir, c'est tout. J'ai besoin de bien me rappeler. Je ne veux pas me tromper.

— Te tromper sur quoi ?

— Sur nous. Ce qui nous est arrivé. Pourquoi nous avons mené cette existence plutôt qu'une autre.

— Oh, Lou, a dit Sarah en prenant ma main. Il ne faut pas prendre les choses aussi à cœur. »

Exactement ce que maman répétait à papa.

« Si Bobby tarde à donner de ses nouvelles…

— Il a encore le temps, lui ai-je répondu, désolé de la voir y tenir autant.

— Son atelier est là », a-t-elle fait, le doigt tendu.

Le plan de Venise était étalé sur le lit.

« Quelque part par là », a-t-elle corrigé, en traçant un cercle au-dessus de l'île de la Giudecca, ce qui suggérait — avec tristesse, ai-je pensé — que cela pouvait être n'importe où et que, sans indications précises de Bobby, nous ne trouverions jamais.

Chez Ikey — le vrai —, Owen me dit :

« Tu exaspères maman. Tu le sais, je suppose ?

— Quoi, moi ?

— Ses valises sont prêtes, tu ne t'occupes même pas des tiennes.

— Ça ne prendra pas longtemps.

— C'est vrai que tu as jeté ton passeport, la semaine dernière ?

— Il n'y avait rien d'écrit sur l'enveloppe. Je ne pouvais pas savoir ce que c'était. »

À le voir, mon explication ne le satisfait pas plus que sa mère.

« Tu crois que j'ai fait exprès de la jeter ? lui demandé-je encore une fois. Pour quelle raison ? »

Qu'ai-je fait pour mériter ces soupçons peu amènes ? Nous avons nos billets d'avion, nous avons réservé l'hôtel, tout est payé d'avance, ça représente une petite fortune. « Ça ne vient pas de là, avait un jour conclu Sarah en m'embrassant le front. C'est *là-derrière* que ça se passe », avait-elle ajouté, en appliquant un pouce joueur sur un endroit particulier de mon crâne. J'ai toujours pensé que mes absences partaient de là, juste en dessous, un petit point dans le noir, un gène malade, tout seul, puis une grappe de cellules tordues par la migraine, et ensuite la surcharge et on baisse le rideau. « C'est ta zone interdite », avait-elle expliqué.

Apparemment, mon fils pense comme elle.

Nous échangeons nos places. Owen fait le tour du comptoir, comme mon père et moi autrefois, et le plaisir que je tire de cette simple permutation est si puissant, si intense que j'aimerais le partager avec mon fils. Il vaut mieux que je résiste à l'impulsion de lui dire, je le sais, ce qui me laisse un instant du mauvais côté, sans but et sans objet. Owen ouvre la caisse et inspecte le tiroir pour vérifier qu'il a tout ce qu'il lui faut. C'est le cas. Je m'en suis assuré.

« Tu es passé à l'atelier ? dit-il, en comptant les billets à voix basse.

— Où ça ? »

Je revois les doigts de sa mère en train de survoler le plan de Venise.

« La salle de dessin. Au collège. Maman vient de terminer son tableau. C'est plutôt chouette, tu devrais y faire un tour. »

Je le lui promets, ainsi qu'à moi-même — j'irai plus tard dans la journée. Sarah sera contente que je m'en sois souvenu, alors que j'aurais pu attendre qu'elle apporte sa toile achevée à la maison. Elle m'a dit dans la semaine que « la toile avançait », et j'ai dû avoir l'air idiot, car je ne comprenais pas. J'ai d'abord pensé à un de nos appartements, celui du Borough, du West End, ou peut-être de Third Street. Je me suis repris aussi vite que possible, mais j'ai vu que je lui faisais de la peine. Cela n'a duré qu'une seconde, bien assez. Alors, tout à l'heure, je veux non seulement prendre le temps de passer au collège, mais aussi de bien étudier cctte toile, pour que nous puissions en discuter au dîner.

« Où est Brindy ? » me vient-il soudain à l'esprit.

Selon le planning, c'est elle qui devait tenir la caisse aujourd'hui, pas Owen.

« À Albany », m'explique-t-il, ou à moitié, puisqu'il n'en donne pas la raison.

Peut-être chez le médecin, celui qui craint que ses chances de retomber enceinte soient faibles. Ou chez un spécialiste, qui lui dira peut-être autre chose. Ou encore fait-elle tout simplement des courses.

Je m'entends dire :

« Elle ne m'aime pas ? »

Owen est toujours en train de compter, la monnaie maintenant, et il prend son temps. Puis il me regarde, les paupières plissées, et je ne saurais dire si c'est à cause de ma question bizarre ou de la façon dont elle a surgi, abruptement, et qui m'a moi-même surpris.

« Pourquoi est-ce qu'elle ne t'aimerait pas ?

— J'ai l'impression de l'énerver, parfois. Je ne voudrais pas m'immiscer, mais…

— Elle est comme ça, papa, c'est tout, m'assure-t-il. Tu devrais le savoir, maintenant. Si tu voyais comment elle est avec moi. »

Pas la réponse que j'attendais.

« Elle est malheureuse, tu crois ?

— De quoi ? »

Je hausse les épaules.

« Je ne sais pas.

— Ça doit dater de…, dit-il, pensant à sa fausse couche. Ça a fait pareil à maman, non ?

— Si. »

Je n'ai pas oublié.

« Et puis elle s'en est remise », conclut-il.

Lorsqu'elle a accouché de lui, oui, mais je n'ai pas envie de le préciser, surtout s'il se confirme que Brindy n'aura plus d'enfants.

« Si je peux faire quelque chose, tu me fais signe ?

— Oui, p'pa. Mais je vois pas. »

Il a l'air sûr de lui, ce que je regrette. J'ouvre la bouche, mais je la referme sans un mot. Owen en revient à sa monnaie.

Gabriel Mock habite le petit rez-de-chaussée de la maison de Berman Court, sous ce qui était jadis l'appartement des Marconi. Cela fait plus de dix ans qu'il vit là, nous ne lui demandons pas de loyer, en échange de quoi il fait le gardien. C'est un vieux monsieur, maintenant, mais toujours alerte et habile avec une clé anglaise ou un pinceau. À le voir, on ne devinerait jamais qu'il est plus âgé que ma mère. Il donne également un coup de main à notre épicerie du West End où, selon Owen, il ne s'est pas montré depuis plusieurs jours. C'est pourquoi je viens m'assurer que tout va bien. S'il avait le téléphone, je l'appellerais, mais il n'en veut pas.

Je frappe, j'attends un moment, et il finit par arriver.

« Junior », dit-il, les yeux éteints, bien qu'injectés de sang.

Il ouvre la porte en grand pour me laisser entrer, mais je reste sur le palier. Il semble croire que, étant propriétaire, je peux débarquer chez lui à tout bout de champ, et cela me gêne. J'ai essayé de lui expliquer que c'est son appartement, qu'il a le droit de m'envoyer promener comme n'importe qui d'autre, mais il ne voit pas les choses comme ça. Et il est aussi têtu aujourd'hui qu'à l'époque où on se disputait à propos du haut et du bas.

« Monsieur Mock », dis-je.

C'est ainsi que j'ai choisi de m'adresser à lui, depuis un certain temps, et il répète que je peux bien l'appeler Le Croupion, si ça me chante.

« Je voulais simplement m'assurer que tout allait bien, lui dis-je encore.

— Je reviens bosser demain, m'apprend-il. J'ai sucé un peu la tétine, c'est tout. »

Déjà depuis le palier, son antre sent l'humidité, la solitude. Je peux affirmer qu'il n'est pas sorti, qu'il n'a pas ouvert une fenêtre depuis plusieurs jours. Gabriel ne boit plus (« Fini, le canon. Oublié, le cruchon. Faut caresser la bouteille pour nous deux, maintenant, Junior. Même que t'es toujours un 'namateur »), sauf lorsqu'une chose lui rappelle son fils : la date de son anniversaire, peut-être, ou le jeune Noir qui, selon la rumeur, s'est fait tabasser derrière le nouveau YMCA. Alors il rechute, il retrouve « sa tétine » quelques journées au plus, mais il en ressort toujours à peu près en état. On le surprendra rarement à faire l'imbécile en public, même si on ne se prive pas de lui savonner la pente. En le croisant dans la rue, certains de nos citoyens, se croyant drôles, lui lanceront un « Faites-le sortir ! », mais la plupart sont trop jeunes pour se rappeler ce qui s'était passé chez Murdick, ce soir-là. On sait que ça se rapporte à un événement, mais pas lequel. D'autres lui demandent des allumettes, sur un ton vaguement plaisant, car Gabriel aurait allumé l'incendie qui a réduit Whitcombe Hall en cendres, il y a bien longtemps.

« Y a-t-il quelque chose que je puisse faire ? lui demandé-je, connaissant déjà la réponse.

— Laisse comme c'est, me dit-il, désignant par là ce qui est resté en souffrance ici et au magasin. Je serai là demain matin.

— Vous êtes sûr que vous ne voulez pas voir un médecin ?

— Pour quoi faire ? Elle m'dit toujours que j'suis idiot. Elle m'apprendrait quelque chose, peut-être que j'irais, des fois.

— Vous êtes un original, monsieur Mock.

— Pas moi, non, dit-il, avec une brusquerie qui m'étonne. Je suis qu'une imitation. Et toi pareil. »

Ce qui me fait sourire.

« Plus que moi, même, poursuit-il. Le portrait de son père. Big Lou Lynch en personne. Big Lou Junior. S'tu dois rigoler comme ça, tu t'en vas. M'fais mal aux cheveux, toi. »

J'arrête de rigoler.

« Ta maman va bien ? »

Je lui dis que oui.

« Une bonne fille, ta maman. S'souvient sans doute pas d'moi.

— Bien sûr que si, monsieur Mock. Elle demande souvent de vos nouvelles.

— Des filles comme ça, ça vous remet un bonhomme en place et les idées avec. Tu sais ce que je veux dire maintenant que t'es marié, mon gars. V'là qu'y r'commence à rigoler. »

Là-dessus, il referme sa porte.

Puisque je suis là, j'inspecte le bâtiment au cas où il y aurait des problèmes, notamment dans les fondations. On m'a expliqué que, s'il pleuvait trop au printemps, elles risquaient de dégringoler dans le ruisseau. Sans doute pas de mon vivant, cependant, et c'est encore une chose dont Owen s'occupera, s'il veut. Il y a une certaine ironie, je pense, à ce que les autres immeubles de la rue soient moins exposés à ce risque, quand leurs propriétaires les ont laissés se délabrer, alors que nous avons dépensé ce qu'il fallait. Bêtement, diraient certains, et il est vrai que Berman Court n'est pas ce qu'on appelle un bon investissement. Selon ma mère, j'essaie de « reprendre possession de ma vie ». Sinon, pourquoi entretenir cette bâtisse à grands frais, ou même celle de Third Street, dans laquelle je n'ai pas réussi à la convaincre de revenir ? Elle refuse catégoriquement de me croire quand je lui réponds que, si nous vivons maintenant dans le Borough, Sarah et moi, je me considère comme le produit de la ville entière, et le résident des trois quartiers. Pourquoi ne pas mettre mon argent dans les trois ? J'ai déjà une boutique dans chacun, alors pourquoi pas une maison ? Je n'essaie pas d'acheter le passé, je veux seulement m'en souvenir — et notamment de ma famille, de son petit parcours dans ce monde, avec le sens qui lui est propre, pour en faire le récit. N'est-ce pas une histoire américaine ? Ne sommes-nous pas une famille typique de l'Amérique d'après-guerre ? C'est ce que penserait mon père, donc il est normal que maman prenne le contre-pied.

Quoi qu'il en soit, je suis fier que nos appartements de Berman Court soient en meilleur état qu'à l'époque où nous habitions en face des Marconi. Les loyers que nous demandons sont modestes, ils ne suffisent pas, certains mois, à couvrir les dépenses, mais nous avons fini par tomber sur de bons locataires dont la situation, pour la plupart, s'améliore avec le temps. Ils respectent les lieux et leurs voisins. Le quartier a beau être ce qu'il est, nous avons toujours des postulants.

Comme il n'y a personne aux alentours, je descends lentement vers la rive où se trouvait autrefois la passerelle. Depuis la fermeture de St. Francis, plus grand-monde ne passe par là, et elle a succombé aux rigueurs de nos longs hivers. En aval, le vieux pont de chemin de fer a été condamné, puis démoli. La carrière de gravier où les gamins les plus hardis sautaient depuis une des traverses est maintenant envahie par les mauvaises herbes. Malgré les panneaux plantés tout autour, les gens se servent de cette carrière comme d'une décharge, pour ne pas payer la taxe au site officiel. Je n'ai aucune raison de regretter le pont ou la passerelle, et pourtant si. Perdre un endroit n'est pas si différent de perdre quelqu'un. Les deux s'en vont sans permission, vous laissent diminué, à court de preuves et de témoignages. *C'est arrivé. J'étais là. Il était une fois une passerelle. Mon père se tenait à cet endroit précis.* Maintenant que j'y pense, l'histoire que je m'efforce d'écrire n'est qu'une tentative maladroite de redonner vie à ce qui n'est plus. C'est pour ça que Bobby peint ? Pour que ses tableaux parlent encore après lui ?

Une demi-heure plus tard, je suis arrêté au feu et mes chaussures sont trempées, puisque j'ai réussi à glisser dans le torrent. Je me demande comment je vais expliquer ça à Sarah, lorsque je vois Brindy sortir d'une maison mitoyenne de Division Street avec un homme que je ne connais pas. Il a les cheveux ébouriffés. Elle a enfilé son manteau, il est en bras de chemise. Il fait froid. Sa façon de s'adosser nonchalamment au mur me rappelle oncle Dec, disparu il y a quelques années. Brindy fait une tête de moins que cet homme, et je m'attends à ce qu'elle se hisse sur la pointe des pieds pour l'embrasser, mais non. Le feu passe au vert, et elle se retourne quand une voiture klaxonne derrière moi. Radieuse, elle a le rose aux joues jusqu'à ce qu'elle m'aperçoive, puis son expression change du tout au tout sans que j'aie le temps de regarder ailleurs. De faire semblant de n'avoir rien vu.

RETOUR AU FOYER

En apprenant que sa mère avait tenté une dernière fois de s'enfuir, Noonan avait été extrêmement surpris par deux choses : elle était allée aussi loin que Jacksonville, en Floride, et le tout avait duré presque deux mois. Il ne l'avait su qu'après, à l'école militaire au sud de l'État, où il lui restait encore une année à tirer. S'il décrochait son diplôme — ce qui n'avait rien d'une certitude vu sa conduite en classe de première —, ses options étaient ensuite limitées. C'était surtout la conscription qui l'attendait et, presque assurément, le Vietnam. Et s'il était renvoyé avant le bac, on l'appellerait un an plus tôt.

Évidemment, sa mère fuguait depuis qu'il était tout petit. Cette fois, elle avait enfin réussi à fiche le camp pour de bon, ce dont elle rêvait depuis si longtemps. Mais au lieu de se perdre dans la nature, comme il le lui aurait recommandé, elle avait appelé son père depuis la Floride pour lui dire que, oui, elle envisageait de revenir, mais à la condition que Noonan rentre lui aussi. C'est ainsi qu'il avait fait sa terminale au lycée de Thomaston, qu'il avait rencontré Sarah, et que son conflit avec son père avait connu un dénouement brutal. Noonan se demanderait souvent, par la suite, si sa mère avait imaginé les conséquences du processus qu'elle avait déclenché.

La première fois, il avait eu… quoi, six ans ? Ils habitaient Berman Court, Marconi était encore employé à l'hôtel, mais elle avait oublié que, le vendredi, il distribuait déjà le courrier. Sa valise à la main, elle avait tourné dans une rue et elle lui était pratiquement rentrée dedans alors qu'il sortait d'un immeuble. Elle aurait pu lui échapper si elle avait baissé la tête et poursuivi son chemin, puisque, tout en marchant, il triait ses enveloppes. Mais elle avait poussé un cri de surprise et, lorsqu'il avait levé les yeux, c'était fini. Il avait saisi la valise, avait aussitôt essayé de l'ouvrir, mais son épouse l'avait fermée avec sa minuscule clé. Alors il l'avait démolie contre le mur le plus proche et il avait répandu son contenu dans la rue, avant de la balancer sur une rive du Cayoga, au bas de la rigole. En tremblant, Mme Marconi s'était élancée pour récupérer sa valise, comme si l'humiliation devait aller jusque-là, mais il lui avait ordonné de tout laisser, vêtements et sous-vêtements, et rentre chez toi à la maison. Ils n'avaient pas de quoi en acheter d'autres, avait-elle protesté. Il fallait y penser avant, avait-il répondu. Tu t'en passeras.

Noonan n'était qu'un môme mais, avant même le départ de sa mère, il avait compris que quelque chose clochait. Elle lui avait dit de ne pas s'en faire, elle s'absentait pour la journée, et pouvait-il s'occuper de ses petits frères jusqu'au retour du père ? S'il y avait un problème, il montait à l'étage avertir Mme Lynch. Il savait qu'elle mentait, qu'elle ne s'absentait *pas* pour la journée, et il fut surpris de la voir rentrer aussi vite. Il avait demandé où était sa valise, elle avait répondu en pleurant qu'elle n'en avait plus. Elle lui avait tout raconté plus tard. Elle ne voulait pas qu'il aille récupérer ses affaires, et son père s'y opposerait aussi mais, bravant les conséquences, il l'avait fait quand même. En y réfléchissant maintenant, Noonan y voyait le début d'une guerre qui n'aurait jamais de trêve.

Lorsqu'il était arrivé sur les lieux, les vêtements étaient toujours éparpillés sur le sol. Des voitures avaient roulé dessus. Les gens étaient sortis sur leur perron pour le regarder, lui, le petit gamin, en train de ramasser tout ça, et c'était une sensation pénible de courir après les culottes et les soutiens-gorge, des choses qu'il n'était pas censé toucher, se disait-il. Avec ses charnières éclatées, la valise était au bord du ruisseau, d'où il l'avait remontée pour la remplir. Après quoi, bien sûr, il n'avait pas réussi à la refermer. Une gageure de la rapporter dans cet état à Berman Court, quelques carrefours plus loin, mais il y était arrivé. Assise dans le même fauteuil qu'à son départ, sa mère avait une main sur la bouche, l'autre sur son ventre rond, et les petits frères à ses pieds pour une fois se tenaient correctement, sans doute conscients de la gravité de la situation.

D'année en année, Mme Marconi avait peaufiné sa stratégie, mais jamais assez bien. Sa deuxième tentative ne l'avait pas menée plus loin que le bureau de tabac, au coin de Hudson et de Division, où s'arrêtaient les Greyhound. Le guichetier connaissait son mari et l'avait averti par téléphone à son lieu de travail. La fois suivante, elle avait appelé un Hudson Cab qui l'avait conduite à la gare de Fulton, où elle avait pris un billet de train pour New York. Pour brouiller les pistes, elle avait prévu de descendre à Fordham, et là de monter dans l'omnibus pour la grande ville, mais elle était si épuisée par ses préparatifs, et quelques nuits blanches par-dessus, qu'elle s'était endormie. Le contrôleur l'avait réveillée à Grand Central dans un train vide. Deux hommes l'accompagnaient. Le premier l'avait empoignée par le coude, l'autre s'était chargé de la valise. Elle l'avait achetée la semaine précédente et cachée au fond d'un placard. Elle s'était attendue à ce qu'ils l'ouvrent, à ce qu'ils la vident sur les rails, mais ils s'étaient contentés de la lui remettre dans le train du retour. Elle aurait pu en descendre, à Poughkeepsie par exemple, et repartir dans l'autre sens, mais elle commençait à craindre les pouvoirs de son mari. Il semblait avoir le bras particulièrement long. Avait-il des complices dans tous les bureaux de poste des États-Unis ? Il l'attendait avec leurs trois garçons sur le quai de la gare de Fulton.

« Bienvenue chez toi, P. C. Tu as fait bon voyage ? »

Il avait jeté sa valise dans la benne en métal du parking de la gare.

Elle s'efforçait d'être plus maligne à chaque nouvel essai, mais le père de Noonan savait mieux les anticiper. Tout jouait contre elle. D'abord, elle filait toujours quand elle était enceinte. Certes, elle l'était quasiment tout le temps. Mais enfin. Se serait-elle enfuie dès qu'elle *tombait* enceinte, elle aurait été plus mobile et moins facile à identifier. Généralement, son désespoir culminait vers le septième mois, lorsqu'elle se rendait compte qu'il n'était plus question de continuer comme ça. Dès l'âge de dix ans, Noonan prévoyait ses départs avec la même facilité que son père, et se demandait où la prochaine valise serait cachée.

M. Marconi ne pouvait la surveiller vingt-quatre heures sur vingt-quatre, encore moins lorsqu'il travaillait, et donc sa stratégie consistait à lui confier le moins d'argent possible, pour tuer dans l'œuf d'autres tentatives de fuite. Il lui donnait le strict nécessaire pour les courses de la semaine, il interdisait aux épiciers de lui faire crédit sans le consulter, lui, auparavant. Mais il avait beau resserrer le budget, elle parvenait quand même à mettre de côté le prix d'un billet de train ou d'autocar. En revenant chaque soir de la poste, il faisait soigneusement l'inventaire de leurs biens, au cas où quelque chose manquerait. Il avait prévenu les deux monts-de-piété que sa femme était susceptible de débarquer un jour avec leurs objets de valeur.

Les dés étaient pipés et pourtant, une fois, elle avait bien failli arriver à ses fins. Noonan était alors en sixième. Quelqu'un — il pensait à Mme Lynch — l'avait conduite en voiture jusqu'à Albany, où elle avait acheté un billet de train pour New York. Après quoi elle avait pris un taxi pour la gare des Greyhound et embarqué plutôt dans un bus pour Montréal. Les pouvoirs de son mari ne s'étendaient quand même pas à l'étranger, pensait-elle. Sans doute parce qu'elle semblait terrorisée sans raison apparente, on l'avait fait descendre à la frontière pour l'interroger. Évidemment, elle était obligée de rester dans le vague. Elle ne savait pas où elle résiderait. Et combien de temps restait-elle au Canada ? Jusqu'à ce que son mari la retrouve et la ramène chez elle. Combien d'argent avait-elle ? Cinquante dollars dans son sac et, sauf erreur, il lui faudrait les dépenser jusqu'au dernier. Ces réponses évasives entraînèrent d'autres questions, et des soupçons qu'elle lut sur leur visage. À l'évidence, ces hommes connaissaient son mari et n'avaient aucune intention de la laisser entrer sur le territoire canadien. Assise dans cette minuscule pièce, elle regardait l'autocar par la fenêtre. Les passagers s'impatientaient et lui en voulaient de ce retard. Combien de temps cela allait-il durer ? Elle avait jeté un coup d'œil à l'horloge au-dessus de la porte, qui était là un instant plus tôt et qui venait de disparaître. Brusquement, il n'y avait plus rien du tout.

Elle s'était réveillée dans un petit lit avec une perfusion au bras. On lui avait dit de ne pas s'inquiéter. Le bébé n'aurait rien, tout irait bien. Ils avaient fouillé dans son sac, ils étaient tombés sur sa carte de bibliothèque, ils avaient appelé les renseignements à Thomaston qui leur avaient donné son numéro de téléphone. Son mari arriverait bientôt.

Noonan savait qu'il allait trinquer. M. Marconi n'avait guère mis de temps à découvrir que sa femme avait acheté un billet de train pour New York. Il s'était donc étonné de recevoir un coup de fil d'un hôpital à la frontière canadienne. Comment avait-elle réuni assez d'argent pour payer à la fois un billet de train et un ticket d'autocar ? En raccrochant, il avait étudié son fils, et Noonan avait commis l'erreur de détourner la tête d'un air coupable.

Lorsqu'ils étaient revenus, son père n'avait pas plus tôt ouvert la porte qu'il braquait le même regard sur lui, signifiant que les dix heures passées sur la route pour récupérer Madame ne lui avaient certainement pas changé les idées.

« Bienvenue chez toi, P. C. », avait-il dit.

Une main sous son énorme ventre, Mme Marconi gardait les yeux baissés. Noonan l'avait entendue murmurer une chose qu'il avait interprétée comme :

« S'il te plaît.

— Comment ? avait dit Marconi. Tu as quelque chose à dire à ta famille ?

— S'il te plaît », avait-elle répété, à peine plus audible.

Elle observait Noonan par-dessus l'épaule de son mari, et il comprenait qu'elle les suppliait l'un et l'autre par ces trois courtes syllabes — lui de ne pas continuer à s'opposer à son père, ce dernier de ne pas punir leur enfant pour ce qu'elle avait fait.

Marconi avait rejoint Noonan à l'endroit où il tremblait de peur.

« Eh bien Robert, lui avait-il dit, tu as eu le temps d'y penser. Où a-t-elle réuni cet argent, ta mère ?

— J'ai économisé, avait répondu celle-ci.

— Tu parles, P. C., avait répondu Marconi, qui fixait toujours son fils. Un billet de train dont tu ne t'es pas servie ? Un ticket de bus pour Montréal ?

— J'ai mis un petit peu de côté chaque semaine, avait-elle maintenu. Je... je le jure.

— Quand j'appellerai la banque, demain, pour leur demander combien tu as sur ton compte, avait-il dit à Noonan, qu'est-ce qu'ils vont me répondre ? »

Noonan avait croisé le regard de sa mère. Inutile de continuer à mentir. La semaine précédente, en voyant une drôle de valise au fond du placard de l'entrée, où elle les entreposait toujours, il avait vidé son compte en banque. Cinq mois d'économies, l'argent qu'il gagnait en distribuant le journal le soir. C'est *lui* qui avait eu l'idée du billet de train pour rien. Ou plutôt pour que son père aille chercher au sud, pendant que sa mère partait au nord. Il se rappelait la tête qu'elle avait faite pendant qu'il lui expliquait ça, à la fois fière et effrayée par ses dons de manipulateur. Un jour, il serait de taille à affronter son père. Et avant peu, il serait un homme, prêt à saisir ce que le monde lui proposait.

Mais pas *encore*. Pour l'instant, c'était toujours un jeune garçon, qui tremblait comme une feuille, depuis d'ailleurs une dizaine d'heures, en redoutant la suite. Il n'était pas idiot. « Pardon », fallait-il dire et il le savait. Pour son bien et celui de sa mère. *Pardon.* En ajoutant qu'il ignorait ce qu'elle voulait en faire, de cet argent. Quoi qu'il raconte, elle le confirmerait. Son père ne les croirait ni l'un ni l'autre, mais c'était ce qu'il avait envie d'entendre et, cela fait, tout s'arrangerait. Il n'y avait que ce mot-là, *pardon.* Mais ce n'est pas ce qui était sorti de sa bouche, entrecoupé de sanglots.

« C'est à cause de *toi* qu'elle s'en va, s'était-il surpris à affirmer. Si t'étais gentil avec elle, elle resterait. C'est *toi* qu'elle déteste. »

Furieux, Marconi s'était dressé devant lui en serrant ses gros poings. La tache de vin à la racine des cheveux était écarlate. Le trouillomètre à zéro, Noonan se rappelait avoir pensé : « Eh bien, soit. » Le jour était venu de prendre une bonne dérouillée. Les petits frères avaient commencé à pleurer, la mère implorait le père d'épargner Robert, ça n'était qu'un gamin, il n'avait pas su ce qu'elle ferait de l'argent, il ne pensait pas ce qu'il venait de dire. D'ailleurs, ce n'était pas vrai, elle ne le détestait pas, elle ne voulait pas quitter sa famille, pas vraiment. Elle était parfois tellement fatiguée, tellement perdue qu'elle avait peur de se mettre à hurler devant les petits. C'était tout.

« Il va s'excuser, disait-elle. Bobby va s'excuser tout de suite. Pas vrai, mon chéri ? »

S'approchant, elle s'était agenouillée devant lui. Elle avait pris sa main pour l'embrasser, et ses larmes tombaient dessus. Ce qu'elle était laide, le visage tordu par l'angoisse et le besoin, avait-il noté. Il s'en souvenait encore.

« Dis-lui que tu ne le pensais pas, OK ? Tu fais ça pour maman ? »

Noonan n'avait pas encore compris que son père ne le frapperait pas. Cette conviction ne s'affirmerait que des années plus tard, à l'école militaire — une révélation, même, fulgurante, et propice aux métamorphoses. Certes, « Marconi » menaçait tout le temps de le laisser sur le carreau, à demi mort, mais jamais il n'avait levé la main sur lui, ni sur sa mère. Noonan aurait pu s'en rendre compte plus tôt : les grandes personnes sont parfois de petites brutes, comme dans les cours d'école. Sans aucun doute, son père martyrisait les objets inanimés. Quelques mois plus tôt, il avait fait un sort à un plat en Pyrex, sous prétexte que sa femme avait laissé cramer le gratin. Refusant de laisser quiconque le goûter, il l'avait vidé dans la poubelle. Ensuite, histoire d'enfoncer le clou, le plat lui-même étant foutu, disait-il, il l'avait fracassé sur le plan de travail, et il s'était ouvert la peau entre le pouce et l'index. Les lèvres tordues sur un sourire odieux, il avait regardé, satisfait, le sang s'écouler dans l'évier, rouge vif sur l'émail blanc. Et de répéter :

« Voyez ? »

Bien sûr que c'est mon sang, semblait-il dire, *mais la prochaine fois ça sera le vôtre, si vous ne faites pas attention.*

« Voyez ? »

Au fil du temps, Noonan l'avait vu taper dans les poubelles, briser les valises, jeter les bouteilles à travers les pièces. Celles-ci explosaient sur les murs en laissant des traînées.

Son père lui avait donné à craindre qu'un jour il ne se maîtriserait plus, et alors le sang coulerait vraiment. Sûrement celui de sa mère, probablement celui de Noonan, peut-être celui des frères. Non, avait-il conclu à l'école militaire, ça n'était que du bluff, une mise en scène, et c'était une libération d'en être brusquement certain. Mais toute médaille a son revers. Si lui s'en rendait compte à quinze ans, alors *quid* de sa mère ? Était-elle aveugle à ce point ? N'avait-elle jamais compris que cet époux brutal n'était en fait qu'un lâche ? Pourquoi retombait-elle sans cesse dans le piège, jour après jour, d'une année sur l'autre ?

Et quand Marconi s'était dressé devant lui, les poings serrés, pourquoi n'avait-il pas compris qu'il n'y avait rien à dire, que rien n'arriverait s'il se taisait ? Comment avait-il pu être aussi bête ? Au dortoir, il se rappelait cette voix détestable et chevrotante avec laquelle il avait finalement lâché ce que sa mère lui demandait. « Pardon, papa. » Alors il avait senti quelque chose se durcir, une chose qu'il avait reconnue avec le temps : une résolution. D'être plutôt comme lui que comme elle.

Sa mère revenant de Floride, elle avait dû faire un plus long voyage, et il était arrivé le premier. Marconi en avait profité pour établir quelques règles.

« Tu veux rester ici, tu tournes une nouvelle page, avait-il dit, l'index pointé à trois centimètres du nez de Noonan, sous le regard des petits frères. Tu fais ce que je dis et quand je le dis. Si je t'ordonne de sauter, tu demandes à quelle hauteur, c'est tout. Vu ?

— Vu », avait répondu Noonan.

Curieuse sensation d'entendre les menaces d'un homme qu'on avait craint toute sa vie — quand c'était justement fini. Il était tentant de l'attraper, cet index, et de le tordre un bon coup, mais Noonan n'en avait rien fait. Il s'était attiré des ennuis chez les militaires, il avait appris à faire la part des choses ; certaines valaient la peine de se battre, d'autres pas. Quant à Marconi, il semblait entrevoir que quelque chose avait changé, mais quoi, il ne savait pas bien. Le fiston mesurait soudain cinq centimètres de plus que lui, mais ça n'était pas ça. Non, il paraissait brusquement plus calme. Plus docile ? Cette tête de mule était-elle finalement domptée ? Noonan voyait son père ruminer, observer, peser le pour et le contre, tenter d'arriver à une conclusion, sans entrevoir, pour l'instant du moins, l'impensable vérité.

Le lendemain après-midi, Noonan avait pris la voiture pour aller chercher sa mère à la gare de Fulton.

« Ce que tu as grandi ! J'ai failli ne pas te reconnaître », lui avait-elle dit lorsque, grand comme une maison, il l'avait prise dans ses bras.

Elle avait fait un voyage pénible, elle était pâle, affaiblie.

« J'avais oublié que tu as ton permis de conduire, avait-elle poursuivi. Je m'apprêtais à attendre que ton père sorte du travail. »

Il l'avait débarrassée de sa valise et il avait déclaré en passant devant la benne :

« Papa m'a dit de la jeter là-dedans, mais qu'il aille se faire voir. »

Mme Marconi ayant l'air de le prendre au sérieux, il avait ajouté :

« Allons, je plaisante.

— Tu ne devrais pas dire ce genre de chose.

— Pourquoi, m'man ? avait-il relevé, sincèrement étonné par ce rappel à la prudence, puisqu'ils n'étaient que tous les deux.

— Il ne faut pas le provoquer, tu sais comment il est.

— Oh oui », avait-il répondu, pensant justement à ce qu'il avait découvert, et qu'elle ne soupçonnerait probablement jamais.

Elle lui avait dit que, à court d'argent, elle n'avait rien mangé depuis la veille, et il avait insisté pour s'arrêter dans un drive-in à la périphérie de Thomaston. Elle avait englouti un hamburger, une double portion de frites et un milk-shake à la vanille. Entre deux bouchées, elle lui avait expliqué pourquoi les choses allaient s'arranger. Elle avait posé d'autres conditions que son retour. Après l'accouchement — nécessairement par césarienne, comme les deux précédents —, elle voulait se faire ligaturer les trompes. « Je lui ai fait promettre », avait-elle déclaré, fière de ne pas avoir cédé. En échange de cette marque de considération, un rien tardive, elle avait accepté de ne plus harceler Marconi à propos de l'autre femme. Noonan ignorait que sa mère en connaissait l'existence, mais il fallait croire que si, qu'elle le lui reprochait tout le temps, surtout lorsqu'elle était enceinte. Ce qu'elle ne serait plus.

« Et tu lui fais confiance ? »

La question avait pris Mme Marconi au dépourvu.

« Il a promis, avait-elle dit. C'est la première fois qu'il me promet quelque chose. »

Noonan s'était fait la remarque que l'époux avait forcément promis amour, respect, fidélité et assistance. Mais il s'était tu.

À leur arrivée, les frères étaient rentrés de l'école, Marconi de son travail. S'ils étaient contents de revoir leur mère, les petits n'avaient pas osé le manifester, sans doute parce qu'elle semblait très mal en point, ou qu'ils préféraient se retenir devant le paternel. Sans se lever ni détacher les yeux de son journal, Marconi avait lancé, comme à chaque fois :

« Bienvenue chez toi, P. C. »

Noonan avait attendu ce moment. Il avait passé la matinée et le début de l'après-midi à faire le ménage. Il avait même commencé la veille, et son père lui avait dit d'arrêter. Quand l'épouse s'enfuyait, il refusait catégoriquement qu'on fasse quoi que ce soit dans la maison, pour la noyer sous les corvées à son retour — la vaisselle était accumulée dans l'évier, la montagne de linge empilée par terre devant la machine à laver, les poubelles puaient dans le garage. Dès que le vieux était parti bosser ce matin, Noonan s'y était remis et n'avait cessé qu'à l'heure de chercher sa mère au train. Il n'avait pas réussi à tout faire. Elle était absente depuis si longtemps que la maison était dans un état impossible, mais il était presque arrivé au bout. Contre toute attente, il y avait pris un plaisir colossal. Au-delà de la simple désobéissance, tout nettoyer malgré l'interdiction de son père confinait à la rébellion. Et il était sûr que le vieux ne le lui reprocherait pas, puisqu'il fallait tourner une nouvelle page. Réunir la provocation et le mépris sous les couleurs de la vertu rendait le travail deux fois plus agréable.

Espérant lire dans ses yeux la surprise et le plaisir de rentrer dans une maison propre, il avait regardé sa mère, une main sous l'abdomen et les paupières serrées, qui se retenait au cadre de la porte.

« M'man ? avait-il dit.

— Je suis ravie d'être là, avait-elle répondu, entre deux spasmes. Je suis désolée, mais il faut que j'aille tout de suite à l'hôpital. »

Sans laisser au médecin le temps de l'y conduire, elle avait accouché naturellement une demi-heure plus tard. Après quoi, le médecin avait pris Marconi à part pour l'informer des conséquences désastreuses de ce qui venait de se passer : « Il faut que vous compreniez que, si votre femme tombe à nouveau enceinte, ce sera la catastrophe. »

Noonan avait entendu.

Pendant que, plus tard à la maternité, ses petits frères admiraient le nouveau-né, il s'était retrouvé seul avec son père et il en avait profité pour établir quelques règles de son cru.

« Je ferai ce que tu me diras. Tu me dis “saute”, je demande à quelle hauteur. Mais tu engrosses encore maman, ou tu l’appelles P. C. en ma présence, je te tue. »

C’était un autre mystère qu’il avait percé chez les militaires. Sa mère avait pour premier prénom Patricia, et pour second Margaret. Alors pourquoi P. C. ? Il avait un jour posé la question à son père, devant elle, et il n’avait jamais oublié la tête qu’elle avait faite.

« Ta mère sait ce que ça veut dire, s’était esclaffé Marconi. Elle te le dira elle-même, si elle veut. »

Dans sa chambre de l’école, Noonan s’était réveillé en pleine nuit, avec la réponse. Pauvre Conne.

Peu après son retour, il avait reçu un coup de fil de son vieux copain Lucy Lynch, qui avait appris qu’il était là. Noonan s’y était attendu, l’avait même redouté, car il ne voyait pas de raison valable de renouer. À ses yeux, leurs relations avaient toujours résulté de celles, secrètes, qu’entretenaient leurs mères, et de ce terrible besoin que Lucy avait des autres.

Noonan avait mis les choses au clair avec son père — la mise en garde l’avait fait sourire, sous deux sourcils vaguement froncés — et maintenant il pensait à son avenir. Cette année de terminale serait une épreuve. Une fois qu’il aurait dix-huit ans et son bac dans la poche, le vieux n’aurait plus d’ascendant sur lui. Noonan pourrait filer quelque part à l’ouest, trouver un emploi, prendre quelques cours du soir et se bâtir une autre vie loin de Thomaston. En attendant, il ferait mieux de s’occuper et d’éviter les ennuis, cette partie-là étant la plus délicate. Il allait essayer de se joindre à l’équipe de football, histoire de libérer un trop-plein d’énergie et d’agressivité. Et il prévoyait d’avoir autant de petits jobs que possible, afin d’économiser avant son départ et de conserver un minimum d’indépendance entre-temps. Il était décidé à ne rien demander à Marconi.

D’un autre côté, il ressentait le besoin impérieux de rester là tant qu’il n’aurait pas trouvé de solution satisfaisante à leurs différends. À l'école militaire, il avait redoublé de haine à son encontre, une haine qu'il avait distillée jusqu'à obtenir une essence pure, gratifiante, une raison d'être qui s'évanouirait s'il fichait le camp aussitôt après le bac. Il se disait parfois que ce sentiment intense était la contrepartie de son attachement à sa mère. Après tout, n'était-ce pas son devoir de lui éviter de nouvelles brimades ? Était-ce juste d'abandonner ses frères à un tyran ? Bien sûr, il était bon d'y penser, mais l'affreuse vérité était que sa haine du vieux lui apportait bien plus que son affection pour sa mère. Certes, il l'aimait, mais c'était un amour empreint de pitié et, il fallait le reconnaître, proche du mépris qu'on éprouve pour un chien qui continue d'aimer le maître qui le roue de coups de bâton.

Renouer avec Lucy ne cadrait avec aucune des deux options. S'il fallait travailler et se tenir à carreau jusqu'à la fin de la terminale, alors toute amitié serait vaine, sinon un obstacle. Si l'idée était de rester là pour mettre les choses au point avec Marconi, alors il ne fallait pas la perdre de vue. En toute probabilité, tisser des liens serait une diversion. Quand Lucy avait téléphoné pour l'inviter à passer à l'épicerie — qu'il appelait toujours Chez Ikey, alors que ses parents en étaient propriétaires depuis cinq ans et que Lubin était mort —, Noonan avait dit non, en prétextant un rendez-vous pour un job.

« Dommage », avait répondu Lucy, sans marquer sa déception, ce qui était une surprise.

Lorsqu'ils étaient plus jeunes, que Noonan n'avait pas la permission d'aller jouer avec lui, Lucy était toujours inconsolable. « Pourquoi », gémissait-il, jamais satisfait d'un « Papa veut pas ». *Pourquoi il voulait pas ? Gna-gna-gna.*

« Une autre fois, peut-être, avait dit Noonan, en pensant : "Ou peut-être pas."

— J'aurais aimé que tu rencontres ma petite amie. »

Lucy, une petite amie ? Ça, c'était intrigant.

Elle s'appelait Sarah Berg, avait fièrement expliqué Lou, et elle partait le lendemain passer l'été chez sa mère. Son père, avait-il poursuivi, était le légendaire M. Berg, prof d'anglais au lycée.

« Elle aimerait beaucoup faire ta connaissance. Enfin, elle revient en septembre.

— Et pourquoi veut-elle faire ma connaissance ?

— Parce qu'elle t'a dessiné. »

Dessiné ?

« Oui, à l'époque du collège. »

Sarah avait du talent et, quand ils avaient commencé à se fréquenter, elle avait fait un dessin de l'épicerie, dans lequel elle avait mis Bobby, déclarait-il.

« Passe un de ces jours. Je te montrerai, c'est sympa. »

Le ton n'avait rien de suppliant.

Vers le milieu de l'après-midi, la curiosité l'avait emporté. Noonan avait envie d'une petite balade, de toute façon, de profiter d'un dernier moment de liberté avant de se présenter le lendemain au travail. C'était une belle journée, chaude, et la promenade était agréable du Borough jusqu'à Third Street. Il s'était dit en chemin qu'il devenait urgent de trouver un moyen de transport. Un de ses trois jobs d'été le maintiendrait dans le centre-ville, mais les deux autres l'appelaient à deux kilomètres, près de la grand-route. Pas question d'acheter une voiture, s'il voulait économiser. Un vélo serait mieux que rien, mais à peine. Peut-être une mobylette d'occasion ?

Il n'était pas revenu dans le quartier depuis qu'ils avaient quitté Third Street, et il avait eu la surprise de constater que son ancienne maison avait disparu. On avait en revanche agrandi l'épicerie. Sinon, tout semblait pareil. Y compris Big Lou Lynch, à l'intérieur, sauf qu'il n'avait plus sa blouse blanche de laitier. Noonan avait reconnu Declan, le frère, dans le coin boucherie. À l'évidence, ni l'un ni l'autre ne le remettait.

« Il n'y avait pas une maison en face, là ? avait demandé Noonan au père de Lou, en montrant l'autre côté du carrefour.

— Elle a brûlé il y a six ans », avait répondu Big Lou, que ce souvenir, bizarrement, faisait sourire.

Hochant la tête, Noonan essayait de se rappeler si on le lui avait dit.

« On a déménagé au bon moment, alors », avait-il avancé, en pensant éclairer son interlocuteur.

Plissant les paupières, ce dernier l'avait dévisagé, à deux doigts de comprendre. Il avait fallu que Noonan adopte la position du surfeur, jambes écartées, bras tendus de chaque côté, pour que Big Lou retrouve son grand sourire niais.

« Bon Dieu ! s'était-il exclamé, sans quitter le visiteur des yeux, comme s'il était le témoin d'une apparition. Louie ! Viens voir qui est là !

— Je le vois, avait dit Lucy, en sortant de la réserve avec le même sourire niais. Ouah, ce que tu as changé !

— Mais toi aussi ! » s'était esclaffé Noonan en lui serrant la main.

En réalité, Lucy était le même, sauf qu'il avait grandi. Il avait maintenant presque la même taille que son père, il avait toujours l'air ramollo, quoique plus à l'aise dans sa peau.

« Je croyais que tu ne pouvais pas venir, avait-il dit, d'un ton où pointaient ses regrets d'autrefois.

— Oui, mais j'ai décroché le job, alors… »

Big Lou s'était penché au-dessus du comptoir pour lui tendre une main vigoureuse.

« Et ce poignet ? avait-il dit, comme si la fracture datait de la semaine dernière.

— C'est guéri.

— Comment va ton père ?

— Toujours pareil, avait répondu Noonan, espérant clore le sujet.

— Il s'est bien débrouillé à la poste. Les gens doivent l'apprécier.

— Tu vas jouer avec l'équipe ? avait interrompu Dec Lynch.

— On va essayer.

— Tu sais bloquer, plaquer, couvrir, intercepter ? Ou tu vas rien faire comme les autres ?

— Ça, on verra.

— Essaie de persuader ton pote d'aller jouer aussi, là. Faudrait l'endurcir, un peu.

— Sors une seconde de tes biftecks, toi, je vais te montrer ce que c'est, un vrai dur, avait répliqué Lou, au plus grand étonnement de Noonan.

— Fais gaffe, avait averti l'oncle, j'en vois une qui arrive, plus duraille que nous deux réunis. Plus féroce aussi. »

La clochette au-dessus de la porte avait retenti, et Tessa Lynch était entrée avec un grand récipient en inox, plein de salade de pommes de terre. Elle avait reconnu Noonan tout de suite. Il s'était fait la réflexion que, contrairement à sa propre mère, Mme Lynch n'aurait pas mis deux secondes à prendre son père pour ce qu'il était : un tigre de papier. D'un autre côté, elle avait épousé Lou Lynch, donc va comprendre.

Quand elle s'était écartée en maintenant la porte ouverte, il avait aperçu la jeune fille, derrière elle, un saladier elle aussi en main. Un seul regard, et elle s'était fendue d'un large sourire.

« Eh bien, avait dit Sarah Berg avant de poser son saladier quelque part pour prendre dans ses bras un Noonan ébahi. C'est pas trop tôt ! »

Il était très embarrassé que la petite amie de Lucy procède ainsi, sous les yeux de celui-ci en plus. Lou affichait son sourire niais comme si c'était précisément ce qu'il attendait.

« Pas trop tôt ? »

Sarah était allée derrière le comptoir décrocher un cadre qu'elle était revenue lui confier.

« J'ai dessiné ça *il y a quatre ans.* Le personnage qui est sur le point d'entrer, c'est toi. Tu as mis quatre ans pour avancer de cinquante centimètres. C'est ce que j'appelle prendre son temps. »

Noonan, que ce petit jeu amusait, avait souri. Sans aucun doute, Lucy avait rapporté à Sarah les raisons de son éloignement à l'école militaire. En traitant Noonan d'ingrat, elle lui évitait de justifier ses années d'exil.

« On s'est tous relayés pour te remplacer, avait-elle dit en remettant le cadre sur son crochet. On a fait ton boulot en plus du nôtre, et ça ne nous a jamais valu le moindre remerciement.

— Euh, je peux prendre un jour de congé, demain ? » avait-il plaisanté.

Elle avait rejoint Lucy qu'elle embrassait maintenant, ce à quoi il se prêtait avec un plaisir aussi visible que gêné.

« Mais il a d'autres amis à aller voir, plus sympas, poursuivait-elle. Voilà, il pointe son nez au bout de quatre ans, et il repart aussitôt.

— J'ai pas droit à un bisou ? » avait demandé Big Lou, que ces propos sibyllins commençaient à énerver.

De fort bon cœur, Sarah avait fait le tour du comptoir pour l'obliger.

« Et moi, rien ? avait lancé Dec Lynch.

— Non, toi, rien, avait répété Sarah, un bras sous celui de Big Lou. Tu as perdu ton pari. »

Et d'expliquer pour Noonan, faussement sérieuse :

« Il disait que tu ne reviendrais jamais.

— Mais tu n'y as pas cru.

— Non, tout ce que je dessine est vrai. »

Toujours souriante, elle l'avait fixé de ses yeux bruns. Une manière de défi. Les Lynch le regardaient aussi en se marrant.

À cet instant, Noonan avait compris que son éventail de choix venait de se restreindre. Il pouvait toujours quitter Thomaston après le bac pour se diriger vers la côte Ouest, mais d'ici là il serait difficile de garder ses distances. C'était impossible depuis que, passant la porte de Chez Ikey, il avait incarné l'intention de Sarah. Sa présence avait parachevé quelque chose, il ne savait pas réellement quoi. Il avait l'impression dangereuse de s'être trouvé une deuxième famille. Mais c'était plutôt agréable, comme impression.

Plus tard, alors qu'ils éventraient au fond une montagne de cartons, Lucy lui avait dit :

« Alors ? Qu'est-ce que tu en penses ? »

Du fait qu'il avait une petite amie ? De Sarah elle-même ? Noonan avait opté pour la deuxième option, et, à la vérité, il ne savait pas quoi penser de Sarah Berg. Elle n'était pas d'une grande beauté mais, contrairement à ce qu'il avait craint, elle n'avait rien de repoussant. Quelque chose chez elle forçait l'attention, et il se demandait quoi. Maigre et anguleuse, elle n'était pas le genre de fille sur qui il se retournait et, maintenant qu'elle était partie, il avait du mal à se rappeler son visage. C'était cette attitude, cet enjouement qui semblait flotter dans l'air comme un parfum. Elle avait paru à deux doigts de se moquer de lui, ce que les filles ne faisaient pas d'habitude. Elle avait aussi une grâce naturelle qui n'était ni spécialement féminine, ni étudiée, une spontanéité et une vulnérabilité qui avaient réveillé son instinct protecteur, quoiqu'il ne pût imaginer de quoi elle aurait besoin d'être protégée. Et, sans qu'il fût capable de se l'expliquer, il était déçu qu'elle s'en aille le lendemain, triste de ne plus la revoir avant septembre.

« Papa lui a proposé de travailler à l'épicerie, cet été, avait dit Lucy, mais elle économise pour ses études, et elle gagne plus d'argent comme baby-sitter à Long Island. Plein de gens y passent leurs vacances. C'est le seul moment de l'année où elle voit sa mère. Ses parents sont séparés depuis des années, et Mme Berg vient de demander le divorce. »

Ce qu'il prenait pour une innommable tragédie.

« Eh bien, elle a de la chance », avait commenté Noonan en pensant à sa propre mère. Puis, voyant l'air contrarié de Lucy :

« Pourquoi rester ensemble si ça rend tout le monde malheureux ?

— Sarah ne l'était peut-être pas », avait répondu Lou.

C'était la mort de son petit frère qui, croyait-il, était à l'origine de cette séparation. Mme Berg était repartie chez elle à Long Island, où elle travaillait en free-lance comme dessinatrice publicitaire. Elle accumulait les petits jobs en attendant de décrocher de plus gros projets — pour l'instant, elle inventait des logos, elle illustrait des brochures et des menus de restaurants. Le père de Sarah clamait qu'elle n'arriverait à rien, qu'elle serait obligée de revenir un jour ou l'autre, et la famille serait alors réunie. Cela n'avait pas eu lieu. Mme Berg se tenait à sa décision. En sus d'être un professeur excentrique bien connu en ville, son mari consacrait ses étés à écrire un roman qu'il avait commencé dix ans plus tôt. C'était une autre des raisons pour lesquelles Sarah s'en allait. Il avait besoin d'une solitude complète pour écrire.

Tandis qu'ils vidaient les cartons, Lucy, continuant à parler, l'avait mis au courant de tout ce qui se passait à Thomaston, de tout ce qui se passait chez les Lynch. Après avoir acheté la boutique d'Ikey, ils l'avaient agrandie. D'abord très réticente, Mme Lynch s'était finalement associée à son mari, et ils avaient appelé oncle Declan, le boucher, à la rescousse. Karen Cirillo, la petite cousine de Noonan, avait un moment habité à l'étage au-dessus du magasin ; Jerzy Quinn avait fait la loi au collège ; Gabriel Mock, troisième du nom, avait passé six mois dans le coma à l'hôpital ; et Lucy avait rencontré Sarah. Il n'avait pas eu d'absences depuis très longtemps, ce qui était formidable. Son père était devenu un héros en sauvant les sœurs Spinnarkle et, l'année dernière, on lui avait enlevé un petit kyste qu'il avait sous le bras droit. Tout le monde avait eu très peur, mais on avait été rassuré par les résultats de la biopsie. Pourtant, certaines cellules paraissaient douteuses, et le cancérologue, à Albany, s'inquiétait parce que le kyste était situé tout près des ganglions lymphatiques. De plus, Big Lou habitait « Thomaston », et donc il faisait des analyses de sang tous les mois, juste par précaution.

Pendant que Lucy déblatérait, Noonan retrouvait par instants la décontraction de leur ancienne camaraderie. Curieusement, il s'était surtout rappelé ses manies agaçantes, mais aucune de ses qualités. Comme toujours, Lucy était sympathique, et aujourd'hui moins désespéré, moins introverti, ce qui était une bonne chose. Si les Lynch voulaient adopter Noonan cet été, ça serait toujours ça. En fait, il était content d'avoir fait un saut chez eux. Il espérait que Sarah reviendrait dans la soirée. Lucy lui avait dit que c'était la journée des salades — elle aidait sa mère à en préparer, le week-end. La météo prévoyait du beau temps, et donc la moitié de l'East End, en route vers le lac, remplirait ses paniers à pique-nique des côtelettes fumées de l'oncle Declan et des salades de Tessa.

Après avoir vidé les cartons, ils étaient revenus dans le magasin, où tout le monde était là sauf Sarah qui mettait de l'ordre dans la cuisine à la maison. Se demandant si Noonan n'avait pas faim, la mère de Lou lui avait servi une énorme platée de ces fameuses salades — pommes de terres, macaroni, œufs durs. Et elle avait raison, il était affamé. Marconi était toujours aussi radin, et Noonan avait l'impression, en mangeant chez eux, de retirer leur pitance à ses frères.

« Merde alors, avait-il dit, la bouche pleine de macaroni. C'est vraiment bon. »

Cela semblait ravir Mme Lynch.

« Tu t'es dégoté un job pour l'été ? »

Il lui avait appris qu'il préparait les tables dans trois restaurants, et il s'attendait presque à ce qu'elle lui propose de donner aussi un coup de main chez Ikey.

« On ne va pas beaucoup te voir, alors », avait-elle dit, en jetant un coup d'œil vers Lucy qui, maussade, évitait son regard.

Un ange passait. Voulait-elle dire que Lucy serait déçu, et qu'il ferait mieux de s'y préparer ? Noonan s'était-il trompé en le croyant moins désespéré qu'avant ?

Noonan finissait son assiette quand Sarah était revenue. Le rejoignant à la petite table près de la cafetière, elle avait pris une chaise pour s'asseoir près de lui.

« Alors ? Qu'est-ce que tu en penses ?

— De quoi ?

— De ce que tu viens de manger ?

— C'est bon, avait-il reconnu. Vraiment bon.

— Laquelle tu préfères ? Fais attention à ce que tu dis. J'en ai fait une des trois, et Tessa les deux autres.

— Elles sont bonnes toutes les trois.

— Trouillard.

— Bon, je préfère celle aux macaroni.

— Moi j'ai fait celle aux œufs. On s'entendra mieux quand je reviendrai en septembre, peut-être ?

— Tu t'en vas vraiment tout l'été ?

— Tu tiendras compagnie à Lou. »

Qui les rejoignait à son tour.

« Il a déjà trois jobs, avait expliqué Lou.

— Tu finiras par travailler ici aussi. Tu verras. C'est comme une drogue. »

L'oncle était en train de nettoyer le présentoir à viande. Le magasin restait ouvert jusqu'à minuit, mais la boucherie-traiteur fermait à six heures.

« Quand c'est que tu rentres de chez le médecin, demain ? avait demandé Dec à son frère.

— Je crois que je vais annuler, avait répondu celui-ci. Pourquoi perdre une demi-journée à faire l'aller et retour et à attendre qu'il me prenne, alors qu'on a tellement de boulot ici ? Je me sens très bien, moi.

— Tu y vas, avait dit Mme Lynch.

— Ça rime à rien, avait râlé Big Lou, conscient que sa femme aurait de toute façon le dernier mot. Y a plus de raison de s'inquiéter, la tannerie est fermée depuis deux ans, maintenant.

— C'est pas pour ça que les effets ont disparu, lui avait-elle rappelé. Si je mets un grain d'arsenic dans ton café le matin pendant trente ans, tu en auras toujours dans le foie si je remplace le café par du thé.

— C'est pas ce que je dis, Tessa, avait-il objecté, plus sensible au vocabulaire de son épouse qu'à l'état des nappes phréatiques. T'as pas lu l'article dans le journal ? Les poissons reviennent dans le ruisseau. Ils y resteraient pas s'ils étaient pas bien.

— Et pourquoi pas ? avait-elle répliqué. On reste bien ici, nous.

— Une fois de plus, Tessa a raison, Biggy, avait entonné le frangin. L'autre jour, un gars m'a montré une truite qu'il a pêchée, elle avait une tumeur grosse comme une balle de golf sous une branchie. Exactement là où elle serait, si tu en avais aussi. Dis au toubib de regarder là, Tessa. Faudrait pas que ton homme ait des branchies qui lui poussent sous le bras.

— Ça serait pas mal, pourtant. On ferait payer les gens pour leur montrer. »

Se levant, Sarah était allée embrasser M. Lynch et lui dire au revoir.

« Ce qu'ils sont méchants avec toi, Lou-Lou.

— Je sais, ma douce, avait-il dit en l'enveloppant de ses grands bras. Ça les amuse, mais sinon ils auraient rien à dire. Tu fais un long voyage demain. Il prend pas le train avec toi, ton père, il te laisse toute seule ?

— Non, demain il sera devant sa machine à écrire, et il ne s'arrêtera plus jusqu'à Labor Day[1]. »

Ce qu'à l'évidence Big Lou voyait d'un mauvais œil.

« Ça cause de quoi, son bouquin ? » avait-il demandé.

Était-ce assez important pour dispenser M. Berg de s'occuper de sa fille ?

« Il fait déjà un millier de pages, simple interligne », avait répondu Sarah.

Ce qui confirmait l'opinion de Big Lou.

« Dans ce cas, un jour de plus ou de moins...

— Qu'est-ce que tu en sais, Biggy ? la ramenait le frangin. T'en as jamais lu un seul, de bouquin, alors pour ce qui est de les écrire... »

Big Lou ignorait ces sarcasmes, de même qu'il ignorait presque tout ce que disait son frère.

« Il pourrait descendre à New York avec toi, dire bonjour à ta maman, et revenir.

— Et ils se disputeraient au milieu de Grand Central. Ne t'en fais pas, Lou-Lou. Maman m'attend tous les ans au même endroit. Elle est toujours là. »

Mettant ses mains sous les coudes du grand bonhomme, elle avait ajouté :

« Promets-moi d'aller à ton rendez-vous.

— Moi, je le promets, avait dit Tessa Lynch.

— Quel dommage que tu partes, avait conclu Big Lou qui, à la grande surprise de Noonan, avait les larmes aux yeux. Tu aurais travaillé avec nous, cet été.

— Arrête, Lou, avait coupé sa femme en ouvrant la porte de la réserve. On en a déjà parlé, et Sarah sait ce qu'elle a à faire.

1. Le premier lundi de septembre aux États-Unis.

— Je dis pas que…

— Si, Lou, c'est ce que tu étais en train de dire. “Ne t'en va pas.” On n'est pas sourds.

— Je regrette qu'elle soit obligée, c'est tout, avait-il expliqué, en essuyant ses yeux du revers de la main.

— Eh bien, c'est comme ça, avait dit Tessa en repartant dans la réserve.

— Je sais, avait admis Big Lou, plus à l'intention de Sarah que de sa femme.

— Je monte, les avait informés Dec, sans bouger d'un poil cependant. Cette conversation m'enchante au-delà du supportable. »

Sarah avait enfilé son blouson.

« Vous pouvez me raccompagner à la maison ? » avait-elle proposé à Lucy — ainsi qu'à Noonan, semblait-il.

Lequel aurait volontiers accepté, mais supposait que ni l'un ni l'autre ne tenait à ce qu'il assiste à leurs adieux. D'où son étonnement quand Sarah et Lucy s'étaient montrés déçus qu'il décline.

« Passe un bel été, mignonne, avait dit Dec en s'approchant pour embrasser Sarah. Je suis moins vieux que je le parais, tu sais. Il y a plein de filles de ton âge qui me trouvent à leur goût.

— C'est ça ! Des noms ! J'en veux trois, avait-elle rétorqué et Noonan avait souri en voyant avec quel naturel elle le remettait à sa place — elle s'y prenait vraiment bien avec tous, d'ailleurs.

— Non, je vais passer pour un vantard, après… »

Ressortant de la réserve avec un grand baquet de salade, Tessa Lynch avait dévisagé son beau-frère avec dépit.

« Arrête de tripoter cette fille et ouvre-moi ça, veux-tu ? avait-elle dit en lui indiquant le présentoir à viande.

— Oui, m'dame, avait répondu Dec avant de passer derrière celui-ci.

— La plupart des femmes de *mon* âge te trouvent un peu fripé, je te signale. »

Noonan avait-il rêvé la suite ? Épais et courbe, le coffre en verre du présentoir donnait une image distordue des rôtis rouge vif et des casiers de viande qu'il contenait. Cela n'était sans doute qu'une illusion d'optique mais, quand Tessa avait reculé, Noonan avait cru voir Dec effleurer sa main.

Il s'était convaincu du contraire sur le chemin du retour. Ce n'est pas parce que le mariage de ses parents était une immonde comédie que tous les autres étaient pareils. À vrai dire, le monde que les Lynch s'étaient créé, l'aisance avec laquelle ils évoluaient dans celui-ci, lui avaient fait grosse impression. Il fallait y ajouter Sarah. Si à l'évidence elle les aimait, elle aimait aussi le magasin, comme si la boutique répondait chez elle à un besoin profond, comme s'il y avait sur les étagères tout ce qu'elle pouvait désirer, et que le reste, nuisible ou sans intérêt, en avait été écarté. Noonan avait d'autres aspirations dans la vie, mais il devait reconnaître que l'endroit ne manquait pas de charme. Il y régnait une atmosphère chaleureuse, pleine de camaraderie et de générosité. Aurait-il ressenti la même chose sans Sarah — s'il n'y avait eu que les Lynch ? La réponse viendrait sans doute dans les prochains mois.

Il avait parcouru la moitié du chemin quand un klaxon avait retenti, et le break des Lynch s'était arrêté près de lui.

« Monte, avait dit Tessa, qui était au volant. Je te raccompagne. »

Ça ressemblait plus à un ordre qu'à une suggestion, et donc il avait obéi. Noonan n'avait encore jamais passé un moment seul à seul avec Mme Lynch et, sans qu'il y ait de raison à ça, il était mal à l'aise. L'avait-elle suivi et, dans ce cas, pourquoi ? Pour le prier de se maintenir à l'écart de leur univers, de leur magasin, de son fils ? Le dessin de Sarah, qui le représentait dehors sur le point d'entrer, lui revenait à l'esprit. Tessa Lynch voulait-elle justement lui enjoindre de rester à l'extérieur ? À son grand soulagement, il s'agirait d'autre chose.

« Comment va ta mère ? avait-elle demandé, en se tournant vers lui une seconde.

— Ça va. Vous devriez l'appeler, un de ces quatre.

— Je suis allée à l'hôpital. Ton père m'a envoyée promener. J'ai téléphoné chez toi, la semaine dernière et, apparemment, elle lui a promis de m'éviter. »

Noonan avait hoché la tête. Sans commentaire. Aurait-il eu envie de se confier à quelqu'un, Mme Lynch n'aurait pas été le plus mauvais choix. Mais il ne voulait *pas*.

« Tu n'es pas obligé de parler, avait-elle dit, lisant dans ses pensées. Mais, si les choses s'aggravent, je veux que tu promettes de me le dire. Ta mère en a supporté bien assez comme ça, et je serai peut-être capable de l'aider. Tu ne dis rien à mon mari ou à Louie. Mais à moi, si.

— Il ne se passera rien, l'avait assurée Noonan.

— Ah bon ? Et pourquoi ça ?

— Parce que je suis rentré. »

Elle s'était de nouveau tournée vers lui. Arrêtés à un stop, ils allaient franchir le Boulevard, limite officieuse entre l'East End et le Borough. Les Marconi habitaient à peine quelques rues plus loin, mais Mme Lynch, mettant son clignotant à droite, était partie vers l'extérieur de la ville.

« Écoute, je sais que tu es un garçon courageux, avait-elle dit après un court silence. Je suis sûre que tu t'efforceras de...

— Où est-ce qu'on...

— ... mais tu n'as que dix-sept ans, et tu ne peux sans doute pas donner à ta mère toute l'aide dont elle a besoin.

— À savoir ?

— À savoir qu'il est nécessaire de parler, parfois. Nous sommes amies depuis Berman Court. Tu ne t'en doutais peut-être pas.

— En quoi ça l'a aidée ?

— Ça l'a aidée. Beaucoup. Plus que tu n'imagines. Et pas seulement elle. Ça marche dans les deux sens. Je l'écoute, elle m'écoute. »

Noonan revoyait subitement la main de Dec qu'il avait surprise, ou cru surprendre, en train de frôler celle de Tessa Lynch.

Laquelle paraissait brusquement très soucieuse, comme si elle méditait une chose qui lui avait jusque-là échappé.

« Tu ne t'es pas mis dans la tête qu'il y a une solution à son problème, j'espère ? » avait-elle lâché en jetant un coup d'œil aux genoux de Noonan qui, à son propre étonnement, serrait les poings sur son pantalon.

Il les avait rouverts avant de reprendre la parole :

« Pourquoi il n'y en aurait pas ? »

Il croyait la détenir, la solution, et il s'en félicitait. Il avait prévenu son père, non ? Le vieux savait qu'il le surveillait. Il y avait déjà du mieux.

« Parce que les gens ne changent pas. Tu t'en es rendu compte, non ? »

Noonan avait haussé les épaules. Pourquoi la contredire si elle était convaincue ? De toute façon, les gens *changeaient.* Il n'était plus celui qu'il était cinq ans plus tôt, avant l'école militaire. Et après quelques heures passées avec Lucy, il trouvait que lui aussi avait changé, autant sinon plus que lui-même.

« Ce n'est pas parce qu'on grandit qu'on change, poursuivait Tessa. Je parle de ce qu'on est à l'intérieur, pas d'avoir des poils au menton. »

Un peu indiscret, comme observation, s'était dit Noonan. Désagréable. Voilà que Mme Lynch s'en prenait à sa barbe. Il y avait soudain comme un courant électrique dans cette voiture, renforcé un instant plus tard quand ils avaient pris l'allée de gravier du parc de Whitcombe Hall. Un endroit qui avait longtemps servi de lieu de rendez-vous aux amoureux. Ce n'était peut-être plus le cas. Il faisait maintenant presque nuit, et les phares trouaient l'obscurité, jusqu'à illuminer au loin la silhouette du vieux manoir. Soulagé, Noonan avait vu Tessa enclencher la marche arrière. Se ravisant, elle s'était tournée vers lui en remettant le levier au point mort.

« Dis-moi ce que tu as l'intention de faire, lui avait-elle dit, les yeux dans les yeux.

— De faire ? Quoi ? Pour l'avenir ?

— OK. Commence par là si tu veux. On reviendra au présent ensuite.

— Avoir mon bac. Partir vers la côte Ouest, peut-être. Je ne sais pas.

— Tu penses emmener ta mère avec toi ?

— Non ! » avait-il lâché, le mot lui échappant comme un hoquet.

Mme Lynch avait souri. Pas méchamment.

« Voilà. Donc, quand tu disais qu'il ne fallait pas s'inquiéter parce que tu étais là, cela voulait dire pendant un an.

— Ce n'est pas ce…

— Et la fac ?

— Peut-être. Je déposerai des dossiers.

— Tu as entendu parler du Vietnam, non ? Tu sais ce que ça veut dire, "peut-être", dans ce contexte ? Ça veut dire qu'ils peuvent t'envoyer dans la jungle à l'autre bout du monde. Pour rien, d'ailleurs. »

Il avait haussé les épaules, et elle avait continué :

« Et Lou ? »

Elle était folle ? Comment ça, « et Lou » ? C'était un autre sujet ou le même ? Lou irait-il à la fac ? Voulait-il s'engager dans l'armée ? Comment le saurait-il, lui, Noonan ?

« Je ne…

— Pourquoi es-tu venu au magasin, aujourd'hui ?

— Il m'a invité à…

— Ne lui donne pas de faux espoirs, Bobby. Si tu veux être son ami, parfait. Sinon, débrouille-toi pour filer. Tu sais comment il est.

— Il semble aller très bien, avait répondu Noonan, un peu honteux que la mère de Lou parle ainsi dans son dos. Je veux dire, il a l'air heureux. Il a beaucoup changé…

— Non, il n'a pas changé. Tu n'écoutes pas : *les gens ne changent pas.*

— Il n'a plus ces absences qu'il avait avant, avait dit Noonan, sûr de l'emporter au moins sur ce point.

— Ça ne durera peut-être pas. Rien n'est éternel. Un jour tu es en bonne santé, le lendemain tu as une tumeur. Mais au fond, on reste les mêmes. Lou n'a pas plus changé que toi. Tu es toujours le petit garçon que tu étais, la première fois que ta mère a tenté de s'enfuir. Le même petit garçon qui est allé récupérer ses affaires dans la rue, qui a rapporté chez lui une valise cassée, qui s'attendait à une bonne correction en revenant. Tu ne pensais pas que je le savais, hein ? Tu croyais déjà avoir réglé le problème, sans doute ?

— Eh bien, si, je crois que j'ai beaucoup changé depuis cette époque, avait rétorqué Noonan, qui se sentait dépouillé, à vif.

— Je sais que tu le crois, mais tu te trompes. Et puis il y a Sarah, aussi.

— Sarah ne m'intéresse pas, avait-il affirmé, certain de comprendre où tout cela les menait.

— Tu ne diras plus ça quand tu la connaîtras.

— Je ne crois pas. Et c'est la petite amie de Lucy... avait-il ajouté, avant de rectifier en vitesse quand Tessa, tressaillant, avait plissé les paupières. Euh, la petite amie de Lou. »

On avait soudain frappé fort côté conducteur, et ils avaient bondi l'un et l'autre. Mme Lynch avait baissé sa vitre. Un minuscule Noir, d'allure vaguement familière, se marrait en les regardant. Ils étaient si absorbés par leur conversation qu'ils ne l'avaient pas entendu approcher.

« Tessa Lupino, avait-il dit. T'es venue faire le zouave avec moi ? »

Il avait calé une bouteille de whiskey à moitié vide sur le rebord de la vitre.

« Non, Gabriel, tu t'en doutes. »

Gabriel Mock, se souvenait à présent Noonan.

« Pourquoi pas ? avait-il dit, en jetant un coup d'œil vers Noonan.

— Tu es bien trop petit. Je fais le zouave avec les grands, moi. Il me faut un mètre quatre-vingts, au moins. »

Combien mesurait Dec Lynch ? se demandait Noonan. Pas autant que ça, mais pas loin.

Éclatant de rire, Gabriel Mock avait rejeté la tête en arrière et il avait failli perdre l'équilibre.

« *Petit* ? C'est pour ça ? Chuis *p'tit* ?

— Et je suis mariée, avait ajouté Tessa.

— T'es mariée et chuis p'tit, avait-il répété en essuyant ses yeux avec la manche de sa chemise. Dieu merci, y a rien d'autre. Manquerait plus qu'ça, qu'y ait aut'chose. Qui c'est çui-là ?

— Un ami de mon fils. J'essaie de lui mettre un peu de plomb dans la tête. »

Mock étudiait Noonan de ses yeux injectés de sang.

« Si t'es malin, tu feras comme elle dit. Elle pourrait t'en remontrer pendant des heures et j'sais même pas qui t'es. M'en fiche bien, d'ailleurs. Tu veux un canon ? Tu fais le zouave, des fois ?

— Non, merci. »

Le petit homme s'en était revenu à Teresa Lupino.

« *Po-li*, avait-il commenté. J'sais pas qui c'est, çui-là, mais 'l'est *po-li*. Faut lui reconnaître ça. Mais 'l'est idiot, hein ?

— Pas complètement », avait admis Mme Lynch — ce n'était pas tout à fait une déclaration de foi, mais Noonan avait apprécié.

Gabriel le dévisageait à nouveau.

« PCI. Si je te revois, je t'appelle comme ça. Pas Complètement Idiot. On saura toi et moi ce que ça veut dire. Tu peux m'appeler ce que tu veux. Le Croupion, si ça t'amuse. M'en fiche. Moi je t'appelle PCI, que ça te plaise ou pas. Passe dire bonjour un de ces soirs, si ça te dit. J'habite juste là. »

Il indiquait une bicoque, dont on distinguait à peine les contours dans le noir.

« Apporte une boutanche, et je t'accueillerai à bras ouverts, expliquait Gabriel. Apporte Junior, aussi. T'vois qui j'veux dire ? »

Noonan avait hoché la tête.

« Lou Lynch Junior, j'veux dire. C't'un zouave 'namateur, comme toi, je suppose. P'tète que je l'appellerai PCINP. Pas Complètement Idiot Non Plus.

— Ni l'un ni l'autre ne viendra ici se soûler avec toi, Gabriel, enfonce-toi bien ça dans le crâne.

— Pourquoi ? P'tète qu'y sont pas comme toi. Qu'ils ont pas de préjugés contre les petits bonshommes.

— Ils n'ont pas l'âge, surtout. Donne-leur à boire et tu files au trou.

— Leur *donner* ? s'était exclamé Gabriel, comme s'il n'avait jamais rien entendu d'aussi drôle. C'est *eux* qui m'amèneront à boire, tiens ! C'est pas marrant de faire le zouave tout seul. Ça devient lassant.

— Je veux bien le croire. Comment va ton fils, Gabriel ?

— Je sais pas, avait-il dit en se redressant, brusquement dégrisé. Il m'dit jamais rien.

— Quelle sale affaire c'était.

— Le monde est plein de salafer. T'auras p'tète remarqué.

— Oh oui, Gabriel, pour le remarquer, je l'ai remarqué. Je me rappelle encore le jour où tu es arrivé avec ton père devant notre maison. »

Tessa avait les larmes aux yeux.

« C'était pas ta faute, du tout. À part que t'aimes pas les p'tits bonshommes, t'es une fille bien, toi. Depuis toujours. Pense plus à tout ça. C't'oublié. »

Il s'était interrompu, regardant au loin dans le noir. Il avait toujours sa bouteille à la main, mais n'y touchait pas.

« Paraît que c'est le prof qui s'occupe de lui, maintenant. Il doit se prendre pour le père ou j'sais pas quoi. Paraît qu'il lui cause. Qu'ils discutent, tous les deux. Qu'il lui raconte des trucs, et mon gars répond si c'est vrai ou pas. Qu'est-c't'en penses, toi ?

— Je pense que c'est ton fils, et qu'un fils doit parler à son père. »

Gabriel semblait en douter, mais cette marque de confiance lui allait droit au cœur.

« Nân, j'en sais rien du tout, si tu veux que j'te dise. Et il a dû le comprendre, alors il a autre chose à faire que blaguasser avec un type qui perd son temps à faire le zouave. Enfin, bonsoir, Teresa. Je peux t'appeler Teresa ?

— Appelle-moi Croupion, si tu veux », avait dit Mme Lynch en souriant.

Elle avait enclenché la marche arrière. Le petit homme avait attendu qu'ils s'éloignent pour porter la bouteille à ses lèvres. De retour sur la grand-route, en direction du centre-ville, Mme Lynch avait hoché la tête et jeté un coup d'œil vers Noonan.

« Regarde bien les yeux de cet homme, un jour, et dis-moi tout le bien que tu penses de ce monde. »

Puis elle s'était s'esclaffée :

« Teresa Lupino. Mon nom de jeune fille. Personne ne m'a appelée comme ça depuis vingt ans. J'ai l'impression que c'est quelqu'un d'autre.

— Ce n'est pas vous qui disiez que les gens ne changent pas ? lui avait rappelé Noonan, ravi de la renvoyer dans ses buts.

— Bien joué, avait-elle dit avec un bref sourire.

— Qu'est-ce qu'il était venu faire devant votre maison ?

— Oh, je te le dirai peut-être un jour que je serai moins triste. Mais pas ce soir. »

Elle y repensait, cependant, c'était manifeste.

Lorsqu'ils étaient arrivés dans l'allée, chez Noonan, la pleine lune s'était levée, illuminant la silhouette de sa mère, pâle comme un fantôme, derrière une fenêtre du salon. Elle regardait la rue. L'attendait-elle ? Ou bien son père ? Tessa Lynch avait baissé sa vitre pour lui faire signe, mais Mme Marconi n'avait pas dû la reconnaître. Elle ne lui avait pas répondu.

À mesure que l'été avançait, Noonan était revenu de plus en plus souvent chez Ikey. Il y allait au début pour éviter de rentrer chez lui, mais à la vérité l'endroit l'avait conquis. Il comprenait qu'on ne pouvait entretenir de liens isolément avec l'un ou l'autre Lynch. De la même façon que Sarah avant lui, sans doute, qui avait pour tout le clan une grande affection. Comme si elle s'était fiancée au magasin, et aux Lynch qui le lui rendaient bien. Elle était d'une certaine façon la pièce qui avait manqué. Ce que son dessin avait en quelque sorte annoncé.

Comme l'arrivée de Noonan, puisque la clochette avait enfin sonné au-dessus de la porte. Il était entré dans ce qu'il appelait l'Univers Lynch. Et cela n'avait plus beaucoup d'importance que Lucy soit là ou pas.

« Bobby Macaroni ! » lançait Big Lou, toujours jovial, en le voyant arriver. Cela pouvait être la troisième fois ce jour-là, et c'était toujours la meilleure plaisanterie du monde. « Dis à ton père de passer un de ces quatre », répétait-il toutes les semaines, comme si les Lynch et les Marconi étaient restés amis au fil des ans, sans qu'un mot de travers ait jamais été prononcé. « On le voit plus beaucoup dans le coin. »

Le « coin » étant apparemment cette épicerie, dont Big Lou sortait rarement.

Dec semblait lui aussi prendre plaisir à voir Noonan, surtout en août, après le début des séances d'entraînement pour le foot. Joueur jusqu'au bout des ongles, Dec pariait chaque jour aux courses, et à la loterie, mais c'est le sport — professionnel, universitaire, même les matches interlycées — qui avait sa préférence. Apprenant que Noonan cherchait une mobylette d'occasion pour faire la navette entre ses divers jobs, il l'avait emmené dans un garage du West End, de l'autre côté de l'ancienne carrière de gravier, où il avait entreposé sa vieille Indian. Il ne s'en servait plus depuis une dizaine d'années, mais il l'aimait beaucoup trop pour la vendre.

« Ça te coûtera quelques dollars de la faire rouler à nouveau, mais je te la prête autant que tu veux. Garde-la en bon état, et ne viens pas m'accuser si tu as un accident mortel. »

Noonan avait eu le coup de foudre pour l'Indian, et il avait promis de bien s'en occuper. Pour qu'il n'ait rien à demander à son père, Lucy lui avait prêté un peu d'argent pour les réparations et l'assurance.

Après cette fameuse soirée où elle l'avait cuisiné, même Tessa Lynch avait paru le prendre en affection. Prudemment. Le voyant toujours affamé, elle lui remplissait une assiette dès qu'il passait la porte du magasin. Noonan les aidait autant qu'il pouvait et le travail ne manquait pas, mais n'empêche. C'était comme si elle avait deviné à quoi la vie ressemblait chez lui, et qu'ils avaient convenu que, moins il passait de temps dans cette maison du Borough, mieux ça valait pour tout le monde. Sans lui donner peut-être toute sa confiance, Tessa avait dû décider qu'il était moins dangereux à l'intérieur qu'au-dehors.

Un accord tacite qui voulait que sa fonction première soit d'aider Lucy à souffrir le moins possible du départ de Sarah. Lucy avait affirmé que ses absences étaient de l'histoire ancienne, mais sa mère en était moins convaincue. Certes, il n'en avait eu qu'une depuis deux ans, relativement bénigne, mais c'était l'été précédent quand Sarah n'était pas là. Toujours optimiste, Big Lou pensait que son fils les avait vaincues en grandissant. C'est ce que les médecins — lesquels ne savaient pas qualifier ces choses, ni déterminer leur cause — avaient prédit. Un point de vue que Mme Lynch ne réfutait pas ouvertement, mais Noonan savait qu'elle attribuait cette amélioration à Sarah, qui rassurait Lou et lui offrait une certaine stabilité. Elle espérait que Noonan remplirait en quelque sorte le même rôle.

De semaine en semaine, il finissait lui aussi par douter que son ami soit vraiment guéri, et le leitmotiv de Mme Lynch — comme quoi les gens ne changeaient pas — lui revenait souvent à l'esprit. Lucy avait organisé sa vie, comblé certaines de ses carences mais, finalement, il était encore plus bizarre qu'avant. Il paraissait incapable d'imaginer un autre monde ou une autre existence qu'à Thomaston ; il ne manifestait aucune curiosité à propos des années que Noonan avait passées à l'école militaire ; comme si, pour lui, cet endroit n'existait pas, comme si Noonan avait tout simplement disparu entre l'aller et le retour. Il était entendu que Lucy partirait à l'université dès la fin du lycée, mais il excluait de se porter candidat à tout établissement situé à plus de deux heures de route ou de train, dans l'intention de rentrer les week-ends pour aider au magasin. Sarah, elle, avait envoyé un dossier à plusieurs facs de New York, et elle ne reviendrait sans doute *pas* les week-ends. Bizarrement, cela ne semblait pas inquiéter Lou. L'idée de lui rendre visite là-bas n'avait pas l'air non plus de l'enthousiasmer. Ce que Noonan savait de la grande ville — les clubs de jazz, la vie nocturne de Greenwich Village ou, si on avait un peu de cran, de Harlem — ne l'intéressait absolument pas.

Non, au lieu d'envisager l'avenir, Lucy s'ancrait dans le passé. À dix-sept ans, il regardait derrière lui comme un octogénaire. Il commençait une phrase sur deux par : *Tu te souviens ?*

« Tu te souviens qu'on était tous amoureux d'elle ? » avait-il demandé un jour en passant devant Marie's Beauty Shop, où travaillait maintenant Karen Cirillo, qui avait abandonné l'école.

Noonan ignorait que Lou avait eu le béguin pour Karen, sa lointaine cousine, tout comme Lou ignorait que Noonan l'avait dépucelée quand ils avaient douze ans. Elle était alors désirable, excitante. Aujourd'hui, à peine quatre ans plus tard, elle en faisait trente-cinq. Elle était complètement fanée. Ce dont, curieusement, Lucy semblait se croire personnellement responsable, comme si quelqu'un, quelque part, s'était attaqué à ce qu'elle avait de plus profond, et qu'il était de son devoir de réparer ça.

« Elle a juste besoin de perdre un peu de poids, avait-il dit, encourageant, et désireux, Noonan le voyait bien, d'avoir son approbation.

— Oui, et il y a la moustache, aussi », avait répondu celui-ci.

Cet attachement à une période à peine achevée était pour lui une absurdité. Lucy n'avait derrière lui que trois années de lycée, heureuses mais sans plus, même s'il s'y était bien adapté. Franchement, qui avait la nostalgie du collège, cet endroit où tout allait de travers ? S'il y en avait un qui ne devait rien regretter, c'était bien lui. Il s'y était senti seul, misérable, et il avait maintenant Sarah, avec qui tout allait pour le mieux. Quelle idée de s'inquiéter pour Karen ? *Parce que*, entendait-il répéter Mme Lynch, *les gens ne changent pas.*

En revanche, chez les Marconi, tout avait changé. Le père était rarement là, même le soir. Il prétendait travailler tard à la poste, faire du conseil aux quatre coins de la région pour subvenir aux besoins de sa nombreuse famille, mais Noonan savait bien qu'il dormait la plupart du temps chez la dame de Division Street. C'était aussi bien. Avec son nouveau petit à allaiter, Mme Lynch avait un air béat, fort curieux, et semblait satisfaite de voir la paix régner. Les petits frères, qui n'étaient plus si petits, avaient la pâleur des victimes du blitzkrieg qui, sortant du bunker épuisés à la fin de l'alerte, clignaient des yeux à la lumière en craignant que les bombes recommencent à tomber. Noonan travaillait beaucoup, et consacrait de longues heures au clan Lynch, de sorte qu'il n'était pas là bien souvent non plus. Parfois, tard le soir ou tôt le matin, il croisait son père devant le réfrigérateur, et c'était alors une danse polie, prudente, muette. Contre toute attente, Mme Lynch paraissait croire qu'un processus de réconciliation était entamé entre le mari et l'aîné. Une fois seulement, observant ce dernier avec curiosité, elle lui avait demandé s'il avait dit quelque chose à son époux lors de son séjour à l'hôpital. Ne voyant pas de raison de l'inquiéter, Noonan lui avait menti.

Vers le milieu du mois de juillet, il avait quand même remarqué la minuscule pilule qu'avant toute chose elle avalait le matin avec son jus d'orange, et le soir encore avant de se coucher. Il n'avait pas fait le lien très vite, non plus, entre cette pilule et le fait que le bébé, bien calme — seul Marconi à cet égard —, souriait béatement au monde, comme s'il n'avait ni père ni besoin de celui-ci.

Quand Sarah était revenue à Thomaston à la fin de l'été, Noonan l'avait à peine reconnue. Ce n'était plus une fille, mais une jeune femme. Lucy l'avait invité à venir la chercher à la gare — mais pourquoi donc ? — et, en les attendant sur le parking, il avait vu Lou la prendre dans ses bras à la sortie du train. Leur étreinte était-elle si différente de celle que Sarah lui avait réservée, quelques minutes plus tard ? Il n'en avait pas eu l'impression.

« Pourquoi ne m'as-tu pas écrit ? » avait-elle voulu savoir sur le chemin du retour.

Ils étaient assis sur la banquette avant du break, et Sarah lui avait donné un coup de coude dans les côtes en posant la question.

« Tu ne m'as pas écrit non plus, lui avait-il fait remarquer.

— Pas vrai. Toutes mes lettres portaient l'adresse Chez Ikey, donc tu en faisais partie. Tout le monde m'a répondu. Même l'oncle Dec, sur une carte postale d'un goût douteux. D'abord tu arrives avec quatre ans de retard, ensuite tu n'écris pas. Tu vas être un ami indigne, c'est ça ?

— On verra bien.

— Paraît que tu t'es acheté une moto ?

— Pas vraiment. Dec me prête la sienne.

— Alors à qui je demande une promenade, à Dec ou à toi ?

— Demande à ton petit ami. »

Elle avait donné un coup de coude à Lucy aussi.

« Il peut m'emmener en balade, Bobby, sur la moto d'oncle Dec ? »

Dis non, avait pensé Noonan.

« Bien sûr, avait dit Lou. Pourquoi pas ? »

Noonan aurait pu lui expliquer. Aurait dû.

* * *

Si l'on n'a rencontré quelqu'un qu'une fois, que donc on ne le connaît pas, comment pourrait-il nous manquer ? Pourtant le retour de Sarah n'inspirait pas autre chose à Noonan — comme si, l'été durant, elle lui avait manqué sans qu'il s'en rende compte. Ce soir-là, allongé dans son lit, il avait repensé à leur étreinte dans le parking. Jamais une fille de son âge ne s'était comportée ainsi avec lui, et il ne savait pas quoi penser. À dix-sept ans, elles étaient pour la plupart conscientes de leur corps, avec des mouvements parfois étudiés. Sarah l'avait pris dans ses bras comme une grande sœur, sans craindre qu'il l'interprète mal. Avait-elle pour lui l'affection d'une grande sœur ? Ni plus ni moins ? Noonan n'arrivait pas à trancher — était-ce un geste plein d'assurance ou en était-il totalement dénué ? Sarah ne se rendait-elle pas compte qu'elle était attirante ? Ou lui faisait-elle confiance, en sa qualité d'ami de Lucy ? Une erreur, dans ce cas.

Ce fatras d'incertitudes était troublant. Noonan devinait presque toujours les désirs des demoiselles. Lorsqu'elles craquaient pour lui, ça se voyait comme le nez au milieu de la figure. Elles pouvaient bien jouer les saintes-nitouches, il comprenait quand même. C'était comme une aura. Rien de tel avec Sarah. Elle se félicitait qu'ils soient amis et n'en faisait pas mystère. Cela aurait dû clarifier les choses, mais non, bien au contraire. Cette affection sans détour pouvait-elle être la cause du trouble qu'il ressentait ? Possible. En général, les filles qu'il séduisait ne l'aimaient en fait pas. Elles ne s'en doutaient pas au début, ce qui n'était pas mal, et elles l'oubliaient ensuite, ce qui était aussi bien. Alors, était-ce *parce que* Sarah l'aimait bien que tout était compliqué ?

Une autre explication se présentait, plus affligeante encore. Et s'il s'agissait moins des sentiments de Sarah que de ceux de Noonan ? Tessa Lynch — qu'elle aille au diable ! — l'avait mis en garde : il s'intéresserait à elle dès qu'il la connaîtrait mieux. Était-il tombé amoureux ? Il avait conquis beaucoup de filles sans jamais s'en éprendre. Alors non. Tout simplement, il ne craquerait pas pour Sarah Berg. Maintenant qu'il avait pris sa décision, cela ne devrait pas être difficile. Elle n'était peut-être plus cette ado maigre et anguleuse qui était partie en juin, mais ce n'était pas non plus une beauté renversante. En outre, c'était la copine de Lucy. Voilà. Terminé.

Cependant la rentrée approchait, ce dont il se réjouissait, et peut-être suivraient-ils quelques cours ensemble ? Sans doute pas. Ses notes à l'école militaire ne lui permettraient pas d'être avec les bons. Quand, en revenant de la gare, Sarah lui avait conseillé de s'inscrire dans la classe de son père plutôt que dans celle de Mme Summers, il avait feint de s'en désintéresser — pour ne pas admettre, justement, qu'il n'avait pas le niveau. Avec un peu de chance, Sarah serait à la traîne dans une matière ou une autre, et elle serait avec lui chez les moyens. Il pouvait aussi choisir l'option arts graphiques. Ça serait une nouveauté — bien sûr, il n'y avait aucune matière artistique chez les soldats. C'était aussi difficile que ça, de crayonner ? Il avait souvent regardé le dessin de Sarah, cet été, et il s'était demandé s'il ne l'avait pas happé malgré lui dans l'Univers Lynch.

Aurait-il tant aimé cette boutique s'il ne l'avait pas vue avec les yeux de Sarah ? Voilà une idée plaisante : amener les gens à voir les choses comme soi sans qu'ils s'en rendent compte. *Ça*, ce truc-là, ça valait la peine d'être étudié.

UN RÊVE DE POISSON

Mme Summers, le professeur principal de Noonan, lui avait jeté un regard sombre par-dessus ses doubles foyers. Sa bouche était une ligne horizontale. Avait-il suffi qu'il réponde présent à l'appel pour qu'elle le déteste aussitôt ?

« Venez me voir à l'interclasse », l'avait-elle prié, en suscitant un ricanement mauvais de Perry Kozlowski.

Dix minutes après la rentrée, Marconi avait déjà des ennuis. Ce bon vieux Bobby. Voilà ce qu'il insinuait.

« On vous a changé de classe, avait-elle informé Noonan pendant que les autres sortaient. Vous allez chez M. Berg. »

Elle avait en main ce qui devait être son nouvel emploi du temps.

« Ah bon ? » avait-il dit, étonné, avant de penser : Sarah.

Il avait espéré la retrouver en cours et elle aussi, sûrement. Enfin un signal clair.

« Je comprends que vous soyez surpris », avait dit Mme Summers. Elle était contrariée, mais ne semblait pas lui en vouloir. « Les cours d'anglais renforcé sont en principe réservés aux élèves brillants.

— Forcément, avait répondu Noonan, en se rendant compte qu'elle l'insultait et qu'elle pourrait aussi bien s'excuser.

— Cet homme pense que le règlement ne le concerne pas, avait-elle lâché, brusquement rouge comme une pivoine.

— Bon, avait dit Noonan, tendant la main vers son nouvel emploi du temps, puis la retirant puisqu'elle restait vide.

— Ça ne suffit pas que je doive expliquer tout l'été aux mères juives d'Hudson Street que leurs enfants n'iront pas en anglais renforcé, pendant qu'il se cache chez lui à écrire son roman idiot », avait-elle continué en serrant le document sur son ample poitrine.

Évidemment, Noonan n'avait pas d'autre raison de rester et, si elle le lui donnait déjà, elle n'aurait plus personne à qui parler.

« Si...

— Ça ne lui suffit pas de se réserver les bons élèves, comme si nous autres ne lui arrivions pas à la cheville. Ça ne lui suffit pas de...

— Euh... je vais arriver en retard ? » avait tenté Noonan, craignant que ces insuffisances soient encore fort nombreuses.

Mme Summers lui avait remis son papier à contrecœur.

« Je vous ai quand même à l'œil, monsieur », avait-elle conclu.

Rayonnant, Lucy l'attendait dehors dans le couloir.

« T'es chez Berg ? »

Hochant la tête, Noonan avait honte que son ami se réjouisse pour lui. N'importe qui d'autre aurait ressenti une pointe de jalousie, nourri quelque inquiétude à l'idée que sa petite amie tire ainsi les ficelles. Enfin, cet abruti ne comprenait pas pourquoi Sarah avait fait ça ?

« Tu as quoi, maintenant ? avait demandé Lucy.

— Algèbre, et toi ?

— Géométrie. Bon, ben on se retrouve après ?

— Fais gaffe. Paraît qu'il est vraiment spécial. »

Dans deux heures, donc, Noonan verrait Sarah. Il repensait à son dessin, et s'autorisait soudain une autre interprétation, plus profonde, plus subtile. Ce n'était plus l'Univers Lynch qui s'ouvrait à lui, mais le cœur de la belle.

Deux heures plus tard, il était obligé de conclure que Mme Summers avait eu raison. Il n'était *pas* un des bons élèves du lycée. Comment avait-il pu imaginer que Sarah voudrait avoir son père comme professeur ? Certes, elle était intelligente, travailleuse, mais de là à se taper le paternel en cours... Bien sûr qu'il ne pouvait pas sélectionner sa propre fille. Qu'avait-il dans la tête, cet abruti de Noonan ? En revanche, Sarah avait cours avec Mme Summers, qui venait de se débarrasser de lui. À propos de signaux clairs.

Le jugement de Mme Summers était fondé à d'autres égards. Les meilleurs éléments des classes de terminale semblaient avoir été exclus *exprès* du séminaire de M. Berg sur le Rêve américain — décrit comme une « expérimentation sociale » dont les objectifs ne seraient révélés qu'à la fin de l'année. Lucy, lui, répondait sans doute à certains critères, s'était dit Noonan. Il avait de bonnes notes et lisait beaucoup, quoique surtout de la littérature âge tendre. Et il était horriblement conformiste. C'était une chose d'avoir étudié chez les sœurs, c'en était une autre de les avoir *écoutées*.

Mais que faisait *Nan Beverly* dans le tas ? Son vieux avait-il arrangé le coup ? Possible. Nan était mignonne, mais il y avait quelque chose d'inadapté chez elle. Naïveté ? Immaturité ? Noonan se posait la question. Elle était bien fichue, il ne fallait pas chercher de ce côté-là. Alors quoi ? Elle était sortie avec tous les fils de bonne famille, reprenant les mêmes à l'occasion et, selon la rumeur, aucun n'était arrivé à ses fins. C'était peut-être davantage leur problème que celui de Nan, d'ailleurs. Les filles de riches faisaient souvent peur aux garçons de rang inférieur, ce qui pour elle incluait pratiquement tout le monde.

Noonan arrivait à cette conclusion lorsqu'elle avait jeté un coup d'œil vers lui. Leurs regards s'étaient croisés, et Nan s'était aussitôt retournée, indifférente. Une indifférence feinte, car il émanait d'elle tout à fait autre chose. Si elle recommençait avant la fin du cours, là il serait certain. Il l'était déjà. Nan serait une excellente diversion, et c'est ce dont il avait besoin puisque c'était fichu avec Sarah.

Immature ou pas, Nan était la plus jolie créature du lycée. S'attendait-elle à ce qu'il manque de cran, comme les autres avant lui ? Elle ferait mieux de ne pas le croire, car il en avait.

Mais de tous les élèves de cette classe, celui dont la présence était la plus inattendue était Perry Kozlowski. Ce sinistre individu était moins bête qu'inquiétant, et il était ravi de sa réputation de butor. D'après Noonan, ces dispositions n'étaient peut-être pas étrangères à l'acné qui le défigurait, un jardin luxuriant à ce moment-là. C'était rangée de boutons après rangée de boutons, qui se disputaient furieusement leurs millimètres carrés de peau en lui forant les joues. Selon Lucy, le meurtre qu'il avait failli commettre sur la personne de Troisième l'avait brièvement assagi. Contre toute attente, les habitants de Thomaston s'étaient retournés contre les Kozlowski pendant les semaines et les mois qui avaient suivi. Pour lui éviter d'être montré du doigt, les parents de Perry l'avaient envoyé en colonie de vacances chez les catholiques. M. Kozlowski s'était d'abord prononcé contre une mesure aussi radicale. On n'allait pas accoucher une montagne de la souris Mock. Mais le prêtre de la paroisse, toujours à fouiner, celui-là, avait dit à la mère que Perry avait commis un péché mortel en frappant le petit Noir et, pauvre andouille qu'elle était, elle l'avait cru.

« Il a qu'à la payer lui-même, sa colo ! » s'était exclamé le père Kozlowski en voyant le prix.

C'était bien les curés, ça. Ils arrivaient avec l'absolution qu'on vous facturait à l'ordre de l'église. « Tu paries qu'il touche une commission ? »

À la grande surprise des parents — toujours selon Lucy —, Perry s'y était bien plu, dans cette colo. Les frères lui avaient fait comprendre la gravité de son acte, mais aussi qu'il avait eu de la chance de ne pas s'en prendre à un Blanc, car là, ce n'est pas chez les curés qu'il filait. Au bout de six courtes semaines, Kozlowski était revenu à Thomaston blanchi, bronzé, et il pensait avoir la vocation. Les frères étaient de solides gaillards couperosés, avec un penchant pour les matches agressifs de basket, de préférence à midi, en plein soleil. Ils puisaient dans le vocabulaire sportif pour expliquer les mystères de la foi et l'intérêt d'une bonne moralité. Ils aimaient bien boire, aussi, et ils auraient dragué les filles si on le leur avait permis. Bref, ils étaient l'antithèse de tous les prêtres, tantouzes et mauviettes, que Perry avait jusque-là rencontrés. Jacob était son préféré car il était comme lui costaud et court sur pattes. De plus, son visage anguleux de cinquantenaire portait les cicatrices d'une acné juvénile. Mais Perry appréciait surtout sa psychologie, cette façon de reconnaître que les choses, pour certaines, étaient ce qu'elles sont, et qu'on n'y pouvait rien changer. Frère Jacob répétait souvent cette maxime : « Comme ça que ça marche : c'est d'abord ton fric, ensuite ton froc. » En revenant fin août, tout souvenir de Troisième oublié, Perry ne savait parler que de son frère Jake et, aujourd'hui encore, des années plus tard, il ne ratait pas une occasion de rappeler à qui voulait l'entendre cet aspect des réalités : « Dans la vie, on donne sa bourse, et ensuite la chemise si on n'a rien d'autre. »

Au fil du temps, cependant, il allait renoncer à entrer dans les ordres — en découvrant au lycée que le foot était aussi intéressant que la religion, avec des attributs communs, la discipline, l'uniforme, le zèle. Il avait aimé le basket violent des frères, mais le football, il adorait. Les règles étaient claires là-dessus : on pouvait être aussi brutal qu'on voulait, et en sortir glorifié. Au lieu de vous regarder comme un criminel, on vous applaudissait. « Putain, bien joué, Koz ! » s'exclamait-on dans les tribunes. Si le joueur adverse vous engueulait, on lui tapait dessus jusqu'à ce qu'il arrête. Ensuite on devenait copains ou coéquipiers. Rien à voir avec Troisième, auprès de qui Perry s'était excusé. « Sans rancune », lui avait-il dit exactement. Le gamin avait braqué sur lui un regard incrédule. Eh oui, pourquoi s'abaisser devant un nègre qui se cherchait des ennuis tout seul ?

Mais *Perry Kozlowski* chez M. Berg ?

Et puis il y avait Noonan lui-même, qui n'avait pas une réputation de non-violent non plus, et qui venait de passer trois ans chez les militaires. Noonan, dont la mère essayait de s'enfuir chaque fois qu'elle tombait enceinte, et dont le père s'affichait avec une autre femme. Que penseraient ses camarades en le trouvant parmi eux ? Il imaginait Nan Beverly demandant à ses parents au dîner : « Vous ne devinerez jamais qui ils ont admis en anglais renforcé. Robert Marconi. Sans blague. » En soi, c'était peut-être une raison suffisante pour tenir bon.

Tout l'été, Lucy avait parlé de M. Berg mais, même sans cela, Noonan aurait su au premier coup d'œil que le prof était tordu. Il était arrivé blanc comme un linge, comme s'il avait évité le soleil et bu du lait depuis le mois de juin. Il avait ajouté des trous à sa ceinture, avec un poinçon, et pourtant son pantalon menaçait de lui tomber en accordéon sur les chevilles. Il avait sous le bras une serviette rectangulaire, au cuir éraflé, et Noonan devait comprendre pourquoi en le voyant la poser sur son bureau : la poignée était cassée. Il n'avait pas les moyens d'acheter un nouveau cartable ou de faire réparer le sien ?

À ce que Noonan avait appris, Troisième consacrait tout son temps à M. Berg. Comme toujours muet et les yeux vides, il se glissait à l'instant derrière lui. L'attachement du professeur pour ce garçon faisait l'objet de discussions interminables. Ayant fini par convenir qu'il s'était bien agi d'une tragédie, la plupart des gens avaient été déconcertés lorsqu'il était sorti du coma au bout de six mois, passés en grande partie dans une maison de soins de Schenectady. Tant qu'il dormait paisiblement dans une autre ville, on pouvait éprouver un sentiment de culpabilité, mais c'était tout autre chose de le voir à présent, comme un reproche ambulant, traîner dans les rues de Thomaston. Quand M. Berg l'avait pris sous son aile, lui confiant de petits travaux et l'inscrivant à un cours d'enseignement technique, le soir, beaucoup y avaient vu un aveu de responsabilité. Cela n'aurait pas été infondé. S'il n'avait pas encouragé sa fille à aller au cinéma avec un garçon de couleur, le malheureux incident n'aurait pas eu lieu. D'autres — parmi lesquels Mme Lynch — avaient une interprétation bien différente. Loin de se sentir coupable, M. Berg prenait un plaisir pervers à exhiber Troisième, et s'amusait des réactions des gens. Pour lui, la ville entière était responsable de ces violences. Le petit Kozlowski avait sans doute joué des poings, mais il l'avait fait avec l'accord implicite de tous, sous les yeux de la moitié de Thomaston. Et, en guise de bénédiction, aucune plainte n'avait été enregistrée. Selon M. Berg, la plus élémentaire justice voulait que la victime soit exposée à ses bourreaux. La rumeur voulait même que l'agression de Troisième tienne un rôle essentiel dans son roman.

Une question revenait souvent aux lèvres de Noonan : ça lui faisait quel effet, à ce garçon, d'incarner les sarcasmes d'un tiers ? S'il avait une opinion là-dessus, ou sur tout autre sujet, Troisième ne l'exprimait pas. On n'avait pas procédé aux examens utiles, cependant son élocution et sa gestuelle, ralenties, semblaient indiquer que le cerveau était atteint — quoique, avec les nègres, on ne puisse jamais savoir. Il arrivait à faire ce qu'on lui indiquait, s'acquittait sans problème de tâches simples, et il paraissait assez doué pour la mécanique, un domaine dans lequel, précisément, M. Berg perdait vite patience. Certains étaient convaincus que le gamin traînait chez lui pour Sarah mais, à ce que disait Lucy, il ne faisait pas attention à elle, ne la regardait même pas. Non, si Troisième était attaché à quelqu'un, c'était au père.

Pour l'instant, il arrivait avec un petit électrophone, qu'il mettait en marche pendant que le professeur écrivait un poème — du moins Noonan le supposait-il — sur le tableau noir à roulettes.

Il s'est relevé sur son lit de mort
En demandant du poisson.
Sa femme a cherché le numéro dans son livre des rêves
Et elle l'a joué.

M. Berg était-il l'auteur de ces vers ? S'il l'était, les connaissait-il par cœur ou venait-il de les inventer ? Noonan aimait bien, mais ça ne signifiait pas grand-chose. Pourquoi un homme à moitié mort voudrait-il du poisson ? Quel numéro, dans quel livre, pourquoi cette femme devait-elle le jouer ? Comme une chanson au piano ? Il ne manquerait pas un mot, par hasard ? Sentant le regard de Lucy sur lui, Noonan s'était retourné. Lucy se marrait : *Vraiment bizarre, non ?* Noonan avait levé un sourcil. *Ouaip, vraiment bizarre.*

Les autres étudiaient également le poème avec des expressions diverses — de l'embarras à l'affolement. Leurs pensées ne différant pas beaucoup des siennes, Noonan n'avait guère de mal à les deviner. Était-il trop tard pour renoncer et repartir chez Mme Summers ? Elle était d'un ennui mortel, mais au moins saine d'esprit selon les normes locales. Elle restait de toute façon son professeur principal, et cela lui vaudrait peut-être de rentrer dans ses bonnes grâces. Mais il faudrait expliquer ça à Sarah, et ça serait difficile.

Reculant d'un pas, M. Berg examinait ce qu'il venait d'écrire, puis il avait tracé le mot *Espoir* à grandes lettres sur le tableau, avec une telle force que la craie s'était brisée dans ses doigts. Était-ce le titre du poème ? Quel rapport avec l'espoir ? Troisième, qui avait fini d'installer l'électrophone, venait de poser le bras du pick-up sur son support et attendait les ordres.

« Asseyez-vous », lui avait dit M. Berg.

Le garçon était parti vers le fond de la salle.

« Non, ici, devant, avait insisté le professeur. On n'est pas dans un bus à Birmingham, monsieur Mock. Ça se voit, il n'est pas jaune et on n'a pas bougé. »

Cela devait être une plaisanterie, avait pensé Noonan, car M. Berg souriait. Il avait une bouche mince, et deux petites rangées de dents pointues — du même jaune que l'intérieur de son col — et des aisselles d'une chemisette ni tout à fait blanche, ni tout à fait grise. C'était *ça*, le père de Sarah ? Noonan l'avait dévisagé à la recherche d'une quelconque ressemblance. Rencontrer les parents d'une fille, c'était voler un aperçu de l'avenir. Si, en regardant Sarah, il voyait son père, ou vice versa, cela suffirait à rompre le charme — à condition de savoir ce que c'était, ce charme, et il ne le savait toujours pas.

Comme suggéré, Troisième avait pris place près de la porte. S'attendant sans doute à le voir repartir une fois l'électrophone branché, Perry Kozlowski avait jeté un regard mauvais dans sa direction.

« Monsieur Berg ? » avait-il dit, sans quitter Gabriel des yeux.

Le professeur fouillait dans la pile de disques qu'il avait apportés. Il en avait sorti un de sa pochette et il l'avait placé sur l'axe. Le plateau s'était mis à tourner, le disque était tombé dessus et le bras s'était lentement posé sur le vinyle. Un vinyle passablement usé, et le crachotement était épouvantable. Un problème auquel M. Berg croyait remédier en montant le volume. Tout le monde grimaçait pendant que lui, les pieds campés au sol, claquait des doigts en mesure, souriait de ses dents jaunes et hochait la tête. Était-ce une autre plaisanterie ? Personne ne semblait savoir.

« Monsieur Berg ? » avait répété Perry, qui regardait toujours Gabriel.

Noonan pensait que la question concernait celui-ci, mais il se trompait.

« Pourquoi on fait cours *ici* ? » demandait en fait Perry.

En lisant leurs emplois du temps, ils avaient tous pensé que le choix de cette salle était une erreur. Mais le secrétariat les avait informés que, en effet, M. Berg avait insisté pour les réunir dans ce grenier poussiéreux, confiné, sans fenêtres, plutôt que dans les pièces confortables, lumineuses et bien aérées, généralement attribuées aux bonnes classes. Mystère.

M. Berg faisait un sourire aigre à Kozlowski.

« Quelle réponse vous convient le mieux ? lui avait-il demandé.

— Quelle réponse ? avait répété Perry, en étudiant les autres autour de lui pour voir s'ils comprenaient quelque chose.

— Vous avez l'habitude, dans les autres cours, qu'on vous donne *une* réponse, qui le plus souvent tient du mensonge. Ici, vous en aurez deux ou plus, selon le type de question. Vous chercherez où est la vérité et, la plupart du temps, vous ne la trouverez pas.

— Vous allez nous mentir ?

— Je pourrais vous dire, par exemple, que j'ai préféré cet endroit pour écouter du jazz assez fort sans déranger personne. Ce qui serait vrai, mais ne serait pas toute la vérité, rien que la vérité, je le jure !... »

Fouillant dans la poche de sa veste, il en avait ressorti un paquet de cigarettes froissé et un briquet en argent terni.

« ... Il se pourrait aussi que j'aie choisi une salle loin des autres, parce que... (allumant une cigarette, il avait aspiré profondément une bouffée)... j'aime fumer. »

Nan Beverly faisait une mine dégoûtée.

« C'est interdit, avait fait remarquer Perry.

— Oui, en effet, c'est interdit, avait admis M. Berg, emplissant ses poumons une deuxième fois. Mais j'aime vraiment fumer, pas vous ?

— Si je me fais prendre avec une cigarette, je suis exclu de l'équipe de foot.

— Vous avez peur que je vous dénonce ?

— C'est votre rôle. Vous êtes le professeur. Et si ce n'est pas vous, ça sera quelqu'un d'autre.

— Qui va cafarder, alors ? M. Mock, peut-être ? »

Perry avait sursauté. Gabriel paraissait avoir reconnu son nom, mais la conversation le laissait indifférent.

« C'que je sais, moi ? avait dit Perry en haussant les épaules. Ou Marconi, peut-être ?

— Vous vous méfiez de M. Marconi ?

— J'ai dit peut-être, je sais pas. »

Berg s'était tourné vers Noonan.

« Vous aimez fumer, *vous*, monsieur Marconi ?

— Oui », avait répondu Noonan, dont les fréquentes infractions au règlement — pour tabagisme entre autres — lui avaient valu des ennuis chez ces messieurs de l'armée.

Cela, il ne voyait pas l'intérêt de le rapporter. Il avait également été consigné pour des querelles alcoolisées dans les bars du bourg à côté, où, une fois de plus, il s'était cassé le poignet. Pas utile de raconter ça non plus.

« Tenez, servez-vous, lui avait dit Berg en lui lançant le paquet.

— Il fait partie de l'équipe ! » avait dit Perry.

S'étonnant lui-même, Noonan avait pris une cigarette et l'avait allumée avec le briquet que M. Berg lui tendait. Il sentait le regard stupéfait de Lucy braqué sur lui.

« Voilà, avait dit Berg, de nouveau à Perry. Il ne faut plus vous soucier de M. Marconi. Il ne vous trahira pas sans se trahir lui-même.

— Il n'y a pas que Marconi. »

M. Berg s'était penché pour parler d'une voix basse, faussement confidentielle.

« Ah. Mlle Beverly alors, par exemple ? »

Nan avait sursauté.

« Non, pas elle, avait aussitôt objecté Perry.

— Et pourquoi ?

— Elle le ferait pas.

— Parce qu'elle est blonde ? »

Perry avait tordu la bouche.

« Quoi ?

— Elle est très blonde, quand même.

— Et alors ?

— Et alors la blondeur s'oppose à la noirceur. De l'âme. Et ce sont les âmes noires qui ont… les mains sales, non ? »

Perry cherchait un allié autour de lui.

« Qu'est-ce que c'est que cette histoire ?

— Ou croyez-vous qu'elle vous aime sans l'avouer ? »

C'était maintenant Nan qui avait le nez plissé.

« Non. »

M. Berg hochait la tête.

« Vous avez sans doute raison. »

Voyant Perry se rembrunir, le prof avait ajouté :

« De vous méfier, je veux dire. Les gens sont souvent mal intentionnés, vous ne trouvez pas ?

— Sans doute.

— Je ne vous cacherai pas que, moi, je ne suis pas rassuré… » avait continué le professeur.

Vu le ton qu'il employait, Noonan n'arrivait pas à le prendre au sérieux, contrairement à la plupart de ses camarades. C'était un jeu, et l'arbitre était fou. Il n'y avait plus qu'à se détendre et s'amuser.

« … On pourrait me licencier parce que j'ai donné une cigarette à M. Marconi. On pourrait l'exclure de l'équipe parce qu'il l'a fumée. Comme vous l'avez justement remarqué, c'est non seulement interdit, mais dangereux. Pourtant j'adore fumer, et je vois que M. Marconi aussi. Nous sommes drôlement contents, lui et moi, que le proviseur ne risque pas de venir traîner par ici, et c'est peut-être une autre des raisons pour lesquelles j'ai choisi cette salle. Pour échapper aux regards indiscrets et aux médisances. Je sous-entends par là — cela vous intéressera peut-être, mademoiselle Beverly — que si personne ne nous dénonce, M. Marconi et moi violerons peut-être à nouveau le règlement. Cette éventualité vous fait-elle peur ?

— Quelles infractions ? avait demandé Nan, inquiète.

— Vous êtes sûr que vous ne voulez pas une cigarette, monsieur Kozlowski ? »

De toute évidence, Perry en aurait bien grillé une. Partagé entre l'envie et la haine, il observait Noonan. Et celui-ci de déployer ses membres avec un grand sourire, en crachant langoureusement la fumée sur le côté.

« Je regrette bien que vous ne fumiez pas, poursuivait M. Berg. Je craindrais moins de perdre mon emploi. Et de voir M. Marconi exclu de l'équipe. L'un et l'autre seraient fort ennuyeux. »

Noonan était certain que Berg s'en fichait comme de sa première chaussette — c'est ça qu'il fallait comprendre, et cela échappait totalement à Perry.

« Je ferais mieux pas », avait lâché ce dernier d'un air sombre.

M. Berg avait haussé les épaules.

« Évidemment, les cigarettes sont peut-être hors de cause. Si je vous ai regroupés ici, allez savoir, c'est moins pour *faire* des choses que pour en *dire*. Des choses que nous n'aimerions pas avouer là-bas. »

Il prenait toujours Nan pour confidente.

« … des choses peut-être pas pour toutes les oreilles.

— Comme quoi ?

— Comme : Dieu n'existe pas… Oups ! a fait M. Berg, en posant une main sur sa bouche. Je n'aurais pas dû dire ça. Ouh ! Si on m'entend, je risque la porte. Comme pour les cigarettes.

— Vous dites que Dieu n'existe pas ? avait répété Perry.

— Non, ça m'a échappé. C'était une idée comme ça. Mais c'est quand même mieux d'être ici, non ? Parce que ce n'est pas le genre de trucs qui font plaisir au proviseur. Je crois qu'il va à la même église que Mlle Beverly et, lors des réunions de professeurs, il parle de Dieu comme s'il discutait avec lui tous les jours. Donc je sais que ces idées-là lui déplaisent. Mais si nous étions dans une salle à proximité de son bureau, il nous entendrait. Vous avez déjà remarqué comme il fouine partout ? Comme il aime bien traîner dans les couloirs et écouter ce qui se passe ?

— Il peut faire ça devant notre salle, avait rétorqué Kozlowski.

— Oui, mais il est gras et fainéant. Il ne viendrait pas jusqu'ici. Et d'ailleurs on s'en rendrait compte. Il est gros et marche à pas lourds. Oups ! je ne devrais pas dire ça non plus. C'est quand même notre proviseur. Mais si j'affirme qu'il est gras et fainéant, c'est simplement parce que c'est vrai. Ça n'est pas de la médisance, vous êtes bien d'accord ?

— Oui, avait osé répondre Noonan.

— Oui, avait répété M. Berg. M. Marconi est d'accord. Je m'y attendais. Mais j'avais une question à vous poser, mademoiselle Beverly. Au sujet de notre pays. Les gens disent que c'est un grand, même le plus grand pays du monde. Êtes-vous de cet avis ?

— Oui ? avait-elle répondu, cherchant à son tour des alliés autour d'elle.

— Pourquoi ? »

Elle avait réfléchi un instant.

« Parce qu'on y est libre ? Parce qu'on peut y faire ce qu'on veut ?

— Ce sont des affirmations ou encore des questions ?

— Des affirmations ? »

Soupir de M. Berg.

« À votre intonation, j'aurais cru que vous émettiez des réserves. Mais peut-être à la fin du semestre serez-vous capable d'utiliser des phrases assertives. Vous pensez que c'est possible ?

— Oui ?

— Marconi en doute, avait dit M. Berg, car Noonan n'arrivait plus à retenir un éclat de rire. Êtes-vous un agnostique en règle générale, monsieur Marconi, ou seulement en ce qui concerne Mlle Beverly ?

— En règle générale, avait lentement répondu Noonan, pour donner du poids à sa réponse.

— Y a-t-il d'autres agnostiques parmi nous, ou Marconi est-il le seul de cette chapelle ? »

Silence.

« Et vous, mademoiselle Beverly ? »

Nan avait à nouveau sursauté. On l'avait déjà interrogée une fois, et elle ne s'attendait pas à se retrouver en ligne de mire.

« Je ne sais pas ?

— Qu'est-ce que vous ne savez pas ?

— Ce qu'est un agnostique, avait-elle dit, mal assurée.

— Je ne vous comprends pas, mademoiselle Beverly. Quand vous connaissez la réponse, on a l'impression d'entendre une question, mais quand vous en avez une — qu'est-ce qu'un agnostique ? —, vous ne la posez pas. Peut-être n'avez-vous pas envie de savoir ce que c'est ? Ou craignez-vous de ne pas aimer la réponse ?

— Mais qu'est-ce que vous avez après elle ? avait dit Kozlowski.

— Ah, voilà une question bien posée », avait répliqué M. Berg, comme si Perry ne se proposait que de l'aider.

Puis il avait marqué un temps avant de se tourner vers lui.

« Quelle réponse vous convient le mieux ?

— Je ne... »

Le professeur en revenait déjà à Nan.

« Un incrédule, mademoiselle Beverly. Un sceptique. Un agnostique est quelqu'un qui doute, qui remet les choses en question et, particulièrement, l'autorité. »

Pour illustrer son propos, il indiquait Noonan, au cas où les autres auraient oublié à qui on faisait allusion.

« M. Marconi prétend en être un, et je le crois. Mais vous ? Vous le trouvez convaincant, ou vous pensez que c'est de la frime ? »

Il baissait de nouveau la voix en se penchant vers elle, comme s'ils étaient seuls tous les deux. Nan avait reculé sur son siège, pendant que le reste de la classe faisait l'inverse.

« Ça existe, les frimeurs, non ? Les gens qui font semblant d'être ce qu'ils ne sont pas ?

— Je ne… »

Il en avait fini avec elle.

« Qu'est-ce que le contraire d'un agnostique, monsieur Lynch ? »

Jetant un coup d'œil vers son ami, Noonan avait craint de le voir paralysé sous le projecteur. Lucy ne l'était pas, ce qui l'avait soulagé.

« Un croyant ?

— Encore une réponse qui prend la forme d'une question. Mlle Beverly et vous devriez vous marier et avoir des enfants. »

Ce qui avait fait rougir Lucy comme une écrevisse.

« Alors, monsieur Lynch, poursuivait M. Berg, êtes-vous sceptique ou croyant ?

— Je pense être un peu des deux, avait dit Lucy.

— Une équivoque, sûrement », avait répondu M. Berg, en posant sur Nan un regard insistant.

Elle avait eu besoin d'un petit moment pour comprendre où il voulait en venir.

« Qu'est-ce qu'une équivoque ? » avait-elle finalement demandé.

M. Berg avait applaudi.

« Bravo, mademoiselle. Je retire tout ce que j'ai dit à votre sujet. Sauf pour les cheveux, parce que vous êtes vraiment blonde.

— C'que ça peut faire ? avait râlé Perry.

— Quelle réponse vous convient le mieux ?

— Pourquoi vous me demandez ça tout le temps ?

— Parce que je n'ai pas encore reçu de réponse satisfaisante. Ni insatisfaisante, d'ailleurs. Nous avons un trimestre devant nous, cependant. Je ne suis pas rebuté par nos maigres progrès, et j'espère que vous n'êtes pas découragés non plus. Monsieur Lynch, maintenant.

— Oui.

— Pourquoi pensez-vous être un peu des deux ?

— Parce que j'apprends ?

— Pas mauvais, comme réponse, monsieur Lynch, même si vous employez le mode interrogatif. Mais je ne le crois pas. Voulez-vous savoir pourquoi ? Oui ? *Excellent.* Je m'en doutais. Vous apprenez, comme vous dites, mais en fait pas grand-chose. Je veux dire que vous apprenez moins vite qu'à l'âge de, voyons, deux ou trois ans. Parce que c'est là qu'on apprend le plus. Lorsqu'on arrive à seize ou dix-sept ans, nos convictions, nos caractères sont pratiquement formés. Nous ne cherchons plus que des preuves pour renforcer nos conclusions hâtives, en ce qui concerne le monde et la place que nous y tenons. Nous aimons l'*idée* du changement, mais nous savons que c'est une illusion. Nous espérons faire de nouvelles expériences, mais nous avons peur, parce que la prochaine véritable expérience n'est autre que la mort, et il est peu probable qu'elle nous apprenne quelque chose. Si ? Cette petite unité de valeur marque la fin de notre instruction. En revanche, elle détient la réponse à la question de savoir s'il vaut mieux croire ou douter, ce qui me ramène à notre point de départ, mademoiselle Beverly. Vous avez tant de choses en commun avec M. Lynch — au plan du caractère, bien sûr — que je me demande si vous verriez une autre explication à ce qu'il soit pour moitié croyant, et pour l'autre agnostique ?

— C'que ça peut faire ? avait dit Perry, en pensant déclencher les rires, ce en quoi il se trompait.

— Quelle réponse te va le mieux ? » lui avait décoché Noonan qui, faussement songeur, tirait une dernière bouffée de sa cigarette.

Et les rires de fuser, cette fois.

Ravi que Noonan se prenne au jeu, Berg s'était tourné vers lui.

« Vous êtes copain avec M. Lynch, non ?

— Ouais, avait fait Noonan, hochant la tête.

— Je sens comme une hésitation dans votre réponse. Qu'est-ce qui vous fait douter ?

— Vous, avait dit Noonan, suscitant d'autres rires.

— Moi ? Dieu du ciel. Je vous mets mal à l'aise ?

— Tout le monde est mal à l'aise. On ne sait pas quoi répondre.

— Oh, fadaises. D'accord, je dérange un peu Mlle Beverly. Elle n'est pas habituée aux confrontations. Mais vous, monsieur Marconi ? Allons, on raconte pas des charres à un baratineur. »

Hoquet général dans la salle.

« J'ai dit qu'on était copains. Je sais quand même qui sont mes copains.

— Je vous crois, mais voici la question, mademoiselle Beverly. N'ayez crainte, je veux simplement avoir votre avis. Selon vous, qui comprend le mieux M. Lynch ? M. Lynch lui-même ou son bon copain Marconi ? »

Noonan rêvait-il ou M. Berg insistait-il bizarrement sur le « bon », mettant en doute la réalité de la chose ?

Nouvelle interruption de Perry :

« Pourquoi vous interrogez toujours les trois mêmes ? »

Tel un chef d'orchestre, M. Berg avait levé les bras, et la classe avait répondu en chœur avec Noonan :

« Quelle réponse vous convient le mieux ? »

Perry avait des flammes qui lui sortaient des oreilles.

« Bobby », avait répondu Nan, croisant le regard de celui-ci.

Ah, s'était-il dit. Elle mûrit.

« Vous avez peut-être raison, mademoiselle Beverly. Comme vous, je pense qu'il ne faut pas sous-estimer M. Marconi. Pas né de la dernière pluie, notre Marconi.

— Vous avez toujours des chouchous, monsieur Berg ? »

C'était encore Perry.

« J'aimerais vous dire que non, mais ça serait mentir, n'est-ce pas ? Nous avons tous nos chouchous. Je suis exactement comme vous, de ce point de vue. Il y a des gens que j'aime et d'autres pas. Par exemple, vous n'aimez pas M. Marconi. Je me trompe ? »

Il attendait en souriant, et Noonan devinait la suite.

Alors, Lucy a donné un coup de coude à Perry en chuchotant :

« Quelle réponse tu préfères ?

— Ah, monsieur Lynch, vous êtes des nôtres ! s'exclamait le professeur, qui s'était de nouveau adressé à Noonan. Mais permettez-moi d'insister, monsieur Marconi. Dites-nous pourquoi votre ami est à moitié sceptique et à moitié croyant. »

Noonan avait haussé les épaules.

« Parce que son père est croyant et que sa mère est sceptique. »

Soupir théâtral du maître.

« Ah. Ce qu'on appelle un mariage mixte. C'est vrai ce que prétend votre ami, monsieur Lynch ? »

Lucy avait admis que oui.

« Et en quoi votre père croit-il exactement ?

— En l'Amérique, avait dit Lucy. En notre ville. Notre famille. Il croit qu'au fond les gens sont gentils.

— Votre maman n'est pas franchement d'accord ?

— Non, c'est qu'elle…

— … n'est pas d'accord, oui, je comprends. Elle pense qu'au fond les gens sont mal intentionnés, comme Mlle Beverly et moi en étions convenus tout à l'heure. J'espère qu'on ne vous ennuie pas, monsieur Kozlowski ? avait continué Berg en remarquant Perry qui boudait sur sa chaise. Parce que nous allons bientôt en venir au thème de ce séminaire, et je serais fâché que vous perdiez déjà tout intérêt pour celui-ci. En ce qui me concerne, je suis très, très enthousiaste. »

* * *

Ce soir-là, Noonan était encore tout ébaubi. Après l'entraînement, il était passé chez Ikey, où Lucy était à la caisse. Il leur avait suffi d'un regard pour éclater de rire. Ils avaient tenté de se reprendre quand Dec était descendu, mais en vain.

« Ça ricane comme les filles, ici, avait-il dit, la tête dans l'armoire à viande, tandis qu'il se servait deux côtelettes de porc et une barquette de salade pour le dîner. Qu'est-ce qui vous arrive encore ?

— Quelle réponse vous convient le mieux ? » avaient-ils répondu à l'unisson, avant de repartir dans un fou rire, pendant que l'oncle les observait d'un air furieux.

Gênés, ils avaient fini par s'arrêter.

« Dis-moi une chose, avait demandé Dec à Noonan. Et me raconte pas de blagues. On a la moindre chance contre Mohawk, samedi ? »

C'était tentant de lui refaire le coup de M. Berg, mais Dec n'avait pas envie de plaisanter. C'était un parieur qui voulait un tuyau.

« Difficile à dire, avait reconnu Noonan.

— Ben oui. Si c'était facile, pourquoi je *te* poserais la question ?

— Je ne pense pas qu'on soit meilleurs qu'eux. Seulement, ils seront chez eux.

— Chez eux ? s'était exclamé Dec, moqueur. Quinze kilomètres plus haut, au bord du même ruisseau. À un quart d'heure de bus, et encore, quand tous les feux sont au rouge. On a carrément les mêmes gènes, eux et nous. Mohawk serait plus près encore, ça ferait un match de consanguins. Une partie de becs-de-lièvre. Vous êtes tous en bonne forme ? C'est ça que je veux savoir.

— Perry Kozlowski s'est fait un peu secouer à l'entraînement, tout à l'heure. »

C'était vrai mais, pour citer M. Berg, ce n'était pas toute la vérité ni rien que la vérité. C'était plutôt la réponse qui arrangeait Noonan, puisqu'il avait lui-même tamponné Perry, casque contre casque, sur la ligne des cinquante mètres. Après quoi, Kozlowski était resté sonné, désorienté. Noonan avait reçu une passe et profité d'un trou dans la défense adverse pour échapper aux tacles. S'il avait poursuivi à gauche, il aurait pu atteindre la zone de but, mais il avait baissé la tête et foncé dans Perry, à la grande surprise de celui-ci. Perry était capitaine de l'équipe et défenseur du milieu. Noonan en avait eu des fourmillements dans les doigts et dans les orteils pendant une heure. L'entraîneur l'avait pris à part après le match : « Qu'est-ce qui se passe avec Koz ? » Incertain, Noonan avait haussé les épaules. Certes, il aurait bien aimé clouer Perry au sol et lui éclater ses boutons les uns après les autres. Curieusement, il avait pensé à son père au moment du choc — un choc attendu et jouissif —, comme si, brusquement, il le haïssait moins. Était-ce un sentiment si précieux, la haine, qu'on ne pouvait en faire des réserves ?

« Parfait, avait grommelé Dec. C'est le seul gars de l'équipe qui assure en défense. Va falloir que je me déguise et que j'aille voir à Mohawk comment ils s'entraînent. »

Avant de remonter chez lui, il avait prélevé une bière dans l'armoire réfrigérante, et la porte avait claqué doucement derrière lui. Noonan s'était demandé si, après Buddy Nurt, c'était vraiment un progrès d'avoir Dec à l'étage. N'avaient-ils pas remplacé une lente hémorragie par une autre ? À ce que disait Lucy, l'oncle était dispensé de loyer et se servait constamment à l'épicerie. D'un autre côté, on lui donnait juste un peu plus d'argent qu'il n'avait besoin d'en dépenser le week-end dans les bars. Et c'était au noir, ce qui lui permettait de toucher le chômage.

« Alors, avait dit Lucy, tu continues avec Berg ou tu repars chez Summers ?

— Berg, avait répondu Noonan sans hésiter. Il est peut-être un peu givré, mais au moins on ne s'ennuie pas. »

Ce cours avait été jubilatoire. Ils avaient étudié le poème au tableau noir. Patiemment, M. Berg leur avait dévoilé le sens des quatre vers, et c'était comme une fleur qui s'ouvrait devant eux. Tout cela ne signifiait rien, avait-on dit, il devait manquer quelque chose, c'était écrit de travers. À la surprise générale, M. Berg avait affirmé que non, c'était parfait. Mais peut-être ses élèves étaient-ils bouchés ?

« OK, l'avait défié Perry, dites-nous ce que ça veut dire, alors. »

Souriant, le professeur avait répondu par une autre question :

« C'est quoi, le livre des rêves ? »

Ils s'étaient observés les uns les autres.

« ... Personne ne sait ce que c'est, le livre des rêves ? »

De toute évidence, non, personne ne savait. Étonné, Noonan avait entendu une voix :

« C'est comme un dictionnaire, pour chercher un mot. »

Tout le monde avait oublié Troisième. Il n'y avait pas de ventriloque dans la pièce, c'est bien lui qui avait parlé. Immobile au premier rang, il braquait un regard vide devant lui. On l'aurait jugé imperméable au monde extérieur.

« Merci, monsieur Mock, avait dit Berg, pas du tout étonné, lui. Mais voulez-vous aller plus loin ? Quel mot va-t-on y chercher, alors ?

— Le rêve.

— Donc si je rêve d'un poisson, je peux le trouver dans ce livre ? »

Troisième avait hoché la tête.

Berg s'était tourné vers les autres.

« Intéressant. Comment se fait-il que M. Mock comprenne ce qu'est le livre des rêves, et pas vous ? Comment expliquer cela ?

— Facile, avait répondu Perry. Vous lui avez dit avant le cours, pour qu'on ait l'air idiots.

— Ah. Le bon vieux principe des-gens-mal-intentionnés. Monsieur Mock, vous ai-je dit ce qu'était le livre des rêves avant le cours ? »

Imperceptiblement, Gabriel avait fait signe que non. Tous les yeux étaient rivés sur lui.

« Le croyez-vous, monsieur Kozlowski ?

— Non.

— Et vous, monsieur Lynch ? »

Lucy hésitait.

« Monsieur Marconi ?

— Oui », avait dit Noonan.

C'était vrai pour une part, mais il voulait surtout ne pas être du même avis que Perry.

« Notre agnostique maison le croit, s'était esclaffé M. Berg, s'intéressant de nouveau à Nan. C'est bizarre ce qui se passe parfois, hein ? Des agnostiques qui croient. Des incrédules qui hésitent…

— Quelle importance ? trépignait Kozlowski. Tout le monde sait ce que c'est, un poisson. Pourquoi regarder dans un livre ?

— Monsieur Mock ?

— Dans le livre des rêves, il y a le numéro », avait poursuivi Gabriel, et Noonan avait eu l'impression d'une porte qui s'ouvrait au fond de lui, sur d'invisibles gonds, pour laisser entrer l'air.

Il avait jeté un coup d'œil vers Lucy, qui était dans le même état.

Pas Perry :

« Et ça sert à quoi, ce numéro ?

— À jouer, avait dit Lucy, essoufflé, comme affaibli par cette soudaine prise de conscience. On peut parier son rêve. »

Souriant, M. Berg avait découvert ses petites dents, et la cloche avait sonné. Comme s'il l'avait programmée, elle aussi.

« Il veut essayer de se faire virer », avait avancé Tessa Lynch.

Quelques minutes après le départ de Dec, elle était arrivée avec deux grands baquets de salades. Un coup d'œil à Noonan, et elle lui avait servi une portion généreuse dans une barquette, avec une fourchette en plastique. Inutile de refuser par politesse, il avait toujours faim après l'entraînement.

« On ne te donne rien à manger chez toi ? lui avait-elle demandé d'un air satisfait.

— Maman essaie toujours de me garder quelque chose. »

C'était vrai, mais ses petits frères avaient l'appétit d'une portée de chiots et, s'il rentrait trop tard, ils avaient grignoté ce que sa mère avait mis de côté. L'odeur des côtelettes que Dec faisait griller chez lui flottait dans l'escalier — ç'aurait pas été mal avec les salades —, et on entendait la télévision, puisqu'il regardait le match.

« Pourquoi voudrait-il se faire virer ? avait relevé Noonan.

— Sans réfléchir, j'ai dix bonnes raisons qui me viennent à l'esprit, avait dit Mme Lynch en examinant l'épicerie. Des fois, j'aimerais bien qu'on me vire, moi. »

Le visage de Lucy s'était assombri.

« Et parce que ça tombe sous le sens. Il a toujours eu cette ville en horreur et, quand Sarah aura terminé le lycée, il n'aura plus de raison de rester. Sarah dit qu'il est près de finir son livre.

— J'aimerais bien lire ça », avait dit Noonan en se retrouvant seul avec Lucy, qui ne semblait pas écouter.

Troublé, ce dernier regardait sa mère traverser le carrefour. Noonan savait qu'il détestait l'idée même du changement, pourtant inévitable, et c'est précisément à cela que Tessa voulait le préparer.

« Enfin, au moins un bout, avait-il ajouté, en essayant de forcer l'attention de son ami. Juste pour voir à quoi ça ressemble. »

Lucy avait relevé les yeux.

« T'as la cote, en tout cas », lui avait-il dit, sans doute un peu jaloux.

Pendant tout le cours, M. Berg avait gardé Nan et Perry dans sa ligne de mire. Ses questions, ses commentaires avaient pris une tournure plus personnelle, plus indiscrète, et Noonan se faisait la réflexion que, sous couvert d'expérimentation, cet atelier était décidément bizarre. M. Berg en savait déjà long — trop long — sur tous ses élèves. Les ouvrages au programme n'étaient qu'une façade, le vrai sujet du cours était ces quinze jeunes gens, triés sur le volet pour conduire une enquête sur le Rêve Américain. Un échantillon qui incluait aussi leurs parents et, en quelque sorte, représentait la ville. Noonan s'était rendu compte que le professeur n'avait pas fait l'appel, qu'il connaissait déjà chacun par son nom. Bien sûr, certains avaient pu être ses élèves dans d'autres classes, et il connaissait Lucy par Sarah. Mais il n'avait jamais vu Noonan auparavant, et les présentations n'avaient pas été nécessaires. Sarah avait-elle parlé de Noonan à son père ? Était-il un personnage de dernière minute dans le fameux roman ?

Ils avaient entendu Dec redescendre l'escalier. Il s'essuyait la bouche avec une serviette en papier qu'il avait roulée en boule, puis lancée sur Lucy. Celui-ci s'était baissé et l'avait ramassée pour la jeter dans la corbeille derrière le comptoir.

« C'est ces Portoricains qui m'inquiètent », avait dit Dec comme s'ils n'avaient pas changé de sujet depuis une demi-heure.

Dix ans plus tôt, une douzaine de famille portoricaines avaient débarqué à Mohawk pour travailler chez un producteur de minuscules piscines de jardin. La température dans l'usine dépassait souvent les 38 degrés, l'air à l'intérieur était comme du plastique liquide, et les gars prétendaient que ça leur rappelait le pays.

« C'est qu'ils courent vite, ces petits salauds, avait dit Dec, et s'ils percent notre défense arrière, c'est foutu.

— On n'est pas culs-de-jatte », avait répondu Noonan, surpris lui-même de défendre son équipe. Lui aussi avait appris que les jeunes Portoricains étaient vifs.

« Votre entraîneur devrait prendre quelques Noirs de la Colline. Ils *courent*, eux, du moins ceux qui n'ont pas le cerveau atteint par des coups répétés. Quoique, même dans l'état où il est, il serait capable de vous courser, Perry et toi, le petit Gabriel.

— T'as qu'à parier sur Mohawk, avait rétorqué Noonan. S'ils sont aussi bons que ça.

— Peut-être, avait dit Dec, mais dans ce cas, il faudrait que je trouve quelqu'un qui parie sur vous aussi. »

Le cours suivant était encore plus déconcertant. Le poème était toujours au tableau, et M. Berg avait repris les choses là où il les avait laissées — au moment où Lucy, stupéfait, avait découvert que l'épouse pariait le rêve de son mari.

Perry refusait toujours de mordre.

« C'est ridicule, disait-il. À quoi ça rime de parier le rêve d'un autre ? Il a des hallucinations, le type, en plus. C'est complètement barjo, cette histoire.

— Qui se souvient de David Entleman ? » avait demandé M. Berg.

Apparemment, Noonan était le seul qui en ignorait tout. La famille Entleman avait emménagé dans une maison de l'East End peu après son départ à l'école militaire. Environ un an plus tard, M. Entleman était entré un matin dans son garage, où il avait trouvé son fils David pendu à une poutre. Le lendemain, tout Thomaston avait joué à la loterie la combinaison jour-mois-année de la veille. En guise de plaisanterie, les bookmakers avaient admis que, si elle était sortie, ils auraient dû s'aligner sous la poutre à côté du gamin.

« Votre père ne parie jamais ?

— Avant, si, quand il était à la tannerie.

— Mais plus maintenant ?

— On peut pas, chez GE.

— Et pourquoi ça ?

— C'est interdit. Les bookmakers ne rentrent pas.

— Et pourquoi ?

— C'est illégal.

— Ce n'était pas illégal à la tannerie ?

— Les gens veulent parier. Ils aiment ça.

— C'est comme fumer, avait dit M. Berg, profitant de l'occasion pour allumer une cigarette (il en avait offert une à Noonan qui, cette fois, avait décliné). Donc quand on aime vraiment une chose, tout va bien, même si c'est illégal. »

Perry avait haussé les épaules.

« Et comment ils entraient dans la tannerie, les bookmakers ?

— À pied ! s'était esclaffé Perry. Ils passaient tous les jours. Tout le monde le savait. »

M. Berg s'était penché vers lui et, d'un geste du doigt, lui avait fait signe de s'approcher. Perry s'était exécuté à contrecœur.

C'était un des aspects — Noonan le comprenait — du jeu auquel ils venaient de prendre part. Comme Hamlet qui, seul sur scène, livrait au public ses pensées intimes sous forme du monologue : « Être ou ne pas être… »

« Même le père de Mlle Beverly ? » avait chuchoté le professeur, juste assez fort pour qu'on l'entende.

Perry avait brusquement reculé sur sa chaise.

« C'que je sais ?

— Aucune idée ? »

Un autre haussement d'épaules : Perry était partagé entre son attachement à une jolie fille qui ne lui avait jamais accordé un regard, et le désir de ne pas passer pour un imbécile.

« C'est son usine. »

Songeur, M. Berg avait hoché la tête.

« C'est à lui de savoir, avait-il dit, comme affligé de le reconnaître. Si je suis bien votre raisonnement ? »

Puis il avait observé Nan, dont les yeux — Noonan le voyait — étaient perlés de larmes.

« Vous voulez que je vous révèle un secret ? lui avait-il demandé d'une voix soudain enjouée — ce qui n'avait rien de rassurant. Je n'ai jamais su comment *mon* père gagnait sa vie.

— Allez… avait dit Perry, à qui la remarque n'était pas adressée.

— Sans déc ! » avait dit Berg, qui regardait toujours Nan, comme prêt à tendre le bras pour lui prendre la main.

Perry encore :

« Vous ne lui avez pas posé la question ?

— Pas mes oignons, à ce qu'il disait. Paraît que j'avais même un sacré culot de la poser. M'a dit que j'avais à manger sur la table et que le reste ne me regardait pas. M. Mock sait plus de choses sur son père que moi sur le mien. »

Il s'était tourné vers lui.

« Que fait votre papa, monsieur Mock ?

— Il repeint la clôture.

— Voyez ? M. Mock sait ce qu'il fait, son père, lui. Il repeint la clôture de Whitcombe Hall. Et quand il a fini, que fait-il ensuite, monsieur Mock ?

— Il recommence.

— Alors votre père, c'était un bandit ? avait coupé Perry — qui ne tenait pas à ce qu'on s'étende sur la famille Mock.

— Mystère ! avait répondu Berg, théâtral, en levant les bras. Nos parents sont un mystère. Le premier sur notre route, dans ce monde qui en est plein. Nous les voyons chaque jour vaquer à leurs affaires. Ils repeignent la clôture. Ensuite, ils recommencent. Mais qui sont-ils ? Pourquoi la repeignent-ils, cette clôture ? Une chose est sûre, ils ne nous le disent pas. N'est-ce pas, monsieur Lynch ? »

Pivotant sur son siège, Noonan avait remarqué l'expression étrange, distante, presque effrayée, de Lucy derrière lui — comme s'il venait de se rappeler l'interro prévue au prochain cours, pour laquelle il n'avait rien préparé. De toute évidence, il n'avait pas entendu la question.

« Eh, Lucy ? »

Lou avait écarquillé les yeux.

« Lou ? » avait dit Noonan, craignant une absence.

Cette fois, Lucy l'avait regardé.

« Monsieur Lynch, avait dit Berg, nous sommes heureux de vous revoir parmi nous. »

Regardant de gauche et de droite, Lucy s'était empourpré. La salle avait les yeux rivés sur lui.

« Nous parlons des parents, avait poursuivi M. Berg, et nous sommes impatients d'avoir votre opinion. Savez-vous qui sont vos parents ?

— Bien sûr, avait dit Lou, clignant à nouveau des paupières. C'est mes parents.

— Connaissez-vous tous leurs secrets ? Savez-vous ce qu'ils pensent ? Ce qu'ils font pendant que vous dormez ?... »

Ricanements dans la classe.

« ... ce qu'ils faisaient avant votre naissance ? »

Si Noonan ne se trompait pas, la question irritait Lucy.

« Je sais qui ils sont aujourd'hui, avait répondu Lou, avec un tressaillement des mâchoires.

— Vous savez. Excellent. Mais je me demande : à quel point ? Diriez-vous que vous les connaissez aussi bien que vous-même ?... »

Lucy ne répondant plus, M. Berg affichait son sourire jaunâtre.

« ... Et vous-même, vous connaissez-vous si bien que ça ? »

Lucy ne disait toujours rien, mais cela ne comptait plus car le prof se tournait à nouveau vers Nan.

« Voulez-vous que je vous confie un autre secret ? Je ne voudrais pas vous effrayer, mademoiselle Beverly, mais je ne me connais pas mieux que je connaissais mon père.

— Comment on peut ne pas se connaître soi-même ? » avait jeté Perry.

Faussement désespéré, M. Berg avait encore levé les bras.

« Trop de preuves. Trop d'informations, pour la plupart contradictoires. Les preuves attestent ici une chose, là mes informations impliquent le contraire. Impossible de dresser le tableau. Rien ne tient. J'aime le jazz, ça je le sais. Et j'aime fumer. Mais parfois je me dis : "Est-ce que j'aime vraiment le jazz, ou est-ce juste une idée ? Est-ce que j'aime fumer, ou est-ce surtout parce que c'est interdit ?" Et si je me réveillais demain, et que je détestais Louis Armstrong ? Je serais qui, ce jour-là ?

— Le même, avait dit Perry, exaspéré et sûr de lui. Si je me réveille demain et que j'aime bien Marconi, ça sera toujours moi.

— Peut-être un peu plus intelligent, avait ajouté Noonan, et Nan lui avait souri.

— Monsieur Berg ?... »

C'était Lucy.

« ... Je crois que j'ai besoin d'aller à l'infirmerie. »

Noonan ne pensait pas autre chose. Son ami était blanc comme un cachet d'aspirine. Il titubait en essayant de se lever et il avait dû se redresser en s'appuyant sur son bureau.

« Monsieur Marconi, peut-être pourriez-vous accompagner votre bon copain. »

Même inflexion que la veille. *Bon* copain.

Perry avait craché son venin après le cours : « Il s'amuse à nous emmerder. Qu'est-ce que tu paries que Lynch abandonne ? »

Noonan : « Pourquoi il ferait ça ?

— Ç'a toujours été une couille molle. »

Nan : « Ce n'était pas très élégant de parler d'Entleman, comme ça. »

Perry : « Et de ton père ? Il est pas bien ! Qu'est-ce qu'il a contre nos parents ? »

Noonan : « Qu'est-ce qu'il lui est arrivé, à David Entleman ? »

Nan : « C'était le meilleur copain de Lucy, non ? »

Perry : « Moi, je reste, jusqu'à ce que Marconi se fasse massacrer, lui aussi. »

Noonan : « Peut-être qu'il me fera rien. »

Mais il craignait que Kozlowski ait raison, qu'il se retrouve, lui, sur la sellette, la prochaine fois, à se tortiller sous le scalpel de M. Berg pendant que les autres se marraient. Le prof savait-il, par exemple, que la maman de Noonan avait souvent tenté de fuir le domicile conjugal ? Que, la première fois, quand son mari l'avait rattrapée, il avait cassé sa valise et répandu ses vêtements par terre ? Et cette maîtresse qui habitait Division Street ? Y ferait-il allusion si l'on parlait d'adultère, un jour ? On ne pouvait écarter cette possibilité. Dès la première semaine, les parents de Nan, de Perry et de Lucy étaient entrés en ligne de compte. M. Berg ne comprenait-il pas qu'il y avait des limites ? Avait-il oublié où elles étaient ? Le prof avait beau être intelligent, Noonan craignait qu'il les dépasse et c'était cela, plus qu'autre chose, qui rendait ce cours à la fois enthousiasmant et effrayant.

Il était passé chez Ikey dans la soirée. Lucy, qui avait retrouvé des couleurs, affirmait que ça allait mieux, qu'il avait dû manger quelque chose d'avarié au réfectoire, mais Noonan voyait bien qu'il était encore inquiet.

« Tu crois qu'il est vraiment fou ? avait dit Lucy.

— C'est possible.

— Comment c'était, après que je suis parti ?

— Il m'a donné mon sujet de recherches. À Kozlowski aussi. »

Quelques minutes avant la sonnerie, Noonan avait posé la question que tout le monde avait en tête :

« Pourquoi nous ? »

Perry ne devait attendre que ça. Espérant mettre les rieurs de son côté, il avait aussitôt lancé :

« Quelle réponse vous convient le mieux ? »

Ça n'avait pas marché.

« Pourquoi pas vous ?

— Enfin, je veux dire, avait continué Noonan, prudent, c'est un cours renforcé. C'est les meilleurs qui sont censés être là.

— Parfait, monsieur Marconi. Ça sera votre dissertation. Un essai sur le sujet “pourquoi vous”. Pourquoi vous quinze, et pas les juifs intelligents que vous auriez attendus. »

Puis, voyant Nan broncher :

« Ça ne vous embête pas que j'utilise le mot “juif”, si ?

— Ce que je veux savoir, c'est pourquoi *lui* est là, avait dit Perry, en indiquant Troisième, toujours assis devant, et qui aujourd'hui n'avait pas dit mot. Il n'est même pas au lycée. »

M. Berg avait souri.

« Ce sera *votre* sujet de recherches, monsieur Kozlowski. »

Ce soir-là, couché, Noonan avait tenté de cerner le personnage de M. Berg, en se demandant pourquoi il avait besoin de le faire. Les autres professeurs étaient simplement ce qu'ils étaient, leurs attentes étaient transparentes, et ça se résumait à pas grand-chose. Le prof d'histoire, par exemple, avait affirmé dès le premier cours qu'il avait l'intention de les faire bosser et, pour confirmer ce modeste idéal pédagogique, leur avait donné leur programme de lectures : cinq pages de bibliographie.

M. Berg était plutôt comme un dentiste avec sa petite curette, décidé à sonder chacun de ses élèves jusqu'à trouver le nerf qui l'intéressait ; pourquoi, Noonan n'en avait pas la moindre idée. À l'évidence, il voulait les faire réfléchir et, pour cela, remettre en cause leurs convictions les plus profondes. Sans doute pas par altruisme, il suffisait de penser à son sourire jaunâtre. Peut-être, comme le croyait Lucy, Noonan avait-il la cote, mais celui-ci était convaincu que ça n'était ni spontané, ni affectueux — il y avait une raison derrière. Quand M. Berg disait : « Pas né de la dernière pluie, notre Marconi », le propos était plein d'ironie.

Quelle importance ? Jusque-là, le cours avait été épatant. Berg avait ouvert les derniers pétales d'*Espoir*, délicatement, précisément, mettant le sens à nu comme, pour ainsi dire, ses élèves. S'ils avaient du mal à comprendre, avait-il dit, c'est parce que l'auteur était un Noir. Langston Hughes vivait à Harlem, dans une Amérique noire qui avait peu en commun avec l'autre, la blanche, celle de Thomaston, par exemple. Tous les Noirs de Harlem savent ce qu'est un livre des rêves, et ce n'était pas un hasard que Troisième fût le seul élève — le mot que Berg avait utilisé, alors que Gabriel n'était pas officiellement inscrit au lycée — à y comprendre quelque chose. Il n'était pas plus malin que les autres, mais il détenait la clé d'un monde dominé par la pauvreté, la superstition, la discrimination raciale, le désespoir. Une clé peu susceptible de tomber dans les mains des Blancs. Ils ne s'y intéressaient pas, personne ne les encourageait à la chercher. Leur Amérique à eux était bien sûr gouvernée par et pour le profit, ce qui passait par la domination de l'autre Amérique, la noire. Au fil des mots, Noonan s'apercevait, surpris, que ces pensées subversives étaient aussi les siennes, qu'il lui avait simplement manqué la faculté de les exprimer. C'était le cours qu'il avait toujours voulu suivre, le seul qui compterait à la fin. Alors pourquoi se méfier ? Même si Mme Lynch avait raison, que Berg voulait se faire licencier, ce n'était pas au détriment de ses élèves. Alors, autant se caler sur sa chaise et profiter du spectacle, non ?

Il allait s'endormir lorsqu'il avait entendu son père rentrer — la porte de la cuisine qui claquait, et un grommellement maussade dans le noir. Depuis son retour, Noonan couchait dans ce qu'ils appelaient le bureau, qui n'avait pas de porte. Pour lui faire de la place, on avait enlevé la grosse table à tiroirs — maintenant verrouillés — où s'asseyait le père pour payer les factures. Il y avait un canapé convertible ; et Noonan avait droit à un petit placard pour ranger ses vêtements. Ses frères dormaient deux par deux dans les chambres à l'étage. La première nuit, en juillet, il avait senti l'odeur de Marconi sur le matelas peu épais, et il avait deviné. En revenant, Noonan avait renvoyé le vieux dans la chambre des parents ; ce que sa mère avait compris avant lui. Dorénavant, son mari passerait la plupart de ses nuits dans le West End.

Au chahut maladroit qui lui parvenait de la cuisine, Noonan savait que son père avait bu. Étonné, il l'avait vu apparaître sur le seuil de la petite pièce, puis rester un moment à regarder son fils qui faisait semblant de dormir. Marconi était-il soûl au point d'avoir oublié qui était là ? Faisait-il un effort pour se rappeler ? Respirant bruyamment, il n'avait pas bougé d'une éternité, pour lâcher finalement : « Tu te goures *complètement*, mon petit gars. Tu crois détenir toutes les réponses, mais voilà, tu ne connais pas les questions. »

C'était une curieuse sensation, ces paroles dans le noir. Le plus curieux était que Noonan décelait quelque chose de M. Berg dans la voix de son père. Était-ce possible ? Tout opposait ces deux voix — l'une était sourde, rêche, l'autre aiguë et cassante. La silhouette épaisse de Marconi n'avait rien à voir avec celle, décharnée, du professeur de lettres. Où était la ressemblance ? Dans les mots eux-mêmes, s'était-il dit. En cours, Berg sous-entendait que ses élèves n'avaient pas les *bonnes* réponses parce qu'ils n'avaient pas posé les *bonnes* questions. Ils étaient arrivés en se croyant intelligents — puisqu'on les avait « choisis » — et il était là pour leur prouver le contraire. Était-ce une petite brute attardée comme Marconi, quoique d'une variété différente ?

Noonan avait souri dans l'obscurité en pensant que son père pourrait un jour tenir la place du mourant dans le poème de Hughes. Après le départ de ses fils, devenus grands, il se réveillerait un matin, brisé, fauché, malade, et demanderait du poisson. Mme Marconi chercherait dans le livre des rêves et jouerait le numéro. Peut-être même gagnerait-elle. Bon Dieu, elle le mériterait. Ça serait peut-être le dénouement : le père mort (pas de poisson), maman avec le gros lot. Sauf que ça n'était pas une très bonne interprétation. Certes, le poème s'appelait *Espoir*, mais il n'offrait au moribond ou à son épouse qu'une chance bien incertaine — et l'ignorance qui permettait d'y croire.

Noonan pensait à présent à Lucy. Qui s'était sans doute retrouvé dans les vapes à cause du sujet abordé — les parents, premier grand mystère d'une vie qui en était pleine. Mais peut-être pas. Selon Nan, il avait été proche d'un gamin qui s'était suicidé. L'existence de cette relation avait étonné Noonan, et la raison lui apparaissait. En juin, lorsqu'il était venu la première fois à l'épicerie, Lucy avait déblatéré pendant des heures, pour le mettre au courant de tout ce qui s'était passé à Thomaston en son absence. Pas une fois il n'avait mentionné David Entleman. Mais c'était un sujet trop pénible pour l'aborder si vite.

Pauvre Lucy. À l'exception de Sarah, il n'avait jamais eu trop de chance dans ses relations. Y compris avec Noonan, qui avait toujours masqué son ambivalence. Peut-être qu'au fond de son cœur Lucy savait. En sursautant, Noonan s'était souvenu d'un après-midi près du vieux pont de chemin de fer. À cette époque, sa famille avait quitté le West End, et il regrettait ses copains du quartier. Parfois, au lieu de rentrer directement, ce qu'il était censé faire, il partait vers Berman Court dans l'espoir de rencontrer Jerzy et les autres. Il les avait aperçus le jour où ils avaient enfermé Lucy dans la malle, puis fait semblant de scier celle-ci. Les cris de panique l'avaient conduit jusqu'au pont, et il aurait dû obliger Jerzy à libérer Lucy sur-le-champ. Pourquoi ne l'avait-il pas fait ? Parce qu'il n'y avait pas réellement de danger. Les gamins se relayaient pour scier une poutre située un mètre cinquante au-dessus de la malle. Plus tôt cet été-là, ils avaient essayé le même truc avec Noonan, pour lui filer la pétoche. Contrairement à Lucy, il était entré dans cette malle par défi. Ils avaient attendu qu'il soit à l'intérieur pour annoncer qu'ils allaient le scier en deux. Seulement, c'était ses copains et il savait bien qu'ils n'en feraient rien. À son tour, Lucy en aurait marre de hurler, il prendrait la peine d'écouter, et il se rendrait compte lui aussi. Voilà pourquoi Noonan n'était pas intervenu. Ils allaient bientôt le libérer, disait Jerzy, le temps de rigoler un peu et, ensuite, tout le monde se quitterait en bons termes. En revenant le long de la rive, Noonan avait pensé qu'il avait eu raison, il s'en souvenait aujourd'hui. Ce serait une bonne expérience pour Lucy, qui avait peur de son ombre. Une fois sorti de là, il comprendrait qu'il n'y avait rien eu à craindre.

Mais ce n'était pas la vérité, toute la vérité, rien que la vérité. En fait, Noonan en voulait à Lucy depuis longtemps. Depuis le début. Il n'avait pas apprécié qu'on le retire de l'école primaire de Cayoga pour le mettre chez les petits cathos, qui étaient tous bizarres. Il avait encore moins apprécié que sa mère insiste pour qu'il se lie avec Lucy Lynch, le plus bizarre de tous. C'était une plaie de l'accompagner à l'école, et de revenir avec lui. Lorsqu'il se plaignait de ce Lucy que personne n'aimait, sa mère insistait : les Lynch étaient leurs voisins, c'était des gens bien, surtout Mme Lynch. Elle lui avait dit que les autres gosses se moquaient toujours de Lou, ils lui avaient donné ce surnom méchant, s'amusaient sans cesse à lui faire peur.

Par égard pour sa mère, Noonan avait fait des efforts, mais il s'était vite lassé d'être l'unique copain du voisin. Quitter Berman Court avait heureusement mis fin à cette corvée. Certes, il regrettait ce qui était arrivé au vieux pont, mais il ne voulait plus de cet ami-là. Sans doute pour la première fois, son père avait pris son parti. Quand les Lynch les avaient suivis dans l'East End, c'est Marconi qui, malgré les objections de sa femme, avait conclu que Noonan ne verrait Lucy que le samedi, lorsqu'ils jouaient au surf dans le camion à lait. Noonan avait compris que l'histoire de la malle n'avait guère arrangé les choses. Au contraire, Lucy était devenu plus misérable, malheureux et collant. Et donc, quand les Marconi avaient encore déménagé, dans le Borough cette fois, ç'avait été une seconde délivrance.

Il méditait cela dans un demi-sommeil lorsqu'il avait de nouveau entendu le vieux, cette fois à la salle de bains. Il s'était demandé s'il allait revenir avec de belles phrases comme tout à l'heure. Mais il n'y avait eu que le bruit de la chasse d'eau, la porte de la chambre parentale qui s'ouvrait et se refermait, puis un chuchotement — Mme Marconi voulait savoir si tout allait bien. Noonan avait repensé à l'aveu de M. Berg, qui prétendait ignorer le métier de son père. Troisième en savait plus sur le sien. Noonan avait le problème inverse. Son père, il ne le connaissait que trop bien.

Se rendant compte qu'il avait une fois de plus les poings serrés, il avait décidé de s'endormir en pensant à quelque chose de plaisant, Nan Beverly par exemple, qui était *vraiment* jolie, *bien* fichue et qui *lui* tomberait dans les bras un jour, même consciente de l'erreur qu'elle commettait. Ils assistaient ensemble à plusieurs cours, et elle lui avait proposé aujourd'hui de travailler ensemble. Plus tard, devant les casiers, Noonan avait surpris quelques élèves qui faisaient de lui le « nouveau » de Nan. À la frontière grise du sommeil, Nan était devenue Sarah, et une autre pensée, aussi malvenue qu'engourdie, avait surgi : que deviendrait Lucy s'il la lui piquait ? Qu'il puisse imaginer cela, même furtivement, était honteux. Il s'était tourné pour ne pas voir l'arcade qui ouvrait sur le salon, de peur d'y trouver M. Berg avec son sourire jaune et ses sous-entendus. À cet instant, Noonan avait tranché : il prendrait tout ce que le prof avait à lui apprendre, mais il le tiendrait à distance.

Alors il était tombé dans un sommeil sans rêves. À son réveil le lendemain, il n'y avait pas eu de mot à chercher dans le dictionnaire, pas de numéro à jouer.

LE PONT DES SOUPIRS

Quand j'arrive, le collège est vide, l'atelier de peinture fermé à clé. Par chance, je connais bien le gardien, Tom Shipley, que je trouve devant le placard à balais en train de reboucher une petite flasque à whiskey.

« Monsieur le maire, me dit-il en souriant comme si c'était moi qu'on prenait sur le fait. Que puis-je pour votre service ? »

Je lui explique que ma femme travaille à un tableau dans l'atelier, que je suis venu le voir, et il garde son sourire, laissant entendre qu'il n'est pas dupe, mais de toute façon il ne caftera pas. Je le suis le long du couloir avec mes chaussures trempées — elles couinent et je laisse des empreintes sur le sol brillant qu'il vient de lessiver. Tom a un grand trousseau de clés attaché à sa ceinture par une chaîne. Lorsqu'il en insère une dans la serrure, il se dresse sur la pointe des pieds en poussant avec le bassin. Le geste est vaguement obscène.

« Je ne serai pas long », lui dis-je en reconnaissant le tableau de mon épouse à l'autre bout de la salle.

À cet instant précis, j'ai le cœur serré comme un poing, exactement comme le jour où, quand on était mômes, j'ai vu son premier dessin, celui qui représentait son petit frère. J'avais été émerveillé, non seulement que Sarah ait autant de talent, que je n'en aie rien su jusqu'alors, et qu'elle me parle à cœur ouvert de ce petit frère qui n'était plus. À moi, Lucy Lynch. Quand, le lendemain, elle avait dessiné notre magasin, j'étais déjà amoureux — d'elle, de ce cadeau si intime, de la perspective qui s'annonçait : quelqu'un qui me connaîtrait et me comprendrait entièrement. En d'autres termes, j'étais encore un enfant. Cela ne m'avait pas traversé l'esprit qu'il soit si difficile de se connaître soi-même. Mais alors, que quelqu'un d'autre y arrive… « Et vous-même, vous connaissez-vous si bien que ça ? » m'avait demandé son père en terminale.

« Prenez votre temps, me dit Tom. La porte se verrouille toute seule. »

Il s'en va, je vais chercher un tabouret et je retire mes mocassins. Près du chevalet, se trouve un pupitre de musicien sur lequel Sarah a placé un guide de voyage avec de grandes illustrations. Je le retire et je lis les commentaires sous la photo dont elle s'est inspirée. De loin, on dirait un petit pont de chemin de fer, mais je m'aperçois que c'est un pont en pierre, à Venise, le pont des Soupirs qui relie le Palais des Doges, place Saint-Marc, à la prison voisine. Quand les condamnés l'empruntaient — ceux qui n'avaient ni argent ni entregent —, ils comprenaient que tout espoir était perdu. Selon la légende, on entendait leurs cris de désespoir se réverbérer sur les canaux voisins. Ça me paraît bien mélancolique. Au dîner, je demanderai à Sarah pourquoi elle a choisi ça.

Sans doute parce que je l'ai vu tout à l'heure — homme sans argent ni entregent — ou peut-être parce qu'il a perdu tout ce qu'il est possible de perdre, j'ai repensé à Gabriel Mock et au soir où Whitcombe Hall a entièrement brûlé. Cela mettait un terme à des décennies de débat sur la question de savoir s'il faudrait collecter des fonds pour le restaurer. Il était presque minuit quand les pompiers étaient arrivés devant le manoir — une coquille vide dévorée par les flammes. Fin soûl, Gabriel dansait la gigue à côté. Il poussait des cris de joie devant la clôture. Il jubilait. « C'est vous qui avez fait ça ? » lui avait demandé la police. « C'est le gamin de Johnny K., leur avait-il répondu. Si vous connaissez pas Johnny K., allez voir Johnny Junior. »

Il voulait dire Perry Kozlowski. À la grande surprise de ceux qui l'avaient connu enfant, Kozlowski était maintenant professeur dans une université d'un État de l'ouest. Il avait quitté Thomaston en même temps que sa mère, presque vingt ans auparavant, peu après le décès du chef de famille. Pour ne jamais remettre les pieds ici jusqu'à ce week-end. Gabriel le savait, puisque Perry était là, au lycée, pour prononcer le discours de remise des diplômes. Ni Sarah ni moi n'y étions allés. Nous avions appris plus tard que Kozlowski avait rendu hommage à M. Berg, qui lui aurait sauvé la vie en « l'initiant à la lecture ». Il le remerciait d'avoir transformé une vaine colère, aveugle de surcroît, en « passion de savoir ». Cette allusion voilée à ses fureurs d'antan devait être la seule référence à la rossée qu'avait prise Troisième derrière le cinéma. Les jeunes rassemblés dans l'auditorium n'avaient aucun souvenir de l'incident, mais les anciens avaient fait bloc avec Perry quand Gabriel, déjà éméché au milieu de la journée, était venu perturber la cérémonie avec ses beuglements. En voyant son passé lever vers lui un doigt accusateur, Perry avait sûrement eu des sueurs froides. Un passé inflexible, têtu, qui faisait irruption en public sous la forme d'un minuscule Noir. Koz aurait blêmi. On avait chassé Gabriel sans ménagement — des voix avaient scandé « Faites-le sortir ! » —, après quoi Kozlowski avait eu grand-peine à retrouver ses marques. Mais tout le monde avait conclu qu'il avait fait un bon discours, et il avait bien changé, cet homme-là. Possible. Je n'ai pu réprimer un sourire quand on m'a rapporté, le lendemain, que Perry avait cassé le nez du proviseur adjoint lors d'un match de basket improvisé. Un coup de coude involontaire.

J'avais beau présider le Comité pour la restauration de Whitcombe Hall, je n'avais pas jeté la pierre à Gabriel, pour autant que ce fût lui, et non la foudre, qui avait mis le feu. Je comprenais. Sincèrement. Ç'aurait été bien trop pour un seul homme — Troisième était mort depuis longtemps au Vietnam, et la cérémonie était présidée par un type qui l'avait plongé dans un coma de six mois. J'avais bien voulu qu'on invite Perry, j'avais passé l'éponge. Il n'y aurait pas eu Sarah, pourtant toujours si indulgente, et ma mère, j'aurais sans doute même assisté à cette remise de diplômes. J'étais curieux, je l'admets, de voir quel genre d'homme il était devenu. Peut-être s'était-il amélioré, pensait Sarah, incapable cependant de lui pardonner. De tous, ma mère était la plus scandalisée par ce retour en fanfare. C'est elle qui avait insisté pour qu'on paie la caution afin de libérer Gabriel, car bien sûr la police l'avait arrêté.

Pauvre Gabriel. Il avait vomi dans sa cellule pendant la nuit, et il avait recommencé en sortant, devant le commissariat de police. Je le revois assis sur les marches par ce matin de grand soleil, en train de regarder ce qu'il avait fait, pendant que les passants horrifiés nous évitaient soigneusement. « C'est quoi, cette ville où on vit, Junior, tu peux me le dire ? » À traduire par : *pour qu'elle reçoive avec tous les honneurs le type qui a mutilé mon fils ?* Les « rechutes » de Gabriel avaient souvent pour cause cette question sans réponse. « C'est quoi, ce pays où on vit ? », m'avait-il dit vingt ans plus tôt, quand on lui avait annoncé le décès de Troisième. « Où on prend un gamin pour l'envoyer crever à l'autre bout du monde. Un gamin qu'a même plus la parole. Qui dit jamais rien à personne. Ils lui demandent s'il veut aller là-bas tuer les gens et, comme il dit rien, ils le mettent dans l'avion. » L'autre question qu'il pose souvent, à l'instar de ma mère, est évidemment celle-ci : « C'est quoi, ces gens qui restent là à regarder un môme se faire taper dessus à mort ? »

C'est quoi, cette ville ? C'est quoi, ce pays ? C'est quoi, ces gens ? Mon père aurait été avec nous, ce jour-là devant le commissariat, peut-être se serait-il souvenu de ses convictions profondes — nous vivions dans une bonne ville, nous habitions un bon pays, nous étions de bonnes gens. Mais je n'avais pas de mots et Gabriel me savait gré, apparemment, que les choses n'aient pas plus de sens pour moi que pour lui.

J'ai un pied dans ce passé odieux, un autre dans le tableau de ma femme, quand je me sens la proie d'une terrible confusion, suivie par une espèce de flou. C'est pourtant familier. J'ai l'impression que le temps vient de ralentir. Je me rends enfin compte que c'est le début d'une absence, qu'elle et moi jouons au chat et à la souris depuis ce matin, peut-être même depuis plusieurs jours. J'aurais dû être plus vigilant quand Owen m'a demandé si ce n'était pas ça, puis quand je me suis retrouvé immergé jusqu'aux chevilles dans le Cayoga sans même me rappeler avoir glissé. Comme d'habitude, je sais que je suis « en train de partir », mais cela ne me sert à rien. C'est comme prendre conscience qu'on dort, qu'on rêve, sans pour autant réussir à se réveiller. Au milieu d'une absence, je suis souvent paisible, serein. Je n'ignore pas que ma vie est « ailleurs », que je devrais y retourner, mais cet « ailleurs » est si loin et je suis tellement, tellement fatigué. En outre, ça n'est pas si mal où je suis. C'était vrai déjà dans la malle.

J'entends enfin Sarah qui m'appelle. À contrecœur, je me tourne vers sa voix, car je ne veux rien lui refuser et, brusquement, je me rappelle ce que j'ai caché dans le tiroir de mon bureau, et j'ai honte, honte, honte…

« Lou, me dit ma femme. C'est moi, je suis là. »

Où ? aimerais-je lui demander, mais ce n'est pas le son que je produis. M'attendant à la voir entrer, je regarde vers la porte, et je vois le visage de mon oncle encadré par la petite fenêtre rectangulaire. C'est absurde. Dec n'habite plus Thomaston depuis des années. Je cligne des yeux, et m'aperçois que ce n'est pas Dec mais Jose Ocariz, le prof d'histoire au collège. Il ne ressemble pas du tout à Dec, mais il a la même expression que lui, la première fois qu'il a assisté à une de mes crises : « C'est complètement chié, Bub. »

« C'est complètement chié, Bub », dis-je, ou quelque chose dans le genre, si toutefois j'ai vraiment parlé. Je me retourne vers le tableau de Sarah, puisqu'elle doit s'y trouver et que je devrais la rejoindre. Ce que je fais. Il fait noir dans le pont des Soupirs, je suis seul et je marche prudemment sur les pavés glissants. J'entends Sarah m'appeler à nouveau, mais sa voix provient de bien plus loin. J'essaie de résoudre ce paradoxe. Si j'avance vers elle, si elle est à l'intérieur, pourquoi sa voix recule-t-elle ? Je continue, pourtant la voix est à chaque fois plus lointaine. Dois-je rebrousser chemin, revenir dans l'atelier et attendre les ordres ? Non, me dis-je. J'aime ma femme. Sincèrement. Mais je repense à la lettre et j'ai trop honte pour lui faire face. J'ai pris la bonne direction. Je ne saurais dire pourquoi, mais c'est sûr. Je vais traverser le pont des Soupirs, et je comprends maintenant que Sarah ne sera pas là pour m'accueillir. Ça sera le noir complet à l'autre bout, et je n'ai pas peur. Ma nouvelle vie m'attend là-bas.

Je suis au milieu du pont quand j'aperçois un homme penché au-dessus de la balustrade. Il regarde une eau rouge couler en dessous. Je le reconnais, bien sûr, et j'ai encore plus honte. J'essaie de passer sans me faire remarquer, mais :

« C'est toi, Louie ? »

Je me rapproche et je reste auprès de mon père.

« Tu avais promis, me dit-il au bout d'un moment et, bien sûr, aussi vieille soit-elle, je sais de quelle promesse il parle. Tu m'avais promis de jamais faire ça », poursuit-il, inutilement.

De ne jamais m'envoler aussi loin, voilà ce qu'il veut dire. Je lui avais promis, il y a si longtemps, alors qu'il me faisait faire le tour du Borough dans le camion à lait, et voilà que je me renie.

« Mais tu n'es plus là, lui dis-je. Tu es mort. »

Rien ne me lie plus à cette promesse, puisqu'il est parti ?

« Tu l'as toujours tenue », fait-il tristement, comme s'il ne comprenait pas ce qui m'arrive maintenant.

J'aimerais lui répondre que non, qu'il se trompe, que j'ai souvent fait ce qu'il ne fallait pas. Que j'ai manqué à mes devoirs, de fils, de père, et plus encore de mari, mais bien sûr jamais il ne me croirait. Il n'aurait même pas cru que je donnais des cigarettes à Karen.

« C'est que je préférerais rester ici avec toi, c'est tout, lui dis-je avec ma voix de gamin geignard, en comptant sur son indulgence, comme tant de fois lorsqu'il était là.

— Toi aussi, tu me manques. C'est pas ça. C'est seulement que… »

J'attends qu'il finisse sa phrase, qu'il me livre ses pensées, mais il se baisse pour saisir ma main.

« Allez, Lou, me dit ma femme, d'une voix soudain très proche. Ouvre les yeux. »

J'ai fermé les yeux ? Je n'en ai pas l'impression mais, quand je les rouvre, ma Sarah est là, agenouillée près du tabouret. C'est elle, pas mon père, qui me serre la main. Je l'ai littéralement « sous la main », une expression qui prend un nouveau sens, magique. Et je balbutie sûrement quelque chose — peut-être voudrais-je expliquer que je suis entré dans son tableau, sans doute le plus beau qu'elle ait réalisé, car je sens des mots dans ma gorge, comme du gravier.

TOUS CHEZ SUNDRY

Sarah était assez fière d'avoir bien accepté la séparation de ses parents. Elle n'avait pas pleuré, pas boudé, ne leur en avait pas voulu. C'était après tout deux personnes résolues qui avaient pris leur décision. Elle-même n'était pas quelqu'un de très résolu, elle ne savait pas si leur rupture était une bonne ou une mauvaise chose, mais elle n'avait pas tardé à comprendre qu'on ne modifiait pas le cours d'événements inévitables. Être adulte, disait-on, c'est supporter ce qu'on ne peut changer. Peu d'adultes, cependant, y arrivaient. Pas plus ses parents que les autres. À douze ans, Sarah avait appris à faire la part du feu, à trouver en elle-même un minimum de réconfort quand il fallait. Mais, si elle était le plus souvent heureuse ou, à défaut, raisonnablement satisfaite, elle se demandait si elle ne s'était pas résignée trop vite. Et si en réalité les concessions ne vous apportaient que l'habitude des concessions ?

Ce qui restait de ce mariage n'était tout de même pas rien. Leur bonheur individuel comptait apparemment plus que le sien, mais son père et sa mère ne l'oubliaient pas. Elle partageait son temps inégalement entre eux — à Thomaston avec lui pendant l'année scolaire, à Long Island avec elle tous les étés. On ne lui avait pas soumis cet arrangement, mais ça marchait aussi bien que ce qu'elle aurait pu proposer. Elle s'y était adaptée en arrivant au collège.

Ses voyages paraissaient naturels, familiers au moins. La seule vraie difficulté résidait dans la transition, dans le passage de relais au milieu du mois de juin puis, dans l'autre sens, le premier week-end de septembre.

M. et Mme Berg n'auraient pu mener des existences plus différentes. Par nature et culture, le père était un ascète, et la vie avec lui étriquée, prévisible. C'était après l'école comme pendant : d'un coup d'œil à l'horloge, on savait où on était et ce qu'on était censé faire. Dix heures, cours de chimie ; onze heures, permanence ; midi, déjeuner. À la maison, ils faisaient la cuisine à tour de rôle, c'était toujours la même douzaine de recettes, et ils dînaient à six heures précises. Le vendredi, ils allaient à la pizzeria. Le samedi matin, au supermarché.

Chez sa mère, inutile de chercher la moindre organisation. On partait faire les courses quand il n'y avait plus rien, et Mme Berg achetait selon l'humeur du jour. Si les fruits et légumes avaient l'air bons, elle en remplissait son chariot, et la plus grande partie finirait à la poubelle dans la semaine lorsqu'ils seraient gâtés. Mais les courses l'ennuyaient : « Ça suffira pour aujourd'hui », disait-elle en filant à la caisse, et il manquait toujours les produits indispensables, lait ou papier-toilette. C'était toujours l'improvisation. La minuscule cuisine était pleine de livres de recettes que Mme Berg compulsait pendant une heure, tels des recueils de poèmes, avant d'appeler le traiteur chinois pour faire livrer quelque chose. « Quoi ? disait-elle quand sa fille suggérait qu'un minimum d'ordre et de préparation ne leur ferait pas de mal. Tu veux que tout soit réglé comme du papier à musique, comme chez ton père ? » Un *peu* de rigueur, pensait Sarah, serait pourtant bienvenu. Quand il faisait très chaud, sa mère revenait tôt de l'atelier et emportait un shaker plein de Martini et de glaçons sur le toit, où elle s'allongeait nue au soleil, ce qui faisait parfois dévier les petits avions de tourisme. Quand Sarah retrouvait le monde maternel après des mois de vie ascétique, elle avait comme le vertige, et recommencer l'opération à l'envers, une fois l'automne revenu, n'était pas plus facile. Elle s'efforçait de ne pas penser aux contradictions qu'il lui faudrait un jour résoudre — d'ordre génétique peut-être —, sans quoi elle courrait vers la folie.

L'immeuble s'appelait The Sundry Arms et, par dessein ou quelque heureux hasard, rassemblait une foule d'hommes récemment divorcés. « Ils sont tous chez Sundry[1] », aimait à plaisanter Mme Berg. En réalité, son propriétaire s'appelait Harold Sundry. Un peu plus petit que la moyenne, Harold avait surtout une très grosse tête qui lui donnait l'air d'un nain. Il avait une jambe plus courte que l'autre, et une drôle de démarche, chaloupée, boitillante. En le regardant, on ne savait jamais vraiment où il allait avant qu'il y arrive — en général, quelque part aux Sundry Arms. Sarah ne l'avait jamais vu quitter la propriété. Il semblait passer chaque minute de son temps à préparer un logement, récemment vidé, pour le prochain locataire. Lui-même habitait un très grand appartement, sur la rue, qui lui servait aussi de bureau. Chaque année au mois de juin, Sarah s'étonnait que, excepté sa mère, il n'y ait plus personne de l'année précédente. Où s'en allaient-ils tous ? Apparemment partout et n'importe où. Quelques-uns, soumis, rampants, s'en retournaient chez des épouses à jamais affligées, et des enfants qui ne leur feraient plus confiance. D'autres louaient quelque chose à New York — avec une nouvelle compagne, pour les mieux lotis. D'autres emménageaient aux Sundry Gardens, propriété d'Elaine, l'ex-femme d'Harold, qu'elle gérait de son côté. Le jugement de divorce lui avait attribué cette partie du lotissement, et elle habitait aussi un très grand appartement sur la rue, en face de celui de son ex. « Je t'emmerde, Elaine », entendait-on souvent, par les soirées chaudes, quand le calme revenait, Harold pensant qu'Elaine gardait sa fenêtre ouverte.

Selon la mère de Sarah, les deux bâtiments devaient leur existence à cette institution illusoire qu'est le mariage. Un sujet sur lequel, depuis l'échec du sien, elle pouvait discourir des heures. Sa langue s'était curieusement déliée lorsqu'elle s'était séparée de son mari. Quand elle était

1. *All and sundry* est une expression qui veut dire « tout le monde ».

encore avec lui, elle l'observait bien souvent d'un air incrédule. Elle ouvrait la bouche pour dire quelque chose, ou des tas de « quelque chose », mais elle la refermait en voyant sa fille. Maintenant, elle n'arrêtait plus. Comme si elle avait gardé en mémoire une parole contenue pendant des années, et que le barrage avait cédé sous la pression. C'était un déluge, une hémorragie de mots et d'idées, des traités entiers sur à peu près tous les sujets, au premier rang desquels, bien sûr, le mariage.

Lequel reposait, expliquait-elle, sur deux illusions, uniques en leur genre. La première, parfaitement ridicule, supposait que les gens sachent ce qu'ils veulent. Ce que rien n'avait jamais prouvé, mais ils semblaient se plaire à le croire, aveuglés qu'ils étaient par l'amour, le désir et l'espoir — seul ce dernier ayant vocation à durer. Bâtie sur les sables mouvants de la première, la deuxième illusion était aussi séduisante et plus idiote encore : les gens croyaient vouloir demain ce dont ils avaient envie aujourd'hui. Mme Berg classait ça dans la catégorie « fiascos de l'imagination », qui, étant la plus vaste de l'histoire des catégories, était sûrement l'œuvre de Dieu. Les êtres humains, forcément, incarnaient les limites de la Création. « Jette un coup d'œil aux Sundry Arms, aimait-elle répéter, et dis-moi que Dieu a voulu cette merde. » S'il fallait vraiment garder un sacrement, le divorce faisait un meilleur choix que le mariage. Il impliquait qu'au moins une personne et sans doute les deux avaient recouvré leurs esprits, avaient mieux regardé leur époux, mais aussi l'institution qui avait encouragé des comportements aussi irrationnels. Avec les idées claires, enfin, ces gens-là embrassaient joyeusement leur liberté, généralement par le biais de l'adultère, après quoi on avait rapidement besoin des deux Sundry, Arms et Gardens.

Des deux ensembles résidentiels, les Sundry Gardens, propriété d'Elaine, était le plus agréable. Plus récent, plus grand, il se composait de trois et de quatre pièces loués vides. Les messieurs qui emménageaient là avaient été assez intelligents pour prévoir à temps ce qui leur tomberait dessus, et se ménager une porte de sortie. Ils avaient engagé des avocats (quand ils ne l'étaient pas eux-mêmes), déposé de l'argent sur des comptes dont leurs épouses ignoraient l'existence, estimé ce dont ils ne pourraient se passer quand l'inévitable se produirait, mis à l'abri ce qu'ils pouvaient emporter, remplacé ce qu'ils ne pouvaient pas. Ce qu'ils arrivaient à récupérer tenait en général dans un petit camion de déménagement qu'ils chargeaient et déchargeaient en un après-midi avec un ou deux vieux copains. Mais d'autres, abasourdis, traumatisés, s'installaient dans un deux pièces aux Sundry Arms, à peine munis d'une valise ou deux qu'ils avaient dû remplir sous les ordres d'une dame dont la fureur était le seul cadeau de départ. Pourtant quelque chose chez eux avait la sympathie de Mme Berg. « Tiens, en voilà encore un, disait-elle en apercevant le bonhomme hagard dans la cour, qui, essayant de suivre la démarche erratique d'Harold Sundry, partait à droite alors que celui-ci revenait vers la gauche. Il sait plus s'il doit bouffer de la merde, chasser le lapin ou hurler à la lune. » La plupart ne paraissaient pas avoir assez d'énergie, d'esprit ou d'imagination pour commettre un adultère mais, s'ils étaient là, il fallait croire que si. Pendant des semaines, ils allaient ressembler à des scarabées couchés sur le dos, expliquait-elle. Leurs petites pattes s'obstinaient à brasser l'air, cherchant en vain une prise, et ils ne comprenaient pas qu'ils avaient besoin de quelqu'un pour les remettre du bon côté. Alors seulement ils détaleraient.

Sarah préférait ne pas se demander pourquoi sa mère préférait ces hommes-là à ceux des Sundry Gardens, plus malins et beaucoup plus indépendants. Il y avait peut-être le fait qu'ils arrivaient sans la jeune femme qui avait brisé leur mariage, alors que ceux des Sundry Gardens ne restaient pas seuls très longtemps. Quoi qu'il en soit, Mme Berg se faisait un devoir de consoler ses nouveaux voisins. Même si leur séjour devait être de courte durée, ce n'était pas une raison pour se morfondre, leur conseillait-elle. La plupart avaient l'air de lui en être reconnaissants. Lorsqu'ils repartaient — un, deux ou six mois plus tard —, c'était à la mère de Sarah, et non au monsieur en face, qu'ils léguaient ce qui ne rentrait pas dans leurs deux valises : la bouteille de Drambuie à moitié pleine, la poêle

Tefal comme neuve, la petite stéréo. Grâce à leur générosité, Mme Berg renouvelait constamment ses affaires. Au bout de quelques années, elle avait saisi tout l'intérêt d'aider ces infortunés à s'équiper rapidement, le jour venant forcément où leurs acquisitions atterriraient chez elle. Alors pourquoi ne pas viser le haut de gamme ?

Harold lui aussi aimait bien Mme Berg — une affection également profitable. Il y avait pas mal de casse aux Sundry Arms. Les résidents croyaient avoir trouvé un havre, qu'ils imaginaient temporaire, car leurs femmes, évidemment, reviendraient à la raison. Lorsqu'ils découvraient qu'ils se trompaient, et gravement, le mobilier avait tendance à voler. Quand un locataire s'en allait, et qu'Harold était obligé de remplacer une lampe ou une chaise, il mettait la nouvelle chez Sarah, et celle de Sarah dans l'appartement libéré. « Ouah ! s'exclamaient les nouveaux arrivants, quand elle leur montrait le sien. C'est bien, chez vous ! » Ils étaient interloqués et elle le voyait. La disposition des pièces était identique, les meubles aussi, mais Harold l'avait autorisée à remplacer les doubles rideaux noirs par des stores plus sophistiqués, et à accrocher aux murs ses propres œuvres, plus colorées que les reproductions à deux sous qu'il avait choisies. Lui-même s'étonnait que ça soit si joli chez elle. « Ces hommes se laissent impressionner par rien du tout », expliquait-elle à Sarah.

Elle insistait pour que, l'été, Sarah prenne la chambre. « De toute façon, je m'endors la plupart du temps devant la télé. » C'était vrai, en partie. Sarah se réveillait parfois au son d'une discussion qui n'était pas télévisée, et elle se rendait compte qu'un léger toc-toc l'avait tirée du sommeil. Elle avait cru une fois reconnaître la voix d'Harold dans le salon ; ce n'était en général pas la sienne. À peine audibles, ces conversations ne duraient guère et, quand elle entendait la porte d'entrée se refermer ensuite, elle était sûre d'être maintenant seule dans l'appartement. Une heure ou deux plus tard, si elle ne dormait pas, elle entendait sa mère revenir. Se levant un matin à l'heure habituelle, elle n'avait vu personne dans le living. Lorsqu'elle était sortie de la douche, sa mère ronflait sur le canapé — vide encore quelques instants plus tôt. Un autre jour, debout avant l'aube pour aller garder des enfants, Sarah s'était habillée dans le noir. Elle avait soigneusement évité de toucher le canapé dans le salon, puis elle avait doucement fermé la porte derrière elle. Et elle avait renversé les deux verres, vides et propres, qu'on avait prudemment posés à l'envers sur le paillasson.

« Il sait comment c'est ici, ton père ? » s'était un jour interrogée la mère de Sarah. En réalité, il ne savait presque rien. (Ils étaient seulement séparés à l'époque, Mme Berg allait attendre des années pour engager la procédure de divorce.) « Aux Sundry ? demandait M. Berg chaque année au mois de septembre. Elle habite encore là ? » Et de conclure hâtivement, comme son ex l'avait supposé, que si elle vivait encore dans son meublé, c'est qu'elle tirait le diable par la queue. Sarah s'abstenait de répéter que sa mère passait plus de temps à l'atelier que chez elle. Qu'elle avait changé trois fois d'appartement, que le nouveau était toujours plus grand et plus clair. Évidemment, M. Berg ne savait rien des hommes des Sundry, ni des verres à Martini sur le paillasson, ni de la grosse bouteille de gin que sa mère remplaçait chaque semaine. Ni qu'elle achetait toujours le plus grand bocal d'olives au supermarché, et qu'il lui manquait sans cesse des cure-dents.

Comme pour bien des choses, Sarah était partagée au sujet de sa mère. Sa promiscuité manifeste la gênait, mais était-ce plus embarrassant que le célibat endurci de son père ? Depuis qu'il était séparé, il ne fréquentait plus personne. Sarah lui avait dit un jour que ça ne la dérangerait pas s'il avait une amie. La regardant d'un drôle d'air, il lui avait rappelé qu'il était toujours marié. La remarque aurait pu être aimable, mais elle était totalement dénuée de sentiment. Sarah le savait, il attendait le retour forcé d'une épouse à court d'argent. Mais elle ne lui manquait pas vraiment. « Être mariée à ton père, c'est le couvent », avait souvent répété Mme Berg. Aurait-il connu l'existence des messieurs des Sundry, il n'aurait même pas ressenti de jalousie sexuelle, pensait Sarah. Non, il voulait qu'elle revienne pour le plaisir dédaigneux de se dire, dans son for intérieur : « Je le savais. »

M. Berg ne buvait pas, ne courait pas après les femmes, mais il y avait *quelque chose.* Parfois, quand elle rentrait après une soirée chez Ikey avec Lou, elle le trouvait assoupi dans son fauteuil, et l'aiguille du pick-up butait sur la fin d'un disque de jazz. Une drôle d'odeur douceâtre flottait dans l'air. Ou alors elle se réveillait le matin, et retrouvait le même parfum écœurant, maintenant fétide. Elle comptait lui en parler quand elle s'était soudain souvenue de l'avoir sentie ailleurs, cette odeur. Un vendredi soir sur le parking de la pizzeria Angelo. Il y avait un Noir maigrichon, mal fagoté, qui traînait devant la porte, et qui avait hoché la tête comme s'il connaissait M. Berg. « J'ai ce qu'il te faut, frangin, à chaque fois que t'en auras besoin », avait-il dit, à personne en particulier. Un groupe de gens sortait du restaurant au moment où ils entraient, et Sarah avait cru que le type s'adressait à l'un d'eux. Une fois à l'intérieur, plus elle y avait repensé, plus elle était certaine que le type avait parlé à son père, une conclusion bizarrement renforcée par le fait qu'il n'avait prêté aucune attention à ce bonhomme. M. Berg entamait souvent la conversation avec les Noirs de Thomaston, que l'occasion s'y prête ou, à en juger par leurs réactions étonnées, pas du tout. Pourtant, ce soir-là, il avait complètement ignoré le gars, et Sarah était passée assez près pour percevoir l'odeur entêtante qui lui collait aux basques. Détenait-il une chose dont son père avait envie, voire « besoin » ? Dans ce cas, Sarah n'était pas sûre de savoir quoi. Le premier été qu'elle avait séjourné aux Sundry Arms, sa mère lui avait demandé : « Promets-moi de m'avertir si tu vois un jour une seringue quelque part chez ton père. » Effrayée à cette idée, Sarah avait promis, mais elle n'en avait jamais vu nulle part, ni dans l'armoire à pharmacie qu'elle inspectait régulièrement, ni ailleurs. Qu'aurait-elle fait, dans le cas contraire ? Si elle gardait les secrets de sa mère, l'honneur n'exigeait-il pas qu'elle en fasse autant avec son père ? Si tant est qu'il en eût ?

Ses parents étaient différents, mais Sarah adoptait la même stratégie : s'occuper, meubler ses jours. À Thomaston, elle s'était inscrite à tous les clubs parascolaires qui voulaient bien d'elle. Elle travaillait bénévolement à la bibliothèque et à la maison de retraite. De plus, il y avait maintenant Chez Ikey, sa seconde maison. À Long Island, sur le South Shore, c'était plus facile de remplir ses journées. Les estivants dont elle gardait les enfants depuis qu'elle avait douze ans débarquaient fin mai, et un grand nombre téléphonaient aussitôt à Mme Berg pour s'assurer avant tout le monde les services de sa fille. « Vraiment ? Pas avant la mi-juin ? » s'étonnaient-ils, au bord de la panique. L'idée que, d'ici là, il leur faille s'occuper eux-mêmes de leur progéniture, chaque heure de chaque journée, leur était insupportable. « Vous êtes là ! s'exclamaient-ils lorsqu'elle arrivait enfin. Vous pouvez venir mardi ? Non ? Mercredi ? Ne me dites pas que les Spencer vous ont réservée avant moi ? Comment elle a fait, Gwen, elle est venue vous chercher au train ? »

Sans rire. Désespérées, certaines mères allaient jusque-là. En apprenant quand revenait leur baby-sitter, elles faisaient semblant d'attendre leur mari à la gare. « Sarah ! s'écriaient-elles. Quelle chance de tomber sur vous ! Vous êtes libre, samedi soir ? Est-ce qu'on peut vous prendre tout l'été ? » Sarah aurait pu augmenter ses tarifs — à l'insistance, notamment, de sa mère —, mais elle préférait choisir ses employeurs, travailler pour ceux qu'elle aimait, qui avaient des enfants et non des monstres.

Une fois seulement, l'été entre les classes de seconde et de première, elle avait failli accepter de travailler plus pour gagner plus. Connaissant les talents de Sarah, une des mères lui avait proposé d'occuper l'étage au-dessus de son garage, où elle aurait pu peindre lorsqu'elle ne gardait pas les enfants. C'était tentant, parce que cette famille-là était vraiment bien, et les deux petites filles adoraient Sarah. Le mari était jeune, beau garçon, c'était un ancien athlète universitaire. Il travaillait pour une agence de pub à New York. Du lundi au jeudi, il faisait la navette avec le LIRR, laissant filles et épouse dans une maison trop grande pour elles.

Sarah aimait la façon dont il se faufilait derrière sa femme, à la cuisine, lorsqu'il se croyait hors de vue. Il la prenait dans ses bras, la soulevait en l'embrassant dans la nuque, pendant qu'elle pédalait dans le vide. La table ronde de cette cuisine était faite pour cinq, et Sarah y aurait naturellement pris place, sans gêner personne, même quand le mari revenait en week-end prolongé.

Leur maison était tout l'opposé du petit appartement maternel, où mère et fille mangeaient perchées sur de hauts tabourets, dans ce qu'elles appelaient, par euphémisme, le coin déjeuner. « *S'il te plaît*, imploraient les gamines, en tirant sur les doigts de Sarah. *S'il te plaît*, viens vivre chez nous. » « Allons, les enfants, les grondait leur maman, c'est une décision que Sarah doit prendre avec *sa* mère. » Mais elle était aussi enthousiaste que ses filles et, lorsqu'elle avait raccompagné Sarah en voiture aux Sundry Arms, elle lui avait promis qu'elle serait libre le dimanche. Il était normal qu'elle le passe en famille. Elle pourrait même prendre un week-end entier tous les quinze jours.

Sarah devait-elle parler de cette proposition ? Son instinct lui disait que non. Elle craignait de blesser sa mère. Puis elle avait réfléchi : quel mal y aurait-il ? Aucun besoin de se mettre en avant, puisque la demande venait d'un tiers. Elle verrait bien ce qui se passerait. Ça arrangerait peut-être sa mère. Elles étaient à l'étroit aux Sundry Arms, Sarah savait que sa présence était une contrainte, eu égard aux hommes. Mme Berg aussi était peintre, elle comprendrait qu'on puisse désirer un espace de travail, une pièce bien éclairée, où l'on n'était pas sans cesse obligé de ranger ses brosses et ses couleurs avant de mettre le couvert. Alors peut-être.

Au fond d'elle-même, cependant, une voix lui conseillait la prudence. Sa mère avait des sentiments mitigés pour la plupart des familles chez qui elle travaillait. Oui, ceux-là étaient sympathiques, ceux-ci avaient une belle villa, mais la médaille avait toujours un revers. Elle ne laissait pas sa fille partir chez des gens qu'elle n'avait pas rencontrés auparavant. Elle allait s'entretenir avec eux, *chez* eux, puis elle exprimait ses réserves une fois rentrée aux

Sundry Arms. Plus la maison était grande, le jardin joli, les habitants polis, plus elle était convaincue que ça clochait quelque part. Il suffirait de gratter un peu pour savoir quoi, et Mme Berg n'avait pas besoin de gratter longtemps.

« Je ne l'envie pas, cette femme, déclarait-elle après une de ces visites. Tu as vu les regards plongeants de son mari ?

— Tu aurais pu porter un soutien-gorge, répondait Sarah, ce que sa mère n'entendait pas.

— Je leur donne encore deux ans de vie commune, maximum. J'aime bien comment ils ont arrangé leur cuisine, cependant. J'en veux une comme ça avant de mourir, immense, avec le comptoir circulaire au milieu. »

Sarah en avait tout de même parlé, de cette proposition. Devant l'air dépité de sa mère, elle avait menti — elle avait déjà répondu non.

« Pour qui se prend-elle, celle-là ? » avait dit Mme Berg.

Sarah s'était sentie coupable pendant des semaines, pour la raison surtout qu'elle s'était rendu compte, après avoir refusé, qu'elle aurait beaucoup aimé s'asseoir à cette table, et faire partie de la famille. Elle ne pouvait pas deviner qu'à la fin de l'été ce couple-là serait à son tour déchiré, et leur pavillon mis en vente. Les deux petites filles, inconsolables, avaient pleuré à chaudes larmes en apprenant qu'elles retournaient à New York et qu'il fallait dire au revoir à Sarah. Selon leur mère, elles la regrettaient davantage que leur père, lequel quittait le domicile familial.

« Tu ne l'avais pas senti venir ? » avait commenté Mme Berg en apprenant la nouvelle.

Une semaine plus tard, Sarah avait vu le mari sortir des Sundry Gardens. Il n'avait pas changé, ce qui, curieusement, l'avait surprise. Un homme pouvait-il trahir femme et enfants et rester le même ? Ne voyait-on pas tout de suite qu'il était infidèle ? Sarah se trouvait idiote de l'avoir pensé, mais bon. Il avait une autre femme avec lui. Jolie, quoique pas plus que la première, celle qu'il embrassait dans la cuisine. Sarah s'était demandé s'il faisait pareil avec la nouvelle, et si *elle* se douterait jamais de ce qu'il tramerait derrière son dos. Ils avaient une petite fille avec eux, plus jeune que les deux autres. Ils l'avaient prise chacun par une main et la faisaient se balancer entre eux, en chemin vers le parking. L'ex-mari avait aperçu Sarah sur le trottoir d'en face, il avait levé le bras en souriant. Elle avait fait semblant de ne pas le voir, de ne pas l'entendre lorsqu'il l'avait appelée. Elle savait ce qu'il voulait, et *non*, elle ne ferait pas de baby-sitting pour lui.

Le mensonge, concluait-elle à contrecœur, était tout simplement inhérent à l'âge adulte. Tout le monde avait ses secrets, tout le monde mentait. Le savoir ne la perturbait pas plus que ça, sauf dans le cas de ce mari-là, qui avait l'air spécialement doué. Elle ne pensait pas être crédule, mais bien sûr les crédules ne croyaient jamais l'être et elle pouvait se tromper. Il fallait faire attention et éviter les tricheurs. L'une des choses qu'elle aimait le plus chez Lou était que, comme son père, il semblait incapable de tricher. Sarah comprenait peu à peu qu'il y a plusieurs façons de mentir. Certains mentaient aux autres, mais également, curieusement, à eux-mêmes. Ce qu'il fallait peut-être faire pour être convaincant. Ses propres parents étaient-ils ainsi ? Officiellement, si elle habitait l'été avec sa mère, c'est parce qu'elle gagnait plus d'argent comme baby-sitter à Long Island. Son père le lui rappelait chaque fois qu'il la mettait dans le train. Elle allait beaucoup lui manquer, disait-il, mais elle remplirait sa tirelire et, comme l'été dernier, ça serait ça d'économisé pour ses études. De plus, poursuivait-il, une fille a besoin de passer du temps avec sa maman. Tout cela était vrai, mais c'était quand même un mensonge. Elle ne manquerait pas à son père, du moins pas autant qu'il lui manquerait, à elle. Il ne lui faudrait pas des semaines pour s'habituer à son absence. Il ne perdrait pas des heures à imaginer la vie aux Sundry Arms. Lorsqu'il l'emmenait au mois de juin à la gare, il était impatient qu'elle s'en aille : il se dandinait d'un pied sur l'autre, il consultait l'horloge sur le quai. À peine le train parti, il se dépêchait de rentrer chez lui où une ramette de papier neuve l'attendait à côté de la machine à écrire. Voilà *pour-*

quoi il se débarrassait d'elle — pour travailler sur son livre sans être dérangé.

À la fin de l'été, c'était la même chose à l'envers. Sous le haut plafond voûté de Grand Central, Sarah avait droit à d'autres faux-semblants.

« Oh, chérie, se lamentait sa mère. C'est bien trop court, l'été. Tu viens seulement d'arriver. Tu sais pourquoi j'ai dû me séparer de ton père, quand même ? Tu sais que ce n'est pas *toi* que je voulais quitter. Tu comptes plus pour moi que ma propre vie. Dis-moi que tu me crois, chérie, parce que je ne le supporterais pas, sinon. Tu sais que si tu ne peux plus le souffrir, tu viens habiter ici, hein ? Tu n'as même pas besoin de téléphoner. Tu es assez grande, maintenant. Tu n'as qu'à prendre le train pour New York. Et, ensuite, tu connais le chemin… »

Sarah ne doutait pas que sa mère croyait tout ce qu'elle disait au moment où elle le disait, mais elle savait aussi que ses promesses ne l'engageaient pas beaucoup. Quoi qu'il arrive à Thomaston, malgré les longs mois d'hiver pendant lesquels elle lui manquait tant, jamais Sarah n'abandonnerait son père, jamais elle ne débarquerait à Long Island avec l'intention d'y rester. L'été, elle voyait sa mère parce que son père écrivait son bouquin. L'année scolaire, elle restait avec lui, parce que sa mère aimait son indépendance. Voilà ce que les parents avaient négocié. Tout avenant au contrat le serait également, entre eux, après quoi on informerait Sarah, et c'est tout.

Cependant, sa mère avait visiblement plus de mal à la quitter. Contrairement à M. Berg, elle restait jusqu'au dernier moment, l'accompagnait dans le train, s'assurait qu'elle était bien installée, et les valises calées en hauteur sur le porte-bagages. Elle avait une fois mal calculé son coup, et la porte du wagon s'était refermée automatiquement devant elle. Elle n'avait pu redescendre qu'à Fordham. Sarah supposait — non, c'était une certitude — que l'appartement de Long Island paraîtrait vide au retour, que pendant des semaines sa mère serait la proie d'un sentiment qu'elle ne voudrait pas admettre. La culpabilité. Celle-ci, peut-être, ne se dissipait jamais entièrement. Un sentiment pas assez gênant toutefois pour penser à retrouver M. Berg, et la vie à Thomaston. Peu à peu, la culpabilité lâchait prise, et Mme Berg se persuadait qu'il était plus sage de laisser les choses comme elles étaient, puisqu'on ne pouvait rien y faire. Elle aimait son deux pièces, la liberté qu'il représentait, et il n'était pas assez grand pour deux, du moins pas toute l'année. Lorsqu'elle disait que Sarah comptait plus que sa propre vie, ce n'était simplement pas vrai, pas assez pour accepter un nouveau changement. Voilà le terrible secret qu'elle conservait au fond de son cœur, et elle espérait que sa fille n'en savait rien. Il était à peine différent de celui du père, lequel ne demandait à la vie que de le laisser taper à la machine.

Tout le monde était peut-être comme ça. Incapable de vivre sans mentir. Plus jeune, Sarah avait trouvé ça révoltant. L'été avant la terminale, cependant, elle s'y était habituée. Elle avait pardonné leurs secrets à ses parents, les demi-vérités qu'ils se racontaient eux-mêmes avant de les lui servir. Évidemment, cet été-là, elle avait aussi son secret à elle.

Cela avait été une lente prise de conscience. Elle s'en était doutée en quittant Thomaston en juin et, en août, elle était sûre. Pour autant, était-ce un secret ? Puisqu'il s'agissait de quelqu'un ? Elle ne l'avait croisé qu'une fois, brièvement, chez Ikey. Il n'était pas remarquablement beau, ni charismatique comme on dit, ni doté d'une intelligence supérieure. Sarah ne parvenait pas à comprendre pourquoi il l'avait impressionnée à ce point, ou alors c'était à cause de Lou, qui l'avait préparée à quelque chose d'extraordinaire. Elle l'avait tant de fois entendu raconter les exploits de Bobby Marconi que celui-ci arrivait déjà tout auréolé de gloire. Elle ne se l'expliquait pas autrement.

Pensant se délivrer un peu de ce secret en lui donnant un nom, elle l'avait glissé dans la conversation, l'air de rien, après son arrivée chez sa mère.

« On dirait quelqu'un qui, au fond de lui, se débat pour devenir autre chose, avait-elle dit en tentant de traduire son sentiment.

— Attention. Ça me rappelle ton père.

— Pénalty ! » avait dit Sarah.

Fana de football américain, Mme Berg était sortie l'année précédente avec un locataire des Sundry Arms, un certain Frank qui prétendait jouer avec les New York Giants. Enfin, pas exactement *jouer*. Il faisait partie, disait-il, du « taxi » — qui n'avait *pas* pour fonction de conduire l'équipe au stade. Non, c'était une sorte de deuxième banc où l'on pouvait être choisi un dimanche ou le suivant, bien que ce fût très aléatoire. Sarah s'était demandé si ça allait durer, mais le Frank avait disparu, comme tous les hommes des Sundry Arms. « On s'est amusés un moment », avait dit Mme Berg. Il ne restait de lui qu'une série d'expressions footballistiques qu'elle employait pour poser certaines limites et les faire respecter. Elle jetait le mouchoir[1] quand Sarah se montrait trop curieuse sur la nature des liens qu'elle entretenait avec les messieurs. De son côté, Sarah sanctionnait toute remarque désobligeante au sujet de son père d'un « coup de sifflet ». Elle voulait bien laisser passer des points de vue généraux du type *Il faut se méfier des gens qui vivent dans leur tête*, ou *Quoi qu'il arrive, n'épouse jamais quelqu'un parce qu'il te fait pitié*. Il s'agissait sûrement d'allusions à M. Berg, mais peut-être pas uniquement. En revanche, toute référence directe — « M. Petite Bitte » — était sanctionnée. C'était un jeu, un moyen d'aborder les choses importantes sans en faire Des Choses Importantes. C'était aussi, d'une certaine façon, une invitation à la confidence, à une plus grande intimité, avec un système de balanciers et de contrepoids pour éviter les débordements. Mme Berg avait envie, peut-être même besoin, d'évoquer ses petits amis devant sa fille. Toutefois ses confessions, incomplètes, étaient plus déroutantes qu'instructives. Elle souhaitait lui faire comprendre qu'enfin elle s'amusait un peu, et la vie nous le devait bien, non ? Le jour venant, elle était sûre que

1. Football américain : les arbitres jettent au sol des mouchoirs jaunes (*flags*) quand ils constatent une faute.

Sarah aurait une vie sexuelle riche et gratifiante. « Tu vas beaucoup aimer ça », lui avait-elle maintes fois répété, sans préciser pourquoi. Cela mis à part, elle avait connu un large éventail de caractères masculins, dont certains devaient être évités le plus tôt possible. Pour cette raison, elle espérait qu'à son âge, Sarah ne serait plus en train de « papillonner ». Évidemment, elle ne se faisait toujours pas l'avocate du mariage, loin de là. Mais, s'il fallait vraiment épouser quelqu'un, alors que ce soit un compagnon avec qui on puisse vivre des choses. Mais tout — et elle insistait bien —, tout sauf un snobinard arrogant et égocentrique. Et donc là : « Mouchoir ! Comportement inacceptable sur le terrain ! »

Sarah pensait comprendre le besoin de sa mère de divulguer certaines informations et d'en retenir d'autres. Elle avait elle-même des impulsions contradictoires, quoique d'un registre différent. Mme Berg désirait avant tout partager son expérience — son point fort. En transmettant à sa fille son savoir sur les messieurs, elle lui épargnerait peut-être des peines de cœur. Le point fort de Sarah était son inexpérience — et elle en avait conscience. Elle avait envie de parler d'un garçon qu'elle venait juste de rencontrer et dont elle ignorait tout, excepté ce que lui avait confié son petit ami. Mais elle souhaitait aussi discuter de Lou, de ce qui se passait entre eux, du respect qu'il lui vouait et qui semblait exclure de folles étreintes avant le mariage. Elle aurait aimé parler des garçons en général, de ceux dont sa mère la voyait facilement tomber amoureuse. Son père avait été clair dans ses conseils : il savait exactement quel genre de gars ferait son bonheur. Il lui avait expliqué plus d'une fois comment les choses se dérouleraient. Elle rencontrerait son futur mari à Columbia University, sans doute dès la première année. Il serait déjà en maîtrise, de lettres certainement. Ils attendraient qu'elle décroche son diplôme pour se marier, puis ils s'installeraient un an dans un logement pour étudiants avant d'emménager dans un petit appartement à Park Slope, un quartier sûr, agréable et moins cher que Manhattan. Ce serait un homme ambitieux, pas comme ces larves de Thomaston. Certes, tout cela était pour l'instant difficile à comprendre mais, à la fin, *Sarah se féliciterait d'avoir attendu.* Il tenait à le souligner.

Il y avait selon elle plusieurs ombres au tableau, ce qu'elle se gardait bien de lui dire. D'abord, il méprisait ouvertement des gens comme Lou Lynch ou Bobby Marconi. Après tout, les grands rêves n'étaient pas réservés aux habitants des grandes villes. M. Berg n'en était-il pas l'exemple parfait ? Il se considérait comme un citadin, mais n'avait-il pas grandi dans une banlieue, à Staten Island pour être précis ? Mme Berg ne s'était pas privée de le lui rappeler lorsqu'ils vivaient sous le même toit. Le deuxième problème était le suivant : le type qu'il lui recommandait d'épouser ferait un meilleur compagnon pour lui que pour elle. L'été précédent, Sarah avait commis l'erreur de rapporter les conseils de M. Berg à sa mère, qui s'était aussitôt lancée dans une de ses tirades.

L'élu de Sarah, avait-elle déclaré, serait non seulement un brillant littéraire, mais aussi un parangon du bon goût — une espèce rare. Il aurait avant tout une admiration sans bornes pour le travail de M. Berg. Peut-être même se ferait-il une réputation en rédigeant quelques articles sur le roman de ce dernier, qui, d'ici là, serait sûrement publié, aurait eu de bonnes critiques, voire remporté un prix. Mais cela ne serait pas assez pour le futur mari, selon qui un tel roman méritait un succès populaire ! Évidemment, un homme d'un tel discernement aurait lui aussi un opus inachevé dans le tiroir de son bureau. Non sans une certaine appréhension, il le soumettrait au beau-père, lequel lui prodiguerait les conseils éclairés que seul un professionnel est en mesure de fournir. Des conseils qu'il serait ardu de mettre en œuvre, car ils touchaient au cœur du sujet. Pourtant le mari refondrait entièrement son manuscrit, et M. Berg le recommanderait à son propre éditeur. Cela exposerait le jeune homme à la décision la plus délicate de sa vie — devrait-il dédier son livre à son épouse si attentive, le peintre Sarah Berg (qui, bien sûr, aurait gardé son nom de jeune fille), ou à son beau-père, sans lequel, etc. Sarah avait jeté mouchoir après mouchoir pendant que sa mère déblatérait, mais celle-ci s'amusait trop pour arrêter. Sarah devait admettre en son for intérieur que la satire maternelle n'était pas si différente du scénario que son père avait conçu.

Le problème était que sa mère n'avait pas grand-chose à offrir au-delà de la simple parodie. S'il s'agissait des hommes, de ceux qu'il fallait éviter, les directives étaient précises et détaillées. En revanche, maman ne semblait pas s'intéresser à ce qu'on *devait* chercher. Ses préceptes commençaient tous par *Ne pas.* L'avenir qu'elle entrevoyait pour sa fille était vague, sinon vide. Peut-être Sarah trouverait-elle un mari à Thomaston, mais Mme Berg reconnaissait que son ex n'avait pas entièrement tort : « Même une truie aveugle tombe parfois sur un gland. » (« Penalty ! ») C'était sans doute à la fac qu'elle le rencontrerait, son mari. Pourquoi pas Lou Lynch ? avait demandé Sarah. Mme Berg avait quitté Thomaston bien avant que sa fille le rencontre, mais elle se souvenait des Lynch, des gens tout à fait bien. Surtout Tessa, qui était drôle et intelligente, et aussitôt elle avait éclaté de rire. Comment pouvait-elle raconter de telles inepties ? Être drôle, intelligent, c'était bon pour les hommes, s'ils ne brillaient pas par leur physique. Mais dire cela d'une femme laide, c'était vraiment l'enfoncer. Certes, on ne pouvait pas nier que Big Lou était sympathique, mais elle n'avait pas eu une affection démesurée pour lui. Elle n'aimait pas trop les grands types maladroits à qui il fallait mettre les yeux en face des trous. Sarah avait pour principe de ne jeter le mouchoir que lorsqu'il s'agissait de son père, mais, fidèle en amitié, elle avait fait une exception. Réaction de Mme Berg :

« C'est vrai, ça n'est pas très gentil. Mais avoue que c'est un gros ballot, quand même. »

Nouveau « mouchoir » !

Pour la convaincre qu'elle se trompait à son sujet, Sarah lui avait répété l'histoire que Lou lui avait racontée au début de leur liaison. Des petits durs du quartier l'avaient conduit à un vieux pont de chemin de fer, l'avaient bouclé dans une malle-cabine, puis ils avaient fait semblant de le scier en deux, enfermé dans celle-ci. Lou avait eu alors la première d'une série d'« absences », de périodes où, insensible à ce qui l'entourait, il se repliait complètement sur lui-même. Ces absences l'avaient poursuivi toute son enfance. Mme Berg se rappelait vaguement cette affaire. La disparition du gamin avait semé la panique à Thomaston, tout le monde avait craint qu'il soit tombé dans les griffes d'un pervers sexuel. Sarah avait expliqué que Lou n'était sorti de sa transe qu'au milieu de la nuit. Il avait réussi à retrouver son chemin le long du ruisseau, jusqu'à la passerelle au-dessus du Cayoga où son père l'attendait pour le ramener à la maison. Comme si Big Lou avait eu un sixième sens qui lui avait dit où se placer.

Mme Berg avait attendu patiemment que sa fille ait terminé :

« Réfléchis un peu, ma chérie. Un chien ne ferait pas mieux. Pendant que tout s'agite autour de soi, il faut avoir quoi dans la tête pour se poster sur un pont et attendre des heures qu'il se passe quelque chose ?

— Mais il avait raison ! » objectait Sarah, que la réponse de sa mère prenait au dépourvu.

Elle n'avait écouté que la version de Lucy, et adopté la même conclusion.

« Il savait où aller, Big Lou, insistait-elle.

— Non, écoute, réfléchis. Qu'est-ce qu'il faisait, sur cette passerelle ? Tu dis qu'il était là parce qu'il *savait* quelque chose, qu'il suivait son intuition. Ça ne serait pas le contraire, à ton avis ? Il était là parce qu'il ne savait *pas* quoi faire ? Au lieu de participer aux recherches, d'aider la police, et de laisser sa femme se débrouiller toute seule ?

— Ce n'est pas ce que pense Lou.

— Parce que les garçons aiment leur père. »

Mme Berg se souvenait aussi des Marconi. Des rumeurs, surtout. Elle n'était pas bizarre, cette femme ? Elle ne s'était pas pris un coup de bôme, celle-là ? (Une expression empruntée à un autre résident des Sundry Arms, qui avait servi dans la marine.) Elle avait disparu un moment, puis elle était revenue chez elle, comme par enchantement. L'avait-on assignée à résidence pour qu'elle ne fasse plus de bêtises ? On disait des choses du mari, aussi, mais quoi… ? Mme Berg se rappelait la tache de vin qu'il avait sur le front, et cette façon de se pencher vers vous, beaucoup trop près, en redressant la tête, comme si on lui avait parlé de travers et qu'il allait vous taper dessus. Voire autre chose, si on était une femme. On imaginait quoi. Enfin, un drôle de couple, ces deux-là, pour sûr. Quel genre d'enfant ça faisait, ça ? Un croisement de rottweiler et de chien de manchon. Au mieux, un être très perturbé. Mais allez savoir ? Le gamin réussirait peut-être à résoudre ses conflits. Au pire, c'était un élément instable, incontrôlable, et dans ce cas, il vaudrait mieux le faire piquer.

« Tu es épouvantable ! s'était écriée Sarah qui, brusquement, avait les larmes aux yeux.

— Je pensais à haute voix, chérie, c'est tout. Ne fais pas attention.

— Mais tu ne l'as jamais vu !

— Si tu ne veux pas savoir ce que je pense, ne pose pas de questions. »

Voilà ce qui n'allait pas. Sarah voulait savoir ce que pensait sa mère, mais qu'au moins elle en prenne le temps. Une fois, au moins, au lieu de déclamer n'importe quoi au débotté, ça ne serait pas mal qu'elle réfléchisse et qu'elle attende le lendemain pour répondre. Ce serait montrer un peu de considération pour sa fille. Mais Sarah le savait bien : ce n'était pas son tempérament.

« Et puis, tu ne l'as rencontré qu'une fois, ce gars. Tu n'es pas obligée de rougir comme ça.

— Je ne rougis pas ! » avait rétorqué Sarah, qui s'empourprait bel et bien.

Plus tard dans la soirée, sa mère était venue dans sa chambre s'asseoir au bord du lit.

« Tu n'es pas heureuse avec Lou ?

— Mais si ! » lui avait dit Sarah, qui se demandait parfois si elle n'était pas amoureuse de toute la famille Lynch, un ensemble plus important que la somme de ses éléments. Elle avait aussi à l'esprit celle du South Shore, la cinquième chaise de la table ronde qu'elle aurait aimé occuper. Elle n'ignorait pas que Lou avait, comme son père, la réputation d'un nigaud, mais les gens qui le croyaient ne le connaissaient pas comme elle. Cela voulait dire quoi, cependant, qu'un garçon en vénère un autre, comme Lou vénérait Bobby ? Elle n'avait pas de réponse à cela. Certes, Lou était ainsi. Il vénérait aussi son père, il la vénérait elle, sans aucun doute, et c'était agréable. Plus qu'agréable. S'il avait une meilleure estime des autres que, peut-être, ils ne le méritaient, n'en était-elle pas la principale bénéficiaire ? Même si sa mère avait raison de prétendre — et Sarah ne lui concéderait pas ce point — que Big Lou Lynch n'était pas digne de l'amour inconditionnel que lui vouait son fils, où était le problème ? N'était-ce pas un cadeau du ciel ? Une chose qu'on ne méritait peut-être pas, mais qu'on serait bête de refuser ?

Faute de pouvoir expliquer à sa mère (ou à elle-même) ce qui la gênait précisément, Sarah avait pensé, finalement, à se sortir de ce dédale de réflexions et d'émotions contradictoires en *dessinant.* Comment l'idée ne s'était-elle pas imposée plus tôt ? Cela faisait des années que, en représentant le monde qui l'entourait, elle découvrait la vérité profonde de ses propres sentiments. Si elle n'avait pas dessiné Chez Ikey, par exemple, elle n'aurait jamais pris conscience que cet endroit incarnait un désir profond — celui d'un petit coin à l'abri, un îlot de tranquillité dans un environnement hostile. Puis elle avait fait le portrait de toute la famille, même celui de Dec, et elle avait lu dans chacun un vif besoin de… quoi ? D'amour ? De stabilité ? D'appartenir à quelque chose ? Sarah comptait beaucoup pour ses parents, bien sûr, mais ils l'aimaient séparément, tels deux individus distincts. Un type d'affection qu'elle appelait « l'Amour-Berg », très différent de « l'Amour-Lynch », exponentiel celui-là, car c'était le fait d'une famille entière. Des deux, était-ce « l'Amour-Lynch » qui l'attirait le plus ? se demandait-elle. Au cas plus qu'incertain où Bobby tomberait un jour amoureux d'elle, quel genre d'amour lui offrirait-il ? D'après ce qu'elle savait des Marconi, cela ne tiendrait pas du Lynch. Ce garçon-là paraissait seul au monde. Sur le dessin de l'épicerie, elle l'avait situé dehors, sur le point d'entrer. Mais s'il n'entrait jamais ? Peut-être savait-elle déjà qu'il ne le ferait pas. Son inconscient lui aurait dit exactement où le placer. Dans ce cas, cela impliquait qu'il ne lui donnerait jamais ce qu'elle désirait.

Et si elle se trompait et que ça n'existait pas, « l'Amour-Lynch » ? Si, en définitive, Lou n'avait que lui-même à offrir ? Si l'univers qu'elle avait reconnu n'était qu'une illusion créée par le besoin ? Si Chez Ikey n'était qu'un magasin, pas une famille, qui ne valait pas plus que la somme de ses éléments ? Lou lui-même admettait qu'ils n'étaient pas parfaits, que sa mère avait été furieuse quand Big Lou avait acheté l'épicerie. Elle voyait rarement les choses de la même façon que son père. Mais pour Sarah, l'essentiel était qu'ils avaient surmonté leurs différends. Ils étaient restés soudés. Mme Lynch se fâchait peut-être avec son mari, mais elle ne fichait pas le camp en le laissant seul avec son fils. Était-ce parce qu'elle aimait son époux ou parce que, contrairement à Mme Berg, elle n'était pas assez jolie pour faire dévier les petits avions de tourisme lorsqu'elle bronzait sur le toit ? Cela paraissait important, comme question, et Sarah reconnaissait qu'elle n'avait pas de réponse à celle-là.

Cela pouvait être dangereux de dessiner Bobby. Et si elle découvrait une chose qu'elle aurait préféré ignorer ? On ne pouvait pas l'écarter. Lorsqu'elle représentait son père, il ressemblait à Ichabod Crane[1]. Elle avait fait différents portraits de sa mère, cet été-là, dont plusieurs à sa demande. Sur l'un des croquis, Mme Berg portait le bikini qu'elle venait d'acheter, et le résultat l'avait franchement mise de bonne humeur. « Pas mal pour une vieille comme moi. J'ai bien fait de choisir ce maillot, non ? » Sur un autre dessin, Sarah l'avait croquée à son insu, tôt le matin avant qu'elle soit tout à fait réveillée. En robe de chambre, Mme Berg était assise dans le coin cuisine devant une tasse de café fumant. Elle tenait à la main droite une cigarette, dont la cendre était longue et recourbée. Sarah était très fière de ce détail, car il suggérait que sa mère était immobile depuis un moment. On pensait forcément que la cendre allait tomber d'une seconde à l'autre. Mme Berg avait jeté un

1. Personnage de *Sleepy Hollow, la légende du cavalier sans tête*, nouvelle de Washington Irving.

seul coup d'œil au dessin, puis elle était allée à la salle de bains, où elle s'était enfermée. Sarah pensait entendre le bruit de la douche, mais non. Au bout de quelques minutes, elle avait frappé en demandant si tout allait bien.

« Ce que tu ne comprends pas, avait dit la voix derrière la porte, c'est qu'un jour tu seras cette femme-là. »

Au bout du compte, Sarah avait opté pour le compromis. Elle dessinerait Bobby, mais pas avant la fin de l'été car, à ce moment-là, la question serait peut-être moins importante. Elle savait par expérience que revenir à South Shore ne se faisait jamais sans heurt. C'était une transition sentimentale. Pendant des semaines, les petites affaires de Thomaston continuaient d'occuper ses pensées la journée, et ses rêves la nuit. Jusqu'au début de juillet, parfois, tandis qu'elle accumulait les baby-sittings, dans une villa, à la plage, puis dans une autre maison, elle imaginait les allées et venues des Lynch à l'épicerie, et l'emploi du temps de son père sans elle. Mais lentement la terre tournait sur son orbite et, même s'ils lui manquaient tous, la vie à South Shore reprenait ses droits, même temporaires. Cela n'avait plus rien d'une aberration saisonnière. Sarah était toujours contente quand cela se produisait, quand son autre existence arrêtait de la hanter. C'était comme mettre dans une valise des affaires auxquelles elle tenait, et ensuite la ranger quelque part. On ne les aimait pas moins pour autant, ces affaires, mais on n'avait plus à les traîner avec soi. Et puisque c'était dans la nature des choses, pourquoi ne pas la laisser faire, la nature ? En août, la forte impression que lui avait faite Bobby Marconi se serait peut-être atténuée. Alors Sarah aurait moins envie de le dessiner, ou plus du tout. Peut-être que, sans intervention particulière, le charme se romprait de lui-même.

LABOR DAY

« J'en connais un qui sera content quand il te retrouvera en septembre », avait prédit Mme Berg, un matin au début du mois d'août.

Sortie de la douche, Sarah s'essuyait sans voir sa mère qui l'observait en se brossant les dents.

« Il ne me verra pas comme ça.

— Il sera content quand même, crois-moi. »

Mme Berg avait ensuite quitté la salle de bains, et Sarah s'était étudiée avec un mélange de plaisir et d'appréhension. Jusqu'à cet été, elle n'avait jamais passé autant de temps devant un miroir. Pas par vanité, non, mais son image la surprenait. Si, du point de vue intellectuel et affectif, elle était en avance sur les filles de son âge, elle n'avait eu ses règles qu'assez tard, et elle avait gardé un visage de gamine jusqu'à la fin de la première. Sa mère lui rappelait souvent qu'elle-même avait mis du temps. Sarah pensait qu'elle cherchait surtout à la rassurer. Elle était sûre qu'elle n'aurait pas les mêmes hanches, ni la même poitrine généreuse, mais elle constatait maintenant que sa mère avait eu raison. C'était une nouvelle fille qu'elle voyait le matin dans la glace, et cette transformation l'effrayait. Et si Lou préférait l'autre, maigrichonne, qu'il avait embrassée à la gare début juin ? Il y avait aussi cette idée grotesque, dont elle ne parvenait pas à se débarrasser. Cette maturité tardive avait-elle un rapport avec l'apparition inattendue de Bobby Marconi ? C'était pure folie d'y croire, elle le savait. Pour ses élèves du collège, son père avait réuni sous forme de jeu un certain nombre de déductions illogiques, et elle savait que, lorsque deux événements étaient consécutifs, le second n'était pas forcément le résultat du premier. Pourtant elle avait le *sentiment* que son corps avait attendu une bonne raison pour atteindre ce stade auquel d'autres étaient arrivées bien plus tôt.

Impressionnée par ces changements, faisait-elle moins attention à ceux qui affectaient sa mère, pourtant aussi frappants ? Début juin, elle avait remarqué que celle-ci avait perdu du poids. « J'en avais besoin », avait répondu Mme Berg. Pendant l'été, elle avait encore maigri, et elle avait maintenant les joues creuses. Lorsqu'elle savait qu'on la regardait, qu'on la photographiait, elle faisait un large sourire, parfois exagéré, que Sarah trouvait faux. Comme si sa mère essayait d'imiter son sourire de jeune femme. Et quand l'objectif la prenait par surprise, elle ressemblait au portrait qu'avait fait sa fille — plus anxieuse que malheureuse, une patiente qui attend le coup de fil du médecin avec les résultats des examens. Elle semblait mal dormir, aussi. Les années précédentes, quand elle s'allongeait sur le canapé avec un livre, ou la télévision allumée, elle s'endormait très vite. Sarah la retrouvait au matin avec son roman dans les mains, et de la neige sur l'écran de la télé. Maintenant, Sarah se réveillait la nuit à cause d'un bruit de pas incessants dans le salon. Se trompait-elle, ou arrivait-il moins souvent qu'on frappe la nuit à la porte ? Tout cela était-il lié ? Elle ne se poserait la question que plus tard, quand la réponse serait évidente.

Le week-end de Labor Day marquait chaque année la fin du séjour. Pour fêter les liens resserrés au cours des mois d'été, Sarah et sa mère partaient à New York le vendredi soir, et ne regardaient pas à la dépense — chambre d'hôtel, un repas sympathique quelque part et, si la saison avait été vraiment bonne, un spectacle à Broadway. La ville étant dépeuplée à ce moment-là, il y avait plein d'occasions à saisir. Et les adieux étaient moins lourds le dimanche soir. Cette fois, Sarah avait été surprise quand sa mère lui avait proposé de rester à South Shore. Avait-elle perdu un client ? Elle n'avait pas l'air plus fauchée que d'habitude, mais peut-être quelque chose avait-il eu lieu, pendant les dernières heures ou journées, et elle ne voulait pas inquiéter sa fille avec ça. Puis le samedi, pour dîner, elle avait choisi Nick and Charlie, un restaurant du bord de mer qu'elle n'aimait pas, car il était toujours plein de touristes qui n'y connaissaient rien, et de papis-mamies qui mangeaient leur bouillie. Sarah s'était étonnée, et Mme Berg avait haussé les épaules : peut-être qu'elle vieillissait, elle aussi. Sarah avait repensé au portrait à la robe de chambre.

Puis elle avait demandé s'il fallait s'habiller, comme elles le faisaient toujours pour leur dernière soirée. Mme Berg avait dit oui. Cela paraissait la remonter un peu. Elle avait choisi des vêtements plus sobres, moins dénudés que les autres fois. En étudiant sa fille, elle lui avait annoncé qu'on lui donnerait dix-huit ans, l'âge de consommer de l'alcool, ce qu'elles allaient vérifier en commandant un apéritif. Tandis qu'elles reculaient dans le parking, Sarah avait aperçu Harold Sundry, qui sortait de chez lui, avec veste et cravate.

« Quelqu'un est mort, tu crois ? » avait-elle demandé à sa mère, en faisait un signe de tête vers lui.

Elle ne l'avait encore jamais vu comme ça et, sauf erreur, il portait une chaussure spéciale qui lui permettait de marcher normalement. Surtout, il ne semblait pas sortir à cette heure-là par hasard.

Au restaurant, Sarah avait eu d'autres pressentiments. Sa mère n'aimait rien tant que réussir son entrée, voir les têtes se tourner vers elle dès qu'elle apparaissait — celles des messieurs, et par conséquent celles des dames — mais il fallait croire qu'aujourd'hui ça ne l'intéressait pas. C'était aussi bien, avait pensé sa fille puisque, autant qu'elle pût en juger, les seules têtes qui s'étaient levées à leur passage s'intéressaient à *elle*. On les avait conduites à une table de la véranda, sur laquelle était placé un petit écriteau RÉSERVÉ, que la serveuse avait retiré d'un geste adroit.

« On a de la chance », avait commenté Sarah, imaginant que la meilleure table venait d'être décommandée au dernier moment.

Sa mère avait souri confusément, comme si elle trouvait l'idée bizarre. Puis elle avait demandé un rhum-coca pour sa fille, un Martini pour elle, et la serveuse n'avait même pas regardé Sarah. Un jeune couple était assis à côté et, sortant un appareil photo de son sac, Mme Berg avait demandé au monsieur s'il voulait bien la prendre avec sa fille. C'était aussi une tradition. Elle avait un album avec toutes les photos de leurs dernières soirées.

Leurs verres tardant à arriver, Mme Berg surveillait la véranda, impatiente, et Sarah avait de nouveau eu cette vague sensation qui l'avait poursuivie une partie de l'été — que sa mère attendait quelque chose. Un coup à la porte ou la sonnerie du téléphone… La serveuse était revenue, Mme Berg avait avalé la moitié de son Martini. Comme si elle avait rampé toute la journée dans le désert, et que l'oasis convoitée n'était pas un mirage. Cela avait eu l'effet escompté car, respirant profondément, elle avait regardé sa fille droit dans les yeux pour lui annoncer :

« Chérie, je ne sais pas comment faire, alors voilà, je vais le dire. »

Sarah n'avait pas entendu la suite, car elle voyait Harold Sundry parler à la serveuse, laquelle lui indiquait — était-ce possible ? — leur table.

« Sarah, tu m'as entendue ?

— Oui.

— Eh bien, tu pourrais dire quelque chose ! »

Harold se dirigeait vers elles, boitillant un peu moins, mais transpirant abondamment dans un veston de laine, incongru en cette saison. Il avait boutonné le col de sa chemise sous sa cravate, il était rouge comme une betterave.

« Ah, te *voilà*, avait dit Mme Berg.

— Désolé, j'ai dû m'arrêter prendre de l'essence.

— Eh bien, assieds-toi. Ça ne se passe pas très bien.

— Je t'avais prévenue », avait dit Harold en regardant Sarah qui, déroutée, avait une forte envie de rétorquer que, non, on ne l'avait prévenue de rien. Ils avaient à peine échangé dix mots de tout l'été. *Se marier ?* Sa mère avait-elle employé ce verbe ?

« Ne t'inquiète pas, ma petite, poursuivait Harold. Quand on me connaît un peu, je ne suis pas si rebutant. »

Toute sa vie durant, Sarah se féliciterait d'avoir tu ce qu'elle avait sur le bout de la langue ; elle avait déjà un petit ami, elle était trop jeune pour se marier et, de toute façon, son père n'accepterait personne en dessous de la licence à l'université de Columbia. Prête à lâcher tout ça, elle avait ouvert la bouche, puis les faits s'étaient assemblés dans son esprit. Non, sa mère ne lui en voulait pas d'avoir grandi, d'être devenue une femme, elle n'avait pas l'intention de la marier à Harold Sundry en guise de punition. Comment une idée aussi ridicule avait-elle pu germer dans sa tête ? Parce que la vérité était à peine moins étrange ? Elle s'était tournée vers sa mère, dont l'image se brouillait. Un bruit violent avait retenti — comme un coup de baguette sur une caisse claire. Et puis plus rien.

« Voilà une soirée que je ne suis pas près d'oublier », avait dit Mme Berg, une fois rentrée. Elle caressait les joues de sa fille. « Tu es encore en sueur. Tu devrais t'allonger.

— Non, ça va mieux. »

Sarah se sentait incapable de rien prononcer qui ne soit totalement faux. Elle avait un nouveau mensonge sur le bout de la langue quand le téléphone avait sonné.

« Elle se remet, Harold, avait répondu sa mère. Il ne s'est rien passé depuis deux minutes que tu nous as quittées… »

Sarah reconnaissait le ton particulier qu'elle prenait autrefois pour s'adresser à son père.

« … Oui, je le ferai, Harold. Bois une bière, détends-toi. Non, une seule, ça ne te tuera pas. D'accord, va au cinéma, dans ce cas. Fais ce que tu voudras. Traverse la rue pour parler à Elaine, peut-être qu'elle aussi va tomber dans les pommes. Je sais que tu ne te sens pas bien. Sarah non plus, et moi encore moins bien que vous deux, crois-moi. Tu as complètement raison sur ce point, ça commence très, très mal. Non, elle n'a rien contre toi. Et tu finiras par lui plaire, comme tu as fini par me plaire à moi. Je ne t'aimais pas du tout au début, tu te souviens ? Eh bien non, mais aujourd'hui si. On en reparlera demain, OK ? Non, je n'ai pas changé d'avis. N'oublie pas ce qu'on s'est dit, les efforts que tu m'as promis de faire. Oui, on a besoin les uns des autres. Le plus tôt sera le mieux. Non, oublions le petit-déjeuner. C'est notre dernière journée ensemble, demain. Je le ferai, Harold, promis. Dès que je suis rentrée de New York. »

Après avoir raccroché, elle était revenue vers sa fille et lui avait pris gentiment le menton dans sa main.

« Oh, ma chérie, j'espère que tu n'auras pas deux yeux au beurre noir, quand même. »

Le coup de caisse claire, Sarah le comprenait maintenant, avait été sa tête qui claquait sur la table. Selon sa mère, elle ne s'était évanouie que quelques secondes. En reprenant ses esprits, allongée sur le dos, elle avait trouvé une série de visages penchés au-dessus d'elle, qui la regardaient en cercle — Mme Berg au premier plan, Harold parmi les autres, qui semblait espérer qu'elle le reconnaisse. Elle était en nage, mais elle se sentait bien, et elle aurait volontiers mangé quelque chose. On avait cependant appelé une ambulance, car sa mère croyait bon de la faire examiner. Harold avait suivi l'ambulance dans sa Buick, puis ils étaient revenus au restaurant chercher la voiture de sa mère.

« Je meurs de faim, avait alors dit Sarah. On pourrait manger ?

— Je ne remets plus les pieds dans ce restau. Jamais ! »

De retour aux Sundry Arms, Mme Berg avait commandé une pizza.

« Ça t'a vraiment choquée ? demandait-elle à sa fille.

— Non, avait répondu celle-ci (“Menteuse !”). Enfin, un peu, si. Tu détestes le mariage, tu te moques toujours des gens qui se marient et qui se bercent d’illusions. »

Visage peiné de sa mère.

« Oh, ma chérie, je parle à tort et à travers. Tu sais bien que c’est une habitude chez moi ! Dis-moi que tu ne crois pas toutes les bêtises que je raconte. »

Il ne semblait pas y avoir de réponse polie à cela, et était-ce d’ailleurs une question ?

« Alors, tu *veux* te remarier ?

— Je ne sais pas. Au printemps, j’ai eu une révélation. J’étais ravie que tu reviennes pour l’été, et je me suis rendu compte que je n’étais plus vraiment moi-même depuis la mort de ton frère. Sans doute que, s’il était encore là, je serais toujours avec ton père. J’étais désespérée d’avoir perdu Rudy, au point d’avoir envie d’être quelqu’un d’autre, de vraiment différent. Au fond de moi, je crois ressembler plus à celle que tu as connue, quand nous vivions ensemble, qu’à celle que je suis maintenant. Quand ton frère est décédé, je me suis aperçue que j’étais lasse d’être cette Mme Berg, et maintenant je suis encore plus lasse de celle que je suis devenue. Oh, ne pleure pas, mon ange, je t’en prie, non. »

Parler de Rudy lui tirait des larmes. Depuis combien d’années plus personne ne prononçait-il son nom ? C’est de *lui* qu’ils n’avaient pu se passer, c’est sans *lui* qu’ils n’étaient plus une famille, et Sarah avait tenté si longtemps de le garder vivant. Avec un pincement de culpabilité, elle s’était rappelé qu’elle ne le dessinait plus depuis un bon moment. Elle n’avait même pas emporté une photo de lui, cette fois.

« Mais te *marier* ? avait-elle dit, en s’efforçant de comprendre. Tu n’aurais pas pu…

— Oh, ça ne me gênerait pas de vivre dans le péché, avait admis Mme Berg. Mais Hal y tient absolument. Cette espèce d’idiote, en face, a déposé ses bans, alors il faut qu’il fasse pareil. »

Bon. D’accord. Harold Sundry (Hal, maintenant) avait pris place dans la conversation. Comment formuler alors cette question évidente : *de tous les types présents aux Sundry Arms, il fallait que tu choisisses celui-là ?*

« Tu l'aimes ? »

Soupir.

« Je ne sais pas, ma chérie. Vraiment pas. J'ai tergiversé tout l'été. Mais il m'aime, lui. Ça, j'en suis sûre. Il est temps que j'arrête de vivre comme ça, tu ne crois pas ? Tu as été adorable de ne pas me juger, avec tous ces types qui passaient ici, mais moi, je n'ai pas arrêté de le faire. Hal m'a aidée à m'en rendre compte. J'ai besoin de stabilité. D'arrêter de boire, aussi, et il m'a promis de me soutenir. Il est alcoolique lui-même, alors il sait ce que c'est.

— Qu'est-ce que je dis à papa ?

— Ce n'est pas à toi de le faire, chérie. Ça fait une semaine que j'essaie de le joindre.

— Il débranche son téléphone. »

Il résiliait aussi l'abonnement au journal, refusait d'ouvrir sa porte et entassait le courrier sur la table de la salle à manger. On ne l'interrompait d'aucune façon. Un règlement qu'il s'appliquait tout l'été, dès qu'il se mettait devant sa machine.

« Je sais, je sais, avait dit Mme Berg en se frottant les tempes. Comment peut-on vivre comme ça ? Et s'il t'arrivait quelque chose, qu'il fallait le prévenir ? »

Ces questions n'appelant pas réellement de réponse, Sarah ne se sentait pas obligée d'en fournir.

« Peut-être qu'au mois d'octobre on passera là-bas en voiture. Hal veut voir l'automne dans le Vermont, on pourrait faire d'une pierre deux coups. »

Sarah avait tenté de visualiser quelques scènes de ce scénario : Harold abandonnant les Sundry Arms tout un week-end ; emmenant sa mère dans le Vermont, avec une nuit dans un hôtel à la campagne ; faisant un crochet par Thomaston pour exposer leurs projets à son père. Ce dernier point défiait l'imagination. Jamais Mme Berg ne laisserait son ex regarder de près Harold Sundry, sa grosse tête et sa chaussure orthopédique.

« En octobre ? Je ne peux rien dire jusque-là ? »

Nouveau soupir.

« C'est un peu dur pour toi ? Bon, eh bien il faudra que je lui parle au téléphone. J'appellerai demain soir quand tu seras rentrée. Il sait que je le fais toujours, pour m'assurer que tu es bien arrivée. »

Sarah avait hoché la tête.

« Non, il vaut mieux que je lui dise.

— Tu crois vraiment ? » avait répondu Mme Berg, comme dans l'expectative. Sarah voyait bien qu'elle le souhaitait. « J'ai une autre idée ! Dis-lui que je suis morte dans un accident de voiture ! »

La pizza était arrivée. Non seulement sa mère n'était pas drôle, pensait Sarah, mais en plus elle lui avait coupé l'appétit. Le carton semblait contenir un prélèvement réalisé dans un amas de tôle froissée. Les tranches de salami ressemblaient à de la cervelle cuite, les champignons à des viscères, les anchois à des lanières de peau grillée.

« Je n'aurais pas cru que j'avais aussi faim », avait dit Mme Berg en brandissant sa fourchette.

Soudain pleine d'énergie, elle avait expliqué ce qui se passerait. *Ça ne serait pas si différent*, tenait-elle à souligner. En fait, ça irait beaucoup mieux. Elle gardait son atelier en ville — comme si cela inquiétait beaucoup Sarah. Certes, Harold ne comprenait pas vraiment comment elle gagnait sa vie, il aurait préféré s'associer avec elle, répartir entre eux les corvées des Sundry, mais il ne voulait pas qu'elle renonce à une chose qu'elle aimait. Il était fier qu'elle ait réussi à se débrouiller toute seule si longtemps, et il embaucherait quelqu'un quand il en aurait besoin. Il avait l'habitude. Bien sûr, Sarah viendrait passer ses étés avec eux sur le South Shore. Il y aurait toujours des appartements de libre, il avait promis de leur réserver le plus agréable, tous les ans en juin, juillet et août.

Ce qui était prévu pour cette année n'était rien au regard de la suivante, quand Sarah terminerait le lycée et partirait à la fac. Peut-être qu'à cet instant précis, elle avait l'impression de perdre sa mère, de la donner à M. Sundry, mais c'était plutôt l'inverse. À bien y réfléchir, c'est cette dernière qui s'apprêtait à traverser le désert. Sarah ne tarderait pas à avoir un mari, des enfants, alors que sa mère se retrouverait seule au monde. Elle avait bien profité de sa liberté. Elle en avait eu besoin après Petite Bitte. Oui, elle s'était amusée de toutes les façons possibles, et elle ne le regrettait pas une seconde, mais s'amuser n'était pas une garantie contre l'avenir. Parce qu'il ne fallait pas compter que ça dure, voilà. Sarah devait comprendre qu'on avait besoin de projets, n'est-ce pas ? Quand on n'est pas très doué pour ça — comme moi, disait Mme Berg —, on s'appuie sur l'épaule de quelqu'un. Harold avait une vision très claire des choses, il savait parfaitement se projeter dans l'avenir, lui.

Sarah s'efforçait de suivre le fil, mais tout ça n'était finalement que des mots. Que sa mère arrangeait, comme souvent, pour construire un récit plausible, une histoire qui lui convenait et qu'elle embellirait au fur et à mesure. Sarah ne s'y était jamais fiée, à ces histoires. Tandis qu'elles attendaient leur pizza, Mme Berg avait retiré sa robe, elle s'était démaquillée et avait enfilé son peignoir. Ce faisant, elle était redevenue le dessin esquissé par sa fille et, pendant qu'elle parlait, jetant des brassées de mots, Sarah comprenait qu'elle avait travaillé son discours tout l'été, des soirées entières à faire les cent pas dans le salon. Elle y réfléchissait probablement le matin où Sarah l'avait croquée, où elle avait confié au papier l'érosion de son courage, l'épuisement de ses forces, l'assurance qui lui manquait soudain. Pas étonnant qu'elle se soit crue violée. Ce dessin avait dû lui paraître affreusement cruel. Et que sa mère soit maintenant ce dessin, en chair et en os, vivant, réel, n'excusait en rien la cruauté de Sarah. Elle sentait se creuser en elle une fissure qu'elle ignorait jusque-là, mais qui ne cessait de s'élargir. Elle se rappelait le commentaire derrière la porte — « Un jour, tu seras cette femme-là » — et elle espérait presque que cela se réalise, elle le méritait. Quelle solitude sa mère avait endurée ! Quel courage d'avoir si longtemps relevé la tête ! Et comme Sarah avait été loin de soupçonner sa hantise de vieillir et de rester seule !

L'ironie de cette découverte ne lui échappait pas. Cette intimité fulgurante n'était-elle pas ce qu'elle avait espéré, tout l'été ? Et tant d'autres avant ? N'avait-elle pas souhaité que sa mère lui dise ce qu'elle pensait vraiment, ce qu'elle ressentait au fond d'elle ? Quand Sarah lui avait demandé conseil pour l'avenir, lorsqu'elle voulait savoir si ses sentiments pour Lou étaient assez forts, n'était-ce pas l'aveu qu'elle avait attendu, une parole d'expérience — durement acquise —, selon quoi certaines choses comptaient plus que d'autres ? Au début de l'été, elle avait parlé de Bobby sans savoir ce qu'elle voulait dire, et voilà que sa mère fournissait la réponse. La passion, l'indépendance, c'était très bien, mais cela n'était pas viable. À la fin, tout était affaire de présence, d'amitié, de sacrifice, de compromis. Sarah ne l'avait-elle pas toujours su ? Elle avait soudain aux lèvres la question qu'elle avait tenté de poser tout l'été. C'était quoi, le plus important : aimer ou être aimé ?

« Enfin, même si je me trompe, ça ne pourra pas être pire, hein ? Dis-moi que j'ai raison, que je puisse aller me coucher, s'il te plaît. »

Mme Berg avait fait un sort à la pizza, dont il ne restait que les bords, rassemblés au milieu du carton graisseux. Sarah y avait à peine touché.

Ce soir-là, Sarah avait très vite sombré dans un sommeil sans rêve, comme chaque fois qu'elle avait trop de choses en tête. Lorsqu'elle s'était réveillée à l'aube dans un sursaut coupable, les événements de la veille lui étaient revenus, aussi proches qu'irréels. Sa *mère*, épouser Harold *Sundry* ? Ce dénouement recouvrait l'été d'un voile d'invraisemblance, cela paraissait aussi improbable que retrouver Thomaston à la fin de cette journée. Elle avait l'estomac noué. Dehors, il faisait encore gris, presque nuit. Combien de temps faudrait-il attendre avant que le soleil se lève ? Le réveil était réglé pour sept heures et demie, il restait presque deux heures à tuer. Elle avait préparé ses bagages la veille, et même rangé son carnet à croquis. Ses valises, son carton à dessins, le sac avec les cadeaux pour Lou et la famille Lynch étaient dans le salon, à côté de la porte. Fermant les yeux, elle avait senti les larmes s'amasser sous ses paupières. Elle avait tenté de se représenter le magasin, en se disant qu'elle y serait bientôt, que les Lynch seraient là pour la réconforter, mais l'image refusait de se former dans son esprit. « Concentre-toi. Tu ne connais que ça. Tu sais tout sur cet endroit. Où se trouvent la caisse, le coin boucherie, les grandes armoires réfrigérantes contre le mur du fond, pleines de lait et de bière. » Mais elle luttait contre elle-même, armée de pauvres mots, prise d'angoisse jusqu'à ce qu'elle entende sa mère remuer dans la pièce à côté. Elle ne dormait pas non plus ?

Se retournant dans son lit, Sarah avait aperçu le filet de lumière sous la porte. Une lampe était-elle allumée dans le salon ? Le bruit ressemblait à celui d'un livre dont on tourne les pages — mais il aurait fallu que ce soit un gros livre d'images. Et elle avait compris ce que faisait sa mère.

« C'est génial ! » avait dit celle-ci tandis que Sarah s'asseyait sur le canapé. Il n'était même pas déplié.

Les dessins et aquarelles de sa fille étaient étalés sur la table basse. Leur nombre était considérable ; Sarah en avait fait davantage les toutes dernières semaines qu'en juin et juillet ; d'où, sans doute, l'étonnement de Mme Berg. C'était surtout leur qualité qui, visiblement, l'impressionnait. Les plus récents révélaient un prodigieux bond en avant — ils étaient meilleurs les uns que les autres, cent fois meilleurs que les plus réussis du début de l'été.

« Mon Dieu, mais c'est fabuleux, *tout ça* ! »

Elle étudiait sa fille avec un air de crainte, comme si elle la soupçonnait d'avoir conclu un pacte avec le diable.

« Et tu ne voulais pas me les montrer ? »

Si, bien sûr, Sarah en avait eu l'intention la veille. Elle l'aurait fait ce matin avant de partir à New York, par exemple, à un moment, en tout cas, où on n'aurait pas le temps de lui poser des questions. Un mauvais calcul, s'avouait-elle. Quelqu'un qui n'y connaissait rien n'aurait pas vu ce qu'impliquait un tel travail, cependant sa mère, elle, *s'y connaissait.* Elle savait que de tels progrès portaient en eux-mêmes leurs raisons, même si l'auteur n'était pas capable de les évaluer. Sarah pouvait prétendre ne s'être rendu compte de rien, mais elle qui était si ouverte n'avait aucune raison de cacher tout ça.

« Je ne comprends pas », disait Mme Berg, en observant sa fille de si près que celle-ci avait les joues brûlantes. L'orgueil le disputait à la gêne.

« Oui, je sais.

— Dis-moi, avait poursuivi sa mère, en lui prenant la main. Comment est-ce arrivé ? »

Le carton à dessins était calé contre la table basse. Sarah l'avait ouvert pour dégager un rabat à l'intérieur, dont elle avait sorti le portrait de Bobby, qui datait du mois d'août. Taraudée par la culpabilité, elle s'était accordé une demi-heure seulement pour l'exécuter, et elle avait fini avant. C'était comme s'il existait déjà sur la page blanche, qu'il avait attendu que le crayon vienne à sa rencontre. Il était apparu si vite, si aisément, qu'elle n'aurait pas été moins étonnée de le trouver devant elle, en chair et en os, si elle avait levé les yeux. Sarah avait ensuite caché le croquis sous le rabat, où elle était certaine que personne n'irait fouiller. Elle-même ne voulait plus le voir, et pourtant elle avait cédé de temps à autre, profitant d'un moment de solitude pour chercher une explication. D'où provenaient le charme, la magie ? De sa propre main, ou émanaient-ils du sujet lui-même ? Impossible de le savoir. Mais elle était sûre d'une chose : ce portrait de Bobby avait marqué tout ce qu'elle avait dessiné ensuite. Comme si, une fois libéré de la page blanche qui le retenait prisonnier, il avait guidé son crayon avec elle.

Ce que Mme Berg avait saisi du premier coup d'œil. Prenant sa fille dans ses bras, elle avait déposé un baiser frais sur son front fiévreux.

« Oh, ma chérie. Je suis vraiment, vraiment désolée. »

À Grand Central, sa mère avait presque réussi à lui remonter le moral. Elles étaient arrivées en avance, elles avaient calé les valises et le sac de cadeaux sur le porte-bagages, puis elles s'étaient assises l'une en face de l'autre. Mme Berg avait gardé le carton à dessins sur ses genoux, et Sarah regrettait qu'elle ne l'ait pas mis en haut avec le reste. Hors de sa vue.

« Chérie, tu comprends ce que ça veut dire ? Tu as un don formidable.

— Et si je n'en veux pas ?

— Mais bien sûr que tu en veux. Ne me raconte pas d'histoires. »

Comment faire autrement, puisque aucune des deux propositions — j'en veux, je n'en veux pas — n'était tout à fait vraie ? Sarah l'acceptait, ce don, mais à certaines conditions. En tout cas, sans qu'on le lui impose, contrairement à ce que semblait croire sa mère.

« Ça va me rendre plus heureuse ?

— Oh, ma chérie...

— Ça te rend heureuse, toi ? »

Parce que, dans ce cas, quel besoin sa mère avait-elle d'un Harold Sundry ?

Mme Berg semblait au bord des larmes.

« Tu ne comprends pas, hein ? »

Sarah hochait la tête. L'angoisse recommençait à l'étreindre.

« Je n'ai pas *ce* don-là. Oh, j'ai un peu de talent. De quoi me débrouiller, mais c'est tout. Pas comme toi. Ça vient de bien plus loin, ce que tu as. »

Sarah avait à peine murmuré la question suivante. Elle se demandait même si elle l'avait posée.

« Et pour Lou ? »

En d'autres termes : l'affection qu'elle avait pour lui était-elle un leurre, un mensonge ? Comment pouvait-elle l'aimer et dessiner Bobby ? Pouvait-elle garder Lou et ce don particulier ?

Mme Berg avait hésité.

« Bon Dieu, avait-elle dit finalement. J'allais te conseiller d'écouter ton cœur, mais c'est ce que j'ai fait en épousant ton père. »

Sarah avait eu un sourire forcé.

« Mouchoir.

— Un seul ? »

D'un signe, Sarah avait confirmé. Ça devenait fatigant, ces pénalités.

Quand le train avait démarré, elle s'était aperçue qu'elle avait quitté Thomaston avec un secret et qu'elle y retournait avec deux. Serait-ce désormais ainsi, les secrets allaient-ils s'entasser les uns sur les autres ? Était-ce vivre en adulte ou la conséquence naturelle d'un fait, puisqu'elle était partie avec le corps d'une fille et qu'elle revenait dans celui d'une femme ? Allait-elle s'habituer à la duplicité, comme le père de famille — l'innocence incarnée — qu'elle avait vu sortir des Sundry Gardens avec sa nouvelle amie et une autre petite fille ?

Vers Albany, Sarah avait décidé qu'il était temps de penser au travail qui l'attendait : remettre de l'ordre dans la vie de son père. Elle avait une idée bien précise de son emploi du temps estival. Selon les voisins, qui se réveillaient et s'endormaient au son de sa machine, il était devant son bureau au moins quatorze heures par jour, sept jours sur sept. En l'absence de Sarah, plus rien n'existait que lui-même, il refusait tout contact avec l'extérieur. Il mettait sa robe de chambre au réveil et la quittait le soir pour se coucher. Par chance, il en avait deux. Quand la première était imprégnée de sueur, il l'apportait chez le teinturier et il enfilait l'autre. Il ne se rasait plus et ses cheveux poussaient dans tous les sens. L'été dernier, Lou l'avait croisé alors qu'il se rendait à la papeterie, chez Powell, où il partait acheter un ruban neuf pour sa machine. Lou ne l'avait même pas reconnu. M. Berg ressemblait au boucanier de *L'Île au trésor.*

Quand Sarah rentrait le premier week-end de septembre, elle avait toujours un choc. Il faisait dix ans de plus, il paraissait desséché, sous-alimenté. Ça ne s'arrêtait pas là. Tout l'été, les mots filaient directement de ses doigts aux touches de sa machine, sans passer par le larynx, de sorte qu'à la fin août il ne savait plus parler. Il accueillait sa fille sans grand enthousiasme, et n'essayait même pas de le cacher. Il lui disait de ne pas se formaliser, et elle y arrivait à peu près. Elle comprenait bien plus de choses qu'il ne le croyait.

Le livre qu'il écrivait relatait son éloignement forcé de New York, sa longue traversée du désert — à savoir le nord de l'État, et Thomaston en particulier. Des années plus tôt, revenant à la même période, Sarah avait trouvé le manuscrit sur son bureau, un gros tas de feuilles proprement empilées, et elle avait laissé la curiosité l'emporter. Elle avait reconnu sa mère, l'épouse infidèle du protagoniste, qui l'avait abandonné à « Tannersville » pour retourner dans la « grande ville ». Certaines des terribles disputes auxquelles Sarah avait assisté avant leur séparation étaient reproduites mot pour mot. L'auteur n'avait pas donné d'enfants à ses personnages. Son imagination s'arrêtait là. Cela avait été un immense soulagement pour Sarah qui, alors âgée de treize ans, ne tenait pas à savoir ce que son père pensait d'elle. Cependant, elle avait été très troublée en constatant que son frère était également absent. C'était aussi cruel que la vie elle-même, quasi impardonnable.

Pour le reste, elle fermait les yeux. M. Berg ne renonçait pas facilement à la fiction qui, pendant les vacances, lui servait de réalité — sans fille chez lui ni sur le papier — et l'irruption de Sarah à la fin de la saison le déstabilisait. Il avait perdu la notion du temps et il lui en faudrait pour se réhabituer à la réalité, la vraie, un intervalle pendant lequel il était une simple présence physique, sans objet. Cette phase de la transition était le moment le plus triste pour Sarah, car M. Berg se rendait compte que l'été était terminé, qu'il avait bel et bien une fille, qu'il gagnait sa vie comme professeur dans un trou perdu. Il n'était pas écrivain, pas vraiment, il lui faudrait encore pour ça trois longs mois, l'année prochaine. Sarah sentait bien qu'elle incarnait ses frustrations. Devant sa machine, il croyait toucher à sa véritable essence, et le retour de la petite en septembre lui rappelait douloureusement que cela n'était qu'une illusion, aussi puissante fût-elle. Alors il verrouillait la porte de son bureau, refusait d'y entrer pendant l'année scolaire, de peur d'être confronté à son œuvre intime, sa vie profonde, dont on le dépossédait pendant neuf mois. Le mardi suivant le pont, il emportait ses pages au Thomaston Savings and Loan, où elles rejoignaient les autres dans un grand coffre-fort. Impossible d'être plus clair : ces feuillets étaient ce qu'il avait de plus cher.

Bien que dramatique, cette métamorphose d'écrivain en enseignant, de célibataire en père de famille, était heureusement rapide. Sarah revenait toujours le dimanche après-midi et, le mardi matin, M. Berg repartait en mission, l'impossible mission d'instruire une nouvelle moisson d'adolescents. Si bien que, pour le père et la fille, la veille était synonyme de travaux forcés. Comme il s'était interdit d'y penser tout l'été, M. Berg devait préparer son programme pour l'année, ce qui supposait de modifier ses cours ou d'en concevoir d'autres. Il se levait tôt le lundi, passait un bon moment sous la douche, se rasait et — enfin — s'habillait. En enfilant son pantalon, il constatait qu'il avait encore perdu du poids. Il allait devoir rendre visite à son unique ami au lycée, le professeur de travaux manuels, pour qu'il poinçonne un trou supplémentaire sur sa ceinture. Au petit-déjeuner, il vérifiait l'état de ses cordes vocales en interrogeant Sarah — comment s'étaient passées les vacances ? et le baby-sitting ? s'était-elle fait des amis ? comment se débrouillait sa mère ? celle-ci en avait-elle, des amis ? Il espérait visiblement qu'elle tire toujours le diable par la queue, qu'elle perde ses jobs au profit de ses concurrents, qu'elle n'ait pas d'autre homme dans sa vie, qu'elle soit bientôt obligée d'admettre qu'elle n'y arrivait plus toute seule, et qu'il lui fallait revenir.

Plus jeune, Sarah craignait qu'il ne la croie pas lorsqu'elle lui mentait, qu'elle racontait n'importe quoi sur ce que faisait sa mère à Long Island. En revanche quand, aux Sundry Arms, Sarah faisait de même à son propos devant sa mère, celle-ci fronçait les sourcils. Mais lui ne se méfiait pas, il acceptait ses salades et ses approximations, comme si elle était incapable de mentir, puisqu'elle était sa fille. « Il n'a pas envie de la connaître, la vérité, avait un jour expliqué Mme Berg. Il préfère sa version des choses, et tu l'aides à croire ce qu'il veut. Dis-toi que tu fais œuvre de charité. Pourquoi le faire revenir sur terre ? » Sarah avait du mal à considérer le mensonge comme une forme de charité, mais elle reconnaissait que sa mère avait raison.

M. Berg, qui ne manquait pas d'esprit critique, n'avait pas son pareil pour déjouer les bobards des politiciens, des publicitaires et autres menteurs de profession. Mais jamais il ne la cuisinait, jamais il ne cherchait à en savoir davantage. En revanche, il devenait irrationnel lorsqu'il était question de son ex-femme. Qu'elle demande le divorce n'importait pas. Cela impliquait seulement qu'elle lui en voulait toujours, mais elle frapperait à sa porte dès qu'elle n'aurait plus un sou.

Labor Day, la fête du Travail, portait bien son nom pour Sarah, car il lui incombait aussi de remettre la maison en ordre. Elle ouvrait toutes les fenêtres pour aérer, elle lavait et repassait un stock de vieilles chemisettes qui, Javel ou pas, ne retrouveraient jamais leur blancheur, et plusieurs pantalons noirs qui, eux, craignaient la Javel. Elle devait aussi ranger chacune des pièces, puis aller acheter les produits qui manquaient depuis le milieu de l'été, et dont son père s'était passé. Au moins une ampoule électrique sur deux avait claqué, mais il n'avait remplacé que celles de son bureau. Une fois la lumière rétablie, Sarah triait le courrier pour savoir à quel moment précisément les compagnies de l'eau, de l'électricité et du téléphone avaient menacé d'interrompre leur service. Le plus souvent, il était grand temps de réagir.

Le lundi soir, M. Berg était à peu près redevenu lui-même, plus disert, plus joyeux, résigné à leur existence commune, à l'année scolaire qui commençait le lendemain. Il retrouvait sa bonne humeur en préparant ses cours, il fomentait quelque plan diabolique pour tester les réflexes intellectuels de la jeunesse locale, ou démontrer à quel point elle en était privée. Après le dîner, Sarah allait chercher les ciseaux pour lui couper les cheveux. Il lui demanderait si elle avait lu de bons livres pendant l'été, en espérant que la réponse serait oui et qu'elle aimerait en discuter. Mais il manipulait les concepts avec plus de facilité qu'elle, et elle ne voulait pas le décevoir. C'est pourquoi elle prétendait avoir oublié les titres et les auteurs, ce qui le décevait encore plus. Il regrettait cette indifférence à l'égard des hommes de lettres. Plus qu'autre chose, il craignait en fait qu'elle parle littérature avec sa mère, et c'était pour lui un grand soulagement que Sarah lui assure le contraire.

Lorsqu'ils en avaient fini avec toutes les corvées, M. Berg, maintenant tout à fait lui, l'embrassait avant d'aller se coucher. « Que ferais-je sans toi ? » disait-il, et elle savait qu'il le pensait vraiment, que *c'était* une façon de lui dire qu'il l'aimait. N'empêche, il était difficile d'y voir autre chose qu'une question de pure forme. Ce qu'il faisait sans elle était parfaitement clair. Le corps et le cœur fatigués, Sarah s'endormait, heureuse et fière d'en avoir supprimé les preuves.

Voilà ce qui l'attendait généralement à son retour, en sus des secrets maternels à garder. Les bouteilles de gin vides et les visites nocturnes des locataires des Sundry Arms avaient déjà de quoi lui nouer l'estomac. Cette année, cependant, il y avait Harold à la place, et le portrait de Bobby dans le carton à dessins. Dans une demi-heure, le train s'arrêterait à Fulton, où son père, un épouvantail avec la peau sur les os, l'attendrait sur le quai, et alors il faudrait commencer à mentir.

S'il se rappelait. L'année dernière, il avait oublié et Sarah avait patienté plus d'une heure dans la minuscule gare avant d'appeler un taxi. Elle avait d'abord essayé chez elle, mais M. Berg n'avait pas rebranché le téléphone. Un Hudson Cab était arrivé vingt minutes plus tard avec un bruit de tonnerre : le pot d'échappement, rouillé, menaçait de se détacher. Le chauffeur, un homme peu soigné qui ressemblait à une poire, n'arrêtait pas d'observer Sarah dans le rétroviseur avec ses yeux de fouine. Avait-elle un petit ami ? s'était-il enquis. Elle avait répondu que oui, car cela paraissait une bonne idée, et il avait voulu savoir qui c'était.

« Lou Lynch, avait-elle dit.

— Quoi, Lucy ? »

La plupart des gens l'appelaient ainsi, sauf Sarah qui n'appréciait pas du tout que ce drôle de bonhomme se le permette.

« Aux dernières nouvelles, avait-il dit en la dévisageant dans le rétroviseur, c'était Karen Cirillo qui le menait par les… »

Il n'avait pas fini sa phrase.

« Vous la connaissez ? » avait-il demandé.

Sarah n'avait pas répondu. C'était bizarre d'entendre ce type d'une autre génération citer tous ces jeunes gens, comme s'il les connaissait intimement. Ce vieux débraillé n'avait plus seize ans depuis longtemps.

« On était copains, sa mère et moi, avait-il dit, en insistant sur *copains* pour qu'on ne se méprenne pas sur la nature de leurs relations. Mais Karen et moi, on s'est jamais trop aimés. Votre Lucy faisait la roue à chaque fois qu'elle entrait dans le magasin. Il lui donnait des cigarettes, et tout ce qu'elle voulait. »

Sarah se souvenait de Karen Cirillo, qui avait été élève au collège. Jolie quoique un rien tape-à-l'œil. À treize ans, elle exsudait déjà la sexualité par tous les pores. C'était certainement possible, pour une fille comme elle, d'en imposer à un garçon aussi timide et maladroit qu'était Lou avec la gent féminine. Sarah doutait cependant qu'il lui ait *donné* quoi que ce soit.

Devinant sans doute ses pensées, le conducteur avait haussé les épaules.

« Si vous me croyez pas, posez-lui la question. » Il l'étudiait toujours. « Alors maintenant, c'est devant vous qu'il marche sur les mains ? C'est vous qui faites vos courses gratis ? »

Sarah lui avait dit qu'elle payait tout ce qu'elle achetait chez Ikey, comme dans n'importe quelle autre boutique. Le bonhomme était sceptique. Il semblait avoir la conviction profonde que le reste du monde profitait d'avantages qu'on lui refusait toujours.

« Il ne m'a jamais rien donné, à moi, continuait-il, maussade. Quand je pense à tout l'argent qu'on a laissé chez eux, avec Nancy… Mais eux, jamais un petit cadeau. »

Brusquement, Sarah savait à qui elle parlait. Lou lui avait tout dit au sujet de Buddy Nurt, l'homme qui les avait pillés des années plus tôt, et voilà qu'aujourd'hui il la conduisait chez elle. Ses petits yeux noirs faisaient d'incessants allers et retours entre la route et le rétroviseur. Sarah s'était décalée sur la banquette pour leur échapper. Qu'à cela ne tienne : en souriant, il avait ajusté son rétro.

Sarah cherchait un moyen d'en finir avec ça lorsqu'il s'était exclamé, triomphant :

« Je sais ! Berg ! Votre papa, c'est M. Berg. »

Sarah avait tressailli. Entendre son nom de famille dans la bouche de cet homme avait quelque chose d'obscène.

« Quoi ? Vous croyez que je le connais pas ? »

Elle n'en avait pas la moindre idée, avait-elle dit.

« Mais je sais tout de M. *Berg*, moi. J'en sais même plus que vous, sans doute. Quand on est taxi, on connaît tout le monde. Ah, je suis un menteur, c'est ça ? »

Elle n'avait pas eu le temps de répondre qu'un grand bruit avait retenti, suivi d'un épouvantable grincement métallique. Pour une fois, Nurt avait fait un bon usage de son rétro.

« Bordel de merde », avait-il dit.

Se retournant, elle avait vu le pot d'échappement qui rebondissait sur le bitume en projetant des étincelles.

Après s'être garé sur le bas-côté, Buddy avait coupé le moteur.

« Chierie », avait-il en descendant de voiture.

Il avait ouvert le hayon arrière, et elle l'avait observé. Il avait brutalement poussé ses valises, puis remué un fatras de vieilles couvertures, de vieux cartons, de torchons graisseux, de journaux jaunis. Il avait trouvé un démonte-pneu et un bidon d'huile, mais apparemment pas ce qu'il cherchait.

« Saloperie », avait-il aboyé avant de refermer violemment le coffre.

Alors il avait eu une idée. Le rouvrant, il avait posé à plat une des valises de Sarah et, à la grande surprise de celle-ci, il l'avait ouverte elle aussi. Il avait farfouillé dedans jusqu'à trouver un cintre dans l'encolure d'une robe. La robe avait volé et Buddy avait travaillé le cintre comme un bout de fil de fer. Il avait ensuite disparu sous la voiture, rencontrant au passage quelque chose de brûlant, car il avait poussé un cri et juré à nouveau. Allongé sur le sol, sous les pieds de Sarah, il grognait comme un porc, et c'était déplaisant de le savoir là, avec le châssis pour seule protection. Elle était certaine que ses yeux de fouine auraient étudié ses dessous, s'il avait pu.

Un quart d'heure plus tard, ils avaient repris la route. À son air satisfait, Nurt estimait avoir réglé une bonne fois la question du pot d'échappement.

« J'ai été obligé de vous emprunter un cintre, avait-il dit, comme s'ils étaient tous deux responsables de l'entretien du véhicule. Mais vous en aviez plein », avait-il ajouté en guise d'excuse.

Probablement ce qu'il pensait quand il s'était fourni en cigarettes et en packs de bière chez Ikey.

Les yeux de fouine la cherchaient à nouveau dans le rétroviseur.

« Alors pourquoi vous l'aimez bien, *çui-là* ? » avait-il demandé, laissant Sarah perplexe, puisqu'il n'était plus question de Lou depuis un moment.

En regardant par la fenêtre, elle venait d'apercevoir son père, voûté sur le volant de sa Chevy, qui filait dans l'autre sens en direction de la gare de Fulton.

« Ah, le v'là, votre papa ! avait ricané Nurt. Il se doute pas que je l'ai devancé, je suis sûr. »

Et de hocher la tête, ravi de se trouver en quelque sorte dans la confidence — n'importe quelle confidence faisant son affaire. Sarah espérait de tout son cœur que ce sale type n'apprendrait jamais rien d'important à son sujet, lorsqu'il avait déclaré :

« Sarah, c'est ça ? Sarah Berg ? »

M. Berg oublierait-il encore aujourd'hui ? Dans ce cas, ce serait tentant de rester dans le train. Non pour éviter Hudson Cab et Buddy Nurt, mais parce que Sarah se sentait soudain à la dérive, sans domicile. Ce qui était parfaitement absurde. N'en avait-elle pas plusieurs, justement : chez son père, aux Sundry Arms, et chez Ikey ? Pourquoi avait-elle l'impression de n'être à sa place dans aucun, alors qu'on l'aimait dans les trois ? Mais ça serait bien de rester encore quelques heures dans ce wagon, de descendre dans une ville dont elle ne savait rien, d'y bâtir une nouvelle vie. Sa mère avait sans doute raison. Sarah anticipait les grands changements qui arriveraient l'année suivante. Lou et elle partiraient à l'université, et peut-être Bobby aussi. Son père ayant enfin terminé son livre, il quitterait le professorat et s'en reviendrait à New York. Dans un sens, le train cahotait gentiment vers un endroit qui se fondait déjà dans le lointain. En un clin d'œil ou presque, Chez Ikey, les parents Lynch, la maison de son père et le reste de Thomaston ne seraient bientôt plus qu'un souvenir. Buddy Nurt, l'homme des confidences sans intérêt, continuerait de conduire son taxi, au pot d'échappement rafistolé avec un cintre volé. Sarah pardonnerait et elle serait pardonnée à son tour. Tout cela, se disait-elle, était normal. Il n'y avait aucune raison de pleurer. Cédant à la cadence régulière des bogies, elle avait fermé les yeux et libéré ces larmes imbéciles.

Sarah s'était réveillée en sursaut au contact d'une main sur son épaule.

« Votre arrêt, mademoiselle, avait dit le contrôleur. C'est pas mal, ça. C'est vous qui l'avez fait ? »

Sur les genoux de Sarah, se trouvait le portrait de Bobby. Elle ne se souvenait pas de l'avoir retiré du carton avant de s'endormir. Mais, puisqu'il était là, il fallait croire que si.

« Vous devez connaître ce garçon », avait ajouté l'homme.

Elle pensait qu'il parlait de Bobby, mais il avait fait un signe de tête vers la fenêtre sale, qui encadrait le visage souriant de Lou. En rougissant, Sarah avait vite rangé son dessin. Lou l'avait-il aperçu ? Pouvait-il voir à l'intérieur, derrière cette vitre sale ? Il avait l'air de contempler sa propre image autant que Sarah.

Dehors, sur le quai, il l'avait prise dans ses bras, comme un grand frère affectueux. Comme chaque année. Ce manque de passion, cette absence de désir charnel, l'auraient déçue s'il n'avait été si heureux de la revoir.

« Ouah ! s'était-il exclamé, entre la peur et l'admiration, en reculant pour la regarder. Tu as… changé. »

Changé. Ce mot-là l'avait un peu déçue, aussi.

« J'attendais plutôt mon père.

— Je t'avais dit que j'aurais une surprise. »

Elle se rappelait en effet que, plus tôt dans la semaine, il avait mentionné quelque chose du genre au téléphone.

« J'ai eu mon permis. »

Fiérot comme il l'était, il ressemblait plus encore à Lynch Senior.

« Ah, avait-elle dit en s'efforçant de partager son enthousiasme. Vachement bien.

— Je suis passé chez ton père, il a bien voulu me prendre en anglais renforcé, avait-il ajouté, attrapant une valise dans chaque main. J'ai l'impression qu'il a oublié ton train. Il a fallu qu'on frappe assez fort, et il nous a ouvert en robe de chambre.

— Qui ça "on" ?

— En fait, je n'ai pas une, mais deux surprises. »

Lou ne quittait plus son espèce de sourire — Sarah devait bien se l'avouer : ce sourire idiot — tandis qu'ils sortaient de la minuscule gare. Le break des Lynch était garé dans le parking. Et qui venait d'en descendre pour écraser sa cigarette, sinon le garçon qu'elle avait rangé quelques instants plus tôt dans son carton, avec la même expression amusée qu'elle lui avait donnée ?

« Tiens, un revenant », lui avait-elle dit, en s'étonnant d'embrasser comme un vieil ami quelqu'un qui n'en était pas un.

Et c'était drôle de le voir aussi troublé.

« C'est toi qui es partie, pas moi, avait objecté Bobby.

— Seulement me revoilà, et il faudra que tu te tiennes à carreau, mon gars. C'est une cigarette que tu avais là ?

— Il ne devrait pas fumer, avait dit Lou en souriant à Bobby. Ils l'ont pris dans l'équipe. Il joue arrière, pour l'instant.

— Tu vas me dénoncer ? avait demandé Bobby.

— Peut-être. Ça dépend de ce que tu me donnes.

— Combien tu veux ?

— Un quarter. »

Il avait pêché un quarter dans sa poche et le lui avait donné.

« Bien, avait dit Sarah. Ton secret est à l'abri. »

Et bizarrement, les siens aussi. Des secrets qui l'avaient terrifiée dans le train, avec la peur de ne pas savoir les garder, alors qu'ils ne demandaient qu'à se montrer au grand jour. Maintenant, tout cela paraissait sans importance. Bobby avait comme une double vie — il était devant elle en chair et en os, et bien rangé dans le rabat intérieur du carton. Le réel était-il ainsi cloisonné, chez les adultes ? Sarah, qui avait le moral à zéro tout à l'heure, se sentait de fort meilleure humeur en étudiant cette possibilité. Si ça marchait comme ça, elle s'en sortirait. Peut-être même bien.

« Je passe derrière, avait suggéré Bobby.

— Mais non, monte à l'avant, lui avait dit Lou en se dirigeant vers le volant. Il y a de la place pour trois. »

Il avait raison. C'était le cas.

OISEAUX D'HIVER

Fini, l'Italie.

J'ai protesté, quoique sans trop de conviction, je le crains. J'ai eu juste assez de force pour convaincre ma femme de me ramener à la maison sans passer aux urgences. Puis j'ai sombré dans un mauvais sommeil en l'entendant téléphoner depuis la cuisine. Le temps que je me réveille, et elle a terminé. Avions, trains, hôtels, tout est annulé. Je remarque qu'ont disparu aussi les guides et magazines qui avaient menacé d'engloutir la maison, et j'essaie de deviner si Sarah est en colère. Elle pourrait. Mais non, je ne décèle que de l'inquiétude. Sarah est toujours Sarah, de la même manière, hélas, que je suis toujours Lucy Lynch.

Nous dînons léger et, espérant la rassurer un peu, je lui rappelle comment ça se passe. Comme la soupape d'une cocotte-minute, mes absences servent à évacuer un trop-plein de stress, après quoi la pression remonte lentement. Cela peut durer longtemps, parfois des années. Plus je m'enfonce en moi-même, plus j'en ressors soulagé et, dans ce cas, ma prochaine crise ne surviendra pas avant longtemps. J'explique à Sarah que celle d'aujourd'hui a au moins cet intérêt : il n'y en aura pas d'autre pendant un bon moment et nous ne devons pas trop nous inquiéter. Et si José ne m'avait pas retrouvé là-haut ? me demande-t-elle.

S'il n'avait pas appelé, si elle n'avait pas pu se rendre aussitôt au collège pour me sortir de ma transe ? Je leur suis très reconnaissant à tous les deux, mais j'affirme que cela n'aurait pas changé grand-chose. Certes, sans leur intervention mon absence se serait prolongée. J'aurais pu revenir à moi au milieu de la nuit, enfermé dans l'atelier, hébété, désorienté, mais je serais arrivé à rentrer à la maison. C'est ce qui s'était passé la première fois, et ça s'est toujours vérifié.

Après le dîner, je propose de faire la vaisselle, mais Sarah m'interdit l'accès de la cuisine. On me dit que j'ai l'air épuisé, que je dois monter m'allonger, me rendormir si je peux. Je me réfugie dans mon bureau pour réfléchir seul à l'humiliation que j'ai subie cet après-midi. J'aimerais me persuader que je n'ai pas trahi mon épouse, ni aujourd'hui ni jamais, mais il ne faut pas rêver. Il est possible que je l'ai trahie depuis le début, depuis qu'elle nous a « dessinés ensemble », chez Ikey. Comme par hasard, c'est à ce stade des choses que j'ai arrêté mon récit. J'ai écrit beaucoup plus que je n'aurais imaginé — les deux grands cahiers sont pleins. J'ouvre le deuxième pour relire la dernière page. À table, j'ai promis à Sarah de ne plus écrire. Je sais ce qu'elle pense, que c'est devenu une obsession, qu'il y a sans doute un rapport avec mon absence de tout à l'heure. Cela n'est pas impossible et ça ne serait pas plus mal d'arrêter à ce stade. Sarah est arrivée dans ma vie. Elle a dessiné la boutique, elle nous a représentés ensemble, et nous le sommes restés. Bobby est devant la porte, prêt à entrer — ce qu'il a fait, un petit moment.

Bien sûr, notre vie ne s'est pas arrêtée là. Il y a plus à en dire, mais c'est gratifiant de terminer sur ce dessin, un instantané, figé une fois pour toutes dans le temps. Jamais les choses ne seraient à nouveau si parfaites, suspendues entre l'innocence et l'expérience, le passé et l'avenir. L'année de terminale allait nous enlever ce qui nous restait de candeur, et ensuite commencerait une série d'événements terribles — le déshonneur pour le père de Sarah ; une tragédie pour sa mère ; Bobby qui nous échappe, en route pour l'Europe et la gloire ; mon propre père qui succombe à la... malignité. J'avais l'intention d'écrire tout cela car je voyais ma vie comme une histoire encourageante avec une fin heureuse, une de ces histoires que mon père aurait aimées, dans lesquelles travail et courage sont récompensés, où triomphent les vertus de l'Amérique qu'il aimait. Après tout, notre entreprise a fini par prospérer, ce qui lui donne raison depuis le début. Notre famille est restée soudée. Sarah et moi avons acheté une maison du Borough, une de celles où papa allait livrer le lait — comme il me l'avait prédit, si c'était cela que je désirais un jour. Nous nous sommes mariés comme il le souhaitait, et nous avons un fils, qui est un homme doux et bon. Tout cela, chaque mot de tout cela est vrai. Mais ce n'est pas toute la vérité, et voilà une autre raison, je suppose, de laisser mon récit où il en est. Si je continuais d'écrire aujourd'hui, après le *Pont des Soupirs*, cela deviendrait l'histoire d'une trahison, puisque j'ai trahi celle qui m'a si souvent sauvé la vie. Une trahison, je le crains, qui date de notre mariage.

Après le lycée, Sarah est partie étudier à New York, moi à l'université d'État d'Albany. Il était entendu que nous nous marierions un jour, quand nous aurions obtenu nos diplômes. Entre-temps, nous nous verrions à Noël, à Pâques, etc., et peut-être l'été aussi. Pauvre Sarah. Les premières lettres qu'elle m'a envoyées, cet automne-là, étaient pleines de doutes et d'angoisses. Elle m'écrivait que les étudiants de Cooper Union étaient tous plus doués qu'elle ne le serait jamais, et elle finissait par se demander si son père n'avait pas eu raison. Partisan de ce que l'on appelle « les humanités », il lui avait répété que, en licence, il était avant tout nécessaire de lire, et si possible de lire de tout. Les Beaux-Arts, selon lui, ne valaient guère mieux que les formations techniques, fort utiles si l'on voulait apprendre à réparer un carburateur ou un frigo. Un étudiant n'avait pas besoin d'un savoir étriqué, mais d'un large éventail de connaissances, assez solides pour étayer une vie spirituelle digne de ce nom. Il y aurait tout le temps plus tard, à partir de la maîtrise, pour les exercices pratiques. Au lycée, Sarah n'avait pas eu trop de mal à se passer de ses conseils. Elle savait depuis longtemps qu'il faisait peu de cas de son talent, qu'il cherchait surtout à le minimiser, dans l'espoir qu'elle se découvre une autre passion, plus en phase avec ses critères.

Maintenant qu'elle se retrouvait loin de lui, elle se rappelait, et sans doute pour la première fois, ses arguments. Elle se laissait envahir par le doute. Nous nous parlions souvent le dimanche après-midi, car cela coûtait moins cher de téléphoner ce jour-là. « Et si je n'étais pas aussi douée que ça ? » m'a-t-elle demandé une fois, fin septembre. Je savais qu'elle pensait à lui, aux dix ans qu'il avait consacrés à son grand roman que les éditeurs avaient finalement refusé. « Et si je continue des années de suite, et que je n'en retire rien ? » Je lui ai répondu qu'elle était aussi douée que tous les autres à Cooper Union, et ma mère, m'entendant, a renchéri : « Si elle a été admise, c'est bien parce qu'elle l'est. » Avant que je raccroche, papa a saisi le combiné pour dire à Sarah que son dessin était toujours à la place d'honneur derrière la caisse, que les gens en parlaient tout le temps. Elle nous a remerciés de notre soutien, cependant une brèche s'était ouverte. Un jour qu'un de ses professeurs a éreinté un de ses projets — sur lequel elle avait passé beaucoup de temps —, elle m'a dit en plaisantant que, lorsqu'on la mettrait à la porte, elle me rejoindrait à Albany. Dieu me pardonne, me faisant l'écho de son père, je lui ai rappelé les bienfaits des « humanités ».

Et que disais-je, moi, à Sarah, de mon premier trimestre à l'université d'Albany ? La vérité, dans l'ensemble, mais — pour emprunter une des expressions favorites de M. Berg — « pas toute la vérité, ni rien que la vérité, je le jure ». J'écrivais de longues lettres où je reconnaissais qu'elle me manquait terriblement, ce qui était vrai. J'affirmais que j'avais de bons résultats à la fac (vrai aussi), que je suivais les cours régulièrement, que j'étudiais sérieusement (vrai encore). Mais je mentais en affirmant que je m'étais adapté à la vie universitaire. Pendant les trois premiers mois, je n'avais eu d'un étudiant que le nom. Sarah savait que je rentrais le week-end pour travailler au magasin. On avait besoin de moi, lui expliquais-je, ce qui était suffisamment vrai. En réalité, c'est *moi* qui avais besoin de l'épicerie le week-end, moi qui, une fois les cours terminés, ne me voyais pas rester sur le campus où je ne m'étais pas fait d'amis. Pis, j'étais jaloux du courage de Sarah, de sa force de caractère. Elle était une inconnue dans une ville et elle livrait bataille pour y conquérir une place. Elle dominait le sentiment de ne pas être à la hauteur. Moi, je n'ai même pas essayé. Je comprenais que cette jalousie succédait à celle que j'avais ressentie envers Bobby quand nous étions enfants. Comme lui, Sarah ne reculait devant rien, elle était prête — pour ainsi dire — à surfer dans le noir à l'arrière du camion. N'importe quel camion. Et elle ne pleurerait pas si ça remuait trop. Alors que moi, à l'avant, je jouais la sécurité. Je voyais les virages à temps, je n'hésitais pas à me raccrocher à la barre.

Si Bobby est bien parti cet automne-là, il a tout sauf disparu. J'ai mal supporté ce départ, surtout après ce qui s'est passé avec son père. Mais il n'était plus là, et j'ai fini par me dire que c'était à mon avantage. Il n'y aurait plus matière à comparaison. Sarah n'en parlait jamais la première, mais je savais bien qu'elle ne l'avait pas oublié. Comment aurait-elle pu alors que, par ces nuits solitaires dans ma triste chambre d'étudiant, je me demandais moi-même s'ils n'étaient pas faits l'un pour l'autre ? Sarah me disait dans ses lettres que, tant que je rentrerais chez moi le week-end, je ne rencontrerais personne à la fac, et je croyais lire un espoir secret entre ses lignes. Celui que je me fasse une autre petite amie, car ainsi elle serait débarrassée de moi, et pourrait voler dans les bras de Bobby, s'il revenait. C'était fou de le penser, je ne l'ignorais pas, mais cette idée-là avait la vie dure.

Vers la mi-novembre, me trouvant moi-même au-dessous de tout, j'ai craint que notre avenir soit compromis. Dès le lundi, j'avais hâte d'arriver au dimanche pour reparler à Sarah. Nos conversations n'enlevaient rien à mes angoisses, bien au contraire, car je la sentais plus heureuse chaque semaine, plus à l'aise dans la grande ville, moins « étrangère » et moins craintive, bien armée même pour naviguer dans ces eaux dangereuses. Elle était impatiente de nous rejoindre pour les vacances, mais le professeur qui l'avait rejetée au début l'avait maintenant prise sous son aile, avec une autre étudiante de première année. Il les avait invitées à revenir plus tôt, juste après la Saint-Sylvestre, pour l'aider à installer une exposition. Elle avait accepté et j'en ai eu le cœur brisé. Elle me privait d'une longue semaine que j'avais prévu de passer avec elle. Je redoutais ces vacances de Noël autant que j'en rêvais. Je mourais d'envie de voir Sarah et je tremblais à l'idée qu'elle rompe nos fiançailles à ce moment-là. Celles-ci, d'ailleurs, n'étaient pas officielles.

Évidemment, mes angoisses n'avaient aucun fondement. Quand Sarah est descendue du train, quatre jours avant Noël, ma bêtise m'est apparue dans toute sa splendeur. C'était de nouveau ma Sarah, ou peut-être « notre Sarah », comme l'appelait mon père. Bardée de cadeaux pour nous, elle avait oublié, disait-elle, comme c'était agréable de respirer le bon air. Elle s'est exclamée si fort en embrassant mon père qu'il a scintillé comme un arbre de Noël. Mais quand nous nous sommes retrouvés ensemble plus tard, elle a reconnu que tout était « plus petit » que dans son souvenir, ce que j'ai interprété comme « plus moche ». Y compris Chez Ikey, sans doute. Au téléphone, elle parlait souvent de la façon dont les gens s'habillaient à New York, et j'avais conscience, comme encore jamais, de ce dont nous avions l'air, nous autres Lynch. Papa portait ce jour-là une de ses chemises à carreaux les plus criardes, une de celles qu'il prétendait avoir achetées chez Calloway. Son épi se dressait fièrement sur sa tête et le sourire qu'il affichait devant « notre chérie » était plus niais que jamais. L'amour et l'embarras me serraient tous deux la gorge. De son côté, si Sarah était mal à l'aise, elle n'en montrait rien. Elle nous disait que, les jours de déprime, elle nous imaginait occupés chez Ikey, et ça lui remontait le moral en moins de deux.

« Je te jure, Lou, si tu te mets à pleurer, je te gifle », a dit ma mère en voyant papa la larme à l'œil.

Bien des choses avaient changé depuis le bac. Nous le ressentions, elle et moi. Sans Bobby, cela n'était plus tout à fait pareil entre nous. Nous avions toujours fonctionné comme un trio, même lorsqu'il était avec Nan. Il se rangeait parfois du côté de Sarah, parfois du mien, mais il était toujours présent, carte maîtresse de tous les jeux auxquels nous pouvions jouer. Quand il n'était pas encore là, nous savourions d'avance son arrivée. Les copains de classe qui étaient partis en fac et revenaient pour les petites vacances demandaient de ses nouvelles, d'abord à Sarah et moi, ses plus proches amis. Elle admettait sans trouble apparent qu'elle n'en savait pas plus que les autres, mais peut-être était-ce parce que Bobby avait toujours été « mon territoire ». J'ai souvent remarqué que, lorsque la cloche sonnait au-dessus de la porte, elle levait la tête, dans l'expectative. C'est à Bobby qu'elle pensait à ces moments-là. Je le suppose, puisque c'était aussi mon cas. « On ne le reverra probablement jamais », ai-je risqué un jour, par quoi je voulais dire que, au vu des circonstances, il serait fou de rentrer. Me sentant blessé, certainement, qu'il n'ait pas repris contact depuis sa fuite, Sarah a inventé un jeu pour nous deux. Elle a imaginé qu'il reviendrait à un moment ou un autre pendant les vacances de Noël — qu'il regagnerait le territoire sous un déguisement et qu'il ne se montrerait sous son vrai visage qu'une fois ici, au magasin. Quiconque débarquait chez Ikey devenait un Bobby masqué.

« Tiens, le voilà ! s'exclamait Sarah en apercevant une minuscule vieille dame sur le trottoir, derrière son déambulateur. Je l'ai reconnu la première ! »

Mais non, il était bel et bien parti, et il n'était pas le seul. Troisième était repassé en coup de vent à Thomaston, entre un séjour dans une caserne et un avion pour le Vietnam. Au mois de septembre, Nan Beverly et Perry Kozlowski s'étaient comme nous inscrits en fac et, leurs parents ayant quitté la ville, ils ne reviendraient pas. Jerzy Quinn et Karen Cirillo étaient toujours là, mais je les croisais si rarement qu'ils me donnaient l'impression d'être les personnages d'un roman lu depuis longtemps et oublié. J'ai rencontré un jour Karen devant le salon de beauté où elle travaillait. Elle avait un bambin avec elle.

« Eh ben, Lou, m'a-t-elle dit (était-ce moi qu'elle regardait ou quelque chose derrière ?), t'es encore amoureux de moi ou quoi ? »

Je lui ai répondu que j'étais fiancé à Sarah Berg.

« Connais pas, celle-là. Elle doit pas être du coin. »

Sans m'appesantir, j'ai avancé :

« Tu dois être mariée, maintenant ? »

La petite me souriait avec le même air fasciné que les gamins avaient toujours eu devant mon père.

« Mariée ! s'est esclaffée Karen. Tordant !... T'as pas changé, hein, Lou ? »

Je m'attendais ensuite à voir surgir un de ces spectres faméliques dont elle s'était entourée au collège, mais non. Je me suis demandé ce qu'ils étaient tous devenus. Quand elle est entrée dans sa boutique avec sa petite fille, je me rappelle avoir jeté un coup d'œil aux alentours en me disant que la moitié de la ville avait disparu d'une façon ou d'une autre.

Ces vacances de Noël étaient compliquées pour Sarah du fait que, son père n'étant plus là, elle ne savait pas où séjourner. Comme nous n'avions pas assez de place chez nous — et cela n'aurait pas été convenable de l'héberger —, elle s'était débrouillée pour se faire inviter chez une vieille copine dont elle n'avait jamais été très proche. Elle s'est crue obligée de lui consacrer du temps, à elle et sa famille, ce qui n'a pas empêché la fille de reprocher à Sarah de se servir d'elle. La prochaine fois qu'elle rendrait visite aux Lynch, elle se trouverait un autre endroit pour dormir. Peut-être ces dissensions ont-elles jeté une ombre sur nos dernières journées ou, plus probablement, est-ce moi qui me sentais chaque jour plus lamentable tandis qu'approchait la fin des vacances. J'étais profondément jaloux de son enthousiasme pour cette expo à New York, sur laquelle elle allait travailler dès son retour. Pendant les deux semaines que nous venions de passer ensemble, je m'étais senti heureux mais surtout — comment dire ? — entier. Je lui avais proposé de sortir, de rendre visite à d'anciens amis, de nous distraire, mais elle avait dit non, elle avait envie de rester chez Ikey. Atterrée, maman hochait la tête en nous regardant, papa et moi, avec nos airs attendris. Je ne savais pas comment j'allais supporter le départ de Sarah.

Sur la route de Fulton, j'ai laissé mes angoisses prendre le pas. Je lui ai dit combien je l'aimais, combien elle me manquait, combien j'avais l'impression de la perdre au profit d'un monde plus intéressant, celui que son père lui avait prédit et dans lequel ni moi, ni l'épicerie, ni Thomaston ne figureraient jamais. Loin d'être écœurée par cet aveu de faiblesse et de méfiance, elle m'a embrassé sur le bout du nez, en louchant presque, et elle m'a accusé de faire l'imbécile, un imbécile bien intentionné cependant, et donc elle me pardonnait. Elle m'aimait autant, disait-elle, et plus que jamais. Et non seulement moi, mais aussi ma mère, mon père, notre travail, et encore oncle Dec, quand il se tenait bien. Il fallait que je la croie.

Je l'ai crue. Bien sûr que je l'ai crue. C'était Sarah et, chez Sarah, la sincérité est une loi. Elle venait de me confirmer son attachement, au-delà de ce que je pouvais espérer. Quand je l'ai remise dans son train, l'idée m'a traversé l'esprit que, même si elle pensait chacun de ses mots, même si c'était toute la vérité et rien que la vérité, ce n'était pas le serment dont j'avais besoin. Parce que je pouvais toujours perdre ma Sarah, parce qu'il y aurait toujours un ailleurs, quelqu'un de plus intéressant qu'elle n'avait pas encore rencontré mais qu'elle aimerait plus que moi ou nous.

Voire quelqu'un à qui elle avait déjà fait ses adieux, mais qui n'avait peut-être pas disparu pour toujours. Comment empêcher cela ? Je ne pouvais pas. Tout simplement, je ne pouvais pas.

C'est après le nouvel an qu'un premier diagnostic inquiétant a été établi pour mon père. Il y avait déjà eu une alerte, on lui avait enlevé un kyste, après quoi il avait fait régulièrement ses analyses. Mais cela coûtait cher, il se sentait bien, et peu à peu il avait arrêté. Cet automne-là, cependant, il se fatiguait vite et dormait mal, à ce que disait maman. J'ai remarqué, moi, qu'il se frottait constamment le flanc droit, juste au-dessus des côtes, en faisant la grimace.

« C'est rien, disait-il toujours. C'est un petit bourrelet. Ça partira tout seul. »

Sauf que non. Sarah, qui ne le voyait pas chaque jour, avait constaté tout de suite en arrivant qu'il avait perdu du poids.

« Ça suffit, maintenant, a conclu maman, posant sur lui ce regard fixe qui lui faisait peur. Lundi matin, tu vas chez le docteur. »

Il a fallu attendre la fin des vacances de Noël pour obtenir un rendez-vous chez un spécialiste. Il a détecté une tumeur sous le bras, exactement au même endroit que le kyste, des années plus tôt. Maman était furieuse, certaine que papa savait depuis des mois que ça n'allait pas, et qu'il s'était refusé à faire quoi que ce soit. L'ablation était une opération relativement simple, mais la chimiothérapie qui a suivi l'a épuisé, de sorte que ma présence était plus nécessaire encore à la maison que lors du trimestre précédent. À la mi-janvier, mon conseiller pédagogique a accepté à contrecœur que je renonce à deux matières obligatoires, enseignées le lundi, le mercredi, le vendredi. Je les remplaçais par deux cours optionnels le mardi et le jeudi, ce qui me permettait de prendre le bus aussitôt après et de rester quatre jours au magasin. Je repartais au campus le lundi soir. Comme on pouvait s'y attendre, ma mère était folle de rage en l'apprenant.

« À quoi bon poursuivre des études, disait-elle, si tu n'y vas que trois jours par semaine ?

— C'est seulement pour le trimestre en cours. »

J'avais fait la même promesse à mon conseiller, lequel m'avait mis en garde : en renonçant aux matières principales, je risquais de prendre un retard irrattrapable. Dès que papa aurait retrouvé des forces, affirmais-je à maman, dès qu'il serait hors de danger, j'allégerais ma charge de travail chez Ikey pour redevenir un étudiant à plein temps. J'avais après tout décroché une bourse pour payer mes études et je ne gaspillais pas l'argent qu'elle avait mis de côté pour moi, un argent qui servait maintenant à payer l'opération, les journées d'hôpital, le traitement postopératoire, la convalescence. Elle avait beau dire ce qu'elle voulait, il était nécessaire que je sois là, il n'y avait même pas à discuter.

Cette victoire avait son prix. Le conflit sous-jacent qui nous divisait depuis si longtemps, elle et moi, atteignait des proportions critiques, et nous nous querellions sans cesse. Comme dans tant d'autres familles — j'en avais observé un certain nombre, depuis l'enfance —, on ne parlait pas ouvertement de ce qui nous opposait. En l'occurrence, il s'agissait de savoir si papa allait guérir ou pas. Le chirurgien était optimiste. L'opération s'était bien passée, avait-il dit. Ils étaient intervenus suffisamment tôt, les cellules cancéreuses n'avaient pas eu le temps de se propager. Mon père aurait attendu deux mois de plus, eh bien, la situation aurait été très différente. Évidemment, le médecin ne pouvait pas nous assurer qu'il n'y aurait pas d'autres tumeurs, mais il n'y avait pas de raison d'assombrir le tableau. C'est ça, surtout, que papa avait retenu.

« Arrête de t'affoler à chaque instant, disait-il à ma mère quand elle lui reprochait d'avoir recommencé trop tôt à travailler. Ça n'est pas le peu que je fais qui va m'envoyer au cimetière. Et Louie est là pour me donner un coup de main. »

La mâchoire serrée, elle se taisait. Toujours réaliste, maman défendait son point de vue avec la dernière énergie, mais là elle ne pouvait pas, car l'optimisme, qualité naturelle de son époux et de son fils, était exactement ce dont un malade avait besoin. Je voyais bien qu'elle bouillait intérieurement, et elle rejetait sa mauvaise humeur sur nous tous.

« Mais qu'est-ce que tu veux à la fin, Tessa ? » lui avait dit un jour oncle Dec.

Elle avait explosé :

« Ce que je *veux* ? Ce que je *veux* ? Je voudrais seulement que quelqu'un dans cette famille… »

Elle s'était arrêtée là, foudroyant son beau-frère du regard, puis moi, avant de sortir comme une furie.

« Ménage-la, Bub, m'a dit Dec en se rendant compte que j'étais fou de colère. Si elle nous claque dans les mains, y aura plus qu'à fermer la porte, ici.

— Arrête tes conneries ! » lui ai-je asséné — la seule fois de ma vie où je me suis permis de parler à quiconque sur ce ton.

Pendant quelques secondes, il a eu l'air prêt à quitter son étal pour m'apprendre les bonnes manières, mais il s'est ravisé.

« Très bien, a-t-il dit. Continue comme ça, délaisse tes études, passe ta vie ici du matin au soir. Brise-lui le cœur, si tu y tiens tellement. Qu'est-ce que tu veux que ça me foute ? »

En mars, Dec a décidé qu'il avait besoin de vacances. Il n'était pas retourné en Californie depuis l'armée et il avait envie de voir ce qui se passait là-bas. Deux ou trois champs de courses valaient le détour, et il y avait aussi les lévriers. Ensuite, si on traversait la frontière à Tijuana, on pouvait parier sur des équipes de *jai alai*, un jeu d'une rapidité folle qu'on pratiquait avec de grands paniers en osier — on aurait cru des feuilles de bananier.

« Et puis, ça vous donnera l'occasion de vérifier si vous avez appris quelque chose, toi et Little Biggy », a-t-il dit à maman.

En sus de l'habituel Bub, Little Biggy était l'un des cinq ou six surnoms auxquels j'avais droit. Cela faisait plus d'un an qu'il nous montrait comment gérer le coin boucherie, et nous savions faire tout ce qu'il faisait. Les dames du Borough, cependant, préféraient qu'il s'occupe lui-même de leurs carrés d'agneau. « C'est pas votre faute si je suis plus sexy que vous », aimait-il à plaisanter lorsqu'elles étaient reparties.

« Essayez de pas vous trancher un bras en mon absence. Il n'y a pas beaucoup de demande pour les bouchers manchots.

— Lou ne sera *pas* boucher, a rétorqué maman, comme si elle avait peur que j'embrasse la carrière.

— Fais bien attention à toi, quand même. Tu es toujours en train de penser à cinq choses à la fois et, avec un hachoir en main, c'est pas une bonne idée.

— Oh, si tu n'es pas là, tout risque de marcher mieux, tu sais, l'a-t-elle assuré.

— Et toi, Bub ? Tu crois que tu vas pouvoir survivre un mois sans moi ? »

En ce qui me concerne, j'étais tout à fait prêt à relever le défi.

« J'imagine, ouais », s'est-il esclaffé.

Maigre et pâle, papa était juché sur le haut tabouret de bar qu'on lui avait installé derrière la caisse pour qu'il soit plus à l'aise.

« Tu seras revenu la semaine prochaine si tu gaspilles ton argent avec les chevaux, les chiens, et tes "jaï-quiri".

— Tu as peut-être raison, a glissé Dec, plus gentil avec lui depuis l'opération — cela n'était pas "fair-play" de se moquer d'un malade. Mais, d'un autre côté, je vais peut-être gagner une fortune et acheter une maison au bord de la plage.

— Envoie-moi chercher, dans ce cas, a dit maman.

— Je te promets rien. Je serais déjà entouré de chercheuses d'or. Paraît qu'il y en a plein, là-bas. Exactement le genre de femme qu'il me faut.

— Il paraît aussi que la Californie va tomber dans la mer, un de ces jours », a-t-elle conclu en rejoignant la porte en quelques enjambées, avant de la laisser se refermer toute seule.

Oncle Dec m'a regardé en haussant les épaules.

« Essaie de remonter le moral de ta mère pendant que je suis pas là, s'te plaît. Il était tout de même meilleur avant qu'elle épouse ton père et que tu arrives. »

* * *

Dec étant absent tout le mois de mars, Sarah aurait un endroit où se poser pendant le *spring break*[1]. C'était peut-être la raison pour laquelle il avait choisi ce mois-là pour

1. Littéralement les « congés de printemps » (équivalent de nos vacances de Pâques), en février ou en mars selon les établissements universitaires américains.

ses vacances, plutôt que février ou avril. Il n'avait pas vraiment l'habitude de faire les choses par gentillesse ou déférence, mais il aimait beaucoup Sarah, et c'était possible. Ou alors maman lui avait suggéré l'idée. À peine est-il parti qu'elle est montée éteindre le chauffage, ouvrir les fenêtres en grand, évacuer ce qu'elle appelait l'odeur du célibat, un mélange entêtant d'huile de friture, d'eau de Cologne bon marché, de tabac froid et de flatulences. Cela étant, pour un homme qui avait toujours vécu seul, Dec était curieusement propre et ordonné. Sans doute l'armée lui avait-elle inculqué de bonnes habitudes, pensait-elle, car il n'y avait pas d'assiettes entassées dans l'évier ni de pile de vêtements au pied du lit, et la salle de bains, sans être nickel, ne l'a pas non plus fait hurler. Pas de tartre accumulé dans la baignoire, pas de poils de barbe dans le lavabo, pas de taches d'urine par terre autour des toilettes.

Dec s'en allant pour un mois, maman a trouvé le moment bien choisi pour repeindre l'appartement. Blancs à l'origine, les murs commençaient à jaunir, puisqu'un gros fumeur vivait là. Surtout, la traînée noire était en train de revenir sur le mur à l'endroit où un court-circuit avait mis le feu, et il fallait passer une nouvelle couche de peinture. Quand j'ai entendu maman appeler le peintre, je lui ai demandé pourquoi elle faisait tout ça. Sarah ne resterait que deux semaines, et Dec se fichait bien de ce genre de détails. En outre, il n'allait sûrement pas arrêter de fumer.

« Tu n'as pas envie que ça soit agréable pour Sarah ? » m'a-t-elle dit.

Puis elle a acheté un bon sommier et un matelas, une coiffeuse et une commode. Et elle a fait refaire la salle de bains.

Tout cela ne rimait strictement à rien. Nous manquions d'argent. J'ai tenté d'en savoir plus sur ses intentions, mais elle s'est mise dans une telle colère que j'ai laissé tomber puisque, à ce moment-là, nous nous chamaillions à tout propos. Quelque temps auparavant, elle avait piqué une crise en m'entendant parler au téléphone avec Sarah — je lui disais qu'elle pouvait toujours, l'année suivante, quitter

Cooper Union et poursuivre ses études à Albany. Émue par l'apparition de la tumeur et par l'opération qu'avait subie papa, Sarah se demandait si on ne préférerait pas l'avoir près de nous, ce qui lui permettrait de donner un coup de main.

L'œil mauvais, maman m'avait regardé raccrocher.

« Tu la laisserais faire ça ?

— Les Beaux-Arts, c'est pas mal à Albany, non plus, avais-je mollement répondu. Ils lui donneraient sans doute une bourse complète.

— Mais enfin, ça n'est pas Cooper Union ! avait-elle rétorqué. Tu as une idée des qualités qu'il faut pour y être admis ? Combien d'autres se voient refuser ! »

Je lui avais rappelé que Sarah était assez grande pour prendre ses décisions toute seule. Évidemment, maman ne voulait rien entendre.

« Si tu lui disais le contraire, et que tu le pensais vraiment, elle resterait à New York. »

Elle n'avait pas été très emballée, du moins au début, à l'idée que Sarah nous rejoigne pour les vacances de mars. C'est moi qui l'avais proposé, le jour du nouvel an, à peine étais-je revenu de la gare où je l'avais mise dans le train. En entrant dans le magasin, j'avais eu l'impression que mes parents, et même oncle Dec, avaient profité de mon absence pour parler d'elle et moi, et que je n'étais pas parti assez longtemps pour qu'ils se mettent d'accord.

« Je ne pense pas que ce soit le bon choix, avait dit maman quand j'avais lancé cette idée. Ça ne serait pas lui rendre service. »

Papa avait haussé les épaules, sa façon de dire qu'il voyait les choses autrement.

« Tu as bien vu comme elle était contente d'être là.

— Comme *toi*, tu étais content qu'elle soit là », avait rétorqué ma mère, ce qui lui avait valu un autre haussement d'épaules.

Papa n'allait pas nier qu'il adorait avoir Sarah à demeure ou presque.

« Mais si, elle était contente, avais-je renchéri. Elle me l'a dit.

— On est la seule famille qu'il lui reste, avait-il souligné.

— Exactement », avait renchéri Dec derrière son présentoir.

Maman avait tendu l'index vers lui.

« Ah, tu ne vas pas t'y mettre, toi aussi.

— C'est une nouvelle loi, Tessa ? Je n'ai plus le droit d'ouvrir la bouche ?

— Non, ça ne date pas d'hier, mais je ne l'ai pas encore fait respecter, cette loi. J'aimerais que vous arrêtiez de vous liguer contre moi, tous les trois, à chaque fois qu'on discute de quelque chose.

— C'est parce qu'on a *besoin* de se mettre à trois, avait dit Dec. De toute façon, c'est quand même toi qui l'emportes. Toujours.

— Elle était très contente, avais-je répété d'une petite voix, et maman avait fait volte-face.

— Tu en es bien sûr ? Tu sais faire la différence entre l'affection et la gratitude ? »

Elle-même semblait se rendre compte qu'elle m'envoyait un coup bas.

« Tu as bien vu que… avait commencé papa.

— OK, l'avait coupé ma mère. *OK.* Elle a passé de bonnes vacances. Ce que je veux dire, c'est qu'offrir la sécurité à quelqu'un qui conquiert son indépendance, ça n'est pas un cadeau. Sarah est une fille courageuse. Elle commence juste à comprendre qu'elle n'a pas besoin de filet de protection. »

Et de se tourner vers moi :

« Ne manipule pas ses angoisses à ton profit. On ne fait pas ça quand on aime les gens. »

Le même soir, mes parents avaient continué de se disputer. Leurs voix me parvenaient par le circuit de la ventilation, comme lorsque j'étais enfant.

« Tu devrais aussi penser à elle, Lou.

— Je dis pas ça, Tessa. Je dis seulement que…

— Je sais ce que tu dis.

— Il n'a pas eu une seule absence depuis que…

— Je *sais* ce que tu dis.

— Elle lui fait du bien. C'est tout ce que…

— Je *sais* ce que tu dis. Je sais, je sais, je sais. »

Mon père n'aurait pas été malade, leurs propos sur la venue de Sarah auraient été plus vifs. Maman était bien consciente que toute forme d'inquiétude était à proscrire. Il suivait, disait-on, une chimiothérapie à faible dosage, qui le laissait cependant affaibli, pris de nausées pendant des jours entiers. Il avait à peine le temps d'aller mieux qu'il fallait recommencer. L'appétit disparaissait et il se remettait à maigrir. On a pensé un moment que Dec serait obligé de reporter son voyage, et puis vers la fin février, papa a semblé relever la tête. Il s'était remis à manger, il avait repris du poids, il retrouvait un peu de force et d'endurance. La bonne prescription serait une visite de « notre chérie », disait-il, même si cette prescription-là ne sortait pas de chez le médecin. Quelques jours avant l'arrivée de Sarah, les tensions ont refait surface. Maman avait ordonné à mon père de ne pas influencer ses choix pour la prochaine année universitaire.

« Si elle n'aborde pas le sujet, tu t'abstiens. Elle a tout l'avenir devant elle, ce n'est pas à toi de lui dire ce qu'elle a à faire.

— Bon Dieu, mais je vais rien dire. Elle a le droit de…

— Je t'en prie, avait-elle coupé. Tu sais très bien ce que tu vas faire, et moi aussi. Elle aura à peine passé la porte que tu vas t'allumer comme une guirlande de Noël, lui donner du *Bienvenue à la maison, chérie.* Comme d'habitude. Ce n'est pas chez elle, ici, Lou. Elle vit dans un dortoir à New York. Lui affirmer le contraire ne sert qu'à l'embrouiller.

— Il y a des gens qui ont deux adresses. T'as qu'à penser à Louie. Il est ici la moitié du temps, et l'autre moitié chez lui aussi à la fac. »

Bien sûr, cela n'était pas vrai. Certes, je passais la moitié de mon *temps* à l'université, mais *chez moi*, c'était Thomaston. Ou plutôt Chez Ikey — à bien y penser, notre vrai sujet de dispute, ma mère et moi.

Pendant les vacances, Sarah est redevenue Lynch à part entière, bien que, au lieu de travailler au magasin avec papa et moi, elle ait passé la plus grande partie de son séjour à retaper l'appartement en haut avec maman. Le week-end, elles faisaient les vide-greniers et les marchés aux puces de tout le comté, à la recherche de décorations et d'accessoires. La première semaine, elles ont arraché la vieille moquette usée, puis elles ont loué une ponceuse pour égaliser le parquet en dessous, avant de passer deux couches de vitrificateur.

« Ça ne sert à rien de discuter avec ta mère quand elle a une idée dans la tête », m'a dit papa, par un après-midi calme où nous avions la boutique pour nous.

La ponceuse ronronnait à l'étage et je voyais bien qu'il essayait de résoudre notre énigme — pourquoi maman tenait à réaménager l'appartement au seul bénéfice de Dec. Avant de partir, celui-ci lui avait dit que ses vacances nous serviraient de test, après quoi il nous fausserait compagnie pour de bon. Il était resté avec nous au-delà de ce qu'il avait prévu et si, au bout de tout ce temps, nous ne savions pas encore découper un porc, c'est que nous étions vraiment trop bêtes.

Je devinais évidemment — ou du moins le croyais-je — la raison de ces rénovations. Tout simplement, je n'avais pas le courage de l'expliquer à papa qui était encore diminué. J'ai tenu ma langue parce que je ne voulais pas risquer d'enrayer sa guérison. Je sentais pourtant une colère noire monter chaque fois que je repensais à ce que faisait maman, qui avait choisi ce moment-là, car il était trop faible pour s'opposer à elle. Même à moi, elle n'avait pas voulu dévoiler ses intentions, et de plus elle montait Sarah contre nous.

Mes parents s'étaient engagés à ne pas influencer sa décision et, en présence l'un de l'autre, ils tenaient leur promesse. Toutefois ma mère se doutait que, forcément, papa arriverait à confier ses tendres espoirs à Sarah — qu'elle et moi allions nous marier, que nous habiterions

Thomaston, qu'il nous léguerait le magasin, à nous et aux petits-enfants que nous lui donnerions. Le cancer l'ayant confronté à la mort, ces espoirs s'étaient renforcés et on ne pouvait s'attendre à ce qu'il n'en dise rien. Autant lui demander de ne pas respirer. Il n'était pas assez fou pour en parler devant maman mais dès qu'elle avait le dos tourné et que, occupé à la réserve, je ne l'entendais pas, il glissait quelques mots à Sarah : il regrettait qu'elle étudie si loin, le magasin n'était plus le même sans elle, je n'étais jamais aussi heureux qu'à son retour. Tant que la boutique serait là, elle aurait toujours un point de chute, une famille et, selon lui, il y en avait encore pour un moment. On avait toujours besoin de petites choses qui ne justifiaient pas un aller et retour au supermarché. Les gens aimaient bien leur épicerie de quartier, où on les connaissait, où ils trouvaient ce qu'ils cherchaient, faute de quoi il était au moins possible de demander.

J'étais certain qu'on tenait à l'étage une tout autre conversation, qu'on dressait un tableau bien différent de Chez Ikey. Maman apurait les comptes en fin de mois et elle savait qu'on n'avait pas de marge de manœuvre. Le moindre écart, la moindre surprise était susceptible de nous coûter cher. Nous travaillions beaucoup pour gagner à peine notre vie. Si l'on voulait éviter les pertes, il fallait y regarder à deux fois au moment de passer les commandes. Même si l'on s'efforçait de tout maîtriser, il y avait toujours quelque événement imprévu, et imprévisible, pour nous confondre. Bien sûr, nous y arrivions, mais c'était plus dur d'année en année, pas l'inverse, et selon la rumeur, un nouveau supermarché allait ouvrir ses portes, rejetant le vieil A & P aux oubliettes. Si l'on avait un peu de plomb dans la tête, une petite épicerie n'était pas une étoile à laquelle accrocher son char.

Idem pour Thomaston. Après la fermeture de la tannerie, aucune grande entreprise, industrielle ou pas, n'était venue redonner espoir à ceux qui avaient perdu leur job. Sans cesse plus nombreux, les panneaux À VENDRE fleurissaient devant les maisons de l'East End, du West End, et même du Borough. Les Beverly avaient finalement cédé la leur, à perte puisqu'ils en avaient les moyens. Ceux qui ne les avaient pas passaient d'un agent immobilier — démoralisé — au suivant, élaboraient des stratégies vouées à l'échec. On fixait d'abord un prix « honnête », conforme à de modestes attentes, puis un second, « révisé », car on était « motivé ». Et finalement il fallait brader, les acquéreurs étant si rares que la concurrence faisait encore dégringoler les prix.

Oui, Thomaston avait été contaminé. Le journal local avait cessé de fustiger les Cassandre d'Albany, ceux qui avaient dénoncé la pollution du Cayoga et de nos nappes phréatiques. L'argument employé, peu éloquent, était maintenant le suivant : nous n'étions pas en plus mauvais état que les municipalités voisines. Pour persuader ses lecteurs que l'eau du ruisseau était à nouveau claire et pure, le journal publiait le week-end des photos de pêcheurs, installés à l'ombre de la tannerie désaffectée. Le problème, c'est que les gens gardaient un bon souvenir de leur empoisonnement. À l'époque où le Cayoga était rouge, ils avaient eu de l'argent en poche. Aujourd'hui sans emplois, en fin d'allocation chômage, ils n'avaient plus que l'aide sociale et ils buvaient chez Murdick et dans les autres bistros les maigres chèques que l'État leur octroyait. Division Street n'était plus vraiment une frontière entre l'East et le West End. La pauvreté, les horizons bouchés, qui jadis caractérisaient tout ce qui se trouvait à l'ouest de Division s'étendaient lentement aux quartiers respectables de l'est. Avant peu, prédisait ma mère, les banques seraient propriétaires de tous les immeubles et de tous les commerces. Et le jour viendrait où les banques elles-mêmes s'en iraient. Naturellement, Sarah ne se faisait pas d'illusions, mais j'étais sûr que maman, prévenant peut-être une nostalgie naissante, ne se privait pas de le lui rappeler.

Pour être honnête, ce qu'elle pouvait dire à mon sujet lorsqu'elles étaient ensemble m'inquiétait davantage. Ma mère m'aimait, je n'en doutais pas. Pourquoi la soupçonnais-je alors de monter mon amie contre moi ? Nous n'en parlions jamais, cependant Sarah savait tout de ces absences qui m'avaient poursuivi pendant mon adolescence.

Papa les croyait révolues, comme un vieux pull-over trop petit que j'aurais oublié au fond de l'armoire. Maman faisait-elle valoir ses craintes — les miennes aussi, je dois l'admettre — que je n'en sois jamais débarrassé ? Pourquoi la voyais-je si bien mettre Sarah en garde contre ce qui l'attendait si nous devenions mari et femme ? Elle serait prise au piège de mon infirmité et de mon curieux caractère. Je l'entendais dire : « Tu veux vraiment finir tes jours dans ce magasin ? » La nuit, incapable de fermer l'œil, j'énumérais tout ce dont maman se souvenait et que Sarah ignorait : la peur qui m'étreignait en sortant de l'école, quand je devais rentrer seul sans Bobby ; le poignet qu'il s'était cassé par ma faute ; l'abattement profond dans lequel m'avait laissé son départ pour le Borough ; les cigarettes que je donnais malgré moi à Karen Cirillo.

Je faisais, à l'évidence, de la paranoïa. J'oscillais entre le doute et le dégoût de soi. Et j'en étais conscient. J'aurais dû moi-même dire ces choses à Sarah, mais l'idée de la perdre me terrifiait. Un soir, je me suis mis dans un tel état que j'ai fini par aller vomir aux toilettes, avec une telle violence que j'ai réveillé mes parents.

Le dernier jour des vacances, papa m'a donné un chèque pour que nous allions dîner, Sarah et moi, dans un restaurant chic sur la vieille route qui relie Albany à Schenectady, perché sur une colline au-dessus du canal. Dans la lumière diffuse du soir, des volées d'oiseaux plongeaient entre les berges en formation serrée. C'était la fin mars, et le printemps gagnait lentement le nord de l'État. On s'en rendait vaguement compte au bruit de l'eau qui creusait ses tunnels sous les congères noires.

On nous a installés à une table près d'une fenêtre, d'où l'on pouvait regarder ces oiseaux d'hiver. Ce que Sarah était belle ce soir-là. Tant d'années après, je la revois encore dans la jolie robe marine à col montant qu'elle avait choisie, et je me rappelle que tout le monde s'est retourné sur son passage. La serveuse nous a pris pour des jeunes mariés, ce qui, en d'autres circonstances, m'aurait rendu fou de joie. Mais je m'étais senti mal toute la journée, comme si je couvais quelque chose. J'étais aussi le jeu de sentiments contraires. D'un côté, j'étais malheureux que Sarah s'en aille le lendemain ; de l'autre, ma mère allait enfin arrêter de distiller son venin contre moi. J'avais surtout peur. Je redoutais que l'occasion soit trop belle, que Sarah m'annonce qu'elle avait réfléchi et qu'il était imprudent de nous engager si jeunes.

Lorsqu'elle m'a finalement demandé ce qui me rendait aussi triste, j'ai marmonné que je regrettais de la voir partir. Elle m'a répondu que nous serions bientôt réunis. J'ai rétorqué, assez sèchement, que ça me paraissait bien loin. Elle m'a dit qu'elle serait heureuse de m'accueillir à New York chaque fois que j'en aurais envie. Elle souhaitait me présenter des gens, me montrer son école, la ville. Nous pourrions monter en haut de l'Empire State Building, visiter le Radio City Hall, faire le tour de Manhattan en bateau. Elle a continué ainsi un moment, et ses encouragements me déprimaient plus encore. Évidemment, elle ne risquait rien à me proposer tout ça. J'étais cloué à Thomaston, avec mon père en convalescence et le magasin où l'on avait besoin de moi.

Les idées ont fini par lui manquer, et j'ai posé la question qui me brûlait les lèvres depuis plusieurs jours : qu'est-ce qu'elles avaient trouvé à se dire, avec maman, pendant les deux semaines où elles avaient retapé l'appartement ? Sarah a tout de suite eu les larmes aux yeux.

« Elle est terrorisée, ta pauvre mère. Elle soupçonne les médecins de lui cacher la vérité. Elle se méfie du chirurgien, parce qu'elle connaît une femme à qui il a menti à propos de son mari. Il n'y avait plus de souci à se faire, disait-il, mais le gars est mort six mois après. »

J'ai lâché un cri rauque, amer comme mes vomissements de la veille.

« Tu ne comprends donc pas ? Si ça arrive, elle imposera sa volonté. S'ils découvrent une nouvelle tumeur, elle vendra la boutique. Elle déteste cet endroit. Depuis toujours. Dès le début, elle a dit que ça ne marcherait pas, que papa avait fait une bêtise d'acheter. Alors ça lui donnera raison. Elle lui dira qu'on n'a plus le choix. Il faudra vendre l'épicerie, ou perdre la maison. Elle s'en fiche bien, de ce qu'il aime ou de ce que j'aime. Pourquoi elle a dépensé tant d'argent, à ton avis, pour refaire l'appartement au-dessus ? Parce qu'elle pense que ça sera plus facile de vendre, comme ça. Ensuite, quand on n'aura plus de magasin, elle s'occupera de moi. Et moi non plus, je n'aurai plus le choix. Je serai obligé de me plier à sa volonté. Les études. Albany. Elle arrange tout à sa façon. »

J'aurais pu m'arrêter n'importe quand. Sarah était plus horrifiée à chaque nouvelle phrase. Et elle n'imaginait pas ce que j'avais en réserve. Ce que Nancy Salvatore m'avait dit de ma mère des années auparavant, papa qui n'avait jamais compris ce qui lui arrivait, exactement comme Dec avant lui. Je revoyais son ricanement obscène, son entêtement à démontrer qu'elle connaissait ma mère mieux et depuis plus longtemps que moi, qui ne me doutais de rien. Ensuite j'aurais parlé d'oncle Dec, car il semblait évident que c'était lui, l'homme sous le vieux pont de chemin de fer, quand je m'étais réveillé ce soir-là dans la malle. Et ma mère était avec lui. Une fois convaincue, Sarah aurait compris — maman rénovait l'appartement pour vendre le magasin, de sorte que plus tard, quand papa ne serait plus là…

J'aurais pu dire tout ça, et je ne l'ai pas fait. Le visage révulsé de Sarah m'a arrêté et je sentais mes traits revêtir la même expression obscène que Nancy. J'ai tenu ma langue en observant dehors, par la fenêtre, ces oiseaux ridicules qui continuaient de piquer sur un invisible canal, par centaines, par milliers peut-être, serrés les uns contre les autres, avec une précision remarquable, noircissant de leurs ailes un ciel déjà obscur. Toujours ensemble, ils avaient fait demi-tour pour disparaître complètement, comme un store qu'on aurait relevé d'un coup, trop vite pour distinguer le mouvement des lamelles. Et ils étaient revenus, comme un voile sous la voûte céleste. Partout, nulle part. Tout, rien. Pas d'entre-deux.

Je n'ai plus regardé Sarah jusqu'à ce qu'elle prononce mon nom, avec plus de tendresse que je ne le méritais.

« Lou, es-tu en train de dire que Tessa souhaite la mort de ton père ? »

L'entendre exprimer cette pensée révélait ma pure démence. J'ai commencé à répondre : « Non, bien sûr que non », mais n'était-ce pas précisément ce que j'avais dit ? Ce que j'avais failli proférer n'était-il pas encore plus insensé ? Quelle preuve avais-je que l'homme près du vieux pont était mon oncle, au-delà de quelques métaphores populaires ? Qu'un tel n'était pas le mauvais cheval. Qu'en enfer on a toujours soif. Évidemment, les preuves n'étaient pas le problème. J'étais bien certain, après tout, que ce n'était *pas* maman qui avait ouvert la malle et m'avait découvert. Je l'avais vue, cette personne. Pourquoi cette absurdité continuait-elle de me hanter avec toute la force de la vérité ? Avais-je envie que ça soit vrai ? Quel bénéfice tirer d'un mensonge aussi cruel ?

J'ai dû rester muet, étourdi, pendant un bon moment. Troublée, Sarah m'étudiait avec la même expression tendre et, si j'avais pu ouvrir la bouche, je crois que j'aurais agi comme maman : je l'aurais mise en garde contre moi, contre l'existence que je lui proposais ; j'aurais admis que son affection pour moi et les autres Lynch était un piège ; que c'était le moment de fuir, qu'il fallait quitter Thomaston demain et ne plus y penser. D'une voix faible, j'ai enfin réussi à articuler trois mots : « C'est juste que… », et j'ai dû m'interrompre car je voyais les murs du restaurant se fondre dans le vague. Cela avait commencé en fait à notre arrivée. Sarah était floue, ses boucles brunes entourées d'un halo. « Une absence, ai-je pensé. Ça y est, j'ai une crise. » Mais le besoin de m'expliquer étant plus important, j'ai redoublé d'efforts.

« C'est juste que… je ne veux pas qu'elle vende. »

Je me concentrais de toutes mes forces, je tenais à clarifier les choses, avec autant de précision que possible. Non seulement je ne voulais pas que ma mère vende, mais je ne voulais pas qu'elle ait *raison*, à propos de l'épicerie comme de *tout*. Je voulais désespérément qu'elle se soit toujours trompée, jusqu'au moindre détail, lors de chaque discussion qu'elle avait eue avec papa — qu'il se soit agi de notre famille, de notre ville, de notre pays. Je voulais qu'elle se soit trompée à *mon* sujet. Et c'était encore plus que chacune de ces choses.

« Je ne veux pas que mon père meure », ai-je dit.

Ce qui a fait sourire ma Sarah, notre Sarah.

« Lou-Lou ira très bien », m'a-t-elle affirmé.

Elle paraissait si sûre d'elle que, dans mon état de confusion, d'incertitude, j'ai accepté le verdict et senti un lourd poids se dégager de mes épaules.

« Vraiment ?

— Écoute-moi bien, Lou. Ta mère n'a aucune intention de vendre l'épicerie. S'il faut vendre quelque chose, ce sera la *maison*. Elle sait à quel point tu aimes ce magasin, elle sait que ça te tuerait de ne plus l'avoir. Elle ne l'aime peut-être pas autant que toi et Lou-Lou, mais elle aime cet amour. Elle n'a aucune envie de renoncer à votre maison, mais ça ne la tuerait pas, s'il le fallait. Elle le reconnaît. Tu comprends ? Elle n'impose pas sa volonté. C'est toi qui auras ce que tu veux. Si c'est Chez Ikey, tu l'auras. »

Elle a marqué un temps pour que j'enregistre bien, puis :

« Si c'est ce que *nous* voulons, elle tient à ce que *nous* le gardions. »

Elle a tendu le bras par-dessus la table pour me prendre la main et, à son contact, les contours de la scène ont retrouvé leur netteté. L'aura de mon absence a disparu. Comme le goût de pourri que j'avais dans la gorge, cette aigreur épouvantable qui me rongeait depuis des jours sans que je m'en rende compte.

« C'est ce que je veux », l'ai-je assurée.

Comme ces événements me semblent distants ce soir, alors que, seul dans mon bureau, je subis le contrecoup d'une crise assez forte pour annuler notre voyage en Italie. Ce que j'avais ressenti à l'époque me paraît plus lointain encore. En prenant ma main ce jour de la fin mars, Sarah avait chassé une absence sans lui laisser le temps de s'installer. Elle m'apportait la sensation étrange d'être *guéri*. Toute ma vie, j'avais voulu croire papa lorsqu'il disait : « Il a rien du tout, notre Louie. » Maman n'était pas de cet avis, elle savait comme moi que quelque chose n'allait pas, quelque chose qui *était* moi et ne s'en irait qu'à ma mort. Aussi long soit l'intervalle entre deux crises, la suivante veille toujours dans un coin, tapie comme une cellule cancéreuse, en l'attente d'instructions codées pour se diviser, puis se diviser encore, jusqu'à atteindre la masse critique qui lui permettra de m'emporter et de me garder. C'est seulement après, lorsqu'elle a rempli son œuvre, qu'on peut me faire revenir. Papa était spécialement doué pour ça : il m'offrait au retour un monde sage et ordonné.

Mais même lui n'était pas capable de les *prévenir*, ces absences. Excepté Sarah ce soir-là, personne n'avait encore réussi à bloquer le processus lorsqu'il était entamé. J'avais touché le fond du désespoir, et brusquement l'optimisme revenait, me grisait. Autant d'ailleurs que Sarah, qui paraissait ébahie d'avoir ce pouvoir. C'était une surprise pour nous deux. Plus étonnant encore : elle avait vu mon visage le plus laid, mais elle avait une confiance absolue en notre avenir. Nous avons quitté le restaurant à la fermeture, après avoir tracé les grandes lignes de nos vies. Elle finirait son trimestre à Cooper Union, puis s'inscrirait à Albany où, poursuivant ses études à plein temps, elle resterait les week-ends sur le campus tandis que je rentrerais à Thomaston. Je ferais tout mon possible pour aider mes parents à garder l'épicerie ouverte, mais il ne fallait pas brider ou sacrifier le talent de Sarah — et brusquement je parlais comme ma mère.

Ivres d'espoir, nous décidions de tout, que cela soit à notre portée ou non. Nous avons conclu que le médecin avait raison. L'opération de papa s'était très bien passée et, si maman se faisait du souci, c'était par amour, sans motif réel. Papa retrouverait vite ses forces, tout redeviendrait normal. Nous avons convenu que, notre boutique étant vouée au succès, il serait inutile de vendre la maison. En outre, l'argent consacré à l'appartement n'avait pas été dépensé en vain. Sarah m'avait remis les idées en place, et je comprenais maintenant : dès que nous serions mariés, nous nous y installerions jusqu'à ce que nous ayons de quoi verser un premier acompte pour un logement à nous. Certes, maman et Dec avaient tramé quelque chose, mais je m'étais trompé sur leurs intentions. En fait, c'était pour nous, ces travaux. Ensuite, lorsqu'elle aurait son diplôme, Sarah enseignerait les beaux-arts dans les établissements du coin, et elle continuerait à dessiner et à peindre. Elle ne travaillerait chez Ikey que lorsqu'elle le voudrait. À un moment ou un autre, dès qu'on pourrait l'envisager, je retournerais à la fac terminer mes études, car c'est ce que maman avait toujours désiré. Elle s'était sacrifiée pour ça. Nous aurions deux enfants, un garçon et une fille, que leur grand-père ferait sauter sur ses genoux. Nous nous sommes promis tout cela, et bien plus.

Aujourd'hui, ces mille décisions semblent appartenir au temps révolu de la jeunesse. Pourtant, je ne peux me résoudre à n'y voir que folie. Je ne quitte pas des yeux la photo de mon-père-le-héros, au-dessus de mon bureau, et c'est moi qui me déçois. Je suis encore ébranlé de l'avoir croisé dans le pont des Soupirs. Je suis en proie à une honte terrible, d'abord parce que j'ai tenté de l'éviter, ensuite parce que je l'ai supplié de me garder, pour ne pas revenir vers Sarah, ma vie et mes obligations. Quand, au dernier stade de la maladie, rongé d'inquiétude et de douleur, il ne pesait plus que soixante kilos, papa aimait toujours la vie. « Je ne veux pas mourir », m'avait-il dit un après-midi, avec un tremblement de la lèvre inférieure. Maman avait quitté la pièce un instant. « J'ai pas peur. C'est pas ça. J'ai juste envie de rester avec vous, voilà. » Abasourdi, perplexe, il répétait : « Je sais pas ce que j'ai fait pour mériter ça. » Comme si quelqu'un pouvait le lui expliquer. Au moins il savait ce qu'il voulait. Être parmi nous, chez Ikey, et non s'enfuir quelque part, comme moi tout à l'heure.

Ma lâcheté est une humiliation que j'essaie d'encaisser de mon mieux. Je me dis que demain, après une bonne nuit de sommeil, je serai davantage moi-même. À la vérité, je n'ai pas été aussi abattu depuis sa disparition, quand j'ai vu la longue route qu'il me faudrait parcourir sans son étoile pour me guider. Les semaines et les mois qui ont suivi son décès, j'ai sombré dans une profonde dépression. Maman et Sarah en étaient bien conscientes, mais ne pouvaient rien faire. Même si elles avaient su comment m'aider, j'aurais refusé d'en reconnaître le besoin. Fou de rage et de chagrin, j'étais devenu obsédé par la pollution de Thomaston. J'avais acheté un grand plan de la ville pour l'accrocher au mur. Je le mettais à jour chaque matin après avoir lu les nécrologies du journal, en enfonçant des épingles à tête noire aux endroits où ces gens avaient vécu. Une infirmière de l'hôpital me disait lesquels avaient eu un cancer. Au début, je m'en suis tenu à ce principe, et une nouvelle épingle marquait chaque nouveau décès. Mais assez vite, inquisiteur, accusateur, j'ai inclus d'autres malades, même d'un autre temps, comme celle d'Ikey Lubin. Il avait disparu alors que je n'avais pas vingt ans. J'inscrivais, pensais-je, la progression vénéneuse du mal depuis le ruisseau contaminé. À la fin, mon plan est devenu le relevé de tous nos maux. Une épingle derrière le Bijou Theater signalait que Troisième — bien que mort des années plus tard au Vietnam — y avait reçu tant de coups qu'il était entré dans un coma profond. J'en ai enfoncé une autre à l'endroit où David Entleman s'était pendu. J'en ai même mis deux à l'emplacement de la maison des sœurs Spinnarkle, qui avaient préféré quitter la ville plutôt qu'affronter les voisins, une fois leur secret dévoilé.

Ce plan était comme une tumeur qui essaime ses métastases. J'entendais, par cancer, tout ce qui ressemble à la malveillance, au poison, à la perversité, et j'obtenais une image de la cruauté, de la violence, de la fragilité humaine — une image si personnelle que toute objectivité avait disparu. C'était comme le dessin que j'avais fait de Chez Ikey des années plus tôt. J'avais mis tant d'ombres et de hachures que le tout était horriblement sombre, au point d'engloutir ce que j'aimais le plus — le magasin lui-même. Voilà ce qui était arrivé à mon plan de Thomaston, recouvert de têtes noires. En l'absence de surfaces blanches, vierges, il n'y avait plus ni forme, ni contraste, ni signification. Seulement la projection de mon désespoir. Ce qui m'est apparu lentement, pendant les longs mois où Sarah m'a patiemment, doucement, ramené à la vie, comme mon père après une de mes absences.

Et voilà ce que je pense, ce soir. Qu'un adulte porte assistance à un enfant, c'est normal. Mais un homme mûr, faut-il toujours le sauver ? Ne serait-ce pas lui rendre service que de le libérer, lui permettre de terminer son voyage ? Ce que j'ai dit à Sarah au dîner — je serais revenu tout seul si elle n'était pas intervenue — n'est peut-être pas vrai aujourd'hui. Avant de croiser mon père, j'étais très heureux de traverser le pont des Soupirs. Je garde encore la sensation des pavés lisses sous mes pas, de la pente légère que je suivais, attiré par une force aussi douce qu'insistante. Cette promesse que je lui avais faite il y a longtemps de ne pas « m'envoler très loin »... Il avait fallu résister, après, et drôlement. Et papa n'aurait pas été là, tout à l'heure, pour me rappeler ma parole...

Sarah me rejoint alors dans mon bureau. Je pivote sur mon fauteuil, et elle s'installe sur une chaise devant moi. Nous sommes face à face, genou contre genou. Comme un adulte et un enfant.

« J'ai parlé à ta mère, me dit-elle, ce qui ne m'étonne pas. Elle pense qu'il faudrait te faire un nouveau scanner. »

Elle sait que ça ne va pas me plaire. Combien d'IRM et de CAT ai-je subi au fil des ans ? Pour en arriver où ? Mes absences ressemblent à des attaques — vasculaires, cérébrales —, sauf qu'elles n'en sont pas, ce dont la plupart des médecins conviennent, et que les scanners démontrent. Mais l'épisode d'aujourd'hui était *brutal*. Ce qui m'a semblé trois minutes a duré trois bonnes heures. Et après l'arrivée de ma femme à l'atelier, une demi-heure s'est encore écoulée avant que je retrouve vraiment mes esprits. Alors si ça peut leur faire plaisir, je retournerai à l'hôpital.

« Elle est en colère contre moi ? demandé-je à Sarah puisque, comme pratiquement tout le monde, elle l'avait vue venir, cette absence.

— Bien sûr que non. »

Selon elle, j'ai toujours méjugé ma mère, ce qui bien sûr est vrai.

« Elle a dû dire quelque chose », risqué-je, bien qu'à la vérité je me passe sûrement de son avis sur les événements de la journée.

Ses conclusions ne seraient pas pires que les miennes, toutefois.

« Elle pense que, quelque part, tu n'es jamais vraiment sorti de cette malle, dit Sarah avant d'ajouter, inutilement : Celle dans laquelle ils t'avaient enfermé. »

Ma mère exprime sa compassion, je le sais. Elle souhaite me disculper, et pas seulement au sujet de l'Italie. Pourtant j'ai du mal à accepter cette absolution. C'est un sale tour qu'on m'avait joué, certes, mais d'autres gamins s'étaient fait piéger avant moi. J'ai simplement été le seul à en subir durablement les conséquences. Maman y voit depuis toujours un tournant dans ma vie, quelque chose d'insurmontable. Cependant, qui n'a jamais été brimé, qui n'a jamais été la victime de personne ? Jerzy Quinn, le principal auteur de cette farce cruelle, n'a-t-il pas subi une enfance bien plus affreuse que la mienne ? Et que dire du reste de sa bande ? Au collège, les gars de l'East End pensaient qu'ils étaient trop durs, ou trop branchés comme on dit maintenant, pour venir danser au Y. Mais la vérité est plus simple et plus amère que nous ne l'imaginions. À quel âge ai-je compris qu'ils n'avaient tout bonnement pas de quoi payer l'entrée ? Ils se rassemblaient discrètement devant la passerelle — *leur passerelle !* —, d'où ils entendaient la musique et se moquaient joyeusement de nous, de nos malheureux cinquante cents. Puis ils nous rejoignaient dans le gymnase, quand nos parents ouvraient les portes après avoir emporté la recette. Fallait-il s'étonner qu'ils arrivent en colère, que leurs pieds claquent au rythme du *stomp* pendant les quelques minutes qui restaient ? Contrairement à nous, ils habitaient très près du ruisseau contaminé, ce qui leur vaudrait assurément leur lot de tumeurs diverses — s'ils ne finissaient pas au Vietnam —, alors que nous autres, danseurs ou spectateurs timorés, sommes partis en fac. Je connaissais tous les gars de la bande à Jerzy et, à l'exception de Perry Kozlowski, tous sont morts. Jerzy, le plus coriace, a été le dernier à partir, son sourire de requin aux lèvres, du moins le vois-je ainsi lorsqu'un requin plus grand l'a pris entre ses mâchoires au détour d'une route. J'ai pleuré en lisant son avis de décès, et j'ai pleuré en l'insérant dans l'enveloppe destinée à Bobby, à la place de la lettre que Sarah lui a écrite. Alors dites-moi, comment serais-je celui qui est abîmé, celui qui ne va pas droit ?

Elle brise le silence :

« En revenant à toi, tu as essayé plusieurs fois de me dire quelque chose à propos de Lou-Lou. »

Je réponds au bout d'un instant :

« Il était là.

— Sur le pont ? »

Elle voit juste et, de toute évidence, ça la perturbe. Sans insister, je lui ai dit à table que j'ai cru entrer dans le tableau, que j'étais en train de traverser le pont quand je l'ai entendue m'appeler. Mais rien au sujet de papa. Je préfère qu'elle pense m'avoir sorti elle-même de cette absence. Cela me semble si important qu'elle ait toujours ce pouvoir.

« J'ai le sentiment de l'avoir déçu, lui dis-je, en me rendant compte à quel point ça peut paraître absurde. Je veux dire qu'il serait déçu s'il était encore là.

— Ton père a toujours été fier de toi, tu le sais bien. »

Oui, je le sais. Bien sûr. Mais aussi que cet orgueil était nourri par le refus, selon l'expression de ma mère, de reconnaître ce qu'il savait. Alors je respire un bon coup pour faire ce que j'aurais dû faire depuis longtemps : ouvrir le tiroir de mon bureau.

« Bobby n'a jamais reçu ta lettre », dis-je à Sarah en la lui tendant.

Son expression est, je crois, la plus triste qu'il m'ait été donné de voir sur un visage.

Cher Bobby...

J'ai nié l'existence de cette lettre pendant des semaines, et je suis pourtant capable de la réciter par cœur.

Tu te souviens du dessin que j'ai fait de Chez Ikey *avant notre rencontre ? Celui où je t'ai mis devant la porte, prêt à entrer ? Eh bien, les rôles sont renversés, c'est nous qui venons sur le pas de ta porte. Lou et moi avons décidé de visiter l'Italie, pendant deux semaines au mois de mai. Nous allons d'abord à Rome, puis à Florence, et nous gardons Venise pour la fin. Nous avons réservé une chambre au Flora, un petit hôtel dont on nous dit du bien. Nous serons le 17 à la gare de Venise. Nous accueilleras-tu dans le monde où tu vis, nous tes vieux amis ? Nous inviteras-tu dans ton atelier, pour nous montrer tes dernières toiles, tes derniers projets ? Nous feras-tu voir ta ville, les Titien et les Tintoret ? Tu te souviens certainement de Tessa, la maman de Lou. Elle répète que, depuis le temps, l'eau a coulé sous les ponts, et tu nous as sans doute oubliés. Je lui dis que Venise, précisément, est la ville des ponts. Et que tu nous indiqueras lesquels mènent à toi. C'est un pari que nous faisons, et tu es la réponse. Bien à toi, Sarah.*

Bien à toi, Sarah.

C'est si intime que j'en ai la gorge serrée. Sarah. Pas besoin de « Lynch ». Le cher Bobby saura. Quarante ans après ? Deux fois vingt. Il saura ?

Post-scriptum :

En me revoyant, tu n'es pas censé remarquer que je ne suis plus l'adolescente maigrichonne d'autrefois. Tu voudras bien croire que je ne me teins pas les cheveux, c'est ma couleur naturelle. Cela étant, tu es sans doute toi-même un vieux machin décrépit. Je ferai semblant de ne pas m'en apercevoir.

PPS :

Tu as encore le dessin que j'ai fait de toi ? Celui où tu n'es pas complètement raté ? Sûrement pas. Une de tes nombreuses femmes l'aura jeté quelque part. Je me demande laquelle ?

Une lettre d'amour. Y a-t-il d'autres façons de l'interpréter ? Sarah n'a plus employé ce ton joueur, familier, depuis notre jeunesse, et encore ne s'en servait-elle qu'avec Bobby. En lui écrivant, elle est redevenue cette fille-là — généreuse, enjouée, avec la vie devant elle. Qu'est-ce qui lui manque le plus, le garçon qu'elle a aimé jadis, ou la fille qui l'aimait ?

Je ne doute pas de la fidélité, de l'innocence, du dévouement de ma femme. Mais le cœur, eh bien, capricieux et rebelle, penche d'un côté puis de l'autre. *Voilà* ce que j'aurais aimé pouvoir changer : le cœur et ses défauts. Celui de ma mère, de Bobby, de Sarah, et le mien particulièrement. Celui de papa était-il aussi imparfait ? Je suppose que oui, malgré l'amour dont il m'a toujours entouré.

Sarah relève enfin les yeux, et ils sont pleins de larmes.

« J'ai ouvert l'enveloppe au-dessus d'une casserole d'eau chaude. »

Les joues me brûlent quand je l'avoue.

« Je me disais aussi… Ça n'est pas le genre de Bobby de nous ignorer comme ça. »

De l'ignorer, *elle*, plutôt. Je la vois lutter contre une vague d'émotions, et c'est le soulagement qui l'emporte. J'en ai le cœur encore plus lourd. Puis ces mots :

« Tu vas m'expliquer ?

— J'ai eu peur. »

Je vois qu'elle ne comprend pas, et le souvenir surgit alors — malvenu — du jour où j'ai aperçu, derrière la fenêtre sale de son train, le dessin de Bobby qu'elle mentionne dans le post-scriptum. J'avais aussitôt compris ce que cela signifiait. En un quart de seconde, j'avais refoulé la chose et ce qu'elle impliquait dans un coin de mon cerveau où je n'irais plus la chercher. Je ne crois pas y avoir repensé plus de cinq ou six fois depuis. Je réussis à finir ma phrase :

« Peur que tu retombes amoureuse de lui. De Bobby. »

CATHÉDRALE

Hugh était assis sur la grande terrasse de son bel hôtel, ses valises empilées contre la balustrade, quand Noonan est arrivé avec une heure de retard.

« Bon Dieu, mais de quoi tu as l'air ! »

Noonan avait travaillé toute la journée : il était couvert de peinture jusqu'aux cheveux.

« Quelle heure est-il ? lui avait demandé Lichtner quand il l'avait réveillé aux aurores.

— L'heure de rentrer chez toi. Debout. Je ne veux plus personne, ici. »

Lichtner s'était redressé sur le canapé en consultant sa montre. Il avait du mal à le croire.

« Mais tu es dégueulasse ! J'ai à peine dormi deux heures. »

Sans l'écouter, Noonan avait dressé son deuxième chevalet. Dehors, le soleil levant était une boule rouge mat, de la même forme et de la même taille que le dôme de la Salute. Un Turner, avait-il pensé, s'il y avait eu un Turner pour le voir.

« Je peux peut-être nous trouver du café, quelque part ? » avait proposé un Lichtner tristounet et habillé.

Noonan, déballant son matériel, ne faisait déjà plus attention à lui. Ce crétin aurait offert de lui chercher un gros tube de jaune de cadmium, il aurait sans doute accepté, mais du café ! ? Quelques instants plus tard, Noonan entendait la porte claquer dans la cour.

« Je ne comptais presque plus sur toi, lui disait maintenant Hugh.

— J'ai commencé quelque chose ce matin. Si j'étais plus sérieux, je serais encore à l'atelier, là.

— Et donc ?

— Ça sera la meilleure toile de l'expo.

— Une nouvelle toile ? Tu auras le temps de la finir ?

— Elle va se peindre toute seule. »

Hugh se marrait.

« Parfait. On oublie l'autoportrait, alors ?

— Ce n'est pas un autoportrait, c'est mon père. »

Voilà, pensait-il. C'est dit. Ça lui était égal que Hugh le sache. Ce secret-là ne valait pas la peine qu'on le garde.

« Aucune importance, a continué Noonan. Celle qui compte, c'est celle que je suis en train de faire. »

Il avait déjà le titre : *Sarah à la fenêtre.* Il avait rêvé le tableau fini, la nuit dernière, et s'était réveillé en pleurant de gratitude. C'était déjà arrivé, quoique une dizaine de fois seulement dans toute sa vie — la première, il n'était même pas peintre, n'avait jamais touché un pinceau. Il lui avait fallu dix ans pour comprendre que ces rêves-là étaient des toiles qui se révélaient à lui ou, sinon la toile elle-même, ce qui allait l'animer. La source. Parfois, un seul rêve donnait naissance à cinq ou six tableaux, distincts en apparence, mais porteurs d'une même émotion, qu'il n'aurait pas su traduire par des mots. Le besoin d'expliquer était assez secondaire, et c'était aussi bien. Quand il avait ce genre ce crise, le seul impératif était de peindre.

« Ton père, répétait Hugh. J'avais bien dit que ça ne te ressemblait pas ! »

Noonan a regardé sa montre.

« Tu vas rater ton avion.

— Rien ne sert de courir, il faut partir à point. »

Fort à propos, le serveur arrivait avec la note, que Hugh a signée d'un geste preste.

« Tu m'accompagnes au taxi ? »

C'était bien le moins. Noonan a saisi la plus grosse valise avant de prendre avec son ami la direction du quai, où plusieurs taxis-bateaux ondulaient sur l'eau.

« Mais, a dit Hugh, tu vas y revenir, à l'autre, quand tu auras fini le nouveau ? »

Noonan ne pouvait retenir un sourire. Hier, son agent lui conseillait de brûler cette toile ; aujourd'hui il craignait qu'elle reste inachevée.

« Possible… » a-t-il répondu. Pourquoi les choses perdent-elles leur importance d'un jour à l'autre ? « … quand je serai satisfait de la nouvelle. »

Hugh haussait les épaules — les réalités de ce métier, que voulez-vous ?

« Tu as l'air d'un vrai cinglé, ce matin. Une chance que ce soit plutôt bon signe, chez toi. Ça va aller ? »

Curieusement, Noonan pensait que oui. Ce tableau ne lui serait pas tombé du ciel s'il n'avait pas été en état de le réaliser. Peut-être pervers, comme raisonnement, mais voilà.

« Oui, ça ira.

— Tu as besoin de quelque chose ? Je peux t'aider en quoi que ce soit ? »

Oui, s'est dit Noonan, va-t'en.

Comme s'il lisait dans ses pensées, Hugh a ricané et il est monté dans le taxi. Noonan a confié la grosse valise au chauffeur. Hugh a soupiré en consultant sa montre, puis :

« Tu ferais aussi bien de monter avec moi. »

Comment ? Il était fou ou quoi ? Demander à Noonan de l'accompagner jusqu'à l'aéroport, quand il avait un tableau à terminer ?

« On passe par la Giudecca, a expliqué Hugh, avant de le préciser en italien au conducteur. Tu gagneras un quart d'heure, dans l'histoire. Mais si tu préfères attendre le vaporetto…

— Tu es sûr ? » a dit Noonan en prenant place à côté de lui.

Il l'aurait embrassé.

« Je ne voudrais pas que tu rates ton avion », a-t-il ajouté.

Il avait cependant attendu que le taxi démarre, au cas où Hugh changerait d'avis. C'était pur égoïsme, se disait-il, mais à la vérité il s'en fichait, comme toujours. L'urgence était de peindre.

Noonan avait dix-sept ans lorsqu'il avait rêvé sa première toile — « les toiles des rêves », comme il les appelait. Il venait de quitter la maison de ses parents, dans le Borough, pour un immense local, situé dans le centre audessus du vieux drugstore Rexall. L'espace avait été partagé autrefois en minuscules bureaux, et toutes les cloisons avaient été abattues. Il ne restait plus que le plancher de bois. Il y avait à chaque bout de grandes fenêtres couvertes de suie — donnant d'un côté sur Hudson Street, de l'autre sur la ganterie désaffectée dans l'allée. C'était sale, pas chauffé, mais le propriétaire, un ami de Dec Lynch, le lui prêtait pour rien, à condition qu'il n'y fasse pas la fête et n'y loge pas de clochards. Ses amis l'avaient envié jusqu'à ce qu'ils découvrent l'endroit, après quoi ils ne comprenaient pas pourquoi il préférait dormir par terre dans le froid, plutôt que dans un lit douillet chez Marconi. Seule, Sarah avait immédiatement saisi tout l'intérêt de la chose. Après avoir passé presque un après-midi entier à décrasser les fenêtres du fond, elle avait installé un chevalet devant celles-ci. Plus tard, Noonan s'en souviendrait comme de son premier atelier, cependant quelqu'un d'autre y avait peint avant lui. Il était sûr d'une chose, toutefois : s'il n'avait pas quitté la maison de ses parents, il n'aurait pas rêvé la cathédrale et, s'il n'avait pas eu un rêve de cette puissance, il ne serait pas devenu peintre.

Jamais auparavant il n'avait fait un rêve aussi intense, aussi évocateur, même au rayon érotisme. Il n'y avait pas eu d'histoire à proprement parler, et il avait eu l'impression d'une vision. Il n'était pas sûr de sa durée. En « heures de rêve », plusieurs sans doute mais, en réalité, une minute ou deux. Il avait cligné des paupières sous le soleil qui, inondant les hautes fenêtres, lui intimait d'ouvrir les yeux. Il savait bien qu'il dormait, et il avait autant envie de se réveiller que de continuer. Debout, il serait capable de la partager, cette vision, car il ne voulait pas être le seul à avoir vu une chose si belle ; en revanche, s'il se levait pour appeler quelqu'un — Sarah, par exemple, qui serait en extase —, cette extraordinaire cathédrale allait disparaître. C'était une certitude, et donc il continuait de déambuler, fébrile, d'une salle à l'autre, retenant ses larmes et une explosion de joie.

Une cathédrale ?

Le mot le plus proche qui lui soit apparu pour baptiser ces lieux — qui n'étaient sûrement pas de ce monde. Les plafonds en ogive étaient prodigieusement élevés, les pièces reliées entre elles par d'innombrables passages voûtés. Il lui aurait fallu des années pour les explorer toutes, et il ne demandait rien de plus. Dans chaque nouvelle salle, il était déchiré entre le besoin de mémoriser le moindre détail, et celui plus fort encore de poursuivre, de passer d'une merveille époustouflante à la suivante. De découvrir où aboutissaient tous ces couloirs. De dresser un plan de l'édifice, à condition qu'un projet aussi vaste soit réalisable. Bien que d'un seul tenant, le bâtiment avait la taille d'une ville, de vingt villes. Une vie serait nécessaire pour en faire le tour, sans pouvoir jamais rebrousser chemin pour une deuxième visite. Certains couloirs étaient si étroits qu'il fallait s'y engager de biais, d'autres si bas qu'il devait avancer à quatre pattes, et toutes les pièces étaient baignées d'une lumière si douce, mais si brillante, qu'il sentait son cœur se serrer, terrifié par tant de beauté. « Rappelle-toi, chuchotait une voix intérieure. N'oublie jamais, jamais. »

Ce vœu, s'était-il rendu compte plus tard, était le premier signal du réveil. À peine avait-il ouvert les yeux que le rêve commençait à s'évanouir, remplacé par la réalité morne. Il savait que, de retour dans celle-ci, on serait samedi et, que cet après-midi, il jouait le dernier match de la saison. Le foot ! Quoi de plus stupide ! Affolé, il avait désespérément tenté de se rendormir. L'idée de ne jamais retrouver cette cathédrale — et jamais il ne la retrouverait — était insupportable. Conscient, il ressentait encore l'extrême volupté de ces images qui, à présent, devenaient ce qu'elles étaient — un rêve, pas une réalité. Il avait aperçu un miracle féerique qui, en moins de temps qu'il n'en fallait pour le dire, n'était plus là. Il aurait pleuré, il ne voulait plus s'en séparer. En quelques minutes seulement, il n'en restait plus qu'une aura, la sensation brûlante qu'une chose avait eu lieu, et qu'elle disparaissait pour ne jamais revenir.

À soixante ans, Noonan avait encore à ce souvenir un picotement au bout des doigts, sans doute parce que ce rêve n'avait engendré aucun tableau. C'était arrivé trop tôt, il n'avait pas eu l'idée de l'exploiter. Chacun des suivants serait un don, qu'il recevrait à nouveau dans l'émerveillement et la gratitude, mais ils perdraient graduellement de leur intensité. Cela devait être logique, convenait-il. À mesure qu'il s'affirmait comme peintre, il s'était affiné par l'exercice, l'exécution, et l'inspiration était devenue secondaire — si c'est bien cela qu'ils lui apportaient, ses rêves. Les dieux de la peinture étaient chiches. Ils ne vous accordaient que le strict minimum. Celui de la veille n'avait été qu'une pauvre chose, un pâle écho de la cathédrale, mais il ne lui en fallait pas plus. Il s'était réveillé comme s'il avait vingt ans, prêt à travailler quarante heures d'affilée.

Il lui était aussi venu à l'esprit que ce serait son dernier rêve de ce genre. Une idée qu'il avait aussitôt chassée.

Cette année-là, le foot n'avait pas porté chance à Thomaston, dont l'équipe était désespérément imprévisible, au grand dam des joueurs invétérés de la ville, à commencer par Dec Lynch. Au lieu de se fier à la raison, il avait misé sur Thomaston lors du premier match de la saison, et bien sûr les Portoricains de Mohawk, vifs comme toujours, n'avaient fait qu'une bouchée de la défense arrière des Tanners. Pourtant ceux-ci avaient repris du poil de la bête à partir du troisième quart-temps et ils avaient failli égaliser quelques instants avant la fin. Sauf que Noonan, qui avait fait un parcours impeccable jusque-là, avait perdu le ballon, et puis voilà.

« Qu'est-ce que je disais ? lui avait rappelé Dec le lendemain, en le voyant chez Ikey.

— Désolé, Dec, avait répondu Noonan, qui ne semblait pas spécialement l'être. Mise sur Utica la semaine prochaine. »

Mais Dec n'en avait pas fini.

« Tu sais que tu as le droit de *contourner* un joueur, non ? S'il n'y a qu'un arrière devant toi, il y a pas de loi qui t'oblige à lui rentrer dedans. Imagine que tu passes sur le côté… dans ce cas, le ballon, tu le gardes, puisque — et c'est tout l'intérêt de la chose — tu le touches même pas, le mec. Ce qui serait plus intéressant *encore*, c'est que j'aurais de l'argent dans la poche, alors que… »

Joignant le geste à la parole, il avait ouvert son portefeuille.

« Parie sur Utica la semaine prochaine », avait répété Noonan.

Au dire de tous, les gars d'Utica étaient plus forts, plus durs et plus rapides que ceux de Mohawk et, en outre, les Tanners jouaient à l'extérieur.

« T'inquiète pas, avait dit Dec. J'en ai bien l'intention. »

Sauf que, le samedi suivant, Thomaston avait fait un sans-faute. Après la première mêlée, Perry Kozlowski avait couru plus vite que le meneur de jeu adverse. Il l'avait aplati, et le gars, flageolant, avait quitté le terrain. Pour ne pas revenir. Noonan ne courait pas assez vite pour être spectaculaire, mais il avait très bien géré le ballon et il s'était retrouvé au quatrième quart-temps dans la même situation que la semaine précédente. À savoir qu'un seul joueur l'empêchait d'accéder à la ligne de but. Ce jour-là, Noonan avait suivi le conseil de Dec. Baissant la tête comme pour foncer dans le tas, il avait contourné le gars à la dernière seconde, de sorte que celui-ci avait brassé de l'air et, par voie de conséquence, vidé le portefeuille de Dec.

Ç'avait été comme ça tout l'hiver. Dec et les Tanners menaient une longue partie de cache-cache. Et lorsqu'il avait changé de stratégie, pensant que ceux-ci ne pouvaient perdre ou gagner deux fois d'affilée, ils lui avaient encore donné tort.

« En général, j'aime bien prendre des vacances après le dernier match de la saison », avait-il dit à Noonan.

Lequel attendait chez Ikey, avec Lucy et Sarah, que Nan vienne les chercher dans la Cadillac de papa. Après deux tentatives infructueuses, elle venait enfin d'être reçue à son permis, et ils allaient fêter ça à la pizzeria. Quant au dernier match en question, il avait lieu le lendemain.

« Mais cette année, c'est impossible ! avait continué Dec. J'en ai au moins jusqu'à Pâques pour récupérer l'argent que j'ai perdu à cause de vous, bande de manchots. La seule chose qui me console, c'est que vous allez passer votre bac et qu'on ne vous verra plus sur un stade.

— Il se peut que je redouble, avait répondu Noonan, faussement sérieux. La faute à l'anglais renforcé, sans doute. »

En réalité, c'est dans cette classe qu'il réussissait le mieux, et il était encore, pour quelque raison inconnue, le chouchou de M. Berg.

Dec s'était tourné vers Sarah, qui tuait le temps en jouant au huit avec Lucy.

« Poupée, dis à ton père que, s'il le fait redoubler, je n'ai plus qu'à me tirer une balle dans la tête.

— Ah, ça pourrait le décider, justement, avait-elle répondu, profitant de l'occasion pour renvoyer Dec dans ses buts.

— Voilà encore qu'elle s'en prend à moi, avait-il commenté, essayant de se faire un allié de Noonan. Elle est drôlement mignonne, ce soir, quand même, non ? Je ne comprends pas ce qu'elle fait avec un gamin, alors qu'elle a de beaux mecs, célibataires et pleins d'expérience, à portée de main.

— Lou-Lou n'est pas célibataire, avait dit Sarah, et Big Lou avait fait un large sourire derrière sa caisse.

— C'est de moi que je parle, avait insisté Dec. J'ai dit : “de beaux mecs”.

— Pas entendu. Sinon que tu es fauché, apparemment. Dernière carte », avait annoncé Sarah à Lucy, lequel avait commencé à piocher, puisqu'il n'avait plus de cœurs.

En croisant le regard de Sarah, qui se marrait, Noonan avait vu juste : elle avait un huit dans sa main, Lucy pouvait prendre dans le talon autant de cartes qu'il voulait, il avait de toute façon perdu.

« Bien ce que je disais, avait poursuivi Dec. Cette maudite équipe de foot me casse la baraque *et* me vide le portefeuille.

— Ce qui t'empêche de mener une vie agréable s'appelle Dec Lynch, avait tranché Tessa qui, rangeant avec lui le présentoir à viande, recouvrait ses bacs de film transparent avant de les stocker dans le frigo. Je suppose qu'un peu de salade de macaroni ne te coupera pas l'appétit ? » avait-elle dit à Noonan en lui tendant une assiette.

Il avait accepté sans même y penser. Depuis qu'il jouait au foot, il mangeait à toutes les heures.

« Il faudrait l'affamer, ce gamin, au lieu de le gaver, avait jeté Dec. S'il manquait de forces, je gagnerais mes paris, moi. »

Lucy avait enfin pioché un cœur qu'il posait sur le tas.

« Mais pourquoi tu m'as laissé faire ? » avait-il demandé à Sarah qui le couvrait de son huit.

Elle lui avait embrassé le front avec un de ses bons rires. Un baiser que Noonan sentait presque sur le sien. Il avait posé la main au même endroit.

Finissant son assiette, il avait levé les yeux et remarqué que Tessa l'observait d'un air entendu. *Elle* n'aurait pas cherché bêtement des cœurs dans le talon comme son fils. *Elle* aurait deviné ce qui l'attendait et su que c'était fichu.

On avait klaxonné dehors. Nan se rangeait devant le magasin.

« Cette semaine, je parierais sur nous si j'étais toi, avait dit Noonan à Dec avant de sortir.

— Merci pour le tuyau. Faudrait être fou pour le faire, mais je suis toujours ravi d'avoir ton avis. »

Le lendemain, quand Noonan et son équipe étaient entrés sur le terrain en petite foulée, il avait complètement oublié son rêve de cathédrale. Il s'en était souvenu une fois ou deux pendant la matinée, mais il restait à peine des miettes d'émerveillement. L'après-midi, il en aurait facilement ri, et ri de l'importance supposée de la chose. *Faut tout de suite le dire à tout le monde.* Leur dire quoi ? Qu'il y avait quelque part une église grande comme la Terre, avec plus de chapelles qu'on n'en pouvait compter, et des plafonds hauts comme le ciel ? Bon Dieu. Voilà qu'on rêve d'architecture. Et de quoi ensuite ? De biologie ?

Pourtant il y avait quelque chose de changé, comme si cette lumière d'or avait filtré dans la réalité. Dès que Thomaston s'était emparé du ballon, Noonan avait saisi une passe et couru devant lui. Vu le mur des opposants, il allait dépasser, au mieux, la ligne des cinq yards. Mais un trou s'était miraculeusement ouvert dans la défense et, en un clin d'œil, il jouait des coudes dans la zone de but.

Il n'y avait pas que le terrain. Même les gradins paraissaient illuminés. Il avait aperçu Nan, Lucy et Sarah quelque part à mi-hauteur, mais qui semblaient à portée de bras. Nan s'intéressait généralement peu au match. Elle aimait bien que son ami soit le meilleur demi d'attaque des Tanners mais, en fin de partie, elle savait rarement s'il s'était distingué ou pas. Ni combien de fois il s'était fait piquer le ballon, ni s'il avait marqué des essais ou si on l'avait bloqué. Donc elle se levait et elle applaudissait en voyant les autres le faire.

« Eh, regarde ! disait-elle brusquement à Lou, en montrant le tableau des scores. On mène déjà. Et le match a à peine commencé ! »

Voyait-il vraiment tout ça ? Lisait-il vraiment sur ses lèvres, ou devinait-il ? Cependant il entendait la réponse de Sarah :

« Bobby vient de marquer un essai. »

Où qu'il pose ses yeux, ses dons d'observation, soudain affûtés, lui révélaient une séquence intime des uns et des autres. Dans la petite foule derrière la zone de but, il reconnaissait M. Berg, en train de murmurer trois mots à un grand

Noir maigre, un certain Jackson — prénom ou nom de famille, Noonan l'ignorait. M. Berg avait ensuite effleuré la main de l'homme, qui avait aussitôt rangé quelque chose dans son pantalon. Un instant plus tard, Jackson tournait les talons, prêt à partir, tandis que de l'autre main il glissait un objet dans une poche extérieure du professeur. Noonan avait déjà vu ce bonhomme-là traîner près de chez Murdick, où il tenait le comptoir le dimanche soir. Jackson vendait de la marijuana et allez savoir quoi. M. Englander, le patron, n'avait pas mâché ses mots : « Il peut faire ce qu'il veut, mais dans la rue, et tant que la porte est fermée. En revanche, si tu le vois trafiquer à l'intérieur, je te donne la permission de le foutre dehors à coups de pied au cul. Fais gaffe quand même, il a un couteau sur lui. »

Noonan avait aperçu sa mère, assise pour une raison bizarre dans la tribune des visiteurs, en compagnie de ses petits frères. Une belle brochette de chahuteurs, ceux-là — une vraie plaie pour leurs professeurs, mais toujours charmants avec elle. Ils s'étaient répartis autour d'elle, comme si cette excursion hors du Borough était dangereuse, qu'il fallait la protéger d'un trop-plein d'émotions. Il n'y avait guère de danger, s'était dit Noonan. Elle affichait son sourire habituel, un air de grande sérénité, même, qui suggérait qu'avant de sortir elle avait avalé une pilule de plus. Il doutait que, le lendemain, elle se rappellerait exactement à quel genre de match elle avait assisté. Peut-être se réveillerait-elle avec l'impression d'avoir rêvé. Pourtant, chaque fois qu'il risquait un regard vers elle, c'est lui qu'elle observait, comme si ses coéquipiers manquaient d'intérêt. Chaque fois qu'il se faisait tacler, elle portait une main à sa bouche. Puis, lorsqu'on remettait le ballon en jeu, les frangins devaient la rassurer : « C'est bon, m'man. Tu vois ? Il est debout. Il a rien. »

Ainsi de suite pendant tout l'après-midi. Ce qui, en temps normal, restait voilé par l'intensité du combat ressortait maintenant avec une grande netteté, chaque mouvement se distinguant des autres comme un miracle au ralenti. Dans les vestiaires à la fin de la partie, M. Halliday, l'entraîneur, avait pris la parole une dernière fois devant ses gars surexcités. À l'exception, peut-être, de Dec Lynch, personne n'avait été exaspéré comme lui par les maladresses de son équipe. Aujourd'hui, il semblait plus déprimé par cette victoire inespérée que par tous les autres matches perdus.

« Voyez ce que je vous avais dit ? »

Halliday avait quitté une carrière de semi-pro avec des genoux en mauvais état, et il fallait le hisser sur un banc pour qu'il harangue ses joueurs.

« Voyez pas ? »

En ce qui le concernait, Noonan, non, ne voyait pas, et les autres n'avaient pas l'air mieux lotis que lui.

« Marconi, avait dit l'entraîneur, qui masquait mal son agacement. Qu'est-ce que je vous ai répété à tous, depuis le début de la saison ? »

Noonan essayait de deviner où il voulait en venir. Il leur avait dit des tas de choses, généralement plus qu'ils n'étaient capables d'assimiler. À présent, il paraissait vouloir que Noonan les lui résume toutes, y compris celles qu'il avait oubliées, sous la forme d'une unique leçon, *et* après un match exténuant. Il fallait bien essayer quelque chose :

« Les grands principes ? »

Halliday s'était massé le front avant de se tourner vers Perry Kozlowski.

« Koz, qu'est-ce que je vous répète depuis le mois d'août ? »

Perry avait eu comme une inspiration soudaine :

« Qu'on serait bien meilleurs si on était un peu mieux coordonnés ?

— Merci, avait dit l'entraîneur, comme s'il était vraiment reconnaissant, ou comme si, faute d'une bonne réponse, il aurait emprunté le pistolet de l'arbitre pour se tirer une balle. Ça fait quatre mois que je vous le répète. C'est bon de savoir, parfois, que je ne gaspille pas ma salive. Aujourd'hui, vous étiez une *équipe*. Vous pigez ? La vie est un travail d'équipe. Rien d'autre que ça. Quand vous repenserez à ce match, c'est ce que je vous demande de vous rappeler. Que vous étiez vraiment bons aujourd'hui, que vous auriez pu l'être depuis septembre si vous m'aviez écouté. »

Pas si mal, comme speech, se disait Noonan qui, sans en croire un mot, était ému. Il voulait bien admettre que, pour Halliday, la vie était un travail d'équipe, et il appréciait certainement que le coach ait une haute opinion de leurs capacités. Bien sûr, il regrettait de l'avoir déçu, puisqu'ils ne les avaient pas toujours utilisées au mieux. Cependant Noonan ne pensait pas qu'ils aient été meilleurs cet après-midi qu'un autre. Ils avaient tout simplement bien joué, sans doute parce que c'était le dernier match de l'année. Ils avaient marqué les premiers, ils avaient su profiter des opportunités, mais ils avaient gagné surtout parce que la chance était au rendez-vous. La chance, le destin ou allez savoir quoi. En tout cas, ils l'avaient saisie. Expliquer ça par une bonne coordination, non. Précisément — et cela, bien sûr, il ne l'aurait pas dit —, Noonan était ravi que la saison s'arrête. Loin de lui démontrer que la vie était une œuvre commune, cette saison l'avait convaincu d'éviter à l'avenir tout sport d'équipe. Il avait aimé la compétition, l'effort physique. Il ne remettait pas en cause la discipline. Mais cette fraternité qui comptait tant pour l'entraîneur et pour Perry lui passait, lui, au-dessus de la tête.

Quand Halliday eut fini de parler, son assistant et deux joueurs de ligne l'avaient reposé sur le sol pour l'emmener hors des vestiaires. Vêtu seulement de son jockstrap, Perry, leur capitaine, avait bondi sur le banc pour annoncer que, désormais, tous les membres de l'équipe étaient ses frères. Le dos de Perry était un paysage lunaire de boutons acnéiques, plus gros et plus furieux encore que ceux qui lui ravageaient le visage. Noonan avait regardé ailleurs.

« Je donnerais ma vie pour vous, les gars, avait affirmé Koz, les larmes aux yeux. Même pour toi, Marconi », avait-il ajouté, suscitant quelques rires.

Leur vieille inimitié s'était endormie au cours du trimestre. Perry attribuait cela au fait qu'ils jouaient ensemble. Noonan pensait que c'était grâce à M. Berg. En cours, Perry était toujours le contradicteur officiel, le crétin patenté, mais personne n'avait profité autant que lui des lectures et des discussions de groupe. Et, s'il était question quelque part d'effort collectif, c'était bien en anglais renforcé, pas sur le terrain de sport — une ironie qui n'échappait pas à Noonan.

« Et je suis sûr d'autre chose, avait dit Perry en ajustant son suspensoir. Vous en feriez autant pour moi. »

Par bonheur, il s'adressait à l'équipe entière, pas spécialement à Noonan, qui n'avait pas eu besoin de répondre. Mais, sautant à terre, Perry lui avait collé sa grosse main sur la nuque et l'avait tiré vers lui jusqu'à ce que leurs fronts se touchent.

« Je le pense, ce que je viens de dire.

— Je sais.

— En septembre, j'avais envie de t'assassiner, mec », avait ajouté Perry et, sauf erreur, le souvenir était assez frais pour réveiller les animosités.

La main de Perry s'était crispée au même moment. Tout ça était d'une sentimentalité déplacée et bidon.

« Mais maintenant on est frangins. Pour toujours.

— Eh bien d'accord, avait répondu Noonan en essayant de se détacher, ce qui avait eu l'air de venir trop tôt.

— Tu sais ce qu'on devrait tous faire demain ? On devrait aller s'engager. Pour rester ensemble.

— Un genre de pacte suicidaire ?

— Rien qu'à nous, on en ferait, des dégâts.

— On pourrait se contenter de se retrouver chaque année à la fête du lycée. »

Pesant cette seconde possibilité, moins meurtrière, Perry avait eu besoin de l'étoffer un peu.

« Tu veux dire, où qu'on soit, quoi qu'on fasse, et peu importe le prix, on lâche tout et on file ici, pour prouver à Halliday qu'on est toujours une équipe. Qu'on n'a pas oublié cette journée.

— Ouais, pas mal », avait dit Noonan, sincèrement.

Plus sincèrement encore, il pensait mettre à profit l'année à venir pour, au contraire, oublier cette journée, les serments et les boniments.

Dans le parking, après s'être douché et rhabillé, il avait aperçu un homme, appuyé contre sa moto. Par sécurité,

Noonan l'avait garée entre deux cars scolaires. Dec l'inspectait au moins une fois par semaine, à la recherche de la moindre bosse, de la moindre éraflure. S'il était content qu'on s'en serve, cela n'excluait pas d'éventuels dommages. « Tu sais que c'est quasiment une pièce de collection ? disait-il souvent. On n'en fabrique même plus. Le constructeur a déposé le bilan. » Et Noonan la mettait toujours à l'abri, il n'était pas question de prendre appui dessus, comme ce type se le permettait. S'il n'avait pas aussitôt reconnu son père, cela impliquait peut-être que ses organes sensoriels avaient retrouvé un fonctionnement normal après le match. Ou qu'ils ne fonctionnaient pas en présence de Marconi.

« Bien joué, avait dit celui-ci, en lui offrant une cigarette que Noonan avait refusée.

— Je ne t'ai pas vu.

— Mais j'étais là.

— Où ça ?

— J'ai assisté à tous tes matches.

— C'est ça, ouais. »

Cela n'était pas de la colère, simplement une opinion, dont son père pouvait tenir compte ou pas.

Plutôt pas, apparemment.

« Tu sais où c'est, Chez Nell ?

— À Lake Road ?

— Retrouve-moi là-bas, je te paie une bière.

— Je n'ai pas dix-huit ans.

— Je sais quel âge tu as. Je sais aussi que tu dors dans un taudis au-dessus du Rexall, et que tu fais le barman le dimanche chez Murdick.

— Je dois retrouver mes amis.

— Tu les verras après.

— Pourquoi ?

— Pourquoi pas, fils ? »

Chez Nell se trouvait au sommet d'une colline, à huit kilomètres du centre-ville, au bout d'un chemin de terre abrupt. L'établissement avait sans doute été construit par étapes, les bardeaux succédant aux briques en cours de route. Noonan se souvenait du restaurant initial, une affaire florissante. À l'époque, le parking était toujours plein. Mais cela n'avait pas duré et l'endroit avait changé de main plusieurs fois en dix ans. Quant à Nell, il ne savait pas qui c'était. Le nom figurait sur un panneau de guingois qu'il apercevait maintenant, en haut du chemin de terre. Il y avait une demi-douzaine de voitures dans le parking, dont celle de son père. Noonan avait garé la moto le plus loin possible, près de la benne.

Assis au bout du comptoir, Marconi parlait avec une femme d'une quarantaine d'années. Elle aurait été jolie si elle n'avait pas été obèse, et elle avait l'air sinistre. Cela pouvait être Nell, une Nell qui aurait mis dans ces murs jusqu'à son dernier dollar.

Noonan avait pris place sur le tabouret à côté de son père, lequel avait regardé sa montre.

« J'allais partir te chercher.

— Je t'avais dit que je serais là.

— Au cas où tu aurais changé d'avis.

— Je ne change pas d'avis », avait affirmé Noonan, et le sourire de Marconi était sans équivoque : tous deux faisaient référence à ce jour de printemps où Noonan lui avait signifié ce qui se passerait si sa mère tombait de nouveau enceinte.

« On a le droit de changer d'avis, une fois de temps en temps.

— Ah bon ?

— Les situations peuvent changer, elles aussi », avait dit son père qui, sans lui laisser le temps de répondre, avait ajouté : « Je te présente Max. »

Il hochait la tête vers la grosse femme derrière le comptoir.

Elle s'était essuyé les mains pour en tendre une à Noonan.

« Maxine, avait-elle rectifié.

— Pas Nell ?

— Non, Nell, c'était ma sœur. Elle est morte d'une leucémie. On a voulu lui rendre hommage en appelant cet endroit par son nom.

— Lui, c'est Willy, le fils de Max », avait poursuivi Marconi en voyant s'ouvrir la porte de la cuisine.

Muni d'un seau à glace, un gamin trisomique en sortait. Il devait avoir l'âge de Noonan, mais il perdait déjà ses cheveux, alors allez savoir. Souriant, il avait émis un genre de braiment qui pouvait être un mot. Et il était reparti dans la cuisine.

« Qu'est-ce qui t'a retardé ?

— Je suis passé chez Ikey. »

Marconi avait hoché la tête.

« Ça y est, il s'est rendu compte qu'il était pédé, le petit Lynch ?

— Tu veux parler autrement ? », lui avait dit Maxine, avec un regard furieux.

Ça la rendait sympathique, mais Noonan se demandait ce qu'elle venait faire dans leur conversation. Ce qu'elle avait probablement perçu puisqu'elle était partie travailler à l'autre bout du comptoir après lui avoir servi une pression.

« Ça fait un moment qu'il sort avec la même fille.

— Ça leur arrive, à ces gens.

— Eh bien, on a le droit de changer d'avis, une fois de temps en temps », avait rétorqué Noonan.

Entre autres choses précieuses, M. Berg avait montré à ses élèves tout l'intérêt de retourner les propos des gens contre eux. Au bout de deux mois de cours, ils maîtrisaient bien mieux la rhétorique. Quiconque avait survécu aux assauts de M. Berg était capable d'en infliger à son tour.

« Et les situations peuvent changer, aussi », avait poursuivi Noonan.

Son père semblait apprécier la repartie.

« Certaines, oui. D'autres pas.

— Si tu veux. Qu'est-ce que je fais là ?

— Tu bois une bière avec ton vieux. Fais voir tes faux papiers. »

Marconi avait tendu la main. Noonan ne les avait pas donnés tout de suite. Mais il aurait dix-huit ans le mois prochain, et il doutait que son père les lui confisque maintenant, après lui avoir offert un demi.

Hochant la tête d'un air de connaisseur, Marconi avait étudié la fausse carte d'identité.

« Joli travail. Et ça t'a coûté quoi ?

— Soixante-quinze dollars.

— Je t'en aurais trouvé une pour moins que ça, si tu m'avais demandé. »

Noonan ne répondant pas :

« Jass avait raison. Elle est bien faite.

— Jass ?

— Jasper Englander. Ton patron. Pourquoi il t'a embauché, à ton avis ? »

Noonan n'allait pas lui faire le plaisir d'admettre sa surprise. C'en était une nouvelle, et il n'avait pas élucidé la précédente. À son insu, le vieux avait-il assisté à tous les matches ? Qu'est-ce que cela voulait dire ? Pourquoi ne s'était-il douté de rien quand le patron du bistrot l'avait pris pour le job ? Toute sa vie, Englander avait vérifié des papiers d'identité.

« Tu as faim ?

— Non, avait menti Noonan.

— Il y a de la côte de bœuf, ce soir. Ils la font bien.

— Je n'ai pas faim.

— Comme tu voudras. »

Marconi avait fait un geste à l'intention de Maxine, qui était venue prendre sa commande — une côte, saignante. Comme l'aurait choisie Noonan, s'il avait été moins têtu.

« On peut manger au comptoir, ici ? avait-il demandé lorsqu'elle était partie à la cuisine.

— En général non, mais moi oui.

— Tu as un régime de faveur ?

— Disons que le patron, c'est moi.

— C'est ça », s'était esclaffé Noonan, avant de comprendre que ce n'était pas une plaisanterie.

Les surprises se succédaient un peu trop vite.

Maxine était revenue avec un napperon, le couvert, et une salade au fromage — celle que Noonan préférait — dans un petit saladier en bois.

« C'est vous, avait-il dit. *Vous* qui êtes la propriétaire. »

Son père avait commencé sa salade.

« Eh bien, si tu préfères, il y a mon nom sur le bail, avait-il dit. Quoi ?

— Rien. Je pensais à ce que tu lui donnes comme argent. À maman.

— Ta mère est une enfant. Si je la traitais comme une adulte, on n'aurait plus un sou.

— C'est toi qui la maintiens en enfance. Tu ne lui permets jamais de rien faire.

— La question n'est pas de lui permettre ou pas. Elle n'est capable de rien faire. »

Énervé, Noonan hochait la tête.

« Et tu es allé au match, aujourd'hui ?

— Je t'ai dit, je les ai tous vus.

— Ça t'aurait tué de t'asseoir avec elle ? De lui faire plaisir, pour une fois ?

— Crois-moi, elle est bien mieux avec tes frères. »

La côte de bœuf était arrivée, saignante, superbe. Noonan avait senti son estomac gronder.

« Tu es sûr que tu n'en veux pas une ? Ce n'est pas trop tard.

— Je n'ai pas faim, avait dit Noonan, même si mentir ne servait plus à rien. C'est à cause de ces pilules. Elle n'est plus elle-même.

— Ça n'arrange rien, c'est sûr, avait admis Marconi, songeur, en mâchant. Mais ce n'est pas ça, le problème. Admettons… »

Il détachait la bordure de graisse, du côté opposé à l'os. Et Noonan de saliver.

« … que tu aies raison, que je devrais être là plus souvent, être plus gentil avec elle. Mais toi ? Tu ne la vois pas plus souvent que moi. Si tu t'inquiétais tellement pour elle, tu n'habiterais pas au-dessus du Rexall. Tu irais l'aider à la maison, tu essaierais d'arranger les choses. Seulement, tu sais qu'il n'y a pas moyen de les arranger.

— Je vis au-dessus du Rexall pour ne pas te voir. Si on habitait sous le même toit, ça serait encore pire.

— Mais je n'habite pas sous ce toit-là. Je passe dire bonjour. Exactement comme toi. »

Marconi avait repoussé son assiette. À vue de nez, pensait Noonan, il en avait laissé la moitié.

« Écoute, avait continué le père. M'est égal que tu me racontes des conneries. Tu dis que tu n'as pas faim alors que tu meurs de faim, ça m'écorche pas la peau du dos. Mais ne te mens pas à toi-même.

— Je me mens à moi-même ? »

Maxine était venue débarrasser l'assiette. Noonan s'était ordonné de ne pas la regarder, mais l'avait fait quand même.

« Je vais te dire ce que je pense. Quand tu étais petit, tu voyais les choses d'une certaine façon. Tu avais peut-être raison, va savoir ? Mais tu persistes à les voir comme ça, alors qu'elles ont changé. Tu le sais, mais tu as pris le pli. Ça t'arrange que je sois le méchant dans l'histoire.

— Ça ne m'arrange pas, c'est vrai.

— Qu'est-ce que je disais ? Tu ne réfléchis pas, et tu as tort. »

Marconi avait lancé, vers l'autre bout du comptoir :

« Max, je suis un méchant, moi ?

— Non, non.

— Appelle Willie une seconde. »

Le gamin était apparu à la porte de la cuisine.

« William, dis la vérité, lui avait demandé Marconi. Je suis un gentil ou un méchant ?

— Un gentil, avait affirmé Willie, sans plus d'hésitation que Noonan avant lui, et ravi de détenir la bonne réponse. Le plus gentil.

— Et voilà, avait dit Marconi, comme si le témoignage du moins rationnel d'entre eux était irrécusable.

— Eh bien, l'affaire est conclue, avait ricané Noonan.

— Oh, il se trompe sûrement, puisqu'il est moins malin que toi.

— Je n'ai pas dit ça. »

Sous-entendu seulement.

« OK, avait admis le père, laissant à Noonan le bénéfice du doute. Alors dis-moi comment que je devrais changer ?

— Je ne sais pas par où commencer.

— Commence où tu veux. Peut-être que je devrais essayer de te ressembler. Raconter que je n'ai pas faim quand mon estomac fait du bruit. Prétendre que ta mère n'a aucun problème... que c'est la femme de mes rêves ?

— Pas une mauvaise idée, avait relevé Noonan, de plus en plus énervé. C'est à cause de toi qu'elle est comme ça. Folle de peur, je veux dire.

— Elle se rend folle toute seule. »

Noonan n'avait pas relevé.

« Et tu te prends pour un homme ? »

La tache de vin, sur le front de son père, s'était légèrement assombrie. Son fils avait pensé : « OK, allons-y. Tout de suite. Ici. Frappe, n'hésite pas. Tu en meurs d'envie, tu le sais bien. »

Derrière le bar, la porte s'était brusquement ouverte sur Willie. Le visage tordu de douleur, il tremblait de tout son corps, terrorisé. Pourtant ni Marconi ni Noonan n'avaient élevé la voix. Le gamin les écoutait-il dans la cuisine ?

« Ne t'inquiète pas, Will, lui avait dit Marconi. Tout va bien. »

Willie ne bougeait pas. Il les étudiait l'un et l'autre en grelottant.

« Il n'aime pas les gens en colère, pas vrai, Will ? »

L'adolescent avait hoché la tête, violemment. Le rejoignant, sa mère lui avait posé une main sur l'épaule.

« Chhhhh... »

Marconi regardait son fils.

« Dis-lui que tout va bien.

— Tout va bien.

— Essaie d'y croire. »

Will observait Noonan.

« Il n'y a pas de problème, tout va bien », avait dit ce dernier, sincèrement cette fois.

Aussitôt le jeune homme avait cessé de trembler. Il leur avait fait un grand sourire à tous, et il était reparti à la cuisine. Maxine s'était éloignée elle aussi.

« Ne me demande pas, avait dit Marconi à son fils. Je ne sais pas comment il devine, mais c'est comme ça. Si tu me donnais un coup de poing, maintenant, il serait là avant que tu me touches.

— On ferait peut-être mieux d'aller ailleurs. »

Haussement d'épaules.

« La bière ne coûte rien ici. À moins que tu n'arrives pas à te contrôler…

— Que *toi*, tu n'y arrives pas, plutôt. »

Pour toute réaction, Marconi avait fait signe à Maxine de leur tirer deux autres pressions.

« Alors, tu sais ce que c'est qu'être un homme, maintenant ? Tu as tout compris ?

— Que veux-tu que je comprenne ? Je n'en ai connu qu'un, c'est toi.

— Mais tu ne me connais pas. »

Max était arrivée avec les bières, et Noonan avait refusé la sienne.

« Laisse, a dit Marconi à la serveuse. Qu'il la veuille ou pas, c'est son choix. C'est un homme. »

Elle était repartie et il avait changé de sujet.

« Alors, parle-moi de la petite Beverly.

— Pourquoi ? » avait dit Noonan qui, reposant son verre, se rendait compte qu'il venait d'en boire une gorgée.

Jamais il ne l'avait mentionnée devant son père, et pour cause. Ni devant sa mère, d'ailleurs. Pourtant, le paternel était au courant.

« Elle est mignonne, convenait ce dernier. Épouse-la et tu es tranquille jusqu'à la fin de tes jours.

— Peut-être, mais c'est pas au programme.

— Et qu'est-ce qui l'est ? »

Coucher, pensait Noonan. Nan ne s'était pas encore donnée à lui, du fait surtout qu'il ne la pressait pas. Et pourquoi donc ? À cause de Sarah, sans doute. Maintenant qu'ils se retrouvaient souvent ensemble, Nan et elle étaient devenues confidentes, et Sarah, bizarrement, semblait avoir conclu que Nan, vulnérable, avait besoin d'être protégée. « Elle t'aime vraiment beaucoup, tu sais », répétait-elle, comme si cette fragilité découlait de ses sentiments. Pour

Noonan, cela signifiait qu'ils finiraient par faire l'amour. Que Sarah y voie une raison de s'abstenir lui paraissait infiniment pervers.

« La fac, peut-être », avait-il dit, curieux de voir ce que le vieux en ferait. C'était un ballon d'essai plus qu'autre chose.

« Pourquoi pas, avait dit Marconi, à la grande surprise de Noonan, qui s'attendait plutôt à ce qu'il lui conseille l'armée. Je pourrais peut-être t'aider, si c'est ce que tu décides.

— Merci. »

Marconi avait relevé quelque chose dans le ton.

« Merci, mais non merci ? C'est ça ? Merci, mais je n'ai pas faim ? Merci, mais je n'ai pas soif ? »

Avec un signe de tête vers le verre de son fils, qui était vide.

« Alors, c'est pour ça qu'on est là ? On est censés être copains, tout d'un coup ? » avait dit Noonan.

Haussement d'épaules.

« Qu'est-ce qui nous en empêche ?

— Il vient de s'écouler dix-sept ans qui nous en empêchent.

— On peut faire autre chose des dix-sept suivants. »

Parlait-il sérieusement ?

« Je réfléchirai.

— Mais ça te tente pas des masses ?

— Est-ce bien le moment ? Tu ne me fais plus peur, alors tu veux qu'on soit copains.

— C'est une façon de voir les choses.

— Il y en a une autre ?

— Peut-être que ça n'arrive pas comme ça, n'importe comment. Peut-être que tu n'as pas fait gaffe. Peut-être que tu es moins malin que tu le crois. Peut-être que tu préfères tes vieilles habitudes. Peut-être que tu as peur de perdre tes marques, si la situation devait changer.

— C'est toi qui dis avoir changé.

— Ce que je dis, c'est que si tu décides d'aller en fac, je peux peut-être t'aider un peu. Je dis que, la prochaine fois que je t'invite à dîner, tu pourrais accepter. Il y a autre chose que je voudrais dire, mais va falloir que tu attendes, parce que d'abord je vais pisser. Ce qui devrait t'arriver bientôt, aussi.

— Non, ça va », avait menti Noonan.

Son père se marrait.

« C'est dur de prendre toujours le contre-pied, hein ? »

À son départ, Maxine avait rejoint Noonan.

« Alors, c'est comment, tenir un comptoir dans le Gut ?

— Pas mal. »

En quoi ça la regardait ? lui aurait-il bien demandé.

« C'est un peu agité chez Murdick, avait-elle dit.

— Le dimanche, c'est assez calme. Je n'ai refusé un client qu'une fois. Le type m'a insulté, mais il est tombé dans les pommes avant que je lui en colle une.

— Si, à l'occasion, tu en as assez de servir des demis et des gnons aux poivrots, tiens-moi au courant. J'aimerais bien avoir une soirée de libre de temps en temps. Et le dimanche m'irait aussi bien qu'un autre jour.

— Maintenant que le foot est terminé, je suis un peu plus disponible.

— Je pourrais t'apprendre à faire les cocktails. Ça te ferait une autre corde à ton arc. Les barmen meurent pas de faim en Amérique. Bon, ils roulent pas sur l'or non plus.

— Merci. Je réfléchirai.

— C'est la deuxième fois que tu dis ça », lui avait fait observer Maxine.

Elle avait souri, et ce sourire l'avait étonné car, dans ce visage très dur, il était doux et chaleureux.

« Dis à mon père que je le remercie pour la bière. »

En quittant son tabouret, il avait entendu la porte des toilettes. Il s'était retourné, il avait vu son père en sortir et il s'était figé. Le temps de pisser, et Marconi avait vieilli de dix ans.

« Qu'est-ce qu'il y a ?

— Rien, avait dit Noonan, les paupières plissées. Tu as quelque chose de changé.

— Quoi ? »

Prêt à répondre : « Ce n'est pas ta tête de tous les jours », Noonan avait préféré se taire. Son père avait-il raison de croire qu'il ne faisait pas gaffe ? Si Marconi paraissait soudain aussi vieux, cela voulait-il dire que son fils ne l'avait pas regardé depuis dix ans ? Cela pouvait-il expliquer qu'il ne l'ait jamais remarqué aux matches de foot, qu'il ne l'ait pas reconnu cet après-midi, lorsqu'il l'avait aperçu de loin, sur l'Indian ?

« Je reviens dans une minute, avait dit Marconi à Maxine. Mon fils est un peu lent à piger certaines choses, il faut que je l'aide. »

Ils avaient marché jusqu'à la moto. Noonan avait pris place sur la selle et attendu la suite pour s'en aller. Son père semblait hésiter.

« Écoute, je devrais être avec mes copains, là. Si tu as quelque chose à dire, vas-y. »

Songeur, Marconi hochait la tête, comme s'il cherchait la bonne formule.

« Ce n'est pas exactement quelque chose à te dire. J'avais pensé que tu serais content de rencontrer Max. »

Noonan avait eu un mouvement de recul : pourquoi diable cela devrait-il lui faire plaisir ? Il avait compris avant de poser la question à haute voix :

« C'est *elle.* »

L'autre, celle que son père fréquentait depuis des années.

« Doucement, avait prévenu Marconi, comme s'il suffisait d'un mot de trop pour déclencher les hostilités. Je pensais que tu serais content de savoir que ça n'est pas une mauvaise fille. Elle l'a mangé, son pain blanc.

— Autant que maman ?

— Et elle voulait te rencontrer.

— Pour quoi faire ?

— Comme quoi ça te ferait du bien. On s'est plus ou moins disputés à ton sujet. Elle se disait que le jour viendrait où tu finirais par te demander qui c'est, ton père.

— Ce n'est pas ton point de vue.

— Sinon, on ne se serait pas disputés. Mais pour l'instant, j'avais raison.

— En effet, avait renchéri Noonan en mettant le contact.

— Mais elle est têtue, Max, avait crié Marconi pour couvrir le bruit du moteur. Comme d'autres personnes de ma connaissance. Amuse-toi bien avec tes amis. »

En voyant son père rebrousser chemin jusqu'au restaurant, Noonan s'était interrogé sur le sentiment qui l'étreignait soudain. De la culpabilité ? Non, allons. Tandis que le moteur ronronnait, il était resté un instant sans bouger et puis il avait ri, autant pour entendre le son de sa voix que pour autre chose, et il avait enclenché la première. En débouchant sur la route goudronnée, au bout du sentier, il s'était aperçu qu'une des sacoches claquait au vent. Il s'était arrêté sur le parking de la vieille tannerie pour l'ouvrir. Il y avait à l'intérieur les restes de la côte de bœuf. Maxine avait mis ça là-dedans ? Non, il était certain qu'elle n'avait pas quitté le comptoir. Alors le gamin, Willie ? Peu probable. C'était donc son père — lorsqu'il était allé aux toilettes, ou lorsqu'il l'avait raccompagné à la fin. Avait-il un sac plastique à la main ? Une chose était sûre : il faudrait y regarder à deux fois maintenant, lorsqu'il serait question de Marconi.

Ce qu'il fallait faire, c'était bien sûr jeter cette viande dans les herbes. Pour valider le mensonge. Seulement, Noonan n'avait plus besoin de se mentir, maintenant qu'il était seul. La tentation était trop grande, et il avait dévoré tout le contenu du sac. Il n'avait jamais rien mangé d'aussi bon. Après quoi, cependant, il avait aussi faim qu'avant. Et il était en colère. Contre son père ? Contre lui-même ? Comment savoir ?

Lorsqu'il était arrivé chez Angelo, les copains étaient déjà partis.

« Tu les as ratés de peu, avait dit Jerry, derrière le comptoir. Ils m'ont demandé de te dire que...

— ... ils seraient chez Ikey. »

Le caractère prévisible de la chose — que Noonan aurait apprécié à un autre moment — l'avait soudain déprimé. Après ces surprises désagréables chez Nell, c'était démoralisant de retrouver le train-train, et il avait envie de bondir par-dessus les six mois à venir pour se réveiller quelque part plus loin, n'importe où. L'année prochaine à la même époque, Thomaston ne serait pas trop grand pour tenir dans un rétroviseur.

Pour l'instant, il n'y avait rien à faire que rejoindre les autres au magasin. Ils buvaient des sodas, assis autour de la petite table où les vieux schnocks prenaient leur café le matin. Nan et Lucy ergotaient sur les noms à donner à leurs enfants, une distraction qui avait leur faveur depuis que M. Berg, les qualifiant dès le mois de septembre de parfaits conformistes, leur avait conseillé, par plaisanterie, le mariage et la procréation. Les mois suivants, allant jusqu'à décrire leur progéniture, il n'avait pas raté une occasion de leur rappeler qu'ils étaient faits l'un pour l'autre, du point de vue moral comme sentimental. Ils avaient seulement besoin de voir « que leurs âmes étaient sœurs, que le destin voulait les réunir ». C'était comique et, de ce fait, facilement acceptable. Chacun y trouvait son compte. Nan, au départ, n'avait pas souhaité en rire, ni caché l'aversion que lui inspirait cette idée. Mais elle s'apercevait qu'en jouant le jeu, elle perdait son image de fille superficielle, ce qu'elle restait toutefois. Enfin, selon Noonan. Elle avait eu de nombreux petits copains, mais jamais un ami du sexe opposé, ce qui était pour elle une expérience nouvelle. Lucy ne lui faisait pas les yeux doux, ce qui l'avait vaguement étonnée au début. Et il avait Sarah. Puis elle avait découvert ce que cela impliquait : elle pouvait lui faire confiance, être elle-même avec lui. Quant à Lou, il était fier que, même pour rire, on l'associe à la plus jolie fille du lycée, une créature qui, il n'y avait pas si longtemps, le laissait muet de terreur. Naturellement, M. Berg avait raison. Ils avaient beaucoup plus de choses en commun qu'ils ne s'en rendaient compte, même à ce jour.

Si, à l'occasion, Noonan participait lui aussi, cette histoire de noms de baptême le mettait mal à l'aise, sans doute parce que l'humour bergien était empreint d'une certaine cruauté. C'était une bonne chose que Lucy, moins guindé, ait appris à rire de lui-même, du gamin timide et anxieux qu'il avait été toute sa vie. Cependant Noonan doutait que son ami ait compris que le dindon de la farce, c'était lui, et non Nan. Ce qui était drôle était justement de penser qu'elle puisse s'éprendre d'un garçon de son genre. Leurs pseudo-disputes sur le nom de leurs bébés sous-entendaient une relation charnelle, ce qu'on ne pouvait imaginer sans éclater de rire. Noonan regrettait que Lucy se méprenne et se croie doté, grâce à cette relation, d'une popularité croissante. Ou alors Noonan se trompait. Le temps était sans doute venu pour son vieil ami de changer de costume. On l'appelait toujours Lucy, quoique aujourd'hui sans méchanceté, et nombreux étaient ceux qui avaient oublié l'intention initiale de lui nuire. Sa nouvelle cote d'amour découlait peut-être simplement de sa gentillesse. Son père aussi était gentil. De son côté, Sarah ne semblait partager ni les inquiétudes, ni l'embarras de Noonan. En revanche, jamais elle ne pardonnerait un geste ou une parole humiliante pour son petit ami.

Pourquoi Noonan jouait-il aussi à ce jeu des prénoms ? Par égoïsme, tout d'abord, ce qu'il devait bien reconnaître. Quand Lucy et Nan s'improvisaient père et mère, cela faisait, par symétrie, un couple de Noonan et Sarah. Pendant que les deux premiers barguignaient pendant des heures avec cette affaire, Sarah et lui n'avaient aucun mal à s'entretenir de vrais sujets. Chez Angelo, même chez Ikey, Noonan et Lucy s'asseyaient toujours face à face, de sorte qu'on ne pouvait pas dire d'emblée lequel des deux était avec quelle fille. Plus que deux duos réunis, ils formaient un quatuor, décontracté et sans problème. En septembre, quand ils avaient commencé à sortir tous les quatre, ils avaient parfois changé de disposition, ce qui avait eu d'autres conséquences. Lucy avait migré à la droite de Noonan, Nan à sa gauche, tandis que Sarah prenait place en face des trois. Du coup, les rôles étaient attribués sans ambiguïté, ce qui était porteur d'une autre vérité, plus complexe, mais sans voix pour l'affirmer — à savoir que les couples fictifs n'étaient pas plus absurdes que leurs doubles réels. À la fin de la soirée, Nan et Noonan revenaient pour ainsi dire ensemble, idem pour Lucy et Sarah, mais tous s'étaient réjouis de l'opération. Noonan était-il le seul à s'en rendre compte ? Il se doutait que Sarah aussi mais, bien sûr, il était impossible de lui poser la question.

Cela étant, lorsqu'il était arrivé chez Ikey, son humeur s'était encore assombrie. Sarah ne lui aurait pas offert un de ses sourires radieux, il aurait rebroussé chemin. Il avait eu envie de foncer droit sur elle pour lui demander si elle voulait l'accompagner quelque part, juste elle et lui. L'impulsion était tellement forte qu'il s'était réjoui quand Dec Lynch — frais sorti de la douche avec une odeur d'eau de Cologne bon marché, signe qu'il allait passer le samedi soir, comme d'habitude, à faire les bars du Gut — l'avait arrêté dans l'entrée.

« Non, mais t'as qu'à le prendre, carrément, disait Dec en lui tendant son portefeuille. Puisqu'il y a un seul truc qui t'intéresse : le vider. »

Visiblement, il ruminait encore les résultats du match. Noonan s'était défendu :

« Je t'avais prévenu.

— Tu manquais de conviction. Et tu veux que je te dise ce qui me rend vraiment malade ?

— Non.

— Ce qui me rend vraiment malade, c'est que je suis sûr que tu vas me la bousiller, ma bécane. Ça fait pas l'ombre d'un pli. »

D'un air triste, Dec contemplait l'engin que Noonan avait garé devant le magasin, derrière la Cadillac des Beverly.

« Je la vois déjà transformée en tas de ferraille. Aussi sûr que t'es là devant moi.

— Pleure pas, avait rétorqué Noonan. Je me ferai peut-être tuer par la même occasion. Il y aura mon sang sur le bitume.

— Bobbiiiiie ! s'était exclamée Nan en l'entendant, effarée de le voir plaisanter avec ça.

— Mais non, il aura à peine une égratignure, l'avait assurée Dec, qui trouvait cela plus tragique encore. C'est clair, je serai le seul à y perdre, comme d'habitude. »

Derrière cette apparence enjouée, il semblait d'une humeur aussi noire que Noonan, motivée par quelque chose de bien plus grave qu'un simple pari perdu. On l'aurait cru au seuil d'un choix décisif : rester ou partir définitivement.

Tessa était sortie de la minuscule pièce qu'on lui avait installée au fond, à peine éclairée d'une ampoule nue. Dec l'avait observée un moment avant de se tourner vers son frère.

« Biggy. J'ai une question pour toi. »

Elle avait dû pressentir un fond agressif dans le propos, pourtant inoffensif, car elle lui avait dit : « Commence pas.

— Non, sérieux, avait poursuivi Dec à l'intention de son frère. Pourquoi tu ne fermerais pas, pour la soirée ? Histoire d'emmener ta femme quelque part ?

— Je ne vais pas fermer la boutique aux heures d'ouverture, quand même ? avait répondu Big Lou.

— Et pourquoi pas ? C'est toi, le patron.

— Fermer comme ça, parce que ça me chante ?

— Mais ça te chante pas beaucoup, avait dit Dec. Me dis pas le contraire, je le vois comme toi. »

Noonan avait remarqué que Lucy et les autres s'étaient tus. Ça n'était pas une de ces chamailleries bon enfant, fréquentes chez Ikey. Devant la caisse, le seul client présent avait dû sentir le vent tourner, car il avait empoché sa monnaie et emporté son pack de bières, sans laisser le temps à Big Lou de l'envelopper.

« C'est quand, la dernière fois que tu l'as emmenée quelque part, Tessa ? » insistait Dec.

Penaud, son frère avait haussé les épaules.

« C'est pas ce que…

— Dec ! » avait coupé Mme Lynch, d'un ton très sec auquel Noonan, lui, aurait prêté attention.

Mais pas Dec : « Je te propose un truc. Je reste ici ce soir, je vends la bière à ta place. J'ai pas les moyens de sortir, de toute façon. Allez, emmène Tessa. »

C'était une proposition honnête, Noonan le voyait, mais Dec avait d'autres motivations que la gentillesse. S'était-il passé quelque chose plus tôt dans la soirée, ou cela remontait-il à plus longtemps ? À l'évidence, l'oncle avait une raison d'être furieux.

« Et où on irait ? Chez Murdick ? s'était esclaffée Tessa.

— Est-ce que je sais, moi ? avait dit Dec, toujours tourné vers son frère. Sortez un peu de la ville. La frontière du comté, ça n'est pas le bout du monde, quand même ?

— Dec, avait répondu Tessa. C'est *toi* qui as envie de sortir, ce soir. Alors sors. »

Refusant de la regarder, il avait levé les bras.

« D'accord. Mais tu sais quoi, Biggy ? Le jour où ça te tombera dessus, tu l'auras cherché. »

Noonan avait entendu une chaise racler le sol. C'était Lucy qui venait de se lever. Cramoisi. Jamais il n'avait vu son ami en colère, prêt à exploser.

« Reste assis, Bub, avait lancé Dec, avant que tu aies une de tes fameuses absences, et ça aussi, ça sera ma faute. »

Voyant Lucy immobile au milieu de l'épicerie, Tessa avait repris la parole.

« Est-ce qu'on pourrait se calmer, tout le monde ? Personne ne reproche rien à personne.

— C'est ça, ouais », avait dit Dec, en laissant la porte claquer derrière lui.

Noonan s'était rendu compte qu'il n'avait pas bougé depuis son arrivée, et maintenant tous l'observaient.

« Tu rentres ou tu sors ? lui avait demandé Mme Lynch.

— J'essaie de me décider depuis un petit moment », avait-il plaisanté, ce qui n'avait fait rire personne.

Elle avait vu son fils.

« V'là autre chose, avait-elle dit. Oh, ça suffit, je t'en prie.

— Je me demande bien ce que ça veut dire, avait déclaré Big Lou en regardant le trottoir, comme si Dec s'y trouvait encore.

— Rien du tout, l'avait assuré Tessa. N'y pense plus. »

Lucy s'était enfin rassis. Il avait toujours l'air furieux. Noonan avait remarqué que Sarah avait pris sa main sous la table.

« Je sais pas ce que je lui ai fait, avait affirmé Lou, quand Tessa l'avait rejoint à la caisse. Ça marche très bien, entre nous.

— N'y pense plus. Il aura oublié demain.

— Tu veux qu'on aille quelque part ?

— Pas ce soir.

— On pourrait faire ça, un de ces jours, lui avait-il proposé, sans grand enthousiasme, mais tendrement. Louie s'occupera du magasin, et…

— Si tu n'arrêtes pas de parler tout de suite, je me mets à pleurer, je te jure. »

Il lui avait lui aussi pris la main, et ils s'étaient tus.

Noonan et Nan étaient encore les seuls à *ne pas* se tenir par la main dans la boutique. À peine s'était-il assis qu'elle avait pris la sienne, visiblement soulagée qu'on en ait fini avec cette dispute idiote.

« Aide-nous, lui avait-elle dit. Qu'est-ce qui est mieux, Truman ou Spencer ? »

Après la sortie théâtrale de Dec, ils avaient décidé d'en rester là. Lucy avait l'impression de couver quelque chose — mais plus probablement, pensait Noonan, le comportement étrange de son oncle l'avait perturbé, et il en voulait autant à sa mère qu'à celui-ci. Lorsque Tessa était partie, Sarah avait murmuré à Lucy quelque chose que Noonan n'avait pas bien entendu. Mais le visage de son ami s'était détendu un peu. Nan était apparemment la seule à être déçue que la soirée s'achève si tôt. Noonan lui avait annoncé qu'il était fatigué, moulu après ce dernier match, et elle les avait regardés, lui et Lucy, d'un air contrarié. Elles feraient mieux de se trouver d'autres petits copains, avait-elle dit à Sarah. Elle lui avait également offert de la ramener chez elle mais Sarah, qui habitait dans la direction opposée du Borough, avait préféré repartir avec Noonan.

« Il fait vraiment froid », l'avait-il avertie tandis qu'elle grimpait sur la selle derrière lui.

Il s'était déjà dit, à l'aller, qu'il faudrait bientôt renoncer à se servir de cette moto. La garder deviendrait trop dangereux aux premières neiges.

Sarah n'avait pas objecté.

Ils étaient restés silencieux pendant tout le trajet. Les autres fois, les bras autour de sa taille, elle lui avait parlé à l'oreille jusqu'à chez elle. Pas ce soir. Noonan se doutait que cette scène chez Ikey l'avait troublée aussi. Peut-être aurait-elle envie d'en discuter, avait-il pensé, et ça l'avait un peu ragaillardi. Un jour qu'il l'avait raccompagnée en septembre, elle lui avait ouvert sa porte et ils avaient bavardé tranquillement, sous l'auvent fermé, pendant plus d'une heure. Sarah lui avait confié certaines de ses peurs. Sa mère allait se remarier, pour des raisons douteuses, et elle craignait que son père pique une crise en l'apprenant — il proclamait depuis toujours que cela ne pouvait pas arriver. Sarah avait été si franche, si ouverte, comme une amie intime, que Noonan s'était surpris à s'ouvrir à son tour. Ces tensions impossibles entre lui et son père, la petite pilule que sa mère gobait chaque matin, qui la soulageait vaguement, qui la maintenait sous un voile de fumée… Il lui avait dit que le médecin les avait mis en garde contre une nouvelle grossesse. Bien sûr, il ne lui avait pas rapporté les menaces proférées à l'encontre de Marconi, sa promesse de le tuer si malgré tout…

Cette fois aussi, il espérait que Sarah l'inviterait à entrer, parce qu'elle était la seule personne à qui il voulait raconter ce qui s'était passé chez Nell. Toutes les lumières étaient allumées lorsqu'ils s'étaient engagés dans l'allée, et on entendait Miles Davis, à fond sur la stéréo dans le salon. M. Berg avait dû reconnaître le bruit de la moto, car il avait bondi de son fauteuil en faisant des moulinets avec les bras comme un fou furieux. Cela aurait pu être drôle, sauf que Noonan savait Sarah inquiète à ce sujet. L'odeur que M. Berg tentait de dissiper était celle de la marijuana. Elle attendait Sarah lorsqu'elle rentrait les vendredis et samedis soir. Surtout quand elle revenait plus tôt que prévu, comme aujourd'hui.

Le moteur avait frémi en s'éteignant, et Sarah n'avait pas bougé.

« Ça t'embête si on reste comme ça une minute ? » avait-elle dit.

Oh non, non. Il aimait tant sentir sa tête posée contre son dos, ce geste spontané, confiant. Bien plus agréable que le baiser passionné de Nan, tout à l'heure, devant l'épicerie. Nan avait un faible pour ces démonstrations creuses et, ce soir, elle avait tenu à lui faire comprendre ce qu'il ratait en étant aussi grognon.

« Tu veux que je rentre avec toi ?

— Non. Laisse-lui une minute. »

Ils avaient gardé la pose, devant la petite maison minable où, depuis le départ de Mme Berg, Sarah vivait avec son père. Noonan avait fini par se rendre compte qu'elle pleurait silencieusement.

« Tu crois qu'on finira comme eux ? »

Il avait saisi que la question ne concernait pas seulement les parents de Sarah, mais tous — les siens, ceux de Lucy, peut-être même ceux de Nan.

« Ça dépend de nous, je suppose. »

Se demandant sans doute ce que sa fille fichait dehors, M. Berg était venu jeter un coup d'œil à la fenêtre. Il ne semblait pas distinguer autre chose que son image sur la vitre et, au bout d'un moment, il était reparti s'asseoir.

« Il déteste Lou, avait lâché Sarah.

— Ton père ? avait dit Noonan, réellement surpris. C'est vrai ? »

Il aurait aimé se retourner, la regarder, mais elle avait toujours les bras autour de sa taille, comme si la moto allait redémarrer toute seule. Préférait-elle qu'il ne la voie pas pleurer ? Ou avait-elle peur qu'il l'enlace, s'ils étaient face à face ?

« Mais qu'est-ce que ça veut dire ? Lui, un père, détester un enfant ? »

Noonan lui aurait répondu que c'était inexact, que Lucy aurait bientôt dix-huit ans, mais elle avait ajouté : « Il prétend que Lou incarne tout ce qui ne va pas dans ce pays.

— Il est fou ! »

Les mots étaient sortis de sa bouche sans qu'il puisse les retenir.

« Qu'il est naïf, conformiste et lâche. Et pire encore.

— Quoi ?

— Que c'est un innocent. Comme quoi il n'y aurait rien de pire, avait-elle dit en serrant ses bras. Il veut que je rompe.

— Tu vas le faire ?

— Bien sûr que non.

— Bien.

— Il aimerait mieux que je sorte avec toi. »

Voulait-elle son avis ? Difficile de savoir. Difficile de savoir si l'idée la révoltait ou si ça lui paraissait impossible.

« Je ne vois pas en quoi ça le concerne », avait dit Noonan.

Sarah s'était tue un moment. Elle avait remis son front entre ses omoplates, et déclaré :

« Je le déteste, parfois, Bobby. Mon propre père.

— Tu as de la chance. Moi, le mien, c'est tout le temps. »

Un autre instant s'était écoulé, et elle avait demandé : « Faisons-nous une promesse, toi et moi. Après ce soir, je voudrais qu'on ne dise plus de choses affreuses, comme ça. »

Il avait promis, elle lui avait serré une dernière fois la taille et elle était descendue. Noonan avait voulu la suivre, mais elle lui avait posé une main sur l'épaule.

« Non. »

Il avait obéi. Sarah avait essuyé ses larmes sur le revers de sa manche puis, à sa grande surprise, elle lui avait pris la main.

« Et si ça ne dépendait pas de nous ? avait-elle murmuré, comme un enfant effrayé. Si on allait tous finir comme eux, et qu'on n'y pouvait rien ? »

Noonan ne sachant quoi répondre, il avait dit plutôt :

« Tu crois qu'il y a quelque chose entre Dec et Mme Lynch ? »

Elle avait aussitôt lâché sa main, comme si elle s'apercevait seulement qu'il la tenait.

« Non. »

Cette certitude l'avait étonné, mais visiblement Sarah s'était elle aussi interrogée.

« Tessa aime Lou-Lou », avait-elle dit.

Toi, tu aimes Lou-Lou, avait-il pensé. *Tu* as envie que ça soit vrai.

« Cela ne veut pas dire que…

— Je sais ce que cela ne veut pas dire, Bobby.

— Désolé, avait-il lâché, sans vraiment s'expliquer le besoin de s'excuser. Je ne…

— Pas grave. C'est juste que… Ils sont tous tellement chouettes, les Lynch. Je ne sais pas ce qu'on ferait, les uns et les autres, s'il n'y avait pas ce magasin. »

Elle s'était éloignée.

Au lieu de reculer dans l'allée, Noonan était resté immobile, à califourchon sur l'Indian. À l'intérieur, Sarah avait embrassé son père — qu'elle haïssait, venait-elle de dire —, puis elle était montée se coucher. Une fenêtre à l'étage s'était bientôt éclairée et, quand Sarah était apparue derrière la vitre, baignée d'une lumière jaune, Noonan avait senti son cœur se serrer. Elle devait s'être rendu compte qu'il n'était pas reparti. Elle avait levé la main, agité les doigts avec un sourire triste. Alors il avait remis le contact, donné un coup de klaxon, en s'efforçant de ne pas admettre ce qu'il savait foncièrement : qu'il était amoureux de l'amie de Lucy et que, si elle se décidait pour lui, l'amitié ne serait pas un obstacle. Quant à sa propre petite amie ? Nan ? Aucune importance.

* * *

Mis à part la voiture de son père, le parking était vide quand Noonan était arrivé. Il avait garé la moto près du réverbère solitaire, et regardé son halo sous l'immensité noire du ciel. Ça lui rappelait quelque chose, il ne savait pas quoi. Brusquement, ça lui était revenu : ce rêve bizarre de cathédrale, ce matin. Incroyable. Ça semblait déjà vieux d'un mois. Dire que cette journée avait commencé dans la clarté. Ça lui faisait une drôle d'impression. Il ne s'était pas écoulé tellement d'heures depuis, pourtant tout était embrouillé. C'était désespérant — et qu'est-ce qu'il revenait foutre chez Nell, tiens ?

Son père était toujours assis au bout du comptoir, mais il buvait cette fois un café. La salle était vide, à l'exception d'une serveuse et d'un garçon qui mettaient le couvert pour le lendemain. Quittant la réserve, derrière le bar, Maxine était allée à la cuisine pour en ressortir derrière

Willie. Il transportait un casier de vaisselle propre, fumante, et elle le soutenait fermement par les coudes. Puis elle avait posé un baiser sur sa tonsure, et il avait poussé un de ses drôles de hennissements avant de repartir dans la cuisine. Noonan avait alors regardé son père, en se demandant depuis combien de temps il tenait un rôle à part entière dans le ménage.

« Ce garçon… avait commencé Noonan, avec l'intention de construire une phrase entière, qu'il a laissée finalement suspendue.

— Ça n'est pas ton demi-frère, si c'est ça qui t'inquiète.

— Je ne suis pas inquiet, seulement curieux. Curieux de savoir aussi pourquoi tu préfères Maxine à maman, cette famille à la nôtre. Et peut-être quand tu m'auras expliqué ça, déjà… »

Ici encore, les mots lui avaient manqué.

« Quoi ? Vas-y. Tu es bien parti, continue sur ta lancée. »

Sauf que Noonan n'était plus très sûr. Sur quoi souhaitait-il des éclaircissements ? Un point particulier ? Sur tout ? Du jour au lendemain, son père n'avait plus rien d'une personne simple. Que voulait-il comprendre ? Pourquoi Marconi était capable de gentillesse avec Maxine et le petit mongolien, ou pourquoi il martyrisait sa mère et ses frères ? « Le plus gentil », avait dit Willie. Dans quel monde son père était-il seulement décent ? C'était comme si, pendant dix-sept ans, Noonan avait grandi sous une lune pleine et qu'elle avait brusquement disparu. Alors le loup Marconi n'était plus qu'un homme ordinaire. Pourquoi ne l'avait-il pas vu se transformer ? Quelle question avait posée Sarah devant chez elle — allaient-ils tous finir comme leurs parents ? Voire *devenir* ce qu'ils étaient, sans même la possibilité d'un choix ? Noonan sentait sa vieille haine chérie s'évanouir peu à peu, évincée par la peur que Sarah ait raison.

« Écoute, avait dit Marconi, après un trop long silence. C'est simple, ce que tu as besoin de savoir. Qu'est-ce que je peux faire pour toi ? Si c'est quelque chose que je peux te donner, très bien. Par exemple, si tu veux un café ou une part de tarte, là maintenant, tu n'as qu'un mot à dire.

L'année prochaine, si tu as besoin d'argent pour tes études, j'essaierai de t'en donner. Je ne suis pas riche, mais j'ai mis un peu de côté. Je l'ai économisé pour toi, d'ailleurs, au cas où *tu* changerais. Mais si je ne peux rien faire pour toi, si tu veux des choses que je n'ai pas ou que je ne peux pas te donner, que veux-tu que je te dise ? »

Étudiant son père, Noonan avait refréné l'impulsion de lui balancer une saloperie en travers de la figure. S'il pouvait le mettre en colère, le rendre vraiment furieux, alors peut-être retrouverait-il quelques miettes de cette bonne vieille haine. Une chose l'en empêchait, toutefois. Il était bien conscient que le paternel lui offrait peu, par rapport à ce qu'il lui devait — moins encore, comparé à sa mère. Mais il n'obtiendrait jamais mieux. Inutile, dans ce cas, de faire monter les enchères.

« Pourquoi pas un petit conseil ? » s'était-il entendu dire.

Ce qui lui avait valu un sourire.

« Eh, c'est fait pour ça, les pères, donner des conseils… »

Était-ce de l'ironie ? En cours, M. Berg en avait établi trois catégories : ironie verbale, ironie dramatique, ironie de situation. Sauf erreur, c'était ici la première, celle dans laquelle le locuteur énonce ou sous-entend une chose différente — ou le contraire — de ce qu'il pense. Marconi ne se faisait-il aucune illusion sur ses talents de pédagogue ?

Noonan avait respiré un bon coup. Ce qu'il avait dit à Sarah, tout à l'heure, n'était plus entièrement vrai. Il ne détestait pas son père tout le temps. Même s'il en avait l'intention. Il l'avait fait et recommencerait sûrement. Et voilà ce qu'il avait dit :

« C'est au sujet d'une fille. Enfin, deux, plutôt. »

Marconi avait hoché la tête en attendant la suite.

PASSIONS

En matière de création, Noonan était avare de prédictions, mais il se trompait rarement quand il en faisait. Comme il l'avait dit à Hugh, *Sarah* allait se peindre toute seule. Il avait travaillé le reste de la journée, pour ne s'arrêter qu'à la tombée de la nuit et découvrir avec étonnement, après avoir pris une douche, qu'il était affamé et pas seulement de nourriture. L'idée de passer chez Evangeline, à la galerie, lui avait traversé l'esprit mais il s'était ravisé. Dommage que Hugh soit déjà parti, s'était-il dit. Et en fait non.

Anne Brettany n'avait pas caché sa surprise en le voyant frapper à la porte de son atelier.

« Je t'invite à dîner. Où tu voudras, sauf le Harry's. »

Ils avaient choisi un petit restaurant de quartier, à Cannaregio, où Noonan avait retrouvé l'appétit qui lui manquait depuis des mois. Anne picorait sans cesser de le regarder.

« Qu'est-ce qu'il y a ? avait-il finalement demandé.

— Tu n'as pas l'air complètement fou. »

Hugh lui avait-il parlé du portrait, ou était-ce une allusion aux rumeurs qui circulaient sur son compte ?

« Tu pourrais me rendre un sacré service, avait-il lâché devant son *espresso*. La perspective de prendre l'avion ne me remplit pas d'enthousiasme. »

Elle avait admis que l'avion la mettait elle aussi dans tous ses états, et ils avaient convenu de prier Hugh de leur réserver des places sur le même vol. Au moins, ils pourraient se tenir par la main.

Quand Noonan était revenu dans son atelier, il était assez tard et il avait réfléchi. Il pouvait exploiter la fièvre qui entourait chaque nouvelle création et travailler toute la nuit, ce qui lui éviterait d'autres terreurs. Mais il avait bu une bouteille de vin et l'expérience lui avait appris que le bon moment pour arrêter était celui où il commençait à aller vite, où il savait exactement ce que son pinceau allait faire et pourquoi. Non sans appréhension, il avait décidé de courir le risque, et de se coucher. Il avait besoin de sommeil. Il avait risqué bien plus, la veille, en laissant Lichtner camper au milieu de ses toiles. Peut-être aurait-il de la chance deux nuits de suite, et là-dessus l'épuisement avait eu le dernier mot.

Se réveillant avec le soleil dans la figure, il s'était demandé combien de temps il avait dormi — sans rêve, comme un bienheureux. Son peignoir sur le dos, il avait examiné les deux tableaux côte à côte. Hier, sans même y réfléchir, il avait pris une des décisions les plus importantes de sa vie de peintre, en installant le deuxième chevalet. Il aurait pu retirer son père du premier, poser ce triste sire à l'envers contre un mur et ne s'occuper que de *Sarah*. Il avait choisi au contraire de les faire cohabiter, et il constatait le bien-fondé de cette impulsion. L'un ne serait jamais le pendant de l'autre, mais ils étaient curieusement liés. La lumière dégagée par la fenêtre de *Sarah* était obligée de tomber sur Marconi et le pont des Soupirs derrière lui. L'une des toiles était quasiment achevée, la seconde à peine commencée, et elles resteraient unies un bon moment.

Elles étaient à l'image de sa vie quand il était encore en terminale dans une lointaine bourgade du nom de Thomaston, dans le nord de l'État de New York. À soixante ans, presque à l'autre bout du monde, Noonan percevait clairement ce qui lui avait échappé à l'époque — pendant un moment du moins, son existence avait suivi deux voies parallèles. Ses amis et lui en suivaient une, leurs parents, une autre, cependant la convergence des voies, au lointain, n'était pas une illusion d'optique. Elle était bien réelle, mais on s'en apercevait trop tard. Les Marconi, les Lynch, les Beverly, les Berg. Aucune de ces familles ne sortirait indemne de la collision. Une seule survivrait réellement.

Sarah avait beau affirmer qu'il n'y avait rien entre Tessa et Dec, Noonan n'était pas convaincu. Dec leur avait épargné de nouvelles scènes, du moins en sa présence et, rapidement, tout était redevenu normal chez Ikey. Noonan avait la sensation que, hors des regards, Tessa avait sonné les cloches à son beau-frère, celui-ci s'étant assagi. Il n'avait pourtant pas découvert les motifs de la colère de Dec. Sarah devait les connaître, mais elle n'en disait mot. « Bobby, avait-elle répondu lorsqu'il lui avait reposé la question, Tessa aime Lou-Lou. » Fin de la discussion.

Si Noonan avait des doutes au sujet de Mme Lynch, la réciproque paraissait vraie. Elle semblait l'aimer bien, se réjouir de le voir au magasin, et chaque fois elle lui remplissait une assiette, comme si elle avait deux fils au lieu d'un. Reconnaissant, il dévorait ce qu'elle lui donnait, mais il se rendait compte qu'elle le surveillait de près, particulièrement quand Sarah était là. À son expression, parfois, on aurait cru qu'elle se souvenait qu'il ne fallait pas lui faire confiance. Avait-elle deviné la nature de ses sentiments pour la jeune fille, craignait-elle qu'il trahisse un jour Lucy ? Ces soupçons pour l'instant injustifiés étaient-ils nourris de sa propre expérience ? Quant à ceux de Noonan, où trouvaient-ils leur source ? Chez ses parents plutôt que chez les Lynch ?

Ces incertitudes mises à part, les Lynch semblaient être la plus stable des quatre familles. Leur boutique incarnait cet équilibre, ce qui expliquait probablement pourquoi Noonan et ses amis y étaient aussi souvent. À en croire Lucy, le magasin était constamment menacé de faillite ; de mois en mois, ils luttaient pour joindre les deux bouts. Noonan avait cependant l'impression que leur affaire était aussi viable que n'importe quelle autre à Thomaston, peut-être parce que, à défaut d'être très passionnants, c'était des gens solides. Sans doute ne feraient-ils jamais fortune, mais on ne les imaginait pas ruinés, ni mettre la clé sous la porte. Lucy était moins optimiste que ses parents. Évidemment, il était d'un naturel anxieux et, après la scène de son oncle, il se montrait plus vigilant encore pour tout ce qui concernait la boutique. Noonan savait qu'il détestait s'en éloigner, même pour aller en cours, et son soulagement était manifeste lorsque, revenant chaque après-midi, il retrouvait les choses exactement telles qu'il les avait laissées — les trois aînés à leur place, sans redistribution des rôles.

Assez curieusement, si la stabilité était le critère déterminant, Noonan aurait mis sa propre famille à la seconde place. Certes, son foyer n'était pas ce qu'on appelle uni mais, à tous autres égards, la vie y était à présent moins épouvantable que dans son enfance. Toujours de vrais sauvages, ses frères étaient remarquablement indépendants. Attachés à leur mère, ils se relayaient pour s'occuper d'elle. Elle ne risquait plus de tomber enceinte et, abrutie par ses médicaments, elle ne semblait plus vouloir s'enfuir. Les frères travaillaient à mi-temps, se débrouillaient pour éviter le père, et ils étaient rarement tous réunis. Noonan les considérait moins comme des individus distincts que comme les différents membres d'un même organisme, qui, par des tâches spécifiques, assuraient la survie de l'ensemble. Ils rentraient de l'école avec l'œil au beurre noir ou la lèvre fendue, se bagarraient comme une meute de jeunes loups, même au dîner, sous le regard serein de leur mère. Marconi faisait parfois une apparition, avec l'intention de remettre un peu d'ordre là-dedans, mais il avait pour ainsi dire déserté le terrain.

Noonan et lui avaient enfin négocié une trêve, voire quelque chose de mieux, dont la confiance et l'affection étaient cependant exclues. Le restaurant de Maxine en était le lieu. Noonan pouvait y rencontrer son père sans craindre de conflit ouvert. C'était largement dû à la présence de Willie, dont la sensibilité à fleur de peau servait de rempart. Il était sérieusement arriéré, mais cela n'avait pas empêché Noonan de s'attacher à lui. Marconi l'aimait bien, lui aussi, du moins le jeune homme ne le dérangeait-il pas. C'était comme si, n'ayant pas à répondre de lui, il le laissait tranquille, une faveur qu'il n'avait jamais accordée à Noonan. Celui-ci se demandait quel genre de sentiment son père éprouvait pour Max, qu'il traitait avec une sorte d'aimable déférence. Au début, Noonan avait refusé d'y croire. Cela devait être une mise en scène, destinée à le convaincre que sa mère était elle-même la cause des mauvais traitements qu'on lui avait infligés — et même chose pour Noonan, par voie de conséquence. Il attendait que le masque tombe, que l'homme qu'il connaissait apparaisse aux yeux de Max et de son fils, mais cela n'était pas arrivé et il doutait que cela se produise. Après tout, son père avait vécu avec eux aussi longtemps qu'avec sa première famille.

En revanche, à la maison, les tensions pouvaient être au rendez-vous, et, sans même aborder le sujet, ils avaient conclu un accord tacite. Les rares fois où ils se croisaient à la maison, l'un ou l'autre s'en allait. C'était comme si leurs relations étaient subordonnées à un lieu spécifique et que, la maison du Borough étant contaminée, il fallait l'éviter avant tout.

Jusqu'à la fin novembre, Noonan avait continué de tenir le comptoir, le dimanche soir chez Murdick, puis il avait commencé chez Nell, où Max — comme il l'avait appelée tout de suite — lui avait appris à faire des martini-dry, des manhattans, et des dizaines d'autres cocktails. Il empochait les pourboires de ses clients, ainsi qu'un petit pourcentage de celui des serveuses en salle. Le tout représentait beaucoup plus que ce qu'il gagnait dans le Gut. Au bout d'un mois, Max l'avait également embauché les vendredis soir, pour quelques heures. C'était de loin le moment le plus chargé de la semaine. Dans le peu d'espace qu'ils avaient pour préparer les verres, Max et lui travaillaient à une vitesse folle, répondant à la demande presque sans interruption. À la fin de la première soirée, Noonan s'était étonné :

« Comment tu y arrivais, avant que je sois là ?

— Oh, je faisais des sourires à ton père pour qu'il veuille bien quitter son tabouret. Il était moins rapide que toi, cependant, avait-elle dit assez fort pour que Marconi l'entende. De ce côté-ci du comptoir, du moins. »

Sans doute une référence au fait qu'il avait constamment un verre devant lui. Le vieux sirotait des whiskys de la meilleure qualité, sans jamais être soûl. Peut-être n'était-il jamais vraiment à jeun non plus ?

À neuf heures le vendredi soir, le gros de la troupe étant parti, Max conseillait à Noonan d'aller rejoindre ses amis, ce qu'il faisait à l'occasion. Une fois sur deux, il préférait s'asseoir à côté de son père et manger quelque chose. Autrement, il aidait Will à la cuisine, à laver les casseroles ou à rapporter des verres propres au bar. Privé de la moto de Dec jusqu'au printemps, il devait compter sur Marconi pour le raccompagner en ville, et c'était aussi simple de rester encore un moment chez Nell. Bien des fois, il s'était étonné que la soirée ait filé aussi vite, que la bière lui tourne déjà la tête, et il pensait que Nan, Lucy et Sarah l'avaient attendu en vain chez Ikey ou chez Angelo.

« Tu veux rentrer à la maison ? avait un soir suggéré Marconi en partant.

— Non, pose-moi devant chez moi.

— Pourquoi ? Il doit faire un froid de canard là-dedans.

— Oui », avait admis Noonan, mais cela ne devenait vraiment gênant que lorsque le thermomètre descendait en dessous de zéro. La chaleur montait du drugstore en dessous, et il avait un bon duvet, ainsi qu'un petit radiateur électrique.

« Ta mère se plaint de ne pas te voir.

— Elle me manque, à moi aussi », avait-il répondu.

C'était vrai et faux en même temps. Sous l'influence de ses pilules, elle n'était plus la femme dont il se souvenait et qu'il avait aimée. En outre, ses frères paraissaient très bien subvenir à ses besoins.

« Ça fait combien de temps que tu n'as pas passé un moment avec elle ?

— Je ne sais pas. Et *toi* ?

— Bon, si tu le prends comme ça.

— Je ne prends rien du tout. *C'est* comme ça.

— Et le fautif, c'est moi.

— Ce n'est pas moi, en tout cas.

— Tu crois que le jour ne viendra pas où quelqu'un sera malheureux à cause de toi ?

— J'en sais rien.

— Moi, je sais, l'avait assuré Marconi en le déposant devant le Rexall. Fais-moi confiance.

— OK, avait dit Noonan en ouvrant la portière.

— Si on arrêtait, fils ? À quoi ça sert de continuer à se battre ?

— Personne ne se bat, là. Tu aurais du sang sur la figure, autrement.

— Toi aussi. »

C'était une autre nouveauté. Ils étaient capables de converser sans élever la voix. Tous deux semblaient comprendre que, même si ces mots-là étaient dangereux, virulents, ils ne portaient pas à conséquence. Surtout à de telles conséquences. Comme si, bien qu'ils fussent seuls dans la voiture, Willie était resté avec eux. Ils pouvaient se jeter des injures, à condition de ne pas réellement se mettre en colère. Leurs échanges acérés étaient prononcés sur le ton de la plaisanterie. Ils avaient bien conscience que ce n'en était pas une, mais parler de sang évitait de le faire couler.

« De toute façon, on n'a pas de raison de se battre, avait conclu Noonan en descendant de voiture. Tant que maman ne tombe pas enceinte, tout ira bien. »

Ils apprenaient, supposait-il, à se supporter, ce qui n'avait pas échappé à ses frères. Ils lui en étaient aussi reconnaissants qu'inquiets.

« Alors, lui avait dit David, à qui il venait de confier qu'ils se voyaient fréquemment chez Nell. Tu es de son côté, maintenant ? »

Noonan lui avait garanti que non mais, puisque son frère abordait le sujet, il lui avait posé la question qui le hantait depuis le soir des retrouvailles :

« Tu crois qu'il a changé, papa ? »

La réponse l'avait étonné :

« Vous avez changé tous les deux. »

Curieuse diplomatie.

« Je veux dire, tu n'as pas l'impression que ça s'arrange ? Qu'il s'est un peu calmé ?

— On peut dire ça pour toi aussi.

— Bon, enfin, avait conclu Noonan qui, bien que déçu, ne voulait pas insister. Ne te fais pas de bile. Je suis toujours du côté de maman. »

Il pensait en avoir fini mais David lui réservait une surprise de son cru.

« Tu crois qu'on est tous ses enfants ?

— Qu'est-ce que tu racontes ?

— Eh bien, moi et Philip, on ne ressemble pas aux autres. On ne se ressemble d'ailleurs même pas beaucoup, tous les deux.

— Tu es fou ? »

David avait haussé les épaules.

« Je l'ai prise sur le fait, un jour.

— *Quoi*, prise sur le fait ?

— Avec le type du téléphone. Ils étaient habillés mais… ils s'embrassaient. Et euh… elle ne faisait rien pour l'arrêter, quoi. Quand elle m'a vu, elle a souri. C'était vraiment bizarre.

— Tu lui en as reparlé, après ?

— Non. »

David rougissait.

« Pourquoi tu ne m'as rien dit ?

— Il y a longtemps. Tu n'étais pas là. »

Noonan avait pensé que son frère mentait sur ce point particulier. Cette affaire-là était récente.

« Et elle l'embrassait aussi ?

— Je ne sais pas. » Manifestement, David regrettait ses propos. « Je n'aurais pas dû te le dire. Maintenant tu…

— Non. Ce n'est pas sa faute.

— Je sais. »

Pas sa faute, s'était répété Noonan. Et c'était vrai. Sa mère n'y était pour rien. L'ironie de la chose, c'est qu'il était d'autant plus sûr d'un lien entre Dec et Tessa. La mère de Lucy n'y était peut-être pour rien non plus, d'ailleurs.

C'était sans doute du côté Berg qu'il y avait le plus de problèmes. Le beau-père de Sarah était alcoolique, et sa mère avait pensé qu'ils s'aideraient l'un l'autre à arrêter de boire puisque, lui expliquait Sarah, elle aussi forçait sur la bouteille. Cela avait paru fonctionner un moment, mais quand Sarah l'appelait le week-end, ces derniers temps, elle lui trouvait souvent une diction approximative. Selon Noonan, c'était surtout le père qui avait besoin d'être surveillé. Il avait été choqué, mais il n'avait pas craqué totalement à l'annonce de ce mariage, comme Sarah l'avait craint. Il continuait d'affirmer que, lorsque son roman serait publié, il retournerait à New York, triomphant, et son ex quitterait le nouvel élu comme on se débarrasse d'une mauvaise habitude. Cependant son comportement social, déjà excentrique, devenait alarmant, voire dangereux. En octobre, à la surprise de tout le monde, un groupe de mères juives l'avait publiquement taxé d'antisémitisme. Avec pour preuves le fait que, d'abord, ni lui ni sa fille ne se rendaient jamais à la synagogue, ensuite qu'il n'avait pas un seul Juif dans son cours renforcé. Absurde, avait répondu M. Berg. Il était juif lui-même. Mais vous, ça ne compte pas, avaient-elles maintenu. Ah, un Juif ne compte pas en tant que Juif ? avait-il riposté. Si vous tenez tant à faire le compte, il ne faut pas en oublier. Non qu'il fût convaincu du bien-fondé d'une telle pratique. De son point de vue, pas mal de gens correspondaient sûrement à une définition *stricto sensu*, mais n'étaient pas à la hauteur. Pour l'ensemble, précisait-il, les Juifs de Thomaston étaient de vagues imitations. On pouvait, tout au plus, les qualifier d'*Israélites*. L'année précédente, avait-il rappelé, presque tous ses élèves d'anglais renforcé avaient été choisis parmi les Juifs ; et au mois de juin, il en avait eu assez. Ça commençait à bien faire. Donc, cette année, il s'en passait. On essayait autre chose. Et il ne permettrait pas non plus aux enfants de ces dames, poursuivait-il, de sortir avec sa fille. Il y aurait bien le temps plus tard, avançait-il, et ça serait de vrais Juifs, cette fois. Lorsqu'elle serait admise à Columbia, ça ne manquerait pas. Et pas des spécimens de banlieue ou d'une petite bourgade. Non, de vrais Juifs new-yorkais. La discussion était devenue si houleuse qu'on avait appelé à la rescousse M. Watkins, le proviseur, pour concilier les deux parties. Faute d'un accord satisfaisant entre celles-ci, il avait suggéré que le moment était peut-être venu d'attribuer l'anglais renforcé à tour de rôle aux autres professeurs de lettres. M. Berg avait proposé sa solution à lui. Dès que son roman serait pris par un éditeur, il remettrait sa démission. Quand, ensuite, il serait publié, il arrêterait d'enseigner. C'est *lui* qui serait au programme.

Lucy qui, apparemment, ignorait que M. Berg lui portait si peu d'estime, reconnaissait avec Noonan qu'il dépassait les bornes. Toutefois il l'appréciait beaucoup et ne voulait pas croire qu'il avait un problème. Après tout, disait-il, s'il était fou c'est qu'il avait du génie, non ? En revanche, Lucy admettait qu'il n'était pas à sa place à Thomaston que Lucy aimait et défendait. La plupart des enseignants le méprisaient, se moquaient de lui dans son dos, mais ils craignaient son esprit corrosif, son intelligence pénétrante. Malgré son excentricité, il était le meilleur prof que Lucy et Noonan avaient eu, ses cours valaient mille fois ceux de ses collègues, et son extravagance, contre toute attente, n'y était pas pour rien. Plus ça devenait bizarre, plus ils repoussaient les limites, plus le cours était intéressant. Mais ne franchissaient-ils pas celle qui séparait la raison du délire ? Par fidélité pour Sarah, sans doute, Lucy pensait que non. Noonan, lui, se posait la question.

Comme par hasard, le premier ouvrage étudié au second trimestre était *Moby Dick*. Ils auraient dû en lire la moitié pendant les vacances de Noël mais, le jour de la rentrée, il était clair que peu l'avaient ouvert. M. Berg ne supportait pas les débats mollassons, et pourtant ce lundi-là, il avait paru distrait. Ni outré, ni furieux. Quand ils étaient revenus en classe le lendemain, la salle était vide. D'habitude, il était déjà là avec Troisième, à écouter sur l'électrophone un disque rayé de Monk, Miles ou Louis, et il claquait des doigts en rythme, les jambes écartées, son sourire jaune aux lèvres. Il attendait que tout le monde soit installé, plus ou moins prêt pour une nouvelle heure de pédagogie anticonformiste, et il baissait le volume. Ce mardi-là, il n'y avait ni Troisième ni l'électrophone. En revanche, une estrade bancalc avait été installée, et toutes les tables étaient poussées contre le mur. Les élèves se demandaient si la salle n'était pas réservée pour d'autres activités quand ils avaient entendu des pas lourds approcher dans le couloir. Noonan avait jeté un coup d'œil vers Lucy, et celui-ci souriait comme si une idée merveilleuse venait de lui traverser l'esprit.

Parmi les enseignants du lycée le seul ami de M. Berg était celui des arts appliqués. La plupart le tenaient pour vaguement arriéré, et c'était sans doute la raison pour laquelle M. Berg s'amusait tant, quand l'occasion se présentait, à lui donner la place de deuxième-professeur-le-plus-intelligent-de-Thomaston. S'il ne révélait jamais qui était le premier, on devinait que c'était lui, et sa haute opinion de M. Davis, spéculait-on, était moins un compliment à l'égard du prof de travaux manuels qu'une insulte pour tous les autres.

Aujourd'hui, M. Davis avait découpé pour son collègue un épais tasseau de bois, qu'il avait fixé le long de sa jambe avec des sangles de cuir. Noonan et Lucy avaient compris au même moment que ce n'était pas M. Berg qui clopinait vers eux, mais ce cinglé d'Achab. Connaissant les penchants de son prof pour le théâtre et ses effets, Noonan s'était étonné de ne pas le voir en uniforme de capitaine lorsqu'il avait ouvert la porte d'un geste conquérant. Troisième était derrière lui. À part le rectangle de bois collé à sa cheville, il portait son costume habituel — pantalon noir constellé de cendres de cigarette, chemisette blanche à col jaunâtre. Il était monté sur l'estrade avec quelque difficulté — l'accessoire de M. Davis symbolisant la prothèse d'Achab, en ivoire de baleine. Troisième, sorte de Pip noir, lui avait prêté main-forte, avant de se planter à l'extrémité de la petite scène.

Le dos tourné à la classe, M. Berg était resté un instant immobile. Lorsqu'il avait enfin pris la parole, sa voix semblait provenir d'une lointaine et obscure caverne.

« *Tous... les objets... visibles... ne sont que le carton bouilli d'un masque...* avait-il commencé.

— Monsieur Berg ? avait tenté Perry Kozlowski, sans succès.

— … *là-dessous, il y a quelque chose d'inconnu mais de profond, de vrai, dont les traits se devinent derrière le masque absurde et dénué de raison. Si tu veux frapper…* »

Avec un bruit de tonnerre, le tasseau s'était abattu sur l'estrade. Tout le monde avait fait un bond. Noonan avait regardé Nan, juste une seconde. Assise à côté de la porte, elle avait l'air prête à s'enfuir.

M. Berg s'était lentement retourné avec la tête d'un homme dont on avait arraché la jambe. Ses traits tordus étaient l'image de la folie.

« … *tu frappes à travers le masque !* avait-il asséné, en brandissant vers eux un poing si violent qu'il avait failli perdre l'équilibre. *Comment le prisonnier pourrait-il s'évader sans passer les murailles ?* »

Évidemment, cela n'appelait pas de réponse, mais Perry avait levé la main.

« Euh, monsieur Berg ? »

Bon sang, s'était dit Noonan, Perry croyait-il vraiment que leur prof allait interrompre sa représentation pour une question stupide du genre *Y aura interro ?*

L'œil rivé sur Kozlowski-le-mutin, M. Berg avait boité jusqu'au bord de la scène. Il braquait sur lui un regard meurtrier et Perry avait reculé sur sa chaise. Alors Achab avait parlé d'une voix plus sourde, tel un conspirateur :

« *Pour moi, le cachalot blanc, c'est cette muraille qui me tient prisonnier, de tout près. Parfois… je me figure qu'il n'y a rien par-delà.* »

Une éventualité qui semblait moins inquiéter Perry que cette dramaturgie.

« *Mais suffit !* poursuivait le professeur qui, se redressant puis descendant de l'estrade, s'était arrêté devant chaque élève pour l'inspecter, comme un capitaine son équipage, en évaluant le caractère et le courage de chacun. *Elle m'insulte, elle m'oppresse, elle me torture ! Je la vois comme une force mauvaise et tendue, bandée d'une méchanceté inviolable. C'est ça, c'est cette chose impénétrable que je hais… Que le cachalot blanc soit seulement l'instrument ou qu'il soit le principal de la chose, c'est sur lui que je veux assouvir cette haine.* »

Exaspéré, Perry consultait le sommaire du roman.

« Monsieur Berg, l'avait-il supplié, dites-nous au moins à quel chapitre ça se trouve ? »

D'un bond, le professeur avait regagné l'estrade.

« *Ne viens pas me parler de blasphème, fiston !* avait-il rétorqué, comme si c'était précisément ce qu'avait fait Kozlowski. *Je frapperais le soleil s'il m'insultait !* »

Pour bien insister, il avait de nouveau martelé le sol.

« *Qui est donc au-dessus de moi ?* avait-il demandé, d'abord à Perry, puis aux autres. *Qui est au-dessus de moi ?* »

Noonan s'attendait presque à ce que cet imbécile de Koz réponde « M. Watson, le proviseur » mais, à la surprise de tout le monde, c'est Lucy qui avait dit :

« Dieu ? »

Si Noonan se rappelait bien ce qu'il avait lu, c'était exactement ce que Starbuck, le second du *Pequod*, avait répondu dans le livre. Son ami paraissait cependant s'exprimer de lui-même, et Noonan avait noté son ton grave. Était-ce Starbuck qui tenait tête à Achab, ou Lucy Lynch qui défiait celui qui le méprisait ?

M. Berg n'avait rien ajouté pendant un long moment et, lorsqu'il s'était décidé, sa voix n'était plus qu'un murmure, adressé seulement au garçon qu'il fixait :

« *La vérité… est… sans frontière.* »

Mais la formulation était empreinte de haine et de dédain, ce que Noonan n'avait pas perçu dans le roman. Achab ne considérait-il pas Starbuck comme son seul ami, le seul homme du *Pequod* susceptible de comprendre son dessein ? Lucy avait soutenu de son mieux le regard de M. Berg, puis il avait baissé les yeux. Alors seulement le professeur s'était retourné vers Koz.

« Chapitre 36[1], avait-il dit avec sa propre voix. Le discours d'Achab sur le gaillard d'arrière. Vous étiez censés l'avoir lu pour aujourd'hui. »

1. Traduction Armel Guerne.

Il souriait maintenant, son personnage s'était envolé, tout le monde s'était détendu. Lucy, en particulier, paraissait soulagé qu'il se soit agi d'un simple jeu de rôles. Seul Noonan avait ressenti une touche de folie personnelle, haussée d'un cran ce jour-là. Comparé à Achab, M. Berg pouvait être qualifié de sain, mais pour le reste, Noonan était moins sûr.

* * *

Ce comportement de plus en plus bizarre avait une explication. Pour Noonan, cela aggravait les choses au lieu de les arranger. *M. Berg avait achevé son roman.* C'est du moins ce qu'il avait affirmé quand Sarah était revenue en janvier de ses vacances à Long Island. Son père n'y avait jamais travaillé que l'été, lorsqu'il pouvait y consacrer trois mois sans interruption. Cependant, cette année, tandis que sa fille passait les fêtes avec sa mère, il était allé à la banque retirer son manuscrit de mille cinq cents pages, simple interligne. Il l'avait relu du début à la fin — ça lui avait pris la plus grande partie de la semaine — et il l'avait déclaré fini. Au retour de Sarah, il l'avait emmenée dîner à la pizzeria pour fêter ça. Non seulement son livre était terminé, avait-il dit, mais en outre il était génial. Il n'en revenait pas lui-même. Il avait dressé le tableau le plus ambitieux, le plus détaillé, le plus précis de l'Amérique de l'après-guerre. Il n'avait plus qu'à le faire publier et à rentrer à New York savourer sa victoire.

Ce qui inquiétait Sarah, disait-elle à Noonan, était cette séquence d'événements en soi. La dispute avec les mères juives avait commencé lorsque M. Berg avait appris qu'il resterait un homme divorcé. Son interprétation d'Achab semblait découler du remariage. Aujourd'hui, plus que jamais, il semblait avoir besoin de prouver à son ex qu'elle avait choisi le mauvais cheval. Et donc le livre n'était pas seulement achevé, il était aussi parfait. M. Berg affirmait à sa fille que leurs vies allaient changer. Elle ferait bien de se préparer à la gloire et à la célébrité. Il avait choisi pour titre *Tannersville*, et sa publication aurait des effets explosifs sur la ville qui l'avait inspiré, et ses représentants. Le jour viendrait bientôt où Sarah — clle était priée de le croire — s'amuserait fort de l'intérêt qu'elle avait porté à un de ses jeunes habitants.

Depuis l'épisode Achab, Lucy en était venu, à contrecœur, à partager les pressentiments de Noonan. Il s'était montré très inquiet en apprenant que leur prof avait achevé son bouquin.

« Il ne se relit même pas ? »

C'était une des choses que M. Berg leur avait serinées toute l'année. « Écrire, c'est se relire », répétait-il chaque fois qu'il leur rendait leurs dissertations, couvertes d'encre rouge. Et il insistait pour qu'ils incorporent ses corrections avant de passer aux exercices suivants.

« Pas une virgule à changer, avait répondu Noonan. C'est dicté par le Saint-Esprit. »

Ce que, d'après M. Berg, Kerouac avait déclaré à son éditeur en lui livrant son premier jet de *Sur la route.*

Selon Sarah, il avait soumis son œuvre, début janvier, à une poignée d'éditeurs new-yorkais : les plus prestigieux, évidemment, dotés des meilleurs directeurs littéraires. Des gens qui avaient fréquenté Hemingway, Fitzgerald, Faulkner ou Ellison. Depuis, il se précipitait chaque matin sur sa boîte aux lettres. Aux premiers jours de février, il s'était dit, après réflexion, que ses attentes n'étaient peut-être pas très réalistes. La taille du manuscrit, la densité du style, le grand nombre de personnages, la complexité des conflits et des interactions suggéraient éventuellement une œuvre de grande envergure, mais les gens qu'il avait sélectionnés, parmi les hommes les plus importants et les plus affairés de New York, n'en reconnaîtraient peut-être pas la valeur avant d'avoir tout lu jusqu'au bout. M. Berg avait imaginé que, à peine son paquet ouvert, ils se jetteraient sur ses pages. Une autre possibilité se présentait à lui : son livre avait été mis sur la pile des manuscrits refusés, envoyés par des inconnus, sans agent pour les représenter. Une pile dans laquelle il était susceptible de rester des semaines, sinon des mois. M. Berg avait précisé dans sa lettre que l'ouvrage ne devait être lu que par le directeur littéraire spécifié sur l'enveloppe. Mais un assistant se serait vu confier cette tâche, et rien ne permettait de croire que celui-là aurait assez d'expérience, de discernement, pour se rendre compte de ce qu'il tenait entre ses mains. On n'était jamais à l'abri d'une erreur, c'est pourquoi, plus il y pensait, plus il regrettait d'avoir annoncé, triomphant, la publication imminente du roman à ce balourd de Watkins. À terme, il était sûr d'être publié, mais entre-temps le proviseur, et ses collègues de lettres, jaloux, ne manqueraient pas de lui poser la question. Il serait obligé de leur dire qu'il attendait une réponse, et il faudrait subir leurs ricanements mesquins. Pis, cela impliquait que son ex-femme vivoterait plus longtemps dans sa bienheureuse ignorance. Il avait espéré l'envoyer sur la piste des regrets un tantinet plus tôt.

Le premier refus était arrivé à la mi-mars, sous forme d'une lettre-type expliquant que son travail ne correspondait pas aux besoins actuels de la maison. La lettre n'étant pas signée, il n'y avait pas moyen de savoir si le livre avait été lu par l'éditeur choisi ou par quelqu'un d'autre. M. Berg penchait plutôt pour la deuxième solution. Il avait vu juste ! Ce genre d'erreur non seulement se produisait, mais de plus il en était victime ! Un deuxième refus avait suivi, plus tard dans le mois, et c'était également une lettre-type. D'autres doutes l'assaillaient maintenant. Après avoir envoyé le manuscrit, il avait imaginé une fin plus intéressante. Assis dans son bureau, il avait donc rédigé à l'intention des éditeurs restants une lettre dans laquelle il détaillait ce nouveau dénouement, les avantages qu'il offrait, même s'il comprendrait qu'on préfère s'en tenir à l'original. Hemingway n'affirmait-il pas que la première idée était toujours la meilleure ?

Cette lettre s'était traduite immédiatement par un nouveau rejet. Le lendemain, un mot était affiché sur la porte de la salle, au lycée, pour annoncer que le cours de M. Berg était annulé, sans justification. Les élèves étaient invités à se rendre à la bibliothèque. Toutefois, au premier interclasse, Lucy avait aperçu le professeur, livide, quitter le bureau du proviseur. Avait-il demandé rendez-vous ou l'avait-on convoqué ? Avaient-ils réglé le problème des mères juives, ou les choses s'étaient-elles aggravées ? Noonan avait croisé Watkins plus tard dans la journée, qui paraissait d'excellente humeur. Tout cela s'était passé un vendredi. Le lundi suivant, M. Berg incarnait son personnage habituel — électrique, sarcastique, théâtral, excessif. Sarah disait qu'ils n'avaient pas échangé un mot de tout le week-end. Le samedi matin, il s'était assis sur le perron dans un froid mordant — cramponné à une chaise en osier, les poings serrés et la peau blanche aux articulations — jusqu'au passage du facteur. Il avait emporté une enveloppe dans son bureau et refermé la porte. Elle ne l'avait pas revu de la journée.

Noonan n'était pas amoureux de Nan et ne se trouvait aucune raison de l'être — un point de vue que peu partageaient. Presque tous les garçons du lycée lui enviaient sa chance et ne le cachaient pas. Après tout, elle sortait avec lui depuis six mois au moins — bien plus longtemps qu'avec tous les précédents. Ce qu'ils ne comprenaient d'ailleurs pas, car il ne semblait pas faire d'efforts pour la garder. Il ne lui achetait même pas de cadeaux. Lorsqu'elle s'attardait avec un autre pour le rendre jaloux — une stratégie qui avait toujours porté ses fruits —, il paraissait ne pas s'en soucier, et l'éventuel rival s'éclipsait de lui-même. Lucy, qui avait Sarah, n'était certainement pas jaloux, cependant il pensait comme tout le monde que son pote avait du bol.

« Tu ne devrais pas lui donner de faux espoirs », avait dit Sarah à Noonan, un jour qu'ils rentraient du lycée et que Lucy était malade.

Ils n'avaient plus été seuls tous les deux depuis le soir où il l'avait ramenée chez elle à moto. C'était maintenant l'hiver, Sarah trouvait l'atelier au-dessus du Rexall trop froid et, l'Indian se révélant dangereuse, il ne pouvait plus la raccompagner quand les deux couples avaient passé une soirée ensemble. Il avait l'impression qu'elle était soulagée de cet état de fait, comme si, la dernière fois, leur conversation avait été trop intime, qu'ils avaient failli…

« Je lui donne de faux espoirs, moi ? »

Pour autant qu'il s'en souvînt, il n'avait pas dit à Nan qu'il l'aimait, il ne le lui avait même pas laissé entendre. Évidemment, il n'avait pas non plus affirmé le contraire, mais rien ne l'obligeait à faire ce genre de déclaration ? Sarah n'était pas de cet avis.

« Elle t'aime vraiment bien, tu sais.

— Et...

— Et toi beaucoup moins.

— Tu crois ça ?

— Oui.

— Alors ? Tu penses que je dois rompre ?

— Non, je pense qu'elle est fragile. Si tu étais honnête avec elle, elle pourrait s'intéresser à quelqu'un d'autre.

— Et moi je n'aurais plus de copine », lui avait-il fait remarquer. Cela aurait été la fin de leur charmant quatuor.

« Je suis ton amie.

— Tu es surtout la petite amie de Lucy.

— Alors dis à Nan que tu veux seulement être son ami. »

Ça ne marcherait pas comme ça. Noonan n'était certes pas amoureux d'elle, mais il attendait le jour pas si lointain où elle se donnerait à lui. Ce qui aurait déjà eu lieu, probablement, s'il l'avait pressée. Il était tenté de le faire remarquer à Sarah, qui l'aurait peut-être crédité d'un minimum de courtoisie. Cela étant, pensait-il, si Nan avait une quelconque faiblesse, c'était plutôt un défaut, à savoir la vanité. Et pour ce qui était de l'innocence, Sarah se trompait. Depuis qu'elle sortait avec lui, Nan était sans cesse plus obsédée par le sexe, ou du moins l'idée de la chose. « Tu crois qu'ils l'ont déjà fait ? » lui demandait-elle souvent, à propos d'un couple ou d'un autre. Il trouvait ça aussi pénible que le jeu des noms de baptême auquel elle jouait avec Lucy.

Il avait d'abord cru que ça l'excitait d'en parler, que c'était une sorte de préliminaire, mais il avait compris que l'idée l'angoissait, la perturbait même. Elle ne voulait pas passer à l'acte avant ses copines, mais il ne fallait pas les précéder dans la terre promise. Nan avait été parmi les dernières à obtenir son permis de conduire, ce qui l'avait franchement gênée. Elle refusait de rendre visite à Noonan dans sa piaule minable au-dessus du Rexall mais, quand on lui prêtait la Cadillac familiale, elle aimait l'emmener aux abords du vieux parc de Whitcombe, et se garer sous les arbres près de l'entrée. Il y avait presque à chaque fois deux ou trois voitures autour, souvent celles de ses amies. Au début, ils s'étaient embrassés à l'avant, pour migrer ces derniers temps vers la banquette arrière. Nan le laissait maintenant glisser ses mains sous son chandail, sous son soutien-gorge, ce qui n'était pas mal ; c'était encore mieux quand ils gardaient le moteur et le chauffage allumés, et qu'elle retirait son pull. La banquette était spacieuse, mais Nan rechignait à s'allonger entièrement, de peur d'aller trop loin. Noonan pensait, en réalité, qu'elle voulait surtout surveiller les voitures voisines. Lorsqu'ils reprenaient leurs places à l'avant, elle essuyait la buée sur le pare-brise et elle s'interrogeait. Ça lui aurait déplu que les autres aient dépassé le stade des caresses et des petits bisous et, en même temps, elle craignait d'être la seule à se mettre torse nu. Oui, elle aurait aimé apprendre ce qui se passait derrière ces pare-brise opaques, non par voyeurisme, seulement pour savoir qui avait osé pousser un peu les choses, ou si *elle* en faisait plus. Elle tenait à se situer au bon endroit, dans une sorte de juste milieu. Le problème étant que, en matière de sexe, le juste milieu est difficile à déterminer. Pis, les frontières changeaient de semaine en semaine.

Parmi tous ces couples, c'était celui de Lucy et Sarah qui l'intéressait le plus. « Jusqu'où tu crois qu'ils sont allés ? » demandait-elle tous les quatre ou cinq jours.

Il l'ignorait, mais se posait la même question. Il imaginait les terreurs de Lucy devant la sexualité. Terreurs que Sarah ne partageait sans doute pas. Et dont Lucy se protégeait grâce à ses peurs. Mais comment savoir ?

« Ils l'ont pas fait ! avait déclaré Nan, triomphante, un soir sur la banquette en ajustant le soutien-gorge qu'elle venait de remettre (Noonan avait à faire de son côté quelques ajustement plus compliqués). J'ai demandé à Sarah cet après-midi, et elle m'a dit que non.

— Eh ben, te voilà renseignée, maintenant. »

Puis Nan avait eu une idée gênante :

« Si elle mentait ?

— Ça m'étonnerait », avait dit Noonan.

Ce qui comprenait éventuellement une part de souhait.

« Ça arrive à tout le monde de mentir », avait dit Nan, soudain grave et les yeux humides.

Et Noonan de s'interroger. Et si Nan avait d'autres points faibles que sa vanité ? C'était possible, et il ne voulait pas la blesser. En revanche, il voulait la posséder, et il trouvait injuste que Sarah lui conseille de rompre. D'accord, c'était vrai, il n'était pas amoureux. Mais il aurait fallu une raison plus contraignante. C'était à Sarah de la donner, ce qu'elle n'avait pas fait, même pas sous-entendu, et cela n'arriverait probablement pas. Pourtant, quand il repensait à leur dernière conversation, un point se détachait de l'ensemble : Sarah s'était déclarée son amie, et il avait rétorqué qu'elle était surtout la petite amie de Lucy — ce qu'elle n'avait pas confirmé. Elle lui avait suggéré d'entretenir avec Nan des relations purement amicales. Attendait-elle qu'il se révèle aussi gentil, décent et désintéressé que Lou, avant de le laisser penser qu'il pourrait prendre sa place ? Il espérait que non, car il n'était *pas* aussi gentil, décent et désintéressé que ça. Cela aurait dû être évident. Après tout, il était le fils de son père.

* * *

Il n'y avait ni douche ni baignoire dans le loft, juste un siège de WC et un lavabo, qui dataient de l'époque où l'étage était occupé par des bureaux. À l'automne, l'absence de sanitaires n'avait pas spécialement gêné Noonan, puisqu'il se douchait chaque jour après l'entraînement. Le samedi ou le dimanche, il passait au domicile familial avec un plein sac de linge sale, qu'il mettait à laver et à sécher. Il avait promis à sa mère de la voir plus souvent dès la fin de la saison sportive, puisqu'il aurait besoin de se débarbouiller à la maison mais, le moment venu, il avait préféré les bains-douches du Y. Ça ne coûtait pas grand-chose et c'était à deux pas du Rexall. Il avait également découvert une laverie automatique au coin de la rue, où l'un des sèche-linge fonctionnait gratuitement, à condition de connaître le truc. Résultat, au lieu de se trouver plus souvent chez lui, il y était encore moins. Il avait rangé la moto aux premières neiges, et le Borough était trop loin pour y aller à pied. Un prétexte. En réalité, s'il y était de moins en moins, c'est parce qu'il ne supportait plus d'être confronté à sa mère, à cette pseudo-sérénité qui le déstabilisait. Chez Nell, son père lui rappelait de temps à autre qu'elle ne l'avait pas vu depuis longtemps, qu'elle le réclamait, et il promettait toujours de lui rendre visite. Chaque fois, le sourire de Marconi sous-entendait qu'il n'en ferait rien.

À la fin mars, cependant, un de ses frères était venu le trouver chez Ikey, pour lui dire qu'elle voulait le voir, qu'elle ne comprenait pas cette absence prolongée. Elle avait besoin de lui parler. Noonan avait promis de passer le samedi suivant dans l'après-midi et, comme il s'y était engagé en présence des Lynch, il avait tenu parole, emportant avec lui un grand sac de linge. On annonçait de méchantes chutes de neige dans la soirée, la dernière grosse tempête de l'hiver, et ça serait bien de se débarrasser de cette corvée avant. Il en profiterait pour écouter sa mère, à condition qu'elle se souvienne encore de ce qu'elle voulait lui dire. Une fois arrivé, il n'avait même pas eu le courage de la saluer et il avait filé directement dans la buanderie. Il avait tout chargé dans la machine puis, installé sur le sèche-linge, il avait croisé les jambes et ouvert le livre de Ralph Ellison qu'il était censé lire pour la semaine suivante. Il venait juste de vider un appareil pour charger l'autre, quand la porte s'était ouverte.

« Bonjour, maman. J'étais sur le point de monter. »

Ils s'étaient embrassés. Elle semblait avoir la fièvre, elle avait sur elle une forte odeur de sommeil et de médicaments.

« Tu ne veux pas qu'on aille dans le salon ? avait-il dit en la voyant s'installer sur une chaise bancale en plastique.

— Non, on est bien, ici, avait-elle répondu d'un œil rêveur, en fermant les yeux comme un chat. C'est tranquille.

— Tu plaisantes ? »

Il l'avait étudiée attentivement. Tranquille ? Le sèche-linge était vieux, bruyant et, quand le chargement était mal équilibré, la machine à laver claquait contre le mur comme un marteau-piqueur.

« Parfois, quand j'en ai assez de la télé ou des magazines, je viens m'asseoir ici pour réfléchir. »

Si, à l'automne, il avait été surpris de constater à quel point son père avait vieilli, il l'était autant aujourd'hui de voir sa mère rajeunie. On lui aurait donné dix ans de moins. D'abord, elle avait pris du poids, ce qui avait effacé les rides creusées par les soucis. Elle avait toujours été frêle, presque fragile et, lorsqu'elle était enceinte, elle semblait tenir son ventre devant elle. Quand Noonan était petit, il croyait qu'on lui sanglait un oreiller sur l'estomac, comme dans les feuilletons à la télé. Les quelques kilos en trop disparaissaient après l'accouchement. Aujourd'hui, ils avaient l'air d'être là pour de bon, et elle avait une allure à la fois douce et fraîche. Elle sentait aussi le bébé, depuis quelque temps. Noonan avait repensé à la remarque acide de Marconi : « Ta mère est une enfant. » D'après David, elle avait quelque chose à lui dire. Pourtant, elle était absorbée par la danse du linge derrière la vitre du séchoir, comme si Noonan se trouvait à l'intérieur et qu'elle attendait la fin du cycle pour lui en parler.

Enfin elle avait dit :

« Tu te souviens du jour où tu es allé récupérer mes vêtements ? Tu les as rapportés dans cette valise fichue. J'étais enceinte jusqu'aux dents et ton père était fou de rage contre moi. Tu te rappelles ? Il t'avait interdit de le faire, mais toi, petit bonhomme, tu étais parti la ramasser dans le ruisseau. Tu avais tout remis dedans comme tu avais pu, et tu l'avais traînée jusqu'à la maison sur tes petites jambes. Tout était foutu, j'ai été obligée de les jeter, ces culottes et ces soutiens-gorge, mais tu avais fait ça, mon petit homme. Je te revois encore monter cette valise sur les marches. »

Elle évoquait ce souvenir-là avec nostalgie, comme s'il en valait la peine. Mais son terrible chagrin, sa tentative désespérée d'échapper à la tyrannie paternelle... Apparemment, ces aspects-là de l'histoire ne méritaient pas d'être mentionnés. Bien sûr, Noonan comprenait ce qu'elle regrettait. Il lui était dévoué, à cette époque, il avait été son « petit homme », alors qu'aujourd'hui, deux soirs par semaine, il prenait place au comptoir à côté de celui dont il avait vaillamment tenté de la protéger. Ce qui ne pouvait signifier qu'une chose : il en venait à penser comme lui.

Refermant les yeux, elle s'était tue si longtemps que Noonan s'était abandonné à une rêverie. Sentant de nouveau son regard, il avait vu qu'elle l'observait avec un air de profonde tristesse, mais aussi une vivacité dont ses pilules la privaient le plus souvent.

« À quoi elle ressemble ? » avait-elle demandé.

Il savait de qui elle voulait parler, mais il avait fait semblant :

« Qui ?

— Cette femme.

— Max ? avait-il dit et il avait vu à quel point elle était blessée — qu'il l'appelle Max et non Maxine.

— Oui, elle.

— Elle n'est pas jolie comme toi. »

Il avait pensé que cela lui ferait plaisir, mais il fallait croire que non.

« Elle aurait plutôt quelque chose de dur, en fait, avait-il continué. Je ne sais pas ce qui l'attire chez elle, si c'est ça que tu veux savoir.

— Ce qui l'attire, c'est que ça n'est pas moi. Tu l'aimes bien ? »

La question que Noonan redoutait le plus.

« Maman. On n'est pas obligés d'en parler.

— Tu l'aimes bien ?

— Elle travaille beaucoup. Elle ne se laisse pas emmerder par lui.

— Tu *l'aimes* bien ?

— Je suppose, oui, avait-il admis à mi-voix, sachant que c'était une trahison. Elle ne me déplaît pas.

— C'était moi que tu aimais bien, avant.

— Je t'aime, maman. »

Elle le regardait d'un air soupçonneux, comme si, oui, bien sûr, il l'aimait, mais l'amour n'est pas une réponse, c'est bien connu.

« Elle a un fils.

— Willie. Il est gentil. Trisomique. »

Pourquoi lui disait-il ça ? Pour qu'elle ne soit pas jalouse ? Il avait ajouté :

« Il paraît qu'il ne vivra pas plus de trente ans. »

Le sèche-linge s'était arrêté à cet instant, laissant le silence remplir la pièce.

« Tant mieux », avait-elle dit, avant de se lever et de partir.

Il avait commencé à neiger quand Noonan était reparti. C'était la fin de l'après-midi, le ciel était bas et noir. Tandis qu'il traversait le Borough en direction de l'East End, les réverbères s'étaient allumés un à un, comme s'il était nécessaire de lui montrer le chemin. Il avait l'intention de rentrer tout droit au Rexall pour y poser son sac de linge. Ensuite, s'il trouvait quelqu'un pour l'emmener, il filerait chez Nell. S'il y avait du monde au restaurant, il donnerait un coup de main à Max au comptoir, à Willie à la cuisine, ou il débarrasserait les tables, en échange de quoi on lui donnerait à manger. Mais s'il continuait à neiger, comme prévu, il y aurait peu de clients, et il n'aurait rien d'autre à faire que parler avec son père. Marconi voudrait savoir s'il était passé à la maison, et Noonan ne tenait pas à lui rapporter son entrevue avec sa mère. Il lui faudrait mentir, dire qu'elle avait l'air bien, qu'ils avaient discuté gentiment, de rien en particulier. Jamais il ne lui répéterait ce qu'elle avait dit à propos de Willie.

Le samedi soir, en général, le quatuor allait au cinéma, puis parfois chez Angelo manger une pizza, ou alors ils revenaient chez Ikey. Mais Mme Beverly était rentrée d'Atlanta en avion l'après-midi même, et Nan passait la soirée avec ses parents. Noonan avait toujours pensé que, si une famille dans cette ville ignorait tout des dissensions et des querelles, c'était bien eux. Il fallait croire que non, justement. La semaine dernière, Nan avait révélé à Sarah que la version officielle — comme quoi sa mère était allée en éclaireur à Atlanta, où Nan la rejoindrait avec son père après le bac — était un bobard. En réalité, ses parents s'étaient séparés. Le cœur du problème était l'émiettement de la fortune familiale, dont Mme Beverly tenait son mari pour responsable. Il n'était, selon elle, qu'une pâle imitation de ses ascendants, de vrais hommes d'affaires, eux, qui n'auraient pas laissé la tannerie partir à vau-l'eau, n'auraient pas gaspillé dans des investissements douteux un argent amassé à grand-peine par plusieurs générations. Un vrai chef d'entreprise serait reparti à l'attaque, contrairement à M. Beverly qui, profil bas, ne se défendait devant les tribunaux qu'en prétextant des vices de forme. Il appelait ça une stratégie ! Autant reconnaître la pertinence des multiples accusations portées contre lui et admettre que les Beverly n'avaient pas seulement pollué le Cayoga, mais aussi empoisonné — sciemment — les communautés riveraines. M. Beverly était un pleutre, ils n'avaient plus un rond, il ne leur restait que ce que Mme Beverly avait hérité de ses propres parents. Un pactole qu'elle n'allait sûrement pas le laisser dilapider. Nan, qui adorait son père, avait pris son parti tandis que le conflit s'aggravait au fil des mois. Elle n'avait pas voulu qu'il accepte la séparation de corps, mais il déployait aussi peu d'énergie à sauvegarder son couple que ses affaires. Il avait promis à sa fille que cette séparation serait seulement temporaire, qu'il aimait toujours sa mère, et il espérait que la distance révélerait à celle-ci la nature profonde de ses sentiments. Ce week-end, on verrait bien s'il s'était trompé ou pas.

Noonan n'avait aucune envie de finir sa soirée chez Nell avec Marconi, mais l'idée de se retrouver tout seul dans son antre frigorifique au-dessus du Rexall était plus déprimante encore. C'est pourquoi il avait décidé de filer chez Ikey. Si Lucy et Sarah avaient quelque chose de prévu, peut-être lui demanderaient-ils de se joindre à eux. Sinon ils resteraient sur place, comme bien souvent, et Mme

Lynch serait là pour lui remplir une assiette. Il considérerait par la suite cette décision comme la première d'une longue série d'erreurs, ou le premier domino à tomber, apparemment sans conséquences, dans une nuit qui en serait pleine. Il s'était d'ailleurs figé un instant devant le magasin, la main tendue, exactement comme sur le dessin de Sarah, quatre ans plus tôt — ce qui ne lui avait pas traversé l'esprit. Il s'était rendu compte plus tard qu'il aurait pu rebrousser chemin. M. et Mme Lynch, qui étaient là, ne l'avaient pas aperçu. S'était-il arrêté à cause de leur air soucieux ? Ils regardaient la table au fond du magasin, où Lucy et Sarah semblaient discuter avec quelqu'un qui se tenait dans l'ombre. Il avait vu Sarah tendre le bras, poser la main sur l'épaule de ce quelqu'un et, l'espace d'un instant, Noonan avait pensé à un enfant. Encore une seconde, et il était entré, sans plus hésiter.

« Bobby ! » avait crié Nan en le reconnaissant.

Sa chaise était tombée à la renverse lorsqu'elle avait bondi vers lui. Il avait remarqué ses yeux rouges, gonflés, presque fermés.

« Je la hais ! avait-elle sangloté, le visage tordu, en se blottissant contre son épaule. Je la hais, je la hais, je la hais ! »

Il avait seulement pensé qu'il la trouvait laide.

Mme Beverly était à peine sortie de l'avion que le doute n'était plus possible. L'éloignement ne l'avait rapprochée ni de son mari ni de sa fille. Elle n'avait envie que d'une chose : ferrailler. À peine avaient-ils chargé les valises dans le coffre et repris la route de Thomaston que ça avait été une remarque désobligeante après l'autre, un épanchement de fiel que M. Beverly avait supporté en silence. Ensuite, à la maison, ça avait été au tour de Nan — vaniteuse, creuse, gâtée. « Si tu n'étais pas une sale gosse égoïste, on vivrait tous les trois dans une vraie ville. » À l'automne dernier, avait-elle rappelé à sa fille, on leur avait fait une offre raisonnable pour la maison. Mais non, il fallait que Mlle Je-ne-suis-pas-comme-tout-le-monde finisse sa terminale avec ses amis. Pourquoi ? Parce qu'elle craignait de ne pas être la plus jolie fille d'un lycée à Atlanta. Évidemment, il y en aurait dix avant elle. « Là-bas, ton papa ne serait plus personne, et toi non plus. » « Tu sais quoi, ma petite ? C'est la vie. Tiens-toi prête. » Les déceptions, les désenchantements, l'attendaient par milliers. La *sorority* à l'université qui lui aurait bien plu ? Oublie. Le beau jeune homme de Sigma Nu[1] ? Il ne la croiserait jamais. Le coupé dernier modèle qu'elle souhaitait pour son bac ? Une autre fois. Vous ne vouliez pas la vendre, cette maison, eh bien voilà. Et ce n'était que des détails, le pire était à venir. Pour ça, elle n'avait qu'à remercier son père bien-aimé, une mauviette, pas un homme. Nan se rendait-elle compte de ce qu'ils étaient devenus à cause de lui ? *Pauvres. C'était comme ça, maintenant, tu ferais mieux de t'habituer, ma petite.*

Ponctué de sanglots et d'accès de rage, le récit de Nan manquait de cohérence. Noonan l'entendrait encore pendant la soirée. En l'écoutant, il avait eu de la peine pour les Lynch. Nan étant arrivée plus d'une heure auparavant, ils y avaient eu droit plusieurs fois.

« Ils n'auront qu'à croire que je suis morte de froid dans la neige », avait-elle grincé.

Bien sûr, elle était partie sans dire où elle allait.

« Allons, tu ne le penses pas », avait répondu le père de Lucy.

Il paraissait choqué par ce qu'elle racontait. Noonan n'aurait su dire ce qui étonnait le plus Big Lou — qu'on tienne pareil discours au sujet de gens aussi importants que les Beverly, même si ça venait de leur fille, ou que la famille la plus enviée, celle qui habitait la plus belle maison du comté, puisse connaître les mêmes dissensions, les mêmes déboires conjugaux que les autres.

« Occupe-toi de ce qui te regarde, Lou, avait dit Tessa.

— Je dis pas que ça me regarde, leur avait-il expliqué. Je pense seulement que...

1. Les *sororities* et *fraternities*, associations d'étudiants qui ont souvent leurs locaux (et dortoirs) sur les campus américains, sont désignés par des lettres de l'alphabet grec.

— Eh bien, l'avait-elle coupé, dis rien. Fais semblant de pas penser. »

Une odeur d'eau de Cologne avait précédé Dec Lynch et ses cheveux gominés.

« Qu'est-ce qu'il se passe, là-dedans ? avait-il dit en évaluant la situation d'un regard.

— Même chose pour toi ! avait lâché Tessa.

— Oh, je pense pas, moi. Je sais que je serai pas de l'avis de Biggy quand on m'aura expliqué, mais à part ça... »

Noonan craignait que Nan recommence son histoire, Dec venant d'arriver, mais par bonheur le hoquet avait remplacé les sanglots.

« Je déteste ma mère, avait-elle dit seulement. Elle me pourrit la vie.

— Oui, oh... avait commenté Dec.

— Non, c'est vrai ! avait maintenu Nan en hoquetant de plus belle.

— Oui, je sais, cocotte, avait-il dit. Mais il faut garder la mesure des choses. Dans cent ans on sera tous morts, tu sais.

— Bon, je rentre et j'avale un flacon d'aspirine, avait dit Tessa quand la porte s'était refermée derrière son beau-frère. Si vous voulez faire quelque chose, les enfants, vaudrait mieux vous décider vite. »

Elle avait tendu l'index vers la vitre ; la neige tombait si fort dehors qu'on ne voyait plus les réverbères.

À l'évidence, la sagesse recommandait de raccompagner Nan, mais elle ne voulait rien savoir.

« Je préfère geler sur une congère », avait-elle maintenu.

Ils venaient de lire *Ethan Frome* pour le cours de M. Berg, et cela avait dû laisser des traces. Suivant le conseil de sa mère, Lucy avait décidé de ramener Sarah chez elle tant que les routes étaient praticables. Noonan était allé chercher la voiture avec lui, laissant Sarah s'occuper de Nan un instant.

« La pauvre, avait dit Lucy. Je suis navré pour elle.

— Sûrement. »

Peut-être Noonan avait-il une autre conception des conflits parentaux. Ces disputes-là lui paraissaient banales. Après tout, M. Beverly n'avait pas brandi le poing devant son épouse, il ne l'avait pas traitée de pauvre conne, il n'avait pas brisé sa valise et jeté ses culottes par la fenêtre sur la route de l'aéroport. Pour autant qu'on sache, M. Beverly n'avait pas de maîtresse. Noonan ne doutait pas que la mère de Nan soit vraiment furieuse, mais au moins cette colère prouvait qu'elle avait la maîtrise de toutes ses facultés. Si on l'asseyait devant un sèche-linge, elle ne perdrait pas le fil de ses pensées en regardant ses soutiens-gorge brinquebaler dans le tambour. C'est ce qu'il avait tenté de faire comprendre à Nan. Avant de quitter l'épicerie, il lui avait dit que c'était bien pire chez certaines personnes de sa connaissance. À contrecœur, elle avait reconnu que oui, peut-être, mais observé ensuite qu'ils avaient de la chance, puisqu'ils étaient habitués, alors que ses parents lui avaient toujours épargné les frictions. Et voilà qu'ils lui balançaient leurs problèmes à la figure. La moindre des choses aurait été d'attendre qu'elle soit arrivée sans encombre à l'université.

Ce genre d'argument aurait-il la faveur de Lucy ? Était-il réellement navré pour elle ? Cela aurait impliqué que M. Berg ne se trompait pas. Sans une saine pointe de cynisme, la crédulité et l'innocence n'étaient peut-être pas le problème principal de l'Amérique, mais elles formaient une paire grotesque.

Noonan avait jeté son sac de linge à l'arrière du break, puis il était monté avec son ami. Ce dernier avait mis la clé dans le contact sans démarrer tout de suite. Au bout d'un moment, il avait affiché son sourire niais.

« Tu te rappelles quand on surfait dans le camion de mon père ? »

Bon dieu, s'était dit Noonan. La crédulité, l'innocence, *et maintenant* la nostalgie.

« Je me souviens de m'être cassé le poignet. »

Lucy avait hoché gravement la tête, gêné par cet aspect-là de l'affaire.

« J'aurais dû te prévenir avant le virage. »

Un silence, puis il avait ajouté :

« C'était plus simple avant, hein ? »

Avant les filles ? C'est de ça qu'il parlait ? Ou quoi ?

« Tu n'as jamais envie que les choses restent comme elles sont ? avait poursuivi Lucy. Qu'on n'ait pas tous à partir à la fac, et...

— Il me tarde, en fait, avait répondu Noonan, essayant de couper court.

— Mais si on ne revenait jamais ? Si on oubliait ?

— Oubliait quoi ?

— Tout.

— Je suppose qu'on retiendra les choses importantes.

— Et si tout était important ?

— Et qu'y avait interro ? »

C'était une plaisanterie, bien sûr, et le sourire de Lucy était à présent penaud, comme s'il se moquait de sa propre bêtise. Mais Noonan voyait bien que son ami était sérieux, que, pour des raisons qui lui échappaient totalement, le moindre détail de leurs existences était pour lui d'une importance vitale. Et qu'il y aurait, finalement, interro.

Ils s'étaient garés devant l'épicerie, Nan et Sarah avaient pris place à l'arrière, et ils étaient lentement partis vers le centre. La neige atteignait le milieu des roues. Nan s'était calmée, ses hoquets aussi, et elle leur avait proposé d'aller manger une pizza. Lucy avait objecté que le break n'avait pas les pneus qu'il fallait, il avait peur de s'embourber. Mais Noonan avait bien envie d'une pizza, lui, ce qui avait un peu déridé Nan. Ils s'étaient garés devant le Rexall et il avait filé à l'étage poser son sac de linge propre. Soucieuse, Sarah l'attendait en bas dans le couloir lorsqu'il était redescendu.

Elle avait pris sa main, comme la nuit où il l'avait raccompagnée chez elle sur l'Indian.

« Sois gentil avec elle, ce soir.

— Je croyais qu'il fallait rompre. Qu'on ferait mieux d'être seulement amis.

— Pas ce soir.
— Alors quand ?
— Je ne sais pas, Bobby. Mais pas ce soir. »

Était-ce parce qu'il avait sa main dans la sienne qu'il s'était penché pour l'embrasser ? Parce qu'il faisait sombre dans ce couloir, l'ampoule nue au plafond ayant claqué des mois auparavant ? Ou parce que Lucy venait de lui confier son souhait que rien ne change jamais ? « Voilà, avait pensé Noonan, en posant ses lèvres sur celles de Sarah. Ça, ça a changé. » Ou encore parce qu'il en avait envie depuis si longtemps ? Allez savoir. Une chose était sûre. Ce baiser l'avait beaucoup plus étonné que Sarah. Qui arborait maintenant ce sourire exaspérant.

« Zut, avait-il dit en reculant. Je suis désolé.
— De quoi ? »

Il n'avait pas de réponse prête et, bien sûr, il n'était pas du tout désolé.

« Ça faisait un petit moment que tu conspirais ça, en fait.
— Moi ?
— Oui, toi.
— Pourquoi tu ne m'as pas arrêté ?
— Parce que je suis une fille. C'était agréable.
— Mais…
— Va t'occuper de Nan. Elle a besoin de toi… »

Elle le poussait vers le perron, vers la rue.

« … et ne prends pas cet air coupable. C'est un baiser, c'est tout. »

Lucy, avant de raccompagner Sarah, l'avait déposé avec Nan devant le Cayoga Diner. La neige leur arrivait jusqu'en haut des bottes. Ils s'étaient d'abord arrêtés devant chez Angelo, qui avait scotché sur la porte un mot écrit de sa main : FERMÉ POUR CAUSE DE BLIZARRE. Le seul restaurant encore ouvert était donc le Cayoga, où Nan n'était jamais entrée, ce qui avait surpris Noonan. Normal pourtant, s'était-il dit en réfléchissant une minute. C'était l'antre de ces hommes que son père avait mis à pied, des hommes durs, frustes, qui le tenaient responsable des eaux empoisonnées, des cancers qui allaient précipiter leurs vies.

« Ma mère serait furieuse de me voir là-dedans », avait dit Nan, oubliant un instant qu'elle la détestait. Puis son visage s'était éclairé : « On y va ! »

Il n'y avait qu'eux, et ils avaient choisi une table en demi-lune près de la fenêtre, d'où ils pouvaient regarder la neige s'entasser dans la rue.

« Berk », avait dit Nan devant les frites grasses, baignées de sauce, qu'on leur servait avec leurs hamburgers.

Ce qui ne l'avait pas empêchée de les engouffrer. Tant d'abandon et d'insouciance semblait l'avoir remise de bonne humeur et, deux secondes plus tard, elle reprenait le récit de ses malheurs pour la — quoi ? — quatrième fois ?

« Oh, j'avais oublié un truc », avait-elle dit en guise d'introduction, rosissant au souvenir de l'outrage.

Connaissant déjà l'histoire par cœur, Noonan avait repensé à la scène dans le couloir de son immeuble. « C'est un baiser, c'est tout », avait assuré Sarah, et c'était aussi déstabilisant que le baiser lui-même. Il s'était rendu compte depuis longtemps qu'elle ne se pâmait pas devant lui, ou alors elle le cachait bien, mais cette réaction était plus qu'ambiguë. Il l'avait embrassée alors qu'il n'aurait pas dû, il avait trahi son meilleur ami et sa propre copine — enfin, la fille qui, en face de lui, continuait de jacasser. À tout le moins, cet acte aurait dû clarifier les choses, mais Noonan était plus désorienté que jamais. Impossible de dire si Sarah en avait eu envie, ni si elle recommencerait. Cela étant, elle ne s'y était pas opposée. Elle ne l'avait ni giflé, ni repoussé. Elle avait même trouvé ça agréable — sans plus, certes.

Le plus agaçant était de ne pas se rappeler si elle avait répondu à son baiser. Il avait cédé à une impulsion subite et, au moment le plus important, il n'avait pas fait attention. Un peu comme lire un passage dans un livre et constater qu'on ne se souvenait de rien. Pourtant on avait bien déchiffré chaque mot, l'un après l'autre. Ç'aurait été une page, Noonan aurait pu la relire pour voir si ça lui revenait. Mais il ne s'agissait pas d'un livre, et *rien* ne lui revenait.

Il avait eu, cependant, d'étranges conséquences, ce baiser, même tout à fait imprévisibles. Nan rabâchait encore les événements de la journée, et soudain Noonan se laissait attendrir. Chez Ikey, elle lui avait paru laide, ravagée par le chagrin et la fureur, et voilà qu'elle redevenait la plus jolie fille de la ville. Plus séduisante parce qu'il en avait embrassé une autre ? C'était absurde mais, après tout, s'il n'y avait eu que ça… Peut-être était-ce parce que Sarah — qu'il aurait bien embrassée une deuxième fois, en faisant attention — lui avait expressément demandé d'être gentil avec Nan. « La pauvre », avait dit Lucy — l'ami qu'il avait trahi et qu'il trahirait peut-être encore. Alors, pourquoi ne pas se racheter ? Pourquoi ne pas leur accorder ça ? Puisque, d'accord, Nan l'était sans doute, fragile. À son échelle, elle venait de vivre une année difficile. Pour ce qui est des déboires conjugaux, Sarah et Noonan avaient eu le temps de se faire une idée, et les parents de Lucy bataillaient de longue date pour conserver leur affaire. Alors que, pour Nan, la précarité et la discorde étaient une nouveauté. Elle était prise au dépourvu, et comment ne l'aurait-elle pas été ? Certes, Nan avait été dorlotée, protégée, gâtée, cependant elle n'était pas bête. Si la plupart des ouvrages au programme de M. Berg remettaient en question les valeurs rassurantes qu'on lui avait inculquées, elle les avait lus consciencieusement, en écarquillant sans doute les yeux ici ou là, mais plus par étonnement que par indignation et elle avait trouvé des choses intéressantes à en dire. Malgré son éducation bourgeoise, elle avait plus de cran que Lucy, ce qui n'était pas difficile. Alors, si Sarah et lui voulaient qu'il soit gentil avec elle, ce soir, eh bien il le serait.

Le temps d'avaler leurs hamburgers et leurs cafés, la rue dehors était déserte, à l'exception des chasse-neige. Larry, qui s'occupait du gril et aimait à bavarder avec ses clients, les avait rejoints. Sans y être invité, il s'était assis à leur table, sûr d'être bien accueilli et pas vexé le moins du monde quand Nan s'était rapprochée de son ami. Comme il détestait jeter de la nourriture, Larry avait terminé leurs frites molles. Il portait un T-shirt fin et moulant, couvert de taches de graisse. Nan l'avait observé avec une fascination non feinte. Ce soir, leur avait-il dit, il allait sans doute fermer tôt, dormir sur un matelas dans l'arrière-salle pour pouvoir ouvrir à l'heure le lendemain matin, mais il faudrait aussi que la neige ait arrêté de tomber, que les rues soient dégagées, que l'électricité n'ait pas été coupée, et toutes sortes d'autres conditions qui ne seraient probablement pas réunies. Il paraissait déterminé à tout leur expliquer, du début jusqu'à la fin. Et, s'excusant encore d'être obligé de fermer, il les avait regardés avec un sourire si aimable que Noonan avait décidé de partir.

La première chose qu'ils avaient remarquée dehors était le silence. Il y avait pour seul bruit le crissement du chasse-neige, un peu plus loin, assourdi par les épaisses congères. Nan semblait enfin à court de mots. Ils avaient marché dans les rues déblayées jusqu'au Rexall. Ce n'était pas la porte à côté. En arrivant, Nan s'était arrêtée pour étudier les hautes vitres noires à l'étage, avec une expression mêlée d'angoisse et de perplexité. Elle avait alors retrouvé la parole : « Comment tu fais ? »

Pour vivre tout seul dans un endroit pareil ? avait pensé Noonan. Mais il se trompait.

« Pour rester indifférent. Tes parents ne s'aiment pas, n'est-ce pas ? »

Elle devait tenir cela de Sarah ou de Lucy, puisqu'il ne lui en avait jamais parlé.

« Comment arrives-tu à le supporter ?

— On le décide, avait-il dit, étonné par sa réponse.

— Tu fais semblant de t'en fiche, c'est ça ?

— Non, tu *décides* que tu t'en fiches, et après… ça ne t'inquiète plus. »

Elle avait l'air d'en douter, comme s'il venait de lui apprendre que, pour voler, il suffisait de grimper au sommet du plus haut gratte-ciel, de s'élancer et sauter.

« Tu crois que j'y arriverais, moi ?

— Je ne sais pas. Ça m'a pris toute mon enfance. Il faudrait que tu le veuilles vraiment.

— Je me demande si je serais capable de les oublier cette nuit, avait-elle dit, comme excitée à cette idée. Ou jusqu'à la fin de la semaine.

— Et ensuite, recommencer comme avant ? Je ne pense pas que ça marcherait.

— Mais peut-être que, s'ils voyaient que je m'en fiche, ils feraient attention.

— Je ne crois pas que ça marche comme ça non plus.

— Ben, je vais essayer. C'est décidé. Je ne rentre pas ce soir. Je veux que tu me montres d'autres endroits comme le Cayoga. »

Elle avait respiré un bon coup, puis :

« Montre-moi tout le West End. »

Fatigué, Noonan aurait préféré téléphoner à M. Beverly et lui dire de venir chercher sa fille, mais elle avait joint ses bras autour de son cou et dit… « S'il te plaît », avec cette voix boudeuse de fillette habituée à ce qu'on cède à ses caprices. Il avait cédé.

« Ils ne me croiront jamais quand je leur raconterai ça !

— Oh, si. Et ils diront que c'est ma faute. »

Ils avaient suivi le chasse-neige jusqu'au bas de Division Street. En passant par Berman Court, Noonan avait indiqué l'appartement au premier étage où il avait vécu, enfant, avant que son père décroche son plein-temps à la poste. Curieusement, Nan avait du mal à comprendre que Lucy et Noonan aient grandi dans le West End. Elle avait l'air de penser que si l'on démarrait son existence dans cet endroit, on y restait sa vie durant. Ou alors c'était une gigantesque erreur d'aiguillage qu'on avait pris soin de rectifier par la suite.

Elle avait voulu voir la Colline, où résidaient les Noirs.

« Tu verras rien, l'avait-il assurée. C'est juste un pâté de maisons. Il n'y aura personne.

— J'ai envie quand même. »

Péniblement, ils avaient avancé dans les rues enneigées. Les chasse-neige n'étaient pas venus jusqu'ici et n'arriveraient sans doute pas avant le lendemain.

« Ça n'est pas juste, avait dit Nan. Pourquoi ils passent là en dernier ? »

Noonan était d'accord, ça ne l'était pas.

« Non, mais je parle sérieusement, avait-elle souligné.

— Mais moi aussi.

— Quelqu'un devrait faire quelque chose.

— Quelqu'un devrait.

— Mais personne ne fait rien, avait-elle conclu tristement, les yeux baissés. On est tous restés sans rien faire pendant que Troisième se faisait tabasser. Personne n'a levé le petit doigt.

— Je n'étais pas là, lui avait rappelé Noonan, à titre d'information, sans chercher à se justifier.

— Tu l'aurais arrêté, Perry, toi. Je te connais. »

Il lui était reconnaissant de le croire, mais ce n'était pas prouvé. Certes, il n'aurait pas apprécié que Troisième se prenne une dérouillée devant lui mais, s'il était intervenu, ç'aurait été pour le plaisir de voir le gros nez de Perry pisser le sang. Pas la meilleure des raisons. Tout compte fait, c'était aussi bien qu'il n'ait pas été là, pensait-il.

Ensuite, comme elle avait quelqu'un pour la protéger, Nan avait voulu aller chez Murdick, dont elle entendait parler depuis toujours.

« Je ne pense pas que ça te plaira. Surtout un samedi soir. »

Elle avait insisté, c'était à peine deux rues plus loin. Celle qu'ils longeaient semblait avoir été déblayée dans la soirée, mais une nouvelle couche de neige s'était amassée depuis, haute d'une trentaine de centimètres. Les voitures en étaient recouvertes. Elles étaient garées n'importe comment, comme si leurs propriétaires étaient arrivés soûls, ce qui était sans doute vrai pour nombre d'entre eux. La musique gueulait à l'intérieur, et une femme avait poussé un cri — de joie, espérait Noonan.

« Entrons, avait dit Nan.

— Tu le regretteras, en fait.

— On dirait qu'ils s'amusent.

— Ton père n'aimerait pas te voir là. »

Exactement ce qu'il ne fallait pas dire.

« Si tu refuses, j'y vais toute seule. »

À cet instant, la porte s'était ouverte sur Dec Lynch, qui défaisait sa braguette. Il avait l'air à moitié schlass et il ne les avait pas reconnus, alors qu'ils étaient à deux mètres. Il avait dirigé son jet au-dessus de la balustrade et renversé la tête en arrière pour recueillir quelques flocons sur la langue. Et il avait failli perdre l'équilibre, pendant que son urine chuintait dans la neige.

Lorsqu'il s'était reboutonné, Noonan lui avait dit :

« Salut, Dec. »

Lequel, entendant la voix derrière lui, avait fait volte-face.

« Bobby ! » s'était-il exclamé, en lui tendant la main.

Pas trop délicat, Noonan la lui avait serrée.

« Tu ferais mieux de pas prendre la moto, par ce temps, avait continué Dec.

— T'inquiète pas.

— Parfait. Change pas d'avis. »

Puis il avait remarqué Nan.

« Eh là, cocotte ! avait-il dit, oubliant apparemment qu'une minute plus tôt, il avait sa queue à la main. On a arrêté de pleurer, à ce que je vois. Vous entrez ?

— Non », avait répondu Nan, en tirant sèchemment sur la manche de Noonan.

De retour dans le centre, elle avait pris une autre décision.

« J'ai envie. Ce soir.

— Il fait un froid de canard, là-haut », avait dit Noonan.

Ils se trouvaient à nouveau devant le Rexall. Avait-elle oublié que ça n'était pas chauffé, chez lui ? Il l'espérait.

« Non seulement on gèle, mais en plus c'est sinistre. Je n'ai rien qu'un sac de couchage », avait-il continué.

Et je suis amoureux de ton amie Sarah, la fiancée de mon meilleur copain. Je l'ai embrassée ce soir, j'ai encore le goût de ses lèvres sur les miennes.

« C'est pas grave, avait dit Nan.

— Tu dis ça maintenant.

— J'ai envie. »

Elle avait tordu le nez sur l'odeur de pissotière du couloir sombre puis, à mi-chemin de l'étroit escalier, elle avait hésité, effrayée. Ce n'était peut-être pas une idée géniale, lui avait-il dit. Si, si, elle était sûre. Ce qu'elle avait affirmé d'un air morne, comme si elle voulait en finir ce soir-là, tout savoir des horreurs de la vie, sexualité comprise.

Au fil des mois, Noonan s'était habitué au décor, mais là, il ne pouvait s'empêcher de le voir à travers les yeux affolés de Nan. Le loft était grand comme un hangar à avion, et tout était à nu — la laine de verre, les canalisations, la brique qui s'effritait. Des plaques manquaient au faux plafond. La moto de Dec se dressait sur sa béquille, près d'un mur. En novembre, Noonan avait réquisitionné Lucy et Perry Kozlowski pour la hisser dans l'escalier, et le carter d'huile fuyait sur le vieux tapis de bain qu'ils avaient placé en dessous. Un canapé défoncé trônait au centre de la pièce, devant une cantine cabossée qui servait à la fois de table basse et de coffre à linge. Le sac de couchage était déroulé derrière sur un mince rectangle de mousse synthétique.

Le plus embarrassant était le siège des WC, offert aux regards quelques mètres plus loin, et le petit lavabo à côté, couvert de tartre, qui se détachait du mur. Lorsqu'on actionnait la chasse d'eau, le lavabo sautait en ferraillant comme si quelqu'un, dans le couloir, tirait sur les tuyaux comme un fou furieux. À la vérité, Noonan ne se servait de ses toilettes qu'au tout dernier moment, les lumières éteintes, avant de se glisser dans son duvet.

« Oh, Bobby... »

Elle n'avait rien su dire d'autre. Il sentait bien qu'elle était plus affectée par ces lieux que par tout ce qu'elle avait découvert dans le West End.

« Ça va, lui avait-il dit. On s'habitue. Ça ira mieux au printemps », avait-il ajouté en la voyant réprimer un frisson — de froid ou de dégoût.

Si c'était réellement du dégoût, il était fier. Bien plus fier que gêné.

Puis elle avait aperçu le chevalet, debout devant les hautes fenêtres qui donnaient sur l'allée. Nan savait que, à l'automne, Sarah avait installé son atelier ici. Elle s'était attendue à trouver des cloisons, quelque chose pour isoler cette partie, mais il n'y avait rien. Les pinceaux et les brosses étaient au garde-à-vous dans leurs bocaux. On sentait encore un peu l'essence de térébenthine et l'huile de lin, deux odeurs que Noonan aimait bien.

Il se demanderait plus tard si la présence symbolique de Sarah n'avait pas empêché Nan de faire marche arrière. Sans rien dire, elle avait longuement observé ce lointain témoignage — de quoi exactement, il n'aurait su dire. Finalement, elle avait respiré profondément, elle s'était retournée vers lui et elle lui avait passé les bras autour du cou.

Contrairement au baiser précédent, il avait prêté attention à celui-ci. En public, Nan l'embrassait comme au cinéma. Mais ce baiser était sec, hésitant, celui d'une petite fille qu'elle n'était pourtant plus depuis longtemps. Et cela voulait dire quoi, au juste, de préférer un baiser qu'on ne se rappelait pas à un autre dont on se souviendrait ?

Elle avait dû sentir son hésitation, car elle avait dit :

« Bobby, tu n'as pas envie ? »

La réponse était oui et non. Il avait répondu oui.

Elle l'avait réveillé avant l'aube en se débattant dans le sac de couchage.

« Je veux partir ! Je veux partir ! » criait-elle.

Il lui avait demandé de se calmer, mais elle était dans tous ses états, au point qu'il avait dû lui maintenir les bras le long des flancs.

« Une seconde ! Que j'ouvre le duvet, d'abord. »

Hébétée, les yeux hagards, elle avait obtempéré.

« Grouille-toi ! gémissait-elle tandis qu'il bataillait avec la fermeture Éclair.

— Ça va aller », l'avait-il assurée, tout en pensant le contraire.

Il avait fini par dégager la bande de tissu coincée dans la glissière de métal. Surexcitée, Nan lui avait donné un coup de coude dans la lèvre en se dégageant du sac. Elle s'était accroupie juste à temps devant le siège des toilettes, et elle était si pitoyable, en train de vomir, que Noonan s'était détourné. Il avait fouillé dans sa cantine à la recherche d'un gant de toilette. Cela fait, il l'avait mouillé sous le robinet, et le pire était semble-t-il passé.

« Je veux rentrer chez moi », avait dit Nan, d'une voix caverneuse au-dessus de la cuvette.

Il lui avait mis le gant dans la main, et elle avait essuyé sa bouche.

« Ne regarde pas ! avait-elle crié. Retourne là-bas. »

Il s'était exécuté pendant que, flageolante, elle se relevait. Puis elle avait tiré la chasse d'eau et le lavabo, possédé par le diable, avait bondi en claquant contre le mur. Nan avait hurlé :

« Je veux rentrer *chez moi* ! »

L'écran verdâtre du réveil indiquait 5:17.

« Il fera jour dans une heure.

— Je veux rentrer *tout de suite.* »

Bras serrés, elle grelottait dans le froid, comme une enfant terrifiée. Voilà, avait-il pensé, ce que Sarah avait prévu et tenté d'éviter.

« Je t'en prie, Bobby… C'est affreux, cet endroit. Je croyais que j'y arriverais, mais je n'en peux plus. »

Tu y es arrivée, si, avait-il failli rétorquer. Mais ce n'était qu'un aspect des choses, après la Colline, Chez Murdick, puis cette piaule immonde et Noonan lui-même. Elle venait de vomir le tout, enveloppé dans les frites grasses de Larry. La veille, le West End lui avait servi de revanche contre ses parents, mais elle avait épuisé ses réserves de courage. Au lieu de les punir, elle se punissait elle-même, et elle voulait maintenant retrouver *son* monde, sa chambre rose dans la maison du Borough, même sa mère acerbe et furieuse.

« Où sont mes vêtements ? » avait-elle demandé, désorientée, totalement infantile.

Ils formaient un tas à ses pieds. Noonan s'était approché pour les ramasser, et elle s'était indignée.

« Touche pas ! »

Elle avait posé une main sur ses poils blonds.

« OK, avait-il dit, reculant aussitôt d'un pas. OK.

— Habille-toi aussi. »

Il était aussi nu qu'elle, évidemment, et il s'était fait la remarque que, du début à la fin, elle ne l'avait pas vu lui faire l'amour. Elle affichait la même expression que devant Larry, lorsqu'il les avait rejoints à table au Cayoga dans son T-shirt sale. Cela aurait été drôle si elle n'avait pas été terrorisée.

« Retourne-toi, tu veux ? »

Elle tenait sa culotte devant elle pour l'enfiler, et elle avait attendu qu'il obéisse.

« Ne regarde pas ! »

Comme si ce mince vêtement devait la dénuder plus encore.

Il n'avait pas regardé, il s'était habillé dans son coin, il avait patienté jusqu'à ce qu'elle ait fini. Du moins le supposait-il car, d'un coup d'œil, il s'était aperçu que non. En soutien-gorge, elle allait mettre son chandail et, de nouveau, elle avait exigé qu'il se retourne.

« OK, OK », avait-il dit en traversant la pièce pour allumer la lumière.

L'interrupteur se trouvait près du lavabo.

« Éteins ! »

Elle était pourtant entièrement rhabillée, maintenant.

Il avait éteint, mais il avait eu le temps d'étudier sa lèvre dans le miroir fendu. Elle avait tout bonnement éclaté. Il avait du sang sur le menton et tout autour de la bouche.

« Tu as vu ce que tu as fait ? » avait-il dit, en espérant qu'elle serait sensible à l'ironie de la chose, puisqu'il était blessé, et pas elle.

« Raccompagne-moi », avait-elle ordonné, sans autre commentaire.

Les lueurs de l'aurore teintaient le ciel lorsqu'ils avaient retrouvé la rue. Noonan n'en revenait pas de la voir si blanche. On avait annoncé soixante centimètres, mais on approchait du mètre. Les parcmètres étaient engloutis après le passage des chasse-neige. Une voiture coiffée d'un cône blanc était garée devant le cinéma en face, avec le moteur au ralenti. Noonan ne l'avait reconnue qu'en entendant le klaxon.

« C'est mon père », avait-il dit alors que Nan restait figée, inerte, devant la porte d'entrée. Elle qui venait de se démener pour qu'il la ramène chez elle avait soudain l'air d'attendre la fonte des neiges.

« Je reviens tout de suite, OK ? » avait ajouté Noonan.

Baissant sa vitre, Marconi l'avait observé d'un air entendu tandis qu'il escaladait une énorme congère pour le rejoindre.

« Qu'est-ce que tu fais là, p'pa ? »

Jetant son mégot dans la rue, Marconi s'était décalé pour jeter un coup d'œil vers Nan, toujours immobile devant l'entrée. On ne voyait que sa tête au-dessus de la congère.

« J'attendais que tu descendes. Il aurait mieux valu que je monte ?

— Non.

— Je me disais que je te donnais encore cinq minutes. Qu'est-ce que tu as à la lèvre ?

— C'est un accident.

— Et elle, qu'est-ce qu'elle a ?

— Rien. Ça te regarde pas.

— C'est ce que tu as l'intention de dire à *son* père ?

— Elle s'est disputée avec ses parents, hier soir. C'est pour ça qu'elle est restée avec moi.

— Et ?

— Et maintenant elle veut rentrer. »

Soudain, une intuition :

« Il t'a appelé, Beverly ?

— Moi et le reste du monde. Il voulait ton adresse, alors j'ai pensé que je ferais mieux de venir d'abord.

— Merci, avait dit Noonan, sincèrement.

— Il m'a donné une heure pour te trouver. Si sa fille n'est pas là dans… » Marconi avait consulté sa montre. « … un quart d'heure, il appelle les flics. »

Noonan était revenu à la porte. Et Nan avait recommencé à pleurer.

« Mets tes bras autour de mon cou.

— Je ne veux pas. Je ne t'aime plus.

— C'est pour te porter dans la neige, c'est tout. Ensuite, je te raccompagne chez toi. Ton père a l'intention d'appeler les flics.

— Pauvre papa, avait-elle dit en reniflant. Tout le monde va savoir ce qu'on a fait.

— Nan, écoute-moi. On a été surpris par la tempête. On n'a pas trouvé de téléphone. Personne n'a besoin d'en savoir plus. »

De l'autre côté de la rue, Marconi était descendu de voiture et les regardait.

« Il faut y aller, Nan. Essaie d'oublier cette nuit. Et tout ira bien.

— On n'aurait jamais dû faire ça.

— Oui, mais c'est fait.

— C'est horrible de dire ça comme ça.

— Nan !

— Je vois bien que tu ne m'aimes pas.

— Ce n'est pas vrai.

— C'est Sarah que tu aimes, c'est clair.

— Faudrait y aller, maintenant.

— Je me demande bien ce qui m'attirait chez toi. Mes autres petits amis étaient tous plus gentils. Et ils sont encore amoureux de moi.

— Bon, je te prends dans mes bras, OK ?

— OK. »

Elle avait passé les siens autour de son cou.

« Et si j'ai un enfant ?

— Tu n'en auras pas.

— Si j'étais déjà enceinte ? »

C'est toi, l'enfant, avait-il failli dire.

« Tu n'es pas enceinte, Nan. »

Devant la voiture, Marconi avait donné les clés à son fils, puis il avait ouvert la portière pour Nan. Elle ne bougeait pas, déconcertée, comme si on lui avait proposé de conduire.

« Monte ! » avait dit Noonan, impatient.

Elle n'avait ni regardé, ni salué son père.

« Doucement, avait dit celui-ci.

— Je te retrouve où ? avait dit son fils, sans l'entendre.

— Au Cayoga. »

Plusieurs enseignes venaient de s'allumer et Noonan apercevait Larry, affairé derrière son comptoir.

« Tu as faim ? » avait demandé Marconi.

Pour une fois, Noonan répondait vrai.

« Ouais », avait-il affirmé, droit dans les yeux.

Marconi avait souri.

« Si tu te fais pas tuer par son vieux, je te paie le petit-déj'. »

Même si cela impliquait de passer devant Chez Ikey, Noonan avait pris Third Street, une des rares voies déblayées de l'East End. Il ne tenait pas spécialement à croiser les Lynch car, en le voyant avec Nan à cette heure matinale, ils tireraient les conclusions qui s'imposaient. L'épicerie n'allait pas tarder à ouvrir et, évidemment, Big Lou était en train de traverser la rue.

« Ne t'arrête pas », avait dit Nan en tournant la tête de l'autre côté.

Noonan avait réfléchi. À moitié endormi, Big Lou ne ferait sans doute pas attention à cette voiture. Mais par ailleurs… Il avait ralenti et baissé sa vitre.

« Bonjour, m'sieur Lynch. »

Le père de Lucy avait fait un de ces bons sourires niais. Puis il avait reconnu Noonan et le sourire avait disparu. Sans doute les Lynch avaient-ils eux aussi été réveillés par le téléphone en pleine nuit. Big Lou avait ensuite aperçu Nan et, de toute évidence, il était vexé qu'elle ne lui dise pas bonjour. Noonan était sûr qu'il se demandait si, du coup, elle ne viendrait plus chez Ikey.

« Je la raccompagne, avait-il dit, mais je passerai en revenant vous aider à déblayer la neige.

— On devrait y arriver tout seuls, avait dit M. Lynch, qui étudiait Nan d'un air inquiet.

— Il y en aura pour la journée, avait prédit Noonan. Avec deux bras de plus, vous irez plus vite. »

Il faudrait non seulement dégager le trottoir devant le magasin, mais aussi creuser des allées dans les congères, pour libérer l'accès du parking.

« Mais chez toi ? Ta maman…

— Mes frères s'en occuperont.

— *Bobby*, avait couiné Nan, qui se remettait à chialer.

— Eh bien, d'accord, avait conclu M. Lynch en reculant. Tu ne seras peut-être pas de trop.

— Il a compris, avait dit Nan à peine Noonan avait-il remonté sa vitre.

— Compris quoi ?

— Ce qu'on a fait.

— Nan. On a couché ensemble, ni plus ni moins. Et c'est toi qui l'as voulu.

— Faut être mariés, d'abord, pour ça.

— Ben, on l'est pas. Navré.

— Et mon mari le saura », avait-elle ajouté en pleurant de plus belle.

Au moins, c'était un soulagement de savoir qu'elle l'excluait de ses projets d'avenir.

Il commençait à faire jour lorsqu'ils étaient arrivés chez Nan. Toutes les rues du Borough, même les plus petites, avaient été déblayées, et une demi-douzaine de pick-up parcouraient les allées privées avec des lames de déneigement. Celle des Beverly, en arc de cercle, étant déjà dégagée, Noonan s'était garé juste devant la maison. Un manteau sur les épaules, Mme Beverly se dressait comme une statue entre les deux portes du sas d'entrée. Ouvrant sa portière en la voyant, Nan était descendue de voiture avant l'arrêt complet. Elle avait failli tomber sur le sol glissant, et ne s'était rattrapée qu'au dernier moment.

« Attends ! » avait dit Noonan en retirant la clé du contact.

Mais elle courait déjà vers sa mère, qui l'avait tirée à l'intérieur et avait refermé aussitôt, comme s'il ne faisait pas seulement froid, mais que l'air était pollué au-dehors.

Seul dans l'allée, Noonan se demandait ce que le devoir impliquait de faire — aller frapper à cette porte qu'on lui fermait au nez ou prendre tout simplement la fuite, comme, à l'évidence, on l'y encourageait. Il ne s'était pas encore décidé lorsqu'il avait aperçu M. Beverly dans le rétroviseur. Il semblait sortir du garage dont la porte était, elle, grand ouverte. En descendant pour le rejoindre, Noonan avait manqué de s'affaler sur une plaque de verglas et il s'était raccroché de justesse à la poignée de la portière. Le visage crispé par la fatigue, la colère — sans compter, pensait Noonan, la nuit d'injures que lui avait réservée sa femme —, M. Beverly avançait droit sur lui, franchissait le tas de neige au bord de l'allée. Il était plus grand que lui et il avait une carrure d'athlète — bien que, selon Nan, il ne fût réellement doué que pour le ski nautique. Sans quitter des yeux la lèvre éclatée de Noonan, il lui avait dit : « Vous avez frappé ma fille ? »

Comme s'il n'y avait eu que cette conclusion à tirer.

« Non, monsieur. »

Noonan avait eu l'intention de lui tendre la main, mais à quoi bon maintenant.

« Comment c'est arrivé, alors ? »

Noonan plissait les yeux en essayant de comprendre la question. Vu l'humeur de son interlocuteur, rapporter l'épisode du sac de couchage n'était peut-être pas la meilleure idée.

« C'est un accident. Je suis désolé pour cette nuit. On aurait dû téléphoner, mais Nan était très contrariée, et...

— Contrariée ? Vous l'avez touchée ? »

La formulation était assez imprécise pour faire douter Noonan. Ce court instant d'hésitation avait suffi pour que M. Beverly devine la vérité, ou quelque chose d'approchant. Noonan avait lu dans ses yeux son désir de le frapper avant de voir le poing lui-même. Comme il se tenait toujours à la poignée de la portière, il avait réussi à l'éviter sans déraper. En revanche, M. Beverly avait fait un tour complet sur lui-même en brassant de l'air. Ses pieds avaient glissé sur la neige, il avait atterri sur le dos, son crâne avait claqué par terre, et il avait disparu sous la voiture. Affolé, Noonan avait jeté un coup d'œil à travers le pare-brise en s'attendant à le voir se relever. Mais il n'avait entendu qu'un gémissement sous la carrosserie. Reculant prudemment vers le capot, il s'était mis à quatre pattes pour se rendre compte. M. Beverly semblait retenu au châssis par son manteau, et il regardait fixement Noonan, comme en l'attente d'une explication.

« Ouhhh, geignait-il.

— Je vais vous sortir de là. Un instant, que je fasse le tour. »

Arrivé de l'autre côté, il avait vu que M. Beverly était parfaitement aligné entre les quatre roues. En s'allongeant sur le ventre, il arriverait à l'atteindre, mais il n'aurait pas assez de prise dans cette position pour le libérer.

« Monsieur Beverly ? Vous ne pouvez plus bouger ? »

La tête, si, apparemment — car il la tournait vers lui.

« *L'épaule.* Démise. Déjà arrivé. Appeler. Ambulance. »

Noonan avait été obligé de sonner trois fois avant que la mère de Nan lui réponde, les manches relevées et les avant-bras mouillés.

« Je l'ai mise dans la baignoire, avait-elle dit. Pour nettoyer vos saletés.

— Très bien. Votre mari vous demande d'appeler une ambulance.

— Où est-il ? »

Noonan avait montré la voiture.

« Vous l'avez écrasé ?

— Il a glissé.

— Vous êtes un monstre.

— Non. »

Il ne se sentait pas spécialement fier de lui, d'accord, mais il était certain de ne pas mériter un jugement aussi sévère.

« Attendez ici, avait-elle dit. Vous ne mettez pas les pieds dans cette maison, c'est bien compris ? »

Il avait hoché la tête, et Mme Beverly s'était approchée du véhicule. Ce n'était pas le genre de femme à s'agenouiller dans la neige.

« Jack ! avait-elle lâché.

— Ambulance, avait dit la voix de son époux.

— C'est le gamin qui t'a fait ça ?

— Non ! » avait crié Noonan.

Ce qu'elle avait ignoré.

« J'appelle la police, avait-elle averti son mari.

— Non. Ma faute. Entièrement.

— Bien sûr que tout est ta faute. Je m'évertue à te le répéter depuis vingt-quatre heures. *Tout est ta faute.* Bon Dieu, mais qu'est-ce qu'il a, ce type, j'aimerais bien qu'on me le dise !

— Mal. »

À grands pas, Mme Beverly avait rebroussé chemin vers la porte, que Noonan avait poliment maintenue ouverte à son intention.

« Il peut bien rester là, pour ce que j'en ai à faire, avait-elle dit.

— Vous voulez que j'appelle l'ambulance ?

— Je voudrais vous voir partir et ne plus jamais revenir.

— Très bien. Sauf que...

— Filez. Du vent. Ouste !

— ... c'est la voiture de mon père.

— Eh bien, marchez.

— Il voudra la récupérer. »

Elle y avait réfléchi une seconde, puis elle avait hurlé, plus fort qu'il n'avait jamais entendu une femme le faire :

« Foutez-moi le camp ! Partez ! »

Il avait longé la voiture et remonté l'allée. Puis, entendant la porte claquer derrière lui, il avait fait lentement demi-tour et s'était remis à quatre pattes près des roues.

« L'ambulance, elle l'a appelée ? avait demandé M. Beverly avec son regard fixe.

— Je ne sais pas. »

Léger signe de tête.

« Je crois que je vais... m'évanouir, avait-il dit avant de fermer les yeux. Désolé.

— Je suis désolé aussi. »

En se redressant, Noonan avait jeté un dernier coup d'œil à la maison. En peignoir rose, Nan se trouvait derrière ce qui devait être la fenêtre de sa chambre. Il avait levé une main en signe d'au revoir. Elle avait fait le même geste — en signe d'adieu.

Le blizzard avait déposé quatre-vingt-dix centimètres de neige. On n'avait pas eu droit à des chutes aussi abondantes depuis plusieurs hivers. Cependant, tandis que vers sept heures et demie Noonan traversait les rues blanches de l'East End en direction de l'épicerie, le soleil était apparu dans un ciel d'un beau bleu soutenu qui annonçait le printemps. Les gens qui, engoncés dans leurs manteaux, étaient sortis pour creuser les énormes congères n'avaient plus maintenant que leurs gros pull-overs, et la sueur de l'effort leur perlait le front. Ce soleil généreux était bienvenu, mais il durcissait une neige devenue collante, d'autant plus difficile à déblayer. Tout le monde paraissait de bonne humeur, comme si l'hiver venait assurément de porter son dernier coup. Certains avaient lancé quelques mots joyeux à l'intention de Noonan, qui avançait péniblement dans la neige et, s'il essayait de partager leur optimisme, cela n'était guère facile. Le père de sa petite amie avait manqué de lui fiche son poing dans la figure ; il s'était démis une épaule ; la mère avait poussé des cris d'orfraie et l'avait traité de monstre. Chez Ikey, il faudrait appeler Marconi pour lui expliquer que sa voiture se trouvait dans l'allée là-bas, et que M. Beverly était coincé dessous. Et il y avait plus grave. La veille, Noonan avait couché avec une fille qu'en définitive il n'aimait pas. Si elle tombait enceinte… En guise de réponse, les cloches de l'église s'étaient mises à sonner. On était dimanche, il s'en souvenait maintenant.

Il y avait du monde au magasin. Les routes étaient trop dangereuses pour s'aventurer hors du centre, et en tout cas au A & P. Quand Noonan était arrivé, Lucy et son père avaient déjà creusé une tranchée devant l'entrée, et Big Lou, pâle et crevé, était trop heureux de confier sa pelle à Noonan. Au milieu de la matinée, Dec était descendu avec une sévère gueule de bois.

« J'espérais que vous auriez fini de jouer aux Esquimaux, à l'heure qu'il est, avait-il dit en mesurant l'étendue des dégâts.

— Eh non ! avait dit Lucy.

— Je vois. Ça t'embête pas si je vous regarde ? »

Tessa était sortie de la réserve avec une pelle supplémentaire, qu'elle lui avait tendue sans un mot.

« Eh, je suis de congé, le dimanche. T'as oublié ? »

Dec avait cependant pris la pelle et s'était dirigé vers le parking, que l'on n'avait pas encore attaqué. Il était resté immobile une bonne minute avant de vomir tripes et boyaux dans la neige, et Noonan s'était demandé qui serait le suivant.

Tessa lui avait donné un coup de coude.

« Tu vois ? Il y a d'autres abrutis que toi, dans ce bas monde. »

Peut-être, mais c'était exactement l'impression qu'il se faisait. Nan avait eu raison. Dec excepté, les Lynch avaient compris ce qui avait eu lieu cette nuit. Depuis le début de la matinée, Lucy l'observait du coin de l'œil et Noonan n'aurait su dire si son ami était déçu ou simplement effrayé d'envisager les conséquences. Insistant à midi pour qu'ils s'arrêtent un moment, Tessa leur avait rempli des assiettes en carton avec des côtelettes de porc fumé, de la salade de macaroni et de pommes de terre. Noonan avait englouti la sienne et s'était laissé faire quand on lui en avait proposé une seconde. Big Lou, toujours pâle et mal fichu, avait à peine avalé trois bouchées.

« Ça va, Biggy ? s'était inquiété son frère. Ça a pas l'air d'être la grande forme.

— C'est comme si j'avais plus de forces.

— T'en as jamais eu. À la ferme, tu te débrouillais toujours pour me refiler les corvées. »

Dec s'était tourné vers Noonan.

« T'es allé chez Murdick, hier soir ?

— Non. »

Ils n'étaient pas entrés, cela n'était pas mentir.

« Ça alors ! Pourtant j'ai le souvenir très net de t'avoir vu là-bas avec Miss Cocotte. »

Leur déjeuner fini, ils avaient repris le travail. À peine avaient-ils pratiqué une nouvelle ouverture dans les congères que le chasse-neige revenait en obturer un bout. Il n'y avait que huit places dans le petit parking de l'épicerie, mais quatre-vingt-dix centimètres de neige sur cette surface était une quantité effarante à dégager. C'était une tâche physique, pénible. Noonan avait eu mal au poignet, celui qu'il s'était abîmé plusieurs fois. Une douleur curieusement bienvenue, qui l'avait aidé à trouver la bonne cadence et à mesurer ses efforts, pour ne donner à chaque pelletée que l'élan nécessaire à propulser la neige glissante sur le talus. Si Lucy avançait au même rythme que lui, Noonan avait remarqué avec plaisir qu'il ne remplissait pas sa pelle, que parfois il ne la levait pas assez haut, de sorte que la neige atterrissait non sur le talus, mais légèrement en dessous. En milieu d'après-midi, courbé comme un vieux, Dec avait déclaré forfait.

« Bon, ben, je vous laisse le reste, les filles. »

Il était remonté à l'étage.

Lorsqu'ils eurent enfin terminé le parking, Tessa avait conseillé à Noonan de rentrer chez lui — « il en avait fait assez ». Mais la neige bloquait la porte des Lynch, en face, où il avait suivi Lucy et recommencé à travailler. Entendant le téléphone sonner à l'intérieur, Lucy lui avait dit de se reposer une minute pendant qu'il répondait, mais Noonan avait poursuivi. Comme si l'épuisement du pécheur allait apaiser l'ire d'un Dieu qui décidait si les jeunes provinciales tombaient enceintes ou pas. Son poignet lui faisait de plus en plus mal, et c'était aussi bien, pensait-il.

De l'autre côté du carrefour, les gens continuaient à entrer et sortir du magasin, après s'être garés dans le parking que Noonan avait passé une bonne partie de la journée à déblayer avec Lucy et Dec. En regardant les clients, il avait éprouvé une certaine fierté, qu'il n'avait pas tout de suite identifiée comme telle. Sans doute parce que rien ne la motivait spécialement. Pouvait-on tirer une satisfaction aussi intense d'une longue série de coups de pelle devant une épicerie de quartier ? Noonan était envahi par un vaste sentiment de reconnaissance. Il était non seulement fier de lui, du travail abattu, mais aussi des Lynch, et même de Dec, pour leur attachement quotidien à cette boutique. La veille, il avait fait le guide pour Nan dans le West End, un monde qui la fascinait et l'effrayait à la fois. Il avait pris un plaisir secret à lui montrer les dures réalités qu'on lui avait épargnées, mais c'était une autre sorte de fierté qu'il ressentait maintenant car, à la vérité, il n'était pas plus chez lui dans le West End que Nan. Il n'était pas non plus à sa place dans le Borough, ce dont il s'était rendu compte en la raccompagnant chez elle. Quand Mme Beverly lui avait hurlé de ficher le camp, il avait pensé qu'elle en avait parfaitement le droit.

Mais cet endroit, ici, était un de ceux où il avait sa place, s'il *voulait* ; un de ceux, du moins, qui en valaient la peine, où il serait toujours le bienvenu, même s'il devenait un jour quelqu'un d'aussi douteux que Dec Lynch. En novembre, Sarah avait fondu en larmes à l'idée qu'il puisse arriver quelque chose au magasin. Sur le moment, ces angoisses lui avaient paru un rien mélo, et aujourd'hui il comprenait. C'était une façon pour elle de nier les valeurs de son père. Noonan n'avait pas lu une ligne du roman de M. Berg, mais il était certain qu'aucune épicerie ne figurait dedans. Non, c'était les extrêmes qui l'attiraient, leur philosophie et leur théâtre. Le citoyen noir et pauvre qui rêvait de poisson et dont l'épouse jouait à la loterie — voilà qui parlait à son sens élevé du préjudice racial, car ces gens étaient voués à l'échec. Qu'ils croient le contraire ne faisait que renforcer l'ironie de la chose et, oh comme il aimait ça, l'ironie, M. Berg ! À l'autre bout de l'échelle se trouvaient les grands rêveurs — les Achab et les Gatsby —, ceux qui avaient pour objectif, soit de conquérir, soit de tout détruire pour reconstruire à leur façon. En cours, on avait lu aussi *Mort d'un commis voyageur*, et pourtant M. Berg se fichait bien de Willy Loman qui, en réalité, l'apitoyait. Les petits hommes aux petits rêves ne l'intéressaient pas, même si leurs rêves exigeaient un courage énorme et une endurance sans limite. Chez Ikey était une petite chose. Une bonne petite chose. On pouvait compter dessus comme on comptait sur les Lynch — non pour ce qu'ils n'avaient pas, mais pour ce qu'ils étaient. Était-ce cela — une bonne petite chose — dont avait eu envie son père en plaçant son argent chez Nell ?

« C'était Nan, avait dit Lucy qui reprenait sa pelle en sortant de la maison.

— Tiens ? »

Noonan était surpris. Si Nan l'avait appelé, alors peut-être, même si elle en avait fini avec *Bobby*, cela voulait-il dire qu'elle resterait l'ami de Lucy et de Sarah ? Ce matin, lorsqu'elle lui avait fait au revoir derrière la fenêtre de sa chambre, il avait eu la nette impression qu'elle les envoyait tous au diable.

« Elle dit que rien ne s'est passé hier soir, avait rapporté Lucy avec un sourire bienheureux.

— Et comment.

— Elle dit que tu as failli, mais que tu as préféré t'abstenir. »

Hochement de tête.

« Sage décision, avait poursuivi Lucy, soulagé, comme s'il était celui qui, dans le cas contraire, en aurait subi les conséquences. Elle dit aussi que ses parents se sont réconciliés. »

Noonan en doutait, mais l'avait gardé pour lui.

« Ils prennent l'avion pour Atlanta, demain, et ils y restent la semaine. Nan dit que sa mère va l'emmener voir plusieurs campus dans le sud. Il y a celui d'Atlanta, et ils veulent visiter les autres. »

Cela impliquait-il que M. Beverly restait à Thomaston ? Allaient-elles le laisser sous la voiture ?

« C'est le seul problème, poursuivait Lucy. J'espérais que Nan trouverait une fac ici dans l'État de New York. Comme ça, vous auriez pu continuer à vous voir. Elle t'aime vraiment bien, et toi aussi, alors… »

Ils avaient continué avec leurs pelles, et Lucy bavardait gaiement, galvanisé à l'idée que l'honneur était sauf, que tout finissait bien. Noonan était désolé pour lui. Nan avait fait preuve d'une certaine astuce en se confiant à lui, puisqu'il était celui qui la croirait le plus volontiers. Elle savait également qu'il s'efforcerait de convaincre les autres.

Lucy était le genre de personne à qui on mentait facilement. Quelque chose en lui paraissait vous le demander, on avait l'impression de lui rendre service. Sarah serait la première à qui, confiant, il rapporterait ce pieux mensonge, et c'était parfait. Toute la journée, Noonan avait craint qu'elle ne le maudisse en apprenant qu'il avait couché avec Nan, quelques heures seulement après leur baiser dans le couloir.

Il aurait dû se réjouir que le secret soit pour l'instant gardé, mais non, et la fatigue le rattrapait. Brusquement, il tenait à peine sur ses jambes et, à chaque nouvelle pelletée de neige, son poignet douloureux semblait prêt à se briser comme un bout de bois sec. Le soir tombait lorsqu'ils en eurent terminé avec l'allée et, tandis qu'ils traversaient la rue en traînant leurs pelles derrière eux comme deux gamins de douze ans, un journaliste du *Thomaston Guardian* les avait pris en photo. Chez Ikey, Noonan était allé dans le minuscule cabinet de toilette et, le corps engourdi, la tête vide, il s'était assis comme une masse sur le siège gelé. Au bout d'un moment, il avait perçu comme une agitation dans le magasin. S'était-il assoupi ?

Sans doute car, lorsqu'il était revenu, la situation n'était plus du tout la même. Sarah était là, Lucy la tenait dans ses bras et, derrière la caisse, Big Lou pleurait silencieusement. Pour une fois, Tessa ne lui reprochait pas sa sensiblerie, et cela surtout — plus que la mine sombre de Dec qui, à l'autre bout de la pièce, hochait la tête vers Noonan — impliquait quelque nouvelle grave. Avec une pointe de culpabilité, Noonan avait d'abord pensé que Sarah venait de prendre conscience de son acte. En rentrant chez elle la veille, elle s'était rendu compte que ce baiser avait été une horrible trahison. Car, bien sûr, elle y avait répondu. Il se rappelait à présent que ses lèvres s'étaient entrouvertes, elle avait joué le jeu. Il souriait à ce souvenir lorsqu'elle l'avait remarqué au fond du magasin, et leurs regards s'étaient croisés. Il avait su à cet instant qu'il faisait erreur, qu'il n'était pas en cause, qu'il ne s'agissait pas d'eux. Nan n'avait pas téléphoné avec une nouvelle version des événements. C'était bien pire, bien plus sérieux que ça.

« C'est pas possible », disait Big Lou.

Noonan avait senti son cœur se serrer car Big Lou disait toujours cela devant quelque chose d'horrible, d'injuste, d'inattendu. Quelque chose qui ne cadrait pas avec sa vision du monde, sa conception de l'ordre.

Finalement, Tessa avait pris Noonan à part. La veille, sur la rive sud, perdus dans le même blizzard qui avait enveloppé Thomaston, Harold Sundry avait perdu le contrôle de sa voiture et percuté un arbre. Il était décédé sur le coup. La mère de Sarah, qui n'avait pas accroché sa ceinture, avait traversé le pare-brise. En d'autres circonstances, ses blessures n'auraient rien eu de fatal. Mais on n'avait découvert leur véhicule qu'au matin, et elle avait perdu tant de sang qu'elle en était morte. Tous deux avaient bu. Sarah n'était pas chez elle quand on avait téléphoné et, en rentrant à la maison, elle avait trouvé son père devant la cheminée, qui jetait au feu les pages de son roman. Elle avait compris avant qu'il ouvre la bouche.

Tandis que Mme Lynch terminait son récit, une voiture s'était garée en klaxonnant devant l'épicerie. C'était Marconi, dont l'arrivée se justifiait pleinement. On était dimanche, Noonan travaillait ce soir chez Nell, il aurait dû y être depuis déjà une heure.

« Vas-y, avait dit Tessa. Je lui expliquerai. On s'occupe d'elle. »

Ils le feraient, il le savait. Pas seulement Lucy, mais tous les Lynch, même Dec. Noonan s'était de nouveau rappelé le moment où leurs lèvres s'étaient jointes, où il avait pensé que tout venait de changer, et il voyait bien qu'il s'était trompé. Sarah l'avait dit, ce n'était rien qu'un baiser. Lorsqu'elle l'avait aperçu, que leurs regards s'étaient croisés, Noonan avait compris que, pour elle, ce baiser n'existait pas. Elle l'avait à peine dévisagé avant de se détourner.

« Max t'a tout préparé, lui avait dit son père. N'oublie pas de la remercier. »

Noonan avait promis. Marconi lui en voulait, ne s'en cachait pas, et on n'aurait pas pu le lui reprocher. Ce matin au Cayoga, il avait attendu plus d'une heure avant de renoncer et de petit-déjeuner tout seul. Noonan avait fini par téléphoner pour lui raconter la scène chez les Beverly. Son père avait téléphoné à Max pour qu'elle l'emmène récupérer sa voiture dans le Borough. Et maintenant il venait chercher son fils pour l'accompagner au travail. Il était hors de question, cependant, de s'engueuler en route. Willie le sentirait à distance, en ferait une maladie, et ils n'avaient pas ouvert la bouche pendant tout le trajet.

Noonan s'appliquait derrière le comptoir, mais ses cocktails étaient ratés et ses demis pleins de mousse.

« Mais qu'est-ce que tu as, ce soir, merde ! » avait fini par s'exclamer Marconi.

Noonan lui avait répondu qu'il avait déblayé de la neige toute la journée, qu'il était épuisé, et il se réjouissait que son père n'ait pas l'idée de demander ce qui se passait chez Ikey quand il y avait fait irruption.

Le moment était venu où Willie, avec sa caisse de résonance télépathique, était sorti de la cuisine. Tendrement, il avait pris la main de Noonan dans la sienne, il avait posé son large front sur son épaule en lui disant de ne pas s'inquiéter, tout allait s'arranger.

« Eh, William, avait dit Marconi à l'autre bout du comptoir. Viens ici une seconde. »

Noonan avait entendu son père lui faire la leçon : un garçon ne tenait pas la main à un autre garçon.

« Il a bon cœur, c'est tout, avait commenté Noonan plus tard.

— Je sais. La prochaine fois, s'il te roule une pelle, il aura bon cœur aussi. »

À neuf heures et demie, Maxine était revenue de la maison de retraite où elle était allée rendre visite à sa mère. Un unique coup d'œil à Noonan, et elle lui avait dit de rentrer se coucher.

Marconi s'était arrêté devant le Rexall, il avait coupé le contact et proposé à son fils d'attendre une minute quand il avait ouvert la portière.

« Alors, c'est la petite Berg qui te plaît vraiment, hein ?

— J'en sais rien. Peut-être.

— Mais c'est avec l'autre que tu as couché.

— C'est un peu dur à expliquer. »

Marconi avait hoché la tête.

« Pas tant que ça. Tu sais ce que je vois quand je te regarde ?

— Non », avait dit Noonan.

Bien sûr qu'il le savait.

« Moi. »

Noonan avait ravalé ce qu'il aurait bien rétorqué, mais il était ravi de sentir un peu de cette bonne vieille haine lui revenir.

Il faisait froid en haut. Peut-être moins que la nuit précédente, mais l'impression était double. À peine s'était-il glissé dans son sac de couchage que le parfum de Nan lui avait soulevé le cœur. Il avait défait la fermeture Éclair, porté le duvet au lavabo et, à l'aide du même gant de toilette que la veille, il avait gratté le sang séché sur l'enveloppe de tissu. Comme si, en le supprimant, il supprimait aussi l'acte. Mais il n'avait réussi qu'à relancer sa douleur au poignet, à transformer la petite trace sèche en grosse tache mouillée. L'odeur écœurante de l'enfant gâtée ne s'en allait pas.

Il essayait d'oublier que Sarah ne serait pas pour lui. Il se demandait quand, précisément, elle avait opté pour Lou Lynch et non pour Bobby Marconi. Quelque chose lui disait que sa décision n'était pas prise au moment où ils s'étaient embrassés, qu'elle n'en avait été sûre que le lendemain. L'évidence l'avait-elle frappée tandis qu'elle apprenait la mort de sa mère ? Avait-elle su, dans la douleur de cette perte brutale, dans quels bras elle trouverait le réconfort, et la bonté sincère dont elle avait besoin ? Ou était-ce après être entrée chez Ikey ? Si Lucy avait été au fond et Noonan près de la caisse, Sarah se serait-elle plutôt dirigée vers lui ? Toutes ces questions étaient vaines. Peu importent quand et pourquoi, Sarah avait choisi, et c'était tout.

Il tentait d'entrer dans son sac de couchage quand il s'était aperçu qu'il avait placé l'ouverture, non du côté de

Division Street comme d'habitude, mais vers le fond du bâtiment. Ce qui ne changeait pas grand-chose, avait-il pensé en se glissant à l'intérieur. Dans une minute, il dormirait. Sauf que non. Malgré sa grande fatigue, il frissonnait sur cette tache mouillée, et son poignet, comme une sourdine, continuait de lui lancer. Sarah avait choisi, il fallait tourner la page. N'était-ce pas ce qu'il avait affirmé à Nan — qu'il suffisait de décider de s'en fiche, pour que ça passe ? N'était-il pas maître de cette technique, et depuis longtemps ? Demain matin, il se réveillerait et il s'en foutrait.

Tandis qu'il se disait cela, son regard s'était posé sur une forme étrange — un homme dans un manteau ? — à l'autre extrémité de la pièce. Il avait mis un moment à comprendre que le triangle en haut était la pointe du chevalet de Sarah et il repensa à son rêve de cathédrale. Il s'en était souvenu, de temps en temps, au cours des mois écoulés. Il avait même songé à demander à Troisième s'il connaissait sur la Colline quelqu'un qui aurait un livre des rêves. Il y aurait peut-être trouvé un numéro à jouer, mais c'était le sens du rêve qu'il cherchait. Cette fois, il avait l'impression de percer le mystère. S'il n'avait eu qu'un mot pour résumer ce qu'il avait ressenti, eh bien, cette cathédrale était chez lui.

En déblayant la neige l'après-midi avec Lucy, il avait eu la sensation d'être chez lui aussi chez Ikey, et il voyait maintenant que c'était l'expression d'un désir. Le magasin des Lynch ne lui appartenait pas plus que le restaurant de Nell à son père. La boutique était simplement un endroit dans lequel il s'était peu à peu investi. Une bonne petite chose, oui, mais une bonne petite chose qui *n'était pas* à lui. Il y était le bienvenu, certes, mais n'y serait jamais qu'un invité. Dans son dessin, Sarah l'avait à bon escient placé dehors, sur le point d'entrer. S'en rendant compte, Noonan se trouvait confronté, peut-être pour la première fois, à la crainte de perdre quelque chose — une chose à laquelle il n'était pas sûr de pouvoir renoncer, et sans rien pour la remplacer. Après tout, cela signifiait quoi de n'être vraiment chez soi que dans un lieu onirique, purement imaginaire ? Cela ne suggérait-il pas qu'on n'était de nulle part ?

Par-dessus tout, il désirait en rêver à nouveau, de cette cathédrale, et aujourd'hui il était prêt. La première fois, il avait eu envie de partager ces merveilles. Dorénavant, il éviterait sûrement de se disperser. Si le rêve devait revenir, il saurait maintenant qu'il lui était destiné, à lui et à lui seul, car il est impossible de partager certaines choses. La magie, la beauté de cette cathédrale, si c'en était bien une, ne pouvaient être révélées qu'à une personne en même temps, sans diversion aucune. Si un tiers était présent, même et peut-être surtout une personne aimée, alors tout disparaissait. C'était l'un ou l'autre, comprenait-il, pas les deux.

Allongé dans le noir à contempler la silhouette indistincte de ce chevalet, Noonan ne pouvait deviner qu'il regardait son avenir, son destin, qu'il passerait sa vie devant tant d'autres chevalets, et que ses brosses seraient guidées par ce qu'il appellerait « les toiles des rêves ». Tout cela était bien trop loin. En revanche, il pressentait un avenir plus proche, d'obscures formes mouvantes, à mi-distance, entre son duvet et le fond de la pièce. Des formes qui semblaient se préciser. En serrant son poignet douloureux, il arrivait à les distinguer plus nettement dans le noir. Les mois à venir — entre le dernier blizzard et le bac — allaient leur conférer une épaisseur, en faire une série d'événements qui surprendraient tout le monde, excepté lui. Contrairement à que Nan avait dit à Lucy, elle resterait à Atlanta avec sa mère. Ses parents s'arrangeraient pour qu'elle finisse sa terminale et qu'elle se présente à l'examen dans un autre établissement. Naturellement, c'est Lucy qui en souffrirait le plus. « Mais pourquoi elle n'écrit même pas, voilà ce que j'aimerais bien savoir », dirait-il une fois par semaine, avant d'ajouter : « À toi surtout », comme si Noonan allait lui fournir une explication. « Occupe-toi de tes affaires, Lou », répondait sa mère. « Et toi aussi », prévenait-elle son mari sans lui laisser le temps d'avouer qu'il trouvait ça bizarre.

Noonan n'avait pas été étonné quand le père de Sarah avait été arrêté en mai pour possession de stupéfiants. Il s'y attendait depuis l'automne. On ne l'avait pas inculpé, mais il avait été sommé de présenter sa démission. On avait appris qu'il avait quitté son poste précédent à New York sous le coup d'une accusation similaire. Faute de pouvoir lui trouver un remplaçant jusqu'à la fin du trimestre, on lui avait permis de reprendre les cours, mais le journal avait porté l'affaire à la connaissance du public, et M. Berg n'était plus revenu au lycée. Tous les élèves d'anglais renforcé avaient eu un A pour l'année entière. Pauvre Sarah, pensait Noonan, heureux cependant qu'elle ait Lucy et les Lynch pour la soutenir. « On s'occupe d'elle », avait dit Tessa à l'annonce du décès de sa mère, et ils tenaient parole.

Évidemment, les gens avaient été surtout choqués par ce qui s'était passé entre Marconi père et fils. Pour Noonan, ces choses-là appartenaient à un scénario dont l'action avait commencé bien longtemps auparavant et dont, sans une intervention divine, le dénouement était inévitable. Bien que David ne fût jamais venu le voir au-dessus du Rexall, Noonan n'avait pas été trop surpris de le trouver là en revenant d'un bac blanc au début du mois de juin. Pas trop surpris non plus de ce qu'il avait à lui dire — leur mère était de nouveau enceinte. Et bien que, une bonne centaine de fois, il eût négocié sans problème l'embranchement du chemin de terre qui conduisait chez Nell, il n'avait pas été surpris encore, le même après-midi, lorsqu'il avait perdu le contrôle de l'Indian, qui était partie heurter le muret en béton. Tout l'hiver, Dec lui avait répété que ça arriverait un jour ou l'autre. Dec ne s'était trompé que sur un point : il était sûr que Noonan s'en sortirait sans une égratignure. Mais au contact du gravier, Noonan avait senti quelque chose se briser au bout de son bras, ce qui ne l'avait pas tant surpris non plus. Tout cela ne portait-il pas la marque d'une belle symétrie ? Bien sûr, il avait été encore moins étonné de voir la porte du restaurant s'ouvrir violemment, puis le pauvre Willie, clairvoyant, affolé, foncer à sa rencontre le long de l'allée. Le visage tordu par la peur, il agitait les bras comme un fou au-dessus de sa tête en hurlant : « Non ! Non ! Non ! Non ! Non !... »

Marconi était-il lui aussi convaincu que ça finirait ainsi ? Trouvait-il vain de s'opposer à des événements dont le cours avait été fixé si longtemps à l'avance ? Quand Noonan était entré, il n'avait pas pris la peine de quitter son tabouret. Il s'était retourné vers son fils, l'avait encore regardé avec cet air moqueur qui avait poursuivi Noonan toute son enfance. Au plus fort de sa haine, Noonan avait rêvé ce jour-là. Il regrettait les soirées passées devant ce comptoir, cette trêve malaisée qui avait brouillé ses pensées plus qu'il ne voulait l'admettre. Mais il l'avait prévenu, Marconi, et il n'avait plus le choix. Si encore Sarah l'avait élu lui, Bobby, les choses se seraient peut-être passées différemment, penserait-il ensuite, mais elle ne l'avait *pas* choisi. Alors le moment était venu de lui donner raison.

Le déroulement d'une bagarre est aussi confus et rapide qu'une série de baisers. Le premier coup avait atterri dans les dents, qui s'étaient brisées. Marconi s'était écroulé, le tabouret vide avait tournoyé sur lui-même. Après, ce n'était plus qu'un flot d'images et de sons. Max avait appelé la police. Willie, que Noonan avait bousculé dans le parking, était revenu le rouer de coups de poing et de pied. « Arrête ! Arrête ! » hurlait-il comme une bête sauvage. Marconi avait des bulles de sang sur le nez et la bouche, et la soumission se lisait maintenant dans son regard. Adieu, l'ironie. Noonan frappait avec le poing gauche, le droit restant ballant, inerte et inutile. Il aurait voulu cesser, cela il s'en souviendrait, mais il avait continué, même quand les yeux de son père avaient roulé sous les paupières. Il était trop honnête pour se dire qu'il faisait ça pour sa mère, qui n'y tenait sans doute pas plus qu'à sa dernière grossesse. Il le faisait tout simplement parce qu'il l'avait dit, pour que Marconi — l'homme qui brandissait le poing sans frapper — sache définitivement que son fils n'était pas du tout, du tout, le même genre d'homme que lui.

L'AMOUR

Je monte enfin à l'étage, où Sarah a éteint la lumière, signe qu'elle a pleuré peut-être, et qu'elle ne souhaite pas me voir. Je me déshabille dans le noir, j'enfile mon pyjama, je me glisse près d'elle dans le lit. Elle se tourne vers moi pour que je sache qu'elle ne dort pas.

« J'ai croisé Brindy dans le West End, cet après-midi, lui dis-je, parce que c'est important et qu'avec mes déboires je n'y ai plus pensé. Elle a annoncé à Owen qu'elle partait à Albany.

— Je suis navrée », dit Sarah d'une voix neutre, et je me demande pourquoi exactement. Parce qu'elle partage mes doutes ? Pour Owen ? Parce que j'ai assisté, même brièvement, à une chose qui va me poursuivre et m'inquiéter ? Parce qu'il faudrait que je m'occupe de lui davantage, et moins de moi ?

« S'il s'aperçoit que… »

Je ne finis pas ma phrase.

« Peut-être que c'est déjà fait. »

La réponse me prend au dépourvu.

« Les gens prétendent ignorer des tas de choses », poursuit-elle.

Sauf erreur, le propos ne s'applique pas seulement à Owen, mais aussi à nous deux. Et finalement elle lâche : « Lou, j'ai décidé de m'en aller un moment. »

Il y a très longtemps que, malgré moi, j'attends ces mots. Ils ne devraient pas me surprendre, au vu, surtout, des événements, mais j'en ai le souffle coupé. J'ai envie de supplier Sarah de ne pas le faire.

« Où ça ? » dis-je bêtement. Ailleurs, c'est tout. Quelque part où je ne sois pas.

« Je ne sais pas. J'ai juste besoin… d'être seule, de mettre de l'ordre dans mes idées. Ça te ferait du bien d'avoir un peu de temps pour toi, aussi.

— Non, l'assuré-je. Sans toi…

— Je ne vais pas te mentir, Lou. Je ne sais pas ce que je vais faire. Je ne sais même pas ce que c'est, d'être seule. Ni où j'en serais sans toi. Je le découvrirai peut-être. Mais je veux que tu comprennes que je ne suis pas fâchée. Je sais que tu en as fait, des efforts, beaucoup. Tu as eu tort pour une chose. Mais il n'y a pas que toi qui fais des bêtises, parfois. »

Je me tais pour qu'elle continue.

« Tu avais à moitié raison, tout à l'heure, dit-elle finalement. Je l'ai aimé. »

Naturellement. Nous l'aimions tous deux.

« Ou peut-être était-ce seulement un trait de son caractère. Son… »

Courage.

Elle s'éclaircit la voix.

« Il m'avait envoyé une carte postale quand j'étais étudiante à Cooper Union. Il ne racontait pas grand-chose, sinon que ça allait, qu'il était à Toronto. Il commençait à prendre des cours de peinture et il me disait pour rigoler que je devais faire attention, parce qu'il allait me rattraper. Je te l'aurais bien montrée, cette carte, mais j'avais peur que tu sois vexé, parce qu'il m'avait écrit à moi, pas à nous. Je ne lui ai pas répondu tout de suite. Je l'ai fait quand Lou-Lou est tombé malade, et une fois encore après notre mariage. Il y a des choses que je pouvais lui dire plus facilement qu'à toi. D'abord parce qu'il était loin, et aussi parce que… tu prends tout tellement à cœur. »

Oh, Lou, pourquoi faut-il toujours que…

« Je lui ai encore écrit après le décès de ton père, quand tu… J'étais désemparée de te voir malheureux comme ça. Je lui ai écrit aussi quand j'ai fait cette fausse couche, et que c'est moi qui étais malheureuse. C'était la dernière fois. Après, j'ai arrêté.

— Pourquoi ?

— Je me donnais peu à peu l'impression de… te tromper. Je recevais ses lettres en poste restante, et même si ça n'était que des lettres, ça me gênait de te les cacher. Et puis ensuite il s'est marié, c'était inconvenant à tous égards, et je lui ai dit que je n'écrirais plus. Que je t'aimais, que j'aimais notre vie à deux, et c'était vrai, mais surtout j'avais envie d'arrêter. Et puis Owen est arrivé, on a eu de quoi s'occuper et ça ne servait plus à rien.

— Alors pourquoi recommencer ? Pourquoi maintenant ? »

Mes yeux se sont habitués à l'obscurité. Il y a juste assez de lumière pour que je devine le sourire de Sarah, ce doux sourire qui illumine ma vie depuis tant d'années.

« Parce qu'il n'y avait plus rien à craindre. Tu comprends ? Peut-être parce qu'on est tous plus vieux. Je ne sais pas, mais le jour est venu où je me suis dit que le danger était passé, que Bobby était un vieil ami, c'est tout. Après tant d'années, il penserait pareil pour moi. Je crois que le cancer y est pour quelque chose, aussi. Après l'opération, j'ai eu envie de parler à quelqu'un qui m'avait connue avant, quand j'étais jeune. C'est surtout à ma mère que j'avais envie de parler, mais elle n'est plus là, alors pour une raison ou pour une autre j'ai repensé à Bobby, je me suis souvenue de nos discussions. »

De ce qu'elle ne pouvait pas me dire à moi.

Elle me prend la main.

« Tu es gentil de croire qu'un autre homme aurait encore envie de moi, mais…

— Sarah, lui dis-je d'une voix que j'entends à peine.

— Essaie de ne pas voir ça comme une histoire d'amour, Lou. L'histoire d'amour, c'est nous, pas Bobby et moi.

— Tu ne reviendras pas », lui dis-je, avec tant de conviction que j'en suis moi-même surpris.

Sans doute parce qu'elle me connaît bien, qu'elle se sent incapable de me persuader du contraire, du moins ce soir, elle ne me contredit pas.

« Il y a une autre chose que j'ai besoin de te dire. Il faut que tu saches que je n'ai pas été très loyale, récemment. J'ai lu ton récit, Lou. Toute la semaine. Je n'aurais pas dû le faire sans ta permission, mais j'avais tellement peur. Peur qu'il arrive bien pire que ce qui s'est passé aujourd'hui. »

Que je franchisse le pont des Soupirs. Que je ne fasse pas machine arrière. Il n'est pas nécessaire qu'elle précise sa pensée.

« Tout doit être assez loin de la vérité, je suppose. Au début, j'ai voulu m'en tenir aux faits, mais je n'ai cessé de me perdre en route.

— Ce que tu écris à propos de Lou-Lou est vrai. À propos de Chez Ikey aussi. Et j'aime bien ce que tu dis de moi. Mais peux-tu m'expliquer une chose ? Pourquoi dis-tu que c'était quelqu'un d'autre, la fille que tu décris dans l'escalier, au Y ? Celle qui avait l'air effrayée qu'on la laisse en plan. C'était *moi*, tu le sais bien.

— Non, c'était... »

Je suis prêt à lui dire qui c'était, car cela ne fait aucun doute, mais je m'interromps. Bizarrement, je ne revois plus cette fille aussi clairement que le jour où j'en ai parlé. Je ne me rappelle pas non plus son nom.

« Tu étais juste derrière moi dans l'escalier, poursuit Sarah. Je savais qui tu étais, mais on ne s'était pas encore rencontrés. Je n'étais pas le genre de fille à qui on faisait attention — je veux dire, les garçons... Je m'étais retournée, tu étais là, et... »

Je ne veux pas me laisser embrouiller et j'insiste :

« Non ! Non, je me souv...

— J'étais avec Sally Doyle, ma meilleure amie de l'époque. On allait toujours ensemble aux soirées du vendredi. Et toi tu étais avec ce pauvre garçon qui s'est pendu. David.

— Non ! »

Je hoche vigoureusement la tête dans le noir.

« C'est pas grave, Lou, dit Sarah, qui comprend que je m'énerve. C'est pas grave. »

Je me réveille plusieurs fois pendant la nuit, puis une heure avant l'aube avec la certitude absolue que Sarah a raison. C'était bien *elle* dans l'escalier, ce jour-là. Je revois le désir et l'espoir dans ces yeux, et je sais que ce sont ceux de la femme qui dort à mon côté, à qui j'ai lié mon destin. Derrière la fenêtre apparaît une mince bande de ciel gris et je me souviens, quand j'étais petit, du plaisir que je ressentais, aux heures noires du matin, en entendant cliqueter les bouteilles de lait. Papa ne livrait pas dans notre quartier, mais ce bruit me rappelait que nous pouvions être fiers de lui, qu'il répondait à la demande, sans défaillir, par tous les temps. Je le prenais pour un homme important, avec un travail important qu'on ne confierait pas à n'importe qui.

Pauvre David, quand j'y repense. Combien de fois ai-je fait comme s'il n'avait pas existé ? Cette fois-là plus que toutes les autres. Parce que Sarah a aussi raison sur ce point. David était bien là, ce vendredi soir, silencieux près de moi. Nous nous rendions toujours ensemble à ces soirées pour nous soutenir mutuellement. Il était arrivé depuis peu à Thomaston, il avait désespérément besoin d'un ami, et moi aussi comme d'habitude. J'avais fini par lui servir de guide, de protecteur, comme Bobby l'avait fait pour moi, et je me souviens que ce rôle-là, nouveau, me plaisait. Nous habitions chacun à un bout de l'East End, nous nous raccompagnions l'un l'autre à tour de rôle. Un vendredi après le Y, nous arrivions dans l'allée noire devant chez lui, et il m'avait embrassé sur la bouche avant de courir se réfugier à l'intérieur. Le lendemain, au cinéma, il paraissait aussi gêné que moi de ce qu'il avait fait, et nous n'en avions pas parlé. Mais après le film il m'avait raccompagné comme d'habitude, et il avait recommencé, en plein jour cette fois, juste devant la maison. Il me semblait que papa nous regardait depuis l'angle du carrefour et, repoussant David sans ménagement, je lui avais dit que je ne voulais plus être son ami. Je revois encore la tête qu'il a faite.

J'aurais pu l'intégrer dans mon histoire, expliquer ce baiser et la suite — notamment le jour à l'école où nous avons appris qu'il s'était pendu. Il n'y avait pas eu de déclaration officielle mais, au milieu de la matinée, tout le monde savait qu'il était mort, que son père l'avait retrouvé pendu à une poutre du garage. J'aurais pu mentionner les chuchotements de nos professeurs, leurs mines affligées dans les couloirs. Et les regards qui, toute la journée, avaient convergé sur moi, comme si on me soupçonnait de quelque chose. D'avoir été au courant de ses intentions, peut-être, ou d'être le prochain à y passer. Après les cours, j'étais parti à vélo jusqu'à Whitcombe Park, je m'étais accroché de toutes mes forces à la clôture noire et j'avais laissé éclater mon chagrin, à grands sanglots, dans l'espoir d'évacuer cette tristesse, pour n'avoir pas l'air plus bouleversé que les autres en rentrant à la maison.

Au dîner, je pensais avoir réussi à minimiser ce que je ressentais, à me montrer moins perturbé que je l'étais. Comme bien souvent, maman avait compris — j'étais vraiment retourné. Les yeux humides, elle m'avait rejoint dans ma chambre où j'étais parti me coucher tôt. Elle m'avait dit à quel point elle était navrée, et j'ai appris qu'on a beau faire tous les efforts possibles, il nous reste toujours des larmes pour pleurer.

« Ce monde est cruel, mon chéri. J'aimerais pouvoir te dire autre chose, mais c'est difficile. Et il le sera toujours. »

Un mois après le suicide de David, son père était venu chez Ikey. Apparemment, David avait laissé un mot où il était question de moi. Je travaillais dans la réserve, mais j'ai entendu papa affirmer : « Mon Louie est pas comme ça. » Plus tard, M. Entleman étant reparti, papa m'avait rejoint au fond, où il m'avait trouvé assis sur une caisse en train de contempler le vide.

« T'es pas comme ça, mon Louie, hein ? » m'avait-il demandé et je lui avais garanti que non. « Les garçons ne s'aiment pas entre eux de cette façon », m'avait-il patiemment expliqué.

Je lui avais dit que je le savais, que j'avais repoussé David quand il avait voulu m'embrasser, que je ne l'avais plus fréquenté ensuite, et papa était rassuré.

Hors de l'isoloir, il n'avait pas de secrets pour ma mère. Ce soir-là, au dîner, il avait répété certaines des choses terribles que M. Entleman lui avait apprises.

« Le pauvre garçon, avait dit maman en me regardant.

— C'est pas une raison pour être méchant avec lui ni rien », avait dit mon père, comme s'il avait oublié que David était mort.

Sans doute voulait-il dire que, si la chose devait se reproduire avec un autre, je n'étais pas obligé de le condamner. Maman l'avait dévisagé comme s'il venait de gravir un échelon de plus dans la hiérarchie de la bêtise.

« Bon Dieu, Lou, avait-elle dit en hochant la tête, incrédule. Dieu du ciel et de la terre. »

Étais-je, pour parler comme mon père, « comme ça » ? Je n'en savais rien. Sincèrement. Et David ? Je n'en savais rien non plus. C'était un jeune garçon, c'est tout. Je savais seulement qu'il était terrifié par cette ville inconnue, et qu'il m'était infiniment reconnaissant de lui être venu en aide. Il avait pour moi les mêmes sentiments que j'avais eus pour Bobby. Le mot « adoration » n'est sans doute pas trop fort pour définir ce mélange enivrant de dépendance et d'affection. Quand nous habitions Third Street, l'été où nous faisions du surf dans le camion, j'avais eu *envie* d'embrasser Bobby. Et même avant. C'est vrai. Je savais que c'était interdit, et pourtant je me demandais où était le mal ? Je me souviens d'avoir repensé, il n'y a pas si longtemps, au petit Gabriel Mock qui avait embrassé ma mère. Il devait drôlement l'aimer pour s'exposer à de telles conséquences. Et, comme David, il avait fait ça en plein jour. Un acte commis dans l'obscurité, à l'abri des regards, ne serait-il condamnable qu'à partir du moment où il devient public ? N'était-ce pas le principe fort sage, prisé des grandes personnes, que Perry Kozlowski avait tenté de m'inculquer sur le balcon du cinéma, avant de sortir dans la lumière radieuse de l'après-midi pour expédier Troisième dans le coma ?

J'aurais pu écrire tout cela, et je ne l'ai pas fait. Pourquoi ? Je crains que la réponse ne soit dans la photo de mon père au-dessus de mon bureau. J'ai écrit mon histoire sous son œil vigilant et, si je n'ai pas été sincère, c'est parce que je ne voulais pas l'embarrasser. Si j'avais parlé de David, j'aurais en quelque sorte admis, comme maman le dit si bien, que ce monde est cruel, et que cette cruauté est inscrite au plus profond de chacun. J'aurais reconnu ce que j'ai toujours su, que je n'ai jamais admis devant elle, ni devant lui, voire en moi-même — que je suis autant le fils de l'un que de l'autre. Pour papa, le monde n'était pas compliqué, les lois étaient dans l'ensemble logiques, elles épousaient nos intérêts. J'ai toujours voulu être celui qu'il croyait, et cela m'a parfois empêché d'être quelqu'un de meilleur. Terrible, de se rendre compte de ça.

Je jette un coup d'œil vers Sarah et je me demande comment je vais faire sans elle, sans sa capacité à voir les choses comme elles sont et non comme j'aimerais qu'elles soient. Il va falloir que je fasse travailler mon jugement. Bientôt, elle va se réveiller et s'en aller. Je me contente de la regarder respirer et rêver tant qu'elle est encore là. Elle est tellement belle. Elle porte une chemise de nuit en coton, opaque, pudique, qui ne peut cacher ce qui n'est plus, ce sein perdu l'année dernière pour conserver la vie. Je me sens un peu mieux vis-à-vis de moi-même depuis que je connais les petits secrets qu'elle a gardés dans son cœur. Sans doute avons-nous tous le droit de conserver une part d'intimité en nous.

La bande grise au-dessus de l'horizon s'est éclaircie, et ma conviction s'affirme en même temps que la lumière : nous pouvons rêver tant et plus, mais nous n'avons qu'une vie. Aussi vraisemblables, désirables soient-elles, nos vies imaginaires ne sont que des fantômes. Celle qui nous reste suffit bien à remplir de joie notre cœur imparfait, encore et encore, avant de nous le briser. Et ça n'arrête jamais.

La faute à l'amour.

LA PORTE BLEUE

En réalité, elle n'avait pas prévu grand-chose. Une fois arrivée à la Penn Station de New York, Sarah pensait prendre un taxi jusqu'au Waldorf-Astoria où elle avait séjourné autrefois avec sa mère, un week-end de Labor Day. « Soyons folles », s'étaient-elles dit bien que Mme Berg ait tout payé. L'argent que Sarah gagnait à faire du baby-sitting — une somme rondelette au dernier jour d'août — était mis de côté pour ses études. Elle se rappelait, lors de ces courts séjours à la fin de l'été, avoir visité des musées, fait du lèche-vitrines et de longues promenades jusqu'à Broadway, pour voir un de ces spectacles qu'affectionnait sa mère, de préférence extravagants. L'hôtel mis à part, Sarah n'avait pas de plan préétabli.

« M'man, répétait Owen à la gare d'Albany, tu as soixante ans. Qu'est-ce que tu vas *faire* ? »

Il ne cherchait sans doute pas à la vexer. Elle avait été malade, et il s'inquiétait ; elle s'est efforcée de ne pas en prendre ombrage.

« Je le connais, mon âge. »

Ne lui avait-elle jamais expliqué qu'elle détestait qu'il l'appelle *m'man* et non *maman* ?

« Je sais que papa a déconné. Moi aussi je suis furieux contre lui.

— Je ne le suis *pas*, moi », l'a-t-elle corrigé.

Elle était démoralisée, elle avait le cœur gros mais, si elle était en colère contre quelqu'un, c'était contre elle-même. Connaissant les limites de Lou, elle avait bien senti qu'il allait s'effondrer, mais elle avait préféré ne pas en tenir compte.

« M'man, ce n'est pas normal que tu n'aies pas les boules. Je voudrais juste que tu me laisses t'aider. Je suis de ton côté, je te rappelle.

— Tu veux m'aider ? Attrape ce sac. »

En fait, elle ne savait pas du tout où elle allait, ce qu'elle ferait une fois arrivée, ni à quel moment elle s'en lasserait et reviendrait à son point de départ. Quand, ou *si.* Quelque temps auparavant, elle avait lu dans un magazine un article sur une femme, une photographe, qui avait renoncé à son travail et sa vie à Boston pour s'installer au Nouveau-Mexique. Elle avait acheté un peu de terrain et une maison toute simple dans le désert. Là, disait-elle, elle s'était sentie renaître, au plan artistique et spirituel. Avait-elle quitté son mari, ou celui-ci venait-il de disparaître ? Sarah ne s'en souvenait plus. Mais cette femme avait dix ans de plus qu'elle, ce qui prouvait que rien n'est impossible. Sarah ne savait pas ce qui lui plaisait le plus dans cette aventure — l'éblouissante solitude du désert ou la possibilité de se retrouver sans hommes, sans leur entêtement à ne rien comprendre. Peut-être allait-elle consulter l'agence de voyages du Waldorf. Elle avait emporté son passeport. Elle pouvait partir où elle voulait.

Ouvrant dans le train la nouvelle biographie de Frida Kahlo qu'elle venait d'acheter, elle a lu trois fois la première page sans arriver à se concentrer, et décidé alors que ce livre lui servirait de rempart, au cas où quelqu'un essaierait d'engager la conversation, ce qu'elle désirait éviter. En chemin, elle s'est rappelé les nombreux allers et retours de sa jeunesse. Ces jours-ci, sa mère n'était jamais très loin de ses pensées. Elle avait quarante-six ans au moment de sa mort. Au début de sa ménopause, supposait Sarah. À l'époque, elle était trop jeune pour saisir ce que cela représentait pour une femme, et moins encore s'il s'agissait de sa mère. Petite fille, Sarah avait toujours cru que le décès de son frère avait poussé ses parents, affligés, à se séparer. Mme Berg l'avait souvent sous-entendu. « Après Rudy... », disait-elle, sans finir ses phrases, une manie exaspérante. D'autres fois, elle lançait : « La vérité, c'est que ton père et moi ne pouvions pas nous entendre. » Ce que Sarah traduisait ainsi : c'était un intellectuel, un homme qui non seulement vivait pour des idées, mais aussi pour les mots dont elles sont faites. Tandis que sa mère pensait en images. Quand celles qui lui plaisaient finissaient sur une toile ou dans son carnet à croquis, tout mot devenait superflu. Ce qu'elle en avait fait était bon ou mauvais, et aucune discussion — le point fort de son mari — n'y changerait rien. Sarah avait imaginé que ce qui les différenciait l'un l'autre la distinguait elle aussi de son père.

Elle s'était trompée, naturellement. C'était bien plus profond. Elle gardait peu de souvenirs vivaces de leur vie commune, mais elle n'avait pas oublié les disputes. « Ça ne te tuerait pas d'ouvrir un bouquin de temps en temps », lançait M. Berg. « Ça ne te tuerait pas de refermer les tiens, à l'occasion », rétorquait sa femme. Entre eux, à la maison, M. Berg tournait en dérision à peu près tout ce qui concernait sa femme, ses raisonnements et son goût pour la télévision. Lorsqu'ils sortaient, elle critiquait ses maladresses en société et son savoir livresque. Mme Berg avait été très séduisante, elle aimait les tenues provocantes, elle aimait s'amuser. Quand son mari parlait littérature ou politique, elle faisait semblant d'écouter attentivement, puis, lorsqu'il avait fini, elle se mettait à rire et déclarait : « C'est qu'il est beau parleur, n'est-ce pas ? » Sarah était déjà mariée le jour où elle avait compris que leur désunion était avant tout sexuelle. Son père prétendait, peut-être à juste titre, que son épouse était un compagnon décevant du point de vue intellectuel. Mais l'épouse à son tour avait fait quelques allusions. Sarah avait été trop jeune pour les relever et, bien sûr, Mme Berg n'y tenait pas tant.

Adolescente, elle avait deviné que sa mère avait des amants à Long Island, et les questions que son père lui posait, tous les ans lorsqu'elle revenait en septembre, sous-entendaient que leur séparation avait surtout permis à son ex de laisser libre cours à sa sexualité. Il devait être en butte à des sentiments contradictoires, pensait aujourd'hui Sarah. Sa femme, affirmait-il, reviendrait en rampant lorsque son roman l'aurait rendu célèbre. Mais ne savait-il pas que, d'un certain point de vue, il ne ferait jamais l'affaire ? *C'est un beau parleur.* La remarque devait porter loin et faire mal. Il avait mis plus de dix ans pour riposter, sous la forme d'un manuscrit de mille cinq cents pages. À l'époque, Sarah s'était étonnée qu'il ait consacré tant de temps, tant d'efforts à ce roman, puis qu'il ait renoncé sous prétexte qu'une poignée d'éditeurs l'avaient refusé. Elle comprenait, maintenant. Leur rejet l'avait frappé doublement : d'une part, il n'était pas aussi talentueux qu'il avait cru — pas aussi *beau parleur* que ça —, ensuite sa femme avait eu raison pour le reste.

Ce qui préoccupait vraiment Sarah était que, la dernière année, sa mère ait perdu courage aussi abruptement. L'été précédent, provocatrice comme à son habitude, elle vouait encore aux gémonies quiconque ressemblait à son ex, proclamait haut et fort que le mariage n'était rien d'autre qu'un esclavage officiel. Et puis la volte-face. Comme si, en se regardant un matin dans la glace, elle avait vu l'avenir — et prévu que les divorcés les plus désespérés et les plus soûls des Sundry Arms ne viendraient plus chez elle en quête de réconfort. Sans doute voyait-elle également l'effet de tant de bouteilles de Martini, les poches noires sous ses yeux, ses joues et ses seins qui s'affaissaient. Et peut-être le miroir de la salle de bains était-il moins en cause que l'expression des hommes, qu'elle n'impressionnait plus ou, pis, plus assez pour qu'ils se retournent sur son passage. Alors que, de l'autre côté, le *beau parleur* avait encore tout son temps. La rhétorique ne se dérobait pas, elle pouvait même s'améliorer au fil des ans. Mme Berg, elle, avait surtout été une *belle amoureuse*, et la partie serait bientôt terminée, sans alternative. Allez savoir si M. Berg ne l'avait pas lui-même avertie qu'un jour viendrait où plus personne ne répondrait à ses avances ; les gens ne se rassembleraient plus autour d'elle dans les soirées, pour le privilège d'étudier son corsage. Il faudrait faire avec ce qui restait. Et le faire seule. Avait-elle épousé Harold Sundry pour que ce dernier point ne se vérifie pas ?

Sarah craignait de l'avoir elle-même poussée à prendre cette décision fatidique, à renoncer à sa liberté, à se remarier. Leur dernier été ensemble, elle avait été trop immergée dans les affres de l'adolescence pour comprendre ce que sa mère endurait. Ni même interpréter ce dessin qu'elle avait fait où Mme Berg paraissait épuisée, vieillie, aussi éteinte que la cendre de sa cigarette. Sarah avait passé trois mois à se regarder dans la glace, à suivre sa métamorphose de jeune fille en jeune femme. Sans cet égocentrisme, elle aurait peut-être su apaiser la douleur de sa mère, l'empêcher de faire n'importe quoi. « Ce que tu ne comprends pas, avait dit la voix derrière la porte, c'est qu'un jour tu seras cette femme-là. » Ce jour-là, Sarah aussi se retrouverait seule, perdue, en quête d'un point de chute.

Était-ce ce qui lui arrivait ? Assurément, cette prédiction ne s'était pas réalisée telle que l'entendait Mme Berg — à savoir que sa fille se réveillerait un beau matin, sa jeunesse et sa beauté envolées. La ménopause la priverait de son assurance. Épouvantée, désespérée, elle serait prête à se rattraper à la première branche. De toute évidence, Sarah n'était pas devenue cette *femme-là.* Le temps avait fait son œuvre, inutile de le nier. Elle avait épaissi, ses cheveux grisonnaient. Les rides se creusaient au coin de ses yeux, la peau se relâchait dans son cou. Pourtant la ménopause ne l'avait pas amoindrie, elle n'était ni épouvantée, ni désespérée, notamment parce qu'elle n'était pas seule. Elle avait Lou, dévoué, affectueux, constant, et elle avait Owen, ainsi que, eh bien, sa vie. Naturellement, à cinquante ans, elle n'avait plus le même pouvoir de séduction qu'à trente ou à quarante, mais la séduction avait été la seule arme de Mme Berg — du moins le croyait-elle et ça revenait au même. Voilà pourquoi elle s'était sentie diminuée, ce qui n'était pas le cas de Sarah aujourd'hui.

Ou peut-être *jusqu'à* aujourd'hui. La mammectomie qu'elle avait subie confirmait-elle la prévision de sa mère, au moment où Sarah se félicitait justement de ne pas avoir souffert d'instabilité affective ? À l'hôpital, elle s'était réveillée avec la conviction intime que sa mère l'avait accompagnée. Pas dans la salle d'opération, ni dans la salle d'attente avec Lou et Owen, mais dans ses rêves, aussi longtemps qu'avait duré l'anesthésie. Bien que Sarah en eût tout oublié, sa mère avait parlé sans arrêt. En revenant à elle, Sarah avait pensé à ce corps mutilé, gisant pendant des heures dans une neige saturée de sang. Plus tard, en examinant ce qu'on venait de lui faire, elle s'était à nouveau souvenue de ce lointain avertissement : un jour elle serait cette femme à la longue cendre de cigarette. Avait-elle méjugé sa mère ? Aurait-elle été plus raisonnable, plus prévoyante qu'elle le croyait ? Et si, en fait, elle n'avait jamais parlé de la ménopause, mais plutôt de la vie, toujours là pour nous rappeler notre solitude ?

Pendant des mois, Mme Berg s'était incrustée dans les rêves de sa fille. Ce qui avait un sens, pensait celle-ci. L'accident avait défiguré sa mère au point que le cercueil était fermé le jour des obsèques, et Sarah avait dû inconsciemment s'accrocher à l'espoir qu'une autre femme se trouvait dedans. Vivant encore avec son père quand la nouvelle était arrivée, elle avait refoulé une part de son chagrin. Le laisser éclater aurait été admettre la vérité — qu'elle l'aimait davantage que lui, à un moment où, voyant ses problèmes s'aggraver, il vacillait au bord du précipice. L'épreuve que Sarah venait de traverser, la peur qu'elle avait ressentie lui permettaient-elles aujourd'hui d'imaginer le désarroi de sa mère, et de pleurer enfin sa mort ?

Peut-être. Sauf que cela ressemblait moins à du chagrin qu'à… quoi ? Sarah n'aurait pas su le dire. C'était plutôt comme une discussion que l'une ou l'autre aurait interrompue juste avant de passer aux choses importantes. Mais lesquelles, justement ? Plusieurs conversations étaient restées en suspens. Pouvait-on aimer deux garçons simultanément ? Était-ce bizarre que l'un préfère la sécurité, et que l'autre soit insouciant, casse-cou ? Qu'est-ce qui comptait le plus : aimer ou être aimé ? Et ce grand « talent » qu'elle avait, était-il incompatible avec l'amour ? Était-ce la raison de ces paroles : « Oh ma chérie. Je suis vraiment, vraiment désolée » ? Sarah avait essayé de poser ces questions, et d'autres encore, mais sans résultat, sa mère se réfugiant dans ses doutes. Puis il y avait toutes les discussions qu'elles auraient eues si elle n'était pas morte. Aurait-elle affirmé que sa fille renonçait à ses dons en épousant Lou, se serait-elle fâchée de la voir gaspiller ce qui pour elle avait le plus de valeur ? Sarah n'aurait eu besoin que d'une heure avec elle, dans un de ces minuscules restaurants new-yorkais, par exemple, où elles allaient dîner — sauf le dernier été — en sortant du théâtre.

Une heure, a-t-elle songé avant de s'assoupir, bercée par le rythme régulier des bogies.

Elle s'est réveillée avec la sensation curieuse, ensommeillée, que son souhait était exaucé — que le train, à destination de Penn Station, faisait une exception pour elle et l'emmenait à Grand Central, comme lorsqu'elle était petite et que sa mère l'attendait près du guichet informations, sous l'horloge dorée. Plus bizarre encore, Mme Berg aurait eu quarante-six ans. Curieux, ça, d'être plus âgée que sa propre mère. Autrement, cela faisait une agréable rêverie, et Sarah s'est gentiment laissée faire. Peut-être partiraient-elles ensemble au Nouveau-Mexique pour habiter une maison dans le désert. Quand le train est arrivé en ville, au lieu de s'évanouir, ce joli songe avait pris une telle intensité que Sarah a été surprise de voir apparaître le terminus de Penn Station.

Elle a pris un taxi et indiqué l'adresse de son hôtel au chauffeur en turban. Mais en passant devant Grand Central, elle a changé d'avis et demandé au sikh de la déposer là. Sarah n'était plus entrée dans cette gare depuis quarante ans, mais elle ressemblait exactement à son souvenir. Le guichet informations se trouvait toujours au milieu du grand hall sous l'horloge aux quatre cadrans, et là, une dame d'âge moyen élevait la voix à l'intention d'une autre, plus âgée, qui la renseignait derrière la vitre. Combien de fois Sarah, enfant, avait-elle entendu sa mère se disputer farouchement avec un employé, bien qu'elle fût dans son tort ? Pourquoi, voulait savoir la cliente, le réceptionniste de l'hôtel l'avait-il envoyée à Grand Central si ce n'était pas la bonne gare ? Sarah croyait entendre la voix de sa mère, rêvait-elle encore ?

« Vous avez dû mal comprendre, disait la guichetière. Si vous voulez aller à Long Island, il faut prendre le LIRR à Penn Station.

— Je comprends très bien ce qu'on me dit. Je ne suis pas sourde. Et vous n'étiez pas là, pour commencer. »

Non, elle n'était pas là, admettait l'autre femme. Elle était *ici*, et c'est *ici* qu'elle travaillait, à ce guichet, depuis maintenant dix ans. C'est pourquoi elle savait quels trains partaient d'*ici*, et pour quelles destinations.

« Il faut prendre le Long Island Railroad, et le Long Island Railroad part de Penn Station. Que ça vous plaise ou non, c'est comme ça. »

Sur quoi la voyageuse s'est tournée vers Sarah en s'exclamant :

« Non, mais vous croyez ça, vous ? »

Bien qu'elles aient la même taille, Sarah avait l'impression que cette femme se penchait vers elle, comme une adulte au-dessus d'une enfant. Elle ne ressemblait pas spécialement à sa mère, mais la frénésie, l'exaspération étaient identiques, et Sarah s'attendait à ce qu'elle la prenne par la main avant de quitter les lieux comme une furie.

« Il faut prendre le *Long Island Railroad* », a répété l'employée à l'intention de la cliente avant de s'intéresser à Sarah.

Leurs regards se sont croisés, et c'était comme si la guichetière lui avait parlé depuis le début. Sarah savait subitement où elle désirait se rendre.

* * *

Comme le reste de la ville, les Sundry Arms avaient connu de meilleurs jours. Ils s'appelaient à présent les Arms Apartments, leurs résidents étaient noirs ou latino-américains, et la cour bétonnée envahie par les mauvaises herbes. Il y avait une odeur que Sarah n'était pas sûre de reconnaître — pas une odeur de cuisine, ni une odeur de vie, ni celle de la mort. Après une existence passée à Thomaston, elle croyait savoir ce que ça sentait, la misère, mais ce n'était pas ça. Alors l'immobilisme ? Le désespoir ? La rage ? La piscine au milieu de la cour avait été comblée et l'on avait installé autour un semblant de terrain de jeux. Le toboggan était de guingois et la balançoire rouillée ne tenait plus qu'à un bout de chaîne. Des jouets crasseux, décolorés, étaient éparpillés partout, et les graffitis fleurissaient sur les murs de l'entrée. Aux étages, des draps et des serviettes séchaient sur les balustrades.

Elle avait oublié que les portes des appartements étaient peintes de différentes couleurs. Un bon nombre étaient grand ouvertes, et certaines avaient des trous à la place des poignées, comme pour signifier tristement qu'il n'y avait plus rien à voler derrière. L'appartement devant elle ressemblait davantage à un magasin qu'à un logement. Des piles de vêtements, en petites et grandes tailles, se dressaient sur les meubles à l'intérieur — culottes, chaussettes, chemises, pantalons, manteaux, etc. Contre le mur du fond étaient entassées des centaines de paires de chaussures. Quelqu'un *habitait*-il ici, ou était-ce un local commun où l'on rassemblait des objets donnés, sinon volés ? Et pour quoi faire ? C'était pire, bien pire, se disait Sarah malgré elle, que tout ce qu'on pouvait trouver sur la Colline à Thomaston. Elle comprenait maintenant pourquoi le chauffeur lui avait demandé : « Vous êtes bien sûre que je vous laisse ici, m'dame ? »

Évidemment, elle ne s'attendait pas à ce que rien n'ait changé. Les Sundry Arms avaient été vendus un an après le décès de sa mère et de son beau-père, et un avocat l'avait contactée plusieurs fois. Comme ils s'étaient mariés, elle devait hériter d'une part de la propriété, cependant Harold avait lui aussi une fille et, le tout étant grevé d'hypothèques, les banques avaient priorité. Finalement, la vente n'avait rapporté que la moitié du capital restant dû, et personne n'avait rien gagné. Ça avait été le début de la dégringolade.

L'appartement qu'avait occupé sa mère se trouvait au premier étage au fond de la galerie. Sarah a souri en voyant que la porte était toujours bleu vif. Après celui d'Harold, qui regroupait en réalité deux lots, le sien avait été le plus agréable, et il pouvait bien l'être encore. Il y avait une jardinière, dehors sur la fenêtre, et les plantes en fleurs semblaient la seule chose vivante en ces lieux — si l'on excluait quelques enfants sales et livrés à eux-mêmes. L'un d'entre eux, une minuscule fille café au lait, avait passé la tête entre deux barreaux de la rambarde et n'arrivait plus à se dégager. Elle était enrhumée, et elle implorait dans une langue inconnue de Sarah qu'on vienne la libérer.

Sarah se demandait, immobile, depuis combien de temps cette gamine était là, lorsqu'une voix derrière elle l'a fait sursauter.

« Z'êtes envoyée par la ville ? lui disait une petite femme ronde, noire, d'âge indéterminé. Z'avez l'air perdue.

— C'est l'effet que je me fais. »

À Grand Central, elle avait été sûre de sa décision, comme si sa mère avait semé des petits cailloux pour lui indiquer le chemin.

« Vous v'nez voir qui ?

— Personne. Mais j'ai habité dans cet appartement, là. L'été, avec ma mère.

— Doit y avoir un moment », a dit cette femme.

Elle ne paraissait pas en douter, mais une explication aurait été bienvenue. Quelques enfants des deux sexes, et d'une demi-douzaine de races, s'étaient rapprochés à petits pas. Une jeune fille noire, dégingandée, observait la scène depuis la porte du local aux vêtements et chaussures. Pourquoi n'était-elle pas à l'école ?

« Je *pensais* en louer un, d'appartement », a déclaré Sarah qui regretta aussitôt l'emploi, désobligeant, de l'imparfait.

Elle avait *pensé* à en louer un *avant* de voir la couleur de peau des résidents actuels. Voilà l'interprétation qu'elle offrait.

Si son interlocutrice le prenait mal, elle ne le montrait pas.

« Y a qu'à traverser la rue. Les Sundry Gardens, lui a indiqué cette femme, avant de consulter sa montre. F'riez mieux d'y aller tout de suite, d'ailleurs. Je voudrais pas vous vexer, mais les *gangstas* vont bientôt se réveiller.

— Les gangsters ? a répété Sarah, qui doutait d'avoir compris.

— Oh, ils voudraient bien, surtout. D'façon, ici... si c'est ça qu'on veut être, y a pas trop le choix, hein...

— Les garçons. Mais les filles ? a dit Sarah, en souriant à la jeune efflanquée, qui, à sa grande surprise, lui a souri aussi.

— Elles apprennent vite, si elles ont un peu de jugeote. »

Suivant le regard de Sarah, la dame s'est tournée vers la jeune fille avant de poursuivre : « On veut rien, on est ce qu'on est, c'est tout. »

Elle l'a dit assez fort pour que la gamine entende. Comme à l'intention de celle-ci, comme si elle manquait justement de jugeote.

Au bureau des Sundry Gardens, une femme du même âge que Sarah, environ, l'avait reçue. Elle n'avait pas l'air commode, elle parlait avec une cigarette accrochée au bec et n'en revenait pas que Sarah arrive de l'immeuble en face.

« Vous avez de la chance d'en être sortie vivante. C'est le paradis des tournantes, ici. »

Sarah apercevait les pièces d'habitation au fond où un adolescent boutonneux était allongé sur un canapé. La disposition de l'ensemble était exactement la même que celle du bureau d'Harold autrefois.

« Des tournantes ?

— Viols collectifs, a expliqué cette dame, dont la cendre est tombée sur le formulaire de location. À la tombée de la nuit, ça déboule comme des cafards, ça traîne autour de la vieille station-service. Ils font leurs petites affaires au nez de tout le monde. Les flics passent toutes les heures ou deux, pour faire semblant de s'intéresser. Ensuite, les vraies conneries, ça commence après minuit. J'espère que mon langage ne vous incommode pas. Parce que c'est enculé par-ci, et ta mère par-là. Ils se traitent de nègres les uns les autres. Mais risquez-vous à le faire, et ils vous *tirent* dessus. »

Sarah a souri en repensant à Harold qui, des années auparavant, ouvrait sa fenêtre le soir et criait : « Je t'emmerde, Elaine ! »

« Bon, a repris la patronne, je vais vous mettre au fond, là où c'est calme. Enfin, *plus* calme. C'est votre mari qui va mourir, ou quoi ?

— Pardon ? » a dit Sarah, interloquée.

Lou aurait eu une autre absence — comment cette fille serait-elle au courant ?

« Les gens comme vous, qui louent à la semaine... En général, leurs maris sont à l'hôpital, en cancérologie. Seulement les motels à proximité sont plus chers. Pas votre cas ? »

Sarah a fait signe que non.

La fille attendait un genre de mise au point, mais il n'y en eut pas, alors elle a poussé le formulaire sur le bureau pour que Sarah le signe.

« Lisez bien ça, a-t-elle dit en montrant le paragraphe, marqué d'un astérisque, qui détaillait les conditions de remboursement. Vous penserez peut-être que je plaisante, mais pas du tout. »

Elle avait dit « je » et non « nous », ce qui a fait réfléchir Sarah.

« Vous êtes la propriétaire ?

— Ouais. Je dois pas avoir de chance, hein ? »

Sarah a failli lui répondre qu'on en avait encore moins de l'autre côté de la rue, mais elle a simplement rendu le formulaire signé, avec sa carte de crédit.

« Vous ne vous appelez pas Sundry, par hasard ?

— C'était mon nom, autrefois. Ma mère m'a fait hériter de cet endroit. Elle a fumé trop jeune et elle est morte trop jeune, a dit la propriétaire en éteignant sa cigarette avant d'insérer la carte de crédit dans l'appareil. C'était inscrit dans le jugement de divorce lorsqu'elle a quitté mon père. Il avait bâti ce trou à rats en face, à l'époque où tout le monde était encore blanc ici. Il s'est bourré le pif un soir avant de prendre le volant et il s'est tapé un arbre. J'étais encore môme. La plupart des gens sont tarés, vous aurez peut-être remarqué. »

Sarah a acquiescé en la regardant droit dans les yeux, mais la fille d'Harold n'a pas relevé. Elle avait l'air contente qu'on partage son avis.

« Si vous restez plus d'une semaine, ce qui m'étonnerait, je peux peut-être vous faire un prix. Je vous mets au premier étage, parce que mon petit-fils aurait tendance à se rincer l'œil, parfois », a-t-elle dit en tendant sa clé à Sarah.

Le gamin dans l'autre pièce devait avoir entendu, mais il n'a pas réagi.

« Tirez quand même vos rideaux, parce que c'est le roi de l'escalade, poursuivait sa grand-mère. Tout ce qu'il sait faire, d'ailleurs. »

Sarah était devant la porte quand la patronne a lu à haute voix :

« Thomaston. »

Une nouvelle cigarette au bec, elle étudiait le formulaire de location dans un nuage de fumée.

« Où c'est, ça ? a-t-elle demandé.

— Pas loin du Canada.

— Pourquoi ça me dit quelque chose ?

— La femme qui était dans la voiture de votre père quand il s'est *tapé un arbre* habitait ici, il y a longtemps. C'était ma mère. »

La propriétaire a ouvert la bouche, mais aucun son n'en est sorti. Elle était encore ouverte quand Sarah a passé la porte.

Étonnamment, malgré la proximité des voyeurs et des violeurs, Sarah a bien dormi, d'un sommeil profond et sans rêve, qui l'a régénérée. Elle est allée louer une voiture, elle a roulé jusqu'au cimetière, trouvé la tombe où M. et Mme Sundry reposaient côte à côte. Elle ne se rappelait pas très bien l'enterrement, sinon qu'il avait fait un froid de chien. Assez froid pour geler les larmes sur ses joues, cependant elle n'avait pas pleuré. C'est son père qui, à sa grande surprise, s'était effondré, éclatant en sanglots violents et furieux. Ça avait été le début d'une longue dépression. M. Berg ne serait plus jamais capable de s'occuper de rien, ni de ses cours, ni de sa fille, ni de lui-même. Il avait quitté Thomaston peu après la fin de l'année scolaire et trouvé une place chez un bouquiniste à Albany, où il était mort moins de trois ans plus tard. Dans un sens, Sarah avait enterré ses deux parents le même jour.

Après avoir déposé une couronne, elle est partie vers le bord de mer en traversant les quartiers où elle avait été baby-sitter, bien des années auparavant. Les maisons, d'anciennes résidences d'été, avaient perdu de leur splendeur. Un grand nombre, mal entretenues, semblaient occupées toute l'année. Les véhicules garés dans les mauvaises herbes étaient pour la plupart des pick-up et des camionnettes, couverts de logos semblables à ceux que dessinait Mme Berg. Au-dessus des roues, la carrosserie était mangée par le sel et l'humidité. L'argent avait apparemment déserté les lieux.

Sarah a fini par revenir en ville chercher d'autres vestiges de sa mère. Le restaurant où elle s'était évanouie à l'annonce du mariage était toujours ouvert, quoique sous un autre nom. En revanche, la vieille filature où Mme Berg avait loué son atelier avait été rasée. Le supermarché où elles faisaient les courses de la semaine avait tout l'air d'une annexe des Arms Apartments. Les fruits et légumes étaient aussi gris que les clients, les étagères pleines de produits périmés quoique, à l'évidence, assez frais pour les pauvres. Sarah a tout de même acheté des céréales, du lait et du jus d'orange, suffisamment pour un jour ou deux. En regagnant les Sundry Gardens, complètement déprimée, elle se demandait ce qui lui avait pris de régler une semaine entière. Une journée avait suffi à la convaincre de son erreur. La veille, elle avait éprouvé un vif sentiment d'anticipation. Comme dans ces jeux d'enfant où l'on cache un objet que l'un des mômes doit retrouver selon les indications données. *Tu chauffes, tu chauffes...* Voilà ce qu'elle avait ressenti dans le LIRR. Quand le taxi l'avait déposée devant les Arms, elle avait été si sûre d'elle — *Tu brûles !* — qu'elle n'avait pas vu ce qu'elle regardait, ni où elle était vraiment. Et même une fois dans la cour où la pauvreté sordide sautait aux yeux, son cœur avait bondi lorsqu'elle avait aperçu cette porte bleue ! En traversant la rue vers les Sundry Gardens, elle avait de nouveau entendu ces voix, sauf qu'elles se moquaient d'elle à présent : *Tu refroidis... Tu refroidis...* Aujourd'hui, elles l'avaient suivie en chuchotant et, lorsqu'elle est rentrée à l'appartement, qu'elle a laissé le monde extérieur derrière la porte, elles lui ont joyeusement annoncé : *Tu gèles !*

Taisez-vous ! leur a-t-elle dit. On ne vous a rien demandé !

Plus que tout, elle avait envie de téléphoner chez elle, de prévenir mari et fils qu'ils s'attendent à son retour. Peut-être allait-elle auparavant passer un jour ou deux à New York, comme elle en avait eu l'intention au début. C'était l'orgueil, pensait-elle, qui l'empêchait de rentrer. Après avoir clamé devant tout le monde qu'elle avait besoin d'être seule, elle était vexée de constater qu'elle n'y arrivait pas. Ce qui ne déplairait pas à Lou. Il serait comblé de joie en la revoyant, soulagé que les choses reprennent leur cours normal. Owen, qui n'était pas sans lui ressembler, serait lui aussi heureux, plus ou moins pour les mêmes raisons. C'est avec Tessa que ça serait le plus difficile. Dès le départ, elle s'était bien entendue avec Sarah, et leurs liens s'étaient resserrés après la mort de Big Lou. Elles étaient proches mais, par nécessité, n'en disaient rien. Sans jamais vraiment comprendre pourquoi, Sarah avait toujours su que Lou se méfiait de Tessa. Avant leur mariage, il avait accusé sa mère de vouloir vendre le magasin dès que son père ne serait plus là, et Sarah avait eu toutes les peines du monde à lui prouver qu'il se trompait, que, bien au contraire, elle s'efforçait d'assurer la pérennité de la boutique, au cas où Big Lou aurait une rechute. Mortifié, Lou avait reconnu sa méprise, et sa mauvaise conscience ne l'avait pas lâché pendant un moment. Puis d'autres soupçons étaient apparus. Quand Sarah revenait de chez Tessa, il voulait toujours savoir de quoi elles avaient discuté, comme si sa mère essayait de monter son épouse contre lui. Rien ne pouvait être plus faux.

Cela étant, Tessa se confiait plus facilement quand son fils traversait une mauvaise passe, à l'approche d'une nouvelle absence ou juste après. Lou en avait eu une, prolongée, après le décès de son père. Cette disparition les avait tous profondément affectés. Mais les deux femmes s'étaient demandé pendant plusieurs mois si Lou allait jamais s'en remettre. C'est alors que Tessa avait décidé de parler de Dec. Sarah craignait depuis longtemps qu'elle ait eu une aventure avec lui, et Tessa allait mettre les choses au clair. Dec avait été son premier amant, avant même qu'elle connaisse Big Lou qui, à cette époque, travaillait encore à la ferme familiale. Dec, au retour de l'armée, venait de retrouver Thomaston et traînait une réputation d'aventurier. La rumeur était parvenue aux oreilles du père de Tessa, qui avait interdit à celle-ci de *seulement* approcher ce Dec Lynch. Peine perdue. Ce dernier lui avait proposé une balade sur sa nouvelle moto, et elle avait bondi sur la selle. Au retour de cette promenade, elle avait décidé de ne plus le quitter. Il lui faudrait donc mentir. Pour éviter les ragots, ils se donnaient rendez-vous quelque part dans le centre, et filaient aussitôt sur l'Indian. Le soir, Dec déposait Tessa à quelques rues de chez elle, pour que ses parents n'entendent pas les rugissements de son engin.

Elle était faite pour ça, lui avait-il dit. Elle se penchait naturellement dans les virages, elle ne craignait rien. S'en apercevant, il s'était posé la question de savoir ce qui, justement, lui *ferait* peur — la vitesse, par exemple. Mais l'Indian avait beau être plus rapide que le vent, Tessa ne lui avait jamais dit de ralentir, et elle avait pensé que, des deux, c'est *lui* qui était le plus mal à l'aise. Tessa n'avait pas évoqué l'aspect sexuel de leurs relations, mais la moto servait de métaphore et Sarah ne doutait pas qu'ils avaient roulé vite de ce côté-là aussi. Avec le recul, indiquait Tessa, cette liaison avait eu quelque chose de frénétique, d'une folie. S'ils n'y avaient pas mis un terme, ils auraient fini par braquer les banques. Dès qu'ils étaient ensemble, ils s'en donnaient à cœur joie et, comme ils étaient aussi intrépides l'un que l'autre, c'était toujours la surenchère.

Jusqu'au soir où cette délicieuse inconscience avait failli leur coûter la vie. Ils avaient passé un moment, près du sommet de Pine Mountain, dans un café de routiers assez bruyant et, même sans boire plus de deux ou trois bières chacun, ils avaient perdu la notion du temps. En redescendant la montagne assez tard — Tessa étant attendue chez elle —, Dec avait voulu dépasser une longue file de véhicules trop lents sur l'étroite route à deux voies. Ils en avaient presque doublé la moitié quand elle avait aperçu le camion qui, dans l'autre sens, franchissait le virage en dessous, tous phares allumés. Ils avaient aussitôt pensé qu'ils ne s'en sortiraient pas. Le chauffeur avait matraqué son klaxon, Dec roulait *sur* la ligne jaune, et Tessa, collant sa tête contre son dos, avait fermé les yeux en redoutant un choc qui n'était pas venu. La route était dégagée devant eux lorsqu'elle les avait rouverts. Elle s'était rendu compte qu'il n'avait même pas freiné et, après cette poussée d'adrénaline, ils avaient hurlé de joie jusqu'à l'entrée de la ville.

Ce soir-là, seule dans son lit, elle s'était rappelé une chose à laquelle elle n'avait pas vraiment fait attention, puisqu'elle avait fermé les yeux. Pendant la demi-seconde où ils s'étaient trouvés entre le camion et la voiture qu'ils dépassaient, elle avait senti la force d'attraction des deux véhicules, extrêmement proches et, en y repensant, cette fois elle avait eu *peur*. Grelottant dans le noir, elle avait tenté de se calmer en se disant que, le lendemain, ses frayeurs se dissiperaient à la clarté du jour. Mais au matin, elles étaient encore là, intactes, et elle avait tout avoué à son père : non seulement elle sortait avec Dec Lynch, mais en outre la situation était devenue incontrôlable, et surtout elle ne savait plus comment y mettre fin.

Alors son père s'était rendu chez Dec, qui habitait une chambre meublée au deuxième étage d'un immeuble du Gut. Il était tôt et Dec dormait encore. Hébété, il avait mis un moment à comprendre que l'homme assis au bout de son lit, avec un pistolet au poing, était le père de sa petite amie. Celui-ci lui avait ordonné de ne plus jamais revoir sa fille. « J'en ai un, moi aussi », avait répondu Dec avec un signe de tête vers l'arme. Platement, sans le menacer, c'était juste un détail qui intéresserait peut-être son visiteur. Lequel avait rétorqué qu'il se fichait bien de ce que Dec avait ou pas, tant qu'il s'engageait à laisser Tessa tranquille. Selon elle, Dec n'avait pas eu peur. Il ne savait pas très bien ce que la vie lui réservait, mais il ne pensait pas se faire assassiner par un agent d'assurances qui n'était pas assez malin pour débloquer le cran de sécurité avant de braquer son pistolet sur quelqu'un. Toutefois l'échange avait permis à Dec de réfléchir une seconde et de considérer les extravagances qu'il commettait avec Tessa. « Peut-être qu'on se fait pas tant de bien que ça », lui avait-il dit en la revoyant. Il redoutait sa réaction. Elle pouvait lui répondre que, après avoir bien profité d'elle, il ne cherchait maintenant qu'à s'en débarrasser. Elle pouvait même aller récupérer le pistolet de son père et, si c'était *elle* qui le lui collait sous le nez, Dec serait cette fois obligé de prendre la chose au sérieux ! Se faire descendre par une femme en colère cadrait mieux avec l'idée qu'il se faisait de la mort, c'est pourquoi il s'était réjoui quand, à son tour, elle lui avait confié ses doutes sur le bien-fondé de leurs relations. Calmer le jeu ne serait peut-être pas malvenu.

Tessa avait rencontré Lou plus tard la même année, et elle ne l'avait pas cru : ces deux-là étaient *frères* ? Dec avait l'esprit vif, la repartie facile. Il ne souriait pas vraiment, mais il avait constamment aux lèvres un genre de petit rictus, et une passion pour le sarcasme. Tout l'opposé de Big Lou qui souriait jusqu'aux oreilles à chaque apparition de Tessa, et dont les propos modérés témoignaient d'une gentillesse sincère, jamais altérée d'un trait d'humour — ou alors c'était involontaire. Lou était convaincu que les choses s'arrangeaient toujours, alors que, pour son frère, cynique invétéré, elles allaient forcément de mal en pis — quoique peut-être un peu moins pour lui, avait-il l'air de dire. Son unique conviction était que, de toute façon, il retomberait sur ses pattes. Il avait prédit à Tessa, au début de ses relations avec Lou : « Mon frère, lui, retombera la moitié du temps sur son gros cul, et l'autre sur son crâne pointu. »

Les parents de Tessa n'avaient pas montré plus d'enthousiasme pour Lou que pour Dec. Cependant le père avait pensé qu'il ne pouvait pas menacer d'un coup de pistolet tous les gars qui s'intéressaient à sa fille. Contrairement à Dec, Lou avait la réputation d'être sobre et travailleur, ce n'était pas un garçon qui la presserait de s'allonger sur un lit, ce que Dec, craignait-il, avait probablement obtenu d'elle. Et Lou étant visiblement fou amoureux, le père avait conclu qu'il valait mieux les laisser à leurs erreurs de jeunesse, dans l'espoir qu'un jour sa fille ouvrirait les yeux sur le gros bêta qui lui servait de copain, et qu'elle se poserait des questions. Ce qu'il n'avait jamais compris, expliquait-elle, c'est qu'elle était touchée par la simplicité de son mari, par son optimisme bon enfant, par son dégoût de la médisance. Il n'avait pas une once de perversité, il ne voyait pas le mal chez les autres. Lorsqu'un client lui avait escroqué un dollar sur la monnaie, Lou haussait les épaules : « Pourquoi ne me l'a-t-il pas demandé tout bêtement ? Je le lui aurais prêté. » Tessa elle-même avait dû lui mettre les points sur les i. « Il ne voulait pas te l'emprunter, Lou. Il ne voulait rien te devoir du tout. C'est beaucoup plus facile comme ça. Et, en plus, il se fout de ta gueule. » Alors il hochait tristement la tête, navré de reconnaître que de telles personnes existent. Et pourtant il plaçait son frère au premier rang de ceux-ci : « Si tu fais quoi que ce soit avec lui, tu vas y perdre ta chemise », avait-il conseillé à Tessa, sans se douter qu'elle avait déjà perdu bien plus. « Moi, j'irai faire une petite visite à ton père, dans vingt ans, lui avait dit Dec lorsqu'elle s'était fiancée. Au cas où il pense toujours avoir braqué son revolver sur celui des deux qu'il fallait. »

Au fil des années, Sarah s'était rendu compte que les confidences de sa belle-mère étaient à double tranchant. Tessa n'avait jamais dit à personne la plupart des choses qu'elle lui révélait, et c'était un soulagement pour elle d'être enfin en mesure de s'ouvrir à une autre. Par ailleurs, ce que disait Tessa sur son couple valait souvent aussi pour celui de sa belle-fille. Elle faisait part de sa longue expérience, des moments difficiles, des enseignements qu'elle en avait tirés, ce qui procurait à Sarah la sensation rassurante de n'être pas seule. Le père et le fils se ressemblaient tant, et Lou, comme son père, ne changerait probablement jamais. Sarah avait mis du temps à l'admettre. Quand Tessa avait rapporté sa liaison avec Dec, aussi brève que tumultueuse, Sarah avait été rassurée que Dec ait précédé Big Lou, et elle avait pensé que Lou le serait comme elle. Il ne pourrait pas reprocher à sa mère des événements antérieurs à son mariage. Quand Sarah avait émis cette idée, Tessa avait souri avec un air de dire qu'elle avait encore beaucoup à apprendre. « Répète-lui si tu veux, mais il ne le verra pas comme ça. Chronologie ou pas, c'est impensable pour lui que j'aie fréquenté son oncle, point à la ligne. »

Sarah entendait là une nouvelle allusion à la sexualité. Sa belle-mère évitait d'aborder les sujets intimes, toutefois c'était bien clair : avec Big Lou, il n'y avait pas eu de moto, pas d'impulsions subites, pas de poussées d'adrénaline. Il était plutôt du genre à conduire un de ces véhicules lents que Tessa et Dec avaient dépassés à toute vitesse en redescendant de Pine Mountain. Big Lou ne détestait pas les choses du sexe, expliquait Tessa, c'est plutôt qu'elles le gênaient, par leur caractère inexorable, voire obsessionnel chez bien des gens. Il voulait être un bon mari, il n'ignorait pas ses devoirs, cependant l'acte en lui-même, au lieu de confirmer ses sentiments pour sa femme, les recouvrait d'un nuage de fumée. Certes, il avait grandi dans une ferme, il savait que ces choses sont naturelles — et la naissance de son fils avait en quelque sorte confirmé leur utilité —, mais il semblait étonné qu'on lui demande de recommencer, une fois le but atteint.

Sarah était plus pudique encore à propos de sa sexualité, d'une part parce que cela ne regardait qu'elle, mais aussi parce qu'il n'était pas nécessaire d'en parler. Tessa connaissait son fils mieux que personne, elle n'apprendrait pas à Sarah en quoi il tenait de son père. Et Sarah fut bientôt certaine que, si Tessa lâchait parfois un mot ou deux à cet égard, c'était juste pour qu'elle comprenne que ce n'était pas sa faute si Lou n'était pas un amant passionné, lui non plus. Son amour se révélerait de bien d'autres façons, et il serait constant. Ils vivraient heureux et, à moins d'être une adepte frénétique de la chair, Sarah ne regretterait rien.

« Mais toi, tu en as eu des regrets, pour Dec ? » avait-elle demandé.

Elle avait été surprise par la réponse : « Non.

— Tu n'as jamais été tentée de renouer ?

— Oh, si. »

Jamais tout à fait éteintes, les braises de la passion s'étaient ranimées à des moments inattendus, mais elles restaient pour l'ensemble un souvenir. À des années d'écart, Tessa avait ressenti une décharge électrique en effleurant par accident la main de Dec. Les rares fois où cela s'était produit, il lui avait souri ou lui avait fait un clin d'œil, comme pour dire : « Ouais, moi aussi. » C'était plus qu'ils n'en demandaient et, pour remettre les choses en place, il y avait toujours l'image du camion qui fonçait sur eux, tous phares allumés, dans un hurlement de klaxon.

Sans doute parce que ces conversations échappaient à Lou, Sarah se sentait coupable, presque infidèle, mais elle se réjouissait de ce que chacune lui apportait. Comme si, plus qu'une amie, on lui avait donné une seconde mère. En outre, Tessa lui faisait profiter de ce que la sienne n'aurait pu lui fournir — de sages conseils sur l'existence, sur la façon de s'y prendre, l'expérience d'une femme réfléchie. Une sagesse que Mme Berg n'avait jamais eue. Jusqu'à la fin, elle avait vécu l'amour comme une passion, même après s'être engagée dans une longue et triste ligne droite avec Harold Sundry. Un terme qui ne convenait aucunement aux relations que Tessa et Sarah avaient, ou avaient eues, avec leurs maris. L'une comme l'autre aimait le sien, ou l'avait aimé, plus que personne ne saurait l'imaginer. En retour, elles avaient été adorées. Mais l'une et l'autre avaient franchi une porte qu'elles avaient entendue claquer. Définitivement. Elles n'avaient pas regretté leur décision, mais savoir que cette porte était fermée était troublant, tout comme le fait que leurs époux, qui avaient entendu la même chose, ne semblaient pas s'en inquiéter. Ils paraissaient plutôt rassurés qu'il n'y ait pas de retour possible. Jamais ils ne se sentaient prisonniers, jamais ils ne pensaient à la route de montagne qu'ils avaient évitée de prendre, jamais ils n'avaient l'impression de perdre une partie d'eux-mêmes au bénéfice de l'autre. Jamais ils ne jalousaient ce qu'ils n'avaient pas vécu et ne vivraient pas.

Si elle était heureuse d'avoir reçu tant d'amour, Tessa était consciente d'avoir été prise au piège. Elle n'avait pas eu l'occasion de s'échapper, ne serait-ce qu'un moment, comme Sarah aujourd'hui. « Vas-y, avait-elle dit quand Sarah avait commencé — inutilement — à lui donner ses raisons. Fais-le si tu as besoin de te retrouver. Et ouvre l'œil, je serai quelque part là-bas, aussi. »

En abandonnant la partie, en rentrant chez elle sans avoir su quoi faire de sa solitude, elle trahissait Tessa en sus d'elle-même. Elle resterait donc ici une journée de plus et elle en passerait peut-être deux ou trois en ville. Et si tout cela était idiot, eh bien, peut-être quelque chose d'intéressant surgirait-il ? Elle a mangé un bol de céréales, avant de se coucher en espérant que son optimisme reviendrait le lendemain.

Pendant la nuit, cette impression de faire n'importe quoi s'était au contraire renforcée. Ce n'était pas la première fois que Sarah avait un moment d'abattement, et, où qu'elle aille, son carnet à croquis ne la quittait pas. Petite fille, lorsqu'elle séjournait en face, aux Sundry Arms, elle avait appris que, pour mettre de l'ordre dans ses idées, il lui était plus facile de dessiner que de réfléchir. Le dernier été où elle y avait résidé, c'est ce qu'elle avait fait un jour de déprime et, pratiquement sans effort, Bobby avait surgi allègrement sur la feuille blanche. Cela n'avait pas soulagé ses angoisses, bien sûr, ni réglé le problème de fond. Elle avait été amoureuse de deux garçons en même temps, parce que chacun semblait pouvoir lui offrir une chose différente dont elle avait besoin. Dégrossir le problème n'aurait fait qu'aggraver la crise. Au lieu de quoi Sarah avait éprouvé une joie intense en découvrant la vérité, même si elle révélait une impasse : « Je suis amoureuse de deux garçons. » Le corollaire était plus formidable encore : « Voilà ce que je suis, une fille *capable* d'aimer deux garçons. » Tous les dessins, tous les tableaux qu'elle avait faits ensuite étaient empreints de cette conviction. Elle avait eu les idées plus claires pour la simple raison qu'elle se connaissait mieux. Sa mère avait perçu la transformation d'un seul coup d'œil. « Je suis vraiment, vraiment désolée », avait-elle dit. Sur le moment, Sarah avait cru qu'il s'agissait du dessin de Bobby, de ce qu'il dévoilait, mais aujourd'hui elle comprenait. C'est le don magnifique de sa fille qui avait inquiété sa mère, et le cortège de souffrances qu'elle lui accolait.

Son carnet sous le bras, Sarah a traversé la rue et elle ne s'est rendu compte qu'elle revenait aux Arms qu'en atteignant le trottoir d'en face. À cette heure matinale, la cour était étrangement calme. On entendait seulement le bruit des téléviseurs réglés à bas volume, pour ne pas gêner le sommeil des enfants. Un petit mur de parpaings cernait ce qui avait été la piscine, et Sarah s'y est assise en ouvrant une page vierge. Elle a fait un croquis rapide de la jardinière à la fenêtre de l'ancien appartement de sa mère. Elle se sentait déjà un peu mieux, quoique tout aussi idiote. Après une ou deux esquisses sur la même page, elle s'est déplacée le long du muret pour dessiner la balançoire rouillée. Celle-ci encadrant la jardinière sur la feuille, le rapport entre les deux objets produisait un effet intéressant. Cela pourrait servir d'étude pour un tableau, plus tard, quand elle serait rentrée. *Si* elle rentrait. (« Il faut prendre le Long Island Railroad », avait insisté la guichetière.) Nouvelle feuille. Sarah n'était là que depuis une demi-heure, mais elle sentait au fond d'elle, dans les gestes de sa main, eh bien, que… *elle chauffait.* Encore ce jeu d'enfants. Est-ce qu'elle perdait la tête ? Cela ne suffisait-il pas de laisser le crayon courir sur la surface rêche du papier ? Fallait-il poursuivre cette chimère dont la futilité n'était plus à démontrer ? D'un autre côté, qu'avait-elle à perdre puiqu'elle savait que c'en était une ?

Sans qu'elle y prête trop attention, les minutes s'écoulaient, les portes s'ouvraient et se refermaient, les enfants descendaient dans la cour, et des voix plus âgées se répondaient — « C'qu'elle fait là ? » « C'est la bonne femme d'hier ? » « Elle est folle ? » Il y avait aussi un tricycle dont les grandes roues en plastique claquaient en rythme sur le béton, comme une suite d'interdictions : *Ne... pas, ne... pas, ne... pas, ne... pas.* Sarah a fini par se rendre compte qu'on l'observait, même d'assez près. Se retournant, elle a reconnu la jeune fille qui, la veille, lui avait rendu son sourire. En se tenant bizarrement sur une jambe, elle étudiait Sarah et son carnet avec un œil brûlant de désir.

« Tu peux m'apprendre ? »

Sarah allait lui dire que non, elle avait le mot sur les lèvres, et elle a vu la petite tourner aussitôt les talons, acceptant la réponse sans même l'entendre. Chez qui Sarah avait-elle déjà perçu ce mélange de désir et de résignation immédiate ?

« Bien sûr », a-t-elle dit, sans être trop sûre de ce que cela signifiait.

Bien sûr qu'on peut enseigner le dessin ? Qu'elle n'avait pas fait autre chose une bonne partie de sa vie ? Qu'elle voulait bien consacrer le reste de la matinée à donner quelques bases à cette enfant, peut-être lui acheter plus tard un carnet et un jeu de crayons ? Ou bien sûr que la petite serait capable d'apprendre, ici même, si elle en avait réellement envie ?

« C'est vrai ? » a dit la fille en écarquillant les yeux, comme si elle avait mal entendu.

C'est vrai ? Exactement ce qu'avait dit Troisième, avec la même intonation. « Non ? Avec moi ? C'est vrai ? » Sarah n'avait même pas dit oui. Elle lui avait expliqué qu'elle devait demander à son père, mais qu'il ne fallait pas se faire d'illusions, car il ne la laissait pas sortir avec les garçons. Sur le moment, elle avait cru être gentille en laissant croire que le seul obstacle était M. Berg et que, cela n'aurait tenu qu'à elle, elle aurait accompagné Troisième au cinéma. Comme quoi il n'était pas en cause. Ce n'était pas qu'elle ne l'aimait pas, ni qu'il lui proposait une chose impossible puisqu'il était noir. Il avait prévu qu'elle réponde non, et ce n'était ni tout à fait oui, ni tout à fait non. Sarah ne l'avait pas humilié comme il s'y était attendu. Mais il avait eu la même expression de désir et de renoncement qu'elle avait reconnue sur le visage de la petite. Comme cela devait être horrible, pensait-elle, de demander une chose en sachant qu'on vous la refuserait. Et il fallait une bonne dose de courage pour le faire quand même, au lieu d'ajouter mentalement un nouveau *non* à une liste déjà assez longue.

« Quand ? » a dit la jeune fille, au cas où la sentence (*En fait, non*) tomberait maintenant.

Sarah l'a invitée à s'asseoir près d'elle sur le muret, et elle a ouvert une page neuve de son carnet.

« Si on commençait par la jardinière, là ? Celle à côté de la porte bleue. »

La petite a posé le carnet en équilibre sur ses genoux, comme elle avait vu faire Sarah, puis elle a saisi le crayon d'un geste craintif.

« Comme ça, a dit Sarah en lui montrant comment le tenir. N'aie pas peur de faire une bêtise. On va faire plusieurs essais, de toute façon.

— Par quoi je commence ?

— C'est toi qui as le crayon. Donc c'est toi qui décides. »

Elle ne se rappelait pas avoir jamais vu quelqu'un d'aussi terrifié. La jeune fille a hésité, puis elle a tracé une ligne horizontale et elle a aussitôt relevé la tête vers Sarah, comme s'il était encore temps de renoncer.

« Bien. Tu pourrais peut-être me dire comment tu t'appelles, aussi ? »

C'était Kayla. Et son papa ? « Oh, ça, on peut toujours chercher. Et même si on trouvait, ça changerait quoi ? » C'était la réponse de Miss Rosa, la petite femme noire et ronde à qui Sarah avait parlé la veille. « Sa mère ? Elle est séropo. Pas besoin de vous expliquer pourquoi. La petite a passé toute l'année à se faire trimballer d'un parent à l'autre, les oncles, les cousins, est-ce que je sais. Et puis ils me l'ont amenée à moi. Ils m'envoient leurs gamins, maintenant, comme si c'était des jouets avec une roue qui manque. Moi qu'ai soixante-treize ans. Dites-moi à quoi y pense,

Jésus, par'c'que moi j'sais pas », avait-elle ajouté avec une pointe d'amertume qui lui avait valu la sympathie de Sarah.

On lui aurait demandé d'estimer son âge, Sarah aurait dit la soixantaine, pas soixante-treize ans. Miss Rosa habitait depuis plus de trente ans les Sundry Arms où elle avait été la première locataire noire. Dix ans plus tôt, elle s'était « sentie patraque », et les médecins lui avaient trouvé dans l'abdomen une tumeur grosse comme un pamplemousse. Mais elle avait prié Jésus, et la tumeur avait rétréci avant de disparaître complètement. Depuis, Miss Rosa l'avait laissé s'occuper de tout — les problèmes d'argent, de santé, et le reste — et il voulait bien faire le nécessaire. Pas seulement pour elle. Elle avait transformé son appartement en friperie à l'usage des jeunes mères du quartier, pour la plupart célibataires. Un grand nombre d'entre elles faisaient le ménage dans les hôtels plus prospères du North Shore, ou à New York, pendant que leurs propres mères, grands-mères à quarante ans, gardaient les enfants. Voilà pourquoi toutes sortes de vêtements et de chaussures étaient entassés, du sol au plafond, dans son appartement. Après le décès de son mari, elle avait échangé son grand lit contre un plus petit, afin de gagner un peu d'espace. Puis les gens avaient commencé à lui apporter également des meubles, de la nourriture, des jouets abîmés, si bien que, de la place, il n'y en avait plus.

Jésus était encore intervenu. Le jour où l'appartement voisin avait été libéré, un incendie s'y était déclaré le soir. Le propriétaire de l'immeuble n'avait pas payé à temps sa police d'assurances, et ne voulait pas engager les frais de nettoyage et de réparation. Cet incendie paraissait bien commode, ce que Sarah s'est gardée de dire à Miss Rosa. Celle-ci lui expliquait que, comme l'endroit était inoccupé et qu'elle était devenue une célébrité, le proprio avait cédé à la pression des habitants. Il lui avait permis d'agrandir ses locaux, sans lui demander de loyer — dans l'espoir que ce geste généreux permette d'éviter un autre incendie ? Le premier centre d'aide alimentaire se trouvait à des kilomètres, mais Miss Rosa avait convaincu le personnel de lui livrer deux fois par semaine ce qu'on était prêt à jeter. Et, bientôt, le deuxième appartement avait été, lui aussi, plein à craquer.

« Ma vie, c'est un bienfait après l'autre, disait-elle à Sarah, une semaine après la première leçon de dessin à la petite. J'ai pas le temps de tourner le dos que Jésus me fait encore une faveur. Je savais même pas que j'en avais besoin avant qu'il me l'accorde. Je me dis : "Mais qu'est-ce que je vais faire de ça, moi ?" Et au bout d'un moment, je comprends que c'est encore un cadeau. D'abord, ç'a été ma tumeur. Ensuite, qu'il me l'enlève. Vous-même, z'êtes une faveur. Pour moi et la gamine. Me regardez pas de travers, comme quoi vous croyez pas en lui, ça marche pas avec moi. Z'êtes quelqu'un de trop bien pour être mécréante. Peut-être que vous croyez pas maintenant, mais vous croirez le jour de votre mort. Suffit que vous cogitiez un peu, après vous y verrez plus clair. »

La nourriture, les vêtements, le petit électroménager, les poêles et les casseroles, tout se retrouvait dans les appartements 108 et 110. « À la poubelle ? Mais non ! Miss Rosa saura bien quoi en faire. » Une demi-douzaine de dames d'un certain âge l'assistaient quelques heures chaque jour, ainsi que de vieux messieurs noirs qui se chargeaient de transporter tout ça et de réparer les jouets. Les jeunes résidents des Arms ne savaient rien faire que vendre leurs drogues, gratter leurs maigres fesses et s'étonner qu'il n'y ait rien à manger. On les voyait rarement avant la fin de l'après-midi, et c'était une drôle de bande. Ils avaient la plus haute estime pour Miss Rosa, ils la craignaient et, par égard pour elle, évitaient de dealer à l'intérieur de l'immeuble. Lorsqu'elle leur disait leurs quatre vérités, ce qui se produisait régulièrement, ils l'écoutaient respectueusement, après quoi ils se demandaient si elle était née vieille et foldingue, ou si c'était arrivé ensuite. Sarah l'a entendue un jour leur envoyer : « Soixante-treize ans de matière grise, que vous avez devant vous. Vous serez tous morts avant d'avoir trente ans, alors dites-moi qui c'est qu'est fou. »

Cette femme avait une mémoire prodigieuse. Rien n'échouait chez elle sans être aussitôt fiché quelque part dans son cerveau, même si la fiche en question avait une durée de vie limitée. Elle brandissait une paire de minuscules tennis, taille 24, et déclarait à Sarah : « Je sais exactement qui va les porter, celles-là, vous faites pas de bile. J'ai tout un système dans la tête. Le problème, c'est que je suis la seule à savoir comment il marche. Alors je prie pour rester vivante et pas attraper "l'Altzeimer", parce qu'il en faudra dix, et des plus malins que moi, pour me remplacer. Pour ça qu'Jésus m'a pas rappelée à lui, j'suppose. Je me suis rendue… comment qu'on dit, déjà ?

— Indispensable ?

— C'est ça. »

Dans tout ce que les gens vous apportent, y a-t-il parfois des choses dont vous aimeriez mieux qu'ils les gardent ? lui demandait un jour Sarah.

« Rarement. Mais des fois, oui. »

Assise sur le muret, Kayla tenait sur les genoux le deuxième carnet que Sarah lui avait acheté. Miss Rosa la regardait en hochant la tête.

Tu chauffes. La sensation qu'avait Sarah, un matin après l'autre, en traversant la rue. Une semaine ayant passé, elle est revenue présenter sa carte de crédit à l'horrible logeuse, dans le bureau des Sundry Gardens.

« Une autre semaine ? Entière ? » s'est exclamée celle-ci, méfiante.

Son petit-fils était encore allongé, inerte, sur le canapé de la pièce du fond. Il ne se levait jamais, celui-là ?

« Ça vous embête si je vous demande ce que vous faites en face, là, tous les jours ? a ajouté la propriétaire, en attendant que son terminal confirme le paiement par carte.

— Du tout. Ça vous embête si je ne réponds pas ? »

La fille d'Harold a haussé les épaules. Elle pensait d'évidence à autre chose.

« Cette gamine ? »

Kayla était déjà venue la veille aux Sundry Gardens avec Sarah, qui lui avait composé un déjeuner simple — sandwiches et soupe en sachet. L'avant-veille, elles étaient parties jusqu'à Montauk, où Kayla avait fait des esquisses du phare. Elle en avait rempli la moitié d'un carnet neuf. Puis elles avaient dîné tôt — moules, clams, calamars frits : la petite n'avait jamais goûté ça. Elle était curieuse d'en savoir plus sur Sarah, sur les étés passés à Long Island avec sa mère. Alors elles avaient parcouru les quartiers résidentiels, et Sarah lui avait parlé des familles dont elle gardait les enfants. Toutes ces maisons étaient des palaces pour la jeune fille, impressionnée comme l'avait été Sarah à son âge. Elle lui décrivait les anciens occupants, et Kayla l'écoutait comme si on allait l'interroger ensuite. Sarah comprendrait vite que c'était *elle* qui passerait l'oral. Kayla était d'accord pour découvrir un autre endroit, mais elle préférait revenir aux mêmes et demander à Sarah de lui raconter les mêmes histoires. Quand Sarah ajoutait un détail, elle fronçait les sourcils : « Tu n'avais pas dit ça, l'autre fois. » Elle ne supportait pas les oublis ou les omissions. « La petite sœur avait les cheveux blonds, relevait-elle, mécontente. C'est ce que tu avais dit.

— Toi, je vais t'appeler L'Éponge, vu comment tu absorbes tout. »

Kayla s'était raidie. Les paupières plissées, elle avait lâché :

« J'aime pas qu'on me traite de quelque chose.

— Je ne te traite de rien du tout, je te fais un compliment. Tu as une bonne mémoire. »

Elle avait acquiescé, mais elle n'avait plus rien dit jusqu'à la fin de la journée. Sarah s'était posé des questions. Kayla était très éveillée pour ses douze ans, mais elle souffrait d'un retard affectif — de ce côté-là, c'était plutôt neuf ou dix.

Le lendemain, Sarah avait parlé de sa réaction à Miss Rosa.

« On lui a menti toute sa vie. Sa mère lui dit qu'elle va acheter des cigarettes, qu'elle sera là dans une heure, et elle revient deux jours après. La môme croit plus ce qu'on lui raconte, ni vous ni personne. Elle vérifie tout, elle traque les mensonges. Alors faut lui répéter les mêmes choses, encore et encore.

— Vous voulez dire qu'elle ne me fera jamais confiance ?

— Je veux dire que les besoins de cette gamine n'ont pas de fin. »

« Kayla, a répondu alors Sarah à sa logeuse. Elle s'appelle Kayla.

— Elle n'a rien à faire de ce côté-ci de la rue. Pas plus que vous de l'autre côté.

— On est en Amérique.

— Exactement, a maintenu la fille d'Harold, en tendant à Sarah sa carte American Express. C'est bien ce que je vous dis. Regardez autour de vous. Vous voyez quoi ?

— Je vois quelqu'un de désagréable », a rétorqué Sarah en glissant sa carte dans son portefeuille.

Curieusement, son interlocutrice a aussitôt eu les larmes aux yeux.

« Pardonnez-moi, a corrigé Sarah. C'était déplacé. »

La fille a balayé l'excuse d'un geste, allumé une cigarette et attendu que Sarah atteigne la porte pour lui demander : « Qu'est-ce qui a pris à votre mère d'épouser Harold ? »

Sarah a remarqué le choix du terme : *Harold* plutôt que *mon père*. Elle a haussé les épaules.

« Aucune idée. Je le voyais très souvent, votre père, mais je ne savais pas que… enfin, il m'avait dit que je l'aimerais mieux quand j'aurais appris à le connaître. Je n'en ai pas eu le temps.

— Moi non plus. M'enfin, c'est pas une grave perte. C'était un ivrogne, et voilà.

— Navrée, a dit Sarah, la main sur la poignée de la porte.

— Autant que vous sachiez : j'ai un avocat.

— Je ne vois pas le rapport. Qu'est-ce que…

— Cet endroit appartenait à ma mère, et à ma mère seule. Aujourd'hui, c'est à moi. Si c'est ça, vous ferez mieux d'abandonner vos prétentions.

— Excusez-moi, a dit Sarah. Je ne sais même pas votre nom.

— Ben voyons.

— Non, c'est vrai.

— Pamela, a dit celle-ci, dont les mains tremblaient si fort qu'elle avait du mal à tenir sa cigarette. Pam. J'espère que vous ne me prenez pas pour une idiote.

— Pamela, a dit lentement Sarah. Les Sundry Gardens ne m'intéressent pas. Ce n'est pas pour ça que je suis là. Je ne sais pas quoi vous dire pour que vous me croyiez, mais c'est la vérité. Tant mieux si vous avez un avocat mais, en ce qui me concerne, il ne vous servira à rien. »

Ce qui a paru calmer un peu la logeuse. Elle a attendu un instant avant de répondre :

« Peut-être que je vous croirai, et seulement peut-être, si vous me dites *pourquoi* vous êtes là ?

— J'aimerais pouvoir », a affirmé Sarah, ce qui n'était pas faux.

Elle lui aurait presque servi un mensonge plausible. Comme quoi elle s'était liée d'une amitié improbable pour une jeune fille de douze ans, parce qu'elle lui rappelait un petit gars, lui aussi noir et maigrichon, qui s'était jadis pris une terrible rossée pour la seule raison qu'il s'était assis à côté d'elle au cinéma. Sauf que Sarah doutait que cette histoire-là *paraisse* vraisemblable à Pam.

Mais la vérité, non. Car, à la fois grotesque et effrayante, elle tenait à quelques bribes d'une conversation surprise entre deux grands-mères amies de Miss Rosa. Elles affirmaient que les habitants des Arms n'étaient pas tous noirs ou latinos ; derrière la porte bleue vivait en recluse une femme qui habitait là avant l'arrivée de Miss Rosa ; au cours de l'année écoulée, elle n'avait quitté son logement que deux fois, les deux dans une ambulance. Elle avait besoin d'un ballon d'oxygène vingt-quatre heures sur vingt-quatre, elle avait quatre-vingt-quinze ans bien sonnés.

Et cette femme était blanche.

« Feriez mieux de rentrer vite chez votre mari », a lâché Miss Rosa un après-midi qu'elles étaient assises dans la cour sur le muret. Elles piquaient une petite flemme, comme elle disait.

Kayla était en train de faire son portrait un peu plus loin. C'était la première fois qu'elle dessinait une personne. « Si j'ai l'air jolie, sur ta feuille, c'est que tu as encore besoin de leçons, ma fille », lui avait dit Rosa.

Sarah rédigeait une carte pour Lou. Elle en avait acheté une demi-douzaine la veille dans un drugstore, lui en avait écrit deux au petit-déjeuner, et encore deux à midi, dans la sandwicherie en ville où elle avait emmené Kayla. Entre-temps, elle avait réglé une nouvelle semaine à Pamela, et elle lui avait répété qu'elle ne s'intéressait aucunement à ses Sundry Gardens. Elle avait failli louer pour un autre mois d'affilée, mais la pauvre fille aurait sans doute piqué une crise.

Généralement d'une bonne humeur à toute épreuve, Miss Rosa était aujourd'hui renfrognée, comme si elle avait eu vent de ce séjour prolongé, et que, comme Pamela, elle ne voyait pas cela d'un très bon œil. Certes, Miss Rosa aimait bien Sarah, dont la présence l'avait étonnée au départ. Puis, au fil de ces deux semaines, elle était passée de la perplexité à l'appréhension, et quelque chose la contrariait maintenant.

Mon cher Lou, écrivait à nouveau Sarah. Elle n'enverrait aucune des quatre précédentes cartes, dans lesquelles elle avait accumulé les maladresses. Elle avait d'abord pris un ton badin, mais cela ne lui ressemblait vraiment pas. La seconde carte n'apportait aucune information utile, on aurait dit un communiqué de presse de la Maison Blanche. Elle avait ensuite opté pour le genre optimiste, mais il n'y avait rien pour le justifier. Enfin, elle avait essayé la sincérité, et cette carte-là était encore plus courte que les autres, puisqu'elle excluait les mensonges. Évidemment, une seule chose intéressait Lou : quand rentrait-elle ? Cela, elle ne pouvait pas lui dire. « Je veux que tu saches que je vais bien, que je t'aime, que je ne suis pas fâchée contre toi. Je ne serai absente que le temps nécessaire. » À l'évidence, pas très gratifiant, à peine le prix du timbre. Elle ne faisait que répéter ce qu'elle avait dit en partant, et une question découlait logiquement des trois derniers points. Si elle l'aimait, que faisait-elle ici ? Pour ce qui était d'être fâchée, qui ne le serait, comme avait remarqué Owen ? Combien de temps encore aurait-elle besoin de s'isoler ? Deux semaines avaient déjà passé. Les premiers jours, l'envie d'appeler à la maison avait été pressante, presque irrésistible, mais à présent elle avait disparu. Si c'était un progrès, où la menait-il ? Quant à la première affirmation, elle ne valait guère mieux. « Je vais bien. » Cela ne semblait pas être l'avis de Miss Rosa.

Sarah a délaissé sa carte pour regarder Kayla crayonner. Elle avait déjà rempli les deux carnets que Sarah lui avait offerts. Bientôt il faudrait lui suggérer d'aller moins vite, de réfléchir, de faire plus attention, mais pour l'instant, pensait Sarah, qu'elle continue.

« Une autre femme va passer par là et vous le prendre, disait Miss Rosa, bonne conseillère. Ça court pas les rues, les types bien. Jetez un coup d'œil dans le coin, si vous me croyez pas.

— Vous avez raison. »

Elle s'était demandé si elle n'était pas une de ces femmes qui concluent malgré elles que les hommes vous apportent plus d'ennuis que de satisfactions. Une de celles qui changeaient de trottoir et qui, bien que Sarah ne fût pas prête à les suivre, avaient cependant sa sympathie. Ces derniers temps, rien de ce qui avait trait à la gent masculine n'avait ses faveurs. Sans parler de ces bons à rien émaciés qui traînaient autour des Arms, les pires représentants d'une espèce déjà pas très digne. Sarah était lasse des hommes et de leurs besoins, et cela incluait mari et fils. Bobby aussi. Si elle ne tenait plus à le retrouver, cela impliquait que bien des choses avaient changé depuis qu'il avait fallu renoncer à l'Italie — et depuis que la guichetière de Grand Central l'avait convaincue de prendre le LIRR. Pourquoi le nier ? Ce voyage n'était qu'un prétexte pour retrouver Bobby. Lou avait toutes les raisons d'être jaloux. Le cancer, l'opération du sein, n'avaient fait qu'en renforcer le désir. Celui de revoir Bobby au moins une fois, ce garçon qu'elle avait aimé et qui l'aimait… Mais après ? Elle n'avait pas envisagé la suite. Elle supposait que, si elle reconnaissait Bobby Marconi derrière Robert Noonan, elle arriverait à se persuader que Sarah Berg existait toujours derrière Sarah Lynch. C'était fou. Pire que fou. Assise sur le petit mur de parpaings, elle s'en rendait compte à présent. Bobby n'était qu'un énième représentant de l'espèce. Cela manquait d'intérêt en soi. Seulement voilà qu'elle venait de remplacer cette quasi-obsession par une autre, tout aussi ridicule.

« Ça vous servirait de leçon, poursuivait Miss Rosa. Vous finiriez toute seule. Et alors, vous serez contente ?

— Vivre sans mari, ce n'est pas la même chose qu'être seule, a remarqué Sarah, histoire d'argumenter. Vous n'avez plus le vôtre, mais je ne connais personne qui ait une vie aussi bien remplie que vous.

— Je vais vous dire une chose ou deux. Si mon mari revenait, là, bien vivant, et qu'il me disait "je t'emmène", vous seriez assise sur le muret sans personne à qui parler, en tout cas pas moi.

— Je ne vous crois pas.

— Alors ensuite. Plus longtemps vous resterez ici, plus ça sera dur pour la petite, après. Devriez pas lui dire où vous habitez, et tout ça. Ni qu'elle viendra vous rendre visite. »

C'était peut-être fondé, et Sarah regrettait d'avoir tant parlé. Au début, Kayla s'était surtout attachée à ce qu'elle avait fait au même âge qu'elle. Toute référence à sa vie à Thomaston, à son mari et son fils avait provoqué une moue, et Kayla changeait de sujet. Cela s'était produit une fois, deux fois et, la troisième, Sarah lui avait demandé pourquoi elle ne voulait rien en savoir. Kayla lui avait dit que c'était bien loin et qu'elle n'irait jamais, alors à quoi bon ?

« Tu pourrais venir, lui avait suggéré Sarah. Surtout plus tard, quand tu seras grande. Ce n'est pas le bout du monde. Tu as un train qui va à New York, et un autre qui passe près de chez moi. »

Mais pour Kayla, *c'était* le bout du monde, Sarah ne l'ignorait pas. Déjà, Montauk était loin, Thomaston une autre planète.

Le lendemain, cependant, Kayla avait posé des questions sur Thomaston, et Sarah lui avait répondu. « Trois magasins ? avait relevé la petite en ouvrant de grands yeux. Tu en as trois ? » Ce n'était pas des supermarchés, lui avait expliqué Sarah. Des boutiques, des épiceries de quartier. Elle avait dit que le prénom de son mari était Lou, mais que la plupart des gens l'appelaient Lucy. Kayla avait ri, puis s'était renfrognée. « Ça ne lui fait rien qu'on l'insulte ? » Sarah avait reconnu que ça ne lui plaisait pas tellement, qu'il avait détesté ça quand il était petit. « Je l'appelle toujours Lou, moi », avait-elle ajouté et Kayla avait dit que, elle aussi, elle l'appellerait Lou. Puis elle s'était assombrie, puisque cela restait sans doute trop loin pour elle. « C'est celui-là, l'appartement où tu habitais, avait-elle déclaré, en indiquant la porte bleue et la jardinière. Si c'était toujours ta maman qui était là, toi aussi tu y habiterais. Vous seriez toutes les deux, et tu ne retournerais pas dans ta ville, là-bas.

— Thomaston, avait dit Sarah, consciente que Kayla n'en avait pas oublié le nom — elle ne voulait tout bonnement pas le prononcer.

— Tu serais là tout le temps, on serait voisines jusqu'à ce que je sois grande, et puis je me trouverais un mari et je m'en irais.

— Mais ce n'est pas ma mère qui habite là.

— C'était elle, pourtant.

— Oui, avait admis Sarah, car elle voyait la petite qui commençait à s'énerver. Mais il y a longtemps. »

Le lendemain, Kayla avait demandé :

« Tu crois qu'il m'aimerait bien ?

— Qui ça ?

— Lou.

— Oui, je crois.

— Et si je l'appelais Lucy ?

— Tu voulais l'appeler Lou.

— Oui, mais au cas où ?

— Je crois qu'il t'aimerait bien quand même. Il est gentil. Il aime bien les gens, et les gens l'aiment bien. »

Cela avait semblé lui convenir.

« Chez Ikey ? avait-elle dit quand Sarah lui avait parlé de la boutique. C'est un drôle de nom.

— Sans doute, oui », avait dit Sarah, bien que ça ne l'eût jamais spécialement frappée — et brusquement *c'était* comme une autre planète.

« Elle oublie jamais rien, la môme, remarquait maintenant Miss Rosa. Elle répète tout ce que vous lui dites. Faut arrêter de lui donner des idées comme ça.

— Excusez-moi, mais vous ne faites pas la même chose en lui répétant que Jésus arrangera tout ?

— C'est pas pareil. Il rentre pas dans les détails, Jésus. »

Un point pour elle.

« Vous croyez que je ne lui fais pas de bien ?

— C'est que vous soyez ici qui lui fait pas de bien. C'est elle qui va souffrir quand vous serez partie.

— Qu'est-ce qu'elle va devenir ?

— Je vais la confier à l'aide sociale. J'ai pas voulu, jusque-là. C'était mieux qu'elle se pose quelque part, un moment. Mais il va falloir. Elle a bientôt treize ans. Y en a qui lorgnent déjà sur elle. »

Cela n'avait pas échappé à Sarah. Les gamins dévisageaient d'abord Kayla, puis elle, et d'un air mécontent. Comme si le monde n'avait pas été assez injuste jusque-là. Non, il fallait en rajouter. La gamine avait une Blanche pour la protéger, et Miss Rosa elle-même protégeait cette femme blanche. C'était normal, *ça*, peut-être ?

« Savez-vous si elle a été…

— Non. Mais négligée, ignorée, oui. “*Barre-toi de là, on s'en fout, de toi*”, oui.

— Ça suffit largement.

— Ça suffit largement.

— J'aurai du mal à la quitter. »

Miss Rosa opinait du chef. Elle avait une idée en tête.

« La vérité éloigne le diable, a-t-elle dit finalement.

— Pardon ?

— Ma mère disait toujours ça. Que la vérité éloigne le diable. Vous croyez que je vous vois pas surveiller cette porte bleue ? »

Inutile de le nier. Un coup d'œil par-ci, un coup d'œil par-là, Sarah y revenait constamment.

« Vous le savez que c'est pas votre maman, cette dame-là, quand même ? »

Sarah ne répondait pas, et Miss Rosa continuait de la regarder. Alors, oui, elle avait admis qu'elle le savait.

« Je suis allée sur la tombe de ma mère le jour de mon arrivée.

— Eh ben voilà. Vous avez pas complètement perdu la tête. »

Non, pas complètement. Sarah était consciente que cette vieille dame malade était quelqu'un d'autre. C'était seulement une coïncidence si elle avait l'âge qu'aurait eu sa mère si elle avait survécu. Il ne fallait pas s'attarder là-dessus. Elle s'appelait Mme Feldman, comme l'indiquait sa boîte aux lettres. Elle ne quittait jamais son appartement, personne ne la voyait jamais, sinon l'aide ménagère qui lui portait son déjeuner. Combien de fois Sarah, en contemplant cette boîte, avait-elle composé des anagrammes, à la recherche d'un indice ? Mais ce n'était pas le pire. Le pire étant que si, par miracle, Mme Sundry vivait sous le pseudonyme de R. Feldman, si elle se cachait là depuis quarante ans, alors elle aurait renoncé à Sarah depuis quarante ans, ce qui était impossible.

« Je sais, Miss Rosa, je sais, a répété Sarah — qui lui aurait bien dit qu'elle avait un ami imaginaire en la personne de Jésus, mais qu'elle-même n'avait droit à rien.

— Eh ben voilà, rentrez chez vous. »

Bon conseil, et pourtant : « Vous ne l'avez jamais rencontrée ? »

Miss Rosa ne masquait plus son irritation.

« Qui ? La dame qui n'est *pas* votre maman ? Bien sûr que si je l'ai rencontrée. Il y a longtemps. C'est une p'tite Juive toute desséchée. Plus petite que moi, encore. C't'à ça qu'elle ressemblait, votre maman ?

— Non.

— Eh ben voilà.

— Je sais bien. »

Sarah ne mentait pas. Elle s'était efforcée de garder patience quand, après la disparition de Lou-Lou, son mari s'était enfermé dans son bureau, avec son grand plan de Thomaston au mur et sa forêt d'épingles noires. Lou semblait incapable de concevoir que la mort soit une réalité — incapable de surmonter l'épreuve, de prendre en compte ce qui leur souriait encore, au point que Sarah avait douté qu'ils retrouvent jamais ce qui les avait unis. Elle avait même envisagé de le laisser à ce deuil inachevé qu'il paraissait aimer plus encore que leur vie. Dieu merci, il avait fini par sortir de cette transe, et les choses s'étaient arrangées. Lou lui avait confié récemment que, d'une certaine façon, Big Lou ne pouvait pas être parti, qu'il l'imaginait mener une sorte d'existence parallèle quelque part. Cet aveu avait beaucoup perturbé Sarah. Pourtant, elle se forgeait aujourd'hui une chimère du même genre.

Miss Rosa voyait juste. De jour en jour, Sarah se servait de la petite pour nourrir cette chimère. Sans Kayla, elle n'avait pas vraiment de motif, chaque matin, de revenir aux Arms et de surveiller la porte bleue. Elle pouvait se raconter qu'elle agissait pour le bien de Kayla, et sans doute avait-elle réellement de l'affection pour la jeune fille, mais elle aurait beau lui acheter tous les carnets à croquis du monde, l'inviter sans arrêt à déjeuner, perfectionner son coup de crayon, l'emmener mille fois à Montauk ou au North Shore, la vérité était qu'elle l'utilisait, cette enfant. Elle l'avait su dès le départ. Quand Kayla avait timidement posé sa question — « Tu peux m'apprendre ? » —, Sarah avait failli dire non. Mais elle avait compris au même instant que, en répondant oui, elle prolongerait son séjour, et c'est cela qu'elle désirait. Son père s'était toujours comporté ainsi — à bien agir pour les mauvaises raisons. Lorsqu'il lui avait permis de sortir avec le fils Mock, par exemple, parce qu'il était noir, et qu'il l'avait ensuite promené partout en ville, pour que chacun se sente coupable des coups qu'il avait reçus, M. Berg s'était-il douté que sa fille s'en voulait à elle-même ? Que, si elle avait accepté la proposition de Troisième, c'est parce qu'elle était certaine qu'il s'y opposerait ? Elle n'ignorait pas que le gamin avait le béguin pour elle, cela faisait déjà plusieurs mois, et elle n'avait rien contre lui, ce n'était pas ça. Elle s'en fichait bien qu'il soit noir, d'ailleurs. En revanche, elle savait qu'on la regarderait dans la rue, qu'on jaserait, que des mômes qui ne la connaissaient pas la reconnaîtraient désormais : la fille Berg, celle qui va au ciné avec les nègres. « Je suis fière de toi », lui avait dit son père quand Troisième avait grimpé les marches du perron et sonné à leur porte. Et là, il n'était plus possible de reculer.

Troisième avait deviné. Il n'était pas stupide. Il sentait bien qu'elle n'avait pas envie, mais le père avait donné son feu vert. Et le petit Gabriel lui-même avait proposé cette sortie, alors qu'était-il censé faire ? « Tu n'es pas obligée de t'asseoir avec moi », avait-il dit à Sarah après avoir payé les deux places, pour lui ménager une retraite. Tout le monde — ses amis de la Colline, mais aussi les Blancs de l'East End, du West End et du Borough — les observait en chuchotant. Le pire était venu de la meilleure amie de Sarah, qui s'était approchée quand ils s'étaient assis, dérangeant d'autres spectateurs au passage. « Viens avec moi », lui avait-elle *ordonné*, en ignorant Troisième. « Je ne peux pas », avait répondu Sarah, et pourtant, visiblement, elle ne demandait que ça. « Alors ne t'en prends qu'à toi », avait dit son amie et, bien sûr, elle n'avait pu que la croire. Si elle avait obéi, si elle s'était levée pour laisser Gabriel dans son coin, on ne l'aurait pas frappé ensuite. Comment aurait-elle pu prévoir ce qui allait arriver ? Elle savait seulement que son père avait dit oui, que Troisième était amoureux d'elle, qu'il avait eu le courage de s'asseoir avec elle dans cette salle obscure. Pas fou, il n'avait cependant pas essayé de lui prendre la main ou de poser le bras sur son épaule. À un moment du film, Sarah avait perçu un drôle de bruit. En jetant un coup d'œil vers lui, elle s'était aperçue qu'il pleurait. Et ils n'avaient pas échangé un mot de toute la séance.

Bon Dieu, pensait-elle. Dieu du ciel et de la terre. Elle pouvait pardonner à l'adolescente qu'elle avait été, mais cela signifiait quoi, à soixante ans, de se servir à nouveau d'un enfant noir ? Celui dont Miss Rosa disait : « Les besoins de cette gamine n'ont pas de fin. » Depuis deux semaines, Sarah tentait de se convaincre qu'elle subvenait au moins à certains de ces besoins, mais en réalité rien de ce qu'elle lui donnait ne coûtait beaucoup. *Pas de fin.* En revanche, Miss Rosa n'avait pas l'air de comprendre que, si la grande majorité des enfants étaient comme ça, c'était aussi le cas de celui qui, épouvanté, demeurait en chacun de nous. Lou était déjà cet enfant, au Bijou Theater, quand Sarah l'avait vu après le départ des autres. Assise dans le bureau du directeur, le nez en sang, elle avait levé les yeux et, découvrant ce visage derrière la porte, elle avait senti une grande gentillesse, ainsi que, oui, un besoin terrible qui l'avait émue. Et il avait eu cette même expression l'autre jour, quand elle l'avait sorti de sa torpeur devant son *Pont des Soupirs.* Cette expression, elle ne la supportait plus.

« Et si finalement c'était votre maman, là-haut ? lui disait Miss Rosa. Ça vous avancerait à quoi ? Elle a pas loin de cent ans. Un jour sur deux, elle doit plus savoir où elle habite, et le lendemain elle sait plus son som. Qu'est-ce que vous allez lui demander ? De retrouver la mémoire, pour qu'elle vous conseille dans la vie ?

— Non. Ma mère n'était pas très douée pour donner des conseils... » Sarah sentait les larmes lui monter aux yeux : *Oh, chérie, je ne sais pas. Tu sais bien que je fais toujours tout de travers. Arrange-toi au mieux, d'accord ?* « ... mais si seulement je pouvais lui parler une dernière fois... »

Il y avait tant à dire, mais elle lui confirmerait au moins ce qu'elle avait compris de la vie, qu'on se réveillait un jour aux prises avec ce qu'il faut bien appeler le désespoir, avec des doutes qu'on croyait depuis longtemps dissipés, toute confiance en soi envolée...

« Le dernier été qu'on a passé ensemble, elle était un peu perdue et elle a fait une grosse bêtise. J'aurais peut-être pu l'en empêcher, mais je ne l'ai pas fait, je me demande pourquoi. J'avais sans doute peur de dire ce qu'il ne fallait pas. Et aujourd'hui c'est moi qui suis perdue et...

— Et vous avez peur d'en faire une vous-même, de bêtise ? Vous voulez qu'on vous arrête avant qu'il soit trop tard ? »

Sarah a bien regardé Rosa en face.

« Alors vous pensez que c'est idiot ?

— Je vais pas deviner, si vous me dites pas de quoi il s'agit.

— Je ne peux pas faire comme Jésus, et rester dans le vague ?

— Non, m'dame. »

Sarah a respiré profondément.

« Je pense que je suis capable de faire mieux que l'aide sociale, pour Kayla.

— Et ensuite ?

— Mais j'ai eu un cancer, l'année dernière. Pour l'instant, je suis guérie, mais… on n'est sûr de rien. »

Miss Rosa a hoché la tête.

« Je pense à louer un appartement ou une petite maison par ici. Comme ça on pourrait se voir.

— Voir qui ?

— Vous.

— Moi et aussi cette porte, là-haut ? »

Sarah n'a pas répondu.

« Et ensuite ?

— Comme ça, si j'habite ici, et que j'ai une rechute…

— Vous rendez la petite. »

Ça paraissait affreux, mais oui, c'était ça.

« Je ne crois pas que j'arriverai à retourner chez moi. Je ne sais pas pourquoi, mais…

— Ensuite ?

— C'est tout.

— Non, c'est pas tout. La vérité éloigne le diable, continuez. »

Sarah a repris son souffle.

« Je veux savoir qui est Mme Feldman », a-t-elle dit.

À sa grande surprise, Miss Rosa a saisi sa main.

« La petite, je vous laisse l'emmener nulle part, même pas traverser la rue, si j'ai pas l'assurance que vous êtes pas marteau. Vous savez bien que je peux pas, faut pas me demander ça. »

Kayla ne regardait plus Miss Rosa, mais Sarah qui pleurait à chaudes larmes.

« Pourquoi ai-je la sensation que c'est ma mère ? a-t-elle dit. Si ce n'est pas elle, pourquoi ça en a tellement *l'air* ?

— Je vais prier. Comptez sur moi. »

Deux jours plus tard, Miss Rosa ordonnait brusquement à Kayla de rentrer. C'était la fin de l'après-midi et les apprentis *gangsta*, presque tous réveillés, se rassemblaient torse nu le long des balustrades et s'entraînaient à prendre des poses de tueurs. La raison pour laquelle Miss Rosa appelait la petite, a pensé Sarah, avant de comprendre que non. Elle venait juste de rentrer, après avoir emmené Kayla à Orient Point, où elle avait dessiné le ferry de New London. Les choses ne s'étaient pas bien passées.

« C'est quoi, déjà, le nom rigolo de ce magasin ?

— Tu le sais très bien », avait dit Sarah.

Elle n'avait pas oublié Rosa, qui lui reprochait de trop parler à la petite de Thomaston, de Lou, et de Chez Ikey. Mais Kayla ne lui rendait pas la tâche plus facile.

« Non, c'est *toi* qui dois le dire.

— C'est bon, ça », avait remarqué Sarah.

Kayla s'était bien débrouillée avec l'amarre du bateau à moitié immergée dans l'eau — un exercice difficile, trompeur à cause de la réfraction. Elle commençait à prendre son temps, à observer attentivement son sujet avant de poser le crayon sur la feuille.

« C'est vrai, je sais. C'est Chez Mikey. »

Sarah n'avait rien dit et Kayla s'était mise à scander :

« Chez Mikey, Chez Mikey, Chez Mikey… »

Et maintenant Miss Rosa expliquait à Sarah :

« Voilà comment on va faire. Vous allez traverser la rue, appeler votre bonhomme et lui dire que vous rentrez. Je vais pas laisser la petite être deux fois orpheline, vous me comprenez ?

— Mais…

— Vous voulez changer votre vie, alors allez-y, mais si vous la voulez, la gamine, alors vous allez la prendre chez vous, là-bas, chez ce bon mari qui vous attend. Si vous lui téléphonez pas, moi, j'appelle l'aide sociale.

— Vous ne voulez pas me donner encore un petit peu de temps, que je…

— Écoutez-moi d'abord, ensuite ça sera votre tour. Ça change rien au fond, mais puisque ça vous fait plaisir… »

Sarah s'efforçait, sans succès, de ne pas lever les yeux vers la porte bleue.

« … vous passez votre coup de fil aujourd'hui et, demain matin, on monte toutes les deux dire bonjour à la vieille Juive. »

Sarah a senti son cœur bondir. L'expectative se transformait en peur. Si cette femme n'était pas sa mère, il n'y aurait plus de porte bleue — une porte qui, se rendait-elle compte, en était venue à lui suffire.

« Elle est d'accord ? Vous lui avez parlé ?

— Cinq minutes. Je lui ai dit que vous vouliez juste lui dire bonjour à cause de votre maman. Alors on va lui dire bonjour, vous verrez que cette vieille dame est bien Mme Feldman, et après *on s'en va.* Vous avez compris ? »

Sarah a hoché la tête pour éviter de répondre d'une voix brisée.

Et Miss Rosa souriait.

« Ensuite, vous allez faire comme si vous aviez une cervelle et m'arrêter vos folies. Peut-être donner un coup de pouce à une gamine, aussi. »

Sarah n'avait besoin que de regarder Rosa pour comprendre que c'était le meilleur arrangement — d'ailleurs, le seul — qu'elle obtiendrait d'elle.

« C'est ce que Jésus vous a dit ?

— Le p'tit Jésus m'a conseillé de me servir de la mienne, de cervelle, et pour l'instant, on le laisse où il est. C'est pas aujourd'hui qu'on va me dire qu'il existe pas, ça fait trop longtemps que je le connais. »

Comme promis, Sarah est retournée aux Sundry Gardens pour téléphoner. « Je vais revenir avec quelqu'un, a-t-elle prévenu Lou. Tu vas l'adorer. » Si tu l'aimes, lui a-t-il répondu, je l'aimerai aussi, et elle avait senti un flot d'émotions se libérer brusquement. Le soulagement était aussi intense que le jour où l'oncologue lui avait annoncé que les derniers examens confirmaient la rémission. Le lendemain matin, elle déclarait à Miss Rosa que, tout bien considéré, ce n'était plus la peine de déranger Mme Feldman. C'était une lubie, c'était fini, tout irait bien.

Rosa n'a rien voulu savoir. Elles ont monté l'escalier et frappé à la porte bleue. Une voix faible a dit qu'elle n'était pas fermée à clé, et Miss Rosa l'a ouverte en grand. Sarah a d'abord vu sa mère, puis la moquette qui se précipitait vers elle.

L'après-midi suivant, elle disait au revoir aux Arms et à Miss Rosa. Aidée par deux grands-mères, la vieille dame avait dégagé les piles d'habits qui encombraient une causeuse, et elle s'y était assise avec Sarah. Leurs genoux se touchaient presque. Rosa était petite, et les montagnes de vêtements et de chaussures qu'elle stockait chez elle menaçaient de l'engloutir.

« Vous figurez pas que vous serez plus maligne que moi, quand vous aurez mon âge, disait-elle en essuyant ses larmes. Parce que ça marche pas comme ça. Plus ça va, plus on devient bête. On devient bête et on meurt. Je sais pas pourquoi il veut ça, Jésus, mais c'est pas autrement.

— Vous êtes tout ce qu'on voudra sauf bête, Miss Rosa.

— Alors expliquez-moi pourquoi je passe une semaine à vous dire de rentrer chez votre monsieur et, maintenant que vous êtes prête, je vous supplie de rester là. Mon mari me disait tout le temps : “Rosebud, comment veux-tu que je sache ce que tu veux si tu le sais pas toi-même ? Fais un effort, parce que je vais devenir fou à essayer de te faire plaisir.” Des fois, je pense qu'il est parti tout là-haut, parce qu'il n'en pouvait plus de cette bonne femme qui changeait d'avis tous les quatre matins. Je suis désolée pour le vôtre, de mari, parce qu'il a l'air dans le même bateau. Qu'est-ce c'est qu'ça ? »

Elle examinait l'enveloppe que Sarah lui tendait. Elle contenait toutes les informations utiles, au cas où quelqu'un viendrait chercher Kayla : l'adresse et le numéro de téléphone de la maison du Borough, de Chez Ikey, et même d'Owen. Ainsi qu'un chèque.

« C'est pour vous faciliter un peu le travail, a dit Sarah. J'en ai discuté avec Lou et il est d'accord.

— C'est trop, a admis Miss Rosa en le fourrant aussi sec dans la poche de son tablier. Mais je sais exactement ce que je vais en faire. »

Son regard a quitté Sarah pour atteindre Kayla qui, dehors, était assise sur le muret. Un peu inquiète, elle gigotait à côté de la grosse valise qu'elles avaient achetée la veille. Les deux femmes lui avaient demandé de sortir un instant pendant qu'elles se disaient au revoir.

« Vous l'emmènerez à la messe, de temps en temps, ou vous allez m'en faire une mécréante ? »

Vu le ton, il n'y avait ni inquiétude ni accusation, et Sarah a cru déceler dans cette question des regrets de dernière minute. Ou, plus probablement, Miss Rosa pensait-elle à la même chose qu'elle, à la portée de leur geste, qui allait dévier le cours d'une destinée humaine. Voire lui permettre de s'accomplir.

« Elle a l'air d'avoir peur.

— Évidemment qu'elle a peur.

— Nous prendrons soin d'elle. Moi, bien sûr, et mon mari…

— Je sais. Je vous laisserais pas faire, sinon. »

Elles se sont levées et Kayla, les voyant, a bondi sur ses jambes. Elle se dandinait d'un pied sur l'autre, à la recherche d'une stabilité incertaine.

« Et comme vous avez promis de nous rendre visite, je vous ferai tenir votre promesse. On vous enverra l'argent pour le train.

— Si Jésus est d'accord. Faut que je trouve quelqu'un pour prendre ma place, pendant que je suis pas là. »

Les deux femmes se sont embrassées.

« Vous êtes irremplaçable, vous le savez bien.

— Ça c'est vrai, a reconnu Miss Rosa en souriant. Vous pouvez en prendre trois comme moi, faudra quand même qu'elles demandent de l'aide. »

Elles ont rejoint Kayla dans la cour. La jeune fille a émis un curieux son que ni l'une ni l'autre n'a réussi à s'expliquer tout d'abord. Puis elles ont vu son visage défait. Elle pleurait.

« Allons, ça suffit, a dit Miss Rosa. On va se revoir très vite, et j'espère qu'entre-temps on me dira du bien de toi. Penche-toi un peu et fais la bise à la vieille. Tu te tiendras comme il faut, là-bas ?

— Oui, bafouillait la petite. Je promets.

— Je veux au moins un dessin par semaine. Que tu me dessines cette ville où tu t'en vas, et je veux aussi savoir à quoi il ressemble, le m'sieur de la dame, alors faut t'appliquer. Tout ce que tu trouves d'intéressant, tu me le mets sur une feuille. Un bon dessin, ça en dit long, toujours. M'enfin, n'en fais pas trop, sinon je vais tomber dans les pommes et me relever avec deux yeux au beurre noir, comme certaines personnes de ma connaissance… »

Miss Rosa s'est retournée vers Sarah.

« … Tiens, au fait. Vous la regardez plus, la porte bleue, hein ? Ça va aller, maintenant ?

— Ça devrait, a dit Sarah. J'espère surtout que Mme Feldman va se remettre. »

Quand Sarah avait repris conscience, allongée sur le sol, elle avait aperçu un masque à oxygène embué, un visage terrifié et des cheveux blancs ébouriffés. Elle était bourrelée de remords. La vieille dame aurait pu succomber à une crise cardiaque en la voyant s'évanouir ! Sarah avait saigné du nez, et son corsage éclaboussé de rouge lui collait au torse. C'était épouvantable pour cette pauvre dame. À part l'aide ménagère, et les infirmières qui venaient remplacer son ballon d'oxygène, personne n'entrait jamais chez elle. À la demande — ou à l'insistance — de Miss Rosa, elle avait fait une exception pour Sarah, et voilà le résultat. La moquette était pleine de sang.

« Savez ce que je crois ? Je crois que Jésus l'a oubliée, Mme Feldman. Enfin pour vivre toute seule comme ça ! Elle doit jamais lui parler. Mais il va s'en souvenir, je vous dis, moi, parce que je vais lui sonner les cloches.

— Vous ne l'aimez pas ?

— Ça veut dire quoi de se cloîtrer comme une 'nermite ? Elle met jamais le nez dehors. Dit bonjour à personne.

— Vous n'avez jamais envie d'être seule, vous, Miss Rosa ? De vous occuper de vous-même au lieu de passer votre temps à arranger les choses pour les autres ? »

Ce que Sarah avait eu l'intention de faire en quittant Thomaston, inspirée par l'exemple d'une femme qui avait tout quitté pour s'installer au Nouveau-Mexique. Et elle allait maintenant rentrer chez elle avec une nouvelle personne à charge.

« J'aime pas la solitude. On est pas faits pour ça. Non, m'dame. Je vais dire à Jésus de penser à cette brave dame. Elle a dû lui sortir de la tête. »

Sarah ne pouvait s'empêcher de sourire. Elle avait remarqué plus d'une fois pendant le mois écoulé que, lorsque Miss Rosa — la générosité incarnée — ne comprenait pas une chose, elle la rejetait tout simplement. Le fait que Mme Feldman ait choisi de vivre en recluse, sans jamais dire un mot aux voisins, était inexplicable, un point c'est tout.

« Ça ne vous fait pas peur, ça ? S'il vous oubliait aussi, Jésus ?

— Ça sera pas encore aujourd'hui, a dit Miss Rosa en tapotant sur la poche de son tablier, où se trouvait le chèque de Sarah. Tous les jours, il m'envoie quelque chose pour que je sache bien qu'il se soucie de moi. Je l'oublie pas, il m'oublie pas, c'est un pacte qu'on a fait. Et pourquoi vous l'avez pas pris ? a-t-elle ajouté, d'un air de reproche. Elle voulait vous le donner. C'était à votre maman. Qu'est-ce que ça lui apporte, ce dessin ? C'est deux personnes qu'elle connaît pas.

— Elle m'a expliqué que sa propre fille était morte à l'âge que j'ai dessus. Je dois lui faire penser à elle. Voilà pourquoi elle l'a gardé toutes ces années. »

Sceptique, Miss Rosa a haussé les épaules.

« Pas grave. Au moins, il est à l'abri. Quand le jour viendra, je ferai attention qu'il disparaisse pas. À moins que vous en vouliez pas ?

— Oh, si », l'a assurée Sarah.

Cet *Autoportrait avec ma fille* lui avait ôté un lourd poids sur la conscience. Elle savait à présent que, pendant les derniers mois de sa vie, sa mère n'avait pas été taraudée par le remords, le désespoir, qu'elle n'avait pas perdu tout amour-propre, et donc Sarah n'avait rien à se reprocher. Le dessin avait démenti tout cela. Il s'en dégageait au contraire un sentiment de fierté, car non seulement Sarah rayonnait de beauté, mais de plus on voyait clairement de qui elle la tenait. Bien que sa mère se fût représentée telle quelle, sans effacer l'outrage du temps, on pouvait quand même en conclure qu'Harold avait touché le gros lot et que, s'il n'y prenait garde, on aurait tôt fait de le lui dérober. Si la nouvelle Mme Sundry avait été jalouse de sa fille jeune et belle, cela serait apparu dans leur portrait, et ce n'était pas le cas. En outre, si elle avait été affligée, jamais elle ne l'aurait réalisé. Une œuvre d'art, n'importe quelle œuvre d'art, est porteuse d'espoir. Celle-ci recommandait à Sarah de ne pas s'inquiéter. Sa mère l'avait probablement accrochée au mur, chez elle, en pensant lui faire une surprise l'été suivant, seulement elle était morte entre-temps... Sarah n'aimait pas spécialement les histoires de fantômes, mais si c'en était une, celle-là était fameuse. Enfin, si l'esprit de Mme Berg avait hanté ce vieil appartement, il l'avait fait avec amour pour s'enfuir aussitôt, sa mission accomplie.

« Ça vous coûtera rien, d'ailleurs, affirmait Miss Rosa, en regardant la porte bleue d'un œil que Sarah trouvait un peu dur. Je me débrouille toujours, vous savez. »

Elles ont marché toutes les trois jusqu'à la rue, Kayla tirant sa valise à roulettes derrière elle. Sarah avait préparé la sienne, qu'elle devait récupérer aux Sundry Gardens, et il fallait aussi rendre la clé à la fille d'Harold. Sur le trottoir, Miss Rosa a de nouveau fait promettre à Kayla d'être sage et de réciter ses prières. Puis elle s'est tournée vers Sarah d'un air préoccupé.

« J'aimerais bien que vous me disiez, quand même : vous le saviez qu'il était là.

— Non. Je ne savais même pas qu'il existait, ce dessin. »

Elle lui avait déjà tout raconté. À la fin de l'été, elles étaient allées dîner dans un restaurant à proximité, où sa mère avait confié son appareil à un homme d'une table voisine pour qu'il les prenne en photo. Un cliché dont Mme

Berg s'était inspirée, à en juger par les vêtements qu'elle et Sarah portaient sur le dessin. Sarah avait aussi rapporté qu'elle s'était évanouie une minute après cette photo, quand sa mère lui avait confié son intention d'épouser Harold. Et que, dans les quarante années qui s'étaient écoulées depuis, elle ne s'était plus jamais évanouie, sinon ce matin même en découvrant leurs deux visages encadrés au mur chez Mme Feldman.

Miss Rosa n'en démordait pas.

« Vous aviez dû oublier, depuis le temps, avait-elle avancé en l'écoutant la première fois. Elle vous l'avait dit, votre maman, qu'elle le faisait, ce portrait, qu'elle voulait l'encadrer. Vous aviez oublié, voilà. C'est un tour de magie, autrement. C'est pour ça que j'y crois, à Jésus. C'est pas sorcier, avec lui. On sait où on va, on est pas chez les vaudous ! »

Voilà qu'elle répétait la même chose :

« Jésus, il a pas besoin de fantômes. On a assez d'ennuis comme ça dans le quartier, sans en plus chercher des revenants. Y en a pas chez moi, point, barre. Mais je vais vous dire un truc. En rentrant, je vais chercher la porte bleue dans mes rêves, et si y a un numéro dessus, je le joue à la loterie. Ça pourrait être un signe. Peut-être que Jésus avait prévu que je décroche la timbale et que ça lui était sorti de l'esprit. Si c'est ça, j'ai rien contre.

— Moi non plus, a dit Sarah.

— Moi non plus, a renchéri Kayla avec un grand sourire. J'aime *bien* l'argent. »

LA MAISON

Noonan en était à sa troisième pression lorsqu'il a aperçu Hugh, hilare, dans le long miroir derrière le comptoir. S'il portait du noir à Venise lors de sa dernière visite, Hugh était aujourd'hui tout en blanc, le printemps étant arrivé à New York. Sortant un mouchoir en soie de sa poche de poitrine, il l'a agité avec ostentation au-dessus du tabouret voisin de Noonan, avant de s'y asseoir.

Étudiant les lieux avec une moue de dédain, il a repoussé le petit saladier en bois, rempli d'arachides, qui était posé sur le bar.

« Tu aurais pu choisir un endroit où il y a du champagne, au moins.

— Je n'aime pas le champagne. »

Le barman a quitté à regret la contemplation du match en cours sur le poste de télévision au mur, et Hugh a commandé une vodka — une marque à la mode dont Noonan n'avait jamais entendu parler.

« Comment tu m'as retrouvé, gros malin ? »

Las des présentations, des mains à serrer, des compliments obséquieux et des potins new-yorkais, Noonan s'était éclipsé une heure plus tôt, en espérant qu'en son absence les gens s'intéresseraient davantage à Anne. Le seul moment réellement agréable de la soirée lui avait été fourni par le petit groupe d'étudiants en maîtrise à Columbia qui étaient venus lui parler. Affublés de tatouages grotesques et de frusques effarantes, ils étaient arrivés avec leur professeur, Popov, alias Irwin le repentant, toujours le même petit con dédaigneux, quoique assagi avec les années — à moins que ce fût Noonan. Couverts de piercings, ils formaient une troupe bariolée qui semblait avoir survécu à d'affreuses tortures, mais préservé son innocence. Ils paraissaient attribuer à Noonan un savoir dont ils ignoraient tout, et celui-ci aurait volontiers tenu le contraire pour vrai. Ils se référaient avec enthousiasme à plusieurs artistes dont les noms lui étaient inconnus, et son inculture n'avait pas l'air de les effaroucher, comme si elle constituait un droit acquis avec la notoriété. « On vous mettra au jus vite fait », avait affirmé une étudiante. Qu'il leur revienne, à elle et ses amis, de l'éduquer ne la gênait manifestement pas, alors qu'ils payaient des droits de scolarité exorbitants et que son salaire à lui ne l'était pas moins. « Et qu'est-ce que je vous donne en échange ? » leur avait-il dit, pensant par erreur que la question les laisserait sans voix. « Vous nous direz pourquoi nos toiles sont mauvaises », avait répondu un garçon, renfrogné sans être agressif. « Elles sont mauvaises, vos toiles ? » s'était étonné Noonan. « Oui », avait affirmé une fille, sans doute la petite amie du premier. « Absolument, avait renchéri une autre. On est tous nuls. Mais vous serez notre inspiration et vous allez arranger ça en moins de deux. Le vendredi après-midi, on ira boire des bières et c'est vous qui paierez. »

Comment ne pas les aimer ? Il n'en ferait sans doute pas de plus mauvais peintres, mais le laissez-faire était-il vraiment un objectif pédagogique ? Savaient-ils qu'il était impossible de leur donner ce qu'ils désiraient le plus : une visée, une vision ? Comprenaient-ils qu'il ne leur montrerait pas comment y arriver, mais comment *lui* y était arrivé ? Il pouvait étudier leurs tableaux, leur poser des questions. Peut-être corriger quelques mauvaises habitudes. Et oui, le vendredi, payer les bières.

« Je t'ai vu partir à droite en sortant de la galerie. Alors j'ai fait comme toi et je suis entré dans le premier rade où on a l'air de se battre à coups de couteau, expliquait Hugh au moment où le garçon revenait avec la vodka.

— Faites pas gaffe à ce type, lui a dit Noonan. C'est un homosexuel.

— Moi aussi, a répondu le serveur, en le fixant d'un œil meurtrier. Et après ? »

Quand il s'est finalement éloigné, Hugh s'est exclamé :

« Un pédé new-yorkais qui manque d'humour ? Mais où ils vont nous les chercher, maintenant ? Cela étant, j'aime bien son look.

— Il n'y a pas que l'humour dans la vie », a répondu Noonan en quittant son tabouret pour récupérer le grand bol d'arachides, qu'il a placé entre Hugh et lui.

Il a dégagé une cacahuète de son écorce, puis il a jeté celle-ci dans son dos. Un sourire ironique aux lèvres, les deux hommes sont restés un instant à se regarder jusqu'à ce que Hugh se mette franchement à rire, aussitôt imité par Noonan.

« Fabuleux, a lâché Hugh.

— Pas mal, a convenu Noonan.

— Pas mal ? Tu rigoles ou quoi ? Je t'avais dit qu'on en tirerait un max, de cette *Sarah* ! »

La toile avait pour titre *Jeune femme à la fenêtre*. Noonan l'avait appelée *Sarah* au début, pour décider au dernier moment de la rebaptiser ainsi au cas, improbable, où la vraie Sarah la verrait un jour. Ou, pire encore, Lucy.

Hugh avait appelé de New York dès l'arrivée du tableau : « Tu disais pas de conneries, hein, en disant qu'elle se peindrait toute seule, celle-là.

— Tu auras la place ?

— Tu plaisantes ? Qui c'est, cette fille ?

— Quelqu'un que j'ai connu il y a longtemps. »

« Un Robert Noonan sans ver dans le fruit, s'émerveillait maintenant Hugh, comme l'autre jour au téléphone. Une première. Voyons, qu'est-ce qui s'est passé… La charmante Sarah a résisté à ton charme, c'est pourquoi elle est sublimée ?

— Pourrait y avoir de ça.

— Tu lui en as parlé ? Tu lui as dit que, non seulement, elle avait préservé sa vertu, mais qu'en plus elle est immortalisée ? Que ton pinceau si doux, si vigoureux, si exalté lui avait redonné vie ?

— Oh, ta gueule ! l'a rembarré Noonan, qui aurait bien aimé, cependant, que Sarah la voie, cette toile.

— À la réflexion, tu ferais peut-être mieux de la laisser tranquille. Elle est mariée ?

— Aux dernières nouvelles, elle l'était.

— C'est le genre de tableau qui pousse un couple au divorce. D'ailleurs, à ta place, je ne le montrerais pas trop à tes ex, non plus. Elles comprendraient tout de suite pourquoi elles ont eu tort de t'épouser. Et elles ne te prêteraient plus un sou. Bon, c'est vrai, de ce côté-là, tu vas être tranquille un petit moment. »

Noonan avait failli faire tomber le téléphone quand Hugh lui avait annoncé le prix qu'il avait en tête pour *Sarah*.

« Dommage que tu ne m'aies pas averti plus tôt. Je serais retourné chez l'imprimeur et j'aurais remonté le prix de tous les autres.

— Même *Le Pont des Soupirs* ? »

Celui-là s'était classé deuxième dans les ventes de la soirée — parti pour à peine quelques milliers de dollars de moins.

« Faut dire que c'est plus tout à fait le même tableau », a répondu Hugh d'un air suffisant.

À l'évidence, il s'en attribuait le mérite. Sans doute racontait-il autour de lui que, lors de son précédent séjour à Venise, il avait mis les points sur les i à Noonan. Et il avait bien eu raison, non ? Suffisait de regarder.

Allez savoir, il y avait peut-être un fond de vérité, là-dedans.

« Je n'ai pas enlevé le ver », a relevé Noonan, sur la défensive.

Mais Hugh avait raison. S'il n'avait pas changé grand-chose, cela n'était plus le même tableau. *Sarah* l'avait métamorphosé. Noonan avait gardé les deux toiles côte à côte tandis qu'il travaillait, et la fenêtre ouverte derrière la jeune femme avait éclairé l'autre portrait — plus particulièrement le pont des Soupirs, tableau dans le tableau, qu'il avait inclus sur un coup de tête. Il l'avait recouvert d'ombres si profondes que Hugh avait pris ça pour une potence. Soit ! Dans ce cas, autant accepter la métaphore telle qu'elle était. L'incarnation du désespoir plutôt que de la justice. Jusque-là, Noonan avait représenté l'épouvantail de son enfance, un père qui, sans le savoir, allait récolter ce qu'il avait semé. Un tyran minable, manipulateur, coureur, faux cul de première, aux poings serrés d'une colère toujours prête — la raison pour laquelle sa femme sans cesse prenait la fuite, puis s'était mise à avaler de minuscules pilules avec son café du matin. Longtemps après le départ de Noonan, elle avait fini, apathique, par en prendre une de trop.

Une fois baigné de lumière — la lumière de *Sarah* —, cet homme était devenu ce que son destin avait prévu. Il avait tout perdu, et le pont des Soupirs l'attendait. Lorsqu'il avait eu l'âge de s'asseoir au comptoir avec lui, Bobby Marconi avait été trop jeune pour comprendre qu'on pouvait se détester soi-même ; que c'était épuisant, tant moralement que physiquement, de ne pas être un autre. La seconde vie de son père chez la fille du West End, le besoin qu'il avait eu d'imposer sa « morale » autour de lui en s'accordant lui-même tous les plaisirs — tout cela n'était qu'hypocrisie aux yeux de Bobby. Aujourd'hui — pourquoi ne pas le reconnaître ? —, Robert Noonan avait une autre version de la chose. Le jour était venu où son père s'était simplement lassé de son existence, de ses menaces creuses, de sa dictature à la petite semaine. Quand le pauvre Willie, si brave, en avait fait non seulement un « gentil », mais aussi « le plus gentil de tous », Marconi avait sans doute été près de le croire. S'il n'y avait pas eu Bobby, qui ne s'était pas laissé impressionner et le lui avait démontré sans civilité, peut-être le vieux se serait-il pris à son jeu ? Sans un fils en colère pour le contredire, peut-être y aurait-il cru ?

Mais j'étais là, pensait Noonan, tout en modifiant son portrait. Bobby Marconi avait toujours considéré sa haine du père comme un bien précieux, à ne pas dilapider, une chose dont il pourrait manquer un jour, qu'on était susceptible de lui voler s'il n'y prenait garde. Il l'avait soigneusement économisée. Sans désir de comprendre cet homme, conscient de ce que coûterait le moindre effort de compassion, il s'était efforcé de préserver, de conforter son magot d'amertume, travaillé par la peur du manque, et redoutant, comme tout bon grippe-sou, que ses coffres soient un jour vides. Jamais Bobby n'avait perçu le véritable danger : qu'à l'heure de sa propre mort, il roulerait sur cet or. Si on voulait bien y penser, c'était incroyable de voir avec quelle facilité la haine occupait un espace réservé à l'amour, et réciproquement, comme si les deux sentiments, de taille identique, avaient été conçus pour être interchangeables. On les remplaçait si aisément l'un par l'autre ! Toute forme d'art est motivée par la passion, et Noonan n'était pas le premier peintre, il le savait, à se nourrir de sa colère. Ça avait bien fonctionné, pendant très longtemps même, mais plus aujourd'hui. Comme le disait Hugh, il ne restait plus que « le ver ». Ces terreurs nocturnes suivaient donc une intuition malvenue : Noonan était fini. Pour rebondir, il lui faudrait partir à la découverte, entrer en territoire inconnu.

« Bon, assez parlé de peinture, a dit Hugh en se décidant à piocher dans les cacahuètes. Comment ça s'est passé, hier ?

— Il faut attendre les résultats des analyses. Vu les symptômes, le cancer est en principe hors de cause. Enfin, il s'agit d'ex-symptômes. »

Sans Hugh, qui avait insisté, Noonan ne serait pas allé au labo. Après tout, dans leur majorité, ses ennuis — merde, ils arrivaient comment, déjà ? — avaient disparu aussi vite et aussi mystérieusement qu'ils s'étaient présentés. Depuis qu'il avait commencé à peindre *Sarah*, après le coup de poing de Lichtner, il n'avait plus eu de crises la nuit, ni de larmes le jour. Il avait retrouvé l'appétit, les aliments leur goût normal, ou du moins celui dont il se souvenait. Il reprenait même un peu de poids, bien que ça, il s'en serait passé.

« C'est bizarre, quand j'ai dit au toubib que la bouffe n'avait plus de goût, il m'a demandé si j'étais peintre.

— Tu avais sans doute des couleurs dans la barbe. »

Noonan n'a pas relevé.

« Ça pourrait être une intoxication au cadmium. À vérifier.

— Au cadmium ?

— Il y en a dans le rouge et le jaune. Ça expliquerait peut-être mes flips, la nuit.

— Bon, ben, évite le rouge et le jaune.

— Et merde. On meurt de ce qu'on aime.

— Tu l'as dit, bouffi », avait approuvé Hugh, d'un air sérieux que Noonan ne lui connaissait pas.

Le cadmium était peut-être responsable des picotements aux extrémités, de la perte du goût et « des flips dans la nuit », mais il restait ces chagrins incontrôlables, la journée. Pour ne pas s'exposer aux sarcasmes de Hugh, Noonan a fait l'impasse sur d'autres hypothèses, dont celle d'une dépression de plusieurs mois. Il doutait lui-même d'un tel diagnostic. Je ne le saurais pas, si j'étais déprimé ? avait-il demandé. (« Pas nécessairement. ») On est déprimé à cause de quelque chose, non ? (« Pas nécessairement non plus. ») Et ça peut arriver comme ça, sans raison ? (« Ce n'est pas parce que la raison vous échappe qu'il n'y en a pas. ») Et ça peut disparaître de la même façon ? (« Ici aussi, ce n'est pas parce que la… ») C'est ensuite eux qui avaient posé des questions : Avait-il l'impression d'être libéré d'un poids ? (« Oui. ») Comme si le soleil venait de réapparaître après les nuages ? (« Encore oui. ») Cherchait-il depuis longtemps une réponse à un problème ? Aurait-il accepté de ne pas la trouver, pour ne pas s'embarrasser ? Savait-il que le cap des soixante ans était souvent critique ? Lorsqu'on commence à considérer le chemin parcouru… C'est parfois déstabilisant. Puis Noonan à nouveau : Ça allait revenir ? (« Peut-être. Peut-être pas. ») Devait-il s'inquiéter ? (« Vous aimez ça, vous inquiéter ? ») À quoi bon faire un chèque à un médecin, alors qu'un curé ne coûte rien ?

« Pour l'instant, c'est surtout ma tension artérielle qui les intéresse, a poursuivi Noonan, aussi platement que possible.

— Tu en as trop ?

— Trop.

— *Beaucoup* trop ?

— Ils m'ont fait une ordonnance. Conseillé d'éviter le stress. Ils ne m'ont pas spécialement interdit de te voir, mais...

— Voilà ce que tu vas faire si tu n'es pas idiot. Tu mets l'argent que tu as récolté ce soir sur un compte aux États-Unis. Le premier de chaque mois, je te fais un virement. De quoi te payer un atelier et te rembourser quelques frais raisonnables.

— Raisonnables selon toi, bien sûr.

— Oui, c'est moi qui fais autorité en ce domaine. Mon gars à la Chase a un flair de sorcier, en ce moment. Il pourrait te suggérer un placement ou deux.

— J'y penserai », a dit Noonan, et peut-être allait-il le faire.

Il se trouvait curieusement souple, ces temps-ci.

Sa vodka finie, Hugh a repoussé son verre.

« Faut que j'y retourne, a-t-il dit. Ça avait l'air de se vider un peu, tout à l'heure. Anne veut qu'on aille dîner ensemble pour fêter ça. Tu devrais venir.

— D'accord. »

Surpris, Hugh étudiait son ami d'un œil méfiant.

« Je l'ai trouvée rayonnante, ce soir.

— Elle a pas mal vendu, aussi, a dit Noonan.

— C'est vrai. Mais sauf erreur, et je me trompe rarement, la raison n'est pas là. Maintenant que je te regarde... Tu aurais vaguement des couleurs, pour une fois. »

Noonan n'a pas relevé, ce qui lui a valu un sourire ironique. Il n'avait pas prévu de coucher avec Anne — si du moins il avait prévu quoi que ce soit. Dix ans plus tôt, ils avaient déjà eu une brève liaison. Cela avait été agréable, mais rien d'autre qu'un intermède. Comme tous deux étaient peintres, ils n'avaient pas eu besoin d'expliquer certaines de leurs manies bizarres, ce qui était en même temps plaisant et déconcertant. Au fil du temps, Noonan s'était habitué à ce qu'on lui pose des questions, il n'avait pas toujours les réponses et, avec Anne, ç'avait été comme sauter une étape. Mais ça n'avait pas duré. Hier, il avait eu d'autres sensations, faire l'amour l'avait ému d'une façon inattendue. Qu'avait dit Evangeline, la dernière fois ? « Tu as pris ton pied… Ça te fait quelque chose de me voir ? » Il n'avait pas su quoi répondre, ou peut-être que si et il n'avait pas voulu la blesser, car elle était à vif. Il avait pensé par la suite que, pour tenir ce genre de propos, il fallait qu'une femme soit déçue. Sur sa faim. Hier soir, la terre n'avait pas tremblé, ils n'étaient pas sortis de leurs gonds, mais ç'avait été doux et tendre. Ils savaient l'un et l'autre ce dont ils étaient capables, et à leur âge — bien qu'Anne ait dix ans de moins que lui —, c'est sans doute ce qu'on pouvait espérer de mieux. Presque une thérapie. « OK, avait-elle déclaré comme à elle-même, en se couvrant avec le drap. Je suis prête pour demain, maintenant. » Un *demain* qui faisait référence au vernissage, avait-il supposé. L'affirmation avait un côté intime, étonnant, à la limite du désobligeant. Mais le ton était celui de la confiance.

« Sans moi, tu aurais carburé à quoi ? Au Percodan ?

— Avec un Martini.

— Ah, avait dit Noonan, qui se sentait fatigué, mais très bien. Ravi d'être mis à contribution. Dois-je regagner ma chambre, à présent ? »

Hugh les avait obligeamment installés dans le même hôtel.

« Si je m'endors ici, tu risques d'assister à une crise de terreur en pleine nuit.

— Attends. J'ai une proposition à te faire, avait-elle dit d'une voix curieusement enjouée. Je te propose d'accepter ensemble l'offre de Columbia. »

Lui en avait-il parlé dans l'avion ? Il ne s'en souvenait pas. C'était donc Hugh, la pipelette de service.

« Ensemble ?

— Oui. Toi et moi. On partage le poste.

— Prends-le toute seule.

— Ce n'est pas moi qu'ils veulent, c'est toi. Mais s'il fallait me prendre aussi pour t'avoir, ils le feraient sans doute. »

Il n'y avait aucune rancœur dans la remarque. Noonan se demandait où était passée l'autre Anne, celle qui, fragile, avait toujours besoin d'être rassurée.

« Et comment on organise ça ? Je veux dire, les cours ?

— Je leur dirai certaines choses, et tu me corrigeras après.

— On est censés se marier ?

— Pas forcément, avait-elle répondu, prise à son tour au dépourvu.

— C'est ce que tu as l'air d'insinuer.

— Non. Mais on occuperait l'appartement de fonction, et on aurait droit aux commérages.

— Tu joues avec ta vie, là. »

Passer une nuit avec lui était déjà risqué, mais un trimestre entier, voire deux… À moins que ses coups de flip aient réellement disparu.

« Je ne pense pas que tu me ferais de mal, Noonan. Ni couché ni debout.

— Il me semblait que ça s'était produit.

— Ah, ça, avait-elle dit, brusquement grave. Oh, je crois que tu ne recommencerais pas. »

Pour quelque raison lui non plus mais, après avoir déçu tant de femmes, il s'était habitué à les préparer au pire, dès le début d'une relation.

« Et si tu rentres un peu tôt un après-midi, et que tu me trouves dans les bras d'une jolie étudiante ? »

Pas une du groupe d'Irwin, au teint cireux, avec piercings et le reste, mais une beauté pulpeuse qu'il rencontrerait ultérieurement.

« Et si justement ça n'arrivait pas ? avait contré Anne, joueuse. Car tu comprendrais d'abord que la jolie étudiante n'a pas envie de toi, qu'elle t'utilise seulement parce que tu es célèbre et que tu peux la lancer. Et ensuite que tu n'as pas non plus envie d'elle, puisque tu préfères être avec moi ! »

Le plus étrange, le plus effrayant aussi, admettait Noonan dans ce bar de Soho, est qu'elle avait peut-être raison.

Hugh paraissait lui-même un peu déconcerté.

« Attends, est-ce que je suis d'accord, moi ?

— On t'a demandé de signer avec nous ?

— Bon, OK, pourquoi pas ? Mais promets-moi que vous partagerez seulement l'huile de lin et la térébenthine, et que tu ne vas pas l'épouser, la pauvre.

— Occupe-toi de tes oignons et laisse-moi faire ce que je veux avec mon doux et vigoureux pinceau. »

Hugh quittait son tabouret.

« Dois-je dire à ce monsieur sans humour de te fiche dehors à huit heures et demie ? Puisque tu dînes à neuf heures avec nous au Coco Pazzo.

— Un italien. Formidable. Je ne connais rien à cette cuisine.

— Bravo, Robbie, a dit Hugh, sérieusement. Tu...

— Va-t'en. Je renifle à des kilomètres quand tu vas tomber dans le mélo.

— Mon Dieu, mais tu as raison. Quelle horreur ! » a dit Hugh, mortifié. Puis : « Oh, j'ai failli oublier ! »

Il a glissé une main dans la poche de son veston.

« On a laissé ça pour toi à la galerie. »

Il tendait une enveloppe sur laquelle une jolie écriture fine avait inscrit « Bobby ». Qui l'appelait encore ainsi ?

« En partant, cette femme nous a dit qu'elle était une ancienne amie à toi. Elle n'en revenait pas de ce qui lui arrivait. Tu l'as peut-être remarquée, d'ailleurs. Elle avait avec elle une petite Noire maigrichonne, qui se tenait sur une jambe comme une cigogne. »

Noonan s'en souvenait vaguement. Ces deux-là formaient un drôle de couple, pas franchement à sa place dans une galerie. Il avait pensé à un professeur, ou à une assistante sociale, venue avec une gamine pour la sortir de sa banlieue. Cette femme avait attiré son attention, parce qu'elle paraissait l'observer derrière ses lunettes noires. Évidemment, dans ce genre de circonstances, ce n'était pas surprenant. Dans un vernissage, les gens montraient toujours l'artiste du doigt, ou au moins le dévisageaient. Elle avait détourné la tête avec un pâle sourire quand leurs regards s'étaient croisés. Il l'avait de nouveau remarquée plus tard, tandis qu'il s'éclipsait. Elle était en train de discuter avec Anne, ce qui l'avait dérouté. Il avait cru qu'elle s'intéressait surtout à ses toiles à lui. Elle était restée un bon moment devant la *Jeune Femme à la fenêtre.*

La lettre faisait cinq pages. Noonan a vérifié à la fin ce qu'il savait déjà. Cette écriture-là n'avait pas changé depuis trente ans. La raison pour laquelle, sans doute, Sarah avait inscrit son nom sur l'enveloppe. Pas étonnant qu'elle ait longuement étudié son portrait. Elle semblait enregistrer le moindre détail.

« Elle était encore là-bas quand je suis parti à ta recherche, a dit Hugh. Elle avait peut-être envie que tu lui rendes visite à Jamaica Plain, avec sa classe de quatrième. Qu'est-ce qui te fait rire ?

— Tu ne devines pas qui c'est ?

— Je devrais ?

— Pas vraiment. Si moi, je ne l'ai pas reconnue...

— Bon Dieu ! » s'est exclamé Hugh, qui comprenait enfin.

Cher Bobby...

Il a attendu que la porte du bar se referme derrière Hugh — « Tu es sûr que ça va ? Parce que tu as l'air un peu... » — pour s'asseoir à une table près de la vitrine, où on y voyait un petit peu mieux. Le verre coloré teignait le papier de lueurs étranges.

J'espère que tu ne seras pas trop ébahi par cette lettre. Je l'ai été moi-même en découvrant ton visage (ou celui de ton père ?) dans un magazine que quelqu'un avait oublié tout à l'heure dans le train. Quelle probabilité avait-il de se trouver exactement à l'endroit où j'avais choisi de m'asseoir ? D'être ouvert à cette page, posé de telle façon que ton portrait me regarde au lieu d'être collé contre la banquette ? Mais voilà ce qui arrive quand on a un jour soixante ans. Des étoiles éparses forment soudain des constellations riches de sens. Alors voilà, j'ai lu dans le train cet article qui par-

lait de ta nouvelle expo, dont le vernissage avait lieu aujourd'hui — une autre étoile de la constellation ! — et je n'ai pu faire autrement que venir. Je me suis promis de ne pas t'aborder, car il y aurait foule dans la galerie (c'était le cas), et il y aurait autour de toi des gens très importants (également). Il y avait peu de chances que tu me reconnaisses, quarante ans après (ce que j'ai vérifié). Lou ne m'accompagnait pas, et c'est aussi bien, car il n'aurait pas su se maîtriser. Il se serait vanté devant tout le monde d'avoir été ton meilleur ami. Je me demande d'ailleurs si tu te doutes jamais qu'il se passe rarement une semaine sans qu'il parle de toi.

Au début de cette lettre, je désirais tout simplement t'inviter. Il faut que tu viennes nous voir, Bobby, et j'espère que tu emmèneras ta douce amie Anne. J'ai remarqué à la galerie qu'elle te cherchait souvent du regard, et elle m'a aperçue, sans doute parce que j'en faisais autant. Contrairement aux hommes, les femmes remarquent ces choses. Nous avons échangé quelques mots et c'est elle qui m'a donné ces feuilles sur lesquelles je t'écris (elle est repartie deux fois m'en prendre d'autres). Elle m'a beaucoup plu, et ses peintures aussi. Ça sera plus facile pour Lou si tu viens avec elle, car il est persuadé que nous étions amoureux l'un de l'autre, et que cela pourrait recommencer. Je trouve ça merveilleux qu'il voie toujours devant lui la fille qu'il a épousée ! En d'autres termes, il est complètement aveugle.

Mais nos destins se jouent à des moments particuliers, non ? Tu te rappelles chez Ikey, le jour où j'ai appris que ma mère était morte ? Lou était là, avec Tessa et Lou-Lou. Il leur a suffi d'un coup d'œil pour comprendre qu'il m'arrivait une chose affreuse. Lou m'a prise dans ses bras, et je crois avoir eu à cet instant l'intuition de ce que serait ma vie, que je la passerais dans ce magasin, où j'étais toujours bien, au chaud et à l'abri. En arrivant, je ne pensais pas que tu serais là. Tu as souri en sortant de la réserve et j'ai cru que tu pensais au seul et unique baiser que nous nous étions donné la veille. J'ai tourné la tête. Je me rendais soudain compte que je m'étais gravement trompée cette année-là en croyant, du moins en essayant de croire, que je n'aurais pas à choisir entre vous deux. Je m'étais détournée parce que j'avais honte. Je ne te l'ai jamais dit, je ne l'ai jamais dit à personne. Tu sais, avant d'aller chez Ikey, j'étais passée chez toi au-dessus du drugstore. Quand j'ai appris pour ma mère, c'est à toi que j'ai eu envie de parler. Je ne sais pas combien de temps je t'ai attendu. Assez longtemps pour me sentir mal dans ma peau, quand même.

Pourquoi te le dire maintenant ? Parce qu'il n'y a plus de danger, je suppose. Parce que j'aime mon mari et ma vie. J'ai eu des doutes, ces derniers temps, mais je découvre aujourd'hui que j'ai eu tort. Il nous est arrivé ce qu'on pouvait attendre de mieux, et pas seulement Lou et moi. Quand je regarde tes toiles, je vois que tu as vécu la vie qu'il te fallait. Ta « Jeune fille » me rappelle le soir où tu m'avais raccompagnée sur ta moto. Je t'avais dit au revoir depuis la fenêtre de ma chambre. Tu te souviens ? J'ai surtout admiré ton « Pont des Soupirs », qui semble me dire une chose : que tu as fait la paix avec ton père. Tu lui as peint de ces yeux. Hantés, bourrelés de remords. Et ce sont les tiens, si tu veux bien me permettre. Faut-il croire que tu es finalement en paix avec toi-même, aussi ?

Bonne question, s'est interrogé Noonan. Comment savoir ? Bizarrement, il repensait à Lucy, qui lui demandait d'expliquer pourquoi certains payaient pour traverser la passerelle et d'autres pas. Parce que c'est comme ça, lui avait-il répondu — assez méchamment, trouvait-il maintenant. Ce n'était pas seulement méchant, c'était faux aussi. Tout le monde finit par payer.

Il n'y a pas longtemps, Lou voulait savoir si, en m'épousant, il m'avait privée d'un destin qui aurait dû être le mien. Je lui ai dit la vérité, et la vérité est que je l'aime, que je ne regrette pas d'avoir uni ma vie à la sienne. Mais disons-nous jamais à ceux que nous aimons « toute la vérité, et rien que la vérité, je le jure », comme se plaisait à le répéter mon père ? Voire à nous-mêmes ? La vie des plus heureux, des plus avantagés, ne cache-t-elle pas elle aussi d'autres possibilités, d'autres douceurs, et sans doute d'autres amertumes ? N'est-ce pas pour cela que, malgré tout, il nous arrive de nous sentir floués, grugés, même quand cela n'est pas vrai ?

Je t'embrasse, Sarah.

Tout le monde paie.

La feuille se voilait devant les yeux embués de Noonan, et la voix du serveur a retenti.

« Eh, connard ! On pleure pas dans les bars ! »

Toujours un excellent principe.

En observant le panneau des départs à Grand Central, il s'est dit finalement que le train de Sarah partait peut-être de Penn Station. Dans ce cas, il avait perdu… quoi ? Vingt minutes ? Il a hélé un deuxième taxi, aussitôt coincé dans les embouteillages. Il avait donc une seconde pour réfléchir, se rappeler à quel point Venise, ville sans voitures, était agréable, et essayer de calculer l'avance prise par Sarah. Ce qui se révélait quasiment impossible. Combien de temps avait-elle mis à écrire cette lettre pendant qu'il descendait ses bières au bar ? Devait-elle repasser à son hôtel d'abord — et qui était cette gamine noire ? Avaient-elles filé directement de la galerie à la gare ? Sans savoir pourquoi, il a pensé qu'elles voyageaient ensemble, que Sarah ne venait pas de rencontrer cette jeune fille et qu'elle ne la laisserait pas à New York. Avaient-elles déjà leurs horaires, ou monteraient-elles simplement dans le premier train, trois quarts d'heure ou une heure plus tard ? Cela faisait beaucoup trop de variables.

Il ne les a pas aperçues dans le grand hall de Penn Station. Selon le panneau indicateur, un seul train s'arrêtait à Albany, et il partait dans cinq minutes. Relevant le numéro du quai, Noonan a foncé, en jouant des coudes dans une foule nombreuse. Arrivé devant le train, qui, prêt à s'ébranler, sifflait furieusement, il a compté une douzaine de voitures.

« Dépêchez-vous ! » lui a conseillé une femme qui portait l'uniforme d'Amtrak.

En le voyant bondir vers elle, elle a cru qu'il voulait monter, ce qu'il était tenté de faire, sauf qu'il n'était pas sûr que Sarah soit dans ce train-là. Elle aurait pu en prendre un autre une heure plus tôt, ou le suivant une heure plus tard. En repassant à la galerie, il avait retrouvé Anne, qui lui avait répété les propos de Sarah — celle-ci avait parlé d'un train le jour même, sans autre précision. Noonan a décidé de courir jusqu'au bout du quai, puis de revenir en étudiant bien chaque wagon. Grâce à la jeune fille noire, il aurait moins de mal à les repérer et, avec un peu de chance, le train aurait du retard. Il voulait simplement dire à Sarah qu'elle n'était pas la seule à se sentir grugée, même si, en ce qui le concernait, la vie lui avait donné plus et mieux qu'il ne méritait.

Le train s'est mis en marche lorsqu'il est arrivé au bout du quai. Anxieux, le souffle court, Noonan a étudié chacune des voitures qui grinçaient devant lui. Peu habitué à un exercice physique aussi intense, son cœur battait dans sa poitrine. Il était en train de conclure qu'elles n'étaient pas dans ce train-là lorsqu'il les a vues dans l'avant-dernier wagon — si c'était bien la jeune fille de la galerie, et si la brune à son côté, avec ses lunettes noires, n'était pas une passagère que le hasard plaçait là. Qu'avait dit Sarah sur les probabilités ? Mais il *fallait* que ce soit elles pour que cet émoi, cette agitation, prennent un sens, pour qu'il y ait une constellation et non un groupe d'étoiles alignées sans raison.

Il leur faisait signe et c'est la petite qui l'a remarqué. Semblait-elle le remettre ? A-t-elle donné un coup de coude à sa voisine ? Levant aussitôt le nez, celle-ci a aperçu Noonan derrière la fenêtre, tandis que le train prenait de la vitesse. Son expression, surprise, impliquait-elle qu'elle le reconnaissait, ou bien la présence de quelqu'un, juste au bord du quai, l'affolait-elle ? L'employée d'Amtrak hurlait soudain :

« Monsieur ! Monsieur ! *Reculez !* »

Était-ce l'imagination de Noonan, ou la passagère avait-elle brusquement le sourire radieux de Sarah, juste une demi-seconde, avant que sa voiture s'éloigne avec la suivante ?

L'employée d'Amtrak le tenait par le coude.

« Monsieur, il faut reculer. Le train est parti. Il y en a un autre dans une heure. Vous êtes sûr que ça va ? »

Essoufflé, il a tenté de répondre que oui, mais son cœur battait de plus en plus fort, prêt à éclater, et il était couvert de sueur. En nage après avoir couru comme un dératé, ce qui ne lui était plus arrivé depuis des années.

« Monsieur, il faut vous asseoir. »

Elle le tirait par la manche lorsqu'il a remarqué le train sur l'autre voie, dont les portes se refermaient en sifflant. Dans le wagon le plus proche, un homme le regardait avec un sourire mauvais. Noonan n'a pas reconnu tout de suite Lichtner qui, bien sûr, était à Venise. Ils s'étaient croisés à

Saint-Marc, la veille de son départ pour New York. L'avait-il suivi jusqu'ici, pour quelque raison étrange ? Parce que c'était bien lui.

« Monsieur, je vais vous demander de m'accompagner.

— Je connais cet homme », a-t-il dit à l'employée, mais alors une chose curieuse s'est produite.

Noonan a d'abord pensé que Lichtner, pour ne pas être vu, venait de baisser le store de son compartiment. Puis il s'est rendu compte que, en fait, son œil gauche était voilé. Il voyait toujours l'homme avec le droit, sauf qu'il ne souriait plus et que ce n'était plus Lichtner. Quand le train s'est mis en branle, Noonan a soudain perçu une odeur âcre, putride, qui ressemblait à chez lui et aux canaux à Venise.

DESTINATION

Près des piliers en pierre qui marquent l'entrée de Whitcombe Park, j'aperçois d'abord son vélo, calé sur ce qui est resté pour moi la clôture de Gabriel Mock. Cela ne me plaît pas de voir le vélo seulement, car des choses affreuses arrivent aux enfants, surtout s'ils ne le croient pas, et Kayla — Dieu la préserve — n'a peur de rien. En un temps record, cette petite m'est devenue plus chère que je ne saurais le dire.

Je me gare devant le portail, j'éteins le moteur et, avant de me lancer à sa recherche, j'essaie de me convaincre que je m'inquiète pour rien. Dans trois quarts d'heure, il faut que nous soyons chez Ikey, où Sarah nous dévoilera son... eh bien, son dernier tableau, je suppose, car tout ça est ultra-secret. Kayla est au courant et elle est absolument ravie de savoir une chose que j'ignore. Pour fêter l'événement, nous allons boire du prosecco. Elle m'a expliqué ce que c'est : du champagne italien. Bon, les grands auront un verre, et elle la moitié d'un, coupé avec du jus de fruit.

Je remarque Gabriel Mock, assis à l'ombre d'un pilier, au moment seulement où il bouge.

« Monsieur Mock », lui dis-je en descendant de voiture.

Je l'étudie un instant. Il n'a pas les yeux injectés de sang, pas de bouteille près de lui non plus. Il a simplement l'air un peu endormi.

« Je piquais un petit roupillon au frais », me dit-il.

Puisqu'il ne fait pas le zouave, je me demande ce qu'il fait là. Il en a parfaitement le droit bien sûr et cela ne me regarde pas. Quand je pense aux heures qu'il a passées là autrefois, à repeindre cette clôture à l'époque où il y avait un manoir derrière, je trouve qu'il en a encore plus le droit.

« C'est un temps idéal pour ça, lui dis-je, et c'est vrai, c'est un très bel après-midi de juin. Vous êtes venu à pied jusqu'ici, monsieur Mock ?

— À moitié. Un gars m'a pris dans sa voiture, en chemin. Mon chauffeur habituel est en vacances, aujourd'hui. Tu cherches la petite au vélo, je parie. »

Je lui réponds que c'est exactement ça et que, dès que nous l'aurons récupérée, je peux le reconduire en ville, s'il veut.

« Dès que *tu* l'auras trouvée, me corrige-t-il, et il reste assis pour bien se faire comprendre. Je suis trop vieux pour courir après les gosses, moi, surtout qu'elle a des jambes interminables, cette drôlesse. Un vrai cheval de course. »

Je lui demande s'il a une idée de l'endroit où elle peut être. Whitcombe Park est immense.

« Elle étudie le terrain, m'apprend-il, ce qui ne m'est pas d'un grand recours. Cherche les grottes, quoi. Comme un p'tit gars que je connaissais. J'y ai dit comme à toi : appelle pas au secours si tu tombes dans le trou. Tiendrait qu'à moi, elle aurait qu'à passer sa vie là-dessous, à prendre froid dans c't'humidité. Elle peut bien se marier et élever ses petits dans une caverne, si elle veut. »

Puis, jetant un coup d'œil à ma nouvelle voiture :

« C'est à toi, c'véhicule ? »

Il l'a déjà vu deux ou trois fois mais, à l'évidence, il ne s'en souvient plus. Hochant la tête, je lui explique que c'est un monospace, qu'on peut rabattre le siège arrière, ce qui est bien pratique pour le vélo de Kayla. Qu'on installera là, d'ailleurs, dès qu'on l'aura retrouvée. C'est elle qui m'a suggéré ce modèle, même persuadé de choisir cette belle couleur pourpre qui n'avait pas ma préférence, mais qui me plaît de plus en plus. J'apprécie surtout la fonction essentielle de cette automobile, qui sert à nous promener. C'est une des choses auxquelles Sarah tenait absolument à son retour : elle voulait que Kayla sorte de Thomaston. Nous l'avons emmenée à la bibliothèque de la ville voisine de Canajoharie, qui possède une merveilleuse collection de tableaux, mais aussi dans plusieurs musées et galeries d'Albany, et nous projetons à l'automne de passer une semaine à Boston. Même l'Italie est revenue au programme, quoique pas avant l'été prochain et, bien sûr, nous n'irons pas là-bas en voiture. Mais nous saurons alors si Kayla est à nous, et nous aurons dans ce cas les papiers requis pour voyager avec elle.

Sarah et elle aiment se moquer de mon peu d'empressement à quitter la maison, et c'est devenu un gag que nous répétons souvent. Au moment de partir quelque part, Kayla me prend par la main et me tire vers la porte, où je me retiens au cadre, jusqu'à ce qu'elle arrive — avec force grognements — à m'entraîner dehors, à m'installer derrière le volant et boucler ma ceinture. Quand nous arrivons à l'endroit prévu, je fais semblant de trouver ça sans intérêt, et elle m'explique patiemment en quoi j'ai tort. Alors je cède, j'admets que je suis content d'être venu, mais que ce n'est pas mal chez nous non plus, et Kayla est d'accord : Thomaston, c'est très bien. C'est un jeu intelligent, je suppose, parce qu'il a un fond de vérité. Enfin, l'idée est de me transformer peu à peu en voyageur ; jusque-là, tout se passe bien. Je suis un vieux singe qui apprend une nouvelle grimace. Et je reste finalement celui que j'ai toujours été : Lucy Lynch. Mais cette enfant, ce don qu'on nous fait tardivement, réussit à me sortir de moi pendant de longs moments, plus longs que je n'en ai le souvenir, et c'est une conversion remarquable.

« Votre clôture est abîmée, monsieur Mock. »

Personne ne s'en occupe depuis au moins dix ans et, à force de s'écailler, la vieille laque noire est mangée par la rouille, ce qui aurait ravi le père de Sarah. Je pense beaucoup à lui ces derniers temps. Je me souviens de ses tirades au vitriol sur notre vénéré ancêtre, un homme qui possédait des esclaves, aimait-il nous rappeler ; un homme qui vendait des armes et de l'eau de feu aux Mohawks, les Indiens du coin ; un homme qui exaltait leurs instincts jusqu'à ce que, assoiffés de sang, ils aillent pourfendre nos voisins allemands et hollandais d'Albany. Tory jusqu'au bout des ongles, sir Thomas s'était enfui au Canada à la veille de la Révolution, avec l'intention de revenir une fois l'insurrection matée. Le père de Sarah le voyait prendre part aux rites des sauvages, courir nu dans les bois, le corps couvert de peintures. Et les autres pionniers ne savaient pas qui leur brisait le crâne d'un bon coup de tomahawk. Rien ne prouve qu'il ait joué un rôle dans le massacre du Cayoga, mais M. Berg affirmait que si. C'était mythique. Il aurait le premier pollué le ruisseau, en lui donnant la couleur du sang. Seulement voilà : nous autres modernes, pathétiques créatures, ne nous intéressons qu'à l'argent. Amassés devant la clôture, nous posions encore des regards envieux sur cette coquille vide de manoir, à imaginer de folles réceptions auxquelles nos ancêtres n'étaient bien sûr pas conviés.

Ce qui me ramène au jour où mon père m'a emmené ici après une énième traversée du Borough. Ce qu'on devait avoir l'air bizarres, assis tous deux dans un camion devant ce portail. Venions-nous livrer le lait dans un bâtiment déserté depuis plus d'un siècle ? « Le type qui vivait là doit être un des premiers qu'ont fait fortune dans le coin, avait dit papa. Je sais pas comment il s'y est pris, mais sûrement que les gens l'aimaient bien. » C'était pour lui comme ça qu'on devenait riche — parce qu'on vous appréciait plus qu'un autre. J'ai toujours pensé que ce qui distinguait vraiment le père de Sarah du mien ne tenait pas aux études — que l'un avait menées et l'autre pas. Non, leurs convictions ne reposaient pas sur un savoir, aussi vaste fût-il, elles découlaient d'un tempérament. Big Lou avait tendance à voir les gens mieux qu'ils n'étaient, et c'était l'inverse pour M. Berg. Je ne dirais pas que cela en faisait des imbéciles : tout simplement nos pères avaient envie que le monde ressemble à ce qu'ils croyaient. Ils étaient contents que ce soit le cas, mécontents autrement, et ni l'un ni l'autre ne semblait capable d'accepter un témoignage contraire à ses croyances. La vie m'a appris que c'est une disposition fort malsaine. J'ai bizarrement grandi avec la certitude que mes parents étaient l'opposé l'un de l'autre — papa l'optimiste, maman la cynique. En réalité, maman tenait un juste milieu entre ces deux spécimens, aussi bornés et caractériels l'un que l'autre. Papa croyait en l'homme et en sa bonté intrinsèque, M. Berg en la perversion absolue de toute l'humanité.

Je suis sur le point de partir à la recherche de Kayla lorsque j'entends : « Lou-Lou ! », et je la vois arriver à cent à l'heure le long de la clôture. Ai-je besoin de préciser à quel point je suis heureux qu'elle m'appelle comme Sarah appelait papa ?

Une seconde plus tard, elle a accroché ses longs bras fins à mon cou.

« Tu es un peu plus lourde chaque jour, lui dis-je lorsqu'elle retouche terre.

— Et plus rapide ! s'exclame-t-elle, comme si j'avais oublié le plus important. Regarde ! »

Elle fonce vers le chêne le plus proche, à une cinquantaine de mètres, bras et jambes bien synchronisés — une vraie locomotive —, avant de revenir poser la tête, essoufflée, sur ma poitrine. Chaque jour ou presque, elle veut que je vérifie les progrès accomplis depuis la veille, comme si j'avais toujours un chronomètre en main.

« J'suis fatigué rien qu'la voir, dit Gabriel.

— Moi aussi, monsieur Mock », dis-je en l'entraînant vers lui.

Elle se détache de moi pour l'embrasser à son tour, ce qui, visiblement, lui fait un plaisir fou. La première fois qu'elle l'a vu, elle lui a dit qu'il ne sentait pas bon. Il a fait des progrès depuis, question propreté, et je ne suis donc pas le seul à être transformé par l'arrivée de Kayla. Cela fait presque dix ans que Gabriel vit comme une ombre, plus animée dans une mémoire crépusculaire qu'au soleil du réel.

« Je pourrais aussi être championne olympique », déclare Kayla avec un soupir, ajoutant cette nouvelle option à la liste fort longue que nous avons établie.

Jamais à court d'énergie, elle se met à sautiller.

« Je suis bonne pour mal de choses, hein ?

— Ne te vante pas comme ça devant ta grand-mère Tessa, toi », lui dis-je.

Son visage s'assombrit à ce nom.

« Pourquoi elle ne m'aime pas ?

— Mais si, elle t'aime bien », l'assuré-je, comme chaque jour.

On pourrait dire que Kayla tient de mon père. À part une obstination déplacée, elle ne voit pas ce qui empêche les gens de l'aimer. À la vérité, j'ignore pourquoi ma mère ne s'est pas davantage attachée à elle. Je doute que Kayla elle-même soit en cause. Ce serait plutôt Sarah et moi : nous voulons l'adopter et l'élever ici jusqu'à sa majorité au moins. Une tentative, selon ma mère, vouée à l'échec. « Il n'y a pas assez de vies brisées dans ce monde ? » m'a-t-elle lancé quand je lui ai fait part de nos intentions. Elle se référait, bien sûr, à Gabriel Mock, à son fils, à tous les gamins noirs qu'elle a vus grandir et qui, pour la plupart, habitent encore la Colline. Elle semble penser que nous conduisons une de ces expériences qui avaient la faveur de M. Berg. Rien ne saurait être plus loin de la vérité.

« Si ça peut te rassurer. Je me suis parfois demandé si elle m'aimait moi-même », dis-je à Kayla.

Mais elle n'y prête pas attention. Elle s'est emparée de ma main gauche pour redresser mes doigts qui, aussitôt après, reprennent leur position courbée.

« À ton avis ? Ça va mieux aujourd'hui ?

— Parfaitement, répond-elle, et c'est une autre appréciation subjective, après son record aux deux fois cinquante mètres de tout à l'heure.

— Je crois aussi, dis-je avec un clin d'œil pour Gabriel. Vous êtes d'accord, monsieur Mock ?

— C'est pas les doigts, le problème, dit-il. C'est son sourire qu'il faut retaper. Déjà qu'il ressemblait à son père, c'est encore pire maintenant. »

Se hissant sur la pointe des pieds, Kayla pose l'index sous un coin de ma bouche pour la relever. Mon sourire de travers et mes doigts tordus sont les seules séquelles de mon attaque du mois dernier. En fin de journée, j'ai parfois le pied gauche un peu raide aussi, mais à part ça, tout est normal et il y a longtemps que je ne me suis pas senti aussi bien. L'anticholestérol a l'air efficace, et Kayla s'est chargée personnellement de vérifier que je suis mon régime. Les gens n'ont pas l'air de se rendre compte que cette attaque est pour moi un bienfait, à savoir un épisode réel, en ce qu'il a laissé des traces physiologiques. Pour la première fois, le scanner a révélé des lésions. Ni graves ni irréversibles, ce dont bien sûr je me félicite. Mais c'est la preuve qu'il s'est produit un événement que l'on peut dater et détailler. Il y a, non pas une chose qui ne va pas *bien* chez moi, mais qui ne va *pas* tout court. Je sais, je suis le seul à apprécier cette légère différence de sens. À tort ou à raison, on conclut sur la base de cette dernière absence que j'ai eu toute ma vie des AIT — *accidents ischémiques transitoires.* C'est assez commun, bien que rare chez les enfants. Une autre explication est avancée, qui porte le nom plus ésotérique de *syndrome organique du cerveau.* Pour autant que je puisse dire, ce dernier regroupe pêle-mêle des tas de symptômes inexpliqués. Le plus sincère des nombreux spécialistes que j'ai consultés s'est contenté d'admettre, en haussant les épaules : « Il y a tellement de choses qu'on ne sait pas. »

La deuxième banquette du monospace se replie avec une grande facilité, et Kayla adore s'en charger. Je la laisse faire pendant que j'aide Gabriel à s'installer sur la banquette du milieu. Cela fait, la petite range son vélo à l'arrière et je referme le hayon. Je prends place au volant, elle boucle sa ceinture à côté de moi, et ce qu'elle se rappelle soudain est si épatant qu'elle manque de déclencher les airbags.

« J'ai trouvé la grotte ! » hurle-t-elle presque.

Mon cœur palpite plus fort que tout à l'heure, quand j'ai aperçu sa bicyclette sans elle. Je mets un moment avant de lui demander :

« Tu es entrée ? »

Elle me fait ses yeux ronds.

« Jamais ! » dit-elle, en frissonnant à cette idée.

Je m'en réjouis. J'aime autant qu'elle soit courageuse, mais pas téméraire.

Et cela me conforte de savoir que nous ne sommes pas si différents, elle et moi. Car je me souviens bien du jour où j'ai trouvé l'entrée de cette grotte. Après l'avoir cherchée tout l'été, j'avais été extrêmement déçu que cela ne soit rien de plus qu'un trou à flanc de colline, minuscule, caché par un buisson. Rien à voir avec les cavernes des films, assez grandes celles-là, pour qu'un guerrier s'y introduise sur un beau cheval blanc. Je me rappelle être resté devant, désespéré, car j'avais attendu ce moment si longtemps et j'avais maintenant peur de m'y aventurer. J'essayais à quatre pattes de distinguer quelque chose derrière le trou, mais cela revenait à contempler une mare d'eau noire, et respirer une odeur de pourri. J'avais craint que la cause de cette odeur soit en train de me regarder de l'autre côté. L'été prochain, m'étais-je dit. L'été prochain, je serais plus fort, plus courageux. J'apporterais une torche électrique. Oui, oui, je le ferais. Bien sûr, je n'y suis jamais retourné.

J'en reviens à mon récit inachevé. Je n'y ai plus travaillé depuis l'après-midi où je me suis engouffré dans *Le Pont des Soupirs*, mais j'y pense encore, surtout lorsque, comme à l'instant, un vieux souvenir remonte à la surface. Cependant le besoin de tout écrire, de tout consigner, s'est pratiquement évanoui, et je dois cela à Kayla, qui rend le présent bien plus urgent que le passé. De fait, la plupart du temps, j'ai bien assez à faire au présent, et il ne m'en faut pas plus.

Avant de nous rendre chez Ikey, nous déposons Gabriel à Berman Court. En chemin, il explique à Kayla que, gamin, j'étais long à la comprenette : j'étais sûr que, si on montait tout *en haut* sur la Lune avec une échelle, la Terre serait elle aussi *en haut* une fois qu'on était arrivé. Naturellement, Kayla soutient mon point de vue et lui répond que la hauteur est déterminée par la gravité et non par la direction qu'on a prise. Mais Gabriel ne veut rien entendre, ce qui ne l'empêche de me faire un clin d'œil dans le rétroviseur pour m'indiquer qu'il s'amuse beaucoup.

« Ça, c'est là où tu habitais quand tu étais petit », dit-elle tandis que j'aide M. Mock à descendre, puis à remonter la petite allée jusqu'à sa porte.

Elle montre l'endroit où se trouvait notre appartement, puis celui qu'occupaient les Marconi.

« Tu seras peut-être l'historienne de la famille, lui dis-je en plaisantant, tandis que je repasse la première, direction Chez Ikey.

— Peut-être », approuve-t-elle d'un air sérieux.

Au cas où elle ne deviendrait ni peintre, ni championne olympique, où elle ne choisirait aucun des mille métiers déjà envisagés.

« Sarah est là », dit-elle, tout excitée, alors que nous nous garons devant le magasin. « Euh, maman », corrige-t-elle aussitôt.

Nous ne l'avons pas spécialement encouragée à dire « maman », car sa vraie mère est vivante et il est toujours possible, bien qu'improbable, qu'elle se manifeste un jour. Mais Kayla a les idées bien arrêtées, elle a décidé en arrivant à Thomaston que Sarah serait « maman ». Elle a tenu parole, sauf quand les choses s'enchaînent trop vite pour elle, ou dans un ordre inattendu.

À la caisse, Owen est en train de discuter avec deux membres de l'Elite Coffee Club. Ce sont les fils ou petits-fils du groupe initial, mais ils se réunissent toujours ici le matin. Je leur ai dit plus tôt que, cet après-midi, on procédait à l'inauguration d'une nouvelle œuvre d'art, et ils ont tous promis de venir. Deux d'entre eux s'en sont souvenus. Recouvert d'une serge, le tableau de Sarah est accroché à la place d'honneur, à droite de son vieux dessin de l'épicerie.

« Kayla ! dit Owen quand celle-ci fait le tour du comptoir pour l'embrasser. Quoi de neuf, ma belle ?

— J'ai trouvé la grotte ! lui annonce-t-elle. M. Mock dit que je confonds en haut et en bas, mais c'est lui qui se trompe, pas nous. »

Owen s'esclaffe et jette un coup d'œil en vitesse vers moi. Kayla a trop d'enthousiasme pour s'encombrer des subtilités de la transition narrative. Nous avons essayé de l'y initier avec des questions du genre : « Qu'est-ce qu'on met entre deux phrases ? » et en lui suggérant quelques exemples : « parce que », « néanmoins », « n'empêche que », « mais aussi »...

J'entends de l'autre côté le bourdonnement du fauteuil électrique de maman. Sa présence confirme que nous allons vivre un événement quasi historique. Je suis perplexe, je l'admets, car Sarah refuse d'habitude toute publicité sur son travail. J'en déduis qu'il s'agit plus de nous que de l'œuvre en soi. Kayla a déjà vu ce dont il s'agit, elle a attendu toute la journée de pouvoir me le montrer et, apparemment, elle a perdu patience. Elle monte sur un tabouret et elle est sur le point de découvrir le tableau quand Owen intervient :

« Eh, minute, papillon ! »

Il noue ses bras autour de sa taille et la fait redescendre doucement. Kayla pédale dans le vide avec ses grandes jambes.

« Il faut que maman et grand-mère Tessa soient là aussi ! » lui dit-il.

Mais Kayla, qui en a vraiment assez, remonte sur le tabouret, décidée à révéler ce tableau et pas plus tard que maintenant. Owen l'en empêche à nouveau et, quand il la repose cette fois, ses yeux brillent de colère. Lorsqu'elle est surexcitée, ou contrariée, il arrive — rarement — qu'elle perde le contrôle d'elle-même.

« Mais *laisse-moi* ! » dit-elle à Owen.

Il s'est placé entre elle et le tabouret, et elle tente de le contourner.

« Eh ! répond-il. C'est qui le plus grand, toi ou moi ? »

Pendant une seconde ou deux, elle paraît prête à le pousser, à le frapper, à faire ce qu'il faut pour franchir l'obstacle. Elle a décidé de ne plus attendre ma mère et Sarah, elle veut découvrir ce tableau. Il n'y a que cela pour lui faire plaisir, et ça suffit maintenant. Nous entendons le fauteuil mécanique s'immobiliser au bas de l'escalier, et Kayla se tourne vers moi, blême de rage.

« *Dis-lui !* m'implore-t-elle.

— Kayla. »

Nous ne bougeons plus ni l'un ni l'autre, mais soudain la clochette retentit au-dessus de la porte, et le nuage se dissipe. La colère de Kayla s'évanouit à peine Sarah et ma mère ont-elles mis le pied à l'intérieur. Ma femme n'a qu'à croiser mon regard pour savoir que Kayla vient d'avoir un de ses « moments ».

Nous avons vite compris, après son arrivée, qu'elle gardait au fond d'elle les braises d'un passé qui, dans certaines circonstances, étaient prêtes à se transformer en incendie — et s'éteindre aussi subitement, au point que l'on n'était pas sûr d'avoir bien vu ce qui venait d'avoir lieu. Somme toute peu fréquents, ces accès semblaient au début résulter d'une contrariété, mais l'explication ne tient pas. Parfois Kayla n'obtient pas ce qu'elle désire sans que cela prête à conséquence. Disons qu'elle s'imagine de temps en temps qu'on ne l'aime pas, ou qu'un autre bénéficie d'une attention plus grande.

Quelles qu'en soient les causes, nous avons été assez inquiets pour nous rendre à Albany et discuter avec une assistante sociale, spécialisée dans la protection de l'enfance. Cette dame nous a déstabilisés lorsqu'elle nous a demandé si nous étions vraiment certains de poursuivre le processus d'adoption. « Vous ne savez pas ce que cette enfant a subi, nous a-t-elle dit, vous ne mesurerez peut-être jamais l'étendue des dégâts. » Sarah ne croit pas que Kayla ait subi des violences, sexuelles ou pas. En revanche, on lui a toujours refusé une affection dont elle a désespérément besoin, et cela saute aux yeux. « Il y a des gens brisés, a insisté la fille. On peut en reconstruire certains, mais sûrement pas tous. Même si vous faites ce qu'il faut, ça peut se terminer très mal.

— Ça se terminera comment, si personne ne fait rien ? » lui a répondu Sarah.

Elle ne cherchait pas le conflit, elle ne mettait pas en cause ce que nous apprenait cette femme. Sarah avait cependant un ton déterminé que je sais reconnaître. Ce n'était pas le cas de l'assistante, qui s'est tournée vers moi.

« Et vous, monsieur Lynch, qu'en pensez-vous ? Car il est un point qui ne fait aucun doute. Vous et votre épouse devez être absolument d'accord. »

Ce que je pensais ? À cet instant, je pensais à mon père, plus particulièrement à sa façon de traiter courtoisement tout le monde, avec un minimum d'égards. Je pensais que, lorsqu'il rencontrait les vieux Noirs, en bas de Division Street, il s'arrêtait pour échanger quelques propos, gentiment, car il n'avait pas oublié l'époque où il leur livrait le lait. Il ne faisait pas semblant d'être aimable, ni de s'intéresser, et il n'obéissait pas non plus — je suis catégorique là-dessus — à une quelconque notion de devoir. Son attitude était simplement le reflet de ce qu'il était. Il y a une chose que j'ai comprise très récemment à son sujet et, je l'admets, à contrecœur. S'il n'était pas responsable de ce qui affligeait les autres, il n'estimait pas davantage détenir la solution. Oui, il croyait à la générosité. C'était le principe à suivre, sinon la règle d'or, mais il ne lui est jamais venu à l'esprit que cela n'était peut-être pas suffisant. Je le revois encore dire, chez Ikey, aux membres du Coffee Club : « On est pas obligés de *s'aimer.* » Révolté par la mesquinerie et la méchanceté, il affirmait qu'il ne coûte rien d'être poli avec les gens, de leur sourire car, si on broie du noir le lendemain, on sera peut-être heureux qu'ils sourient à leur tour. C'était si peu. Tandis que l'amour, impliquait-il, ça, c'était autre chose. L'amour nous vide les poches si on n'y prend pas garde. Personne ne vous en demande tant, on ne vous envoie pas distribuer des billets de cent dollars au coin de la rue. Et je me rappelle la réponse de ma mère, le soir au dîner, lorsqu'il avait répété les propos tenus au magasin. « Vraiment, Lou ? Ce n'est pas ce qu'il conseillait de faire, Jésus-Christ, pourtant ? De s'aimer les uns les autres ? »

Alors quand l'assistante sociale a voulu vérifier que Sarah et moi parlions d'une même voix, je me suis rangé du côté de ma mère, ce qui m'a surpris. J'ai déclaré que, oui, nous étions absolument d'accord, nous étions déterminés à aimer cette enfant, il n'y aurait pas de demi-mesure.

C'est peut-être la raison pour laquelle maman et moi nous entendons mieux, ces derniers temps. J'ai pensé d'abord qu'elle s'était adoucie après ma dernière attaque, le mois dernier. Pendant l'absence de Sarah, elle cachait mal sa colère, sa déception que j'aie pu laisser cette situation s'installer. Il n'est pas impossible non plus qu'elle ait craint de me voir disparaître avant elle. Sans doute sommes-nous devenus tous deux plus prévenants. Maintenant qu'elle est arrivée, je vais l'embrasser et elle me garde dans ses bras plus longtemps que d'habitude. Elle m'examine d'un œil soucieux, comme pour s'assurer que tout va bien. Je lui souris puisque ça ne va pas mal, et je me rends compte trop tard que mon sourire tordu n'est pas ce que j'ai de plus rassurant. Enfin, il semble tout de même faire effet.

Kayla supplie Sarah de l'autoriser à dévoiler le tableau.

« S'il te plaît ! » implore-t-elle et Sarah accepte, bien sûr, *puisque, cette fois, tout le monde est là*, sous-entendant qu'il ne fallait pas précipiter les choses.

Kayla est trop contente pour écouter la fin de la phrase. Elle remonte sur le tabouret et, d'un geste élégant à faire pâlir un Monsieur Loyal, elle retire la serge en annonçant :

« A-haaah ! »

Au premier regard, on dirait que Sarah a simplement reproduit son vieux dessin avec des crayons de couleur — rouge, vert, bleu et mauve. On a l'impression d'une photo coloriée à côté de son modèle en noir et blanc. Mais je remarque peu à peu certaines différences. La similarité est bienvenue, toutefois ce n'est pas mon père qui tient la caisse, mais moi ; cette femme près de lui n'est pas ma mère, puisque c'est mon épouse. Au coin boucherie, Owen a remplacé Dec. Je vois que Sarah a laissé de la place pour lui adjoindre Brindy si elle revient, ou quelqu'un d'autre à défaut. Trônant sur un bon fauteuil, devant le présentoir à viande qui contient des salades au goût du jour, se trouve maman. Elle ressemble plus à la Tessa du dessin original qu'à la grand-mère d'aujourd'hui, et c'est une attention qu'elle a l'air d'apprécier. Il y a quelqu'un devant la porte, prêt à entrer, et ce n'est plus Bobby, mais Kayla, qui fera bientôt officiellement partie de la famille. Rien ne la distingue spécialement des autres Lynch. Nous sommes d'ailleurs tous croqués par quelques coups de crayon adroits, plus suggestifs que figuratifs. Il faut déjà nous connaître pour savoir que c'est moi à la caisse, ou maman dans ce fauteuil. Cela n'est évident que pour nous seuls.

Toujours Monsieur Loyal, Kayla fait les présentations.

« Chez Ikey Lubin, annonce-t-elle avec un autre geste gracieux, avant de détailler : Lou-Lou, Maman, oncle Owen, grand-mère Tessa. »

Puis elle marque un temps pour créer un effet :

« Moi ! » dit-elle en tendant l'index vers sa silhouette sur le dessin.

Ce en quoi elle révèle sa fierté, mais elle défie aussi quiconque d'affirmer le contraire. C'est elle et personne d'autre qui est représentée en train de se joindre à nous. Si l'on n'est pas d'accord, on est prié de le faire savoir maintenant ou de se taire à jamais. Pas un bruit. Silencieux, nous sommes rassemblés dans le présent pour commémorer le passé et préparer un avenir commun.

« Mon Dieu », dit finalement maman, parce que, naturellement, les larmes coulent sur mes joues, et l'on m'entend renifler.

Une heure plus tard, j'ai le magasin pour moi. Owen est parti retrouver Brindy chez la thérapeute de couple. Ils consultent cette femme chaque semaine depuis plusieurs mois, dans l'espoir de régler quelques différends avant de se lancer dans un divorce qui est, de toute façon, imminent. Que mon fils accepte de se plier à ce jeu me dépasse. Brindy a reconnu de son plein gré avoir une liaison avec quelqu'un autre — le monsieur du West End —, et elle n'a pas l'intention d'y renoncer. Leur thérapeute, m'a dit Owen, s'inquiète moins du comportement de son épouse que d'une rancœur, ou d'une colère, qu'il n'éprouve pas le besoin d'exprimer. Ce serait à cause de ça qu'elle serait allée voir ailleurs. « Vous comprenez que vos silences sont blessants ? lui a demandé la fille la dernière fois. Que s'entêter à garder le silence est une forme d'agression ? Que vous enlevez à Brindy sa dignité humaine en refusant de recourir à la parole, de définir ce que vous attendez d'elle ? Ces silences font obstacle à toute réconciliation ! Brindy n'a pas renoncé à votre couple, Owen, mais vous sous-entendez l'inverse. Elle a un autre homme dans sa vie, maintenant. Vous ne lui avez jamais dit que vous vouliez qu'elle le quitte ! C'est de l'indifférence, vous comprenez que ça puisse faire mal ? Si vous *voulez* que Brindy vous soit fidèle, il faut donner voix à vos sentiments. »

J'observe mon fils, ou plutôt son image sur le nouveau dessin. Il se dégage de lui une sorte d'ambivalence génétique. Je suis sûr que cette psychologue lui rappelle tous les professeurs qui, au lycée, avaient voulu le sortir de sa coquille. Il s'était contenté de les laisser se fatiguer, et je doute qu'il ait changé de stratégie. Ils avaient fini par renoncer et c'est certainement ce qu'il attend aujourd'hui de cette femme. La dernière fois, Brindy — et non lui — a coupé court à l'avalanche habituelle de questions pour déclarer : « Mais regardez-le. Il ne dira rien. Vous n'avez pas compris ? »

Quant à moi, je me demande si cette femme n'occupera pas un jour cet espace vide à côté de lui. Au terme de cette séance-là, la thérapeute a prié Owen de rester un moment avec elle, en face à face. À sa grande surprise, elle lui a pris la main et elle s'est excusée d'être aussi brutale. Elle avait cependant pour mission, lui a-t-elle expliqué, dans l'intérêt de Brindy autant que dans le sien, de les faire avancer et, en ce qui le concerne, de l'aider à formuler ce qu'il veut. Parce qu'il voulait bien *quelque chose*, a-t-elle insisté, en lui serrant la main. « J'avais cru qu'elle était lesbienne, nous a confié Owen ce soir-là. Mais j'ai dû me tromper. »

Je suppose que ce que j'aime le plus dans ce nouveau dessin, c'est que, malgré les années passées, il confirme le précédent. Sarah nous avait dessinés elle et moi — et j'avais su ainsi que nous étions unis. Elle me dit aujourd'hui que nous le sommes toujours, qu'elle est revenue pour de bon. Je ne suis plus en sursis et je ne l'ai probablement jamais été. Comme si elle m'annonçait qu'on se fiançait de nouveau. Dans un moment très noir, je me suis vu perdu dans son *Pont des Soupirs*, et voilà qu'elle m'offre un endroit où je suis appelé à vivre. Ni un second Chez Ikey, ni une existence parallèle, mais le reflet de *nos* vies.

« Ça te convient ? m'a-t-elle demandé avant de raccompagner Kayla à la maison. J'ai pensé à inclure ton père, aussi. Il est tellement présent, tous les jours, chez Ikey. Mais ça aurait été pousser un peu, quand même.

— Non, tu as fait exactement ce qu'il fallait. Et mettre Kayla à place de Bobby… »

Incapable de poursuivre, je me suis arrêté là.

« Ça me paraissait la chose à faire », a-t-elle dit en posant l'index sur le Bobby du premier dessin, un geste qui m'aurait gêné autrefois, mais plus aujourd'hui.

J'espère que ça n'est pas parce qu'il est mort. Quand le téléphone a sonné ce matin-là, il y a deux mois, je m'attendais à entendre Sarah dire que son train avait du retard, qu'elle avait décidé de rester à New York un jour de plus avec Kayla. Non, c'était une journaliste du principal quotidien d'Albany. Elle voulait savoir ce que je pensais de la disparition subite du peintre Robert Noonan, qui avait grandi à Thomaston. Elle avait téléphoné au journal local, où quelqu'un s'était souvenu que nous avions jadis été amis, et on lui avait conseillé d'appeler l'épicerie Ikey Lubin. Bobby avait succombé, m'a dit cette fille, à une rupture d'anévrisme, dans un restaurant où il fêtait le succès de sa dernière exposition. Il s'était simplement affalé sur son fauteuil.

À mon tour, je lève la main pour toucher son image. La journaliste m'a demandé à quoi il ressemblait, enfant. Je lui ai raconté qu'on faisait du surf dans le camion de mon père, que Bobby n'avait peur de rien, qu'il fermait les yeux avant les virages, qu'il aimait les surprises que nous réserve l'avenir, même s'il devait y laisser des plumes. Ma version a dû plaire, parce qu'elle a été reproduite dans plusieurs autres avis de décès, dont celui du magazine *Time*. « Pensez-vous qu'un artiste soit obligé d'en passer par là pour atteindre le succès ? » s'est enquise cette jeune femme. « Aucune idée, lui ai-je répondu. Toutefois Bobby était quelqu'un de courageux, je l'avais admiré pour ça et je l'admire encore. » Pour quelle raison avait-il quitté Thomaston ? Parce qu'il avait failli tuer son père lors d'une dispute, comme on le lui avait glissé, ou avait-il quitté le pays pour qu'on ne l'envoie pas au Vietnam ? Avait-il vraiment engrossé une fille ? Dans ce cas, il serait parti pour qu'on ne l'oblige pas à l'épouser ? Je me suis excusé, j'avais du monde au magasin, il fallait que je raccroche. Y avait-il quelqu'un d'autre à Thomaston à qui elle pouvait s'adresser ? Quelqu'un qui aurait bien connu M. Noonan ? Non, lui ai-je dit. Personne.

Bobby. En apprenant sa mort, je me suis rendu compte que j'avais passé la plus grande partie de ma vie à lui dire au revoir. D'abord, quand il avait quitté Berman Court, ensuite quand ils étaient partis du West End pour emménager dans le Borough. J'ai raconté tout cela dans mon récit et, si je devais continuer, il faudrait sans doute que je parle du jour où Bobby s'en est allé pour de bon. Affolée et blême, sa mère était arrivée ce jour-là à l'improviste chez Ikey. Nous étions seuls, mon père et moi, et c'est ma mère, sa vieille confidente, que Mme Marconi voulait voir. Bien sûr, avait dit papa, s'il y avait un problème, Tessa réglerait ça. « Ça n'est pas une raison pour les laisser dans la rue », avait-il ajouté. Il parlait de la fratrie, entassée dans la voiture familiale, garée devant le magasin. L'aîné était au volant. « Dites-leur de venir boire un soda. C'est pour moi, je ne vous demanderai rien. »

Ils étaient tous entrés, ils avaient pris une canette dans l'armoire, et j'étais parti chercher maman à la maison. À notre retour, elle les avait renvoyés dehors, puis elle s'était assise avec Mme Marconi à la petite table près de la cafetière. Papa avait l'air d'espérer qu'on lui dise aussi de sortir. Ce printemps avait été particulièrement brutal : la mère de Sarah était morte, son père était couvert d'opprobre, on racontait partout que Nan n'était pas revenue passer son bac parce qu'elle était enceinte. Et maintenant Bobby avait tabassé son père. Une rude épreuve pour le mien, éternel optimiste, convaincu que les choses s'arrangeaient toujours. La veille au soir, tard, sa voix avait résonné derrière la grille de la ventilation. « Le monde est devenu fou », disait-il à maman. Il en avait assez des mauvaises nouvelles, et il suffisait de regarder Mme Marconi pour comprendre qu'elle n'apportait pas autre chose.

« Le docteur m'a dit que je risque de mourir, confiait-elle tout bas à ma mère, qui tenait ses deux mains dans les siennes. Qu'est-ce que je dois faire ? »

Je les avais vues, longtemps auparavant, dans cette position-là un soir en revenant de l'école.

« Je viens avec toi, a répondu maman.

— Il va être furieux. »

J'ai regardé papa en entendant cela, et il m'a regardé aussi. À l'évidence, Mme Marconi n'avait pas bien évalué la situation. Son mari était à l'hôpital, dans un état critique, sous perfusion… mais, résultat d'une longue et triste habitude, c'est sa colère qu'elle redoutait alors que, enceinte, elle risquait de perdre la vie.

« On va en finir, l'a assurée maman. Il faudra qu'il accepte. »

Mais quelque chose effrayait son amie bien plus que sa grossesse.

« Ils accusent Bobby, a-t-elle dit, comme si c'était le comble de l'injustice. Enfin, ils ne vont pas l'arrêter, quand même ? »

Nous avions appris le matin même que la police n'attendait qu'un mandat du juge.

« On va s'occuper de lui, a affirmé ma mère.

— Qu'est-ce que vous allez faire ?

— Lou va s'en charger. »

Mme Marconi a tourné la tête vers mon père, puis vers moi, comme si elle essayait de savoir auquel des deux Lou maman se référait. Étions-nous capables d'un miracle ?

« Rentre chez toi, lui a-t-elle dit. Tout va s'arranger. »

La phrase de mon père. Les rôles étaient comme inversés. Jetant un coup d'œil vers lui, j'ai vu qu'il se faisait la même remarque. Et il paraissait *douter*, alors que c'était le caractère de maman, pas le sien.

Quand Mme Marconi est repartie avec ses enfants, ma mère a sorti l'argent que nous gardions toujours sous le tiroir-caisse et elle me l'a tendu. J'avais mes propres économies et je ne voulais pas puiser dans les fonds de l'épicerie.

« Si tu n'y vas pas, c'est moi, a-t-elle dit.

— Non, c'est mon ami. »

J'hésitais parce que je craignais que Bobby refuse mon aide, voire l'aide de qui que ce soit. À peine mis au courant, j'étais allé frapper chez lui. Personne n'avait répondu. J'avais le sentiment qu'il était là et qu'il ne voulait pas me parler. Sa porte n'étant jamais verrouillée, j'aurais pu entrer. À la vérité, je n'avais pas vraiment envie de lui parler non plus, car je ne savais pas quoi dire.

« Et puis Sarah peut m'accompagner.

— Non, a dit maman d'un ton ferme. Toi seulement. »

* * *

Plutôt qu'à Albany, nous avions décidé d'emmener Bobby à Lake George, où il sauterait dans un bus pour Montréal. Au vu des circonstances, je me préparais à un voyage pénible, et je me demandais bien quels sujets nous pourrions aborder. Allait-il me dire qu'il était content, que son père n'avait eu que ce qu'il méritait ? Ou bien allait-il s'effondrer, reconnaître que c'était terrible, vraiment terrible ? Avouerait-il ce qu'il avait toujours nié, qu'il souffrait affreusement au fond de lui ? Mais je ne le pensais pas, je me doutais qu'il serait le Bobby que je connaissais, le surfeur intrépide d'antan, tout comme j'étais ce Lucy Lynch qui, fidèle à lui-même, avait les larmes aux yeux en frappant à sa porte au-dessus du Rexall. Je ne m'étais pas annoncé, cependant il paraissait m'attendre. Il avait rassemblé ses affaires dans un coin de l'immense loft, et fourré ses vêtements dans un sac de sport. Je lui ai exposé ce que nous allions faire, et il a simplement hoché la tête. Je savais que nous ne dirions pas un mot sur ce qui était arrivé.

On atteint en principe Lake George en une heure ou un peu plus. Mais il a fallu que je tourne au mauvais endroit, que je me perde et, en retrouvant la bonne route, je me suis encore perdu deux fois. Nous riions déjà comme deux idiots. S'il décidait de cambrioler les banques, m'a-t-il dit, il ne me prendrait pas comme chauffeur. Je lui ai proposé de conduire, mais il avait la main droite dans le plâtre, et nous avons de nouveau éclaté de rire. À la gare routière, il a d'abord refusé l'argent que j'avais retiré pour lui à la banque, mais nous savions l'un comme l'autre qu'il en aurait besoin, et il l'a accepté. Il m'a prié de dire à Dec qu'il était navré pour l'Indian, désolé d'avoir foutu une sacrée merde partout, et je n'ai pas objecté, nous étions d'accord là-dessus.

« Tu te rappelles la passerelle ? lui ai-je demandé, histoire surtout de dire quelque chose. Je ne payais pas quand tu étais avec moi.

— J'ai eu tort de les laisser faire ça », m'a-t-il dit, sans préciser qu'il parlait de la malle, mais c'était entendu.

Ça m'a mis mal à l'aise, comme si c'était moi qui lui devais des excuses, et non l'inverse.

« Tu écriras ? ai-je dit ensuite avec, sans doute, quelque chose de ce ton implorant que j'avais eu quand je voulais, par exemple, qu'il m'appelle avec son nouveau numéro de téléphone. Une fois que tu te seras posé quelque part. Sarah aura envie de t'écrire. Et moi aussi. »

Il a hoché la tête.

« Il faudra adresser vos lettres à Robert Noonan. »

L'incompréhension se lisait sûrement sur mon visage.

« Pourquoi ?

— Parce que, désormais, c'est mon nom. J'ai fait la demande officielle le jour de mon dix-huitième anniversaire. Elle a été acceptée avant-hier. »

Je n'ai pu que répéter :

« Pourquoi ? »

Haussement d'épaules.

« Pour l'emmerder. J'y vais un peu fort, je l'admets. »

Cela s'appliquait autant à cette décision qu'à l'état dans lequel se trouvait son père. Bobby semblait conscient des implications.

Et j'avais sans doute l'air épouvanté car il a lâché :

« Eh, ça va ! »

Comment cela pouvait-il aller ? Comment pouvait-on commettre une chose aussi horrible, aussi irrévocable ? Dans un sens, c'était plus choquant encore que les coups. Lorsqu'il a pris son sac en bandoulière, il a fallu que je demande :

« Tu n'as pas peur ? »

Je ne suis pas sûr de ce que je voulais dire — peur de partir au large sans aucun point de chute ? Ou peur d'être orphelin de père, au propre comme au figuré ? Les trois revenant pour moi au même.

« Peur de quoi ? »

Il semblait réellement curieux, comme si je voyais mieux que lui le chemin qu'il allait suivre. Comme si j'avais repéré un virage dangereux en amont, qu'il serait de mon devoir de signaler. Mais non. Je lui ai simplement conseillé de prendre soin de lui, et il m'a conseillé de prendre soin de Sarah, en ajoutant que j'avais de la chance. Ce que j'ai reconnu. J'étais déjà certain de ne jamais le revoir.

Sarah pense qu'il serait venu très vite, s'il n'avait pas eu cette rupture d'anévrisme. J'aimerais le croire. Sincèrement. Je regrette que la clochette, au-dessus de la porte, n'ait jamais annoncé son retour parmi nous. Je l'imagine parfaitement, campé sur ses deux pieds comme un surfeur, même si cette fois nous n'aurions pas besoin de cela pour le reconnaître. Oui, ça aurait été magnifique de le revoir un jour.

Sauf qu'il aurait fallu se dire encore au revoir, et cela s'est trop souvent produit. Combien de fois la même personne a-t-elle le droit de vous briser le cœur ?

Owen est revenu de sa séance avec Brindy chez leur psychologue, et je lui propose de fermer la boutique plus tôt pour qu'il vienne dîner avec nous. Merci, papa, mais non, me dit-il, il n'y aura pas grand monde ce soir, et ça me fera du bien d'être là un moment. Il est content, précise-t-il, d'être ici plutôt qu'à l'épicerie du West End, qui reste ouverte jusqu'à la sortie des bistros, quand ceux qui n'ont déjà plus de sous commencent à faire la queue pour leurs billets de loto.

Owen inspecte le magasin, vérifie tout, comme je le fais souvent quand j'ai l'endroit pour moi. Son regard se pose sur les deux dessins de sa mère — Chez Ikey avant, Chez Ikey après.

« Il a eu une bonne idée, grand-père.

— N'oublie pas que c'est ta grand-mère qui a fait tourner la boutique. »

Je me sens obligé de le préciser, mais sinon je partage son avis. Sincèrement. Dans un avenir pas trop lointain, je suggérerai à nouveau de vendre le magasin du West End. Pourtant Owen a raison : grâce à tous ces gens qui paient leur impôt sur l'ignorance, selon l'expression de maman, le West End nous rapporte deux fois plus que Chez Ikey. L'année dernière encore, la régie du loto l'a classé parmi les cinq premiers points de vente de l'État. Ce dont mon père aurait rougi de honte, et dont je rougis moi-même, bien que nous ne fassions rien d'illégal et que nous profitions du soutien sans réserve des autorités.

« Je regrette de ne pas l'avoir connu, dit Owen en regardant papa sur le premier dessin.

— Tu l'aurais bien aimé. Comme pratiquement tout le monde. »

À ma grande surprise, il fait le tour du comptoir pour me prendre dans ses bras.

« Il a toujours été là quand j'ai eu besoin de lui, dis-je.

— Tu as été là également. Mais maintenant ? Tu devrais rentrer. Tu as la bouche qui commence à tomber du bon côté aussi.

— OK, j'y vais. »

Ç'a été une longue journée, et une autre m'attend. J'ajoute :

« J'ouvrirai demain matin. Fais la grasse, si ça te dit. »

Nous en restons là. J'ouvrirai demain matin. C'est le moment que je préfère de la journée, celui où je déverrouille tout avant d'accueillir les gens. Aux premières heures, la boutique est peuplée de fantômes bienveillants. Pendant toute la semaine, et encore la suivante, c'est moi qui ouvrirai et j'en savourerai chaque minute. Dans quinze jours, nous emmenons Kayla à Boston, et je suis sûr que Sarah a prévu d'autres balades sans me mettre au courant. Puis, cet été, ça sera l'Italie. Cette fois, on ira. Nous quitterons ce bon petit monde avec la certitude rassurante de le retrouver. Mais. C'est sûr, on ira.

REMERCIEMENTS

Merci à *Jeff Colquhoun et Kate Russo pour leur pertinence ; à Judith Weber, Alison Samuel et Emily Russo pour leurs lectures vigilantes et leur perspicacité. Merci particulièrement à Barbara, mon épouse, qui est toujours ma première lectrice, et souvent la dernière lorsque je n'ai plus le courage de regarder moi-même. Si mes livres sont tous meilleurs grâce à Nat Sobel, il a littéralement sauvé celui-ci. Et merci pour les coins de table au Camden Deli, au Fitzpatrick's Café, chez Zoot et chez Boynton-McKay. Enfin, merci à Donald Sweet pour un cours formidable, il y a des années, sur Langston Hughes.*

TABLE

Du même auteur à Quai Voltaire

UN RÔLE QUI ME CONVIENT

Roman traduit par Jean-Luc Piningre (1998).

William H. Devereaux Jr. est le directeur atypique du département de lettres d'une université sans prestige dans une petite ville ordinaire. Et pourtant, une multitude d'événements vont détruire les équilibres fragiles de ce quinquagénaire : en une semaine, il menace d'exécuter chaque jour une oie devant les caméras de télévision si le budget de son département n'est pas renouvelé et devient ainsi la vedette de tout l'État ; il découvre que les écrits de sa secrétaire intéressent plus les éditeurs que sa propre littérature ; il nourrit un conflit picaresque avec une collègue féministe ; il prend conscience du naufrage conjugal de sa fille ; enfin, il suspecte sa femme d'une liaison avec le doyen de l'université. La plume de Richard Russo peint avec drôlerie et tendresse l'univers d'un campus américain.

LE DÉCLIN DE L'EMPIRE WHITING

Roman traduit par Jean-Luc Piningre (2002).

La petite ville d'Empire Falls dans l'État du Maine a connu des jours meilleurs. Jusqu'aux années 60, elle était le siège d'une importante industrie textile qui employait la quasi-totalité de ses habitants. Aujourd'hui, le seul vestige de cette prospérité est incarné par la veuve du clan Whiting, ombre pâle mais toujours manipulatrice d'une dynastie autrefois toute-puissante. Miles Roby, le gérant du grill, observe depuis son comptoir sa ville en faillite et ses habitants souvent désœuvrés. Il est le témoin attendri de ces vies avec leurs surprises et leurs drames. La sienne n'est guère plus brillante : sa future ex-femme lui confie ses tourments sentimentaux et sa fille traverse une adolescence perturbée.
Ce livre a obtenu le Prix Pulitzer 2002.

UN HOMME PRESQUE PARFAIT

Roman traduit par Jean-Luc Piningre (2003), Josette Chicheportiche et Françoise Arnaud-Demire.

Indiscutablement, Sully est l'homme le plus malchanceux de North Bath, station thermale de l'État de New York dont le tarissement des sources a précipité le déclin. Irrégulier et insoumis, Sully ne va pas fort. Il a passé sa vie à chercher les ennuis, à fuir les responsabilités et à dissimuler sa tendresse sous des abords revêches. Handicapé par un genou défaillant, entouré d'amis qui le dispensent d'avoir des ennemis, il a aussi perdu son travail. Divorcé, il poursuit depuis vingt ans une relation avec la femme d'un autre, mais il est amoureux de Toby, la plus jolie fille de Bath, qui n'est pas insensible au charme de ce sexagénaire. Si seulement Sully pouvait se débarrasser du fantôme grimaçant de son père et gagner l'estime de son fils qu'il a négligemment laissé grandir loin de lui, il ne lui manquerait alors que peu de choses pour être un homme presque parfait.

LE PHARE DE MONHEGAN

Nouvelles traduites

par Jean-Luc Piningre (2004).

Quel secret peut bien lier une vieille religieuse qui se lance dans une curieuse confession publique, un réalisateur de cinéma qui retombe amoureux de sa défunte épouse grâce aux confidences d'un amant inconnu, une femme qui entraîne son jeune fils dans une fuite éperdue à travers l'Amérique ? Ces portraits, ces histoires, ces destins illustrent tout l'art de Richard Russo qui nous tend, à travers ces nouvelles, et d'autres, le miroir surprenant de nos vies. Un miroir d'une douce cruauté et d'une implacable tendresse.

QUATRE SAISONS À MOHAWK

Roman traduit par Jean-Luc Piningre (2005).

Retour à Mohawk, la ville de l'État de New York si familière aux lecteurs de Richard Russo. Un récit foisonnant, des situations drolatiques, une multitude de personnages attachants. Sur fond de l'histoire d'amour, magnifique et désespérée, d'un fils pour son père. À se remémorer ses années d'adolescence, c'est tout un monde que raconte ici Ned Hall. Lui que les amis de son père ont toujours appelé « P'tit Sam », afin de le distinguer de l'autre Sam. Lui dont le « paternel » a justement échoué à devenir le plus ordinaire des hommes. À peine marié, n'est-il pas parti faire la guerre en Europe ? Et n'en est-il pas revenu tel un bateau à la dérive ? Le tout pour délaisser femme et enfant, pour errer de bar en bar, pour jouer aux courses avec le peu d'argent gagné sur les chantiers à la belle saison ? Pas un mauvais gars, mais un écervelé, un irresponsable. Alcoolique à ses heures. Quoique si charmeur…